내 아버지의
아들을 찾아서

내 아버지의
아들을 찾아서 1

안경원숭이 장편소설

초판 1쇄 찍은 날 | 2019년 11월 22일
초판 1쇄 펴낸 날 | 2019년 11월 29일

지은이 | 안경원숭이
펴낸이 | 권태완 우천제

편집책임 | 박은정
편집 | 박가연 유안진 손혜진

펴낸곳 | (주)케이더블유북스
등록번호 | 제25100-2015-43호
등록일자 | 2015. 5. 4
WFN | 제3-053호

주소 | 서울특별시 구로구 디지털로31길 38-9 에이스테크노타워 1차 401호
전화 | 02-867-4626 팩스 | 02-866-4627
E-mail | cl_production@kwbooks.co.kr

ISBN 979-11-293-4125-9 04810
        979-11-293-4124-2 (set)

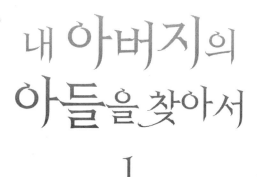

내 아버지의
아들을 찾아서

1

안경원숭이 장편소설

위즈덤북

Contents

1장
아버지를 찾아서

"제리, 네게 할 말이 있다."

올 것이 왔다. 제리코는 어머니 요나의 말에 침을 꿀꺽 삼켰다. 제리코의 어머니가 염병할 잡병에 걸려 자리보전한 지 어언 삼 개월이 지나간다.

제리코는 장사 밑천에 쓰려고 모아둔 돈을 탈탈 털어 의사를 불렀다. 약사를 찾아 약도 썼다. 하지만 결국 여기까지였나 보다.

"어머니, 그런 약한 말씀 마세요."

제리코는 어머니가 말한 '할 말'이 무엇인지 예상하고 있었다. 죽음을 앞둔 사람만 꺼낼 수 있는 주제, 출생의 비밀이었다. 어떻게 예상하였느냐 누군가 묻는다면 제리코는 이렇게 답하겠다. 어머니 요나도 닮지 않고 아버지 존도 닮지 않았으니 얼굴도 모르는 친부를 닮았겠거니 생각했다고.

마을을 이 잡듯 뒤지고 이웃 마을까지 기웃거려 봐도 근방에 빨간 머리는 제리코 한 명밖에 없었다. 그렇다면 당연히 외지인의 존재를 의심해 보지 않겠는가.

제리코는 어렸을 때부터 자신에게 출생의 비밀이 있다는 걸 짐작했다. 존이 아버지가 아닐 가능성, 심지어는 요나의 친딸이 아닐 가능성까지.

제리코는 출생의 비밀 따위 알고 싶지 않았다. 알아도 지금은 아니었다. 어머니가 계속 건강하다 손자, 손녀를 보고 제리코의 귓가에 살며시 속삭여 주는 것. 그게 제리코가 원하는 비밀이 깨질 시기였다.

지금은 너무 일렀다. 제리코의 동생들은 물론이고 제리코 자신도 아직 결혼을 못 했는데. 약혼자도 없는 딸을 두고 어딜 가시려는 건지. 제리코는 약해진 어머니가 야속했다.

"아냐, 제리. 내 몸은 내가 더 잘 알아."

"흐흑."

제리코와 아버지 존의 눈시울이 붉어졌다. 영문을 모르는 동생들은 무슨 일이냐며 앞다퉈 질문했다. 무지한 아이들이라 더욱 가차 없었다. 나이가 찬 손아래 동생 캐리만이 함께 눈물지었다.

"애들아, 어머니가 제리에게만 해줄 얘기가 있대. 자, 나가 있자."

"치사해요! 왜 누나만?"

"나가자! 언니가 나중에 다 얘기해 줄 거야."

"제리 언니가 설명해 줘?"

"응, 언니가 해줄 거래."

다른 가족이 듣기 어려운 주제이기 때문에 존과 캐리가 동생들을 데리고 방 밖으로 나갔다. 방엔 제리코와 어머니만 남았다.

제리코의 어머니, 요나는 고열로 인해 마르고 터진 입술을 달싹였다. 그녀가 직접 전하지 않으면 딸이 가진 혈통의 비밀은 그녀와 함께 무덤에 묻힐 것이다. 그러니 더 늦어 때를 놓치기 전에 비밀을 밝혀야 했다. 그것이 요나 나름의 걱정이자 배려이고 어머니로서 갖는 의무감이기도 했다.

사실 제리코를 위해선 무덤까지 가져가는 게 맞는 일일지도 모른다. 하지만 요나가 말해주지 않으면 제리코의 친부는 영영 비밀이 되어버린다. 그건 친부에 대한 예의가 아니었다.

요나는 내내 숨겨왔던 진실을 털어놓았다.

"네 아버지는 귀족이었어. 곳곳을 누비며 사람들을 괴롭히는 괴물을 잡는 자유 기사셨지. 나는 마을에 오신 그분의 시중을 들다 몇 번 몸을 내드렸고…… 쿨럭."

"어머니! 안 알려주셔도 돼요!"

제리코는 눈시울이 붉어지고 코가 시큰해졌다. 요나는 눈물을 글썽이며 자신도, 남편도 닮지 않았지만 친부를 빼닮은 딸을 응시했다. 제리코의 넘실거리는 붉은 머리칼 너머로 과거의 남자가 연상됐다. 얼굴 한 번 마주한 적 없는 부녀건만 참 생김새가 비슷했다.

"널 임신한 걸 알았을 땐, 이미 그분이 떠난 뒤였지. 존은 내가 널 가진 걸 알면서도 청혼했고 우린 참 잘 살았어. 그렇지?"

"어머니……."

요나는 존 한슨과 결혼해 요나 한슨이 되었다. 둘의 결혼 후 태어난 제리코는 너무나도 당연하게 제리코 한슨이 되었다.

존 한슨은 다른 아이들과 제리코를 차별하지 않았다. 제리코는 존의 사랑하는 맏딸이었고 존은 제리코의 사랑하는 아버지였다.

제리코는 아버지나 다른 형제들을 닮지 않은 자신의 얼굴과 눈에 확 띄는 붉은 머리카락 때문에 출생의 비밀을 어릴 때부터 짐작하고 있었다. 하지만 존 한슨의 태도 덕분에 친아버지가 누군지 궁금해하지 않고 평탄하게 자랐다.

미인이지만 병약한 어머니와 어머니 말이라면 자다가도 벌떡 일어나는 아버지, 잉꼬부부임을 증명하듯 제리코의 아래로 줄줄이 태어난 두 남동생과 두 여동생까지. 한슨 일가는 가난하지만 화목한 일가의 표본이었다.

그랬던 가정에 먹구름이 낀 건 요나가 쓰러지고 난 뒤부터다. 의사를 부르고 약값을 대느라 가계가 휘청거렸다. 존 혼자 벌이로는 다복한 식구들 밥값은 감당해도 약값을 부담하기는 힘들었다. 주위에서 도와주었지만 밑 빠진 독에 물 붓기였다.

모두가 힘들었지만 누군가를 원망하는 말은 한번도 나오지 않았다. 한슨 일가는 서로를 사랑했다. 그래서 제리코는 친아버지가 누군지 궁금하지 않았다. 찾아갈 생각을 해본 적도 없다. 제리코의 아버지는 존한슨, 한 분뿐이었다.

"어머니, 제 아버지는 한 분밖에 없어요."

"제리, 그게 아니란다. 쿨럭! 너…… 내 약값을 대느라 그동안 모아둔 돈을 다 썼지?"

"금방 모을 수 있어요!"

사실은 제리코의 독립 자금만이 아니라 조금씩 모으던 동생들 독립 자금에, 요나와 존의 노후 대비 저금까지 모두 끌어 썼다. 약간의 빚도 진 상대였다. 하지만 침대에 누워서까지 생계를 걱정하는 환자에게 어떻게 그런 말을 할 수 있겠는가.

"어느 세월에. 제리, 요즘은 옛날처럼 사생아를 박대하고 그러지 않는다고 들었다. 그러니까……."

요나가 제리코에게 장롱을 열고 작은 함을 가져오게 했다. 제리코는 요나 말대로 작은 함을 꺼내 왔다. 요나의 열어보라는 눈짓에 제리코는 함을 열었다. 안에는 황금색의 직사각형 물체가 들어 있었다. 뭔지 알 수 없는 문양이 새겨져 있고 납작한 것이 꼭 대문 옆에 붙이는 명패처럼 보였다.

'신분패 같은 건가?'

이보다 수수한 나무로 만들어진 신분패라면 어른들이 들고 다니는 것을 제리코도 종종 보았다. 신분패는 세월의 흐름을 타지 않은 듯 깨끗하고 금빛으로 영롱하게 빛이 났다. 제리코는 무심코 신분패를 깨물어보려다가 흠칫했다.

'너무 금인 거 같아서.'

동네의 유일한 상점인 만물상 아주머니가 외지인이 팔아치운 금반지를 어금니로 깨물어서 확인한 적이 있다. 제리코에겐 꽤 인상적인 기억이었다. 그 낯선 광경을 인상적으로 여긴 건 제리코만이 아니었다. 마을 아이 중엔 집으로 돌아가 엄마의 결혼반지를 깨물었다가 옷이 홀딱 벗겨져 쫓겨난 아이도 있으니 말 다했지.

요나는 그 신분패가 제리코 친부의 물건이라고 말했다.

"혹시 아이가 생기면 기사님은 이걸 갖고 찾아오라 하셨어. 나는 그러지 않았지. 존을 사랑했거든. 쿨럭! 이렇게 증거가 있으니 아예 부정하진 않으실 거다. 장사 밑천 정도는 대주실 거야."

"엄마……"

제리코는 요나가 이런 얘길 꺼낸 저의를 깨달았다.

몇 년 전의 일이다. 이웃 마을에 사는 찰스가 귀족인 친아버지를 찾아가 받은 돈으로 땅을 사서 화젯거리가 되었다. 근방의 주민들은 모두 찰스를 부러워했고 찰스는 친부를 찾아가 돈을 받은 이야기를 무용담처럼 떠벌리고 다녔다.

찰스의 말에 따르면 사생아의 등장에 몽둥이 들고 쫓아내는 건 할머니, 할아버지 시대의 얘기란다. 요즘은 유산 포기 각서를 쓰게 한 뒤 적당히 얼마 쥐어 주고 내보낸다는 것이다.

귀족들에겐 몇 푼 안 되는 금액일지 몰라도 하루 벌어 하루 먹고사는 촌뜨기들에겐 땅을 사서 떵떵거릴 만큼 거액이었다. 참으로 귀가 솔깃해지는 얘기가 아닐 수 없었다.

물론 전제 조건이 붙는다. 자식임을 증명할 수 있을 만한 물증이 있어야 할 것. 그게 있어야 귀족가 높은 담벼락에 붙은 쪽문이나 후문을 기웃거릴 자격이 주어졌다. 찰스는 물증이 있었고, 제리코도 이제 있다.

요나가 하는 말의 저의는 이랬다. 친부가 없었다면 제리코는 태어나지 못했다. 그러니 친부를 찾아가 존재를 알려 자식으로서의 도리를 지키고 겸사겸사 돈이라도 얼마 받아오면 좋은 일이 아니냐. 그렇게 받은 돈의 일부로 동생들을 보살펴 주면 더 좋고 말이다.

"정이 많고 좋은 분이셨단다. 널 모른 척하지 않으실 거야."

제리코가 태어난 후 찾아가도 문전박대하진 않았겠지. 하지만 요나는 신분패를 증표로 받을 적에도 찾아갈 생각을 하지 않았다. 그런 게 귀족과 평민 아니겠는가. 이제 와 돈이 필요해지니 친부에 대한 예의, 자식 된 도리 운운하다니. 요나 자신이 생각해도 모순적이고 염치없었다.

환자의 입가에 자조적인 미소가 스쳐 지나갔다. 제리코는 요나가 지은 미소를 보고 입맛이 씁쓸해졌다.

'그놈의 돈이 뭐라고.'

돈이 좋아서 무턱대고 장래 희망을 상인으로 정한 제리코지만 막상 이렇게 되니 돈이란 게 참 야속했다. 안 그래도 시큰하던 제리코의 코끝이 더 찡해졌다.

"제리, 우리 예쁜 딸."

"엄마."

"널 낳은 걸 후회하지 않아. 내 기쁨, 내 사랑, 예쁘고 예쁜 우리 딸."

쇠약해져 있던 요나는 그 말을 끝으로 정신을 잃고 말았다.

요나가 정신을 차린 건 며칠 뒤였다. 그녀는 가족들과 마지막 인사를 나눈 후 세상을 떠났다. 마을 주민들은 요나의 장례식을 도와줬다. 친절한 이웃들은 존과 제리코에게 너무 상심하지 말고 주렁주렁 달려 있는 아이들을 봐서라도 정신 차리라는 조언을 아끼지 않았다.

어머니의 장례식이 끝난 후 제리코는 곰곰이 생각했다. 이웃들의 말이 맞았다. 정신 바짝 차려야 했다.

'집에 돈이 한 푼도 없어.'

요나의 약값 때문에 존과 제리코는 저금한 돈을 모두 쓰고 빚까지 졌다. 다행히 사정을 알고 있는 이웃들에게 진 빚이라 이자 걱정은 안 해도 된다. 하지만 같은 동네 살면서 살림에 차이가 얼마나 나겠는가. 저쪽 사정도 뻔했다.

혹시 돈을 빌려준 집에 환자가 생기거나 우환이 생길 가능성도 있으니 가능한 빨리 갚아주는 게 도리이고 슬픈 진실이었다.

동생들은 아직 어린데 모아둔 돈은 없다. 존의 노후 대비도 해야 하지 않는가. 존은 숙련된 목수이니 일거리야 많지만 큰돈이 되는 건 여러 날이 걸리는 데다가, 마을 근처엔 없고 먼 곳까지 가야 했다. 그렇게 되면 동생들이 문제였다. 요나가 앓아눕기 전에는 요나와 캐리가 동생들과 집안일을 돌보고 제리코가 짬짬이 부업을 해서 용돈 벌이를 했다. 성실히 일해서 평이 좋고 벌이도 쏠쏠했다.

돈을 벌려면 그때처럼 하는 게 좋으나 이전처럼 부업을 하자니 캐리에게만 동생들과 집안일을 맡길 수 없었다. 친절한 이웃의 신세를 지자니 농번기가 곧 시작되어 그것도 어려웠다.

어머니의 장례식이 끝나고 며칠 뒤, 제리코는 어머니의 유지를 따르기로 결심했다. 가계에 난 구멍을 조금씩 메우는 동안 동생들의 유년기가 끝날 것 같았다. 농사짓는 동네라 배곯을 일은 없다지만 한창 먹성 좋고 갖고 싶은 것 많은 나이의 동생들이 집에 돈이 없으니 아껴야 한다고 말하는 걸 보기 안쓰러웠다.

목돈을 받으면 그걸로 빚을 갚는다. 그러면 친절한 이웃들에 대한 미안함이 가실 것이다. 만약에 빚을 갚고도 돈이 남으면 생활비로 쓰거나 비상금으로 저금해 둘 수 있다. 목돈이 아니어도 좋다. 일단 얼마라도 돈을 받을 수 있다면 큰 도움이 될 터였다.

결심은 했는데 얘기를 꺼내는 게 문제였다. 제리코는 동생들이 모두 잠들 때까지 기다렸다가 아버지 존을 불렀다.

"아빠."

"제리, 피곤할 텐데 일찍 자야지."

"저 드릴 말이 있어요."

"제리야."

존은 장녀가 할 말이 뭔지 이미 알고 있었다. 피는 섞이지 않았지만 가족임을 의심한 적 없는 부녀가 서로를 마주 보았다.

제리코는 이제 17살이었다. 존은 병약한 어머니와 남다른 출생으로 인해 어릴 적부터 부업을 하는 등 돈에 집착하던 장녀가 걱정스러웠다.

"네가 원하지 않으면 찾아갈 필요는 없단다."

"아빠. 나한테 아빠는 한 분뿐이에요."

"그런 말 하지 마라. 네 친아버지가 아니었다면 넌 세상에 태어나지 않 았을 거야. 그럼 이렇게 예쁜 제리가 내 딸이 되어주지도 못했겠지."

"아빠."

제리코의 콧등이 다시 시큰해졌다. 콧물을 훌쩍이는 제리코에게 존 이 다정하게 말했다.

"네가 싫으면 하지 마라. 아무렴 내가 너희를 굶기겠니. 이 아빠만 믿어."

"그래도 애들이 돈 아끼겠다고 설탕이 아니라 소금만 친 감자만 씹어 먹는 걸 두고 볼 순 없어요."

제리코는 콧물을 훌쩍이며 존에게 말했다.

"다녀올게요. 훌쩍."

존은 아무 말도 하지 않고 소매로 제리코의 코끝에 매달린 콧물을 닦 아줬다.

결심을 했으니 계획을 짜야 한다. 제리코는 사전 계획 없이 무작정 친 부를 찾아가는 그런 막무가내 사생아가 아니었다. 마침 이웃 마을엔 이 것저것 물어보기 좋은 유경험자가 존재했다. 찰스다.

제리코는 존이 아껴둔 술을 들고 이웃 마을 찰스네를 찾아갔다.

찰스는 술을 들고 온 제리코를 반갑게 맞이했다. 사는 마을이 다르고 마을 간 거리도 꽤 멀지만 워낙 마을이 듬성듬성 있는 촌 동네라 이 정도면 가까운 이웃 마을이었다. 또한 제리코는 근방에서 유명 인사였다. 동네에서 유일하게 빨간 머리라서 그런 건 아니다.

"제리코! 우리 소녀 장사! 네가 여기 온 걸 보면 각오를 했나 보구나!"

"네. 이건 질문값이에요, 찰스 아저씨."

"어허, 오빠!"

"찰스 삼촌!"

"그래. 삼촌 정도면 괜찮다."

찰스의 부인은 제리코가 가져온 술을 보고 간단한 안줏거리를 만들어 들고 왔다. 부부는 즐거이 술을 마시고 아직 미성년자인 제리코는 안주를 집어 먹었다.

제리코는 호기심을 내색하지 않으려 애쓰며 찰스의 집 안을 살폈다. 땅을 사서 여유가 생겼다더니 집 안은 깨끗하고 가구도 새것이었다. 찰스와 부인의 옷차림도 꽤 괜찮았다.

"그래, 제리코! 잘 생각한 거야. 훌륭한 결심을 했어! 너도 나처럼 한몫 잡으면 동생들도 살기 편하고 키워주신 한슨 씨에게 효도도 하고! 좋지!"

"네. 저도 그렇게 생각해요. 그래서 친…… 아버지를 찾기 전에 이것저것 여쭤보려고 찾아왔어요."

다시 말하지만 제리코와 같은 빨간 머리는 근방에서 눈을 씻어도 찾기 힘들었다. 근방의 사람들은 모두 과거 이 지역에 잠시 머물렀던 기사님을 기억하고 있었다. 그 기사의 머리카락이 붉은색이었던 건 더욱 똑똑히 기억하고 말이다.

다들 제리코의 사정을 알고 있으니 괜히 이것저것 말할 필요가 없어서 좋기도 하고 여러모로 복잡한 기분이었다. 찰스는 술을 마시면서 자신의 무용담을 떠벌렸다. 제리코는 술 취한 아저씨의 무용담을 금과옥

조처럼 새겨들었다.

'별거 아니네.'

찰스의 말을 고스란히 믿자면 특별히 신경 써야 할 일은 없었다. 필요한 것은 혈연임을 증명할 물증과 행동력.

일단 친부로 의심되는 이의 집을 찾아간다. 아버지가 어느 곳에 사는지 몰라도 당황할 필요가 없다. 동네 사람들이 근방에 사는 아무개의 집을 알고 있듯이 귀족들끼리도 누가 어디에 사는지 알기 때문이다. 물론 다른 귀족의 집을 찾아갈 땐 좀 더 조심스럽게 행동해야 한다. 잘못했다간 몽둥이찜질을 당한 뒤 쫓겨나는 수가 있다.

아버지가 사는 집을 찾았다. 그럼 이때부터 행동 시작이다. 어설프게 대문 근처에서 어슬렁거렸다간 뼈도 못 추리는 사태가 발생한다.

공략해야 할 곳은 하인들이 드나드는 쪽문이나 후문이다. 특히 사생아의 경우 부부 금슬이 좋은 귀족에겐 부부 싸움의 불씨가 될 수 있기 때문에 가능한 비밀리에 접근해야 한다.

귀족가는 후문에도 경비가 있다. 경비를 서는 문지기에게 이름과 나이, 출신지와 부모의 이름을 말하고 볼일을 밝힌다. 용무는 대놓고 말하지 않는 편이 좋다. 다들 알아서 이해해 줄 것이다. 이때 증거품을 슬쩍 보여주면 더 좋다.

그러나 이걸로 귀족가에 입성할 수 있다고 생각하면 크나큰 오산이다. 보통은 저택에서 근무하는 집사나 부집사가 후문으로 나올 것이다. 그럼 그때 정확한 용무를 밝히고 증거품을 제대로 보여준다. 집을 맞게 찾았고 증거품이 진품이며 친아버지 되는 인물이 개호래자식이 아니라면 집사가 각서를 꺼내 올 것이다. 각서의 내용은 별거 없다. 이 얘기를 타인에게 발설하지 않는다 어쩌구 저쩌구. 유산 상속을 포기한다 어쩌구 저쩌구. 각서에 서명하고 지장을 찍으면 집사가 돈을 준다. 그럼 이것도 받아서 룰루랄라 귀향하면 된다.

참 쉽죠? 정말 쉬웠다. 제리코는 자신감을 얻었다. 굉장히 어렵고 힘들 줄 알았는데 그게 아니었다. 친아버지 되는 사람을 직접 볼 일도 없고 아랫사람 선에서 해결된다니. 이 얼마나 깔끔하고 모두가 행복한 일 처리 방식일까!

찰스의 집은 소문을 듣고 찾아온 이웃 마을 주민들로 북새통을 이뤘다. 찰스와 부인은 싫은 내색 하지 않고 손님들을 대접했다.

이웃 마을에도 제리코에 대한 소문은 퍼져 있었다. 그들은 제리코의 일확천금을 자기 일처럼 기원하는 한편, 걱정도 했다.

"그런데 나쁜 일을 당하면 어떡하지?"

"그건 운에 따르는 수밖에."

"아냐, 그 기사님 나도 기억하는데 그렇게 나쁜 분은 아니었어. 굉장히 좋은 사람이었어."

"넌 그 기사 나리가 숙박비로 1골드 주신 걸 여태 우려먹잖아."

이웃 마을 사람들은 제리코의 친부로 추정되는 붉은 머리 기사를 기억하고 있었다. 주민들은 입을 모아 말했다.

붉은 머리 기사는 호인이었다. 마물을 잡으러 이런 외딴곳까지 와주시는 자유 기사는 드물다. 광룡이 날뛰면서 마물이 함께 날뛰었는데 그분 덕에 인명 피해가 적었다. 훌륭한 인품의 소유자였다. 잘생겼다. 마을 여자들이 죄다 눈이 몽롱해져서 기사 근처를 기웃거렸다 등등.

제리코네 마을 주민들이 제리코와 존을 배려해 입도 뻥긋하지 않는 것에 비해 이웃 마을이다 보니 주민들의 입이 느슨했다.

덕분에 제리코는 친부에 대한 여러 이야기를 들을 수 있었다. 제리코를 안심시키기 위해선지 몰라도 다들 좋은 사람이었다고 입을 모아 말하니 마음이 놓였다.

"다른 여자들은 모두 무시하고 요나랑만 사이가 좋았어서, 꽤 진심이라고 생각했는데."

"요나를 첩으로 데려가 줄 거라고 생각한 사람도 많았지."

"안 데려간 게 의외였어."

"그래도 요나는 목수 존을 만나 행복했잖아?"

"그럼그럼. 아이도 쑥쑥 낳고 말이지. 얘, 제리코. 이거 가져가서 동생들이랑 아버지 드려라."

이웃 마을 주민들의 배웅을 받으며 찰스의 집을 나서는 제리코의 양손이 묵직했다. 제리코는 한동안 간식 걱정을 덜어 비실비실 웃었다.

"존에게 외양간 고치러 와달라고 전해주렴."

"대박 나면 한턱 쏴야 해. 꼭이야."

"대박 안 나더라도 궁금하니까 얘기해 주러 와."

"네! 꼭 보고하러 올게요! 다들 정말 감사해요!"

다음 날, 제리코는 친부를 찾기 위해 여장을 챙겼다. 없는 살림이고 오래 떠나 있을 게 아니기 때문에 짐은 단출했다. 그래도 일단은 친아버지를 찾아가는 것이고 귀족가의 문을 두드려야 하니까 축제 때 입으려고 장만한 새 옷과 신발을 챙겼다. 동생들에겐 상인이 되기 위해 일을 배우러 도시에 간다고 둘러댔다.

"큰누나, 맛있는 거 사 와. 꼭이야."

아직 철이 덜 든 에릭이 장난감이나 맛있는 걸 사 오라고 부탁했다. 제리코의 손아래 형제로 동생들을 함께 돌봐서 일찍 철이 든 캐리는 눈치 없는 동생을 흘겨보았다.

"얘는, 언니가 놀러 가는 줄 알아? 언니, 내가 언니 대신 열심히 할게."

"아앙, 큰누나 가지 마아."

"제리 언니, 돈 없어도 되니까 가지 말아요. 내가 조금 덜 먹을게."

제리코는 우는 막냇동생 오리온을 안아서 달래고 괘씸한 소리를 하는 메이의 머리를 콩 쥐어박았다.

"밥 굶으면 언니한테 혼날 줄 알아!"

"으아앙!"

친절한 동네 아저씨 제임스가 달걀을 팔러 가는 김에 도시까지 짐수레에 태워준다고 했다. 존은 소중한 딸이 보호자도 없이 도시까지 혼자가는 게 마음에 걸리는지 한숨을 쉬었다.

"제리, 정 뭣하면 내가 일을 미뤄서라도 너랑 같이."

"괜찮아요, 아빠. 아빠가 없으면 애들은 어떡해요. 그리고 외양간 수리도 얼른 해줘야죠. 소가 도망가면 큰일이잖아요. 제임스 아저씨가 태워준다고 하셨으니까 저 금방 다녀올게요."

제리코는 존을 안심시키기 위해 두 주먹을 불끈 쥐고 힘차게 각오를 밝혔다. 존은 사랑하는 딸을 위해 말했다.

"제리, 만약 그쪽에서 널 받아주신다고 하면 여기는 잊고 새 삶을 살거라."

"그런 말씀 마세요. 제 아버지는 한 분뿐이에요."

제리코 한숨과 존 한숨은 가벼운 포옹으로 작별 인사를 대신했다. 존은 제리코를 끌어안고 몸 조심히 다녀오라 말한 후 등을 두드렸다. 제리코는 제임스 댁 짐수레에 올랐다. 계란이 깨지지 않도록 조심스럽게 자리 잡은 그녀를 확인하고 제임스가 당나귀를 몰았다.

"영주님께 갈 거지?"

"네. 엄마한테 영주님 댁으로 찾아가면 된다고 말했대요."

"우리 영주님 아드님 중에 빨간 머리는 없는데 말이야."

제임스는 제리코가 허탕 칠 것을 염려해 중얼거렸다. 제리코로선 사실 허탕을 쳐도 괜찮았다.

"사실은 증표로 주고 간 물건이 귀금속 같아서요. 허탕 치면 그거 팔아서 돈을 마련하려고요."

"아하! 그것 참 다행이구나. 쓸데없는 증서 같은 종이 쪼가리보다야 그런 게 낫지! 역시 그 기사님은 뭘 아시는 양반이었어!"

"그쵸? 그쵸?"

당나귀는 짐수레 무게가 늘어난 것에 아랑곳하지 않고 조용히 터벅 터벅 걸었다.

제리코는 달걀을 위해 깔아놓은 지푸라기에 몸을 기댔다. 짚이 옷에 파고들어 살갗을 찔러서 조금 따가웠지만 푹신해서 기분이 좋았다. 이때다 싶었는지 제임스는 붉은 머리 기사에 대해 기억하고 있는 것들을 풀어놓았다.

"대단한 분이셨지! 대가 없이 우리 마을 같은 촌구석까지 찾아와 괴물들을 퇴치해 주시는 정의로운 분이셨단다! 그분이 아니었다면 이 인근의 마을들은 무사하지 못했을 거야."

"그 정도였어요?"

"위대하신 용사 에라프 님께서 광룡을 무찔러 마물들의 광폭화가 멈췄지만 우리 같은 민초의 실질적 영웅은 그런 자유 기사님이었지. 분명히 널 모른 척하지 않으실 거다."

"잘됐으면 좋겠다."

제리코는 기대를 담아 중얼거렸다. 일단 친부로 예상되는 기사에 대해서 다들 좋게만 말하니 기대가 조금씩 커졌다.

제리코는 짚 사이에 들어 있는 달걀을 보며 우화를 떠올렸다. 달걀을 머리에 이고 고개를 저어서 다 깨먹었던 소녀처럼 자꾸 욕심이 났다.

"그래, 그래. 잘되면 쏘는 거 잊지 마라."

"물론이죠!"

달걀을 실은 짐수레는 반나절 정도를 쉬지 않고 이동해 도시에 도착했다.

여느 마을 아이라면 축제나 장이 선 날 부모를 따라 도시에 한 번쯤은 와보았을 것이다. 그러나 병약한 어머니 대신 집과 동생을 돌보느라 바빴던 제리코는 이번이 첫 도시 나들이였다.

"와, 사람이 정말 많네요."

가축이 사람보다 많았던 시골에서만 살다가 건물과 사람이 많은 도시를 보니 제리코의 눈이 빙글빙글 돌았다. 이게 지방의 아주 작은 소도시라는 게 믿기지 않았다. 제리코가 쓰러지려는 걸 제임스가 부축했다.

"아이쿠, 아가씨가 길에서 쓰러지면 쓰나. 나는 달걀을 팔러 갈 거고, 너는 어쩔 테냐. 바로 영주관에 갈 테야?"

"음. 일단 옷을 갈아입고……."

"그래. 그래도 친아버지 뵈러 가는 건데 깔끔하게 가면 좋지. 돌아갈 땐 어쩔래? 난 달걀을 팔면 바로 돌아갈 예정이다만."

제리코는 고심했다. 집으로 돌아갈 때도 제임스의 짐수레를 얻어 타면 참 좋겠는데 일이 그렇게 빨리 끝날지 알 수 없었다. 제리코는 결국 제임스에게 용무가 끝나면 편히 돌아가시라 말했다.

"걸어오려면 아침 일찍 떠나야 밤 늦게 도착할 텐데."

제임스가 제리코를 걱정했다. 초행에 보호자도 없는 소녀다 보니 딸 가진 부모로서 걱정이 앞선 것이다.

"여관비는 있고?"

"네, 네. 있어요. 일이 바로 끝나면 여기로 달려오고, 아니면 제가 알아서 돌아갈게요. 걱정 마세요, 아저씨. 저 길눈 밝고 다리도 빨라요. 돼지도 번쩍 드는 소녀 장사 제리코잖아요."

제리코는 일부러 팔을 들어 근육을 과시했다. 제임스가 너털웃음을 지었다.

"그래. 너네 집은 애들이 전부 요나가 아니고 존을 닮아 건강해서 다행이다. 5시까지 기다려 줄 테니까, 그 전에 끝나면 얼른 달려오거라."

"네! 감사합니다!"

제리코는 감사한 마음을 담아 제임스에게 넙죽 인사했다. 제임스는 걱정을 떨치지 못하고 몇 번 뒤돌아보더니 거래처를 향해 떠났다. 혼자 남은 제리코는 평생 본 것보다 많은 수의 사람을 견디지 못하고 다시 비틀거렸다.

"이게 말로만 듣던 사람멀미구나."

제리코는 벽에 기대 숨을 몰아쉬었다. 힘을 내기 위해 기합을 넣는 것도 잊지 않았다.

"상인이 되겠다는 꿈이 있으면 이 정도 인파에 쫄면 안 되지! 자! 제리코! 여자는 뭐다? 기합이다!"

으쌰으쌰. 제리코는 열심히 스스로를 독려해 기합을 불어넣었다.

영주관은 도시의 대로를 따라가면 바로 도착할 수 있었다. 제리코는 영주관의 위치를 확인하고 사람들에게 물어물어 쪽문과 후문의 위치도 알아냈다.

제리코는 인근 여관 주인에게 도시에 일자리를 구하러 왔다고 대충 사정을 설명해서 방을 빌려 옷을 갈아입었다. 다행히 여관 주인은 돈을 받지 않았다. 옷을 갈아입어 말쑥해진 제리코가 감사 인사를 하자 잘되길 빈다고 좋은 말을 했다.

'느낌이 좋아.'

제리코는 두근거리는 마음으로 쪽문에 도달했다. 찰스의 말대로 쪽문인데 경비병이 서 있었다. 경비병은 쪽문으로 접근해 오는 붉은 머리 소녀를 의심하지 않았다. 제리코가 빙그레 웃으면서 손을 흔들자 따라 흔들어주는 여유도 부렸다.

'으아아, 미칠 거 같아.'

웃고 있지만 사실은 웃는 게 아니다. 제리코의 심장이 나무에서 떨어진 아기 새의 심장처럼 퍼덕퍼덕 뛰었다. 마을을 떠날 땐 아무렇지 않았는데 막상 귀족가에 용건이 있다는 걸 떠올리니까 정말 미쳐 버릴 것 같았다.

제리코는 쪽문 앞에 서서 크게 심호흡했다. 뒤늦게 제리코의 상태가 수상함을 알아챈 경비병이 제리코를 지목했다.

"영주관에 볼일이 있니? 하녀가 되고 싶은 거라면 지금은 모집 기간이 아니다."

"그, 그게 아니고요!"

더 수상한 꼴을 보이면 경비병이 쫓아낼 것 같았기 때문에 제리코는 요나가 알려준 친부의 이름을 댔다.

"이런 사람 아세요?"

"처음 듣는데."

경비병은 그게 누구냐는 표정을 지었다. 증표를 주었다지만 시골에서 잠시 어울린 여자에게 본명을 알려주는 귀족이 몇이나 될까. 제리코도 가명일 것이라 짐작은 했지만 막상 면전에서 들으니 심히 낙심했다.

'그럼 그렇지.'

그래도 아직 실망하긴 일렀다. 제리코에겐 금색으로 번쩍이는 증표가 있었다.

"혹시 귀족을 사칭하는 못된 놈팡이가 그런 가명을 대며 널 희롱하든? 아니면 친아버지라도 찾으러 왔어?"

과연 귀족가의 문지기. 비록 쪽문이지만 경비병은 문지기다운 눈치로 제리코의 방문 목적을 추리했다. 경비병은 가끔 그렇게 사람을 속이는 나쁜 사기꾼이 있다며, 너무 상심하지 말라고 제리코를 위로했다. 제리코는 최후의 수단인 신분패를 슬쩍 보여줬다.

"그럼 이것도 가짜일까요?"

"어?"

신분패를 본 경비병의 눈빛이 변했다. 경비병은 제리코에게 어디 가지 말라고 말하더니 급하게 영주관 안으로 들어갔다. 제리코는 가슴을 쓸어내렸다. 경비병의 태도를 보아하니 가짜는 아니었던 모양이다.

'사정에 따라 가명을 댈 수도 있으니까.'

귀족이 어머니를 갖고 논 것보단 사정이 있어서 가명을 댄 쪽이 백배 나았다. 제리코가 잠시 기다리고 있자니 깔끔한 차림의 남자가 경비병의 인도를 받고 나왔다. 제리코는 순간 그 사람이 귀족인 줄 알았다. 시골 촌구석에선 볼 수 없는 근사한 차림을 하고 있었기 때문이다. 하지만 그 사람은 영주관에서 근무하는 하인이라고 자신을 소개했다.

"잠깐 보여줄래?"

"네, 여기요."

제리코는 신분패를 강탈당하는 불상사가 발생하지 않도록 신분패를 꽉 잡고서 슬쩍 하인에게 보여줬다. 신분패를 본 하인의 표정이 심각하게 변했다. 하인은 입을 가리고 말했다.

"이럴 수가."

"저어, 이거 금인가요?"

"금이다마다."

'꺄호!'

제리코는 속으로 쾌재를 질렀다. 두 손으로 들어도 손목에 전해지는 묵직함. 이게 진짜 금이라면 친부가 제리코를 인정하지 않아도 제리코는 팔자가 핀 것이나 마찬가지다.

하인은 경비병에게 제리코를 잘 지켜보고 있으라고 말하더니 급하게 영주관 안으로 들어갔다. 제리코는 돌아가는 상황을 이해하기 어려워 금덩어리만 품에 잘 간수하고 경비병에게 질문했다.

"저어, 저는 어떻게……."

"조금만 기다려 주십시오, 아가씨."

"아, 아가씨?"

변한 건 경비병의 말투만이 아니었다. 평민 소녀를 대하듯 편안했던 경비병의 자세가 높으신 분을 만났을 때처럼 절도 있고 꼿꼿해졌다.

제리코는 당황해서 고개를 숙이고 하인이 나오기만 기다렸다. 후문보다 인적이 드물다는 쪽문을 선택해서 다행이란 생각이 들었다. 만약 후문에서 이런 일이 생겼다면 주위 시선을 어떻게 감당하겠는가.

잠시 뒤, 방금 전 하인보다 높아 보이는 사람이 나왔다. 제리코는 이번엔 귀족이 맞을 거라고 생각했다. 왜냐하면 의복도 훌륭하고 세련됐거니와 아주 잘생겼기 때문이다. 하지만 그는 자신이 영주관의 시종이라고 소개했다.

"아가씨, 성함이 어떻게 되십니까."

"제리코 한슨이에요. 여기에서 남쪽으로 수레로 반나절 정도 걸리는 작은 마을에서 왔는데요……."

"네, 제리코 아가씨. 실례가 되지 않는다면 신분패를 보여주시겠습니까."

제리코는 이번에도 신분패를 슬쩍 보여주려고 했다. 하지만 시종의 표정이 하도 진지해서 저도 모르게 금덩어리를 넘겨주고 말았다. 시종은 시종일관 굳은 얼굴로 금덩어리, 아니, 신분패를 확인하더니 고개를 끄덕였다. 제리코는 괜히 긴장해서 같이 고개를 끄덕였다.

다행히도 시종은 제리코에게 금덩, 신분패를 돌려줬다. 제리코는 금덩어리를 품에 고이 간직했다.

"이건 제 선에서 해결할 수 있는 문제가 아닌 것 같습니다. 죄송하지만 아가씨, 여기서 좀 더 기다려 주십시오."

기다리는 일이야 돈이 나가지 않으니 얼마든지 할 수 있었다. 하지만 같은 일이 반복되자 제리코는 조금 부아가 났다.

'이건 부당해. 설명도 없이 그냥 기다리라고만 하고. 항의해야겠어.'

조금씩 싹트던 제리코의 부아는 시종의 손짓 몇 번에 바람 앞 촛불처럼 꺼졌다.

"아가씨께 의자를 갖다 드리고 간단한 다과를 내오게."

"네, 알겠습니다."

"아, 아니, 저는."

제리코는 그늘에 놓인 의자에 인도되었다. 경비병들이 휴식할 때 쓰는 탁자 위에 차와 간단한 간식거리까지 놓으니 황송해서라도 항의할 수 없었다.

제리코는 좌불안석이 되어 다음에 나올 사람이 누구일지 점쳤다.

'하인, 시종 순이었으니까 다음엔 누굴까? 얼른 끝났으면 좋겠네.'

제리코는 찰스가 그랬던 것처럼 금방 마을로 돌아갈 수 있을 것이라 생각했다. 만에 하나 친부가 자신을 부정하더라도 시간을 조금 낭비하는, 그런 가벼운 여정이 될 것이라 믿어 의심치 않았다. 그런데 돌아가는 꼴이 조금 이상했다.

제리코의 불안이 점점 커져갈 때, 쪽문에서 쪽문과 어울리지 않는 사람이 나왔다. 앞선 시종보다 백배는 높아 보이는 어르신이었다. 걸친 의복 하며, 시종이 문을 열어주는 걸 당연시하는 태도 하며, 누가 봐도 귀족이었다. 적어도 제리코가 보기엔 그랬다.

"안녕하십니까, 제리코 아가씨. 전 이 영주관의 집사입니다."

집사를 귀족으로 착각한 부끄러움에 제리코는 어설프게 인사했다. 집사는 제리코의 어정쩡한 인사를 정중하게 받더니 앞선 하인이나 시종과 마찬가지로 신분패를 확인했다.

"흐음."

꿀꺽. 제리코는 절로 긴장해 침을 꿀꺽 삼켰다. 집사는 제리코에게 다시 질문했다.

"부친 되시는 분의 성함이 무어라 하셨습니까?"

제리코는 앞서 경비병에게 말했던 친부의 가명을 말했다. 집사는 천천히 고개를 끄덕였다. 그러더니 손수 쪽문을 열었다.

"아가씨, 응접실로 모시겠습니다."

"네?"

제리코는 축제 때 붙잡힌 거위처럼 파드득 놀랐다.

"이 일은 제 선에서 해결할 수 없습니다. 주인님을 뵈어야 하니 응접실로 모시겠습니다. 아가씨를 응접실로 안내해 드려라. 난 주인님을 모셔 오겠다."

"네, 알겠습니다. 아가씨, 저를 따라와 주십시오. 길을 안내해 드리겠습니다."

집사의 명령에 시종이 즉각 움직였다. 제리코는 어안이 벙벙하면서도 두려운 나머지 집사의 말대로 했다.

쪽문으로 이어진 영주관 내부는 그리 으리으리하지 않았다. 덕분에 제리코가 두근거리는 심장을 조금씩 다독이는 순간, 번쩍이는 공간이 등장했다. 제리코는 감히 자신이 걸어도 되는가 의심되는 카펫 위를 발끝으로 디뎠다. 시종은 걷는 소리가 나지 않도록 조용히 움직였는데 보폭은 크고 재빨랐다. 제리코는 까치발을 서서 시종의 뒤를 열심히 쫓아갔다.

"이곳에서 기다려 주십시오."

시종이 응접실 문을 열고 말했다. 제리코가 응접실에 들어가자 문이 닫혔다. 제리코는 응접실을 둘러보았다. 휘황찬란했다. 번쩍번쩍했다. 감히 소파에 앉자니 새 옷인데도 먼지가 묻을까 봐 앉을 수 없었다. 그냥 서성이자니 몸과 발에 묻은 진흙이 카펫을 더럽힐까 봐 움직일 수도 없었다. 그렇게 제리코는 문 근처에 선 채 꼼짝도 하지 못했다.

"오래 기다리셨습니다."

문을 열고 들어온 집사가 문 근처에서 서성이는 제리코를 보더니 눈썹을 치켜올렸다.

"시종이 귀빈께 실수를 했습니다."

"아뇨! 제대로 안내해 주셨는데 더러워질까 봐요."

"그런 건 저희의 일이니 개의치 마시고 편히 계셔주십시오."

집사가 재차 제리코에게 소파에 앉으라 권했다.

제리코는 내키지 않지만 어쩔 수 없이 소파에 앉았다. 그리고 앉자마자 벌떡 일어났다. 집사의 뒤에서 진짜 높아 보이는 양반이 등장했기 때문이다. 이번엔 진짜, 진짜 귀족이었다.

제리코는 뒷목이 뻣뻣해진 채로 인사했다. 세리에게 고개 숙이던 각도의 10배를 채우려고 하자 귀족이 손을 내저었다.

"자아, 그러지 말고 자리에 앉아. 그래, 자네 이름이?"

귀족은 성급했다. 제리코의 엉덩이가 소파에 닿기 무섭게 이름을 물었다. 제리코는 솔직하게 고했다.

"제리코 한슨입니다, 영주님."

넘겨짚은 것인데 귀족은 별다른 반응을 보이지 않았다. 그가 영주가 맞았던 것이다. 제리코의 등골에 식은땀이 배어났다.

'진짜 영주가 내 친부?'

돌아가는 상황으로 파악하건대 돈 한 푼 쥐어 주지 않고 내치지는 않을 것 같다. 그 점은 마음에 들었다. 영주는 제리코가 품에서 꺼낸 신분패를 이리저리 돌려 보더니 별말 없이 제리코에게 돌려줬다.

신분패 확인이 끝난 다음엔 질문이 쏟아졌다. 제리코는 영주가 묻는 말에 꼬박꼬박 대답했다.

"나이가?"

"열일곱입니다."

"모친의 성함은?"

"요나 한슨, 결혼 전 성함은 요나 지펜입니다."

"맞군! 딱 맞아!"

영주의 손이 무릎을 딱 쳤다. 영주는 흥분하여 제리코의 어깨를 붙잡았다.

"자네야! 바로 자네야!"

영주가 흥분하자 제리코는 쫄았다. 영주의 태도를 보건대 최악의 사태로 가정한 몸둥이찜질 같은 일은 벌어지지 않을 듯했다. 미친 살인마가 아니고서야 저렇게 환대해 놓고 사람을 때리겠는가. 제리코가 알고 있는 영주는 그런 가학적 취미가 없는 평범한 귀족이었다.

'가명이지만 역시 귀족이었구나.'

"그럼 영주님께서 제 아버……."

"그럴 리가 있나!"

"네?"

"자! 어서 준비하게!"

영주가 자리에서 벌떡 일어나더니 제리코에게 손짓했다. 얼른 일어나라는 의미라 제리코는 벌떡 일어났다. 영주가 명령하니 따르긴 하는데 여전히 그가 하는 말과 행동은 이해하기 힘들었다.

"영주님? 저는 어떤 준비를 해야 하나요?"

"자네 친부를 뵈러 가야지! 어서! 한시가 급해!"

그 뒤에 벌어진 일들은 제리코가 끼어들 구석이 없었다. 영주는 집사에게 뭐라 말하더니 제리코를 영주관의 지하로 데려갔다.

제리코는 영주관 지하 감옥에라도 갇히는 게 아닌가 걱정했는데 지하 감옥보다 더 무서운 게 제리코를 기다리고 있었다.

"이동진은 준비되었나?"

"네! 준비되었습니다. 마력 완충까지 앞으로 20분!"

제국의 모든 영주관엔 급박한 사태를 대비해 이동 마법진이 설치되어 있다. 이동 마법진의 설치에 드는 비용과 소모 마력이 상당한 것을 감안해 마법진을 사사로이 이용하는 건 엄벌에 처해지는 중죄였다. 그런 마법진이 제리코의 앞에서 신비로운 빛을 발산하며 빛나고 있었다. 제리코는 이게 꿈이길 바랐다.

"이…… 이건."

"20분 동안 가능한 꾸미게!"

"네, 알겠습니다."

영주의 명령에 하녀들이 달려와 제리코를 밀실로 데려갔다. 제리코가 일부러 입은 새 옷을 벗기고 드레스를 입혔다. 제리코의 새 신을 벗기더니 구두를 신겼다. 드레스는 처음 입어보는 것이었고 보석이 달린 구두도 마찬가지였다.

제리코는 정신 건강을 위해 구두에 달린 장식이 보석이 아닌 구슬일 것이라 자기 세뇌를 시작했다. 시간이 촉박해 씻는 게 불가능해 제리코의 치장은 간단한 선에서 끝났다. 하녀들이 마음에 드시냐고 거울을 보여주는데 드레스며 구두며 모두 제리코에겐 어울리지 않아 옷과 사람이 붕 뜬 것 같았다.

'나 진짜 촌년이었구나.'

제리코가 자괴감을 느끼든 말든 영주는 혼자 좋아서 웃었다.

"하하하, 역시 피는 못 속이는구나."

'영주님은 내 친부가 누군지 알고 있어.'

피를 못 속인다는 것과 친부에게 데려다준다는 것을 봐서 영주는 제리코의 친부가 누구인지 확실하게 알고 있었다. 제리코는 친부가 누구인지, 갑자기 그녀의 의사가 반영되지 않고 빙글빙글 돌아가는 이 이상한 상황이 무슨 일인지 묻고 싶었다. 하지만 영주는 물을 틈을 주지 않았다.

"마력 충전 완료!"

마법사가 마력 충전이 완료되었다고 외치자 제리코의 뇌가 새하얗게 표백되었다. 머릿속이 복잡했는데 갑자기 백지가 되면서 아무것도 생각할 수 없었다. 제리코의 뇌를 잠식한 건 단 하나의 감정이었다.

공포.

영주가 제리코를 마법진 위로 이끌었다. 영주 딴엔 부드럽게 에스코트하는 것이지만 제리코 입장에선 도살장에 끌려가는 돼지가 된 기분이었다. 일개 사생아에 불과한 자신이 어째서 멋대로 이용하면 중죄인 이동 마법진 위로 올라가야 하는 걸까? 영주님은 왜 친부가 누구인지 알면서 설명해 주지 않는 걸까? 어째서 이렇게 서두르시는 걸까? 질문은 정말 많은데 무서워서 입이 벌어지질 않았다.

제리코는 사람에게 잡힌 돼지가 도살장에 데리고 갈 것도 아닌데 왜 그렇게 시끄럽게 울부짖는지 이해했다. 자신의 미래에 무슨 일이 벌어질지 모른다는 공포는 죽음의 공포와 비슷한 구석이 있었다.

눈부신 빛이 제리코와 영주 일행을 감쌌다. 높은 곳에서 곤두박질치는 기분에 비명을 지르려 하니 제리코의 두 발은 바닥에 멀쩡히 붙어 있었다. 중심을 잃고 팔을 휘젓는 제리코를 영주가 친절하게 붙들었다.

제리코는 모르는 일이었지만 영주관에 설치된 마법진은 모두 제도 근교의 마법진으로 통한다. 마법진 관리자는 예고도 없던 갑작스러운 방문에 눈살을 찌푸렸다.

"지에주 남작. 허가도 없이 마법진을 사용하다니 무슨 일인가? 이 일을 폐하께 보고하면 심히 문책하실 것이네."

"죄송합니다, 백작님. 하지만 상황을 알고 나면 폐하께서도 너그러이 용서해 주실 것입니다. 실례지만 한시가 급한 일이니 후에 알려 드리겠습니다."

"히끅."

영주는 뻔뻔한데 제리코는 놀란 나머지 딸꾹질을 연발했다. 제리코는 영주의 손에 이끌려 이동 마법진이 설치된 건물을 나와 마차에 올라탔다. 딸꾹질은 멈추지 않았다. 마차에 탄 후로도 일은 정신없이 돌아갔다. 여전히 제리코가 끼어들 구석은 없었다.

제리코는 자신이 있는 장소가 제도라는 걸 성문에서 검문을 받은 후에야 알았다. 놀라서 기절하려고 하는 제리코를 영주인 지에주 남작이 다독였다.

"아가씨의 친부가 누군지 알면 지금보다 더 놀랄걸."

"화, 황제 폐하라도 되나요?"

제리코가 놀란 가슴을 진정시키려 애써 농담을 던지자 영주는 의미심장한 미소를 지었다.

"그보다 놀라운 분이지."

세상에 황제보다 놀라운 사람이 어디 있단 말인가. 제리코는 울고 싶어졌고, 마차가 제리코를 황궁처럼 보이는(사실은 황궁이 아니지만) 어마어마한 성 같은 곳에 내려놓고 떠나자 정말 눈물이 찔끔 날 뻔했다. 그곳은 저택인지 성인지 구분이 되지 않았다. 어쨌든 제리코의 인생을 통틀어 본 건물 중에서 제일 크고 웅장했다.

영주는 제리코를 정문으로 이끌었다. 후문도 쪽문도 아닌 정문으로! 그것만으로도 기절할 것 같은데 이어지는 영주의 사과는 제리코를 뒷걸음질 치게 만들었다.

"미리 연락하지 못해 마차로 정문을 통과하지 못함을 사과해야겠군. 그래도 이해해 주게. 한시가 급한 일이라."

"도, 도대체 제 아버지는 누구……."

아버지가 아무리 대단한 인물이라도 그렇지. 고작 사생아에게 왜 이런 대우를 해가며 친부와 만나게 해주려는 것인가?

제리코는 마법진으로 이동하면서부터 시작한 딸꾹질을 계속 이어갔다. 저택의 사용인은 모두 제리코보다 기품 있어 보였다. 귀족이라고 속여도 믿을 것 같았다. 잔뜩 쫀 제리코를 두고 영주가 어딘가로 사라졌다. 제리코는 주위에 아무도 없는 걸 확인한 뒤 눈물을 몇 방울 흘렸다. 그녀는 두 손 모아 어머니 요나와 아버지 존의 이름, 동생들의 이름에 위대한 대자연을 찾으며 기도했다.

'살려주세요. 죽기 싫어요. 살려주세요.'

문 두드리는 소리가 들려 제리코는 자세를 바르게 했다. 귀족 아가씨로 보이지만 사실은 하녀인 그녀가 제리코에게 차를 갖다주었다. 제리코는 조용히 나가려는 하녀를 불러 세웠다.

"실례지만 여기가 어딘가요?"

"아리보 공작가입니다."

'죽기 싫어요!'

제리코는 하녀가 나가기 무섭게 얼굴을 가리고 소리 없이 울었다.

아리보 공작가는 귀족이라곤 영주님밖에 모르는 제리코도 알고 있는 제국의 대귀족가였다. 사실 워낙 높으신 귀족가라 시골 촌구석 동네에 사는 제리코는 신문이 아니면 이름을 들어볼 일도 없었지만 제국에 사는 사람이라면 모두 아리보 공작가를 알았다.

왜냐하면 대륙의 모든 인명을 구원한 용사가 아리보 공작가 사람이기 때문이다.

영웅 에라프 아리보. 광룡을 죽여 인류를 구한 용사의 이름은 거리의 삼척동자들도 알았다.

'미친 거야. 영주님이 미친 거야.'

제리코는 영주가 미쳤다고 생각했다. 냉정하게 생각해 보니까 진짜 미친 것 같았다. 치매거나 갑자기 미친 게 분명하다.

'내 친부가 아리보 가문의 사람이라고? 광룡을 무찔러 주신 용사님 가문?'

제리코는 그게 말이 되는 소리냐고 중얼거리다가 자신의 빨간 머리를 움켜쥐었다. 영주관의 하녀들이 열심히 빗어서 아침보다 부드러워진 빨간 머리를 보니 용사 에라프도 붉은색 머리카락을 가졌다는 사실이 떠올랐다. 하지만 빨간 머리가 세상에 단둘만 있는 것도 아닌데!

'내 친아버지가 아리보 가문의 사람이 맞다고 쳐! 그래도 난 사생아라고!'

좋게 생각해서 만에 하나 제리코의 친부가 아리보 공작가의 사람이라 치자. 그러나 친부가 상상 이상의 거물이었다 해도 제리코가 사생아라는 점은 변하지 않는다. 그런데 영주는 정문을 통해 제리코를 공작가에 데려왔다. 이건 정말 영주가 미친 것이었다. 만약 괘씸죄로 제리코까지 함께 벌받게 된다면 너무 억울한 상황이었다. 제리코의 얼굴은 시시각각 색이 변했다.

'이러다 죽는 거 아니야?'

영주가 준 옷은 수의이고 구두는 사자에게 주는 마지막 선물이 아닐까. 제리코는 숨을 곳이나 도망갈 구멍을 찾았다. 안타깝게도 방 안은 건

드리기 황송한 물건과 가구만 즐비할 뿐, 쥐구멍 하나도 찾을 수 없었다.

똑똑!

"……!"

노크 소리가 들려오자 제리코는 숨이 멎었다. 영주가 들어오더니 제리코를 이끌고 어딘가로 계속 걸어갔다.

건물 깊숙이, 안으로 안으로. 성인지 저택인지 분간이 가지 않는 건물의 가장 깊은 곳으로 제리코를 이끌더니 결국 도달한 곳은 아리보 노공작의 거처였다. 안락의자에 앉은 할아버지가 아리보 공작이란다. 제리코는 그냥 생각하는 걸 포기했다.

'될 대로 되라지. 난 오고 싶어서 온 거 아니다 뭐.'

설마하니 저 정도의 대귀족 나리께서 제리코를 '네 이년! 괘씸하구나!' 하고 죽이시겠는가. 평민의 목을 닭 모가지 취급하던 시절은 할아버지, 할머니 젊은 적 얘기라는데 저 노공작께선 그보다 좀 더 연식이 있어 보이셨다. 노공작의 눈엔 제리코의 모가지가 닭 모가지와 비슷하게 보일 것이란 뜻이다. 제리코는 만사를 포기했다. 저 혼자 깔끔하게 죽고 집에 있는 가족에게 영향이 가지 않기만 빌었다.

'영주님 나빠요. 평생 원망할 거야. 죽으면 저주할 거야.'

제리코의 속내를 아는지 모르는지 영주는 자기가 더 흥분해 아리보 노공작에게 사연을 말했다.

"옛적 소인이 공자를 수행했을 때 언질받은 적이 있습니다. 요나라는 여인을 취했고 증표를 주었으니 혹시 본인이나 아이가 찾아오거든 즉시 안내하라는 당부셨죠. 이 소녀가 에라프 님의 딸입니다!"

내내 안락의자에 앉아 있던 노공작이 천천히 고개를 돌렸다. 노화했지만 결코 죽지 않은 안광이 제리코에게 쏟아졌다. 제리코는 나라에서 제일가는 귀족의 카리스마에 고양이 앞에 선 쥐처럼 굳었다.

"에라프의 딸?"

"네! 확실합니다!"

영주가 제리코에게 눈빛을 보냈다. 제리코는 급하게 옷을 갈아입으면서도 품속에 사수한 신분패를 꺼냈다. 노공작 옆에 서 있던 노인이 정중하게 신분패를 받아 가더니 노공작에게 전달했다. 노공작은 신분패를 보고 고개를 끄덕였다.

"에라프의 신분패가 확실하구나."

두 귀족의 대화를 통해 제리코는 처음으로 친부의 본명을 알게 되었다. 그리고 어째서 영주가 자신을 진짜 귀족 아가씨처럼 대우했는지도 알았다.

에라프 아리보. 또는 에라프 미베어. 인류 최초의 용살자. 그리고 광룡의 처단자, 소드 마스터, 인류의 영웅. 온갖 수식어가 대변하듯 전 세계에 모르는 사람이 없는 인류 최강자이자 만인의 용사.

그가 제리코의 친부였던 것이다.

'내 친부가 에라프 님이라고? 용사님? 광룡을 무찔러 주신?'

제리코는 충격을 견디지 못하고 비틀거렸다. 옆에 서 있던 하녀가 붙잡아주어서 망정이지 아니었다면 노공작 앞에서 고꾸라지는 추태를 보였을 것이다.

황제 폐하보다 놀라운 사람이라는 영주의 말 그대로였다. 차라리 황제 폐하가 친부라는 소리를 들었어도 이보단 덜 놀랐을 것이다. 너무 놀라서 금붕어처럼 입을 뻐끔거리는 제리코에게 향하는 시선이 한둘이 아니었다. 노공작의 주위엔 공작가 식구로 보이는 사람이 몇 명 있었다. 그들이 제리코를 보며 수군거렸다.

'에라프의 딸이라고? 머리 색은 닮긴 했지만 진짜일까?'

'만약 딸이라면 대단한 우연이야. 인연이라고 할 수밖에.'

'시기를 잘 맞춰 찾아왔군.'

'진짜 딸이긴 할까? 에라프 자식이랍시고 찾아온 이가 한둘인가?'

'또 사기꾼이 찾아왔군. 사람이 타는 냄새는 질색인데.'

'아…….'

제리코는 놀랐던 가슴을 부여잡았다. 노공작의 주위 사람들이 보내는 시선과 말하지 않아도 충분히 통하는 그들의 의심, 속내 등이 제리코의 처지를 일깨웠다.

사생아. 혼인을 하지 않고 얻은 아이.

제리코의 친부가 인류의 영웅이면 어떻단 말인가. 제리코가 사생아라는 사실은 변하지 않는데. 게다가 제리코를 보는 사람들의 눈동자에는 의심이 가득했다.

아리보 공작가에선 제리코를 환영하지 않았다. 각오하고 있었던 일이지만 영주의 오지랖 때문에 직접 겪게 되니 심히 억울했다.

"이리 가까이."

아리보 노공작이 제리코를 가까이에서 보길 원했다. 제리코는 후들거리는 발을 간신히 움직여 노공작에게 다가갔다. 노공작이 제리코를 꼼꼼히 살펴보았다.

"제 아비를 쏙 빼닮았구나."

"감사합니다……."

제리코는 저도 모르게 감사 인사를 했다. 뭐든 말하지 않고는 견디기 힘들었기 때문이다. 노공작의 말에 반발한 건 다른 사람들이었다.

"각하! 아직 확실히 밝혀진 게 아닙니다!"

"어디서 굴러먹다 온 건지 알 수 없는 계집입니다! 철저히 조사해야 합니다!"

"당장 검사를 해야!"

"그만."

노공작의 한마디에 참새처럼 시끄럽던 이들의 입이 합죽이가 되었다. 노공작은 제리코에게 손을 내밀었다. 제리코는 바로 손을 내드렸다. 손이야 닳는 것도 아닌데 얼마든지 내드릴 수 있었다. 노쇠한 손이 제리코의 손을 쓰다듬었다. 물을 자주 만져서일까. 제리코의 손이 노공작의 주름진 손보다 거칠었다.

"이 아이는 에라프의 딸이다."

아리보 노공작이 인정했다. 공작가의 사람들은 더는 반박하지 못하고 물러났다. 제리코는 제리코대로 주위 눈치를 살폈다. 노공작의 눈가가 흐릿해졌기 때문이다.

'아니, 왜 울고 그러세요. 울고 싶은 건 난데.'

노인네들이야 원래 눈물이 많다지만 제리코가 보기에 이 노공작께선 쉽게 눈물을 보이지 않는 분일 것 같았다. 그런 노공작이 제리코의 손등을 쓰다듬으며 눈물을 보였다. 제리코는 도대체 왜 이런 일이 벌어지는지 이해할 수 없어서 눈알만 굴렸다. 노회한 호랑이의 눈물에 분위기는 숙연해졌다. 제리코는 참다 참다 같이 울었다. 다행히 제리코에게 뭐라고 하는 사람은 없었다.

고대하던 친부에게 향하는 길은 무려 아리보 노공작이 직접 안내했다. 제리코는 접시 물에 코 박고 죽고 싶어졌다.

제리코가 친부인 에라프 아리보에 대해 알고 있는 정보는 아주 적었다. 요나는 그가 붉은 머리를 한 자유 기사라고 말했다. 아이가 생기면 찾아오라고 신분패를 주고 떠난 게 전부다.

하지만 용사 에라프 아리보에 대해서라면 알고 있는 것이 조금 더 많았다. 제국에서 이름 높은 명문가인 아리보 공작가의 사람이라는 것. 소드 마스터라는 것. 광룡을 처단해 많은 사람의 생명을 구했다는 것. 모두가 찬양하는 영웅이고 용사라는 것. 황제 폐하께서 그 공을 치하해 새 성 미베어를 내리셨다는 것.

제리코는 노공작의 태도로 에라프가 공작의 손자거나 아들이라고 지레짐작했다. 연령대로 보자면 그렇게 잘못된 짐작은 아니었다. 근데 현실은! 놀라지 마시라. 아리보 노공작과 제리코의 관계는 삼촌과 조카다.

이야기는 이렇다. 선대 아리보 공작은 일찍 사별하고 하나 있는 아들을 애지중지 길렀다. 말년에 공작가에 크게 신세 진 친척이 보답으로 딸을 시집보냈는데 생각보다 둘의 금슬이 좋았다. 선대 공작은 일흔이 가까운 나이에 차남 에라프 아리보를 얻었다.

모두가 선대 공작 부인의 부정을 의심했다. 하지만 선대 공작과 당시의 소공작이었던 지금의 아리보 노공작은 에라프 아리보를 공작가의 일원으로 받아들였다.

다행히 마법으로 판별한 친자 검사 또한 옳게 나와 공작 부인의 부정을 의심했던 자들만 낯을 붉히고 끝났다. 형과 나이 차가 40년이 넘다 보니 에라프 아리보는 공작위에 관심이 없었다. 그는 형의 허락하에 자유롭게 살며 검술을 연마했다.

신분을 숨기고 자유 기사 생활을 하며 실전 경험을 쌓았고 무수히 많은 염문을 뿌리는 한편 부지런히 수련해 깨달음을 얻어 소드 마스터가 되었다. 그리고 황제의 명을 받들어 세계의 질서를 어지럽히는 광룡을 죽이고 인류 최초의 용살자가 되었다.

그가 광룡을 처단한 것은 제리코가 태어난 직후의 일이다. 이후 17년의 세월이 지났지만 에라프는 결혼을 하지 않아 부인과 자식이 없었다.

대략적인 설명을 들었지만 제리코는 여전히 사람들의 반응이 이해되지 않았다. 아무리 자식이 없어도 그렇지 사생아를 이렇게 반겨주나? 의문의 해답은 친부인 에라프 아리보를 만나고서 얻을 수 있었다. 문을 열고 들어가기 직전 하녀가 제리코에게 귀띔했다.

"놀라지 마십시오. 옳지 않습니다."

그게 무슨 말인가 이해하기도 전에 문이 열렸다. 방 안은 고요했다. 동시에 지독하리만큼 달콤한 냄새가 났다. 너무 달콤해서 썩는 냄새 비슷한 악취가 흘렀다. 방에 장식한 과일과 꽃이 과했던 탓이다.

제리코는 저도 모르게 인상을 찌푸렸다. 이렇게 지독한 냄새가 나는 방 안으론 들어가고 싶지 않았다. 하지만 노공작이 먼저 들어가기에 제리코는 따라서 방 안으로 들어갔다.

거대한 침대는 천개가 쳐져 있었다. 여러모로 기이한 방이었다. 침대 외엔 눈에 띄는 가구가 없었고 넓은 침실을 싱싱한 꽃과 과일이 가득 메우고 있었다. 냄새나니까 환기하면 좋을 텐데 창문은 굳게 닫혀 있고 커튼도 암막처럼 쳐져서 빛을 차단했다.

여러모로 이상한 구조였지만 제리코는 이내 이와 비슷한 게 무엇인지 떠올렸다.

'환자의 방?'

일반 환자가 아닌 회생이 불가능한 중환자의 방이 보통 이렇다. 제리코는 불안한 기색을 감추지 못하고 어깨를 움츠렸다. 악취는 침대가 가까워질수록 심해졌다. 노공작이 손수 천개를 걷자 제리코는 악취의 근원을 목도했다. 부패하는 시체가 침대 위에 놓여 있었다.

'어째서 시체를 이렇게 두는 거지?'

"읍!"

제리코는 순간 비명을 지를 뻔했다. 하지만 곧 시체가 침대 위에서 썩어가는 광경보다 더 끔찍하고 놀라운 광경을 목격했다. 시체로 보이지만 시체가 아니었다. 유일하게 썩지 않은 안구가 움직였다.

'산 채로 썩고 있어?'

너무 끔찍하게도 산 채로 썩어가는 사람이 침대에 누워 있었다. 그리고 그는 제리코의 친부이자 인류의 영웅, 광룡을 처단한 자 에라프였다.

"떠나갈 날이 머지않았는데 딸이 찾아오다니. 이 얼마나 다행스러운 일이더냐, 에라프."

붉은색 머리카락. 선명함을 잃고 빛바랜 머리카락이 제리코가 알아볼 수 있는 친부의 유일한 증거였다. 썩어 문드러진 얼굴 살로 인해 더욱 희게 보이는, 썩지 않아서 더 기괴한 안구가 제리코가 있는 방향으로 움직였다.

제리코는 정말 기절할 수 있을 것 같았는데 생각만큼 잘 되지 않았다.

"요나라는 여인을 기억하느냐? 그 여인이 낳은 딸이다. 네 딸이야, 에라프."

아리보 노공작이 제리코를 소개했다. 제리코는 입을 다물지 못하다가 황급히 인사했다.

"처음 뵙겠습니다. 제리코⋯⋯."

제리코는 습관대로 한숨을 붙이려다 입을 다물었다. 썩어가는 자는 놀랍게도 청각이 살아 있었다. 태어나서 처음 보는 친부였다. 태어나게 해준 것 외에 친부가 해준 일은 없지만 최소한 죽어가는 자에게 다른 남자의 성을 붙인 이름을 말하는 건 실례라는 생각이 들었다.

"제리코입니다. 제 어머니는 요나 지펜이에요. 기억하시나요?"

놀랍게도, 제리코가 다가가자 썩지 않은 안구가 위아래로 움직였다. 긍정의 의미였다. 제리코는 그가 자신을 더 잘 볼 수 있도록 얼굴을 가까이 가져갔다. 부패한 살점이 붙은 턱이 움직였다. 혀는 없었지만 에라프는 분명 말했다.

"요나⋯⋯."

"네. 요나의 딸 제리코입니다."

달그락.

썩어가는 살점과 혈관이 너덜너덜한 손이 움직였다. 움직이는 것만 봐선 마물 중에서 최악이라는 언데드와 다를 바 없었지만 제리코는 용케도 기절하거나 피하지 않고 에라프의 손길을 받아들였다. 딱히 친부에 대한 정이 있는 건 아니었다. 인류를 구해준 영웅에 대한 예의였다. 에라프가 광룡을 쓰러뜨리지 않았더라면 무수히 많은 사람이 죽고 대지가 불타 장송곡이 그치지 않았을 테니까.

친절한 기사님, 모두가 입을 모아 말한 좋은 사람. 인류를 위해 광룡을 처단하고 시골의 촌뜨기들을 위해 괴물을 퇴치해 주던 용사님이 어쩌다 이런 모습이 되었을까. 제리코는 울지 않으려고 갖은 애를 썼다.

"나의 딸, 어머니를, 닮았구나."

제리코는 순간 하루 동안 누적해 온 모든 긴장을 잊고 웃어버렸다. 제리코는 정말 어머니를 닮지 않은 소녀였다. 그런 제리코인데도 에라프는 그녀를 통해 요나를 추억한 것일까? 비록 귀족의 불장난이었다 한들 친부가 어머니를 기억하고 있는 건 기분 좋은 일이었다.

에라프는 그것으로 힘을 다한 듯 더는 움직이지 않았다. 폐가 썩어 숨을 쉬지 않기에 들썩이는 흉부의 움직임조차 없었다.

제리코는 두 손으로 잡은 에라프의 손을 조심스럽게 침대 위에 내려 두었다. 자칫 험히 다루면 부서질까 두려웠다.

아리보 노공작은 에라프의 기력이 다했을 것이라 말하고 제리코를 방 밖으로 이끌었다. 하루 사이에 엄청나게 많은 일이 벌어졌지만 마지막이 압권이었다.

하녀가 손에 썩은 진물이 묻은 제리코를 위해 대야에 물을 떠 왔다. 제리코는 조심스럽게 손을 씻었다. 노공작이 그 모양을 지켜보며 천천히 말했다.

"광룡의 독이다. 내부에서부터 신체를 좀먹었지. 광룡을 쓰러뜨린 날부터 지금까지 계속 에라프는 죽어가고 있었다."

제리코는 그제야 자신에게 닥친 기이한 일들이 분명한 이유가 있음을 깨달았다. 자신을 보고 반긴 영주, 자신보다 성급하던 영주의 태도.

간신히 상황을 유추해 보니 이러했다. 인류의 영웅은 광룡을 쓰러뜨리면서 치명적인 부상을 입었다. 몸이 썩고 있으니 결혼은 할 수 없었다. 성관계도 당연히 불가능했다. 산 채로 썩어가며 천천히 죽어가던 영웅에게도 슬슬 임종의 때가 다가왔다. 에라프는 누가 봐도 곧 죽을 인물이었다.

그런데 에라프의 딸이 친부를 찾아왔다. 사생아라지만 이 얼마나 절

묘한 시기인가! 영웅의 마지막을 장식하기 위한 운명적 이끌림이 아닌가!

아리보 노공작이 눈물을 보일 만했다. 제리코라도 울었을 것이다.

제리코는 한시가 급하다던 영주의 행동과 노공작의 눈물 모두를 이해했다. 이해할 수밖에 없었다. 하루 이틀만 늦었더라도 인류의 영웅은 자식의 얼굴조차 보지 못하고 세상을 떠났을 테니까. 동시에 주위에서 제리코를 극진히 대접하는 이유도 알 수 있었다. 지금 제리코는 에라프의 사생아가 아니라 에라프의 무남독녀 대접을 받고 있었다. 이 대접이 계속 이어질지는 미지수이나 모가지 뎅강보단 나았다.

당초 제리코의 목적은 친부를 찾아 장사 밑천을 마련한 뒤 바이바이하는 것이었다. 하지만 얼마 안 가 명을 달리할 친부를 두고 돈 얘기를 꺼낼 수는 없었다. 적어도 친자식 된, 그리고 유일하게 밝혀진 자식 된 도리로 장례식이 끝날 때까진 에라프의 곁에 머물러야 했다.

제리코는 다시 영지로 돌아가는 영주에게 가족들에게 전할 편지를 부탁했다. 편지 내용은 간단했다.

친부를 찾았는데 곧 돌아가실 것 같아 임종과 장례식만 지켜보고 돌아가겠다.

'내 친아버지가 에라프 님이라고 쓰면…… 믿기 힘들겠지.'

제리코는 고심 끝에 저렇게만 적었다. 캐리와 존이 좀 더 고생하게 되겠지만 어쩔 수 없었다. 아리보 노공작이 자리를 비키자 공작가의 다른 사람들이 제리코에게 다가와 신상 명세를 캐물었다.

제리코는 이번에도 모두 진솔하게 대답했다. 감히 올려다볼 수도 없는 높으신 대귀족이시니 거짓말을 하는 것보다 처음부터 솔직한 편이 나았다.

"이제야 찾아온 이유가 뭐지?"

"기사님은 자식이 생기면 찾아오라고 증표를 주셨지만 어머니는 결혼을 하셨기 때문에 찾아갈 생각이 없다고 말씀하셨어요. 제가 친아버지를 찾으러 온 것은 어머니가 임종 직전 남기신 유언 때문입니다."

"이런."

제리코를 못마땅한 눈으로 보던 50대 중후반쯤 되는 것 같은 남성이 혀를 차며 고인의 명복을 빌어줬다.

제리코는 황송해서 넙죽 절했다. 고인이라 너그러워진 건지, 아니면 귀족들이 원래 이런 부분에 있어선 관대한 건지.

제리코는 요나가 자신을 임신한 몸으로 결혼한 것에 흰 눈으로 볼 줄 알았는데 생각보다 반응이 관대했다.

"그 시기에 남자든 여자든 혼자 몸으로 아이를 낳아 기르기 힘들었겠지."

"좋아하는 사람이 생기면 결혼할 수도 있고."

"언제 오겠다 기약도 없었는데 어떻게 기다리겠어. 기다리는 쪽이 미련한 거지."

중년 남자 슬레이 아리보는 자신을 소공작이라 부르라고 말했다. 제리코는 얌전히 그러겠노라 대답했다.

"그럼 어머니가 돌아가셔서 몸을 의탁하러 찾아왔느냐?"

"그렇지 않습니다! 친부께 제 존재만 알리고 집으로 돌아갈 생각이었습니다!"

입이 찢어져도 돈 받으러 왔다고는 말할 수 없었다. 이웃 마을 찰스 아저씨처럼 돈 받아서 장사 밑천으로 쓰고 싶었지만 이제는 머리를 몸에 붙여서 돌아갈 수 있으면 다행이었다.

제리코의 생사를 결정할 수 있는 대귀족의 침묵은 마법진 위에 끌려 올라갈 때만큼 무섭고 두려웠다.

오랜 침묵 끝에 아리보 소공작이 몸을 돌렸다. 그가 떠나자 다른 사람들도 우르르 따라서 나갔다. 혼자 남은 제리코는 비틀거리면서 바닥에 엎드렸다. 가족들에게 편지도 썼고, 상황이 어떻게 된 건지 파악도 마쳤다. 아리보 노공작은 제리코를 에라프의 딸로 인정했으며 아들인 아리보 소공작은 일단 지켜보기로 한 모양.

제리코는 에라프의 침실 옆방에 짐을 풀었다. 아리보 공작가에서 제리코에게 바라는 건 어떻게 보면 쉽고 어떻게 보면 어려운 일이었다.

에라프는 서서히 죽어가는 중이기 때문에 간병을 할 필요는 없다. 하지만 종종 기운을 차리고 말을 걸거나 사람을 찾을 때가 있으니 그때 반드시 옆에 있어줄 것. 에라프가 언제 정신을 차릴지 알 수 없으니 제리코는 계속 에라프 곁에 붙어 있어야 했다.

산 채로 부패해 가는 사람 옆에 머무는 것은 맨정신으론 하기 힘든 일이었지만 제리코는 공작가의 요구를 받아들였다. 냄새가 나고 무섭고 피곤하다는 것만 빼면 그렇게 무리한 요구가 아니라고 생각했다.

일단 에라프는 제리코의 친아버지이고 인류를 구한 영웅이었다. 임종의 순간 친자식을 눈에 담고 싶은 마음은 누구나 마찬가지일 것이다.

얼마 전 어머니를 잃은 제리코는 고인의 머리맡을 지키는 게 얼마나 중요한지 알고 있었다. 그래서 제리코는 에라프의 침실에서 숙식을 해결했다. 옷을 갈아입는 건 가림막을 쳐서 해결하고 씻는 건 후다닥 해치웠다. 식사를 하는 게 유독 곤욕스러웠지만 코가 악취에 마비되어 계속 침실에 머물러 있으면 괜찮았다.

시취를 견디기 어려운 건 하녀가 드나들며 문이 열릴 때였다. 신선한 공기가 방 안으로 들어오면 제리코는 새삼 자신이 악취에 파묻혀 있다는 사실을 깨달았다.

"아가씨, 향수를 좀 더 뿌려 드릴까요?"

"아니요, 괜찮습니다. 그리고 아가씨라니요…… 그렇게 부르지 말아 주세요."

"아가씨가 싫으시면 공녀님이라고 불러 드릴까요?"

에라프 담당이었다는 하녀는 제리코에게 친절했다. 제리코는 공녀라는 호칭이 의아해서 물었다.

"전 에라프 님의 딸인데 공녀요?"

"아, 모르시는군요. 에라프 공작 각하께선 광룡을 쓰러뜨린 공로로 황제 폐하께 성과 공작위를 하사받으셨습니다. 에라프 미베어가 공작 각하의 공식 성함입니다. 각하께서 편찮으셨기에 광룡을 쓰러뜨린 이후의 일들은 널리 알리지 않았죠."

성이 바뀌었다는 얘기는 들었는데 작위 얘기는 금시초문이었다. 제리코는 꿈이 아닌지 확인하기 위해 다시 물었다.

"미, 미베어 공작."

"네, 공녀님."

하녀가 나가고 제리코는 탁자 위에 엎어졌다.

'기절하고 싶어.'

제리코가 에라프의 침실에서 숙식을 해결하기 시작한 지 이틀째.

육체적으론 그리 고되지 않은데 정신적으론 힘겨움의 연속이었다. 제리코가 기절하지 않고 버틸 수 있는 건 에라프의 의식이 돌아왔을 때 그에게 얼굴을 비춰야 한다는 사명감 덕분이었다.

'나 의외로 책임감이 강하구나. 나중에 취직할 때 써먹기 좋겠어.'

신체가 부패했는데 눈을 움직이고 보고 들을 수 있는 것은 모두 에라프가 소드 마스터의 경지에 오른 위인이었기 때문이다.

일반인이라면 용의 독이 체내에 침투하는 순간 즉사했을 것이란다. 에라프는 중독 증상을 마력으로 억누르며 버틴 것이라고 의사가 말했다.

과연 광룡을 무찌른 용사. 에라프는 용의 독에 필사적으로 저항해 17년이란 긴 세월을 버텼다. 하지만 그것도 한계에 달해 지금의 그는 시체나 마찬가지였다. 그가 의식을 유지하는 시간은 하루에 삼십 분이 고작이었고 시력과 청력을 유지하는 시간은 그보다 짧았다.

그런 에라프가 시간을 봐가며 의식을 찾을 리 없기 때문에 제리코는 거의 뜬눈으로 밤을 새웠다.

하녀들은 자신들이 함께 머무르며 에라프의 의식이 돌아올 때마다 제리코에게 알려주겠다고 권했는데 제리코가 거절했다. 공작가는 일하는 하녀들도 기품이 넘쳐흘러서 도무지 적응이 되지 않았다. 그녀들도 무서운 제리코는 차라리 혼자 있는 게 편했다. 에라프가 의식을 찾을 때마다 얼굴을 비춰주니 그가 좋아하는 것 같았다. 사실 썩어서 근육이 사라진 얼굴은 표정을 읽기 쉽지 않았지만 그냥 느낌이 그랬다.

제리코는 에라프에게 얼굴을 비출 땐 가능한 어머니 요나를 흉내 내어 웃었다. 요나에게 그러했듯 친부인 에라프에게도 둘의 일들이 기분 좋은 추억으로 남았길 소망했다.

돌볼 데 없는 시체를 옆에 두고 방에만 갇혀 있는 건 참 지루하고 심심한 일이었다. 제리코는 졸음도 떨칠 겸 친부에게 자기 얘기를 한다는 변명하에 에라프를 상대로 수다를 떨었다. 그래도 정도를 알아서 가능한 존과 동생들 얘기는 하지 않았다. 주로 요나의 얘기를 하거나, 자신의 신변담, 상인이 되고 싶다는 꿈을 얘기했다.

"전 사실 엊그제 도시에 처음 가봤어요. 그런데 이렇게 제도에 오게 되다니. 아직도 믿을 수가 없네요. 사실 지금도 꿈을 꾸는 것 같아요."

'좋은 꿈은 아니지만.'

좋은 꿈이 되려야 될 수가 없었다. 어머니 장례식을 치른 지 얼마 안 되어 이번엔 친아버지 장례식이라니. 썩어가는 사람 옆에서 수다를 떨었다고 하면 누가 믿어주기나 할는지. 진짜 지지리 복도 없지.

'그래도 한밑천 단단히 떼어 주겠지?'

죽어가는 사람을 앞에 두고 돈 생각을 하자니 양심의 가책이 느껴졌다. 제리코는 가책을 덜어 양심을 가볍게 해주기 위해 에라프가 듣기에 좋은 말을 했다.

"어머니는 제가 에라프 님을 닮았다고 말했어요. 이 빨간 머리 보이세요? 근방에 빨간 머리가 없어서 제가 딱 나타나면 다들 요나의 딸 제리코인 걸 알았죠. 전 어머니 말을 내내 의심했는데 에라프 님의 머리카락이 정말 저와 똑같은 색이네요."

그럴 리 없지만 에라프가 웃은 것 같았다. 착각에 불과하지만 그래도 제리코는 기분이 좋아졌다. 제리코는 열심히 자라온 이야기를 했다. 보시면 알겠지만 마을 소년들에게 인기가 좋다느니, 어른들에게도 인기 좋다느니. 죽어가는 친부에게 이야기를 하다 보니 제리코는 새삼 자신이 운 좋은 삶을 살았음을 알았다. 가난했지만 행복했고 이웃들은 모두 친절했다.

"제가 왜 상인이 되고 싶었냐면요, 마을에 상점이 딱 하나밖에 없는데 거기 주인에게 외지인이 금반지를 판 거예요. 주인이 금반지를 깨물어서 진짜 금인지 확인해 보는데 그게 그렇게 부럽더라고요. 딴 집 애들은 집에 가서 엄마 결혼반지라도 깨물어본다는데 우리 집은 가난해서 그런 것도 없고. 그래서 어린 마음에 생각했죠. 상인이 되면 금반지를 깨물어볼 수 있을 거야."

금 얘기가 나온 김에 제리코는 내내 잊고 있던 금덩이, 아니, 신분패를 떠올렸다. 그녀는 신분패를 품에서 꺼내 에라프에게 보여줬다.

"그러고 보니 어머니에게 이걸 증표로 주셨죠. 덕분에 영주님이 제가 에라프 님의 딸이라는 걸 바로 알아봐서 이렇게 빨리 에라프 님을 뵈러 올 수 있었어요. 영주관 하인이 이거 진짜 금이라고 했는데 깨물어봐도 될까요?"

대답은 없었다. 당연한 일이었다. 제리코는 신분패를 여기저기 살폈다. 화려한 문양이 새겨져 있는데 그게 뭔지 알 수 없었다.

"여기 새겨진 이 그림 같은 건 뭘까요? 다들 이걸로 알아본 걸 텐데. 깨물면 이게 상해서 안 될까…… 끄트머리만 살짝 깨물면……."

"귀족……."

"네?"

"귀족 문자……."

"문자요? 기초 학교에서 글은 뗐지만 이렇게 안 생겼…… 아, 귀족 문

자. 귀족들은 다르게 생긴 문자를 쓴다고 들었어요. 이게 그거구나."

언제부턴가 에라프는 제리코의 수다를 듣고 있었던 모양이다. 그는 힘겨울 텐데도 딸을 위해 마력을 운용했다. 제리코는 묘한 감동을 느끼며 손가락으로 신분패 위를 만지작거렸다.

"이게 이름이었구나…… . 문자인 걸 알았으면 이름을 좀 더 빨리 알 수 있었을 텐데. 좀 아쉽네요. 애들에게 우리 아빠가 용사님이라고 자랑할 수 있었는데."

목수의 딸인 게 부끄러운 건 아니지만 용사님의 딸은 뭔가 거창하잖아? 에라프가 듣고 있다는 걸 알게 되었으니 제리코는 좀 더 에라프를 기쁘게 해주기 위한 소재를 꺼냈다.

"제가 힘이 세다는 건 말씀드렸나요? 저 어릴 때부터 소녀 장사 소리 들었어요. 어찌나 힘이 세고 달리기가 빠른지 동네랑 이웃 마을까지 합해서 절 이기는 사람이 없었어요. 감자 한 포대도 거뜬히 들고, 돼지도 들어요. 새끼 돼지가 아니라 다 큰 돼지. 돼지가 얌전히 안겨줘야 하지만요. 엄마는 그게 다 아버지 닮아서 그런 거라고 했는데 진짜 그랬네요. 광룡을 무찔러 주신 용사님이 아버지라니."

제리코는 쉬지 않고 입을 놀렸다. 먹을 것과 마실 것은 하녀들이 쉬지 않고 날라주니 입에서 침 마를 걱정은 하지 않아도 됐다.

역시나, 노크 소리와 함께 하녀가 들어왔다. 에라프를 담당하던 하녀들이 아닌 낯선 하녀였다. 그녀의 손에는 다과 대신 간단한 청소 용구가 들려 있었다.

"공녀님, 실례지만 저 안쪽에 있는 검을 가져와 주시겠어요?"

낯선 하녀가 제리코에게 부탁했다.

"검? 여기 검이 있어요?"

제리코는 침대 옆에서 일어나 하녀가 가리키는 방향을 살폈다. 꽃 무더기에 가려 뒤편이 보이지 않았다. 하녀가 죄송하단 표정을 지었다.

"네, 검에 쌓인 먼지를 털어야 하는데 제가 저 꽃에 알레르기가 있어서요. 송구합니다."

"아니에요, 그 정도는 해야죠. 밥만 축내고 있는데."

"제리……."

에라프가 제리코를 불렀다. 제리코는 하녀에게 잠깐만 기다리란 손짓을 보낸 뒤 에라프의 입가에 귀를 가져갔다. 에라프가 힘겹게 말했다.

"안 돼…… 위험……."

"말씀드렸잖아요! 저 힘이 장사라 검 정도는 거뜬히 들 수 있어요! 그리고 검 손잡이를 들면 안전하잖아요."

"네, 맞아요, 공녀님."

"안 돼…… 안 돼……."

에라프가 안 된다는 의사를 거듭 밝혔지만 제리코는 대수롭지 않게 생각했다. 왜냐하면 그녀의 아버지 존 한슨도 제리코가 집에 있는 공구를 건드리지 못하도록 했기 때문이다. 망치나 못이 위험하다는 이유였다.

'아버지들은 다 똑같구나.'

제리코는 꽃을 헤쳐 꽃 무더기 뒤에 숨겨진 검을 찾았다. 시녀의 말대로 꽃에 가려진 협탁 위에 방석이 있고, 그 위에 말 그대로 용사님의 검에 걸맞은 검이 놓여 있었다. 검에 문외한인 제리코가 보기에도 세상에서 제일 멋지다고 단언할 수 있는 검이었다. 검이 꽂혀 있는 검집도 어찌나 멋진지. 귀한 물건 같았기에 제리코는 확인을 위해 하녀에게 되물었다.

"여기 있는 이 검 말하는 거죠?"

"네."

"안 돼!"

에라프가 깜짝 놀랄 정도로 큰 소리를 낸 것과 제리코가 검 손잡이를 잡은 것은 동시에 벌어진 일이었다. 에라프가 낸 소리는 용의 울음처럼 공작저 전체를 쩌렁쩌렁 울렸다. 제리코는 깜짝 놀라서 하마터면 검을 떨어뜨릴 뻔했다. 검집에 흠집이라도 났다간 제리코의 목숨을 걸어도 갚지 못할 것이다.

제리코는 두 손으로 검을 꽉 붙잡은 채 꽃 무더기를 빠져나왔다.

"자요, 이렇게 귀한 검인데 먼지가 쌓이도록 방치하다니 너무하네요. 이거 에라프 님의 검 맞죠? 설마 이걸로 광룡을 베셨나요?"

제리코가 검을 하녀에게 내밀었는데 하녀는 놀란 토끼 눈을 하고 받지 않았다.

'이 검이 아닌가? 이게 맞다고 했는데?'

제리코는 의아해져서 다시 하녀에게 검을 건네주려 했다. 그러자 하녀가 검을 받기는커녕 바닥에 엎드려 절했다.

"죽을죄를 지었습니다! 감히 공녀님을 시험하려 했습니다! 죽여주십시오!"

"가, 갑자기 왜 그러세요?"

제리코는 하녀를 일으켜 세우려고 했다. 하녀는 기겁하며 제리코의 손을 피해 도망쳤다. 제리코가 당황해서 어쩔 줄을 몰라 하는데 문이 덜컥 열렸다. 아리보 노공작의 분노한 목소리가 방 안에 울려 퍼졌다.

"이 괘씸한 놈들! 제리코는 에라프의 딸이 맞단 말……!"

분기탱천해서 지팡이를 휘두르며 무리하던 노공작이 검을 든 제리코를 보고 돌처럼 굳었다. 노공작의 뒤에서 고개 숙이고 따라오던 무리 또한 마찬가지였다. 아리보 노공작의 지팡이가 천장에서 바닥으로 이동했다. 아리보 노공작이 경악한 얼굴로 제리코를 응시했다.

"지금…… 네가…… 그 검을 집은 게냐?"

"그, 그런데요."

노공작이 비틀거리며 침대 쪽으로 다가갔다. 제리코는 검을 하녀에게 건네주려다 하녀가 기겁하자 바닥에 내려놓고 공작에게 다가가 부축했다. 노공작은 곧장 에라프에게 말했다.

"에라프, 보았느냐. 네 딸이 검을 들었다."

"들면 안 되는 건…… 가요?"

"에라프, 보았느냐. 못 보았으면 이제라도 듣거라. 제리코가, 네 딸 제리코가 검을 들었다. 드래곤 슬레이어 소드를 들었어!"

'이름 한번 거창하네.'

거창한 이름이 부끄럽지 않은 훌륭한 검이지만 이름이 참 길었다. 제리코는 시답잖은 생각을 하다가 흠칫 놀랐다. 제리코가 처음 아리보 공작저에 발을 들인 날 가벼운 눈물을 보였던 노공작이 이제는 아예 눈물을 줄줄 흘리고 있었다. 노공작의 눈물은 산 채로 썩어가는 동생의 몸 위에 뚝뚝 떨어졌다. 눈물이 떨어진 장소가 눈 근처라 그런지 제리코의 눈엔 에라프도 우는 것처럼 보였다.

도대체 무슨 일이 벌어진 걸까. 제리코는 모르는 무언가가 벌어진 게 틀림없었다. 설마 건드려선 안 되는 귀물을 건드린 것인가 하는 걱정이 드는 한편 제리코는 억울했다. 검을 가져와 달라고 부탁한 건 바닥에 엎드린 하녀였다. 그 자리에 서서 뭘 어째야 하나 고민하는 제리코에게 아리보 노공작이 부탁했다.

"그 검을 에라프의 옆에 놔주지 않겠느냐."

"네."

어렵지 않은 부탁이었다. 제리코는 허리를 숙여 바닥에 내려놨던 검을 집어 들었다. 다시 한번, 사람들 사이에서 숨넘어가는 소리가 들렸다. 아무래도 사람들이 이상한 태도를 보이는 건 검 때문인 듯했다.

'진짜 용사님의 검이면 나 같은 사생아가 함부로 만져선 안 되는 물건이겠지.'

사람들이 놀라는 것도 어쩔 수 없지. 하지만 괘씸하다고 생각해도 다른 방도가 없다. 노공작께서 부탁하신 것이니까. 제리코는 그런 생각을 하면서 떨리는 사지를 진정시켰다. 에라프에 이어 노공작의 호령까지. 연달아 큰 소리를 들었더니 잘못한 게 없는데도 몸이 떨렸다. 제리코는 에라프의 옆에 검을 내려놓았다. 아리보 노공작이 떨리는 시선으로 제리코와 검을 번갈아 보았다.

"이 검의 이름은 드래곤 슬레이어 소드. 에라프가 광룡을 벤 검이다."

"역시. 심상치 않은 기운이 느껴졌습니다."

엄청 비싸 보였다. 그렇게 귀한 물건을 먼지가 쌓이도록 방치한 건 이해하기 힘들었지만. 제리코는 드래곤 슬레이어 소드의 검집에 내려앉은 먼지를 대충 손으로 털었다. 제리코를 바라보던 노공작의 시선이 과거를 훑었다.

"에라프는 그 검을 애지중지했어. 몸 상태가 괜찮을 땐 직접 손질하고 먼지가 앉지 않도록 관리했지. 하지만 에라프가 움직일 수 없게 되자 아무도 에라프 옆에 그 검을 가져다줄 수 없었다."

"어째선가요?"

"드래곤 슬레이어 소드가 자아를 가진 에고 소드이기 때문이지."

'자아? 검이? 무슨 소리지?'

무슨 소린지 하나도 모르겠기에 제리코는 경청하는 척했다. 하여간 검 이름이 쓸데없이 길었다.

"드래곤 슬레이어 소드는 광룡의 피를 머금으면서 자아를 가진 에고 소드로 각성했다. 동시에 용을 벨 수 있는 유일한 검이 되었지. 이게 무슨 뜻인지 알겠느냐, 제리코? 이 검을 쥔 자는 소드 마스터가 아니라도 용을 벨 수 있는 것이다."

제리코는 소드 마스터만 용을 벨 수 있다는 것도 이번에 처음 알았다. 어쨌든 제리코는 계속 경청하는 자세를 취했다.

"에라프가 이렇게 되자 많은 사람이 드래곤 슬레이어 소드를 탐냈다. 하지만 드래곤 슬레이어 소드는 자아를 갖고 주인을 선택할 수 있는 검. 드래곤 슬레이어 소드는 에라프의 후손이 아니면 주인으로 인정하지 않겠다는 의사를 밝혔지. 사람들은 검의 주장을 받아들이지 않았고 드래곤 슬레이어 소드는 극단적인 처벌을 내렸다."

자아를 가진 에고 소드. 용을 벨 수 있는 유일한 검. 드래곤 슬레이어 소드를 원하는 사람은 많았다. 하지만 검이 제시한 자격을 갖추지 못한 자가 검을 건드릴 경우, 그들은 꺼지지 않는 불의 공격을 받아 재가 되어 쓰러졌다.

"에라프는 자유 기사 생활을 하면서 여러 사람을 만났어. 그의 자식이라 주장하며 찾아온 자가 네가 처음은 아니었다. 하지만 그들은 드래곤 슬레이어 소드를 쥐는 순간 불에 타 죽었지. 그런데 제리코, 넌 드래곤 슬레이어 소드를 쥐어도 아무렇지 않구나."

제리코의 간담이 서늘해졌다. 제리코는 방금 왜 죽는지 영문도 모른 채 불타 죽을 뻔한 것이다. 제리코의 시선이 바닥에 엎드린 하녀에게 향했다.

"너무해요!"

"하녀를 탓할 게 아니다. 네 사촌을 탓해야지."

노공작이 노구를 이끌고 호통을 치며 자식, 손주, 며느리, 손주 며느리, 증손자를 데려온 이유가 있었던 것이다.

제리코는 아리보 소공작에게 항의하기 위해 그를 노려봤지만 몸만 부들부들 떨다가 입을 다물었다. 솔직히 귀족이라 무서웠다. 아리보 소공작은 고개를 숙이고 있어 무슨 생각을 하는지 알 길이 없었다. 하지만 그의 어깨가 미약하게 떨렸다.

노공작이 부들부들 떠는 제리코의 어깨를 토닥이며 위로했다.

"이제 되었단다, 제리코. 네가 드래곤 슬레이어 소드의 주인이 될 자격을 갖췄으니 아무도 널 함부로 대하지 못해. 내가 널 지켜주마."

"감사합니다, 공작님."

"삼촌이라고 부르거라."

"삼촌."

"울지 말거라. 누가 우리 예쁜 조카딸을 울렸누."

죽을 뻔했다는 공포에 제리코는 눈물을 보였다. 그녀 자신이야 결백하지만 만에 하나 요나가 거짓말을 했다면 제리코는 드래곤 슬레이어 소드를 잡는 순간 불에 타서 재가 되었을 것이다. 이걸로 자신이 에라프의 딸인 게 확실시되었지만 제리코는 전혀 기쁘지 않았다.

노공작이 제리코를 위로해 주며 당당해지라 말했다.

"울지 말고 가슴을 쭉 펴거라. 너는 제리코 미베어. 네 아버지는 에라프 미베어 공작이고 넌 인류를 구한 용사의 하나뿐인 딸이다."

그 일이 있은 후 드래곤 슬레이어 소드는 방석 위가 아닌 에라프의 침대 위, 주인 옆에 놓이게 되었다. 제리코는 용사와 용사의 검을 내려다보며 생각했다.

'왜 안 된다고 말했을까.'

에라프는 제리코가 자신의 딸인 걸 확신하지 못해서 제리코의 안전을 위해 검을 잡지 말라고 경고했던 것이다.

'친딸은 아니지만 죽는 걸 볼 순 없기 때문이었을까? 그래도 내가 검을 잡으면 친딸인지 아닌지 확실해질 텐데. 죽기 직전이니 괜한 고민 하는 것보다 친딸일지 모르는 내가 임종을 지켜봐 주는 게 낫다고 생각했을까?'

에라프가 말을 하면 물어볼 생각이었는데 모두가 들을 수 있도록 크게 '안 돼'라고 외친 것이 용사가 지닌 마지막 힘이었다. 광룡을 쓰러뜨리고 인류를 구한 용사, 에라프 미베어는 딸이 지켜보는 앞에서 숨을 거뒀다.

제리코는 친딸이라는 이유로 그의 머리맡을 차지했다. 유일하게 썩지 않았던 안구가 진물을 내며 터지자 제리코는 이루 말할 수 없이 울적해졌다. 영웅의 말로가 이토록 초라하다니. 부인도 자식도 없이 사생아와 늙은 형이 지켜보는 중에 가다니. 제리코의 눈에 눈물이 핑 돌았다. 노공작은 울지 않았다. 귀한 눈물을 제리코 앞에서 두 번이나 보인 게 예외였다는 듯 마른 눈으로 동생의 임종을 지켜봤다.

"참으로 힘겨운 세월이었지. 고통스럽게 버티지 말고 빨리 편해지길 바라는 마음이었다. 하지만 이 모든 게 제리코, 널 기다린 것이었구나."

'그건 아닌 것 같은데.'

제리코는 괜한 말을 하지 않고 에라프의 썩은 귓가에 속삭였다.

"편히 쉬세요, 에라프 님."

제리코는 한 번도 에라프를 아버지라고 부르지 않았다. 왜냐하면 제리코의 아버지는 존 한슨 한 분뿐이기 때문이다. 그녀가 에라프에게 보인 정성은 친부에 대한 예의보단 인류를 구원한 용사에 대한 봉사에 가까웠다. 사실을 모르는 사람들은 노공작의 말이 맞다며 눈시울을 붉혔다.

영웅의 장례식은 성대했다. 황제의 장례에 준하는 예우를 받으며 엄숙하게 진행되었다.

제리코는 친딸이라는 이유로 상주가 되어 장례의 모든 행사에 참가했다. 제리코는 정신이 하나도 없었다. 이미 영혼이 육신에서 빠져나가 골렘처럼 움직였다. 누가 인사하면 따라 인사하고, 누가 뭘 물어보면 아는 대로 대답했다.

고인이 광룡을 쓰러뜨린 이후의 사정을 아는 이는 극소수였다. 그래서 관에 꽃을 놓는 자격을 얻은 사람도 극소수로 한정되었다. 제리코는 노공작의 주장에 따라 드래곤 슬레이어 소드를 안은 채로 그런 사람들에게 인사했다.

"와주셔서 감사합니다."

"……친딸을 찾았다는 소문이 사실이었군."

"와주셔서 감사합니다."

"드래곤 슬레이어 소드를 들고서도 멀쩡하다니!"

"와주셔서 감사합니다."

"가품은 아니야! 저건 분명히 드래곤 슬레이어 소드다!"

영혼이 담기지 않은 인사를 하던 제리코의 눈에 일순 이성이 돌아왔다. 영웅의 장례식이다 보니 헌화하러 오는 사람들 면면도 화려했는데 개중 눈이 번쩍 뜨일 만한 미녀와 미인이 있었다.

'와, 엄청 미인.'

제리코는 정신을 바짝 차렸다. 그녀를 깜짝 놀라게 만든 미녀는 금발이었다. 저토록 찬란한 금발을 자랑하는 가문은 몇 없고, 개중 하나는 제리코도 잘 아는 이름이었다.

'황족.'

미녀의 머리는 제리코가 앞서 보았던 황제의 머리칼과 채도와 명도가 동일했다.

침을 꿀꺽 삼킨 제리코는 다가오는 미녀와 뒤따라오는 미인에게 인사했다.

"와주셔서 감사합니다."

"힘들어 보이는구나."

"그렇지 않습니다."

금발의 여인은 정말 미인이었다. 나이는 제리코보다 연상일까? 조금 피곤해 보이는 안색이 그녀에게 신비로운 분위기를 선사했다. 그녀의 뒤에 선 미인은 멀리서 봤을 땐 여자인 줄 알았는데 가까이에서 보니 남자였다. 상주인 제리코보다 더 어둡게 입은 그의 눈동자는 빨간색이었고 피부는 막 내린 눈처럼 하얬다.

제리코는 태어나서 그런 사람을 처음 보았기 때문에 흠칫 놀랐다. 설마 놀란 게 티가 났을까 걱정이 되어 고개 숙여 인사했다.

"와주셔서 감사합니다."

미인과 미녀는 왔을 때처럼 함께 퇴장했다. 지나친 미인의 등장에 긴장했던 제리코는 가슴을 쓸어내렸다.

'깜짝 놀랐네.'

제리코는 상주답게 삐져나온 머리카락 없이 깔끔하게 묶은 자신의 적발을 생각했다. 인체에서 자기 머리보다 빨간 건 보기 힘들 것이라 생각했는데 방금 본 미인의 눈동자는 무서우리만치 맑고 붉었다.

'루비라는 보석이 저런 느낌일까.'

제리코는 다급히 출타하는 정신을 붙잡았다. 지금 자신은 상주였다. 우울한 분위기를 유지할 필요는 없어도 적어도 고인에 대한 예의는 갖춰야 했다.

마음을 다잡은 제리코를 다시 딴눈 팔게 만든 건 제리코와 에라프 못지않게 새빨간, 노을 지는 하늘처럼 붉은 머리였다. 제리코보다 머리 하나는 더 큰 남성은 앞선 미인과 마찬가지로 어떤 미녀와 동행했다. 갈색 머리를 세련되게 틀어 올린 미녀는 관 안에 꽃을 넣고 제리코에게 다가왔다. 그 뒤를 붉은 머리 남성이 느릿하게 따라왔다. 덩치가 커서 보폭도 큰가. 미녀의 빠른 걸음에도 뒤처지지 않았다.

"와주셔서 감사합니다."

"언제 어디서나 여러분의 생활을 책임지는 스타즈입니다."

"아."

제리코는 저도 모르게 아는 척을 했다. 아는 척할 수밖에 없었다. 갈색 머리 미녀가 말한 스타즈는 제리코의 고향, 촌구석 마을에 있는 유일한 상점의 이름이었기 때문이다.

스타즈 상회. 서대륙 최대의 상회 이름을 말한 여자는 제리코에게 명함을 건넸다.

제리코는 황송한 마음에 두 손으로 받으려고 했는데 드래곤 슬레이어 소드 때문에 그럴 수 없었다.

"두 손으로 못 받아서 죄송합니다."

"고작 명함을 위해 내려놓을 검이 아니니까요. 그럼 후에 뵙겠습니다."

'안 볼 건데.'

미녀가 스타즈 상회 사람인 건 확실하고 또 꽤 높으신 사람처럼 보였다. 그런 사람과 제리코가 다시 마주칠 일은 없을 것이다.

제리코는 미녀의 뒤를 따라오는 붉은 머리에게 인사했다. 붉은 머리가 워낙 인상적이라 미처 알아채지 못했는데 가까이에서 보니 이 남자 또한 미남이었다.

"와주셔서 감사합니다."

"얼마나 애통하십니까. 조의를 표합니다."

붉은 머리 남자는 예의 바르게 인사했는데 바로 발걸음을 옮기지 않았다. 그의 시선은 제리코가 들고 있는 이름도 거창한 드래곤 슬레이어 소드에 박혀 있었다.

"지금 들고 계신 검이 드래곤 슬레이어 소드입니까?"

"네, 그렇습니다."

"······."

"뒷사람 기다리잖니! 얼른 가자!"

"네, 어머니!"

갈색 머리 미녀가 붉은 머리 미남을 부르자 그가 바로 대답하고 몸을 돌렸다. 제리코는 너무 놀라서 입을 벌렸다.

'모자였어?'

어머니 쪽이 너무 젊어 보여서 경호원이나 뭐 그런 사이인 줄 알았다. 제리코는 놀라운 일들의 연속에 혀를 내둘렀다.

시간이 지나면서 조문객도 뜸해졌다. 노공작은 먼저 공작저로 돌아갔고 다른 사람들은 제리코에게 첫 별이 뜨면 돌아가서도 된다고 말했다.

제리코는 안도의 눈물을 흘렸다. 꽃을 채운 관을 닫고 내일 화장을 하면 장례식이 끝나는 것이다. 본래는 가묘에 안치해야 하지만 사체의 상태가 좋지 않아 화장하기로 했다. 화장장으로 가기 전 관과 함께 제도의 대로를 이동해야 했지만 사람을 상대하는 일은 오늘이 끝이었다.

'정말 긴 일주일이었어.'

첫날부터 오늘에 이르기까지 참으로 파란만장한 나날이었다. 제리코는 평생 할 모험을 전부 마친 기분이었다.

슬슬 폐장 분위기였다. 아리보 공작가의 사람들이 관 뚜껑을 덮으려 하는데 장례식장 문이 벌컥 열렸다.

"안 늦었어! 안 늦었어!"

로브를 뒤집어쓴, 한눈에 봐도 수상한 사람이었다. 목소리로 추정하건대 여성이었지만 그녀의 무례를 탓하는 사람이 하나도 없었다.

제리코는 몰랐지만 그녀가 입은 로브는 마탑의 인정을 받은 소수의 마법사만 입을 수 있는 마법 물품이었다. 심지어 금사로 나무 잎사귀를 수놓은 로브를 입을 수 있는 마법사는 제도에서 단 한 명밖에 없었다.

"마탑주!"

"안 올 줄 알았는데?"

"이런 행사엔 참가하지 않기로 유명한 인물이 무슨 일이지?"

여성의 정체를 알고 있는 사람들은 모두 그녀가 장례식장에 찾아왔다는 사실에 놀랐다.

여성이 즉각 항의했다.

"내가 왜 안 와! 우리 사이가 어떤 사인데!"

'어떤 사이였는데?'

절로 궁금해지는 대목이다. 제리코는 마지막 손님이란 생각에 자세를 정돈하고 허리에 힘을 줬다.

마탑주라 불린 인물은 혼자 온 게 아니었다. 마찬가지로 로브를 뒤집어쓴 사람을 대동했다. 제리코는 마탑주가 뭐 하는 사람인지 모르겠지만 사람들 태도를 보아 높으신 분이라고 짐작했다.

높으신 분들은 절대 혼자 다니지 않는다. 알아둬서 나쁠 것 없는 상식이었다.

"내가 왜……."

"당연히 인사해야지! 그게 예의인 거야!"

"엄마도……."

"나는 몰라도 넌 꼭 인사해야 해!"

'상식이 아닌가.'

앞서 낮에 인사했던 스타즈 상회의 사람과 마찬가지로 마탑주와 동행인은 모자 관계인 듯했다. 마탑주는 로브를 뒤집어쓴 아들의 머리를 사정없이 후려쳤다. 고인 앞에서 보일 행동이 아니었다. 맞은 아들은 꽃을 관 안에 넣었다.

제리코는 둘을 기다리다가 인사했다.

"와주셔서 감사합니다."

"검 배워?"

"네?"

"소드 마스터는 될 수 있을 것 같아?"

"네에?"

"마법은 어때? 소질 있어? 에라프가 몸이 썩은 상태로 움직일 수 있었던 건 어떻게 생각해? 소드 마스터가 되면 따라 할 수 있을 것 같아? 드래곤 슬레이어 소드를 들었을 때 어떤 느낌이 들었어? 평소와 뭔가 다른 건 있었어? 혹시 검을 들고 있을 때 생기나 마력이 빠져나가는 기분은 들지 않……."

"마스터! 너무 무례하십니다!"

허둥지둥 문을 열고 들어온 로브를 입은 또 다른 사람(목소리로 추정하건대 남자)이 마탑주의 입을 틀어막더니 그녀를 강제로 끌고 나갔다.

제리코는 한바탕 폭풍이 지나간 듯한 기분에 정신을 차리지 못했다. 그러다가 자신 앞에서 기다리고 있는 마탑주의 아들을 발견했다. 이 사람이 마지막이었다. 진짜로.

"와주셔서, 감사합니다."

"······."

아무 말도 하지 않았다고 생각했는데 곰곰이 생각해 보니 뭔가 말한 것 같았다.

제리코는 다시 한번 말해주십사 청했다.

"죄송합니다. 제가 잘 못 들었습니다. 다시 말해주실래요?"

"······죄송······ 엄······."

"죄송합니다. 잘 안 들리는데 좀 더 크게."

"피차 부모 때문에 고생이 많네!"

마탑주의 아들이 버럭 외쳤다. 아주 무례한 언사였다. 무엇보다 제리코를 당황하게 만든 건 무례한 말을 하기 전에 마탑주 아들이 중얼거리던 말이 사죄였다는 것이다.

'같은 말 반복하게 해서 기분이 상했나.'

제리코는 괜찮은데 주위에서 난리였다. 마탑주를 끌고 나갔던 남자가 황급히 들어와 마탑주 아들의 머리를 후려쳤다.

"너 미쳤나!"

"그러니까 왜 끌고 와! 나 일주일 동안 한 시간도 못 잤거든!"

마탑주의 아들은 적반하장으로 항거했다. 개기는 와중에 후드가 벗겨져 그의 얼굴이 드러났다. 연두색 머리카락이 신비로웠지만 퀭한 다크서클이 신비를 깎아먹었다.

일주일 동안 한 시간도 못 잤다는 말은 사실인 것 같았다. 짙은 다크서클과 병색이 완연한 창백한 피부는 그의 상태가 정상적이지 않음을 증명했으니까.

앞선 백발 미인이 세상에 존재하지 않을 것 같은 새하얀 피부였다면 마탑주의 아들은 해를 보지 못한 창백한 피부를 지니고 있었다. 저 다크서클만 없어져도 요정처럼 아름다울 텐데. 참 안타까운 일이었다.

마탑주의 아들은 한 바퀴 빙그르르 돌더니 바닥에 앉았다. 그가 목을 삐딱하게 꺾고 제리코를 가리켰다.

"이건 꿈? 꿈이지? 와, 꿈 맞나 봐. 저기 미소녀가 있어."

"죄송합니다!"

남자는 마탑주의 아들을 둘러업고 쏜살같이 빠져나갔다. 추태를 막기 위한 가장 빠르고 정확한 선택이었다. 그렇게 마지막 손님이 가버렸다.

제리코는 저도 모르게 다리에 힘이 빠져 주저앉았다. 방금 전의 폭풍 같은 모자가 마지막이었다고 생각하니 어쩔 수 없었다.

"공녀님, 괜찮으십니까?"

"괜찮, 괜찮아요. 저 이제 조금만 쉴게요."

고인의 임종을 지켜봤다. 장례식도 끝나간다.

'이제 집에 갈 수 있어.'

예상보다 긴 모험이었지만 이제 끝났다. 제리코는 기쁨의 눈물을 흘렸다. 이제 집에 갈 수 있었다. 노공작에게 말하면 한밑천 떼어 주겠지. 아무렴 장례식 상주까지 한 조카딸을 외면할까.

집으로 돌아가면 동네 사람들을 죄 모아놓고 이 놀라운 모험에 대해서 이야기해야겠다. 일주일 동안 밤새워 이야기해도 시간이 모자랄 것이다.

영주를 찾아갔더니 영주가 깜짝 놀랐던 일부터 장례식장에서 상주가 되어 황제의 묵례를 받은 일까지. 소녀는 아버지의 검을 안고 행복한 꿈을 꾸었다.

하지만 제리코의 예상과 다르게 장례식 절차가 끝난 후에도 제리코는 아리보 공작저를 떠나지 못했다. 사람들은 친절하고 그녀가 원하는 건 모두 들어주었지만 집으로 돌아가고 싶다는 말엔 앵무새처럼 같은 말만 반복했다.

"공녀님의 댁은 이곳이지요. 혹시 아리보 공작저가 마음에 들지 않으시면 미베어 공작저를 준비하도록 하겠습니다."

"저는 집으로 가고 싶어요!"

"가족들이 걱정되신다면 걱정하지 마세요. 불러 드릴게요."

제리코는 그렇게 제도에 갔혔다.

2장
드래곤 슬레이어 소드의 주인

　장례식이 끝났으니 제리코는 제도에 볼일이 사라졌다. 제도도 제리코에게 볼일이 없어졌을 터다. 제리코는 곧장 집으로 돌아갈 생각이었다. 돈은 못 받아도 좋다. 제도와 사람, 귀족에 치인 그녀는 얼른 집에 돌아가 쉬고 싶은 마음이 굴뚝같았다.

　하지만 17세 소녀가 일주일 정도 되는 짧은 기간 동안 숨 쉴 틈도 없이 밀어닥친 여러 일을 완벽히 견뎌내는 건 무리였다. 제리코의 육체는 버텨도 정신이 버티지 못했다.

　에라프의 시신이 재가 되어 유골함에 담기고 영웅을 위해 만들어진 사당에 안치되는 것까지 지켜본 후 제리코는 쓰러졌다. 원인은 뻔했다. 과로와 스트레스였다. 동생의 장례식을 마친 아리보 노공작도 쓰러졌다. 아리보 공작가는 두 명의 환자를 돌보는 것으로 장례식의 대단원을 내렸다.

　이렇게 아파선 돌아가고 싶어도 돌아갈 수가 없었다. 제리코는 침대에 누워 간병받는 호사를 누렸다. 그렇지만 마음은 불편해 가끔 눈물을 흘렸다. 타고나길 건강 체질이라 아파본 일이 손에 꼽는 그녀였다.

그런 그녀가 쓰러지다니.

얼마나 힘들었으면.

주위에 가족은 없고 온통 대하기 무서운 귀족들뿐. 친부는 찾았더니 며칠 만에 죽어버리고 믿을 사람은 하나도 없었다. 그냥 돈 좀 받고 싶었던 것뿐인데 일이 어쩌다 이렇게 되었을까.

제리코는 제 신세가 처량해서 밤마다 훌쩍훌쩍 울었다. 그것도 베개가 젖고 운 티가 나면 사람들이 뭐라고 할까 봐 몰래 조금씩 울었다.

하녀들은 친절했다. 그래서 더 부담되었다. 에라프를 담당하던 하녀들이 제리코의 간병을 맡았다. 자주 봐서 얼굴이 익숙하단 것이 그 이유였다. 모시던 주인을 잃어서 힘들 텐데 자신을 깍듯이 모시는 그녀들의 직업 정신에 제리코는 박수를 보냈다.

"공녀님, 다 나으시면 하고 싶은 게 있으세요?"

"집에 갈래요."

제 발로 걸을 수만 있다면 당장에라도 집에 가고 싶었다. 하녀들은 친절한 낯으로 제리코를 만류했다.

"이렇게 편찮으셔서 어떻게 가시려고 그러세요."

"좀 더 쉬었다 가세요."

"다 나은 다음 가셔야죠."

"저희가 보살펴 드릴게요."

하녀들이 입을 모아 제리코에게 휴식이 필요하다고 말했다. 그녀들의 말이 옳았다. 제리코에겐 휴식이 필요했다. 푹신하지만 마음 편하게 머리를 붙일 수 없는 공작저의 침대가 아닌 바닥이 딱딱한 집의 침대가 그리웠다. 혼자서 조용히 쉬는 게 아니라 동생들 틈에서 소음에 시달리고 싶었다. 그리운 집, 사랑하는 가족들. 제리코에겐 휴식이 절실했다.

하지만 제리코 혼자서 제도를 떠나 집으로 갈 수도 없는 노릇이었다. 제리코는 자신의 고향이 제도에서 어느 방향에 박혀 있는지도 몰랐으니까.

하녀들이 제리코를 살살 꼬드겼다. 조금만 더 휴식을 취하시면 댁으로 모셔다 드리겠다. 정 힘드시면 가족분들을 제도로 모셔 오는 건 어떠냐. 제리코는 하녀들의 말을 모두 농담으로 치부했다. 사생아를 얼른 치워 버리고 싶은 게 공작가의 사정이겠지. 아마 하녀들은 아픈 제리코가 섭섭하지 않도록 저렇게 친절한 말을 해주는 것일 거야.

하녀들은 말로만 제리코를 유혹하지 않았다. 아리보 공작가는 제국 내에서 부유하기로 손꼽히는 가문이다. 때론 백 마디 말보다 100g의 금이 더 진실하게 여겨지는 것. 하녀들은 아리보 공작가의 재력으로 승부했다.

우유가 찰랑거리는 욕조를 본 일이 있는가? 물로 희석하지 않은 진짜 우유로만 가득 찬 욕조를? 우유처럼 흰 사기 재질의 욕조는 사람 둘은 들어갈 수 있을 만큼 거대했고 그 안에는 신선한 우유가 찰랑거렸다. 우유는 마시는 것이라고 생각하고 있었던 제리코는 우유 속으로 자길 밀어 넣는 하녀들 때문에 경악했다.

"우유가 아깝잖아요!"

"공녀님의 피부를 위한 것인데 뭐가 아깝겠어요."

"사람이 들어가면 마시지도 못하는데!"

"괜찮습니다. 자아, 들어가세요. 피부가 하얗고 매끈매끈해질 거예요."

먹는 걸로 이러면 벌받는다는 제리코를 어르고 달래며 하녀들은 결국 제리코가 욕조에 발을 들이게 하는 데 성공했다.

제리코는 욕조에 몸을 담그면 진한 우유 냄새가 날 것이라 생각했다. 그런데 이게 웬걸. 달달한 꽃향기가 은은하게 퍼져 올라왔다. 세수를 하면서 슬쩍 핥아본 입술은 달콤했다.

"꿀을 섞었습니다. 피부에 윤이 날 겁니다."

"아까워……."

"고작 이런 걸로 아까워하시면 안 되죠. 꿀이든 우유든 공녀님이 원하시면 얼마든지 드실 수 있답니다."

제리코의 등 뒤에선 상체를 숙인 하녀가 제리코의 굳은 어깨와 등을 문질렀다. 생전 처음으로 누리는 호사에 제리코는 굴복했다. 어쩔 수 없었다.

'너무 좋은걸.'

조금만. 조금만 더 머무르자. 하녀들 말대로 나는 휴식이 필요해. 많이 피곤하기도 했으니까. 노공작님이 좀 나아지시면 그때 인사드리고 집으로 가자.

아기 엉덩이보다 부드러운 옷감을 보며 감탄하길 하루. 반짝이는 보석들에 둘러싸여 이틀. 코가 맹맹해질 정도로 꽃이 만발한 온실을 거닐며 사흘. 시골에선 보기 힘든 준마들을 구경하며 나흘.

뭔가 이상하단 걸 눈치챈 것이 닷새째 되는 날이었다. 아리보 공작가의 사람은 모두 친절했고 제리코가 원하는 건 가능한 들어주려 애썼다. 보물들도 산처럼 쌓여 제리코를 기다렸다. 하지만 제리코가 진정 원하는 것은 산처럼 쌓인 재보가 아니었다. 아리보 노공작에게 작별 인사를 하고 집으로 돌아가는 게 제리코가 궁극적으로 추구하는 목표였다.

'이제 몸도 다 나은 것 같은데.'

제리코는 피로로 쓰러졌던 몸을 점검했다. 마을의 소녀 장사는 팔팔했다.

'응! 건강해!'

부모의 장례식을 연달아 치른 것치곤 회복이 빨랐다. 아무렴, 친부가 용사님이신데.

제리코는 빠른 회복을 뿌듯해하며 아리보 노공작 다음으로 높으신 분, 노쇠한 공작 대신 실질적으로 공작의 업무를 대행하는 아리보 소공작을 찾았다.

'아저씬데 소공작이라고 부르니까 웃긴다.'

아리보 노공작은 아들처럼 아끼던 동생을 떠나보낸 후로 기력이 쇠해 계속 와병 중인 상태였다. 나이가 있으니 제리코처럼 금방 회복하긴 힘들 것이다.

가능하다면 노공작이 쾌차한 후 작별 인사를 하고 제도를 떠나고 싶었지만 그걸 기다렸다간 일 년은 더 제도에 머물러야 할 것 같았다. 그래서 제리코는 아리보 소공작에게 집으로 돌아가겠단 의사를 밝혔다.

"음, 제리코. 아직 피로가 가시지 않았잖니. 그리고 아버지 곁에 좀 더 머물러 주렴."

아리보 소공작을 비롯해 아리보 공작가의 사람들은 제리코가 드래곤 슬레이어 소드를 잡은 이후 제리코에게 꽤 살갑게 굴었다. 제리코는 자기 이름을 부르는 대귀족의 살가운 말투를 견디지 못해 다리를 비비 꼬았다.

"공작 각하는 뵙지도 못하는걸요. 전 이제 집으로 돌아가고 싶어요."

"각하라니, 삼촌이라고 부르거라. 난 오빠라고 부르고."

족보상으로 제리코의 사촌 오빠인 아리보 소공작이 친절하게 웃었다. 제리코는 억지 미소를 지었다. 제대로 따져보면 슬레이의 말대로 사촌 오빠가 맞지만 아버지인 존보다 연상인 대귀족을 오빠라고 부르긴 싫었다.

"혹시 지내기가 불편하니? 원하는 게 있으면 말하려무나."

"아뇨, 아뇨. 정말 다들 친절하시고 제게 잘해주시고 정말 과분한, 과분한 대접을 받고 있습니다. 저는 그러니까…… 그게 저기."

"불편한 게 있으면 말해보렴. 우리는 남이 아니잖니."

아리보 소공작은 제리코를 친딸처럼 여긴다며 상냥하게 웃었다. 제리코는 고개를 숙이고 이를 아득아득 갈았다.

'남이고 싶은데요.'

아리보 소공작이 서운한 기색을 내비치는 통에 제리코는 아무 말도 하지 못했다.

하지만 집으로 돌아가야겠단 생각은 확고해졌다. 소공작을 설득하지 못했으니 남은 건 노공작이다. 제리코를 의심하고 죽이려 했던 소공작과 다르게 노공작은 처음부터 제리코에게 잘해줘서 제리코는 나이 많은 삼촌이 더 대하기 편했다.

제리코는 노공작 면회를 요청했다. 노공작을 모시는 노집사는 공작의 몸 상태가 좋지 않다는 이유로 거절했다.

"각하께서 많이 편찮으십니다."

"얘기를 나누지 않고 그냥 뵙는 것도 어려운가요?"

"각하께서 약한 모습을 보이기 싫다고 하셨습니다. 정신적 충격으로 쓰러지신 것이니 시간이 지나면 회복되실 겁니다. 그때까지 편하게 기다려 주십시오, 공녀님."

아리보 노공작을 만나는 건 제리코 딴엔 최후의 수단이었다. 그게 막히니 제리코도 슬슬 의심이란 걸 해보기 시작했다.

'날 집으로 안 보내려는 건가?'

아리보 공작저에서 머무르는 동안 제리코는 장례식 때를 제외하면 한 번도 공작저 밖으로 나간 적이 없었다. 공작저가 워낙 넓고 나갈 일이 없었기에 깨닫지 못했지만, 제리코에게 친절히 대해주는 이들이라면 제도가 처음인 제리코를 관광지로 안내해 줄 법도 한데 그러지 않았다. 다들 공작저 안의 볼거리를 제공하고, 공작저 안의 것들로 제리코를 유혹했다.

'황궁 정문이라도 구경시켜 줄 법한데 그러지 않았지.'

제리코의 마음에 의심이 싹트고 며칠 후. 의심은 비료를 먹고 무럭무럭 자라나 확신이라는 꽃을 피웠다.

'날 보낼 생각이 없어!'

진짜? 정말? 나는 그냥 사생아일 뿐인데 뭘 노리고? 당황하는 제리코를 눈치챈 것인지 그녀에게 달콤한 사탕이 주어졌다. 절대 거부할 수 없는 사탕이었다.

"큰언니야!"

"큰누나!"

"언니!"

"제리 누나!"

"제리! 무사했구나!"

아리보 소공작이 사람을 시켜 제도에 가족들을 데리고 온 것이다. 한슨 일가는 제리코가 처음 영주의 손에 끌려왔을 때처럼 어안이 벙벙한 모습이었지만 제리코를 발견하자 반색했다.

제리코는 한걸음에 달려가 사랑하는 동생들을 끌어안았다. 두 손으로 끌어안기에는 품이 조금 부족했다. 빠져나오는 오리온을 존이 집어넣고 부족한 품을 채웠다.

가족과 이렇게 오래 떨어져 있던 것은 처음이었다. 한슨 일가는 눈물의 상봉식을 치렀다.

"어떻게 된 거예요, 아빠?"

"너야말로 어떻게 된 거냐? 그 붉은 머리 기사님이 용사님이었다면서?"

"네! 그랬대요!"

"세상에!"

"제리 언니! 우리 이렇게 큰 마차를 타고 왔어요!"

"우릴 데리고 와주신 분들이 우리 마을이랑 이웃 마을에 포상금을 내려주셨어!"

"큰누나야."

"누나 대박 난 거야? 한몫 단단히 챙겼어?"

"예끼, 인석!"

존이 황급히 에릭의 입을 틀어막았다. 제리코도 입을 함부로 놀리는 남동생을 꿀밤으로 응징했다.

캐리는 공작저에서 내준 드레스와 주위 환경이 부담되는지 식은땀이 나오는 손을 자꾸 문질렀다.

"언니, 우리가 여기 있어도 되는 거야?"

"괘, 괜찮지 않을까?"

제리코도 괜찮은지 알 수 없어서 말끝에 물음표를 붙이는데 제리코를 돌봐주던 하녀가 상냥하게 말했다.

"그럼요. 공녀님의 가족이신데요. 집처럼 편히 여겨주세요."

"큰누나! 과자 맛있어!"

"대박! 누나 진짜 대박!"

"언니, 꼬까옷 너무 좋아!"

"얘야, 제리. 우리가 정말 이런 호사를 누려도 되는 거냐?"

"뭔가 이상해, 언니……."

아직 어린 동생들은 멋모르고 마냥 신나 하고 존과 캐리는 제리코와 마찬가지로 불안이 앞섰다.

가족들을 만난 기쁨에 내내 달고 살던 불안을 잊었던 제리코는 동생의 말에 얼굴을 구겼다. 제리코가 집에 가고 싶다 말하니 아리보 공작가는 아예 가족들을 데려왔다. 집처럼 편히 여기라는 말은 집으로 돌려보낼 생각이 없다는 의미. 제리코는 제도에 갇혀 버리고 만 것이다. 소녀는 그때까지 자신의 가치를 모르고 있었다.

한슨 일가는 아리보 공작가의 공식적인 손님으로 머무르며 공작가에서 제공하는 호사를 누렸다. 하프 산맥 근처에 위치한 시골 마을의 목수와 어린아이들에게 거절할 선택권이나 있을까. 거절할 수 없으니 즐겨야 한다. 제리코는 존과 캐리에게 그렇게 일러두었다. 갇혀 있는 동안 배운 생활의 지혜였다.

"제리, 도대체 어떻게 돌아가는 건지 모르겠구나."

"저도 모르겠어요. 그래도 쥐도 새도 모르게 일가족이 없어지는 것보단 낫죠."

아리보 공작가는 제리코의 행동반경을 제한하긴 했지만 그녀의 환심을 사려 노력했다. 정말 제리코를 마음대로 이용해 먹을 작정이었다면 가족들의 신병을 구속해 인질로 써먹을 수도 있다. 하지만 가족들은 제리코보다 자유롭게 제도를 관광하며 즐거운 나날을 보냈다. 제리코의 고향과 찰스가 사는 이웃 마을에도 콩고물이 떨어졌다니 말 다했지.

제리코는 가족들이 온 김에 집으로 돌아가고 싶다는 의사를 내비쳤다. 하녀들은 웃으며 돌려 말했다.

"공녀님의 댁은 이곳이지요. 혹시 가족분들과 함께 지내시고 싶으시면 미베어 공작저를 준비하겠습니다. 그곳에서 가족분들과 함께 거주하시면 되어요."

"마을로, 고향으로 돌아가고 싶은데요."

"서운한 말씀 하지 마셔요. 이곳이 이제 공녀님의 고향이지요."

하녀들은 언제든 제리코의 시중을 들 수 있도록 여럿이서 그녀 곁에 머물렀다.

다르게 해석하자면 제리코는 잠드는 시간 외엔 늘 감시의 대상이었다. 그녀들은 제리코를 정말 공녀님처럼 대했고 제리코의 동생들도 귀족가 도련님, 아가씨처럼 귀하게 대해주었으나 제리코의 마음은 편치 않았다. 어울리지 않는 옷을 입은 기분이었다. 어쩔 수 없었다. 제리코는 시골 촌구석에서 병약한 어머니와 많은 동생, 일을 받으면 오랫동안 돌아오지 않는 아버지와 함께 살아온 가난한 여자애였다. 친부가 광룡을 쓰러뜨린 용사라고 해도 사생아인 신분이 변하는 건 아니다.

제리코는 사람이 주제를 모르면 화를 입고, 물고기는 어울리는 물에서 살아야 한다고 믿었다. 지금 이 제도는 제리코가 놀 물이 아니었다.

"아오. 아오, 아오, 아오오오오."

말은 못 하고 제리코는 애꿎은 베개만 퍽퍽 쳤다. 주먹이 베개를 뚫을 기세였다. 과연 용사의 딸. 마을의 소녀 장사. 힘이 좋았다.

"어떡해. 나 어떡하지, 엄마."

제리코는 열심히 때리던 베개를 끌어안고 울상을 지었다. 요즘 들어서 밤마다 보이는 행태였다.

동생들은 캐리를 제외하곤 모두 공작가의 유혹에 넘어가 제도에서 살자고 난리였다. 제리코가 무슨 돈이 있어서 제도에서 사냐고 물으니 에라프의 모든 재산이 제리코에게 상속될 거란다.

제리코는 처음 듣는 얘기였다. 정말, 너무 놀라서 아리보 소공작을 찾아갔더니 사촌 오빠 왈.

"모르고 있었던 게냐? 비록 혼외자이나 에라프 삼촌의 자식은 너 하나뿐이고 관련된 서류는 아버지가 처리하셨으니 너는 신경 쓸 것 없단다."

노공작은 알아서 다 해주겠다더니 쓸데없는 것까지 제리코에게 넘겨 버렸다. 졸지에 용사님의 유일한 상속자가 된 제리코는 성인이 되면 상속받게 될 재산 목록을 받고 졸도했다. 그리고 지금, 베개를 끌어안고 징징거렸다.

"내가 공작이라니! 내가 공작이라니!"

그런 거 싫어! 난 귀족이 아니란 말이야!

누구는 인생 역전이라고 좋아할 일이지만 제리코는 그다지 행복하지 않았다. 귀족 볼 일이 없는, 사람보다 가축의 수가 더 많은 한적한 시골에서 자란 소녀는 마을 어르신들이 해준 과거의 얘기들을 듣고 자라 귀족 공포증이 있었다. 귀족과는 얽히지 않는 것이 답이라고 생각해 온 소녀에게 갑자기 귀족 중에서도 가장 등급이 높은 공작이 될 것이라 말해 봐야 무서웠다. 기쁘지 않았다.

무엇보다 제리코를 울상 짓게 만드는 건 제리코가 공작저에 방문해 죽을 뻔했다는 사실이었다.

물론 제리코는 용사의 친딸이었고 드래곤 슬레이어 소드는 제리코의 손에서 얌전했지만 만에 하나 제리코가 친딸이 아니었다면? 요나가 거짓말을 했거나 착각했다면? 그럼 제리코는 이렇게 침대 위에서 푹신한 솜털 베개를 끌어안고 징징거리지도 못하고 비명횡사했을 것이다. 그렇게 죽었으면 제리코의 사망 소식이 가족에게 전해지긴 했을까. 염치도 모르는 사기꾼의 가족 소릴 들으며 연좌제나 당하지 않으면 다행이었다.

'제도 무서워. 귀족 무서워.'

지금은 다정한 슬레이 아리보가 한때는 제리코를 사기꾼으로 의심해 죽이려 했었다. 제리코는 그 사실을 똑똑히 기억하고 있었다.

제리코는 결국 다음 날 들킬 것을 알면서도 밤새 울고 말았다.

다음 날, 제리코를 깨우러 침실에 들어온 하녀는 귀하신 공녀님의 눈가가 팅팅 부은 걸 보고 비명을 질렀다.

"꺄아아악! 공녀님, 무슨 일이세요! 혹시 알레르기?"

"어, 엄마가 보고 싶어서."

"공녀님……."

하녀는 다행히 제리코의 변명에 속았다. 하녀는 가족들이 호강하고 있는데 일찍 죽은 어머니는 호강하지 못한 게 안타까워 제리코가 울었다고 생각한 듯했다.

제리코는 밤새 울면서 결심한 대로 행동했다.

"소공작님을 만나고 싶은데 시간 괜찮으실까?"

"공녀님이 만나고 싶으시다면 작은 주인님은 언제든 시간을 내주실 거예요."

황제 폐하께서도 스케줄이 안 맞으면 못 만난다는 아리보 공작가의 작은 주인이다. 물론 용사님의 따님에겐 해당되지 않는 사항이었다.

소공작님이나 도련님, 작은 주인님은 부르기 민망하지만 노공작 다음으로 높으신 분.

귀족의 생리를 모르고 귀족이면 다 높으신 분이라 생각하는 제리코는 시녀의 말에 고개를 끄덕였다. 때론 모르는 게 약이었다.

"요즘은 어떠냐."

아리보 소공작은 자상한 미소로 제리코의 안부를 물었다. 제리코는 먼저 가족들을 데리고 와준 것에 대한 감사 인사를 했다. 제리코가 진짜 바라는 건 집으로 돌아가 가족들을 만나는 것이었지만 어쨌든 가족들을 만나 기뻤고, 가족들이 호강하는 걸 보고 있으니까 행복했다.

"저희 가족들에게 잘 대해주셔서 정말 감사해요."

"뭘. 비록 혈연은 아니지만 이 또한 인연이지. 듣자 하니 어제 울었다면서. 슬픈 일이라도 있었느냐"

"아니요! 다들 너무 잘해주시고! 그러니까, 가족들을 보니 엄마 생각이 나서……."

"그래…… 그건 나도 안타깝구나."

"저어, 제게 이렇게 잘 대해주시는 것에 대해서 말씀드릴 게 있는데요……."

제리코는 손발을 꾸물거렸다. 아리보 소공작은 얼른 말해보라는 듯 경청하는 자세를 취했다.

제리코는 밤새 울면서 내린 결론을 말했다.

"미베어 공작위와 재산을 모두 제가 상속받게 되잖아요. 하지만 전 그렇게 큰돈이랑 권력, 과분해서 받을 수 없어요! 저, 적당히 재산을 떼어주시면 저랑 가족들은 고향으로 내려가서 조용히 살겠습니다. 공작가와 연관되었다는 말도 하지 않을게요!"

제리코의 말에 아리보 소공작의 눈이 커졌다. 노공작과 마찬가지로 주름이 깊어가는 그의 눈가에 주름이 접혔다. 그가 어이없다는 듯 실소했다.

"하하! 사촌 동생이 엉뚱한 생각을 품고 있었구나! 설마 내가 네 재산이 탐나 잘해준다고 생각한 것이냐? 이 슬레이 아리보가?"

"그렇지 않아요! 정말 잘해주시는 거 다 알아요! 아는데 제가, 제가 부담이 되어서……."

하하. 하하하하. 제리코는 어색하게 웃었다. 어떤 표정을 지을지 모르겠을 땐 웃어라. 웃는 얼굴에 침을 뱉을까.

아리보 소공작은 얼굴에서 실소를 지우고 근엄한 표정을 지었다.

"사실 네가 작위를 받고 말고는 너의 자유가 아니다. 에라프 미베어 숙부님은 인류의 영웅이자 유일한 용살자시다. 그런 영웅의 대가 끊기는 걸 황제 폐하께선 바라지 않으신다. 너는 현재 유일하게 밝혀진 숙부님의 친자로서 영웅의 대를 잇는다는 사명 또한 물려받았다. 공작위와 영지, 재산은 사명의 곁다리일 뿐이야."

내가 용을 잡은 게 아니고 친아버지가 용을 잡았는데 왜 대를 이어야 하는 사명은 내게 떨어지는가!

너무나도 부당하신 황제 폐하의 생각에 제리코의 얼굴이 창백해졌다.

아리보 소공작은 마음 편히 가지라는 듯 근엄한 표정을 풀었다.

"너무 어렵게 생각하지 말거라. 돈은 있으면 좋고 권력도 있으면 좋은 것이지. 넌 지금 세상에서 가장 운이 좋은 아이가 된 것이야. 지금은 낯설어도 금방 익숙해질 게다. 네가 물려받은 부와 권력으로 할 수 있는 것들을 떠올려 보렴. 널 키워준 양아버지를 호강시켜 드릴 수 있고, 동생들도 귀족처럼 키울 수 있어. 영웅의 핏줄은 아니지만 네 동생이라는 사실은 변하지 않으니 진짜 귀족이 될 수도 있다. 가족들을 위해서라도 얼른 이 행운에 적응해야 하지 않겠니."

아리보 소공작은 말로만 작은 주인이 아니었다. 제국의 명문가를 이끌어온 소공작의 달변에 제리코는 덜덜 떨던 것을 멈췄다. 생각해 보니까 아리보 소공작의 말이 맞았다.

산더미 같은 과자에 둘러싸여 기뻐하는 동생들, 두려워하면서도 드레스를 입고 거울 앞에 서서 제 모습을 살피는 손아래 동생, 좀이 쑤시다고 말하면서도 아리보 공작저의 가구들을 살펴보며 감탄하는 존.

이제는 동생들 간식거리 걱정을 하지 않아도 된다. 아버지가 부상의 위험을 무릅쓰고 공사장에 가지 않아도 된다.

제리코는 부자 친부를 두었고 유일하게 알려진 친딸로서 모든 유산을 물려받았다. 아무도 제리코가 유산을 상속하는 걸 반대하지 않았다.

제리코는 조심스럽게 귀족 공포증을 떨쳐냈다. 어쩌면 이대로 계속 가족들과 소소하게 살 수 있을지도 모른다. 지금도 사람들은 제리코에게 뭔가를 하라고 요구하지 않고 있었다. 앞으로 뭔가를 요구할 기미도 없었다.

사실 제리코가 미베어 공작 같은 지고한 신분과 어울리지 않는 건 모두가 알고 있다. 어쩌면 지금 이렇게 약간의 부를 누리다가 황제 폐하께서 '쟤는 귀족 같지 않으니까 치워라' 하실지도 모르는 일이다.

'조금은 즐겨도 되지 않을까?'

제리코가 제도에 오래 머물렀냐면 천만의 말씀, 만만의 콩떡. 장례식이다 뭐다 제리코도 나름대로 고생을 했으니 일주일에서 이 주 정도는 즐거워해도 되지 않을까.

'이제는 죽을 위험도 없고.'

제리코는 두려움이 가득한 눈초리로 아리보 소공작을 응시했다. 제리코를 죽이려고 직접 나선 사람은 하녀였지만 그녀를 사주한 게 누구인지는 분명하게 알고 있었다. 그런 아리보 소공작이 제리코에게 이리도 다정하다. 그러니까 조금만, 조금만 지금을 누리면 괜찮지 않을까.

유혹에 넘어간 벌일까. 대자연의 포상은 정말 빨랐다.

그날 오후, 영웅의 딸과 저녁 식사를 하고 싶다는 황제 폐하의 지엄하신 말씀이 아리보 공작가에 전해졌다.

유혹에 넘어갔던 제리코는 자신의 욕심이 과해 위대한 대자연이 벌을 내렸음을 인정했다. 제리코의 심장이 영주에게 끌려 제도에 왔을 때처럼 팔딱팔딱 뛰었다.

'잘못했어요! 살려주세요! 다시는 유혹에 넘어가지 않을게요!'

"가, 가, 가, 가기 싫어요!"

"폐하의 명이라서 어쩔 수가 없어요, 공녀님. 자, 준비하셔야죠."

"저, 저, 저, 저, 예의범절도 모르는데."

"공녀님의 과거사는 모두 알고 계시답니다. 넓으신 아량으로 어여삐 봐주실 거예요."

"나, 나, 나, 나, 나 너무 무섭고 떨리는데."

"금방 익숙해지실 거예요, 공녀님!"

제리코가 아리보 공작저에 머무른 기간이 한 달 남짓. 아리보 공작저엔 제리코를 위해 새로 맞춘 드레스들이 산더미처럼 쌓여 있었지만 몸치장을 돕는 하녀들은 입을 옷이 없다고 투덜거렸다.

일단 드레스의 절반이 우중충했다. 에라프 생전엔 친부가 병환 중이라, 에라프 사후엔 상중이라 밝은 옷을 맞추지 못했다. 절반의 밝은 옷도 외출을 감안하지 않고 맞춰서 황족을 배알하기에 적당하지 않았다.

드레스에 대해서 잘 모르는 제리코는 하녀들의 그런 안타까움을 이해하지 못했다.

'옷이 저렇게 많은데?'

"아휴, 이렇게 될 줄 알았으면 좀 더 화려한 드레스도 몇 벌 맞추는 건데."

"장신구로 커버해야지 어쩌겠어."

"1황자 저하에 2황자 저하, 3황자 저하까지 총출동이잖아! 공녀님도 그에 맞추셔야지!"

제리코는 밤새 울어서 눈가를 붉게 만든 죄를 지었다. 해서 얼음찜질형에 처해졌다. 눈가에 얼음주머니를 대고 누운 제리코는 손 하나 까딱하지 않았다. 아니, 손가락 하나 까딱할 수 없었다.

하녀들은 물론이고 아리보 소공작의 아내인 큰 부인 실비아, 며느리인 작은 부인 프레이에 놀러 온 소공작의 딸 라미네 백작 부인까지. 아리보 공작가의 귀부인 삼인방이 총출동한 것이다.

먼저 큰 아리보 부인인 실비아가 말했다.

"황후 폐하께선 파란색을 좋아하시지."

며느리인 프레이가 황후 폐하가 좋아하시는 파란색은 너무 밝고 선명해 제리코의 머리와 어울리지 않는다는 의견을 내놓았다.

"아니에요, 어머님. 우리 에라프 당고모님은 근사한 적발을 지니셨으니까 하얀색이 바탕이면 잘 어울릴 거예요."

놀러 왔다가 끼어든 라미네 백작 부인은 하녀를 호출해 백작가에 전령을 보냈다.

"보석이 왜 이것밖에 없어요? 십 대 소녀가 너무 알이 굵은 걸 착용하면 새 보석도 못 사주는 집안이라는 흉을 듣는다고요. 애, 가서 내가 소녀 시절에 쓰던 보석을 가져와."

"아니다. 제리코는 장차 공작이 될 몸이니 알은 크고 굵은 게 좋아. 미베어 공작저로 사람을 보내거라. 폐하께서 하사하신 물건 중에 괜찮은 게 있을 거야."

드레스는 뭔 말이고 보석은 또 무슨 말이오! 제리코는 말하고 싶었지만 입술 위에 이상한 맛이 나는 걸 치덕치덕 발라서 말할 자유마저 박탈당했다.

"으으……."

"공녀님, 입술 움찔거리시면 안 돼요."

"으으……."

촌수로 치면 사촌 오빠의 아내, 당조카, 당조카 며느리다. 가장 나이가 어린 당조카 며느리가 제리코보다 15살 이상 연상이었다.

그런 어른들 앞에서 가장 간단한 슬립만 걸친 채 장의자에 누워서 시녀들의 시중을 받고 있으니 제리코로선 죽을 맛이었다.

그런 제리코의 마음을 아는지 모르는지 세 명의 귀부인은 각자 제리코에게 어울리는 코디를 얘기하느라 바빴다.

"밝은 색은 안 돼. 얼마 전에 장례식이었잖니. 차라리 검은색…… 아냐, 폐하의 초대를 받았는데 검은색은 안 되고말고."

"회색은 어떨까요?"

"아직 미성년인데 칙칙하게 회색은 좀."

"드레스 좀 맞췄다고 들었는데 어찌 이리 옷이 없담?"

"송구합니다, 마님."

"어머님, 에밀리가 올 겨울에 입으려고 맞춘 남색 드레스가 있는데 그게 잘 어울릴 것 같아요."

"얼른 가져와."

하녀가 후다닥 달려 나가는 소리와 진동이 느껴졌다. 얼마 지나지 않아 돌아오는 소리와 진동이 느껴졌고 옷감이 스치는 소리, 종이 부스럭거리는 소리가 들리더니 곧 세 여자의 감탄사가 이어졌다.

"어머, 잘 어울리네."

"아직 에밀리도 입어보지 않은 새 옷이에요. 당고모님, 죄송하지만 급해서 어쩔 수가 없네요. 후에 제가 다른 옷을 선물할게요."

"으 으……."

제리코는 울고 싶은 걸 꾹 참았다. 에밀리 아리보는 죄송하다고 사죄하는 당조카 며느리의 딸이다.

제리코보다 두 살 연하의 귀족 아가씨는 개시도 못 해본 옷이 당고모 할머니에게 전해졌다는 사실을 알면 얼마나 상심할까. 제리코는 속으로 사죄했다.

'미안해요, 에밀리 아가씨. 제가 원해서 입은 게 아니에요.'

옷이 정해졌으니 거기에 어울리는 구두, 부채, 장갑, 장신구, 헤어스타일, 화장까지 일사천리로 휙휙 진행되었다. 에라프 사후 장례식 때와 비슷했다. 제리코가 반드시 필요하지만 제리코의 의사는 반영되지 않았고 제리코는 끼어들 수 없는 일들이 높으신 분들의 지휘하에 착착 처리되었다. 제리코는 기묘한 소외감을 느꼈다.

시간이 촉박했지만 결국 그녀들은 해냈다. 하녀들과 세 명의 귀부인은 땀을 훔치며 자신들의 성취를 자화자찬했다.

"어머나, 예뻐라."

"하프 산맥 근처 출신이라고 누가 믿겠어요."

친부를 닮은 붉은 머리카락은 누군가 제리코를 보았을 때 가장 먼저 눈에 들어오는 요소다. 또한 최고의 매력 포인트인 만큼 다들 머리카락에 공을 들였다.

아직 미성년인 아가씨이니 적발은 올리는 대신 빗질을 여러 번 해 풍성함을 강조했다. 식사를 할 때 방해가 될 앞머리와 옆머리는 가느다랗게 땋아 유색 보석 핀으로 고정했다.

한 달 전, 친아버지를 떠나보냈다는 사실을 잊지 않는 짙은 남색 드레스는 단순한 디자인이었고 장식도 별로 없었다. 대신 알이 굵고 화려한 다이아몬드 목걸이를 둘렀다. 황제의 하사품 중 하나였다. 목걸이가 과하니 귀걸이는 단순하게, 절대 빈약해 보이지 않는 선에서.

제리코는 거울 앞에 서서 놀랍게 변신한 자신의 모습을 구경했다. 정말 귀족가 아가씨 같았다. 이런 모습이라면 하녀들이 공녀님이라고 부를 때 부끄럽지 않을 듯했다.

"언니, 정말 예쁘다."

"예뻐어."

"누나 멋있어."

"큰누나 어디 갔어?"

누가 불러왔는지 동생들까지 와서 제리코를 구경했다. 제리코는 공작저에서 입고 있던 것보다 좀 더 풍성한 속옷과 길어진 치맛단에 익숙해지기 위해 몇 걸음 걸었다. 제리코가 걸을 때마다 풍성한 드레스 자락이 살랑살랑 움직였다. 제리코는 활짝 웃었다. 예쁘게 치장하니까 어쩔 수 없이 기분이 좋았다.

"공주님이 된 것 같아."

"공작 각하가 되실 귀하신 몸이시죠."

어중간한 왕국의 공주보다 제국의 공작이자 영웅의 딸인 제리코가 낫다.

이 즐거움을 오래오래 만끽하고 싶었지만 시간이 부족했다. 제리코는 아리보 부인에게 속성으로 식사 예절 교육을 받았다.

"괜히 완벽하게 굴려고 노력할 필요는 없어요. 기본적인 식사 예절은 귀족이나 평민이나 황족이나 큰 차이가 없으니까요. 깔끔하게 먹고, 조용하게 먹고, 동작은 과장되지 않게 조심하고 음식물이 입안에 있을 땐 말하지 않는다. 이 정도면 충분해요. 얼마 전 아버지를 잃은 어린 소녀에게 완벽한 예절을 강요할 무자비한 사람은 없습니다. 이번 만찬도 가벼운 자리이니 근심을 덜어요."

가벼운 자리를 위해 제리코의 옷을 헤집은 사람이 할 말이 아니었다.

어쨌든 아리보 부인은 별다른 것을 가르쳐 주지 않았고 제리코는 배운 게 없어서 안심했다. 아리보 부인이 자세하게 가르친 건 다른 분야였다. 일단 실비아는 만찬에 참석할 황족들의 특징을 알려줬다.

"황제 폐하와 황후 폐하는 장례식 때 뵈었죠? 그 외에 참석하시는 귀부인이 릴리에 공주님, 황제 폐하의 누이동생 되세요. 그리고 1황자 저하와 2황자 저하, 눈 색으로 구분하시면 됩니다. 1황자 저하는 황후 폐하를 닮은 파란색, 2황자 저하는 폐하를 닮은 청록색이에요. 마지막으로 3황자 저하는 참석하실지 모르겠는데 보면 바로 아실 거예요."

"어떻게요?"

아리보 부인은 제리코에게 얼굴을 가까이 붙이고 작고 조심스럽게 말했다.

"3황자 저하는 사실 릴리에 공주님의 혼외자로, 폐하의 양자입니다. 선천적 알비노라 머리카락이 하얀색이죠."

'아. 그 미인.'

제리코는 알비노가 뭔지 모르지만 하얗다고 하니 바로 떠오르는 사람이 있었다.

제리코는 에라프의 장례식 때 만났던 대단한 미녀와 눈처럼 하얬던 미인을 떠올렸다. 워낙 인상적인 미남, 미녀였던지라 기억이 생생했다. 동시에 제리코는 적잖은 충격을 받았다.

'그 둘도 모자였구나.'

스타즈 상회의 사람도 그렇지만 릴리에 공주는 정말 아들이 있는 사람으로는 보이지 않았다. 끽해야 이십 대 중후반 정도일 것이라 생각했던 제리코는 공주의 동안에 충격받았다.

"그럼 릴리에 공주님은 결혼을."

"안 하셨어요. 3황자 저하와 공주님 얘기는 절대 꺼내선 안 됩니다. 알았죠?"

식사 예절은 간략하게 생략하고선 금기 주제 설명은 끝이 없었다. 제리코는 기억하는 걸 포기하고 받아쓰다가 나중엔 그냥 입을 다물고 있기로 마음먹었다. 어차피 제리코가 황족들 앞에서 무슨 용기로 입을 열겠는가. 질문에 대답이나 할 수 있으면 다행이었다.

제리코를 황궁까지 에스코트할 사람은 황궁에서 보내주기로 이야기가 끝난 상황. 제리코는 떨리는 마음으로 현관 앞에서 황궁에서 보낸 사람을 기다렸다. 제리코의 옆으로는 동생들이 모여들어 재잘재잘 떠들었다.

"언니, 공주님처럼 입고 무도회 가는 거야? 왕자님이랑 춤도 춰?"

"밥만 먹고 올 거야. 밥만 먹고 올 거야. 밥만 먹고 올 거야."

제리코는 하얗게 질려 강박적으로 중얼거렸다. 아직 어린 메이는 제리 언니가 이상하다며 울먹였다.

제리코는 마음의 안정을 찾기 위해 동생의 머리를 쓰다듬었다.

비공식적이긴 하지만 장차 미베어 공작이 될 소공작의 첫 황궁 방문이었다. 공작저에 머무르고 있는 공작가 사람들이 제리코를 배웅하기 위해 1층까지 내려왔다. 노공작은 여전히 몸 상태가 좋지 않아 내려오지 않았다.

아리보 소공작은 긴장한 기색이 역력한 제리코에게 말했다.

"가볍게 식사만 하는 자리니 너무 겁먹지 말렴."

"밥만 먹어요. 밥만 먹어요. 밥만 먹어요. 밥만!"

끄아아악! 강박적으로 같은 말을 중얼거리던 제리코의 눈가에 눈물이 글썽거리기 시작했다. 아리보 부인이 손수건으로 제리코의 눈가를 가볍게 콕콕 찍어서 눈물을 닦았다. 제리코는 떠나가는 실비아의 손을 잡고 물었다.

"저 토하면 어떡하죠?"

"아버지를 여읜 슬픔으로 거식 증세를 보이다가 갑자기 들어간 음식물에 위장이 놀라 구토 증세를 보인다고 변명하면 되죠."

"감사합니다! 외워둘게요!"

어쩜 이렇게 유용한 변명거리를! 아리보 노공작의 부인이 먼저 타계한 후, 남편과 마찬가지로 실질적으로 공작가를 이끄는 마님다운 매끈한 대처법이었다. 제리코는 실비아가 좋아졌다.

현관문 밖이 소란스러워졌다. 말 울음소리와 마차 바퀴 돌아가는 소리가 들렸다. 황궁에서 보낸 마차와 사람이 도착한 것이다.

현관문이 열리고 등장한 인물에 제리코는 물론이고 아리보 공작가의 일원들까지 전원 굳었다. 한번 보면 잊을 수 없는 아름다운 외모, 이질적으로 하얀 피부와 노인처럼 하얗지만 윤기가 나는 백발. 제리코를 에스코트하기 위해 황제가 보낸 인물은 제국의 3황자 마그노 누페였다. 흔치 않은 외양적 특징 때문에 모두가 첫눈에 남자의 정체를 알았다.

공작가 일동은 황족을 만난 예를 취했고 속성으로 인사를 배운 제리코는 화급하게 따라 했다. 마그노의 정체를 모르는 한슨 일가는 무려 소공작께서 허리를 굽혀 절하는 모습을 보고 상황 판단을 마쳤다. 한슨 일가는 바닥에 납죽 엎드렸다.

"제국에 홍복이 가득하라. 3황자 저하를 뵙습니다. 미리 연락을 주셨으면 제대로 환영할 수 있었을 것인데 무질서한 모습을 보여 송구합니다."

너무 높으신 분이 와버렸다. 허리를 숙인 채 굳어버린 제리코 앞을 아리보 소공작이 슬쩍 차지했다.

제리코는 속으로 땡큐를 만 번쯤 외쳤다.

'오빠! 땡큐!'

너무 어려워 입에 담은 적 없던 오빠, 지금은 몇 번이고 외쳐줄 수 있었다.

마그노 황자는 호오가 분명하지 않은 무표정으로 인사했다.

"폐하의 명이셨습니다."

"설마 폐하께서 제 사촌 누이를 위해 황자 저하를 보내주실 줄은 몰랐습니다. 어지간한 공녀도 누리기 힘든 과분한 영광입니다. 허허허."

"폐하의 뜻이셨습니다."

어지간해선 사교용 미소라도 지어줄 만한데 3황자의 얼굴은 얼음처럼 싸늘했다. 눈으로 빚어놓은 조각처럼 아름답고, 차가운 황자였다. 아리보 소공작은 몇 번 더 사교성 인사치례를 늘어놓은 뒤 제리코의 손을 잡고 마그노 황자에게 이끌었다.

"황자 저하처럼 아름다운 분께 첫 에스코트를 받게 되다니. 보십시오, 얼굴이 머리처럼 빨개지지 않았습니까. 하하하."

빨개졌다기보단 전신의 피가 빠져 하얗게 질린 몰골이었다. 동시에 제리코는 슬퍼졌다. 본래대로라면 이런 역할은 제리코의 아버지가 해야 한다. 하지만 존은 공작가 식구가 모두 허리를 편 뒤에도 바닥에 엎드려 고개를 들지 못하고 있었다.

슬퍼도 어찌하랴. 이것이 현실인 것을.

진짜 제리코를 슬프게 하는 건 제리코도 저기서 같이 엎드려 있어야 하는데 마그노 황자의 손을 잡고 정중하게 예우받는 이 기막힌 모순이었다.

제리코는 마그노 황자의 손 위에 살포시 손을 올렸다. 둘 다 장갑을

겼기 때문에 젊은 청춘에게 벌어지는 화학반응 같은 건 발생하지 않았다. 대신 제리코의 차림새를 눈으로 훑어본 마그노 황자가 말했다.

"드래곤 슬레이어 소드는?"

"방에 있습니다."

"폐하께서 보고 싶다고 말씀하셨습니다. 실례지만 가져와 주십시오."

보통의 물건이라면 하녀나 하인이 말이 떨어지기 무섭게 달려가서 가져왔겠지만 황제가 요구한 것은 드래곤 슬레이어 소드. 제리코 외에 다른 사람이 만지면 몸에 불이 붙는 무시무시한 마법 검 겸 에고 소드였다.

제리코가 드레스 자락을 잡고 침실로 올라가려 하자 아리보 소공작이 만류했다.

"아무리 폐하의 명이셔도 검같이 위험한 물건을 가져갈 수는 없습니다."

"폐하의 명이십니다."

그럼 얘기 끝났네. 제리코는 귀족 사회에 대해 잘 모르지만 귀족 위에 황족이 있는 건 알았다.

제리코는 드레스 자락을 밟지 않도록 손으로 움켜쥔 뒤 빠르게 침실로 이동했다. 드래곤 슬레이어 소드는 에라프 사후 제리코의 침실에 놓여 장식 검 노릇을 하고 있었다. 제리코 외의 다른 사람은 건드릴 수 없으니 제리코가 간간이 먼지를 털어줬고 말이다.

제리코는 조심스럽게 드래곤 슬레이어 소드를 집어 들었다. 두 손으로 검을 들자니 드레스 자락이 걸려서 거추장스럽고, 한 손으로 잡자니 품에 안고 가는 게 가장 안전해서 그러지는 못하겠고.

제리코는 결국 드레스 자락을 모아 한 손에 움켜쥐고 다른 손으로 드래곤 슬레이어 소드를 들었다. 드레스 자락이 구겨지겠지만 괜히 위험을 감수하는 것보단 나았다. 제리코는 조심조심, 드래곤 슬레이어 소드에 닿을까 봐 다가오지 못하는 사람들의 시선을 한 몸에 받으며 계단을 내려와 마그노 황자 앞에 섰다.

마그노 황자는 긴장해서 숨을 몰아쉬는 제리코에게 고개 숙여 인사했다.

"처음 뵙겠습니다, 미베어 소공작. 황제 폐하의 명을 받아 소공작을 에스코트하게 된 마그노 누페이입니다."

'소공작? 처음 만난 것도 아닌데?'

인사를 늦게 한 거며 이것저것 걸리는 부분이 많았지만 제리코는 딴 지를 걸 입장이 아니었다. 드래곤 슬레이어 소드 때문에 치마를 잡을 수 없어 제리코는 가볍게 무릎만 굽혔다.

"제, 제리코 미베어입니다……."

'아버지, 죄송해요.'

제리코는 바닥에 엎드린 아버지 존 한슨에게 사죄했다. 마그노 황자가 앞장서서 걸었다. 제리코가 황급히 뒤따랐다.

"다녀올게요!"

그제야 고개를 드는 아버지의 모습에 제리코의 마음이 찢어졌다.

원래대로라면 제리코가 마그노 황자의 손을 잡고 함께 움직여야 한다. 그러나 혹시라도 마그노 황자의 신체 일부가 드래곤 슬레이어 소드에 닿으면 눈뜨고 못 견딜 대참사가 벌어지기 때문에 거리를 둬야 했다.

'이게 무슨 에스코트야. 그래도 황자님과 안 닿아서 다행이다.'

황자와 안 닿아도 되어서 안심하는 마음이 절반, 이렇게 에스코트할 거면 사람 힘들게 왜 왔는지 이해를 못 하겠다는 마음이 절반.

제리코는 황궁에서 보낸 마차 앞에 도착했다. 마차는 황궁의 격을 알려주듯 엄청 크고 화려했다. 또한 바퀴가 커서 마차에 오르려면 누군가의 도움이 필요했다. 제리코가 올라갈 수 있도록 마부가 받침을 가져왔다. 질질 끌리는 드레스 자락이 자꾸 발끝에 걸렸다.

'드래곤 슬레이어 소드를 먼저 마차 바닥에 내려놓고서 치마를 잡고 올라간 뒤에 집어 들면 되지롱!'

해결법은 간단했다. 제리코가 생긋 웃으며 드래곤 슬레이어 소드를 마차 바닥에 내려놓으려는데 누군가의 손이 제리코의 허리 위에 올라왔다.

"꺄악!"

"실례합니다."

허리를 잡은 손에 힘이 들어가나 싶더니 제리코는 번쩍 들려 그대로 마차에 탑승했다. 어안이 벙벙한 제리코의 뒤로 마그노 황자가 마차에 올랐다. 방금 그녀를 번쩍 들어 마차에 태운 사람이라고 믿기 어려울 정도로 냉정한 얼굴이었다.

"마차 천장이 높아도 말이 움직이면 부딪칠 수 있습니다. 자리에 앉으십시오, 소공작."

"네!"

제리코는 빠르게 자리에 앉았다. 검을 가져오느라 손에 뭉쳐 쥔 드레스 자락의 구겨진 부분이 눈에 잘 띄었다.

'엄청 구겨졌네. 이거 안 펴지면 어떡하지. 내 옷도 아닌데.'

개시도 못 한 새 옷을 당고모 할머니에게 빼앗긴 에밀리에게 다시 한번 애도를.

마부가 말을 몰자 마차가 출발했다. 마그노 황자는 바른 자세로 앉아 눈을 감았다. 제리코는 감히 고개를 돌린다는 생각을 못 했다. 대신 눈동자를 굴렸다.

'시녀가 있을 줄 알았는데.'

아리보 부인은 마차에 시녀가 있을 테니 소소한 일은 시녀를 부리면 된다고 말했다. 하지만 마차에 탑승한 사람은 제리코와 마그노 황자, 둘뿐이었다. 이 사실이 외부에 알려지면 대단한 화젯거리가 될 것이다.

청춘 남녀를 감시인도 붙이지 않고 한 마차에 태운다? 둘이 잘되기를 바란다는 황제의 의사를 대놓고 표현한 것이나 마찬가지였다. 물론 제리코는 그런 사정을 전혀 몰랐다. 아는 게 없어서 때로 슬프고 때로 용감했다.

'죽을 것 같아.'

마그노 황자는 마차가 황궁에 도착할 때까지 눈을 뜨지 않았다. 괜히 말을 걸지 않는 건 고맙게 생각한다. 그렇다고 계속 싸늘한 분위기를 견디자니 괴로워 죽을 맛이었다. 다행히 공작저와 황궁은 가까웠다. 마차가 멈춰 서고, 마부가 마차 문을 열었다. 마그노 황자가 마차에서 먼저 내렸다.

그는 탈 때와 같은 방식으로 제리코를 도왔다. 올라탈 때 깜짝 놀랐다면 두 번째는 조금 부끄러웠다. 제리코의 가슴이 미약하게 두근거렸다.

"실례합니다."

"가, 감사합니다."

"소공작에게 친절히 대하라는 폐하의 명이 있었습니다."

제리코는 혼신의 힘을 다해 웃었다. 약간은 진심이 섞인 미소였다.

만찬장으로 가는 길. 제리코는 아리보 부인이 가르쳐 줬던 변명을 열심히 되새겼다.

'제가 아버지를 여의고 거식증이 걸려 식사를 제대로 하지 못했는데 갑자기 들어온 음식물을 위장이 받아들이지 못하고 이런 추태를……'

변명은 계속 살이 붙었다.

'제가 식음을 전폐하고 미음도 삼키지 못하다가 그만……'

변명은 산꼭대기에서 떠민 눈덩이처럼 커졌다.

'제가 사실은 곡기를 끊은 지 오래되어 목구멍이 좁아져서 음식을 섭취할 수 없는 몸이온데……'

만찬실엔 이미 황제와 황후, 두 명의 황자와 공주가 자리에 앉아 제리코를 기다리고 있었다.

제리코는 배운 대로 허둥거리지 않았다. 뱁새가 황새 따라 하면 가랑이가 찢어진다. 급조한 예법보다 진술한 태도가 나은 법. 제리코는 공손하게 인사했다.

"만나 뵙게 되어 영광입니다. 제리코 미베어입니다."

아리보 부인의 말대로였다. 제국에서 가장 고귀하신 분들은 제리코의 출신과 자라온 환경을 익히 알고 있었다. 때문에 예법에 어긋나는 제리코의 인사를 불쾌해하지 않았다. 솔직한 말로, 제리코가 친부인 에라프를 찾아와 궁중 예법을 배울 시간이 있기나 했나? 단기 속성으로 배워 어설픈 예법을 구사해 가며 헷갈려 하고 허둥지둥하고 부끄러워하고 실수하는 것보단 아예 백지 상태인 편이 높으신 분들 보시기에 나았다. 아리보 부인의 판단은 정확했다.

황족들과 제리코는 통성명을 마쳤다. 사실은 장례식장에서 그들의 첫 만남이 이루어졌지만 제리코가 기억하는 건 공주와 3황자의 얼굴과 황족들의 반짝이는 금발이 전부였다.

황제와 황후야 워낙 인상이 강하고 지체 높으신 고귀한 분들이니 필연적으로 뇌에 각인이 되었지만 1황자와 2황자는 3황자에 비해 인상이 약했다.

못생겼다거나 카리스마가 부족하단 뜻이 아니다. 그날 사람이 너무 많아 제리코는 영혼 빠진 인사를 하는 게 한계였다. 사람 얼굴을 외우고 기억할 틈이 없었다.

"오늘은 편한 자리이니 집에서 식사하듯 편히 있거라."

황제는 제리코에게 의자를 권했다. 마그노 황자는 제리코의 의자를 빼주고 집어넣어 주는 것으로 맡은 바 임무를 끝냈다.

황제가 자리에 앉는 마그노 황자와 제리코를 번갈아 보았다. 의미심장한 미소가 번졌다.

"둘이 함께 입장하니 참으로 보기 좋은 선남선녀였다."

"과찬이십니다."

마그노 황자는 양아버지이자 외삼촌인 황제에게도 별다른 감정을 보이지 않고 냉정하게 대꾸했다. 제리코는 황자가 대신 대답해 줬기 때문에 에헤헤 웃기만 했다. 먹은 것도 없는데 체기가 돌기 시작했다.

본격적인 식사에 앞서 제리코는 양손으로 쥐고 있던 드래곤 슬레이어 소드를 처리하기 위해 눈을 굴렸다. 황후가 금방 제리코의 상태를 알아챘다.

"소공작이 들고 있는 검이 바로 드래곤 슬레이어 소드로군."

"네, 그러합니다."

"검은 저곳에 두면 되네."

황제의 정면 방향에 검을 둘 만한 장소가 마련되어 있었다.

제리코는 시종이 의자를 빼주는 걸 기다렸다가 자리에서 일어나 검을 그곳에 두고 다시 앉았다. 의자가 묵직해서 시종이 도와주지 않으면 의자 다리가 바닥에 끌릴 것 같긴 했다.

'의자 빼주는 이유가 있었구나.'

의자가 바닥을 끌지 않도록 시종의 팔뚝에 힘이 들어간 것이 눈에 보였다. 3황자는 시종보다 가볍게 의자를 들었다.

'힘이 좋네.'

마을의 소녀 장사는 황궁의 3황자 저하에게 묘한 동질감을 느꼈다.

황제는 드래곤 슬레이어 소드를 보더니 뿌듯하게 웃었다. 황제의 미소를 시작으로 시종들이 음식을 날랐다.

제리코는 친아버지를 잃은 지 얼마 지나지 않아 입맛이 없는 소녀를 연기했다. 3황자와 공주를 제외한 황제, 황후, 황자가 말을 걸었다.

제리코는 전부 쥐꼬리보다 작은 목소리로 대답했다. 한 해에 아버지와 어머니를 연달아 잃고 실의에 젖은 십 대만 보일 수 있는 대범함이었다.

'황족이라고 해서 막 공적일 줄 알았는데 아니구나.'

시골의 소녀가 황족이나 왕족에 대해 아는 게 뭐가 있겠는가. 좋은 얘기도 있고 나쁜 얘기도 많지만 나쁜 게 기억에 더 잘 남는 법. 왕위를 노리고 아버지를 죽인 아들이나 오빠를 죽인 여동생 등등. 무시무시한 이야기만 기억하고 있어서 황족은 사이가 안 좋을 줄 알았는데 실제로 본 황제 일가는 화기애애했다. 한슨 일가처럼 화목하진 않았지만 나름의 애정이 바닥에 깔려 있었다.

유독 예외적인 인물이 있다면 마그노 황자와 릴리에 공주였다. 둘은 식사가 진행되는 내내 한마디도 하지 않았고, 간혹 입을 여는 건 황제나 황후가 먼저 말을 걸 때뿐이었다.

심지어 릴리에 공주는 디저트가 나오기 전 자리에서 먼저 일어섰다. 재무부의 일이 바쁘다는 핑계였다. 릴리에 공주의 파란 눈동자가 제리코에게 꽂혔다. 제리코는 저도 모르게 눈을 마주 봤다. 색은 다르지만 마그노 황자의 눈처럼 투명하고 속이 비쳐 보일 것 같은 아름다운 눈이었다.

제리코 혼자 하는 착각일지 모르나 릴리에 공주의 시선은 꽤 오랫동안 제리코에게 머물렀다.

공주가 나간 후 디저트가 나왔다. 디저트는 포크로 건드리는 게 미안할 정도로 아름다웠다. 내내 음식을 깨작거리던 제리코도 한순간 감탄할 정도로 아름다운 예술품이었다.

제리코는 호기심을 이기지 못하고 디저트를 살짝 잘라 먹었다. 눈물나도록 맛있었다. 하지만 실의에 젖은 소녀 콘셉트를 버릴 수 없어 딱 한 입만 먹었다. 한 입 더 먹으면 자제가 안 될 것을 알기에.

'진짜 맛있다.'

제리코가 단 한 입 맛본 디저트의 여운을 즐기는 동안 황후가 제리코에게 말했다.

"소공작은 드래곤 슬레이어 소드를 뽑아본 적이 있나?"

"없습니다."

쇠붙이는 기름칠을 해주고 날을 갈지 않으면 금방 녹이 슬고 이가 빠져 무뎌진다. 드래곤 슬레이어 소드는 마법 검이라 그런 관리를 해주지 않아도 된다고 들었다. 그래서 제리코는 드래곤 슬레이어 소드의 손잡이와 검집은 가끔 닦았지만 검집에서 검을 뽑은 적은 없었다. 차라리 망치나 도끼면 익숙하니 괜찮은데 장검이 낯설었던 탓이다.

황제가 그 말을 듣더니 탄식했다.

"미베어 공작이 용의 독에 당한 후로 드래곤 슬레이어 소드는 검집에서 뽑히지 못했지. 자아를 가진 에고 소드로서 얼마나 답답할까! 소공작이 이 자리에서 드래곤 슬레이어 소드를 뽑아 우리의 견식을 넓히고 드래곤 슬레이어 소드의 갑갑함도 해소해 주면 좋겠구나!"

밥 먹기 위해 부른 것보단 검 보여주라고 부른 느낌이 강했다. 제리코로선 의도가 분명한 후자 쪽이 좋았다.

제리코는 자리에서 일어나 드래곤 슬레이어 소드를 놓아둔 쪽으로 이동했다.

그녀는 일단 드래곤 슬레이어 소드를 들었다. 한 손은 손잡이를, 다른 한 손은 검집을 잡고 양쪽으로 잡아당겼다. 오랫동안 뽑히지 않아 힘이 들 것이라고 생각했는데 예상과 다르게 검은 부드럽게 검집을 빠져나왔다. 서서히 모습을 드러낸 드래곤 슬레이어 소드는 검집에 꽂혀 있을 때보다 아름다웠다.

황족들은 모두 드래곤 슬레이어 소드의 위용을 보고 감탄했다. 제리코는 그들의 마음을 이해했다. 드래곤 슬레이어 소드는 뭘 모르는 제리코가 보아도 정말 용사님의 검 같았다. 아주 멋있었다.

단순한 철 재질이 아니었는지 먹빛의 표면이 번쩍번쩍 빛났고 별 가루를 뿌린 것처럼 반짝이는 무언가가 박혀 있었다. 비 온 뒤 생긴 웅덩이에 기름을 쏟았을 때처럼 무지개색 오오라가 검날에 번졌고 십 년 넘게 검집에서 뽑은 적 없음에도 불구하고 날이 선명했다. 용사의 검치고 전체적인 색조가 어둡지만 거창한 이름이 부끄럽지 않은 보검이었다.

"20여 년 전, 선황께선 광기에 절어 학살을 자행하고 마물을 준동하는 광룡을 처단하기 위해 미베어 공작을 부르셨지. 광룡을 처단하라는 명령을 내리시며 친히 하사하셨던 검이 바로 소공작이 지금 들고 있는 검이다."

제리코는 모르는 이야기였다. 제리코는 드래곤 슬레이어 소드가 역사가 깊은, 용사님이 모험하면서 얻은 검이라고 멋대로 생각했었다. 황가의 하사품이었다니, 조금 실망스러웠다.

"최고의 장인과 재료를 끌어모아 소드 마스터의 손에 들릴 자격이 있는 최고의 검을 만들었다. 미베어 공작이 광룡을 쓰러뜨리지 않았다면 우린 이 자리에 있지도 못했을 거야. 또한 그런 영웅의 대가 끊겼다면 나는 군주로서 고개를 들지 못했겠지. 소공작이 그렇게 드래곤 슬레이어 소드를 들고 있는 것을 보니 짐이 뿌듯하구나."

오호호. 달리 대답할 말이 없어 제리코는 배시시 웃었다. 황족들 앞에서 계속 검을 뽑고 있는 것도 좀 그렇기 때문에 제리코는 드래곤 슬레이어 소드를 다시 검집 안에 넣었다.

광룡을 베었음을 증명하듯 예기를 발산하던 드래곤 슬레이어 소드의 빛이 검집 안으로 사라졌다.

"이렇게 어여쁜 아가씨에게 검을 뽑아줄 것을 청하니 짐이 부끄럽군. 하나 소공작이 이해해 주길 바란다. 현재 드래곤 슬레이어 소드를 뽑을 수 있는 것은 소공작이 유일하니."

이번에도 역시나 제리코는 대답할 말을 찾지 못하고 배시시 웃었다. 황제의 말 속에 숨은 뜻을 알 길 없으니 그냥 웃는 게 최선이었다. 그리고 제리코의 필사적인 미소는 황제의 이어지는 말에 깨졌다.

"하하하! 보고 또 봐도 소공작이 탐나는구나! 어떤가, 소공작. 짐의 아들 중 하나와 결혼해 짐의 딸이 되어주는 것은?"

제리코는 바닥에 엎드려 '제발 그런 농담은 하지 말아주세요!' 하고 외칠 뻔했다. 드레스를 입느라 안에 입은 보정 속옷이 아니었다면 정말 바닥에 무릎 꿇었을지도 모른다.

제리코의 미소가 군자 황제는 계속 말했다. 제리코로선 농담인지 진담인지 구분이 안 되는, 세상에서 제일 무서운 농담이었다.

"아들이 셋이나 되니 소공작의 마음에 드는 이도 있겠지! 마그노의 얼굴을 먼저 봐서 다른 녀석들이 눈에 안 찰 수도 있겠지만 다들 각자의 매력이 있다! 짐의 자식들이지만 다들 참 잘 컸어!"

"하하. 하하하하하."

이제 한계였다. 제리코는 드래곤 슬레이어 소드에 토사물이 묻지 않도록 얌전히 내려놓았다. 변명은 정해졌다.

'제가 어머니에 이어 아버지를 여의고 상심이 큰 나머지 따라 죽으려고 단식 중이었사옵니다.'

완벽했다. 토할 준비를 마친 제리코는 누가 보아도 표정이 이상했다. 황후는 걱정스러운 안색으로 시종에게 말했다.

"소공작의 안색이 안 좋구나. 어디 불편한 것 같으니 오늘은 황궁에서 머물도록 하게."

청천벽력과 같은 말에 목구멍까지 솟구치던 내용물이 아래로 쑥 내려갔다. 히끅. 제리코는 딸꾹질을 했다. 히끅히끅 이어지는 딸꾹질을 지켜본 황후가 한 가지 덧붙였다.

"소공작이 추위를 타는 것 같구나. 방은 온도를 높여두어라."

"히끅, 저는 집에, 히끅, 가고 싶습니다, 히끅."

"안색이 많이 안 좋아. 소공작, 내일 일찍 마차를 보내줄 테니 오늘은 황궁에서 머무르도록 해. 공작저가 아니라 불편하겠지만 황궁의 귀빈실은 편안할 게야."

"집에, 히끅, 집에, 히끅."

제리코가 정말 하고 싶은 말은 '집에, 엉엉, 집에, 엉엉'이었다. 시종이 제리코를 귀빈실로 안내하려고 하자 황제가 마그노 황자에게 눈짓을 보냈다. 안타깝게도 3황자의 의무는 제리코의 의자를 쑥 집어넣어 주는 데서 끝나지 않았던 것이다.

시종을 따라가도 불안한 판국에 3황자의 손을 잡고서 딸꾹질을 하고 있자니 어색하고 무섭기 짝이 없었다. 제리코는 귀빈실까지 가는 길에 사람이 적은 걸 다행으로 생각했다. 내내 말이 없던 마그노 황자는 황궁의 귀빈용 궁 앞에 도달한 후 처음으로 입을 열었다.

"힘이 좋으시군요."

마그노 황자의 시선이 한 손에 들린 드래곤 슬레이어 소드에 닿아 있었다. 제리코가 꽤 가볍게 검을 들고 있어서 나온 얘기였다.

"히끅, 네, 히끅, 아버지를, 히끅, 닮았다고."

마을의 소녀 장사 제리코. 어렸을 때부터 자주 들은 칭찬이었고 실제로 칭찬인 것 같았기 때문에 제리코는 예의 바르게 행동했다.

마그노 황자를 칭찬한 것이다. 이에는 이, 눈에는 눈. 제리코의 칭찬 방식은 주로 상대방이 칭찬한 걸 돌려주는 것이었다. 그게 편했다.

"황자 저하께서도, 히끅, 힘이 좋으셨, 히끅."

거기까지 말한 제리코의 안색이 하얗게 질렸다. 제리코 딴에야 마차를 오르내릴 때 번쩍 들어 올려주고 무거운 의자를 쉽게 든 힘을 칭찬한 것이지만 제리코의 표현이 문제였다.

아리보 부인이 절대 입에 올려서는 안 된다고 주의를 준 금기 중의 금기.

무슨 일이 있어도 마그노 황자의 출신 얘기를 꺼내선 안 돼.

제리코는 자신의 말을 해명하기 위해 손을 휘저으려다 한쪽 손에 들린 드래곤 슬레이어 소드를 떠올리고 멈췄다. 이게 황자의 몸에 닿으면 대참사였다. 제리코와 한슨 일가는 목이 잘리고 장대에 꽂혀 활활 불탈 것이다.

"제가 하고 싶은 말은 그러니까!"

"네. 저도 아버지를 닮았나 봅니다."

제리코와 마찬가지로 시종의 안색도 사색이 되어 있었는데 마그노 황자는 눈썹 한 번 찌푸리지 않고 그렇게 말했다.

그는 에스코트 대상에게 마지막 인사를 해 의무를 마쳤다.

황자가 떠났다. 제리코는 들고 있던 드래곤 슬레이어 소드를 끌어안고 안도의 한숨을 내쉬었다.

"사, 살았다……."

"소공작, 많이 놀라셨나 보네요. 딸꾹질이 멎으셨습니다."

"차라리 계속 딸꾹질하는 게 나았어요……."

"너무 걱정하지 마십시오. 3황자 저하는 자비로운 분이십니다. 소공작의 실수도 너그러이 용서하셨을 겁니다."

시종의 말은 하나도 위안이 되지 않았다. 제리코를 시중들기 위해 황궁의 시녀 한 명과 하녀 다섯 명이 몰려왔다. 제리코는 우유보다 비싼 향유를 들이부은 욕조에 몸을 담그고, 간편한 옷으로 갈아입은 뒤 일찍 잠자리에 들었다.

잠에서 깨면 모두가 꿈이어라!

유감이지만 현실입니다!

시녀와 하녀들은 옆방에서 머무르겠다고 말했다. 제리코는 잠귀가 밝다는 핑계로 모두 거절했다. 시녀와 하녀는 황궁의 방음을 의심하는 소공작에게 토를 달지 않고 방을 나갔다.

제리코는 옆방에 사람이 없는 걸 확인한 뒤 침대를 내려쳤다.

"으아아아아악! 살려줘, 살려줘. 엉엉, 살려줘."

나는 왜 행복할 수가 없어! 왜! 왜야! 몇 번이고 침대를 학대하던 제리코는 드러누워 거친 숨을 몰아쉬었다.

"왜, 왜 자꾸 나한테 이런 일이 벌어지는 거야. 왜 나를 가만히 내버려 두지 않는 거야. 나는 그냥 장사 밑천이나 받아서 이렇게, 이렇게 소소하게……."

보는 사람이 없으니 팔다리가 자유로웠다. 제리코가 넓은 침대 위에서 발광을 하는데 어둠 속에서 낯선 이의 목소리가 들렸다.

-더는 못 봐주겠네.

"누구세요?"

제리코는 침대에서 벌떡 일어나 주위를 경계했다. 목소리는 가까이서 들리는데 사람은 없었다.

'귀, 귀신?'

-나야. 드래곤 슬레이어 소드.

사람이 없는데 목소리가 들리니 귀신을 의심하던 제리코는 목소리의 주인공이 한 대답에 볼을 잡아당겼다. 아팠다. 꿈이 아니었다.

제리코는 침대에서 내려가 침실 한구석에 고이 모셔둔 검에 다가갔다. 검을 가장한 사기꾼이나 귀신이 아니라면 남은 가능성은 하나.

진짜 검이 말을 한다.

제리코는 다시 볼을 꼬집었다. 농담이 아니라 정말 검이 말을 걸었다. 자기가 말을 걸었다는 걸 증명이라도 하려는 듯 검이 검집 안에서 웅웅 울고 있었다.

제리코는 홀린 듯 드래곤 슬레이어 소드를 검집에서 뽑았다. 그러자 진동이 더욱 강해졌다.

-내가 진짜 답답해서 말 건다. 사람들이 왜 이러는지를 몰라? 모르면 알아봐야 할 거 아냐!

"진짜 검이 말하네?"

-그럼. 말하지. 나는 세상에서 유일하게 자아를 가진 검, 드래곤 슬레이어 소드!

"이름 너무 거창하지 않아?"

-사실인데 뭐.

'그렇긴 해.'

검이 말을 한다니. 자아를 가진 마법 검이니, 주인을 고르는 검이라느니, 주인이 될 자격이 없는 자가 자길 만지면 불을 붙여서 죽여 버린다느니, 많은 이야기를 들었지만 전부 뜬구름 잡는 이야기라 제리코는 귀기울여 듣지 않았었다. 그런데 드래곤 슬레이어 소드는 정말 말을 했다!

비록 검이지만 제리코에겐 귀족이나 황족들보다 좋은 대화 상대였다. 왜 이제껏 침묵을 지키다 갑자기 말을 걸었는지 알 수 없지만 제리코는 이 기회에 궁금한 것을 물어보기로 했다.

"네가 알려주면 안 돼?"

-알려주려고 말 건 거야.

"정말? 고마워."

-내가 진짜 보고 있자니 답답해서.

검에 입이 달려 있다면 드래곤 슬레이어 소드는 한숨을 쉬었을 것이다. 성별이 모호한 음성이 제리코의 정신에 직접 닿았다. 그래서인지 드래곤 슬레이어 소드가 말하고자 하는 감정이 고스란히 느껴졌다.

짜증. 답답함. 갑갑함. 짜증. 짜증. 연민. 동정. 측은. 짜증.

"짜증 내지 말고 빨리 말해줘."

-일단 넌 용이 뭔지부터 알아야 해.

"엄청 센 마물이잖아."

-어디 가서 그런 얘기 하면 무식하단 소리 들어.

제리코는 울컥했다. 제리코는 마을의 소녀 장사로서, 그녀 앞에서 무식하단 얘길 하고 무사한 꼬맹이가 없었다. 그러나 드래곤 슬레이어 소드를 쥐어박으면 제리코의 손뼈가 무사할 것 같지 않았다. 제리코는 얌전하게 드래곤 슬레이어 소드가 해주는 설명을 들었다.

대륙은 정중앙에 위치한 하프 산맥에 의해 둘로 나뉜다. 대륙의 서쪽은 인간이, 대륙의 동쪽은 인류와 비슷한 아인종이 주로 살고 있으며 하프 산맥엔 산맥을 오가는 이들을 감시하는 용들이 자리를 잡고 있었다. 그렇기에 하프 산맥은 다른 말로 용의 산맥이라 불렸다.

용은 단순히 마물로 치부할 수 없는 고도의 지능과 마법 능력을 가진 동물이다. 개체 수는 적지만 영생을 산다고 말할 수 있을 정도로 장생하며, 병에 걸리거나 독에도 당하지 않았다.

본래 용들은 통행세만 내면 산맥을 넘는 자들을 해치지 않았다. 하지만 욕심 많고 추악한 자가 아인종 중 몇을 노예로 삼으면서 용들의 태도가 변화했다.

아인종 중에서 귀금속을 잘 다뤄 용과 친분이 깊었던 땅요정들이 용에게 산맥의 통행을 금지할 것을 부탁했다. 능력 자체는 아인종이 인간보다 강하나 이 시버럴 잡놈들이 치고 빠지는 형식으로 몇 명만 납치해서 도망치니 잡으러 가기가 힘들었기 때문이다. 아인종들은 인신매매범을 뒤쫓는 것보다 인신매매범이 아예 못 들어오게 막는 게 편하다는 결론을 내렸다. 원천 봉쇄가 짱이었다.

똑같이 하등한 주제에 한쪽이 다른 쪽을 납치해서 노예로 부리는 게 마음에 들지 않았던 용들은 내부 회의 끝에 아인종들의 손을 들어주었다. 땅요정들이 찔러준 뇌물이 크게 한몫했다. 그 결과 인간은 특별한 사유가 없는 한 하프 산맥을 넘을 수 없게 되었다.

여기까지가 배경 설명.

이야기는 지금으로부터 약 30여 년 전으로 거슬러 올라간다. 하프 산맥에서 잘 살고 있던 용 하나가 갑자기 미쳤다. 어째서 미쳤는지 하등한 인간이 알 길은 없다. 분명한 사실은 광룡이 무차별적으로 주위의 생명을 위협하기 시작했으며 산맥과 대륙 곳곳에 살던 마물들이 광룡의 영향을 받아 폭력적으로 변했다는 것이다.

인간의 수가 많으면 먼저 덮치는 일이 없던 마물들이 광폭화해 죽음을 두려워하지 않고 살상을 저질렀다. 인간이 거주하는 서쪽만이 아니라 대륙 전체에서 벌어진 일이었다.

용을 막을 수 있는 생물은 용뿐이다. 용들은 다급하게 회의를 열었다. 빨리 광룡을 처단해서 피해를 막아야 했다. 용들의 대처는 빨랐다. 어디까지나 용들 입장에서.

─그 회의가 끝나려면 몇 년이 걸릴지 모르는 상황이었지.

"그렇게 오래 걸려?"

─네가 천 년쯤 산다고 생각해 봐. 동네 깡패가 개미를 학살하고 다니

는데 처벌할지 말지 회의하는 게 얼마나 걸릴 것 같아?

이해가 될 듯도, 말 듯도 한 비유였다. 아직 스무 살도 넘기지 못한 소녀에게 천 년은 감이 잡히지 않는 긴 세월이었다.

드래곤 슬레이어 소드는 계속 설명했다. 이제 간신히 배경 설명이 끝나고 본론이 시작되는 참이기에 제리코는 볼을 짝짝 쳐서 졸음을 몰아냈다.

용들의 회의가 시작된 지 10년이 지났지만 회의는 끝나지 않았다. 용들의 결정을 기다렸다간 인간과 아인종이 괴멸할 상황이었다. 마냥 용들의 회의가 끝나길 기다릴 순 없다. 용에게 맡길 수 없다면 발등에 불이 떨어진 당사자가 나서야 했다.

하지만 용을 쓰러뜨리는 건 쉽지 않았다. 용은 지상 최강의 생명체. 그 비늘을 뚫기 위해선 소드 마스터의 경지에 올라야 하며 수준 이하의 마법은 박히지도 않는다. 소드 마스터는 천 년에 한 번 등장해도 자주라는 말이 나올 만큼 귀한 존재였다.

그러나 죽으라는 법은 없는 것일까. 그 귀한 소드 마스터가 때맞춰 등장했다.

-주인은 황제에게 광룡 차단을 명받았어. 나는 그때 주인의 검이 되었지. 주인은 목숨을 걸고 광룡과 싸웠고 내 몸이 광룡의 심장에 꽂히는 순간 광룡의 피가 쏟아졌어. 그 순간 나는 나라는 존재를 자각했고 주인은 용의 독에 중독된 거야.

"응응. 그렇구나."

대륙의 모든 지적 생명체를 구한 영웅은 결국 용의 독으로 고통스러운 세월을 보내다 죽었다. 참 안타까운 일이었다.

-앞서 말했지? 용의 비늘을 뚫을 수 있는 건 소드 마스터의 검기뿐이라고. 그런데 나는 시골 아낙네가 쥐어도 용을 벨 수 있게 된 거야.

"좋은 검이네."

과연 드래곤 슬레이어 소드. 제리코는 거창하고 기나긴 이름을 납득

하고 고개를 끄덕였다. 거창한 이름의 검은 제리코의 반응에 항의하듯
거칠게 몸을 떨었다.

-멍청아, 그렇게 끝내면 어떻게 해.

"뭐가 더 있어?"

-사람들이 왜 너한테 이상하게 구는지 궁금하다며.

"응."

-주인이 날 들 수 없게 된 후 많은 사람이 나를 노렸어. 나는 그들의
탐욕이 싫었지. 주인은 세계를 구하기 위해서 나를 들었다가 저렇게 되
었는데 다들 콩고물 떨어지는 거나 노리고 있잖아. 그래서 난 나를 욕
심내는 자들에게 조건을 걸었지. 주인의 후손만 내 주인 될 자격을 얻
는다고 말이야. 주인을 위해서 내건 조건이었어. 그때 주인은 조금 힘내
면 결혼도 할 수 있고 자식도 얻을 만한 상황이었거든.

그때의 에라프는 중요한 그 부분이 썩지 않았다는 소리다.

제리코는 드래곤 슬레이어 소드의 의리에 감탄했다. 사람도 사람을
배신하는데 무생물이 주인에게 품은 의리가 갸륵했다.

하지만 드래곤 슬레이어 소드가 간과한 것이 있었다. 그가 자아를 갖
게 된 시점이 광룡 처단 직후라 에라프의 인품을 잘 몰랐다.

-주인은 누가 산 채로 썩어가는 송장과 결혼하고 싶겠냐면서 결혼을
거절했어. 아이도 보지 않으려고 했지. 주인이 나를 들 수 없게 되자 사
람들은 날 갖기 위해 애를 썼지. 직접 들 수 없게 되니까 다른 물건을
통해 들려고 했어. 난 결국 그런 간접적인 방식으로 날 옮기려는 자들도
모두 불태워서 본보기를 보였어.

"간접?"

-탁자 위에 올려놓고 탁자째 옮긴다든가.

"아하."

제리코는 직접 보지 못했지만 드래곤 슬레이어 소드가 여러 사람을

태워 죽인 건 사실인 듯했다. 제리코는 그들을 동정하지 않았다. 인류를 위해 광룡을 쓰러뜨리고 용의 독으로 고통스러워하는 용사의 검을 가져가려고 하다니. 동정할 가치가 없었다.

-그러니까 제리, 사람들이 널 이상하게 대하는 건 네가 내 주인이 될 수 있는 유일한 사람이기 때문이야.

"미안한 말이지만 난 네가 필요 없는데."

-물론 나도 너같이 덜떨어진 주인은 필요 없어. 하지만 현재 내 주인이 될 자격을 갖춘 건 네가 유일하지. 다시 말하지만 내 주인이 될 자격은 주인의 후손으로 한정되고 말이야. 이게 무슨 뜻인지 알겠어?

제리코는 멍하니 입을 벌렸다. 아직 현실 파악이 부족한 주인의 딸을 위해 드래곤 슬레이어 소드가 친절히 설명했다.

-네가 낳은 아이들도 내 주인이 될 자격을 얻는다는 소리야.

이야기를 정리하자. 드래곤 슬레이어 소드는 용을 죽일 가능성을 지닌 세상에서 유일한 검이다. 드래곤 슬레이어 소드야말로 인류 최강의 무기, 무엇과도 바꿀 수 없는 보물이다. 하지만 인류 최강의 무기는 아무나 쓸 수 있는 것이 아니다. 에라프 미베어의 후손만이 드래곤 슬레이어 소드의 주인이 될 수 있었다.

그리고 여기.

에라프 미베어가 남기고 간 유일한 딸이 있다. 나이는 17세. 아직 어리고 건강하다.

이럴 때 높으신 분들은 어떤 생각을 할까? 드래곤 슬레이어 소드를 얻기 위해 저 17세 소녀와 결혼하면 드래곤 슬레이어 소드를 가질 수 있다고 생각하지 않을까? 황제의 결혼 얘기는 농담이 아니었다. 인류를 구한 영웅의 딸이니 대놓고 결혼을 강요하는 사람은 없을 것이다. 하지만 회유하고 유혹하는 사람은 넘쳐 나겠지. 그러니까 무생물이 주인에게 품은 갸륵한 의리가 제리코가 지금 겪고 있는 모든 문제의 시발점이었다는 이야기다.

제리코는 멱살 대신 손잡이를 잡고 외쳤다.

"그러니까 이게 다 너 때문이라는 거잖아아아아! 내 평화와 일상을 돌려줘어어어!"

–내가 이렇게 될 줄 알았나.

"어떡할 거야, 어떡할 거야. 난 아직 결혼하기 싫단 말이야."

–내가 본 대로라면 넌 아리보 공작가의 사람이나 황족이랑 결혼하게 될걸.

"시, 싫어! 난 이제 열일곱이고 결혼은 일찍 해도 상관없지만 내가 좋아하는 사람이랑 할 거란 말이야."

–주인 후보를 늘리기 위해서 애는 많이 낳자고 하겠지.

"싫어, 싫어, 싫어어."

제리코는 침대에 엎드려 훌쩍였다. 대놓고 강요하진 않겠지만 다들 제리코를 은근슬쩍 회유하려는 걸 알고 나니 눈앞이 캄캄했다.

제리코 자신이 마음을 굳세게 먹고 거절하면 그만이다. 하지만 막상 높으신 대귀족들이 웃는 얼굴로 상냥하게 살살 꼬시면 넘어가지 않으리란 법이 없다. 넘어가서 후회하고 질질 짜면서 설렁설렁 살게 되겠지.

제리코의 친아버지는 대단한 인물이었지만 제리코는 평범한 시골 소녀에 불과했다.

자신의 미래가 보란 듯이 그려졌다. 제리코는 훌쩍훌쩍 눈물과 콧물을 쥐어짰다.

"난 옛날처럼 살고 싶어. 상인이 되고 싶단 말이야."

–그렇게 나쁜 인생은 아닐 거야. 영웅의 딸로 대접받으면서 부귀영화를 누릴 수 있을걸. 네가 좋아하는 금반지도 이가 나가도록 깨물 수 있을 거고.

"구리 반지라도 좋아. 난 자유롭게 연애해서 좋아하는 남자랑 결혼하고 싶어! 엄마랑 아빠처럼!"

-포기하면 편해. 정 뭣하면 연애결혼 하고 싶다고 강력하게 주장해 봐. 높으신 분들이 신랑 후보를 엄선해 연애할 수 있도록 자리를 마련해 줄 거야.

드래곤 슬레이어 소드의 뻔뻔함에 제리코는 치를 떨었다. 이게 다 드래곤 슬레이어 소드 때문에 벌어진 일인데 검은 제 일이 아닌 것처럼 따박따박 토를 다는 게 아닌가.

"이, 이게 다 너 때문이잖아!"

-나라고 이렇게 될 줄 알았겠어? 미안해.

"나는 이제 높으신 분들이 정해준 남자랑 결혼해서 공작으로 살아야 하는 거야? 그건 너무 비참해."

-네 호감을 사는 편이 좋으니 엄선된 남자는 잘생기고 성격 좋겠지. 공작으로 사는 것도 나름 행복할 거야. 좀 낙관적으로 미래를 생각해 봐. 넌 지금 서대륙에서 황족 다음으로 고귀한 여자야. 지금 황제는 황녀가 없으니 릴리에 공주 다음으로 고귀한데 릴리에 공주는 나이가 있으니 네가 지금 가장 인기 있는 신붓감이라고.

"검한테 그런 소리 듣기 싫거든!"

빼액! 제리코는 외부에 소리가 새어 나가지 않을 정도로 외치고 훌쩍였다.

드래곤 슬레이어 소드도 토닥이길 포기하자 제리코는 마음 놓고 울었다. 다음 날 황궁의 시녀들이 놀라거든 어머니랑 아버지 생각이 나서 울었다고 둘러댈 참이다. 한 해에 연달아 부모를 잃은 가엾은 소녀라는 위치는 눈물을 펑펑 쏟는 데 한없이 유리했다.

"흑흑."

덜컹.

제리코가 한참을 울고 있는데 침실 어딘가에서 덜컹거리는 소리가 들렸다. 제리코는 깜짝 놀라 어깨를 움츠렸다. 이럴 때 가장 먼저 생각나는 건…….

"쥐가?"

-황궁 귀빈실에 쥐가 있겠냐.

"뭐, 뭐지?"

제리코는 소리가 들려온 방향을 노려봤다. 어둠에 눈이 익자 소리가 들려온 방향에 있는 옷장이 보였다. 덜컹거리는 소리는 옷장 안에서 들린 게 틀림없었다.

"옷장에서 들렸는데? 진짜 쥐인가 봐. 큰 쥐는 저 정도 소리를 내거든."

-황궁엔 쥐를 쫓는 마법진이 설치되어 있어. 쥐일 리가 없잖아.

"쥐가 아니면?"

드래곤 슬레이어 소드는 마냥 순수한 주인의 딸에게 가혹한 현실을 일러줬다.

-사생아 따위가 내 주인이 되느니 아무도 가지지 못하게 만들겠다는 못된 심보를 가진 양반이 보낸 암살자?

"히익!"

제리코는 급한 마음에 드래곤 슬레이어 소드를 집었다. 암살자에게는 잔인한 얘기지만 제리코는 이길 자신이 있었다.

지금 제리코의 손에 들린 검은 닿기만 해도 상대를 불태우는 무시무시한 마검 드래곤 슬레이어 소드였다!

-나도 검이야. 상대가 무기로 응수하면 안 태운다고.

"어? 내가 생각한 걸 어떻게 알았어?"

-지금의 넌 예비 주인 같은 위치니까, 네가 하는 생각은 대충 알 수 있어.

"주인은 아니고?"

-주인 후보지.

주인이 될 수 있는 자격을 갖췄지 주인은 아니란다.

"치사해! 나는 네 생각 모르는데."

-검의 생각은 알아서 뭐 하게?

"그래도 일방적이잖아. 치사해."

제리코는 발소리를 죽여 옷장 앞으로 간 뒤 꿀꺽 침을 삼켰다. 황후의 명령을 받은 시종이 방의 온도를 높여놔 제리코의 이마에 송골송골 땀이 맺혔다.

제리코는 속으로 하나, 둘, 셋을 센 뒤 넷에 옷장을 벌컥 열었다.

제리코가 옷장이라고 생각했던 가구는 옷장이 아니라 침구류를 보관하는 이불장이었다. 그 안엔 쥐가 아닌 인간이 있었는데 드래곤 슬레이어 소드가 말했던 암살자도 아닌 것 같았다. 왜냐하면 이불장 안의 인간은 퍼질러 자고 있었기 때문이다.

"누구야?"

ㅡ나야말로 묻고 싶네. 누구지?

어두워서 잘 보이지 않았다. 제리코가 인상을 찌푸리자 드래곤 슬레이어 소드가 주인 후보를 위해 선심 썼다.

ㅡ옜다. 불.

"밝아졌다! 마법이야?"

ㅡ그래. 난 마법 검이니까.

침실에도 조명이 있지만 불을 밝히면 외부의 시종들이 무슨 일이냐고 물어볼 것이다.

제리코는 드래곤 슬레이어 소드가 만들어준 빛으로 장 안에서 자고 있는 사람의 얼굴을 확인했다. 제리코의 선명한 붉은색 머리와 마찬가지로 한번 보면 잊기 어려운 연두색 머리카락이 가장 먼저 눈에 들어왔다.

"이 사람은…… 로브 입은 이상한 남자?"

ㅡ응. 동일인인 것 같네.

관 뚜껑을 봉하기 직전에 쳐들어왔던 폭풍 같았던 모자. 워낙 인상적인 일이라 제리코는 똑똑히 기억하고 있었다.

연두색 머리의 남자는 제리코가 떠들든 말든 아랑곳하지 않고 숙면을 취했다. 그가 한 달 전에 일주일을 못 잤다고 외쳤던 걸 생각하면 자게 돼야 할 것 같은데 문제가 있었다.

"이 사람 왜 여기서 자고 있지?"

—나도 모르지.

"설마……!"

제리코는 본래 황궁에 머물 예정이 아니었다. 그런 제리코가 황궁의 이 귀빈실에 머무르게 된 건 황후의 명령이 있었기 때문이다. 제리코는 설마설마하며 말했다.

"이 사람이 황후 폐하가 지지하는 내 신랑 후보?"

제리코는 자기가 떠올린 생각에 너무 놀란 나머지 손에 들고 있던 드래곤 슬레이어 소드를 떨어뜨렸다.

카펫 위로 묵중한 검이 떨어지는 소음은 생각만큼 크지 않지만 제리코가 떠들든 말든 곤히 자던 남자의 눈꺼풀이 검 떨어지는 소리에 움직였다.

—너무 앞서간 생각 아니야?

"그렇지만 여자애 혼자 자는 방에 남자를 집어넣었다는 건."

—황후가 집어넣었으면 장 안에서 자고 있었겠어? 이제 시작인데 그런 성급한 짓을 벌일 리가. 일단 깬 것 같으니 사정을 물어봐.

드래곤 슬레이어 소드의 말대로 남자의 눈꺼풀 움직임이 격렬해졌다. 열심히 경련하던 눈꺼풀이 열렸다. 제리코는 일단 인사했다.

"안녕하세요, 전 제리코 한슨이에요."

'이게 얼마 만에 말하는 성이야.'

제리코는 엉뚱한 부분에서 감회에 젖었다. 남자는 잠에서 덜 깬 멍한 눈으로 제리코를 응시했다. 제리코는 궁금한 것을 질문했다.

"여긴 황궁 귀빈실인데 왜 여기서 자고 있었어요? 혹시 절 노린 암살자예요? 아니면 누군가의 명령? 혹시 시종인데 몰래 여기서 자고 있었던 거예요?"

연두색 머리의 남자는 제리코의 질문에 대답하지 않고 멍한 표정을 지었다.

"꿈에 나왔던 미소녀가 다시 나오다니. 좋은 꿈이네."

그런 말을 하더니 다시 자려는 게 아닌가. 제리코는 남자에게 손을 뻗어 그를 깨웠다. 눈을 감던 남자는 제리코의 손이 몸에 닿자 소스라치게 놀라면서 장 깊숙이 몸을 숨겼다.

"꿈이 아니야?"

"저기, 그런 반응은 실례거든요."

연두색 머리의 남자는 멍한 눈으로 제리코를 응시하다가 제리코의 몸으로 시선을 이동했다.

남자는 또 지레 놀라면서 장에 등을 붙였다. 그가 필사적으로 도리질 쳤다.

"치한이야."

"……."

제리코는 얇은 잠옷만 입고 있지만 치한 소리 들을 짓은 하지 않았다. 억울했다. 오히려 치한 짓은 저 남자가 하고 있었다. 여자 혼자 묵는 방 이불장 속에서 몰래 자고 있다니. 누가 봐도 저쪽이 치한이다!

"저기요. 누구시고 여기서 뭐 하시냐고요."

제리코는 가능한 또박또박 당당하게 질문했다. 남자는 질문으로 응수했다.

"엄마가 보냈어? 젠장, 그 마녀. 여긴 모를 줄 알았는데."

"이봐요, 뭔가 착각하나 본데 난 황후 폐하의 제안으로 여기서 자는 거거든요!"

"이젠 황후도 한통속이야? 세상에 믿을 사람 하나도 없다더니."

연두색 머리의 남자가 비통한 표정을 지었다. 그가 두 눈을 질끈 감더니 팔로 자기 몸을 감쌌다.

"네가 아무리 예쁘고 빨간 머리가 매력적이어도 날 함락할 순 없어!"

"이런 미친."

남자는 미친놈이었다. 요정처럼 예쁘게 생겼는데 참 안타까웠다. 제리코는 이마를 짚었다. 장례식장에서 난리 칠 때부터 알아봤어야 하는 건데. 지금은 남자를 둘러업고 나갈 다른 사람도 없었다.

남자가 제리코를 건드릴 것 같진 않지만 아무리 그래도 이런 남자를 이 불장에 넣어놓고 잘 수는 없었다. 숙면을 위해선 남자를 쫓아내야 했다.

"무슨 착각 하는지 모르겠지만 난 내가 좋아하는 남자랑 연애해서 결혼할 거거든요?"

"나도 내 완벽한 이상형과 결혼할 거야! 그때까지 내 동정을 간직할 거라고!"

"그것 참 좋은 마음가짐이네요. 응원해 줄 테니까 여기서 나가요."

미친개에겐 매가 약이다. 남자는 개가 아니었지만 어쨌든 제리코의 신변을 위협하는 위험인물이었다.

제리코는 바닥에 떨어진 드래곤 슬레이어 소드를 들고 남자를 위협했다.

"자, 이거 보여요? 이게 당신 몸에 닿기만 하면 불이 화르륵."

위협용으로 들이댄 건데 생각보다 효과가 좋았다. 드래곤 슬레이어 소드를 본 남자의 표정이 변했다.

"드래곤 슬레이어 소드?"

"네."

"그럼 진짜 이 방의 손님인가 보네?"

"그래요."

남자와 처음으로 대화가 통했다. 제리코는 크게 만족해서 고개를 끄덕였다. 남자는 연두색 머리를 긁었다. 그가 기어들어 가는 목소리로 사죄했다.

"미안. 이 방에 손님이 오는 건 드문 일이니까 가끔 몰래 들어와서 잤거든. 나가줄게."

나가준다니 반가운 얘기지만 다른 장소도 아니고 황궁에 몰래 숨어든 남자를 그냥 보낼 순 없었다.

제리코는 다시 한번 또박또박 질문했다.

"난 제리코 한슨. 당신은 누구예요?"

"샌시. 마탑의 마녀가 내 생물학적 어머니지. 여긴 어머니의 탐지 마법이 안 통하는 곳이라 종종 써먹었는데 다른 곳을 찾아야겠네…… 생물학적 부친은 나도 몰라. 마물의 피가 섞이지 않기만 바라고 있어……."

-쿼터야.

제리코는 낯선 사람 앞에서 검이랑 대화하는 미친년 짓을 하고 싶지 않았기 때문에 드래곤 슬레이어 소드에게 눈짓을 보냈다. 드래곤 슬레이어 소드가 부연 설명했다.

-마탑주는 인간과 숲요정의 혼혈이거든. 저 연두색 머리는 요정의 피가 작용한 것이겠지.

요정처럼 신비하고 아름답다 싶더니 정말 요정의 피가 흐르고 있었다. 샌시를 보는 제리코의 눈이 이채를 띠었다. 샌시는 장 안에서 나온 뒤 기지개를 켰다.

"잠깐만요, 그냥 나가면 다른 사람들이 오해하잖아요."

샌시가 먼저 숨어서 자고 있었다지만 여자 혼자 자고 있는 방에서 남자가 나오는 건 위험했다.

샌시는 조용히 허공에 손가락으로 그림을 그렸다. 놀랍게도 그의 손가락이 지나간 자리마다 현란한 빛이 남았다.

제리코는 기억을 더듬었다. 저것과 비슷한 빛을 예전에 본 적이 있는 것 같았다. 그러니까 그게 그리 오래된 일은 아닌데 하도 일이 많아서 엄청 옛날처럼 느껴지는…….

"이동 마법진?"

"정답."

샌시가 눈을 가늘게 뜨며 웃었다. 그간의 무례를 용서하고 싶어질 만큼 매력적인 미소였다. 그런 제리코의 심정을 알아챘는지 샌시가 정색했다.

"나한테 반하지는 마. 난 내 완벽한 이상형에게 몸과 마음과 동정과 영원을 바칠 거니까."

"안 반했거든요!"

샌시는 마지막까지 혈압을 높여주며 빛 속으로 사라졌다. 샌시가 사라지자 제리코는 한숨과 함께 어깨를 축 늘어뜨렸다. 기운이 쪽 빠지고 정신이 하나도 없었다. 이놈의 팔자, 평범의 끝을 달리려나 싶더니 비범의 끝을 달리고 있었다.

"제도 무서워. 제도 싫어. 흑흑. 자유롭게 살고 싶어."

-제리, 방금 그자를 보고 떠올린 건데.

"응?"

제리코는 샌시가 그랬던 것처럼 이불장 안에 들어가 쪼그려 앉아 마음을 다독이는 중이었다. 드래곤 슬레이어 소드가 제리코에게 갑자기 말을 걸었다.

"뭐를 떠올렸는데?"

-너는 자유를 원하고 나는 너보다 좀 더 멋진 주인을 원하지.

"뭐야. 내가 싫어?"

-싫은 건 아니지만 난 검이잖아? 힘차게 휘둘러 줄 주인이 필요해.

"나도 힘차게 휘두를 수 있는데."

-휘두르면 피와 살점이 튀는.

"아, 싫어."

제리코가 질색했다. 드래곤 슬레이어 소드는 살상 무기다 보니 피가 좋다고 말했다.

-그래. 너는 자유를 원하고 나는 너보다 피를 좋아하는 주인을 원하지. 그러니까 이건 어때?

"뭔데?"

드래곤 슬레이어 소드의 말은 꼭 제리코가 이 상황에서 벗어나는 게 가능하다는 것처럼 들렸다. 제리코는 드래곤 슬레이어 소드를 재촉했다.

"빨리 말해봐."

-잘 들어, 제리. 네가 내게서 벗어나면 넌 자유의 몸이 돼. 네가 원하는 대로 크게 한밑천 땡길 수 있는 거지.

"그게 불가능하잖아."

-방법이 있어.

"그게 뭔데?"

제리코는 드래곤 슬레이어 소드의 몸뚱이에 얼굴을 바짝 붙였다. 제리코의 얼굴이 검 면에 거울에 비치듯 비쳤다.

-주인의 아들을 찾는 거야.

제리코의 눈이 동그래졌다. 제리코는 검 면에 비친 자신의 눈을 보며 드래곤 슬레이어 소드가 한 말을 재검토했다.

아들. 에라프 미베어의 아들. 아들이 있다면 드래곤 슬레이어 소드의 주인 될 사람이 한 명 더 늘어나는 것이다. 제리코가 그에게 드래곤 슬레이어 소드를 떠넘기면 제리코는 자유의 몸이 된다.

하지만 말이 쉽지, 이미 죽은 사람에게 어떻게 아들을 낳으라고 하지?

"내가 유일한 자식이 아니었어?"

알려진 다른 자식이 있다면 사람들이 제리코를 그렇게 반기지도 않았을 것이다.

의아해하는 제리코에게 드래곤 슬레이어 소드가 설명했다.

-주인이 나에게 말해준 적 있어. 자기 아들일지도 모르는 남자가 세 명 있다고.

"세 명이나?"

제리코는 피 얘기를 들었을 때보다 더 질색했다. 촌구석까지 와서 마물을 퇴치해 준 건 고마운 일이지만 방방곡곡 얼굴값을 하고 다녔다니. 뿌린 씨가 얼마나 많길래 셋이나 된단 말인가.

'진짜 별로다.'

제리코가 질색하든 말든 드래곤 슬레이어 소드가 계속 말했다.

-난 검이니까 주인이 없으면 갇힌 신세나 마찬가지지. 하지만 내 주인은 환자였잖아? 난 심심했고 주인에게 이것저것 캐물었어. 내 말 상대가 되어줄 수 있는 건 주인뿐이었고, 주인도 나중에 가선 사람들보다 날 상대하는 걸 좋아했거든.

"웅. 그렇지."

아랫도리 가벼운 친부의 과거를 생각하니 좀 징그러웠지만 침대에 누워 썩어가던 말년을 생각하니 다시 또 가여워졌다.

제리코는 한없이 안타까웠던 영웅의 말로를 생각하며 한숨을 쉬었다. 그렇게 슬프게 돌아가실 분이 아니었다.

-개중엔 연애담도 있었는데 주인은 정말 인기가 좋았어. 여자들이 몰려들었지.

"그 부분은 그냥 넘기고 요점만 말해. 별로 알고 싶지 않으니까."

-웅. 어쨌든 주인이 아들이 있을지도 모른다는 말을 한 적이 있어. 주인은 가능한 피임을 했지만 사정상 불가능할 때도 있었지. 그런데 그런 관계를 맺은 여성 중 아이를 낳은 사람이 있고, 개중 시기가 얼추 맞아떨어지는 사람이 셋 있다는 거야. 전부 아들인 건 우연의 일치고.

피임하지 않고 성관계를 맺었고, 시기가 얼추 일치한다고 해서 무조건 아들 후보라니. 참 자기중심적인 생각이었다.

하지만 상대는 대륙의 영웅, 광룡을 쓰러뜨린 용사님. 제리코는 용사의 추측을 믿기로 했다.

"왜 밝히지 않은 거야?"

-결혼한 사람도 있고, 상대방의 명예를 위해서기도 했지. 또 아들인 걸 밝히면 어떻게든 엮이게 되는데 고작 며칠 밤의 일로 썩어가는 송장과 엮여야 하는 여자가 가엾다고 했어.

"아랫도리는 가볍지만 상대의 사정을 존중해 주는 남자…… 밤놀이 상대로 최고네."

-주인이 그런 얘길 들었으면 울었을 거야.

"미안."

제리코는 솔직하게 사과했다. 친부에 대한 평가치곤 심하게 박했다.

제리코는 화제를 돌렸다. 그녀는 드래곤 슬레이어 소드의 얘기를 듣고 내내 짚이던 부분을 꼬집었다.

"샌시를 보고 떠올렸다는 건 설마……."

-그래. 그는 아들 후보야.

"에이, 아까워라. 슬쩍 대보는 건데."

-그러다 아니면 살인이야.

"농담이야. 무생물보다는 생명의 소중함을 더 잘 안다고."

아들 후보가 셋이라니. 셋 모두 아들일 수 있고 셋 모두 아닐 수 있었다. 하지만 제리코는 드래곤 슬레이어 소드의 말대로 긍정적인 마음을 먹기로 했다.

셋 모두 아들이라면 그들에게 드래곤 슬레이어 소드를 떠넘기고 도망가면 그만이요, 설마 셋이나 되는데 하나는 걸리겠지라는 낙관적인 마음이다.

제리코가 헤프게 웃었다. 에헤헤, 웃는 제리코를 보고 드래곤 슬레이어 소드가 그렇게 웃지 말라고 잔소리했다.

"빨리, 빨리 말해줘. 남은 둘은 누구야?"

남은 둘도 빨리 알아내서 친부의 아들인지 확인해 봐야 하지 않겠는가!

드래곤 슬레이어 소드는 제리코의 재촉이 싫지 않은지 뜸을 들이다 나머지 후보를 밝혔다.

-3황자와 스타즈 사장의 장남.

제리코의 얼굴에서 미소가 사라졌다.

드래곤 슬레이어 소드가 알려준 에라프의 친아들 후보는 총 세 명.

릴리에 공주의 아들이자 황제와 황후의 양아들인 3황자 마그노.

마탑주의 아들인 샌시.

스타즈 상회의 주인인 플라티나 스타즈의 장남 로젠.

제국의 황자야 말하면 입이 아프고, 개인이 가진 금의 양이 용이 가진 것과 필적한다는 소문이 있는 플라티나 스타즈의 아들 로젠도 구름 너머의 사람인 건 마찬가지다.

그나마 제리코가 가장 만만하게 비벼볼 수 있는 상대가 샌시였는데, 이 또한 제리코가 마법사와 마탑에 대한 개념이 박혀 있지 않아서 그렇지 구름 위의 존재인 건 똑같았다.

제리코 또한 미베어 소공작이니 그들과 격이 맞지 않다고는 볼 수 없다. 하지만 자기가 아직도 시골 촌구석 소녀 장사라고 믿고, 앞으로도 그렇게 살 수 있다고 희망을 버리지 못한 제리코에게 저 셋은 다가가기 너무 힘든 존재들이었다.

에라프의 아들인 걸 확인하려면 본인이나 상대방의 어머니에게 질문해야 한다. 그런데 저렇게 예민한 일을 무작정 물어볼 수 있겠는가? 귀싸대기나 안 맞으면 다행이지.

제리코는 침대에 엎드려 소리 없이 눈물만 뽑았다.

"난 죽었어. 이대로 죽을 거야. 공작이 되어서 죽을 거야, 엉엉."

드래곤 슬레이어 소드가 나라 잃고 패망한 국주의 얼굴을 하고 있는 제리코에게 사탕을 물려줬다.

-제리, 너무 상심하지 마. 주인이 그랬는데, 셋 중 하나는 친아들이 분명하댔거든.

듣던 중 반가운 이야기였다. 제리코는 침대에 처박고 있던 고개를 들었다.

"누군지는 모르고?"

-그건 나에게도 비밀이라고 했어.

"친아들인 건 어떻게 알아? 엄마 되는 사람이 알려줬대? 아니면 뭐 유전되는 집안 특징이라도 있대?"

-친부의 감.

"……에라이."

제리코는 어른들에게 배운 욕을 아낌없이 써먹으며 투덜거렸다. 하지만 입은 웃고 있었고 전처럼 침대에 엎드려 눈물을 뽑지는 않았다.

-기분이 나아진 것 같네.

"응. 좀 나아졌어."

제리코가 또다시 헤벌쭉 웃었다. 에헤헤, 웃는 제리코에게 드래곤 슬레이어 소드가 농담을 던졌다. 드래곤 슬레이어 소드는 농담도 할 줄 아는 센스 있는 검이었다.

-그럼 내가 무서운 얘기 하나 해줄까?

"뭔데? 에라프 님이랑 겪은 모험담이야?"

-황제가 널 에스코트할 사람으로 3황자를 보낸 건 세 아들 중에서 그를 가장 네 신랑감 삼고 싶다는 의미 아니겠어?

"……."

너무 고난도 농담이라 제리코는 바로 이해하지 못했다. 제리코의 머릿속에서 드래곤 슬레이어 소드가 한 말이 한 바퀴 회전하고 약 8분 뒤, 제리코는 펄쩍 뛰었다.

"히이이이익!"

마그노 황자는 에라프의 아들 후보다. 만약, 만약에 그가 에라프의 친아들이라면 제리코는 혈연상 오빠인 사람과 결혼할 뻔했다는 이야기!

"싫어, 싫어, 싫어! 나 사실은 황자님 보고 쪼끔 두근거렸단 말이야. 으아앙, 소름 돋네."

마그노 황자뿐이랴. 방금 빛 속으로 사라진 샌시를 보고도 조금 두근거렸다. 소녀의 심장은 건강했고 이성을 향한 관심은 충만했다. 제리코는 기분이 나빠져서 드래곤 슬레이어 소드를 노려보았다. 아주 흉악하고 무서운 이야기였다. 얼마나 무서운지 제리코의 전신에 닭살이 오소소 일어났다.

제리코는 잔털이 선 것을 쓸어내리며 목뒤를 주물렀다.

"나…… 앞으론 그 둘이 무슨 짓을 하든 안 두근거릴 자신이 있어."

─하나 더 추가해. 로젠 스타즈.

"응. 그 사람도 추가할게. 으앙, 소름. 진짜 소름 돋았어."

제리코는 전신에 돋아난 닭살과 삐죽이 선 잔털을 진정시키기 위해 손으로 몸을 비볐다. 한여름에 얼음을 먹은 것처럼 오싹한 이야기였다.

"그런데 말이야. 에라프 님의 친아들이라면 어머니들도 그 사실을 알고 있을 텐데 왜 나서지 않은 걸까? 네 주인이 될 수 있는 거잖아."

─다들 쟁쟁한 집안이고 남자와 여자에게 주어지는 잣대가 다르니까. 각자의 사정이 있지 않았을까? 아니면 시기가 묘하게 겹쳐서 확신할 수 없다거나.

"응. 그렇긴 하겠다. 널 쥐어보면 알 수 있지만 재수 없으면 불에 타버리니…… 조절은 못 하는 거야?"

─난 용의 피를 머금어서 에고 소드가 되었기 때문에 용이 갖는 제약과 비슷한 제약을 갖고 있어. 솔직히 내가 주인의 후손을 어떻게 구분하겠어. 대자연에 주인의 후손에게만 주인 될 자격을 준다고 맹세함으로써 주인의 후손을 구분할 능력을 얻게 된 거야. 그건 나도 조절 못 해.

"무슨 말인진 모르겠지만 알겠어."

─사실 난 네가 날 잡을 때 불탈 줄 알았어. 주인은 세 명만 얘기했지 너 같은 딸이 있을 거라곤 이야기하지 않았거든.

제리코는 어깨를 으쓱였다. 어머니의 신분부터 남다른 아버지의 아들들과 시골 촌구석에서 며칠 즐긴 시골 아가씨의 차이는 크니까. 솔직히 에라프가 어머니를 기억하고 있는 게 신기할 정도였다.

"어쨌든 네가 하고 싶은 말은 잘 알겠어. 나는 자유를 원하고 너는 나보다 널 더 잘 써줄 주인을 원하지. 에라프 님의 아들을 찾아서 너를 넘기면 나는 자유의 몸이 되고 너는 새 주인을 만나는 거야."

-바로 그거지.

"좋아."

제리코는 드래곤 슬레이어 소드에게 손을 내밀었다가 그가, 아니, 드래곤 슬레이어 소드가 그도, 그녀도 아닌 그것임을 떠올렸다.

제리코는 악수하는 대신 드래곤 슬레이어 소드의 손잡이를 잡고 붕붕 휘둘렀다. 검이 웃는 것이 느껴졌다.

"근데 누가 친아들인지 어떻게 알아내지?"

가장 쉬운 방법은 드래곤 슬레이어 소드를 슬쩍 갖다 대보는 것이다. 첫 번째 시도로 성공하면 해피 엔딩이고 실패하면 사형 엔딩이었다.

인명 피해 없이 알아내는 방법은 친아들 후보나 모친 되는 사람에게 질문하는 것이지만 그게 그렇게 쉽다면 에라프가 죽기 전이나 사후에 나서서 밝혔을 터. 아직까지 아무도 나서지 않은 걸 보았을 때 숨기고 싶거나 본인들도 모를 수 있다는 가능성이 생긴다.

무엇보다 멀쩡한 가정에 불을 지르는, 완벽한 가정파괴범의 행위였다. 차라리 공작으로 슬프게 살다 죽으면 죽었지 그런 잔인한 짓은 할 수 없었다.

이것도 안 되고 저것도 안 되고. 제리코가 끙끙거리며 근심하는데 드래곤 슬레이어 소드가 한 가지 제안을 했다.

-그렇게 고민하지 말고.

"그럼 어떡해."

-일단 둘은 만나봤으니, 나머지 하나도 만나보는 건 어때?

그것 참 올바른 방향 제시네요. 제리코는 드래곤 슬레이어 소드의 제안에 열심히 고개를 끄덕였다. 그러다가 다시 떠오른 문제에 인상을 구겼다.

"나 자유롭게 못 돌아다니는데 남은 하나는 어디서 만나지?"

-그것 말인데…….

거동이 불편한 주인으로 인해 17년 동안 방에 갇힌 검과 검보다 두뇌 회전이 달리는 주인 후보. 둘은 그렇게 각자의 행복을 위한 작전 회의에 들어갔다.

3장
아버지의 아들을 만나기 위해

　황후는 약속대로 아침 일찍 제리코가 귀가할 수 있도록 마차를 준비했다. 제리코는 간단한 아침 식사를 마치고 황궁에서 내준 옷과 보석을 걸치고 마차에 올라탔다. 어제 만찬용으로 입었던 드레스보다 짧아서 발판을 밟기 쉬웠다.

　마그노 황자는 나타나지 않았다. 제리코는 내심 다행이라고 생각했다.

　'으으, 하마터면 친부의 아들이랑 결혼할 뻔…… 친부의 아들? 어감이 이상한데.'

　친부의 아들을 표현하는 아주 간단한 단어가 있지만 집안에선 맏딸로, 동네에선 소녀 장사로 아이들을 휘젓고 다니던 제리코가 입에 담기엔 너무 낯설었다. 제리코는 그 단어를 말해보려고 입을 오물거리다가 포기했다.

　'그냥 친아버지의 아들로 가자.'

　너무 남 같은 표현이지만 어쩌겠는가. 애초에 친부인 에라프조차 제리코에겐 남과 비슷했던 것을. 태어나서 여태껏 얼굴과 이름도 모르다가 죽기 직전 며칠을 함께 보낸 친부의 아들이라면 제리코와 피가 섞였지만 생판 남보다 못한 사이였다.

이복 남매는 없는 편이 좋았다. 유산 상속이니 부모의 부정이니의 문제가 아니다. 모르는 사람과 만나서 심장이 콩닥콩닥했는데 나중에 남매라는 사실이 밝혀지면 무섭지 않은가. 세상에 그렇게 소름 돋는 일은 없을 것이다.

황후는 제리코가 벗어둔 드레스와 장신구를 운반할 하인과 마차에서 제리코를 돌봐줄 시녀를 한 명 붙였다.

제리코는 어색하게 그들의 시중을 받았다. 황궁에서 근무하는 시녀는 귀족이라는 걸 알아서 다행이었다.

공부와 학을 뗀 제리코가 살면서 읽은 책은 몇 권 되지 않는다. 그 빈약한 뇌 내 도서관에서 제도 생활에 가장 유용한 것이 로맨스 소설이었다.

제리코는 황궁의 시녀로 취직한 아가씨가 기사와 황자 사이에서 양다리를 걸치던 소설을 찬양했다. 그 소설이 아니었다면 황궁 시녀가 귀족인 것도 몰랐을 것이다.

"저기 죄송하지만."

황궁 시녀답게 가만히 앉은 모습에 기품이 흘러넘쳤다. 제리코는 간신히 말을 붙였다.

"네, 소공작님."

"집에 가기 전에 스타즈 상회에 들러보고 싶은데요."

"아아! 네, 알겠습니다."

시녀가 생긋 웃고는 마부석으로 통하는 작은 문을 열어서 마부에게 행선지 변경을 알렸다.

휴우. 제리코는 작게 안도의 한숨을 내쉬었다. 일단은 계획대로. 어제 드래곤 슬레이어 소드와 작당 모의한 그대로 진행되었다. 시작이 중요한데 변수가 없어서 안심했다.

아리보 공작가에선 에라프 미베어가 분가해 세운 미베어 공작가와 강고한 동맹을 맺길 원했다.

지금 당장은 제리코와 아리보 공작가가 밀접한 혈연으로 연관되어 있어도 대가 내려갈수록 혈연은 옅어진다. 그러니 다시금 제리코와 혼인 동맹을 맺어 관계를 굳히려 하는 것이다.

아리보 공작가에선 제리코의 재산과 작위엔 관심이 없었다. 대신 그들이 관심을 둔 것은 드래곤 슬레이어 소드다. 두 공작 가문의 동맹을 굳건히 하면서 드래곤 슬레이어 소드 주인의 아버지가 될 수 있다면 꽤 괜찮은 투자였다. 아리보 공작가는 제리코가 아리보 공작가의 남자 중 한 명과 결혼하길 원했다.

후보로는 아리보 소공작의 손자나 조카, 뭐 그런 이들이 주가 될 것이다. 제국은 4촌의 혼인을 법적으로 허락하지 않는다. 이 말은 5촌부턴 결혼이 가능하다는 소리였다. 제리코의 족보상 위치가 어정쩡하기 때문에 아리보 공작가엔 제리코와 5촌 이상 차이 나는 비슷한 연령대의 인물이 꽤 있었다. 겉으로 보기에 좀 그렇더라도 결혼에 장애물은 없었다.

단, 드래곤 슬레이어 소드를 노리는 귀족가가 아리보 공작가 한 곳만이라고 생각하면 안 된다. 황제도 드래곤 슬레이어 소드를 노리고 있었다.

드래곤 슬레이어 소드는 세상에 단 하나밖에 없는 보검이다. 제리코가 아리보 공작가 밖으로 나가지 않아서 그렇지 자유롭게 돌아다니면 무수한 유혹에 시달렸을 것이다. 제리코 입장에선 유혹이 아니라 공포인데 그 사실을 모르는 아리보 소공작은 제리코의 외출을 적극적으로 차단해 행동반경을 좁혔다. 어떤 점에선 고마운 일이었다.

제리코가 필요한 물건이 없도록 먼저 물건을 제공하고, 제리코가 심심해하지 않도록 공작가 내에서 다양한 볼거리를 제공한다. 사실 대귀족가의 사람이면 사교 목적이 아닌 이상 집 밖에 나가지 않아도 모든 일을 해결할 수 있었다. 집에만 박혀 있어서 답답하다는 것은 집 정원에서 사슴이 뛰어노는 대귀족에겐 해당되지 않는 이야기였다.

아리보 공작가의 마부라면 스타즈 상회에 가고 싶다는 제리코의 의사를 무시하거나 돌려서 거절했을 가능성이 크다. 그러나 이 마차는 황궁 소속. 시녀와 하인, 마부 모두 황제의 사람이다.

황제 또한 제리코를, 정확하겐 영웅의 후손이자 드래곤 슬레이어 소드의 주인이 될 수 있는 핏줄을 황가로 흡수하고 싶어 한다. 하지만 제리코가 아리보 공작가를 선택하지 않는다면 최악은 막게 되는 것이니 아리보 공작가처럼 제리코의 행동반경을 좁힐 이유가 없었다.

어제 드래곤 슬레이어 소드가 해준 얘기가 이러했다.

"아리보 공작가는 원래도 권세가 대단했지만 주인이 광룡을 쓰러뜨린 덕분에 위세가 더 대단해졌어. 주인이 분가해서 미베어 공작이 되긴 했지만 용의 독으로 쓰러져 계속 아리보 공작가에 머물렀으니까 둘을 분리해서 보는 사람은 적지. 황제는 네가 황가를 선택하지 않더라도 아리보 공작가 외의 인물을 선택하는 게 나쁘지 않다고 판단할 거야."

그래서 마부는 제리코의 뜻대로 움직였다. 제리코는 스타즈 상회라고 뭉뚱그려 얘기했지만 그걸 해석하는 건 마부의 몫이었다.

황궁 마차가 멈춘 곳은 제도에 위치한 스타즈 백화점 본점이었다. 제리코는 희게 칠한 거대한 건물을 보고 현기증을 호소했다. 저 거대한 건물 전체에 상점이 꽉꽉 들어차 있다니. 믿기 힘들었다.

"계단 장난 아니겠다."

-걱정 마. 네가 힘들어하면 업어줄 사람이 잔뜩이니까.

"윽."

백화점이라는 만물상의 고급화된 장소에 왔지만 제리코는 막상 들어가지 못하고 망설였다. 제복을 입은 경비원이 마차에 박힌 황궁 문장을 보고 정중하게 인사했다. 황궁의 하인이 제리코에게 질문했다.

"소공작님, 오래 걸리신다면 짐을 먼저 공작저에 옮기고 백화점에 들르셨다고 전하겠습니다."

"네, 그렇게 해주세요."

"혹시 쇼핑이 빨리 끝나시면 기다리지 마시고 백화점 마차를 이용해주십시오."

황궁 소속 하인은 마부와 함께 마차를 타고 사라졌다. 시녀는 같이 가지 않고 제리코 곁에 남았다.

제리코는 침을 꿀꺽 삼키고 백화점을 올려다보았다. 건물 외벽이 하얗게 칠이 된 게 외벽 관리에도 엄청난 돈이 깨질 듯싶다.

이런 엄청난 건물에서 물건을 살 만한 돈이 있을 리 없다. 실제로 지금 제리코는 무일푼 거지였고, 살 물건이 없고 살 돈도 없으면서 스타즈 상회에 가겠다고 한 건 역시나 드래곤 슬레이어 소드가 어제 했던 말 때문이다.

"어차피 넌 눈에 띄어. 좋든 싫든 사람들은 널 한눈에 알아보고 기억할 거야. 새빨간 머리에 멋진 검을 들고 있는 십 대 귀족 소녀. 장님과 색맹 말고는 모두 널 알아볼걸? 장례식 때 널 본 사람도 가득하고, 넌 언제 어디서든 주목받게 되어 있어. 그러니까 네가 스타즈 상회 어느 지점엘 가든, 네 왕림 소식은 스타즈의 주인 귀에 들어갈 거라고. 네가 상인이라면 너 같은 희귀 고객을 놓치겠어? 어떻게든 접점을 만들려고 하겠지."

드래곤 슬레이어 소드의 주장대로였다. 제리코가 황궁 시녀와 함께 백화점 1층에 들어서자 점원은 물론이고 고객들의 시선이 모두 제리코 한 명에게 집중되는 기현상이 벌어졌다.

단순히 빨간 머리 귀족 소녀라면 이러지 않을 것이다. 사람들의 시선은 제리코가 다른 사람에게 닿지 않도록 품에 안고 있는 검, 드래곤 슬레이어 소드에 쏠렸다.

"소공작님, 몇 층으로 가시겠어요?"

"음, 그러니까."

백화점의 몇 층에서 뭘 파는지도 모르는데 그런 걸 질문해 봐야 대답 못 한다. 제리코가 꾸물거리고 있는데 멀리서 좀 높아 보이는 사람이 달려왔다. 그녀는 자신을 백화점의 책임자라고 소개한 뒤 이렇게 말했다.

"미베어 소공작님, 저희 스타즈 백화점을 찾아주셔서 감사합니다. 소공작님의 좀 더 편한 쇼핑을 위해 특별실로 모시겠습니다."

"특별실로 가시겠어요?"

"음……."

제리코는 특별실이 뭔지 몰랐다. 제리코는 그냥 솔직히 물어봤다. 어차피 제리코가 시골 촌구석에서 살다가 상경한 여자라는 걸 제도에서 모르는 사람이 없었다.

"특별실이 뭔가요?"

"특별실은 소공작님과 같은 귀한 분들을 위한 독립된 공간으로, 원하시는 물품을 말씀하시면 저희가 물건을 골라 소개해 드립니다."

'그거 좋네.'

그렇지 않아도 제리코는 닿기만 하면 살인범이 되는 무시무시한 물건을 소지하고 있었다. 사실은 드래곤 슬레이어 소드를 마차에 두고 내리려고 했지만 시종과 마부가 결사반대하는 바람에 사람 많은 백화점까지 꾸역꾸역 들고 왔다.

제리코가 마을에서 이름난 소녀 장사라지만 검을 검대에 찬 것도 아니고 계속 달랑달랑 들고 다니자니 힘들고 귀찮았다. 괜히 손이 미끄러져 드래곤 슬레이어 소드를 떨어뜨리면서 근처 사람이 맞으면 그야말로 대참사. 대낮에 벌어진 방화 살인 사건이다. 제리코는 영웅의 딸에서 흉악 살인자로 이름을 남기게 되겠지.

"특별실로 갈게요."

"그럼 안내하겠습니다."

책임자는 황궁 시녀와 제리코를 작은 방으로 안내했다. 제리코는 그 방이 특별실이라고 생각했지만 뭔가 걸리는 소리와 함께 방 전체가 위로 움직였다. 책임자는 놀라워하는 제리코에게 마법으로 움직이는 방이라고 설명했다. 특별실은 백화점의 최상층에 있어서 계단으로 올라가기엔 힘들다는 것이다.

드래곤 슬레이어 소드가 우쭐거렸다.

-그것 봐. 네가 걸어 올라갈 필요 없다고 했지?

'이런 게 있는 줄 몰랐으면서 큰소리는.'

제리코의 생각을 읽은 드래곤 슬레이어 소드가 뭐라 뭐라 짱알거렸다. 제리코는 드래곤 슬레이어 소드와 자신의 관계가 꽤 불공평하단 생각이 들었다.

드래곤 슬레이어 소드는 제리코의 생각을 읽을 수 있는데 제리코는 소소한 감정 정도나 느낄 수 있다니. 정말 불공평한 주종 관계였다. 드래곤 슬레이어 소드는 넌 내 주인이 아니고 주인 후보라고 다시 짱알거렸다.

특별실은 전망이 좋았다. 질 좋고 깨끗한 유리창을 사용해 제도의 경관이 한눈에 들어왔다. 제리코는 이렇게 높은 곳에 올라온 게 처음이었기 때문에 곧장 창가로 걸었다. 책임자가 창에서 떨어질 줄 모르는 제리코에게 설명했다.

"저희 스타즈 백화점은 관공서를 제외하고 제도에서 가장 높은 건물로 최상층엔 귀빈 전용 식당과……."

"이쪽은 막아놨네요?"

"그 방향엔 황궁이 있기 때문에 보안상 창을 설치하지 않았습니다."

"아하."

제리코는 창문을 통해 멀리서나마 제도를 실컷 구경했다. 대충 볼만한 걸 다 보고 나니 흥분했던 게 부끄러웠다.

제리코는 발갛게 달아오른 두 볼을 식혔다. 최상층엔 특별실과 식당을 비롯한 여러 시설이 있었는데 제리코는 책임자를 따라 특별실로 들어갔다. 외부에서 내부를 보지 못하는 구조였다. 옷을 살 때 쓰기 위해서인지 전면 거울이 있었다. 유리고 거울이고 모두 최고급이라 제리코의 눈이 핑핑 돌았다. 직원들은 다과를 가져왔다. 모두 공짜라고 했다.

"어떤 물건을 찾으십니까?"

"그러니까……."

올 것이 오고야 말았다. 제리코의 머리가 차갑게 식었다. 등골에 식은 땀이 흘렀다. 공짜 과자랑 차까지 나왔는데 뭐라고 하지? 제리코는 말없이 드래곤 슬레이어 소드를 꽈악 쥐었다.

'야, 빨리. 뭐라고 말해?'

-사고 싶은 거 사. 너 돈 많아.

'나 한 푼도 없어.'

-주인 돈이 다 네 거잖아.

'현금 없단 말이야.'

-외상 해. 네 집이랑 이름 다 아는데 알아서 돈 받으러 오겠지.

외상이라니. 제리코는 물물교환을 하면 몰라도 외상은 해본 적 없었다. 마을엔 상점이 하나밖에 없었고 수중에 돈이 없다 싶으면 집으로 냅다 뛰어가 가져오면 그만이었으니까.

제리코가 갈등하든 말든 드래곤 슬레이어 소드는 자기 일이 아니라는 듯 심드렁하게 굴었다.

-질러, 막 질러, 다 질러. 동생들이랑 아빠 선물 사. 가족들 거.

드래곤 슬레이어 소드를 쥔 제리코의 손에 힘이 들어갔다. 힘줄을 세운 제리코는 부들부들 떨다가 결국엔 질렀다.

"과자랑 장난감이랑 애들 옷이랑, 그리고 남성복도! 남성용 구두랑 모자도요!"

　가족은 제리코의 지름 욕구를 자극했다. 드래곤 슬레이어 소드가 신나서 외쳤다.

　-부족해! 더 질러!

　"보석도 보여주세요, 루비로!"

　루비를 외친 건 진짜 충동적이었다. 마그노 황자의 눈을 보면서 루비가 저런 색일까 생각했던 것이 반영되었다.

　책임자가 즉각 움직였다. 지른 다음엔 후회만 남더라. 제리코는 패잔병과 비슷한 심정이 되어 드래곤 슬레이어 소드에게 속삭였다.

　"나 정말 돈 많아?"

　-이 백화점 물건 다 살 정도로 많을 거야. 걱정하지 마.

　드래곤 슬레이어 소드가 호언장담했지만 영 미심쩍었다. 검이 돈에 대해 알아봐야 얼마나 알까? 제리코는 진심을 담아 말했다.

　"만약에 돈 모자라면 널 전당포에 맡겨 버릴 거야."

　-아무도 안 받아줄걸.

　스치면 즉사인데 당연하지. 제리코는 선물을 줄 사람들의 나이를 말하지 않았다. 냅다 질렀는데 그런 걸 세세하게 말할 정신이 있을 리가.

　그러나 놀랍게도 백화점 직원들이 가져오는 장난감은 동생들 연령대에 딱 맞았다. 제리코가 말하지 않은 동생들 또래의 의복류도 나왔다. 눈짐작만으로 봐도 크기가 대충 맞을 것 같아서 제리코는 기함했다. 고향처럼 작은 마을도 아닌데 정보가 이렇게 빨리 돌다니!

　-정보가 빨리 돈 게 아니라 네 정보가 중요한 거야.

　"그렇게 말해도 실감이 안 나는데."

　어쩜 보여주는 물건마다 눈이 확 가고 훌륭한지. 진짜 돈만 있다면 모두 사서 동생들에게 선물하고 싶었다.

　아버지가 생각나서 말한 남성복들도 존의 눈과 머리카락 색 정보를 알고 있었는지 색이 딱딱 맞는 것이 입히면 진짜 근사할 것 같았다. 제리코의 눈이 핑핑 돌아갔다.

그리고 제도 최고의 백화점이란 자부심에 걸맞게 엄선된 루비 컬렉션은 제리코의 핑핑 돌아가던 눈을 제자리에 딱 잡아주는 데 성공했다. 너무 과하면 이성을 차린다더니, 옷이랑 장난감 같은 생필품에 정신을 못 차리던 제리코는 사치품의 절정인 보석을 보고 이성을 되찾았다.

"모두 상등품입니다."

루비는 투명하고 맑으며 색이 약간 어두운 붉은색에 가까울수록 상품으로 친다. 붉은색이 아닌 루비는 모조리 사파이어가 되는 운명이니 루비야말로 진짜 보석의 왕이다.

……라고 보석을 가져온 직원이 말했다. 직원은 많고 많은 보석 중에서 루비를 고른 제리코의 높은 안목을 침이 마르도록 칭찬했다.

제리코는 전부 처음 듣는 얘기였다. 루비를 고른 건 빨간색 유색 보석 중에 아는 게 그것밖에 없어서였고. 뭐, 어때. 제리코는 좋게 생각했다. 칭찬을 들으니 기분이 좋았다.

"이게 루비구나."

아리보 공작저는 결코 제리코에게 섭섭하게 굴지 않았기 때문에 사실 공작저에서도 루비를 몇 개 보았었다. 하지만 새삼 루비와 루비로 만든 장신구만 모아놓고 보고 있으니 느낌이 달랐다.

'마그노 황자님 눈이 더 예쁘구나.'

생물과 무생물의 차이일까. 보석은 마그노 황자의 눈보다 더 아름답게 반짝였지만 제리코는 무생물의 반짝임보다 생기가 느껴지는 마그노 황자의 눈이 더 좋았다.

제리코가 무슨 생각을 하든 보석 담당자는 여전히 열변을 토했다.

"소공작님의 붉은 머리칼에 어설픈 등급의 루비는 어울리지 않습니다! 오히려 색이 묻혀 버리고 말죠! 그러니 제가 적극 추천해 드리는 루비는 이 목걸이인데."

"도련님! 들어가시면 안 됩니다!"

보석 담당자가 인센티브를 위해 현란한 말솜씨를 선보이는데 바깥이 시끄러웠다. 담당자의 말이 끊기고 제리코와 황궁 시녀는 소란스러운 곳으로 고개를 돌렸다. 어쩐지, 바깥의 소란이 점점 가까워졌다.

"무슨 일이지?"

"확인하고 오겠습니다."

열변을 토하던 보석 담당자가 제리코에게 목례했다. 담당자는 문 쪽으로 달려갔다. 담당자가 문을 열기 전에 문이 벌컥 열렸다. 황궁 시녀가 벌떡 일어나서 항의했다.

"무례합니다!"

뭔데, 뭔데, 도대체 무슨 일인데. 문 쪽이 황궁 시녀의 몸에 가려져서 제리코 자리에선 보이지 않았다.

제리코는 상황을 파악하려고 허리를 숙였다. 문 쪽에 사람이 몰려 있었다. 대부분이 남자였다. 밖에서 누가 강제로 들어오려는 것 같은데 남자 여럿이 달라붙었는데도 속수무책으로 밀리고 있었다.

"도대체 무슨 일이죠?"

황궁 시녀는 자기가 모욕당한 것처럼 화냈다. 분노는 타당했다. 백화점에서 특별한 고객에게 특별한 서비스를 제공하기 위해 만든 특별실이다. 그런 특별실에 침입자가 들어온다니, 백화점의 서비스와 수준을 의심하게 되는 상황이었다.

제리코는 자기 일임에도 불구하고 화내지 않았다. 제리코에겐 현실감각이 부족했다.

모여든 남자들 사이에서 그들보다 머리가 반절 정도는 더 큰 남성이 틈을 비집고 들어왔다. 그는 붉게 핀 장미처럼 진한 적발을 쓸어 올리고 가볍게 한숨을 쉬었다. 그러곤 특별실을 둘러보다 고개를 쭉 내민 제리코와 눈이 마주쳤다. 그가 정중하게 인사했다.

"무례를 용서해 주십시오, 미베어 소공작님. 소공작님이 오셨단 얘기를 듣고 꼭 뵙고 싶어 이렇게 찾아왔습니다."

대박. 제리코는 양손으로 입을 가렸다. 끽해야 스타즈 상회의 높으신 분이나 플라티나 스타즈의 비서 정도가 접근해 올 것으로 예상했다.

그런데 첫 입질에 본인이 걸렸다. 떡밥이 무어냐. 미끼도 없이 낚싯바늘만 대충 끼워 던진 낚싯줄이 월척을 건졌다.

팔딱팔딱 뛰는 월척, 친아버지의 아들 후보가 앞을 가로막는 황궁 시녀를 가볍게 피해 제리코에게 다가와 무릎 꿇었다. 의자에 앉은 제리코와 그의 눈높이가 맞아떨어지고 소녀와 남자는 눈을 맞췄다.

인상적인 붉은 머리와 시원시원한 이목구비, 초록색 눈동자가 아름다운 미남이었다. 그가 제리코의 손등에 가볍게 입술을 가져다 댔다.

"장례식 때 뵈었습니다. 로젠 스타즈입니다."

'뛰면 안 되는데.'

이 사람도 에라프의 아들 후보이니 뛰면 안 되는데 이놈의 심장은 왜 콩닥거리고 난리람.

ㅡ야! 너 심장박동이 막 빨라지는데?

드래곤 슬레이어 소드가 제리코에게 경고했다.

"세상에 어떻게 이런 무례가 있나요!"

황궁 시녀가 목에 핏대를 세우고 항의했다.

"도련님, 이러시면 안 됩니다!"

백화점 직원들이 입을 모아 와와 외쳤다.

세상의 모든 새가 동시에 우는 것처럼 시끄러웠지만 제리코의 귀엔 하나도 들리지 않았다. 미남 앞에선 다 필요 없었다. 제리코는 두 볼에 홍조를 띠고 고개를 살포시 돌려 수줍게 인사했다.

"제리코 미베어예요."

'아빠 미안.'

어쩔 수 없었다. 로젠은 세 명의 후보 중에서 가장 남성미가 강했고 목수인 존을 아버지로 둔 제리코는 그런 건강한 남성에게 약했다. 말하자면, 이상형?

로젠 스타즈가 벌인 무례에 대해 일장 연설을 늘어놓으려던 황궁 시녀는 고개를 숙이고 입을 벌려 웃는 제리코를 발견하고 항의를 멈췄다. 당사자가 좋으면 무례도 장난이나 애교로 넘어갈 수 있는 법. 그러나 제리코는 아직까지 황제의 손님인 상태다. 그녀에겐 손톱 끝에 거스러미 하나 없이 제리코를 완벽하게 귀가시켜야 하는 막중한 임무가 있었다.

"스타즈 상단주에게 항의해야겠군요."

"어머니와 관계없이 내가 독단적으로 벌인 일입니다. 책임은 내가 지겠습니다."

"소공작께서 계신 곳에 이렇게 무력을 앞세워 억지로 들어오시고서 어떻게 그런 말을 하실 수 있죠?"

"괜찮아요."

제리코는 황궁 시녀를 만류했다. 워워, 진정해, 시녀님. 로젠을 목적으로 스타즈 상회를 목적지로 밝혔던 제리코에게 이 만남은 우연이 아닌 운명이었다.

로젠은 눈빛을 빛내며 제리코에게 재차 사과했다.

"정말 죄송합니다. 소공작님을 꼭 다시 뵙고 싶은 마음에 무례를 범했습니다. 사죄의 뜻으로 오늘 구매하신 물품은 모두 대금을 받지 않겠습니다."

'세상에!'

"전 정말 괜찮아요."

정말 괜찮아서 자꾸 입가 근육이 풀렸다. 제리코가 헤실헤실 웃었더니 로젠도 따라서 작게 미소 지었다. 제리코의 볼이 다시 빨개졌다.

─정신 차려. 오빠 후보야, 오빠 후보.

'오빠라도 잘생기면 얼굴 붉힐 수 있지, 뭐.'

-네가 오빠가 없어서 뭘 모르나 본데, 오빠는 잘생겨도 오빠야. 넌 네 동생들 잘생기면 얼굴 붉힐 거야?

콩닥콩닥, 두근 반 세근 반 쿵쿵거리던 제리코의 심장이 작동을 멈췄다. 드래곤 슬레이어 소드의 설득은 효과가 굉장했다. 제리코는 이상형을 만난 사춘기 소녀에서 자유를 되찾고 싶은 투사로 변했다. 아주 적절하고 신속한 태세 전환이었다.

"제게 용무가 있으세요?"

제리코가 로젠에 대해 알고 있는 건 에라프의 아들 후보라는 것, 엄마가 부자라는 것, 머리가 빨강…… 붉은 머리네? 자유를 쟁취하기 위한 투사의 눈에 씌어 있던 콩깍지가 떨어졌다. 그러니 세상이 달리 보이고 들어오는 정보가 달라졌다. 제리코는 로젠의 장미처럼 붉은 머리와 고운 녹색 눈동자, 잘생긴 얼굴, 허리에 찬 검을 확인했다.

'나 아들 찾은 것 같은데?'

-아서라. 확실한 건 아니야.

'머리 색이 똑같잖아.'

-머리 색 똑같으면 다 친자식이냐!

'검도 쓰잖아.'

-워워. 진정해, 제리.

이번엔 드래곤 슬레이어 소드가 제리코를 진정시켰다.

제리코는 한 방에 아들을 찾았을지도 모른다는 희망을 가슴에 품었다. 심장이 다른 의미로 콩닥콩닥 빠르게 뛰었다. 흥분한 제리코의 기색을 눈치챈 황궁 시녀가 제리코와 로젠의 사이를 갈라놨다.

"소공작님은 몸이 편찮으십니다. 용무가 있으면 빨리 전하세요."

"그냥 개인적으로 뵙고 싶었습니다. 몸이 불편하시면 물러가겠습니다."

로젠은 생각보다 선선히 물러났다. 하지만 제리코를 응시하는 녹색 눈동자는 분명 어떠한 감정과 목적을 담고 있었다.

제리코는 그 감정과 목적이 여동생 후보를 보는 눈이고, 목적은 자신의 정체를 알리고 싶다일 것이라고 확신했다. 왜냐하면 로젠은 빨간 머리에, 잘생겼고, 검을 들었기 때문이다. 여자도 잘 꼬실 것 같았다. 빨간 머리에, 잘생겼고 검을 들었던 친부와 조건이 일치했다.

–어디서 그런 엉터리 논리를.

"이렇게 빨리 찾다니."

로젠이 물러난 뒤 목적을 달성한 제리코는 집으로 돌아가겠단 의사를 밝혔다. 로젠의 말대로 제리코가 구매한 물품은 모두 공짜였고 제리코는 공짜를 사양하지 않았다. 그런 와중 백화점 책임자와 황궁 시녀 사이에서 소소한 실랑이가 벌어졌다.

"황제 폐하의 후의로 소공작님의 물품 대금은 이쪽에서 지불하겠습니다."

"하하하, 큰도련님이 무례를 저지르셨으니 마땅히 말씀대로 대금을 받을 수 없습니다."

뭐, 저런 소소한 기 싸움. 어느 쪽이 이기든 제리코만 이득이었다. 제리코는 백화점에서 제공한 마차에 올라 히죽히죽 웃었다. 황궁 시녀는 계속 검에게 혼잣말을 속삭이는 제리코를 걱정스러운 시선으로 지켜봤다.

마차가 아리보 공작저에 도착했다.

"짧은 시간이지만 모시게 되어 영광이었습니다."

황궁 시녀가 제리코에게 공손히 인사했다. 제리코야말로 모셔주셔서 영광이었다. 제리코는 공손하게 작별 인사를 건넸다. 황궁 시녀는 떠나기 직전 나름 회심의 한마디를 남겼다.

"미베어 소공작님, 스타즈가의 장남은 연애 경력이 화려해요."

잘생긴 게 다가 아니랍니다, 가 말끝에 붙을 것 같은데 삭제되었다. 어쨌든 의도는 확실했다. 황궁 시녀는 황실 편이었다.

생애 첫 외박을 하고 돌아온 제리코에게 사람이 몰려들었다. 한슨 일가와 아리보 공작가 사람들이었다.

제리코는 가족들에게 공짜로 받은 선물을 뿌렸다. 장난감과 새 옷, 과자를 받은 동생들의 입이 찢어졌다. 존은 뭐 이런 걸 다 가져왔냐고 말했지만 입은 웃고 있었다.

과자의 양이 상당했기 때문에 제리코는 원래 모두에게 주려고 했던 것처럼 아리보 공작가 사람들에게도 과자를 선물했다.

"잘 대해주셔서 정말 감사합니다."

"뭐 이런 걸 다."

"황궁은 어땠나요? 황제 폐하와 황후 폐하, 황자 저하께선?"

제리코를 기다린 사람 모두 황궁에서 있었던 일을 궁금해했다. 제리코는 황후도 속여먹은 최고의 연기를 펼쳤다.

"아, 너무 피곤해요. 기절할 것 같아."

"누나, 연기 진짜 못하네."

"에릭! 쉿!"

"언니, 왕자님이랑 춤췄어?"

눈치 없는 에릭이 초를 쳤지만 쉬고 싶다는 제리코의 의사는 전해졌다. 아리보 공작가의 사람들은 제리코의 의사를 존중하고 물러났다.

"푹 쉬려무나. 자세한 얘기는 내일 말해다오."

아리보 소공작의 한마디에 동생들도 물러났다. 제리코는 누구의 방해도 받지 않고 방으로 돌아가 침대에 누웠다.

─봤지? 다들 네 호감을 사고 싶어 해. 아리보 공작가의 의도대로 휘둘리는 것도 그렇게 나쁜 인생은 아닐 거야.

'응. 그런 것 같네.'

귀가하는 사람을 온 식구가 현관 앞에 모여 기다리는 건 가장에게나 해주는 최고의 대우다. 제리코의 외출 장소가 황궁이었다고 해도 상당히 후한 대접이었다.

제리코는 침대 위를 데굴데굴 굴렀다. 황궁의 귀빈실에서 하루 보내서 그런지 공작가의 이 방이 조금 반가웠다.

'다들 옛날보다 좀 덜 무섭나.'

제리코는 아리보 공작가의 사람들의 면면을 떠올렸다. 다들 웃는 얼굴이었다. 새 옷의 개시를 빼앗긴 에밀리의 눈초리가 조금 매서웠던 걸 제외하면 말이다. 하여간 모두 제리코의 환심을 사기 위해 노력하고 제리코의 기분이 상하지 않도록 조심했다.

'큰 과자를 주길 잘한 것 같아.'

제리코는 미안한 마음에 에밀리에게 주는 과자를 제일 큰 상자로 정했다. 과자를 받는 에밀리의 눈초리가 조금 누그러졌던 것 같기도 하고? 아닌 것 같기도 하고?

다음 날. 제리코는 아리보 소공작이 말한 대로 그를 찾아가 황궁에서 있었던 일들을 이야기했다. 물론 샌시를 만난 얘기는 하지 않았다.

황족들과 밥을 먹고 이야기를 했는데 떨려서 기억은 잘 나지 않는다. 드래곤 슬레이어 소드를 뽑아달라고 해서 뽑아서 보여 드렸다. 황후 폐하께서 안색이 안 좋아 보인다며 머무르고 가길 권하셨다.

대충 그런 이야기를 했다. 자기 일이지만 참 남에게 벌어진 일처럼 멀게 느껴졌다.

제리코는 일부러 노인들이 먹기 좋은 소화 잘되고 침에 잘 녹는 과자를 선물로 뿌리지 않고 남겨두었다. 제리코는 아리보 소공작에게 노공작을 만날 수 있는지 질문했다. 아리보 소공작이 난색을 표했다.

"아버지는 아직도 편찮으셔서. 약해진 모습을 보여주기 싫어하시지."

"그렇구나. 그럼 이 과자를 대신 전해주세요. 제 선물이에요."

"아버지가 아주 기뻐하실 거다."

'아리보 소공작님과의 대화는 이걸로 끝인가?'

조금 나아졌지만 제리코는 여전히 아리보 소공작이 어렵고 불편했다. 제리코는 나가고 싶어서 눈치를 살폈고 아리보 소공작은 새로운 대화 주제를 꺼냈다. 그도 그럴 것이, 제리코가 나가고 싶어 하는 걸 이미 알아챈 상황. 소공작은 어제 제리코가 벌인 일탈을 예리하게 꼬집었다.

"백화점이 가고 싶으면 말하지. 조금 섭섭하구나."

'백화점 가고 싶다고 하면 사람을 공작저로 불렀을 거면서.'

스타즈 백화점은 특별하고 돈 되는 고객을 위해 방문 판매도 실시하고 있다. 백화점 책임자가 필요하실 때 부르라고 했으니 확실했다.

'일부러 말 안 한 건데.'

제리코는 그간 집에 가고 싶다는 의사만 밝혔지 외출하고 싶다는 얘기를 꺼낸 적이 없다. 그래서 제리코의 외출이 자유롭지 못한 건 확실한 사실이 아닌 제리코의 심증으로만 남은 상태다.

하지만 제리코도 바보가 아니다. 그 정도 눈치는 있었다. 언제까지고 물정 모르는 순진한 시골뜨기 소녀로 남을 것이라 생각했다면 큰 오산이다! 용을 벨 수 있는 전설의 드래곤 슬레이어 소드를 무기가 아닌 참모로 두고 있는 제리코는 당당하게 말했다.

"생각해 보니까 제가 제도에 와서 돌아다닌 적이 없더라고요. 그래서 궁금해서 가봤어요."

"이런, 우리 가문의 대접이 소홀했군. 이번 주말엔 젊은이들끼리 모여서 공원 같은 곳에 나들이 가는 건 어때?"

"정말요? 백화점 가니까 위아래로 움직이는 방도 있고 전망도 너무 좋아서 제도 구경도 실컷 했어요. 제도에 왔는데 실제로 본 게 백화점과 황궁, 공작저뿐이라니…… 너무 슬퍼요."

―야, 너 너무 나갔어. 괜히 자극해서 어떻게 수습하려고.

참모가 장수의 과한 용맹을 비판했다. 전국을 통일할 계책을 세우는 참모도 적진에 혼자 뛰어가는 장수는 구제불능인 것을.

혼자 뱀 주둥이에 손가락을 디밀었던 제리코는 이걸 어떻게 수습할까 고민했다. 제리코는 다시 시골 촌뜨기의 탈을 썼다.

"제도는 사람들이 다 예쁘고 잘생겼어요. 건물들은 어찌나 크고 아름다운지…… 눈이 핑핑 돌아요……. 저 너무 피곤해서 쉬러 가겠습니다."

가소롭다 못해 귀여웠다. 아리보 소공작은 귀여운 사촌 동생을 풀어줬다.

"그래, 피곤하면 쉬어야지. 소풍은 날짜가 잡히면 알려주마."

제리코는 꾸벅 인사하고 후다닥 방으로 도망갔다. 하녀들을 모두 물린 후 제리코는 베개에 이마를 박았다.

"내가 왜 그랬을까, 내가 왜 그랬을까."

-좀 편해졌다 이거지.

"앞으로 다시는 안 그럴 거야. 으으으! 다신!"

아리보 소공작에게 황궁 보고도 마쳤겠다, 제리코는 소공작에게 보고하지 않은 백화점에서 생긴 일을 점검했다.

"어떻게 생각해? 로젠이 에라프 님의 아들인 것 같아?"

-뭐. 가장 가능성이 높긴 하지.

"그치? 에라프 님 눈동자가 녹…… 녹색이 아니라 파란색이었구나."

제리코는 시무룩해졌다. 에라프의 눈동자는 제리코와 동일한 파란색이었다. 사실 제리코가 다 썩은 에라프만 봐서 그렇지, 제리코는 누가 보아도 에라프와의 관계를 의심할 수 없을 만큼 친아버지를 쏙 빼닮은 외모였다. 붉은 머리칼에 파란색 눈동자, 예쁜 얼굴까지. 괜히 아리보 노공작이 제리코의 얼굴을 보고 에라프의 딸이라 인정한 것이 아니었다. 에라프의 생이 얼마 남지 않은 시기에 이만큼 닮은 소녀를 찾아온 정성이 갸륵해서라도 적당히 한밑천 떼어 줄 생각이었던 것이다.

드래곤 슬레이어 소드는 주인의 얼굴을 모르는 제리코에게 그 사실을 알려줄까 하다가 그만뒀다. 귀찮았다.

"검을 들고 있었어. 검을 쓰는 게 분명해."

-귀족은 대부분 검을 배워.

"머리는 빨간색이었고."

-네가 살던 촌구석에선 빨간 머리가 귀했는지 몰라도 제도에선 꽤 흔하거든?

"나한테 할 말이 있는 것 같았어."

-혹시 아냐. 네가 두근거린 것처럼 그쪽도 너한테 두근거려서 사귀자고 말하려는 거였을지.

"우엑."

내심 로젠을 에라프의 아들로 점찍어놓은 상태였던 제리코의 속이 뒤집어졌다. 제리코는 드래곤 슬레이어 소드를 짤짤 흔들었다. 너무 험한 생각이었다. 드래곤 슬레이어 소드는 말이 너무 과했음을 인정했다.

-미안해. 어쨌든, 그놈이 날 노리고 네게 접근했을 수도 있다는 거야.

"에라프 님의 아들인 게 밝혀지면 널 바로 넘길 거야. 너도 검 잘 쓸 것 같은 주인이 좋은 거 아냐?"

-물론 나도 셋 중에선 로젠이 제일 좋아. 그는 훌륭한 검사거든.

"그래?"

제리코의 귀가 부채처럼 펄럭였다. 처음 듣는 이야기였다. 다시 얘기하지만 제리코는 로젠에 대해서 알고 있는 것이 적었다. 로젠이 스타즈 상단주의 아들이라는 것, 빨간 머리라는 것, 여자의 심금을 울리는 초록색 눈을 가졌다는 것, 마찬가지로 소녀의 가슴을 뛰게 하는 잘생긴 청년이라는 것. 이 정도가 제리코가 아는 로젠 스타즈의 전부다. 특히 제리코가 감동한 부분은 로젠의 재력이었다.

"스타즈 상회 장남이면 돈 엄청 많겠네."

-그건 아닐걸. 로젠 스타즈는 모친과 사이가 좋지 않아.

"장례식장엔 둘이서만 같이 왔는걸?"

-둘이서만 올 필요가 있었을지도 모르지.

"그럼 역시 로젠이 에라프 님의 아들인 거잖아!"

-그러니까 그 성급한 성미를 고치라고! 천천히 알아보면 되잖아!

제리코와 드래곤 슬레이어 소드는 관심사가 달랐다. 드래곤 슬레이어 소드는 로젠이 얼마나 촉망받는 검사인지 일장 연설을 늘어놓았다.

로젠이 어릴 때부터 천재로 이름이 높았다는 것. 아카데미에서도 수석을 놓치지 않는다는 것. 상회를 잇길 바라는 모친과 다툼이 있다는 것. 에라프를 존경한다는 것. 소드 마스터가 될 검사 중 하나로 손꼽힌다는 것 등등.

모두 주인인 에라프에게 들은 이야기였다. 누워서 할 일 없는 에라프는 신문 등을 읽으며 시간을 보냈다. 친아들일지도 모르는 소년들의 활약상이 신문에 뜰 때마다 좋아하며 유일한 대화 상대인 드래곤 슬레이어 소드에게 털어놓았다.

-주인은 훌륭한 검사였으니까. 로젠 얘기를 할 때 제일 기분이 좋아 보였지.

"조금 마음이 아프네."

-그렇다고 해서 로젠이 주인의 친아들이라고 확정할 수 있는 게 아니야.

제리코는 드래곤 슬레이어 소드의 이야기를 듣다가 궁금한 점이 생겼다. 솔직히 빨간 머리에 잘생기고 검을 잘 두르는 청년이 있는데 그 청년의 모친이 에라프와 접점이 있었다. 그러면 누구나 한 번쯤 청년의 아버지가 에라프가 아닐까 하고 의심해 보지 않았을까?

"왜 아무도 의심하지 않지?"

-왜냐면 스타즈 상회의 플라티나 스타즈는 이혼 7회, 결혼 8회를 해치운 바람둥이기 때문이지. 그리고 그녀는 빨간 머리 페티시가 있어서 8명의 남편이 모두 빨간 머리였어.

납득. 제리코는 바로 납득했다. 드래곤 슬레이어 소드는 자신만 알고 있는 이야기를 털어놓았다. 사실 과거 에라프가 그러했듯이 드래곤 슬레이어 소드에게도 대화 상대는 제리코밖에 없었다. 계속 말 못 하는 검으로 행동했다면 참을 수 있었겠지만 한번 참견하고 나니 수다를 떨고 싶어서 견딜 수가 없었다. 만약 드래곤 슬레이어 소드의 몸체에 입이 있었다면 계속 벌리고 있어서 다들 뚫려 있는 구멍인 줄 알았을 것이다.

-그리고 주인과 플라티나는 공식적으로 접점이 없어. 주인이 자유 기사 시절 도중에 돈이 떨어지면 신분을 숨기고 용병 일을 병행했는데 플라티나는 그때 주인을 고용한 고용주였거든. 빨간 머리 페티시인 플라티나가 주인을 유혹했고 주인은 계약이 끝날 때까지 플라티나와 뜨거운…….

신나게 알고 있는 얘기를 떠들던 드래곤 슬레이어 소드가 침묵했다. 흥미진진하게 이야기를 듣고 있던 제리코는 김이 빠져서 드래곤 슬레이어 소드를 건드렸다.

"왜 갑자기 끊어?"

-친딸에게 들려줄 얘기가 아니잖아. 그리고 너 이런 이야기 싫다고 말했잖아.

드래곤 슬레이어 소드의 말대로였다. 드래곤 슬레이어 소드가 제리코에게 아들 후보가 셋 있다는 이야기를 했을 때 에라프의 화려한 과거사가 나왔고 제리코는 딱 잘라서 요점만 말해줄 것을 요구했다. 그런데 갑자기 이야기를 재촉하다니. 모순적이다.

제리코는 어깨를 으쓱였다. 요점은 기분 문제다. 여러 명의 여성에게 인기가 있었다는 이야기는 듣기 싫지만 아들을 낳게 될 정도로 깊은 관계였던 여성과의 달달하고 농밀한 어른의 얘기는 궁금했다.

"에라프 님이 자유분방한 남자라는 건 이미 알고 있어. 아들 후보가 셋인 부분에서 끝났다고."

-그래도 뭔가 아닌 것 같은데.

"빨리 얘기해 줘. 궁금하단 말이야."

친아버지의 이야기라서 마음 한구석이 조금 걸리긴 하지만 제리코의 아버지는 존 한슨 단 한 사람뿐.

에라프의 이야기는 친부의 이야기라기보다 인류를 구한 용사의 이야기라는 인식이 더 강했다. 심지어 그냥 연애담이 아니다! 결과물(?)이 생긴 찐한 얘기! 이렇게 재밌고 두근두근한 얘기가 또 있을까.

제리코는 백화점에서 사 온 과자를 가져와서 이야기가 이어지길 기다렸다. 드래곤 슬레이어는 침묵으로 응수했다.

"너무해!"

사람 호기심에 불을 붙여놓고 갑자기 끊다니! 제리코가 부당한 이야기꾼을 베개로 짓눌러 응징했다. 드래곤 슬레이어 소드는 베개로 자신을 패는 소녀의 행태를 기막혀하다가 결국 다시 이야기를 시작했다.

제리코는 꽤 오랫동안 잠들기 전 책을 읽어주는 역이었다. 그래서인지 잠자리에서 들려오는 이야기에 면역력이 부족했다. 침대에서 들려오는 용사의 연애담은 흥미진진했지만 어쩐 일인지 눈이 가물가물해지더니 결국 눈꺼풀을 이기지 못했다. 하여간 천하장사도 눈꺼풀은 못 견딘다더니 그 말이 정답이었다.

잠든 제리코의 위로 누군가의 그림자가 드리워졌다.

"자는 꼴 하고는."

쯧. 혀를 찬 그림자의 주인은 이불 위에서 자는 제리코를 옆으로 조금 밀어서 공간을 만든 뒤 이불을 접어 제리코 위에 덮었다.

그는 바로 사라지지 않고 제리코의 얼굴을 주시했다. 그리운 사람을 떠올리게 만드는 이목구비와 머리카락이 심장이 없는 이의 가슴을 술렁이게 만들었다. 하지만 인류의 영웅다운 배포와 지혜, 넓은 마음을 가졌던 주인과 다르게 이 소녀는 여러모로 모자랐다. 생긴 것만 닮았지 성격이나 머리 돌아가는 쪽은 영 딴판이었다.

그래도 주인은 좋아했을 것이다.

드래곤 슬레이어 소드는 제리코의 잠든 얼굴을 주시했다. 처음 이 소녀가 자신을 집어 들려고 했을 때, 주인은 물론이고 자신 또한 소녀가 불타 죽을 것이라고 생각했다. 주인은 소녀가 친딸인지 확신하지 못했고 드래곤 슬레이어 소드는 이런 소녀에 대한 이야기는 들은 적이 없었다.

친딸임을 확신하지 못하면서 어째서 아비인 척 행동했는지. 드래곤 슬레이어 소드는 주인인 에라프의 속내가 대충 짐작됐다.

주인 후보에 불과해 힘의 저울이 드래곤 슬레이어 소드 쪽으로 기운 제리코와 다르게, 에라프는 에고 소드의 진정한 주인이었고 검은 에라프의 허락 없이는 주인의 생각을 읽을 수 없었다. 그러니까 짐작만, 어디까지나 이것은 검의 짐작이다.

'죽을 날이 얼마 안 남았으니 친딸이라고 믿으며 잠들고 싶었겠지.'

에라프의 자식이라 주장하며 찾아와 드래곤 슬레이어 소드를 만지고 불에 탄 소년, 소녀가 있었다. 모두 사기를 치려던 그들의 업보이나 보기에 좋은 모습은 아니었다. 그러니까 며칠 후면 죽을 목숨, 자신을 많이 닮은 소녀를 친딸로 생각하며 자식이 보는 앞에서 숨지고 싶었던 것이겠지.

한데 놀랍게도 제리코는 에라프의 친딸이었다. 드래곤 슬레이어 소드는 그것이 반갑고 기쁘면서도 조금 서운했다.

"조금 더 일찍 오지 그랬냐. 하다못해 주인의 촉각이 살아 있을 때…… 그럼 주인이 엄청 좋아했을 텐데."

엄청난 수다쟁이였던 주인을 닮아 검도 수다쟁이가 되었다. 드래곤 슬레이어 소드는 자고 있는 제리코의 콧잔등을 가볍게 튕겼다. 제리코가 인상을 팍 쓰면서 코를 긁고 계속 잤다. 드래곤 슬레이어 소드는 피식 웃고는 본체로 돌아갔다.

제리코는 꽤 낙관적이었다. 스타즈 백화점에 가서 한 번에 로젠을 만났고 로젠이 또 보고 싶다는 의사를 밝혔기에 금방 그를 다시 볼 수 있을 거라고 생각했다.

마탑주의 아들이야 어디 사는지도 모르고 3황자는 만나고 싶다고 만날 수 있는 사람이 아니다. 하지만 로젠은! 로젠은 제리코가 스타즈 백화점이나 상회 어딘가로 향하면 알아서 찾아올 그런 사람이었다. 이 얼마나 좋지 아니한가.

이 생각이 지나치게 안일했음을 깨달은 건 다음 날부터였다.

-대처가 빠른데.

"이럴 수가……."

아리보 공작가에 못 보던 사람이 늘었다. 정확하겐 원래 같은 건물에서 살았는데 제리코 눈에 안 보이던 사람들이 갑자기 제리코의 시야에 들어왔다. 제리코의 시선 안쪽으로 마구마구 들어왔다.

저기 있는 저 미남은 제리코의 먼 조카뻘 되는 미혼남. 저기 있는 저 미소년은 제리코의 손자뻘 되고, 저기 있는 저 사람은 제리코의 이하 생략.

아리보 공작의 피를 이은, 하지만 제리코와 결혼이 가능한 촌수의 결혼 적령기 남성이 총출동했다. 제리코가 연하 취향일 가능성을 염두에 두고 어린아이도 데려왔다는데 남동생을 둘이나 업어 키운 제리코 입장에선 자기가 범죄자로 보이냐고 따지고 싶었다.

"이럴 수가……."

제리코는 충격과 분노로 부들부들 떨었다. 드래곤 슬레이어 소드가 그녀를 달랬다.

-좋게 생각해. 그래도 강제 선 자리는 아니잖아. 어디까지나 우연한 만남으로 일상에서 피어나는 사랑을 추구하고 있다고. 외견상으론 연애결혼이야. 제리, 네가 좋아하는 그거.

"이런 식은 싫어. 싫단 말이야. 애초에 난 귀족으로 살기 싫은 건데"

모두 어디에 내놔도 꿇릴 데 없는 쟁쟁한 청년들이었다. 인구수 적은 시골에선 보기 힘든 미남들이 때 빼고 광내고 간택받기 위해 제리코 앞을 어슬렁거렸다. 귀족만 아니었어도 이게 웬 떡인가 싶어서 말이라도 붙여봤을 것이다.

-그냥 즐겨, 제리. 네가 언제 이렇게 인기가 좋겠어.

"난 힘 좋아서 데려가겠다는 집 많았어."

-……자랑?

"우씨."

소녀 장사 제리코는 물리적으로 처리할 수 없는 일에 약했다. 고향은 가축의 수가 사람 수보다 많은 동네다 보니 별다른 갈등도 없었다. 어지간한 일은 힘으로 처리할 수 있었고 이렇게 곤란한 일은 생기지 않았으니까.

-그냥 취향대로 골라잡아. 쟤네는 네가 시키면 구두도 핥을걸? 엎드려서 멍멍 기라고 해보자.

"진짜 할 것 같아서 더 무섭거든."

제리코는 슬슬 자신의 가치, 아니, 드래곤 슬레이어 소드의 가치를 알아가고 있었다. 제리코는 문제의 원흉인 드래곤 슬레이어 소드를 얄밉다는 얼굴로 노려봐 주고 침실로 돌아갔다.

동생들은 멋모르고 멋있는 귀족 형아, 오빠들이 놀아준다고 난리지, 그나마 믿을 만한 캐리도 얼굴이 사색이 되어 말 한마디 못 꺼내고 있다. 아버지인 존은 언제 그렇게 친해졌는지, 아리보 소공작과 가끔 술을 마신단다.

제리코 혼자 서러웠다. 혼자 슬펐다. 다들 즐거워하는데 제리코 혼자 그러지 못했다.

"다들 미워."

-너무 그러지 말고 그냥 즐겨. 동생들이랑 네 아버지도 좋아하잖아. 네가 공작이 되면 동생들도 귀족으로 만들 수 있고, 여동생들은 좋은 데로 시집보낼 수도 있어.

"내가 복에 겨운 걸까? 응?"

-그건 아니야.

"정말?"

자기 편을 들어주는 드래곤 슬레이어 소드의 이야기에 제리코가 반색했다. 드래곤 슬레이어 소드가 제리코에게 말했다.

-저들은 모두 자신들의 욕심과 행복을 위해 행동하고 있어. 제리코 네가 너 자신의 욕심과 행복을 위해 그게 싫다는데 뭐가 복에 겨운 생각이야? 행복해지고 싶어서 보여주는 저항이잖아.

와. 제리코는 입을 쩍 벌렸다. 자신과 나이가 비슷한 무생물 주제에 굉장히 멋있는 말을 했다.

"너 정말 17살 맞아?"

-엣헴. 이 몸을 알아서 모시도록 하여라.

"예이, 나리."

-하하하. 네 진심이 보이는 듯하니 적절한 조언을 해주도록 하마. 실은 후보 셋과 만날 수 있고 결혼 시기도 몇 년 늦출 수 있는 비장의 수가 있느니라.

"그런 걸 빨리 말해줘야지!"

성질 급한 제리코가 드래곤 슬레이어 소드를 들고서 짤짤 흔들었다. 드래곤 슬레이어 소드가 현실 파악을 못 한 주인의 우매한 딸에게 호통쳤다.

-어허!

제리코는 드래곤 슬레이어 소드를 베개 위에 모셔놓고 앞에 무릎 꿇어 절했다. 드래곤 슬레이어 소드가 네 정성이 갸륵하다며 비장의 수를 전수했다.

-아카데미에 입학해라!

"아카데미?"

-그래. 우연찮게도 셋 모두 학년은 다르지만 제도에 있는 국립 루나 아카데미의 학생이지. 아카데미는 기본 4년 과정에 졸업을 늘릴 수도 있고, 재학 중인 학생에게 결혼을 강요할 리 없으니 시간도 벌 수 있지.

"아하, 과연."

그럴듯한 이야기에 제리코가 고개를 끄덕였다. 학업에 열중하는 학생이라면 졸업할 때까지 결혼 얘기를 유예할 수 있다. 게다가 그 아카데미라는 장소에서 세 명의 아들 후보를 만날 수 있다니. 당연히 아카데미로 가야 했다. 한시라도 빨리!

"그 아카데미는 어떻게 가는 건데?"

-가만 있자. 내년에 입학하려면 이번 달 말에 있는 시험을 봐야 하는데.

"엑."

제리코가 바로 싫다는 듯 얼굴을 구겼다. 드래곤 슬레이어 소드는 아쉬운 건 제리코라고 말했다.

"으아, 공부는 싫은데."

-귀족은 기부 입학도 가능해. 중학교 정도의 수준만 있으면.

"중학교? 거긴 기초 학교에서 추천받아야 갈 수 있는 엄청 공부 잘하는 애들만 가는 학교잖아. 으아, 난 죽었다."

-……너 혹시 공부 못해?

"당연하지! 엄마는 계속 임신하지, 동생들은 찡찡 울지, 아빠는 일 나갔지. 내가 공부할 시간이 있었겠어?"

꽤 납득 가는 변명이었다. 제리코를 구박하려던 드래곤 슬레이어 소드는 변명을 납득하고 구박을 취소했다.

-기부 입학이다. 넌 무조건 기부 입학이다. 아니, 특례도 가능할 거야. 넌 주인의 딸이니까.

인류를 구한 영웅의 딸인데 아카데미 입학쯤이야. 그런 특례도 없으면 누가 목숨 걸고 광룡과 싸우려 하겠는가? 물론 에라프는 정의로운 성격이라 그런 특례가 없어도 광룡과 싸웠을 위인이었다.

좋아. 새로운 계획이 생겼다. 에라프의 아들을 찾기 위해 아카데미에 입학한다. 제리코는 자신만만하게 자신의 수첩에 대문짝만하게 썼다.

아카데미 입학.

"짠. 나 글자는 예쁘게 써."

-큰일이다.

드래곤 슬레이어 소드는 너무 당연한 거라 까맣게 잊고 있던 사실을 깨달았다. 에라프와 신분패를 갖고 하던 대화를 전부 들어놓고서 까먹고 있었다니. 너무 안일했다.

-아카데미는 귀족 문자와 일반 문자 혼용이야. 너 문맹 되기 싫으면 귀족 문자부터 배워!

"히익."

자유를 위해 공부쯤이야. 다행히 귀족 문자는 일반 문자보다 조금 더 복잡하고 장식미가 부각된 정도라 배우는 게 어렵진 않았다. 수학이 필수였으면 제리코는 엉엉 울며 신랑감 리스트를 뒤적여 마음에 드는 남자를 찾았을지도 모른다.

아리보 소공작은 귀족 문자를 배우겠다는 제리코의 학구열을 마음에 들어 했다. 아마 제리코가 귀족 사회에 정을 붙이려 한다고 착각하는 것 같았다. 유용한 착각이었기 때문에 제리코는 귀족 문자로 된 책을 더듬더듬 읽을 수 있게 되자 아리보 소공작에게 말했다.

"저 루나 아카데미에 입학하고 싶어요."

"네가 뭐가 부족해서?"

-와, 주인 조카지만 진짜 양심 없네. 뭐가 부족하냐니. 얘 지금 머리에 든 게 없는데 어떻게 저런 양심에 털 난 소리를.

제리코는 어금니를 앙 물고서 드래곤 슬레이어 소드의 검집을 콩콩콩 두드렸다. 그러자 드래곤 슬레이어 소드가 정신없다고 난리 쳤다. 최근 그녀가 파악한 드래곤 슬레이어 소드에게 복수할 수 있는 유일한 수단이었다.

"부족한 게 많지요. 귀족 문자도 이제 간신히 익혔고, 예의범절도 많이 부족하고, 또……."

"뭔가 배우고 싶다면 가정교사를 부르마."

"루나 아카데미에 가고 싶어요!"

"루나 아카데미는 전원 기숙사제라서 위험하다. 아카데미에 가고 싶다면 솔라 아카데미는 어떠냐. 거기도 국립이고 학제도 거의 비슷하다고 들었다. 평민들의 입학을 받지 않아서 그곳이 더 수준이 높지."

검집을 두드리는 제리코의 손놀림이 빨라졌다. 빨리 적당한 말을 생각해 보란 재촉이었다. 드래곤 슬레이어 소드는 정신없다고 계속 항의했다. 드래곤 슬레이어 소드가 해준 말을 그대로 읊으려던 제리코는 문을 노크하는 소리에 입을 다물었다.

"무슨 일이냐."

"주인님께서 미베어 소공작을 찾으십니다."

제리코의 눈이 왕밤만 하게 커졌다. 에라프의 장례 이후 쓰러져서 내내 침대 생활을 하느라 문병도 사양하던 노공작이 자신을 찾는다니!

아리보 소공작이 날고뛰어 봐야 작은 주인님. 아직 아리보 공작은 아들에게 작위를 물려주지 않았다. 노공작의 허락을 받을 수 있다면 아리보 소공작을 설득할 필요도 없었다.

문을 두드린 사람은 노공작의 심복인 노집사였다. 노공작의 곁에서 그의 수발을 도맡는 노집사의 의견은 곧 노공작의 의견. 아리보 소공작은 노집사의 말에 반박하지 않고 허락했다. 제리코는 쾌재를 지르며 노집사의 뒤를 졸졸 따라갔다.

"공작 각하께선 이제 괜찮으신가요?"

"많이 좋아지셨습니다."

"다행이네요."

비록 노공작이 에라프의 작위와 유산을 모두 제리코가 상속하도록 서류를 정리해 거대한 엿을 주긴 했지만 동생을 아끼는 것을 지켜보아서 그럴까. 제리코는 아리보 노공작이 좋았다.

아리보 노공작은 처음 제리코와 만났을 때처럼 벽난로 옆의 안락의자에서 제리코를 맞이했다.

'처음 만났을 땐 죽는 줄 알았지.'

고작 두 달이 지났는데 이제는 노공작이 그리 무섭지 않았다. 제리코는 두 달 동안의 성장을 자화자찬하며 어깨를 으쓱였다.

노공작이 제리코에게 손짓했다. 제리코는 노공작의 곁으로 다가갔다. 제리코에게도 앉기 편한 의자가 제공되었다. 제리코는 체중을 실어 앉았다가 흔들의자인 걸 알아채고 까르르 웃었다.

"잘 지냈느냐."

"네. 각…… 삼촌은 어떠셨어요?"

"늙은이 사는 게 다 똑같지. 너는 귀족 문자를 배웠다고?"

"네. 조금 어려웠지만 그냥 글자랑 비슷해서 금방 익혔어요."

"그래, 그래. 에라프도 머리가 좋았어. 넌 정말 그 아이를 닮았구나."

―얘 머리 텅텅 비었어! 주인 닮은 건 외모뿐이라고!

제리코는 생긋 웃고서 드래곤 슬레이어를 바닥에 내려놓고 열심히 검집을 두드렸다.

통통통통. 박자를 탄 경쾌한 소리에 노공작도 슬쩍 웃었다. 노공작의 기분이 좋아 보이는 지금이 기회였다.

"그래서 드리는 말인데, 저 루나 아카데미에 입학하고 싶습니다."

"루나 아카데미에?"

"네."

"뭔가 배우고 싶다면 가정교사를 불러주마. 아카데미가 가고 싶은 것이라면 솔라 아카데미는 어떠냐. 그곳은 귀족의 입학만 허가해서 교풍이 더욱 우아하지."

어쩜 부자지간이라고 슬레이랑 노공작이 하는 말이 똑같았다. 제리코는 방금 전 슬레이에게 하려던 변명을 동일하게 하려고 입을 열었다. 그런데 아리보 노공작이 제리코의 머리를 쓰다듬었다.

"그래. 슬레이가 요즘 너를 귀찮게 한다는 얘기는 들었다. 내가 진즉 나서서 막아줬어야 하는데 네게도 그리 나쁘지는 않을 거란 생각에 그냥 두었구나. 너는 그런 게 싫은 게지?"

"네!"

아군이다! 공작가의 주인이 아군이 되어주니 천군만마를 얻은 듯 기뻤다. 제리코는 눈알이 빠질 기세로 열심히 고개를 끄덕였다.

"나도 욕심이 있어서 가능하면 네가 우리 가문 사람과 잘되길 바라지만 네가 싫다니 어쩔 수 없지. 루나 아카데미 입학은 내가 말해두마."

'권력자 최고!'

제리코가 걱정하던 모든 일이 해결되었다. 제리코는 주먹을 불끈 쥐었고 드래곤 슬레이어 소드는 없는 혀를 찼다.

-그냥 본인이 권력자가 되면 될걸.

'넌 빠져.'

"정말 감사합니다, 삼촌!"

"허허, 아버지가 에라프의 루나 아카데미 입학을 허락해 주신 것도 지금 이 연세셨지. 그땐 솔라가 아닌 루나를 허락해 주시는 아버지가 이해되지 않았는데 아버지 나이가 되니 조금 알 것 같구나."

처음 듣는 얘기였다. 제리코는 드래곤 슬레이어 소드에게 속으로 질문했다.

'에라프 님도 루나 아카데미 출신이셔?'

-응. 그런데 중간에 사고 쳐서 졸업 못 했어. 아버지랑 대판 싸우고 자유 기사랑 용병 일 하며 떠돌아다녔대.

'그랬구나. 그래서.'

제리코를 보는 노공작의 눈은 항상 과거를 더듬고 있었다. 일찍 돌아가신 할아버지보다 연상인 삼촌은 참 어색한 존재였지만 제리코는 노인의 향수와 그리움에서 기인하는 애정이 따뜻하다고 생각했다.

제리코가 나간 후 노공작은 벽난로 안을 응시했다. 발열석은 연기 없이 열만 내뿜으며 아리보 노공작의 시큰거리는 사지 관절을 따뜻하게 데웠다.

노크 소리가 들렸지만 노공작은 들어오라는 말을 하지 않았다. 허락이 없었음에도 문은 열렸다. 이런 식으로 가끔 반항할 수 있는 게 부모 자식 간의 특권이었다.

거동이 불편하고 쇠약해져 가는 아버지 대신 아리보 공작가를 이끌고 있는 슬레이 아리보는 다 잡은 토끼를 일부러 놓아준 아버지를 말없이 응시했다. 부자는 그렇게 오랜 시간 서로 다른 방향을 보았다.

먼저 고개를 돌려 슬레이를 본 건 아리보 노공작이었다. 눈이 마주치자 아들이 물었다.

"왜 그러셨어요."

"나는 말이다. 그 아이가 에라프의 친자식일 거라곤 생각하지 않았어. 친자식이 아니어도 괜찮다고 생각했다."

제리코가 공작저에 도착했을 때 에라프는 며칠을 넘기지 못할 상황이었다. 아리보 노공작은 동생을 많이 닮은 소녀를 보며 그녀가 진짜든 가짜든 상관없다고 생각했다. 노공작이 제리코에게 원한 건 에라프가 죽을 때까지 옆에 있어주는 것이었다. 그것만 이뤄준다면 진위를 가리지 않고 후한 보상을 해줄 예정이었다.

일이 틀어진 건 사기꾼을 못 견디는 아들 탓이다. 슬레이는 이제껏 그래왔듯 새로 온 사기꾼을 용서하려 들지 않았다.

그리고 소녀는 드래곤 슬레이어 소드를 들어 자신의 가치를 인증했다. 몰랐다면 모를까, 알아버렸으니 가치에 걸맞은 대우를 해주는 수밖에.

슬레이는 그 말에 찬성하지 못했다. 하프 산맥 근처의 영주가 갑자기 숙부와 많이 닮은 소녀를 데리고 왔을 때, 그 소녀가 숙부의 딸이라는 이야기를 들었을 때 슬레이는 '아, 또군'이라고 생각했다.

에라프 아리보는 상당한 미남이었고 자유 기사로 방랑하며 곳곳에서 연인을 만들었다. 그는 성실하게 피임을 했지만 혹시 모를 가능성 때문에 밤을 나눈 여성들에겐 증표를 남겼다. 이건 모르는 사람이 없는 유명한 얘기였기에 그걸 악용하려는 자들도 있었다.

에라프를 닮은 아이들이 에라프의 자식이라며 찾아왔다. 증표는 진짜도 있었고, 가짜도 있었다.

사실 귀족가에서 써먹는 친자 감별 마법이면 한 방에 확인이 가능하다. 하지만 친자 감별 마법엔 피가 필요한데 에라프는 몸이 썩어 전신에 남아 있는 피가 없었다.

에라프는 구태여 그 아이들의 진위를 가리려 하지 않았다. 하지만 슬레이는 그럴 수 없었다. 마침 에라프에겐 마법처럼 확실하고 간단한 친자 감별 도구가 있었다. 그렇게 유용한 물건을 써먹지 않을 수야 있겠나.

비록 에라프가 슬퍼할지라도, 나이 차 많이 나는 숙부를 아들처럼, 때로 동생처럼 여겼던 슬레이는 인류의 영웅에게 사기 치려는 아이와 그 뒷배를 용서할 수 없었다.

아이 몇이 불탔다. 아이를 데려온 사기꾼도 같이 불탔다. 이후 자기가 에라프의 아이랍시고 찾아오는 사기꾼이 사라졌다.

"낙관적이고 적응력이 좋은 아이입니다. 조금만 더 공을 들이면 끝났을 텐데."

"일을 크게 만든 건 네가 아니냐. 그 애에게 드래곤 슬레이어 소드를 들게 하지만 않았어도 제리코는 제가 만족할 만한 돈을 받고 여길 떠났을 것이다."

아리보 노공작이 혀를 끌끌 찼다.

"그러게 왜 그랬느냐. 에라프의 목숨은 얼마 남지 않았었다. 임종을 지킬 자식이 있는 게 뭐 어떻다고 그렇게 심통을 부렸어."

아리보 노공작은 다시 난롯가로 눈을 돌렸다.

"제리코는 에라프의 친자식이었고 드래곤 슬레이어 소드를 들었지. 그러니 나는 그 아이가 얻을 수 있는 걸 모두 줄 생각이다."

슬레이는 아무 말도 하지 않았다. 그는 눈을 바닥으로 돌렸다. 다 늙어서 아버지에게 우는 얼굴을 보여주고 싶지 않았기 때문이다.

"삼촌을 속이는 게 싫었기 때문입니다. 왜, 왜 삼촌이 그렇게 죽어야 했습니까. 그 무섭다는 광룡도 쓰러뜨렸는데 어째서, 어째서, 인류를 구한 영웅이 그렇게 죽어야 합니까. 왜 아픈 사람을 속이려는 후안무치한 자들을 용서해야 합니까."

"어른에게 속은 무구한 아이들도 있었잖느냐."

"에라프가 아니었으면 모두 죽었을지도 모르는데. 마물이나 광룡에게 찢겨 죽었을 자들이! 은혜도 모르고!"

모두에게 사랑받는 것은 용사의 자질이리라. 에라프를 친아들처럼 생각했던 슬레이는 용사를 우롱하려는 자들을 용서할 수 없었다. 그러다가 정말로 친자식을 찾았으니 이걸 다행이라고 해야 할지.

슬레이는 빠르게 감정을 수습했다. 그는 젖은 눈가와 다르게 마른 목소리로 말했다.

"아버지 의견은 알겠습니다. 결혼을 재촉하기엔 이른 나이긴 하니 아카데미를 졸업할 때까지 지켜보겠습니다."

노공작은 자존심 강한 아들을 위해 방문이 닫힐 때까지 고개를 돌리지 않았다. 그는 조금 다른 걸 생각했다.

'그 신분패는 증표로 주기엔 너무 과했는데.'

자유 기사 생활을 하던 시절 사용하던 위조 신분패도 아닌 에라프 아리보임을 증명하는 진짜 신분패. 그것을 들고 온 소녀. 시기상으로 따지면 제리코는 에라프가 광룡을 잡으러 가기 직전, 마지막 외유를 나갔을 때 생긴 아이다.

'죽을지도 모르는 임무를 맡았기 때문에 그것을 증표로 주었던 것일까. 그것이 아니면.'

이제 와서 궁금해해도 대답을 해줄 당사자들은 모두 죽어 땅속에 묻혔다. 아리보 노공작은 혀를 끌끌 찼다. 자신이 죽어 땅속에 묻히면 그때에나 직접 물어볼 요량이다.

4장
황금의 축복

제리코가 평화로운 고향에서 살 적엔, 뭔가를 원하면 당사자가 직접 발로 뛰어야 했다. 계란이 먹고 싶으면 닭장을 뒤지거나 닭들을 방목하는 근처 수풀을 뒤졌고, 수확이 영 신통치 않으면 알 잘 낳는 닭을 키우는 제임스 아저씨 댁을 찾아가 문을 두드리고 물물교환을 시도했다. 의사와 약사를 모셔 오는 것도 당나귀나 노새가 있는 집의 문을 두드려 부탁해야 했다.

제리코는 없는 집 맏딸로서 꽤 믿음직한 소녀였다. 존과 요나의 신뢰가 두터웠고 동생들도 큰언니, 큰누나 말이라면 껌뻑 죽었다. 제리코가 종종 말하는 대로 그녀는 마을과 인근에서 평판이 좋았다. 예쁘고 싹싹하고 힘세고 일 잘하니까 아주 완벽한 신붓감이었다.

반면 낯선 제도에 떨어진 제리코는 아는 게 없는 철부지 소녀가 되었다. 자의는 아니었다. 제리코가 무슨 일을 하려고 하면 주위 사람들이 가만히 두지 않았기 때문이다. 그들은 제리코가 의자에 앉아 손가락 하나만 까딱할 수 있도록 노력했다. 심지어는 손가락을 까딱할 필요도 없이 사전에 준비했다.

제리코가 입을 벌리면 구경도 못 해본 산해진미와 제철 과일은 물론이고 계절과 동떨어진 신선한 과일이 대령되었다. 먹기 아까울 정도로 예쁜 과자들은 덤이었다.

제리코가 먼저 가겠다고 말을 꺼낸 루나 아카데미 건만 해도 그렇다. 제리코가 할 일이 없었다. 아리보 노공작의 말 한마디에 사람들이 각자 위치로 흩어져 제리코가 해야 할 수고를 대신했다.

덕분에 제리코는 입학하기 위해서 필요한 준비물이 뭔지, 필요한 서류는 무엇인지 신경 쓸 필요가 없었다. 예의범절이나 교양 같은 걸 익혀야 하지 않겠냐는 질문에 아리보 소공작은 고개를 저었다.

"음, 아카데미엔 평민들을 위한 예법 교육 수업이 있어. 그걸 수강하면 될 게다."

'의외네. 수준 떨어진다 어쩌구 소리 할 줄 알았는데.'

"솔라 아카데미의 학생은 모두 귀족이기 때문에 그런 과목을 개설할 필요가 없지만 루나 아카데미는 평민들을 받아들이기 때문에 그러한 기초적인 과목을 개설하게 되었지. 수업은 기초부터 시작하고 강사진도 훌륭하니 아카데미에서 천천히 배우면 된다."

제리코는 아리보 소공작이 그녀보다 몇 배 더 오래 살아온 어른이란 사실을 간과했다. 제리코 딴에는 시치미 뚝 떼고 표정 관리를 잘했다지만 아리보 소공작의 눈엔 그녀가 무슨 생각을 하는지 훤히 보였다.

아리보 소공작은 제도에 천천히 적응하고 있는 제리코를 위해서 따로 교육을 시키지 않았던 거지, 제리코를 방치할 의도는 없었다. 이게 잘못 새어 나가면 가문의 불명예가 될 수 있는 사항이었다. 그는 일부러 그녀의 교육을 방치하지 않았다는 걸 알리기 위해서 제리코가 귀족 다음으로 무서워하는 역린을 건드렸다.

"혹시 진도를 따라가지 못할까 걱정되어 선행 학습을 하고 싶은 거라면 얼마든지 가정교사를 불러라."

"안녕히 계세요!"

어마, 뜨거라. 제리코는 꽁지에 불붙은 닭처럼 후다닥 뛰쳐나갔다. 도망치는 제리코의 뒤로 아리보 소공작의 웃음소리가 따랐다. 제리코는 진저리를 쳤다.

"으아아, 공부 너무 싫어."

-용케 아카데미는 간다고 했다?

제리코가 연거푸 머리를 흔들자 드래곤 슬레이어 소드는 그렇게 공부가 싫냐, 하고 핀잔줬다. 제리코는 당당하게 말했다.

"거긴 공부하러 가는 게 아니잖아."

-내가 말을 말아야지.

루나 아카데미는 평민들이 갈 수 있는 가장 우수한 교육기관이며 정식으로 시험을 쳐 입학한 사람들에겐 출세의 지름길이다. 특례 입학이라 시험도 보지 않고 날로 입학하는 주제에 공부까지 하지 않겠다니.

아카데미를 학습의 장이 아니라 오빠 찾기의 장으로 여기는 제리코를 보고 드래곤 슬레이어 소드는 제리코의 암담한 미래를 점쳤다.

'너무 무서운 얘기를 들었어. 동생들 보러 가야지.'

제리코는 살면서 공부하란 소리를 들어본 적이 없다. 그런 그녀에게 아리보 소공작이 한 말은 공포 그 자체였다. 제리코는 허둥지둥 무서운 말에서 도망쳤지만 이미 받은 마음의 상처가 심각했다. 이렇게 깊은 상처를 치료하기 위해선 귀엽고 사랑스러운 동생들의 도움이 절실했다.

모든 사건의 당사자인 제리코와 다르게 좀 더 일찌감치 아리보 공작가 생활에 적응한 동생들은 오늘도 신나게 놀고 있었다. 제리코는 아이들 놀이방 문을 조심스럽게 열었다. 아이들이 노는 공간이라 난롯가에서 열을 내보내는 발열석의 양이 제리코 침실에 놓인 것의 배는 되었다.

아이들은 난롯가 앞에서 카드 게임을 하고 있었다. 제리코는 일부러 까치발을 하고 걸어가 카드 게임에 열중한 아이들을 놀라게 했다. 한순

일가만이 아니라 아리보 일가의 어린아이들도 껴서 같이 놀고 있었다.

"어흥!"

"꺄아아아!"

아이들이 자지러지게 웃으면서 비명을 질렀다. 깜짝 놀랐던 아이도 자신을 놀라게 한 사람의 정체를 알고는 안심해서 웃었다.

"큰언니!"

"누나 왔어?"

한순가 아이들이 제리코를 반겼다.

"안녕하세요, 당고모 할머니."

"오셨습니까, 소공작."

아리보의 피가 흐르는 아이들도 제리코에게 점잖게 인사했다. 제리코는 낯선 호칭에 다시금 상처받았다. 슬프게도, 너무나 슬프게도 아리보 공작의 귀여운 아이들이 제리코를 부르는 호칭의 기본형이 '할머니'였다.

제리코의 첫째 남동생 에릭은 처음 할머니 소리를 듣고는 엄청 놀려 댔다. 물론 제리코는 남동생에게 꿀밤으로 피의 응징을 가했다.

언니바라기인 메이가 손에 들고 있던 카드를 팽개치고 제리코의 품에 뛰어들려고 했다. 제리코는 다급하게 손을 저었다.

"메이! 잠깐 기다려!"

메이는 말 잘 듣는 강아지처럼 달려오다가 중간에 멈췄다. 제리코는 아이들이 실수로라도 드래곤 슬레이어 소드에 닿지 않도록 잠금장치가 있는 장 속에 드래곤 슬레이어 소드를 넣고 잠갔다. 동생들을 만날 땐 으레 이렇게 했기에 드래곤 슬레이어 소드는 투덜거리지 않았다.

사람을 산 채로 불태우는 무시무시한 살인 도구를 치워 버린 제리코가 활짝 웃으면서 동생의 이름을 불렀다.

"자, 메이 이리 와."

"언니!"

메이가 멈췄던 자리에서 다시 도도도 달려왔다. 제리코는 품에 뛰어드는 메이를 번쩍 들어서 몇 바퀴 강하게 돌렸다. 메이가 까르륵 웃었다. 그걸 본 에릭이 달려왔다.

"누나! 나도!"

다 큰 돼지도 번쩍 드는 소녀 장사에게 한 손에 동생을 하나씩 잡고 놀아주는 건 일상이었다. 다만 에릭은 공작가에 와서 잘 먹어 그런지 키가 부쩍 크는 바람에 들어서 돌려주기가 난감했다. 에릭도 그 사실을 깨달았는지 시무룩한 얼굴로 동생인 오리온을 잡고 뱅뱅 돌았다.

그리고 한쪽에 한슨 일가가 신나게 노는 모습을 지켜보는 무리가 있었으니……. 부럽긴 한데 어른들이 깍듯이 예의를 지키라고 주입식 교육을 한 탓에 같이 놀아달라고 말하지 못하는 가엾은 귀족가의 어린아이들이었다. 제리코는 선망의 눈으로 자길 보는 아리보 공작가의 아이들을 금방 눈치챘다. 평민이라고 구박하지 않고 동생들과 잘 어울려 주는 게 고마웠던 제리코는 동생들을 모두 돌린 다음 그들에게도 손을 내밀었다.

"너희도 돌려줄까?"

"감사합니다, 할머니!"

"감사합니다, 당고모 할머니!"

'흑흑, 내가 할머니라니.'

아이들은 해맑게 있는 그대로의 사실을 말하는데 제리코는 소소한 내면의 상처를 받았다. 물론 아이들의 죄는 아니었다.

아리보 공작가의 아이들은 배운 대로 차례차례 줄을 서서 자기 순번을 기다렸다.

제리코는 속이 울렁거릴 정도로 파격 서비스를 실시해 난롯가에 있던 아이들을 전원 비틀거리게 만드는 데 성공했다.

"캐리가 안 보이네?"

"작은누나는 누구더라. 에밀리? 에밀리 아가씨 방에 갔어."

"에밀리 누님과 캐리, 요즘 자주 같이 다닙니다."

"그래?"

제리코의 당조카 손자 중 가장 맏이인 에밀리는 제리코보다 2살 연하라서 캐리와 동갑이었다.

아리보 공작가는 한슨 일가를 조만간 귀족이 될 먼 친척 정도로 여기고 있었고 제리코의 환심을 사기 위해서 가능하면 한슨 일가에게도 잘해주려고 노력했다. 그래서인지 아이들끼리는 신분의 차이 없이 사이가 좋아졌는데, 에밀리와 캐리는 함께 시간을 보낸다는 이유로 친해지기 힘든 연령대임에도 불구하고 사이가 좋았다.

"둘이 친하다니……."

'나는 아직 에밀리가 무서운데.'

아이들은 귀족이라도 무섭지 않지만 슬슬 귀족 영애 분위기가 풍기는 에밀리는 무섭다! 손녀 비슷하지만 그래도 무섭다!

자신은 너무너무 무서운 에밀리와 손아래 동생인 캐리가 친하다니 신기한 기분이 들었다. 제리코는 에밀리가 이전보다 약간 덜 무서워질 것 같단 생각을 했다.

─퍽이나 안 무섭겠다. 에밀리가 노려보면 벌벌 길 거면서.

"안 무섭거든!"

장 속의 드래곤 슬레이어 소드가 제리코를 비웃었다. 제리코는 두 주먹을 불끈 쥐고 말했다.

아이들은 비틀거리다가 카드 게임을 재개했다. 그 해맑은 면면들을 보고 있자니 공부하라는 소리에 받은 상처가 치유되는 기분이었다.

"깨달았어! 어른 귀족은 무섭지만 어린 귀족님은 무섭지 않아!"

─왜 어린아이 뒤에 님을 붙이는 거야?

"귀족이시니까."

아이들은 갑자기 두 주먹 불끈 쥐고 혼잣말하는 제리코를 구경하다가 금방 흥미를 잃었다.

　제리코는 동생들에게 아버지 존 한슨은 어디 계시냐 물었다. 에릭이 머리를 긁으며 대답했다.

　"공방 거리에 못 보러 가셨어."

　목수인 존 한슨은 설계도 없이 경험과 실전으로만 다져진 자신의 경력이 하찮음을 깨닫고 좀 더 엘리트한 목수가 되기 위해서 여러 가지 공부를 하고 있었다. 녹슨 쇠못이나 만지던 그에게 크기와 종류, 무게, 재료별로 분류된 못과 공구가 가득한 공방 거리는 천국이나 마찬가지였다.

　"요즘 매일 거기로 출퇴근하셔."

　"그렇구나. 난 왜 몰랐지."

　"누난 계속 바빴잖아. 아카데미? 거기 간다며."

　제리코가 아카데미에 가기 위해서 하는 일은 하나도 없었다. 그보단 드래곤 슬레이어 소드와 농담 따먹기 하는 시간이 꽤 길었다. 제리코는 양심이 찔려서 볼을 긁었다. 가족들이 제도에 적응해서 행복하게 사는 게 서운하다고만 생각했지, 자기 일이 바쁘다는 핑계로 자주 보지 못한 건 고려를 못 했다. 뒤늦게 마음에 걸렸다.

　"저번에 큰마님이 그러시는데."

　에릭은 아리보 부인인 실비아를 큰마님이라고 불렀다. 솔직히 제리코도 그렇게 부르고 싶었다.

　"누나가 아카데미에 가게 되면 우리도 미베어 공작가로 가서 사는 게 어떻겠냐 그랬어. 거기도 여기처럼 크고, 하인 형이랑 하녀 누나도 잔뜩 있고, 거기서도 여기 있던 것처럼 계속 호강할 수 있다고. 거기는 누나 집이니까 우리 집이기도 하대."

　반강제로 제도에 오고, 낯선 생활에 적응했는데 또 환경이 바뀌게 된다고 생각하니 걱정이 되는 것일까. 제리코는 신기할 정도로 침착하게 말하는 에릭이 생경했다. 늘 장난만 치더니 자기 나름대로 생각하는 게 있었던 모양이다.

물론 감동은 오래가지 못했다. 에릭이 눈을 반짝이며 주먹을 불끈 쥐었다.

"누나, 정말 대박 났구나!"

"하여간 매를 벌어요."

제리코는 가볍게 주먹을 쥐고 동생의 머리를 콩 쥐어박았다. 소리는 가벼우나 타격은 가볍지 않을 것이니. 에릭은 고통을 잊기 위해 열심히 머리를 흔들었다.

이런 식으로 평화로운 나날이 이어졌다. 제리코는 전처럼 아리보 공작가의 사람을 볼 때마다 벌벌 떨지 않았다. 외부의 귀족들에게 보이는 반응은 여전했으나 공작저 사람들에겐 익숙해졌다.

공작가 사람들은 더 이상 제리코가 만날 때마다 벽에 달라붙어 꼼짝 않는 거미처럼 굴지 않자, 공작가 사람들도 좀 더 살갑게 인사하기 시작했다. 인사를 무시할 수 없는 바른 생활 소녀는 꼬박꼬박 따라서 인사하며 그들의 이름과 얼굴, 자신과의 관계를 익혀 나갔다.

'평화롭네.'

제리코는 내내 이렇게 평화롭길 바라고 아리보 공작가 사람들은 그녀가 이렇게 귀족 사회에 익숙해지다가 아카데미에 입학하면 참 좋겠다고 생각했다. 둘 다에게 좋은 일이었다. 하지만 제리코를 둘러싼 현실은 언제나 평범을 거부했으니.

어느 날, 시녀나 하녀의 '일어나세요, 아가씨'나 창밖에서 들려오는 새들의 짹짹거리는 소리도 아닌, 드래곤 슬레이어 소드의 재촉도 아닌, 아침이 빠른 시골에서 익힌 습성으로 알아서 벌떡 일어난 이 시대의 아침형 인간 제리코에게 은쟁반에 담긴 편지 봉투가 하나 전달되었다.

"와."

제리코는 그게 무엇인지 확인하기에 앞서 편지 봉투의 고급스러움을 보고 감탄했다. 은쟁반 위에 종이를 놓은 것도 신기하지만 은쟁반이 아깝다는 생각은 들지 않았다. 제리코가 살면서 처음 본 고급지였다. 은쟁반 위의 종이가 은쟁반보다 귀하게 느껴졌다.

"종이에서 향기가 나."

-그것보다 먼저 눈에 들어오는 게 없어?

"뭐가?"

제리코는 봉투를 확인했다. 연한 하늘색 봉투는 빛에 비추면 세밀한 문양이 드러났고 질감은 부드러우면서도 굴곡이 있었다.

붉은 촛농으로 봉인했는데 초가 얼마나 고급인지 촛농에 잔거품이 없고 색이 선명한데 은은한 향까지 났다. 시골선 보기 힘든 멋스러움에 제리코는 다시 감탄했다.

-그 촛농 위를 봐봐. 뭐가 보여?

"음, 도장 같은 게 찍혀 있어."

-그거 황후의 문장이다.

"히익!"

제리코는 편지를 집어 던질 뻔했다가 정신을 차리고 다시 붙잡았다. 이런 걸 함부로 다루면 안 된다는 생각이 퍼뜩 들었다.

"뭐, 뭐야. 황후 폐하께서 왜 나한테 편지를 보내?"

-나야 모르지. 빨리 읽어봐.

제리코는 조심스럽게 편지 봉투를 뜯었다. 손이 덜덜 떨리다 못해 드래곤 슬레이어 소드가 화났을 때 보이는 진동수에 필적했다.

조심스럽게 봉투의 봉인을 뜯고 안을 확인하니, 초대장이 들어 있었다.

당연하지만 초대장 내용은 귀족 문자로 적혀 있었다. 제리코는 귀족 문자 배우길 잘했다고 생각하며 더듬더듬 초대장을 읽었다. 읽기 어려운 미사여구가 이어져서 읽기 싫었다.

"누가 3줄로 요약해 줬으면."

-어허! 엄살 부리지 마!

"네에."

제리코는 입술을 오리처럼 내밀고 계속 읽었다. 황후가 소소하게 주최하는 다과회가 열릴 예정이니 거기에 제리코를 초대한다는 내용이었다.

제리코는 다과회에 대해서 들은 기억이 있었다.

"에밀리가 그러길, 사교계에서 쟁쟁한 영애들을 모아 황후 폐하께서 다과회를 가끔 하신다고…… 설마 그게 이거?"

제리코는 즉각 자리에 없는 황후에게 항의했다. 이의 있소!

"난 쟁쟁한 영애가 아닌데?"

─물론. 넌 그 쟁쟁한 영애들을 압살하는 조커지.

"날짜, 날짜도 코앞이잖아!"

─거절하기 어렵도록 일부러 빠듯한 날짜에 보낸 거네.

"가기 싫어어어어어! 싫어, 싫어! 가기 싫어!"

─너무 그러지 마, 제리. 황자와 황제까지 출동했던 만찬회보단 편할 거야. 황후만 있고 나머진 다 네 또래 아가씨들일걸.

"뭘 모르네! 그래서 싫은 거야! 귀족 무서워!"

제리코가 거품을 물고 쓰러졌다. 드래곤 슬레이어 소드가 없는 혀를 끌끌 찼다.

─너 그래서 루나 아카데미는 어떻게 다닐 건데?

"루나 아카데미는 평민들도 다닌다며."

─아카데미는 고등교육기관이야. 평민을 받아주긴 해도 절반은 귀족일걸. 물론 아카데미의 모토가 평등이라 재학생 모두 평등하긴 한데 실제로 그렇지는 않았다고 주인이 말했어. 뭐, 주인이 다녔던 것도 옛날 일이니 요즘은 더 나아졌을 수도 있겠네. 실제로 지난 30년간 평민들의 성장은 대단했으니까.

자아를 자각하고 17년이 지나 제리코와 동갑인 마법 검은 여전히 머리가 아파지는 말들을 툭툭 뱉었다. 혼자서는 못 움직여서 책도 못 읽고 주인과 잡담만 나눈 놈이 왜 이렇게 머리가 좋은 걸까?

제리코는 속으로 투덜거리다가 또 드래곤 슬레이어 소드의 잔소리를 들었다. 하여간 불공평해도 너무 불공평한 관계였다.

제리코는 다과회에 가기 싫다고 엉엉 울었다. 한 번 보았던 황후는 당연히 무섭고, 얼굴도 못 본 귀족 영애들은 더 무서웠다.

–어째 엄살이 심해진다?

처음엔 무서워도 속으로만 삭혔던 것 같은데 드래곤 슬레이어 소드가 받아주기 시작하니까 둘만 있을 땐 징징거리는 게 심해졌다. 드래곤 슬레이어 소드는 제리코에게 핀잔을 주려다 관뒀다.

짧은 기간에 부모를 모두 잃고 낯선 환경에 처한 상태다. 믿을 만한 어른이라고 해봐야 아버지인 존이 전부일 텐데 그는 평민이라서 힘이 없고 노공작은 신뢰가 가지만 낯설고 무섭겠지. 그런 상태에서 검인 자신은 무기이자 힘이기에 의지가 되면서 마음을 털어놓을 수 있는 편한 존재가 아닐까. 그렇게 생각하니 제리코를 핀잔하기가 어려웠다.

–난 네가 왜 그렇게 귀족을 무서워하는지 모르겠어.

"넌 검이라 안 죽으니까 그렇지. 귀족이 수틀리면 우리 같은 평민들은 그냥 슉."

제리코가 손가락을 목에 긋는 시늉을 했다. 드래곤 슬레이어 소드는 기가 막혀서 한탄했다.

–얘야. 그게 언제 적 얘기니.

"동네 어르신들은 다 그렇게 말했는걸."

–네가 얼마나 촌구석에서 살다 왔는지는 알겠어.

요즘엔 귀족들이 자기 마음에 안 든다고 평민 목을 날리면 귀족 모가지도 함께 날아간다. 드래곤 슬레이어 소드는 구시대적 사고를 바탕으로 귀족 공포증을 치료할 생각을 하지 않는 제리코가 참 답답했다. 저 놈의 공포증만 없으면 행복한 인생일 텐데 왜 사서 고생하는지.

무려 황후 폐하의 다과회 초대다. 제리코는 뭔가 하고 싶어도 아는 게 없어서 준비할 수 없었다. 결국 제리코는 부들부들 떨리는 손으로 하녀에게 다과회 초대장을 보여줬다. 상냥하던 하녀의 미소에 미약한 금이 가더니 그녀가 큰마님과 작은 마님을 부르기 위해 달려갔다.

이후, 만찬 때와 비슷한 광경이 재현됐다.

가장 나이 많은 아리보 부인 실비아가 말했다.

"입을 옷이 하나도 없네!"

실비아의 며느리 프레이가 말했다.

"세상에! 보석도 하나도 없어!"

자주 놀러 오는 라미네 백작 부인이 말했다.

"이러니까 옷 좀 사자고 했잖아요!"

제리코는 세 귀부인의 절규에 자신의 옷 방을 보았다. 드레스와 원피스, 그 외의 옷가지들이 제리코의 키보다 높이 쌓여 있었다.

"옷이 저렇게 많은데요?"

다행히 제리코는 거품을 물고 쓰러졌지 눈물을 쏟진 않았다. 그래서 이번엔 얼음찜질을 하는 대신 자기 의견을 낼 수 있었다.

옷이 있어도 입을 옷은 없는 것이 외출 준비하는 사람에게 내려진 하늘의 숙명이다. 제리코의 조카가 제리코가 공짜로 받아 온 상등품의 루비 목걸이를 들고 외쳤다.

"무슨 말씀이세요, 고모님! 이 목걸이에 어울리는 옷이 없잖아요!"

아하, 고걸 몰랐네.

제리코도 없이 살아서 그렇지 나름 드레스들과 보석들을 계속 보다 보니 귀부인들이 추구하는 세련된 조합에 대해서 조금씩 알 것 같았다. 옷이 많고 보석이 많으면 뭐 하나. 저 목걸이와 어울리는 옷이 없고 저 것과 조합해서 착용할 장신구가 없는 것을. 어중간한 보석이면 괜찮은데 루비 목걸이는 정말 상등품이었다. 노부인은 제리코의 목에 루비 목걸이를 대보더니 흐뭇하게 웃었다.

"어쩜 이렇게 소공작의 머리카락과 잘 어울릴까. 이번 다과회엔 꼭 이걸 차고 가세요. 5월 장미처럼 화사한 것이 온실 속 꽃들보다 돋보일 겁니다."

"이제 자숙할 기간도 지났으니 옷은 밝은 색으로."

"팔찌와 반지, 귀걸이도 가볍고 밝은 것으로."

"미베어 소공작, 잘 들으세요. 이 다과회는 당신의 첫 사교계 참가입니다. 공식적인 데뷔는 아니지만 좋은 인상을 남겨야지요. 숙부님께서 과업을 달성하신 후 공식 행사에 참석하지 않으셨기에 당신의 인상이 곧 미베어 공작가의 인상이 되는 것입니다."

'히익.'

너무 막중한 임무였다. 거절하고 싶었다. 제리코가 기겁했다. 드래곤 슬레이어 소드가 깐죽거렸다.

─축하해, 제리. 네가 차 마시는 법이 미베어 공작가에서 차 마시는 가풍이 되고, 전통이 될 거야.

어쩜 그렇게 무서운 말을. 제리코는 드래곤 슬레이어 소드의 검집을 콩콩 두드렸다. 검은 그런 말 할 처지가 못 되었다. 세 명의 귀부인이 옷 때문에 고민하는 데에는 드래곤 슬레이어 소드가 큰 지분을 차지했기 때문이다.

제리코의 꿈은 상인이지 기사가 아니다. 드래곤 슬레이어 소드가 미베어 공작가의 상징인 건 사실이나 용을 벨 수 있고 스치면 사람을 태워 죽이는 무시무시한 검을 늘 들고 다닐 이유가 없었다. 용이야 그렇다 치고 스치면 불에 타는 부분이 문제였다. 제리코가 아무리 조심스럽게 드래곤 슬레이어 소드를 들고 다녀도 이 검은 장검이다. 길이가 있고 무게가 있어서 소지가 불편했다. 아주 거추장스러운 검이었다.

검은 어쩔 수 없이 걸리적거리는 물건이기 때문에 검대를 차서 허리춤에 달거나 검 띠로 등에 고정하는 것이 가장 쉬운 패검법이다. 그리고 검대와 검 띠는 드레스와 어울리지 않는다.

드레스와의 조화를 생각하면 드래곤 슬레이어 소드를 두고 가는 편이 낫다. 하지만 황후는 드래곤 슬레이어 소드를 들고 오라고 당부했다. 그리고 아리보 공작가의 사람들도 제리코가 가능한 드래곤 슬레이어 소드를 소지하고 다니길 권했다. 무엇보다 검인 드래곤 슬레이어 소드는 제리코가 자길 들고 다니지 않으면 삐졌다.

황후야 에라프의 외동딸인 제리코가 드래곤 슬레이어 소드를 들 수 있음을 과시해 인류가 광룡을 죽인 과업을 천하에 자랑하려는 의도도.

아리보 공작가에선 제리코의 안전을 위해서였다. 아리보 공작가는 같은 피가 흐르는 친척으로서 제리코의 존재를 선뜻 받아들였지만 서대륙 어딘가엔 사생아 따위는 그런 보물의 주인이 될 수 없다고 생각하는 속 좁은 놈들과 자기가 가질 수 없는 보물은 남도 가질 수 없다고 주장하는 못된 심보의 사람들이 있었다.

그런 면에서 드래곤 슬레이어 소드는 최고의 호신용 무기였다. 제리코가 드래곤 슬레이어 소드를 들고 있으면 불타 죽기 싫은 사람들은 제리코의 근처에서 물러난다. 만약 제리코를 공격하는 암살자가 있어도 어떻게든 드래곤 슬레이어 소드를 갖다 대면 물리칠 수 있었다.

마지막으로 드래곤 슬레이어 소드. 문제의 원흉인 이 검은 혼자선 움직일 수 없기 때문인지 제리코가 혼자서 돌아다니면 밤에 울면서 제리코의 숙면을 방해했다. 검의 주장에 따르면 제리코와 자신은 같은 목적을 가진 동료이니 늘 함께 다녀야 한다나 뭐라나.

드래곤 슬레이어 소드가 갖고 있는 지식은 제리코에게도 큰 도움이 되었기 때문에 제리코는 불만 없이 검을 들고 다녔다.

드래곤 슬레이어 소드가 드레스와 어울리지 않으면 어울리는 드레스를 맞추면 된다. 다만 드래곤 슬레이어 소드는 기나긴 이름에 걸맞은 명검이다 보니 어지간한 보석과 드레스와 그걸 걸친 주인을 씹어 잡쉈다.

자기 혼자 잘나서 존재감을 뽐냈다.

"지금 드레스를 맞추면 다과회 때까진 시간이 모자란데……."

귀부인에 하녀들, 제리코까지 합세해 이마를 맞대고 전전긍긍하고 있었더니 드래곤 슬레이어 소드가 결국 파격 서비스를 시행했다.

-어쩔 수 없지. 대출혈 서비스 간다.

"응?"

-너 내 무게는 괜찮은 거지?

제리코는 갑자기 파격 서비스 어쩌구 하는 드래곤 슬레이어 소드의 말 때문에 큰 소리로 대답하려다가 속으로 말했다.

'응. 괜찮아.'

장검을 한 손으로 붕붕 잘 휘두르는 소녀 장사에게 문제가 되는 건 드래곤 슬레이어 소드의 압도적인 포스와 길이지 무게가 아니었다. 드래곤 슬레이어 소드는 한껏 으스댔다.

-어쩔 수 없지. 내가 희생하는 수밖에.

'도대체 뭔 개소리를…… 어?'

"어어!"

제리코는 깜짝 놀라 속으로 하던 말을 입 밖에 담았다. 옷을 모아놓고 골치를 썩던 귀부인들은 갑자기 들려온 소리에 제리코가 가리키는 방향을 보았다. 그녀들은 곧 제리코와 동일한 반응을 보였다.

"어머!"

"세상에!"

제리코는 평소, 자기보다 귀하신 몸이고 인류의 최종 병기인 드래곤 슬레이어 소드를 바닥에 놓을 때 푹신한 방석 위에 올려둔다. 오늘도 마찬가지였다. 그런데 방석 위에 있는 드래곤 슬레이어 소드가 검은색 안개 비슷한 것에 휩싸여 서서히 크기가 줄어들었다.

제리코는 검은색 안개 같은 게 꺼림칙해서 손을 대지는 못하고 앞에서 허둥지둥 발을 굴렸다.

"뭐야, 뭐야! 왜 쪼그라들어! 너 스웨터도 아니잖아!"

드래곤 슬레이어 소드는 검의 형태는 유지한 채 뜨거운 물에 담근 양털 스웨터처럼 쪼그라들었다. 최종적으로 드래곤 슬레이어 소드는 단검 크기로 줄어들었다. 원하는 크기로 몸집을 줄인 드래곤 슬레이어 소드가 마력을 거뒀다.

–놀라지 마. 난 크기를 줄일 수 있어.

제리코는 놀란 나머지 입을 가렸다. 역시나 인류의 최종 병기. 크기도 바꿀 수 있다니. 제리코는 드래곤 슬레이어 소드를 상대로 시답잖은 농담 따먹기를 하거나 베개로 퍽퍽 치거나 검집을 콩콩 두드린 나날을 반성했다.

이 검은 제리코보다 귀하고 유용한 몸이셨다!

"어떻게 된 거죠?"

드래곤 슬레이어 소드의 말을 듣지 못하는 사람들은 불안에 떨며 제리코에게 질문했다.

제리코는 내내 드래곤 슬레이어 소드와 대화할 수 있다는 사실을 숨겨왔지만 이 기회에 밝혔다.

"어, 그러니까. 드래곤 슬레이어 소드가 말하기를."

"말을 하나요?"

"아, 에라프 숙부님이 드래곤 슬레이어 소드와 대화가 가능하셨다고 듣긴 했는데. 아가씨께서도 가능하셨군요."

제리코는 잘 안 돌아가는 머리를 굴렸다. 아무래도 완벽하게 의사소통이 된다고 말하는 것보다 좀 어설프게 통하는 불공정한 관계라고 말하는 편이 뭔가 수습하기 좋겠단 생각이 들었다. 실제로 제리코의 생각은 드래곤 슬레이어 소드에게 읽히고 제리코는 드래곤 슬레이어 소드의 강한 감정만 느낄 수 있는 불공정 관계였기에 거짓말이 술술 나왔다.

"아니요, 대화까지는 아니고, 제겐 대충 의지가 전해지거든요? 느껴저, 드래곤 슬레이어 소드의 의지가 느껴져요."

-쯧쯧, 쇼를 한다.

제리코는 굴하지 않았다. 쇼를 해서 앞날이 편해진다면 그까짓 쇼 얼마든지 해주겠어. 양손에 두 동생 손을 하나씩 잡고 앞뒤로 동생 둘을 어부바해서 건사하던 쇼보단 편했다. 참고로 제리코는 그 모습으로 동네를 한 바퀴 돌아 동생들 간식거리를 벌었다.

"크기를 늘릴 수는 없지만 줄이는 건 가능하다는 것 같아요!"

제리코는 드래곤 슬레이어 소드에게 다가갔다. 꺼림칙했던 검은 안개는 사라졌지만 여전히 손으로 집어 드는 게 망설여졌다. 드래곤 슬레이어 소드는 기가 막혀서 핀잔줬다.

-야, 그거 내 마력이거든. 광룡의 피를 흡수해서 마력도 좀 거무튀튀해 보이고 그런 거거든.

'혹시 만지면 옮는다거나.'

-주인 독이 네게 옮더냐!

'아하.'

제리코는 아리보 부인들의 불안을 덜어주기 위해 잽싸게 드래곤 슬레이어 소드를 집어 들었다. 단검의 형태라 가벼울 것 같았는데 무게는 줄일 수 없다던 드래곤 슬레이어 소드의 말대로 무게는 장검 형태일 때와 동일했다.

"무게는 똑같네요. 어쩜 신기해라."

외형상의 특징은 동일하지만 크기가 줄어들어 선택할 수 있는 드레스의 폭이 증가했다.

"어머, 이 정도면 맞추지 않아도 되겠어. 잘 찾으면 될 것 같아."

"초대를 받은 건 다들 미혼 영애였죠? 아무래도 좀 젊은이다운 안목이 필요할 것 같은데."

"어머님, 저번에 에밀리의 드레스를 당고모님께 양보했던 걸 칭찬하려고 에밀리에게 새 드레스를 사주기로 했어요. 그래서 에밀리가 부티크

를 예약해 뒀거든요. 같이 가면 될 것 같아요. 그곳에 소녀 위주의 화사
하고 예쁜 옷이 많답니다."

'오, 이런. 에밀리.'

제리코는 정말 에밀리와 잘 지내고 싶은데 나이가 비슷하고 체형이
비슷하다 보니 계속 이런 비극이 발생했다.

어머니의 허락을 받아 신나게 지를 생각이었던 에밀리는 자유로워야
할 쇼핑에 어르신들(엄마, 할머니, 고모, 당고모할머니)이 끼어들자 안색
이 급격히 어두워졌다.

제리코는 미안한 마음에 사과했다.

"고의는 아니었어요."

"됐어요. 다과회 때 입고 갈 드레스가 없으신 건 사실이니까. 아무 옷
이나 입고 가서 미베어 공작가와 아리보 공작가의 이름에 흠이 잡히느
니 제가 양보해야죠."

간신히 과자와 캐리의 도움으로 원한을 청산했는데 새로운 원한이 생
기고 말았다.

마차라도 같이 타면 대화라도 나누고 좋을 텐데 만일의 사고를 대비
해 제리코는 혼자 마차를 탔다. 넓은 공작가의 마차에 혼자 탄 제리코
는 눈물을 훔쳤다.

"나 따돌림당하는 걸까?"

–솔직히 사고라도 나서 내가 다른 사람 몸 위로 떨어지면 위험하긴 하지.

"저번 황궁에 갈 땐 안 이랬잖아."

–그땐 미처 생각을 못 한 거지. 거리도 가까웠고, 황궁까지 가는 길은
자갈 하나 없게끔 정비가 되어 있으니까. 상점가로 가는 길은 마차 왕래
가 잦아서 종종 사고가 일어나거든. 위험하잖아.

"그래도 마차 두 개를 가져와서 나만 여기 태우다니. 너무해."

–언제는 귀족 싫다고 빼액 하더니 이제는 같이 안 타준다고 빼액 하

고. 넌 왜 그러냐.

"내 마음이다 뭐. 빼애애애애액!"

제리코는 단검 형태의 드래곤 슬레이어 소드를 들고 빼애애애액 초음파를 쏘다가 멈췄다. 마부에게 들릴까 봐 부끄러워서 그런 게 아니다. 드래곤 슬레이어 소드가 귀하신 몸인 걸 떠올려서다.

"이렇게 단검이니까 닿는 면적도 줄고 좋잖아. 왜 여태 이렇게 안 했어? 까먹었어?"

-그게 아니야. 형태를 바꾸는 건 마력이 든단 말이야. 넌 지금 내 진짜 주인이 아니고 예비 주인이나 주인 후보 비슷한 거라서 네 마력을 쓸 수도 없어. 내 마력만 써야 하는데 언제 무슨 일이 생길지 모르니 아껴놔야지.

본래 드래곤 슬레이어 소드는 광룡을 쓰러뜨릴 용사에게 하사된 마법 검이었다. 인류의 구명을 위해 만들어진 물건이기 때문에 본체에 지닌 마력이 상당했고 용의 심장을 가르고 피를 흡수하면서 또 상당한 마력을 얻었다. 하지만.

-가능하면 마력은 쓰고 싶지 않아.

"왜?"

-난 용의 피를 흡수해서 자아를 얻었지만 대신 광룡의 광기도 흡수했어. 평소엔 내 마력을 사용하지만 그게 다 떨어지면 광룡의 마력을 사용해야 하고, 그러다 보면 용의 광기가 옮아.

"……검도 미쳐?"

-모르지. 난 자아가 있으니까. 이성이 있고 감정도 있으니까 미칠 수도 있지 않을까?

자아를 가진 에고 소드가 미치면 그땐 정말 주인의 마력과 생기를 흡수하는 마검이 될 것이다. 드래곤 슬레이어 소드는 영웅의 검이기에 그런 나쁜 검은 되고 싶지 않았다.

-제대로 된 주인이 생기면 주인의 마력을 쓸 수 있지. 근데 넌 주인 후

보니까 마력 제공이 부실하거든. 이래저래 생각해 보면 적자야.

"그래서 대출혈 서비스구나."

제리코는 드래곤 슬레이어 소드의 말을 듣고 곰곰이 생각하다가 말했다.

"마력만 있으면 더 많은 걸 할 수 있어?"

-그렇지.

"그럼 막 이야기 속 검들처럼 혼자서 날아다닐 수도?"

-그건 불가능해. 난 검이니까 결국 누군가가 나를 들어야 하지. 주인이 없으면 난 제자리에서 기다리는 것밖에 못 하는 검일 뿐이야.

"아……"

드래곤 슬레이어 소드의 감정이 느껴졌다. 슬픔. 미련. 제리코는 자신의 질문이 어리석었다는 사실을 깨달았다. 혼자서 움직일 수 있었다면 드래곤 슬레이어 소드는 에라프의 침대 옆으로 이동했을 것이다. 침실 구석 먼지가 쌓이는 곳이 아닌 주인의 곁에 갔겠지.

제리코의 생각을 읽은 드래곤 슬레이어 소드는 아무 말도 하지 않았다.

에밀리가 예약한 부티크는 화사한 색상의 드레스가 주(主)인, 소녀층을 타깃으로 한 곳이다. 인기 절정이라 예약이 힘들지만 아리보 공작 영애인 에밀리에겐 어려운 일이 아니었다.

에밀리가 상심한 건 부티크 예약을 뺏겨서가 아닌, 혼자 하는 자유로운 쇼핑에 어르신들이 끼어들어서였다.

젊은 사람의 안목이 필요하다는 의견에 따라, 에밀리가 오늘의 최종 결정권을 쥐게 되었다. 기왕 이렇게 된 것, 최고의 코디를 해 보이겠다는 의지인지 에밀리의 눈이 투지로 불타올랐다.

수십 번의 드레스를 갈아입은 끝에 연한 하늘색 드레스가 선택되었다. 그에 어울리는 장신구도 쉽게 정해졌다. 이후에 문제가 되는 건 검대였다. 부티크엔 기사를 꿈꾸는 소녀나 취미로 검술을 배우는 소녀들을 위해 검대와 검 띠도 있었지만 아무래도 드레스가 주다 보니 장식용이라서 화려한 것이 대부분이었다. 드래곤 슬레이어 소드는 용사님의 검다운 묵직한 아우라가 퍼져 나왔기 때문에 그런 소녀용 장식 검대와 어울리지 않았다.

"검대는 따로 사야겠네요."

"검에는 흥미가 없어서 어디가 좋은지 모르겠는데."

"백화점에 가야 할까."

"가요! 백화점 가요!"

제리코의 귀가 쫑긋했다. 백화점은 스타즈 백화점이 제도 최고다. 당연히 스타즈 백화점에 갈 것이고, 그러면 로젠을 만나게 될지도 모른다. 제리코는 백화점에 가자고 적극 찬성했다.

제리코의 열화와 같은 성원에 힘입어, 그녀들은 스타즈 백화점으로 이동했다. 제도에 떠오르는 신에 대귀족인 제리코에 이어 아리보 공작부인들, 영애까지 줄줄이 납서주시니 책임자가 나올 것도 없이 바로 최상층에 위치한 특별실로 직행했다.

스타즈 백화점의 특징은 고객이 본점에 없는 매장의 물건을 원하면 스타즈 상회 특유의 기동력과 정보력으로 물건을 신속하게 가져온다는 것이다.

"스타즈에 없으면 어디에도 없죠. 분명히 좋은 검대를 찾을 수 있을 거예요, 할머님."

에밀리의 말에 제리코는 고개를 끄덕였다. 2살 연하에게 듣는 할머니 소리는 참 가슴 아팠지만 그걸로 에밀리의 원한이 조금씩 풀리면 괜찮았다.

직원들이 가져와서 펼쳐놓는 검대들은 다양하고 모두 드래곤 슬레이어 소드와 잘 어울렸다.

제리코는 열심히 검대를 허리에 착용해 보며 편의성과 실용성, 어떤 옷, 어떤 상황에 유용할지 생각했다. 그렇게 몇 종류의 검대를 골랐다.

검대는 단순히 허리에 차는 것만이 아니라 가방을 메듯 검을 등에 멜 수 있는 형식도 있었다. 제리코는 그런 검대도 몇 개 골랐다. 허리에 차는 건 드래곤 슬레이어 소드가 단검형일 때, 등에 메고 다니는 건 드래곤 슬레이어 소드가 평상시 모습일 때 사용할 생각이다. 장검을 옆구리에 차고 다니는 것보다 등에 짊어지고 다니는 게 타인과 닿을 확률이 줄어드니까.

"이건 하얀 옷이랑 입을 때 잘 어울리겠네."

"이건 화려한 드레스에 잘 맞겠어."

"이건 승마복."

"이건."

나중에 또 어울리는 게 없다고 쇼핑을 나오느니(결국엔 나오게 되지만) 미리미리 잔뜩 사두는 게 나았다. 다섯 명은 의견을 나누며 직원들이 가져온 물품의 대부분을 구입했다.

'그러고 보니.'

검대는 검에 직접적으로 닿는 물품이다. 제리코는 당사자인 드래곤 슬레이어 소드의 의견 또한 들어봐야 한다고 생각했다.

'넌 어떤 게 좋아?'

-안정적인 거.

드래곤 슬레이어 소드가 심드렁하게 말했다. 전해지는 감정이, 별 관심이 없는 듯했다.

'다 안정적이잖아. 그러지 말고 네 취향에 맞춘 것도 살게.'

-난 검이니까 그냥 기능에 충실한 게 좋은데. 괜히 사고를 안 치려면 네 몸에 좀 달라붙어 있는 게 좋겠지.

'기능 말고 디자인!'

-그럼 좀 단순한 게 좋겠다. 심플하게 가죽으로 되어서.

"저기요, 여기에 이런 검대는 없어요?"

제리코는 드래곤 슬레이어 소드가 주절거리는 걸 고대로 따라 읊었다. 별로 말하지 않았는데 직원은 알겠다는 표정을 짓더니 후다닥 가져왔다. 드래곤 슬레이어 소드가 주절거린 말이 현실이 된 듯, 딱 그대로 구현된 검대였다.

"여기, 이걸로 길이를 수정하시면 단검용으로도 쓰실 수 있습니다."

기능을 설명하는 직원이 제리코를 보면서 계속 입꼬리를 올렸다. 제리코가 의아해하자 직원이 바로 해명했다.

"아뇨, 역시 영웅이신 에라프 님의 따님이란 생각에. 실제로 이 제품은 날개 돋친 듯 팔리는 스테디입니다. 영웅 에라프 님께서 황제 폐하의 명을 받고 전설의 검 드래곤 슬레이어 소드를 매다셨던 그 모델을 그대로 재현한 제품이죠. 공방도 동일합니다."

직원은 에라프가 광룡을 쓰러뜨린 후 어떻게 되었는지 모르기 때문에 그냥 부전자전이라고 감동하는 눈치였다. 에라프의 말로를 알고 있는 아리보 사람들은 숙연해졌다. 제리코는 검대를 집어 들어서 바로 허리에 찼다.

"이것도 살게요."

제리코는 드래곤 슬레이어 소드를 허리춤에 매달았다. 드래곤 슬레이어 소드는 아무 말도 하지 않았지만 제리코에겐 자아를 가진 검의 감정이 전달됐다.

기쁨.

슬픔.

제리코는 드래곤 슬레이어 소드가 마차에서 한 말을 이해했다. 이렇게나 상반된 감정을 동시에 느낄 수 있다면 무생물이어도 미칠 수 있을 것이다.

'넌 에라프 님이 그렇게 좋아?'

-내가 나라는 존재를 자각했을 때부터 늘 함께였어. 내가 알 속의 새라면 주인은 알이었지.

알은 세계다. 새는 알을 나가기 싫었지만 알은 새가 마음의 준비를 마치지도 않았는데 먼저 깨져 버렸다.

"……"

-너 내가 하는 말 이해 못 했지?

'아니, 뭐랄까. 대충 느낌은 전해졌어.'

뜨끔한 제리코가 열심히 변명했다. 드래곤 슬레이어 소드는 어머니를 도와 육아와 가사에 열중하느라 공부를 등한시한 가난한 집 장녀의 눈높이에 맞는 비유로 바꿨다.

-그냥 주인은 내 가족이고, 친구이고, 전부였다는 소리야.

'여자에 검까지 후리다니. 무서운 분이었네.'

에라프는 이미 죽고 없지만 그를 기억하는 사람은 모두 에라프의 인품을 칭찬했다.

좋은 사람이었어!

인류를 구한 영웅이니 사소한 악행이 있었어도 좋은 사람으로 포장될 판인데 다들 한결같이 동일한 말을 하니 제리코는 내심 뿌듯했다.

-아버지라고 부르지도 않으면서 친딸로 단물을 빨고 있다니, 무서운 아이.

'칭찬 고마워.'

쇼핑이 슬슬 끝나가지만 로젠은 오지 않았다. 내심 빨간 머리의 후보를 기다리던 제리코는 작게 실망했다. 드래곤 슬레이어 소드가 그런 제리코의 방만한 자세를 꾸짖었다.

-저번에 너에게 무례하게 군 것 때문에 못 들어오는 걸 수도 있잖아. 네가 찾으러 가야지.

'어떻게?'

-화장실 간다고 말하고서 밖이라도 서성여 봐.

'아휴, 우리 똑똑한 검.'

드래곤 슬레이어 소드의 말대로였다. 행동하는 자에게 복이 있나니! 제도에서 다들 제리코의 일을 대신해 주다 보니 잊고 있었는데 원래 자기 일은 자기가 직접 하는 게 옳았다. 에라프의 아들을 찾아 드래곤 슬레이어 소드를 넘기는 건 제리코가 원하는 일이니 스스로 해야지!

제리코는 당당하게 차를 많이 마셔서 화장실이 가고 싶다고 말했다. 친절한 백화점 직원이 화장실까지 안내하겠다고 말했지만 제리코는 행동하는 사람이 되기 위해 거절했다.

"가는 길만 알려주세요."

"예, 소공작님. 이곳을 나가셔서 오른쪽으로 꺾으시면……."

제리코는 특별실을 나와 왼쪽으로 꺾었다. 화장실에 가고 싶은 것도 사실이지만 화장실은 가장 마지막에 들르는 장소가 될 예정이다.

최상층은 소수의 고객을 위한 특별실이기 때문에 방과 복도로만 이어진 단순한 구조였다. 길을 잃을 염려는 들지 않았다.

"음, 그냥 복도만 있네."

─혹시 이 층에 있다면 빨간 머리니까 멀리서도 눈에 잘 띄겠지.

"응. 나도 그 생각 하고서 무작정 나온 건데…… 어! 찾았다!"

복도 이곳저곳과 특별실의 문 근처를 기웃거리던 제리코의 시야 구석에 빨간 것이 스치듯 지나갔다. 제리코는 서둘러 빨간 것이 스친 방향을 향해 잰걸음으로 이동했다. 제리코가 간과한 사실이 있다면 그 빨간 것의 높이가 제리코의 시선 위가 아닌 아래쪽에 위치했다는 사실이다.

"……안녕?"

"안녕하세요."

제리코는 빨간 머리를 한 어린아이에게 어색한 미소와 함께 인사했다. 제리코가 손을 흔들자 아이도 따라서 두 손을 흔들었다. 그리고 이어지는 드래곤 슬레이어 소드의 약속된 잔소리.

─내가 말했지. 네가 살던 촌구석에선 빨간 머리가 희귀했을지 몰라도 이 제도엔 널린 게 빨간 머리라고.

'내가 이럴 줄 알았나.'

제리코의 동생인 오리온과 비슷한 또래일까. 아이는 꽤 있는 집 자식 같았다. 하얀 볼은 토실토실해서 빵 터질 것 같고 입고 있는 옷은 원단 자체가 비싸 보이고 마감도 깔끔했다. 아이는 낯을 잘 가리지 않는지 낯선 사람인 제리코를 보고도 울지 않고 방긋방긋 웃었다.

"누나."

"에헤헤, 누나란다."

-너 진짜 그렇게 웃지 마. 헤퍼 보여!

기분이 좋으면 얼굴 근육이 풀리는 걸 어쩌라는 건지. 흙먼지를 전신에 묻혀놓고서 동네를 뛰어다니는 평민 아이들도 귀엽고 먼지 한 톨 없는 깔끔한 모습으로 통통한 볼을 자랑하는 귀족 아이들도 귀여웠다. 제리코는 아이 혼자 돌아다니는 게 걱정되어 부모님의 행방을 질문했다.

"도련님은 왜 여기 혼자 있어요? 엄마는?"

"엄마, 저기."

제리코는 아이가 가리키는 방향을 보았다. 갈색 머리를 깔끔하게 틀어 올린 여성이 둘을 향해 다가왔다.

"어머."

"어……."

제리코는 세련된 여인을 보고 기억을 더듬었다. 분명히 어디선가 본 적 있는 사람이었다. 보았다 뿐이냐. 명함도 받았다. 제리코는 인상적이었던 여인과, 그보다 더 인상적이었던 여인의 첫마디를 떠올렸다.

"안녕하세요. 언제 어디서나 여러분의 생활 속 편의를 책임지는 스타즈입니다."

플라티나가 일전과 동일한 인사말을 뱉었다. 대신 이번엔 명함을 주지 않았다. 늘 하는 인사라 입에 붙어서 식상할 수 있는데도 진실하게 느껴지는 것. 그게 그녀의 능력이었다.

"엄마!"

아이는 반색하면서 제 엄마에게 달려가 손을 잡았다. 갈색 머리 여성은 능숙하게 아이를 안아 들었다.

"티오, 혼자 달려가면 혼난다. 혼자 멋대로 달려가는 걸 내버려 뒀더니 소공작께서 놀아주고 계셨군요. 정말 고마워요."

"아, 아뇨. 저야말로 아이가 참 귀여워서."

"소공작과 느낌은 좀 다르지만 멋진 색이죠?"

제리코는 침을 꿀꺽 삼켰다. 플라티나 스타즈. 스타즈 상회의 주인이자 화려한 연애 편력으로 7번의 이혼과 8번의 결혼을 한 대단한 여성. 무엇보다 빨간 머리 페티시라서 남편은 모두 빨간 머리!

플라티나의 말대로 티오의 머리카락은 제리코처럼 불타는 듯한 진한 색은 아니지만 또 그 나름대로의 멋과 아름다움을 간직한 빨간색이었다.

"지난번에 제 장남이 소공작께 큰 실례를 저질렀다고 들었습니다. 소공작께서 다시 백화점을 방문해 주셨다는 소식에 사과를 드리려고 찾아왔는데 이렇게 마주치네요."

플라티나는 제리코에게 정식으로 사과할 기회를 달라고 요청했다. 제리코는 로젠이 아니면 플라티나도 좋다는 생각에 얼른 고개를 끄덕였다.

플라티나가 백화점 직원에게 특별실에서 기다리고 있을 아리보 일가에게 사정을 설명하라 지시한 후, 둘은 특별실에서 좀 떨어진 곳에 위치한 응접실로 이동했다.

응접실은 특별실보다 창이 커서 전체적으로 채광이 좋았다. 바닥에 깔린 카펫의 색과 가구가 조금 다른 걸 제외하면 특별실과 분위기가 비슷했다. 탈의실과 대형 거울이 없는 게 가장 큰 차이점이었다.

플라티나는 직접 제리코에게 다과를 내왔다. 제리코는 대륙에서 가장 부유한 사람이 타 주는 차가 황송하여 두 손으로 받아 들었다. 플라티나 옆에 앉은 아이는 엄마가 주는 과자를 웃으며 받았다.

"사과하는 자리에 아이를 데려와서 미안해요. 이 아이가 떨어지질 않으려고 해서."

"아뇨, 괜찮습니다. 저 아이 좋아해요."

"후훗."

"왜, 왜 웃으시죠."

"소공작껜 실례지만 제가 보기엔 소공작도 아이인데 아이가 아이를 좋아한다 그러시니까."

"아…… 제가 동생이 많아서."

"저희 가정도 다복한 집이에요. 아들이 넷, 딸은 셋이거든요."

제리코의 눈이 왕밤만 해졌다. 제리코는 벌어지는 입을 억지로 다물고 플라티나를 훑어보았다. 세련되게 틀어 올린 갈색 머리, 미소를 잃지 않는 팽팽한 얼굴, 몸에 착 달라붙는 바지가 너무나 잘 어울리는 이 여성이 아이를 일곱이나 낳았다니. 도저히 믿을 수 없었다.

"대단하시네요."

"황금의 힘이죠."

플라티나가 활짝 웃었다. 그녀의 머리 색은 금발이 아닌 갈색인데 웃으니까 백금이라도 된 것처럼 활짝 빛이 났다. 보유 자산을 황금으로 치환했을 경우 용이 가진 금의 양에 필적한다는 소문이 있는 여성다운 발언이었다. 제리코는 어설픈 동네 상인을 꿈꾸던 과거를 반성했다. 플라티나는 정말 멋있고 본받고 싶은 여성이었다.

'멋있다.'

ー제리는 저 집안에 약하구나. 로젠한테도 두근거리더니.

'그치만 멋있잖아.'

ー솔직히 멋있긴 하네.

소소한 잡담이 끝나고 플라티나가 표정을 바꿨다. 제리코는 괜히 찔려서 진지한 표정을 지었다. 플라티나는 처음 명함을 건넸을 때처럼 사무적인 태도로 사과했다. 제리코는 정중하게 사과를 받았다.

"저어, 그 실례 말인데요."

로젠이 갑자기 찾아오는 실례를 저지른 건 맞다. 그런데 사과만 하고 바로 떠난 통에 실례를 저지르게 된 이유와 원인을 아무도 몰랐다. 제리코는 그 이유가 궁금했다. 로젠은 어째서 실례를 무릅쓰고 제리코 미베어를 찾아왔는가. 그가 제리코 미베어에게 관심을 갖는 이유는 무엇인가.

"로젠……."

씨? 님? 아니면 그냥 로젠 스타즈? 귀하의 아드님? 제리코가 적절한 호칭을 생각하느라 말을 질질 끄는데 플라티나가 사무적인 태도를 깨고 밝게 웃었다.

"어머나."

"왜 그러시는지."

"그 아이가 자기 이름이 로젠이라고 했나요?"

제리코는 아차 싶었다. 귀족이나 있는 집안의 경우 이름이 길어서 애칭 같은 걸로 부른다. 제리코야 아는 게 없어서 그냥 로젠이라고 했지만 사실은 본명이 따로 있었나 보다. 제리코가 몰랐다고 말하려는데 플라티나가 로젠의 본명을 밝혔다.

"그 아이 이름은 로즈예요. 로즈 스타즈. 막 태어나서 제 품에 안겨 젖을 빠는데 붉은 머리카락이 어찌나 인상적이던지, 새빨간 장미가 떠올랐거든요."

"로즈 형아!"

플라티나의 옆에서 티오가 신이 나서 형의 이름을 외쳤다. 드래곤 슬레이어 소드가 불쌍했는지 이렇게 말했다.

─우린 그냥 로젠이라고 불러주자.

'응.'

플라티나 옆에 앉은 티오처럼 어릴 때면 모를까, 근육 빵빵한 다 큰 남자를 장미라고 부르라니. 듣는 본인이나 부르는 사람이나 조금씩 타격을 받는 이름이었다.

플라티나는 붉은 머리를 좋아한다는 소문대로 로즈의 훌륭한 적발을 처음 보았을 때의 감동을 풀어놓다가 제리코의 붉은 머리에 관심을 두었다.

"로즈와 소공작님의 머리 색은 같은 계열이죠. 아주 선명한 붉은색. 정말 아름다워요. 마음에 쏙 들어."

"에헤헤."

멋있는 사람이 진지한 눈빛으로 아름답다고 칭찬해 주니 제리코의 얼굴 근육에서 또 힘이 풀렸다. 드래곤 슬레이어 소드가 일갈했다.

-정신 차려! 너 예쁘다는 거 아니야! 너 말고 네 머리!

검이 소리를 지르든 말든. 제리코는 플라티나에게 모발의 색을 더욱 선명하게 하고 두피에 좋다는 샴푸를 선물하겠다는 소리까지 들었다.

"상인이 꿈이셨다죠?"

"지금도 꿈인데요."

플라티나가 관심사를 먼저 얘기해 주니 그 뒤는 일사천리였다. 제리코는 플라티나의 매력과 언변에 넘어가 동네에 상점이 하나밖에 없었는데 그곳이 스타즈 상회 지부였다는 것을 시작으로 외지인이 팔아치운 금반지와 그걸 깨물어보고 싶었던 유년기를 신이 나서 떠들어댔다.

플라티나는 별것 아닌 시골뜨기의 얘기를 관심 있다는 듯 들으며 추임새를 넣어 제리코 입의 포문을 완벽하게 개방했다.

-쓸데없는 얘기 그만하고 빨리 정보나 수집해! 정보나! 지금 뭐 하는 거야!

"그래서 제가 금을 깨물면 자국이 남는 게 진짠지 너무 궁금했는데 아리보 공작저에 있는 금은 전부 세공품인 거예요. 세공비도 엄청 비싸다고 하니까 몰래 깨물어볼 수도 없고."

"그건 내가 해결해 주죠."

플라티나가 벌떡 일어나더니 시원스럽게 응접실 한편에 위치한 책상의 서랍을 열었다. 제리코가 있는 자리에선 서랍 안이 보이지 않았다.

-이런.

'왜 그래?'

-놀라지 마. 서랍 안에 금이 꽉 찼어.

제리코는 귀를 의심했다.

'뭐?'

-네 손가락 두 개 붙여놓은 크기의 금덩어리가 빼곡하게 차 있어.

지금 내가 환청을 듣는 건가 제리코가 의심하는데 플라티나가 서랍에서 꺼낸 것을 테이블 위에 올려놨다.

제리코는 그제야 드래곤 슬레이어 소드의 결백을 인정했다. 플라티나가 가져온 건 금괴였다. 플라티나가 금괴를 가리키고 설명했다.

"여기 중앙에 있는 문장만 훼손하지 않으면 깨물어도 돼요."

"우와, 우와, 우와와아."

제리코가 금괴와 플라티나를 번갈아 보며 어쩔 줄을 몰라 하자 플라티나는 어깨를 으쓱였다. 이 정도는 대단한 게 아니란 태도였다.

"아리보 공작가와 미베어 공작가도 저 정도의 금은 우스운 수준이겠죠. 사람들에게 말했으면 내주었을 텐데 미처 말을 못 했나 봐요. 얘기 꺼낸 김에 여기서 해보세요. 인내는 정신 건강에 안 좋거든요."

제리코는 덜덜 떨리는 손으로 금괴를 집어 올렸다. 이걸 진짜 물어도 되나 긴장하는 그녀에게 드래곤 슬레이어 소드가 정신 차리라고 말했다.

-정신 차려. 지금 네가 걸친 게 금괴 하나 가격은 돼.

'진짜?'

-귀족과 평민은 돈 쓰는 단위가 다르고 아리보 공작가는 제국에서 가장 부유한 가문 중 하나야. 공작가에 금으로 만든 욕조가 있는 건 아냐?

제리코는 마침내, 꿈에 그리던 금에 어금니 꾸욱을 해볼 수 있었다. 매끌매끌하고 깨끗한 표면에 잇자국을 남긴다고 생각하니 기묘한 죄책 감이 들었지만 이미 입은 벌렸고 금괴는 입안에 들어왔다.

제리코는 침이 닿지 않도록 혀를 치운 뒤 살짝 금괴를 깨물었다. 기왕 해보는 거 꽉 씹어보자는 생각에 턱에 힘을 줬다.

금괴에 잇자국이 생겼다. 생각만큼 선명하진 않지만 이의 굴곡에 따라 팬 부분이 눈에 확 들어왔다. 제리코는 세상을 다 가진 것처럼 기뻐했다.

"진짜 자국이 생겨요!"

"금은 생각보다 무른 금속이니까요."

"엄마, 엄마! 나도, 나도."

티오가 제리코를 보고 부러웠는지 엄마를 보챘다. 제리코는 손수건 으로 금괴에 살짝 묻은 침을 닦아서 아이에게 건넸다.

아이는 가벼운 줄 알고 받았던 금괴가 생각보다 묵직하자 눈을 동그랗 게 뜨더니 금괴를 입으로 가져갔다. 무는 힘이 약해서 자국은 그리 크지 않았다. 플라티나는 그 모습들이 유쾌한지 시종일관 미소를 잃지 않았다.

"어쩜. 금괴를 깨무는 모습이 아버님과 똑같아서 깜짝 놀랐어요."

"네?"

"아시는지 모르겠지만 예전에 에라프 님이 신분을 속이고 용병 일을 잠깐 하신 적이 있죠. 그때 저와 잠시 연이 닿았는데 선금을 지급할 때 돈 대신 금괴로 지불했거든요. 그때 금괴를 그렇게 깨무셨죠. 소설에서 주인공이 그러는 게 부러웠다나. 그땐 그냥 용병이라서 대수롭지 않게 넘겼는데 나중에 정체를 알았을 땐."

생각만 해도 간담이 서늘해진다며 플라티나가 고개를 살짝 저었다. 제리코는 침을 꿀꺽 삼켰다. 플라티나가 먼저 얘기를 꺼냈으니 좀 더 자 세히 캐물을 수 있는 여건이 마련된 것이다.

"저기 혹시."

"로즈가 소공작께 실례를 범한 것도 아마 그 일 때문일 거예요. 제가 옛날에 로즈를 놀리느라 '네 친아버지는 사실 에라프 님이시란다~' 했더니 세상에. 그걸 곧이곧대로 믿었던 거 있죠."

너무 놀란 나머지 제리코의 사고가 멎었다. 참모를 담당한 드래곤 슬레이어 소드는 말 한마디 하지 못하고 경악, 놀람, 경악, 놀람, 경악, 놀람을 제리코에게 전달했다.

–서, 설마 대놓고 얘길 꺼내다니! 괜히 스타즈 상회를 이끄는 사람이 아니군!

'이렇게 대놓고 얘기할 정도면 진짜 아닌 건가?'

–아냐. 선수를 친 걸 수도 있어. 플라티나 스타즈와 로젠 스타즈는 상회를 물려받는 일로 사이가 안 좋다고 들었어. 만약 로젠 스타즈가 주인의 아들인 게 알려지면 상회를 물려줄 수 없게 되니 미리 못을 박아 두는 걸지도 몰라.

속지 마! 이건 플라티나의 함정일지도 몰라! 드래곤 슬레이어 소드는 그렇게 주장했지만 적어도 제리코가 보기에 플라티나의 어투에서 거짓은 느껴지지 않았다. 제리코의 생각을 읽은 드래곤 슬레이어 소드가 제리코의 단순함과 순진함을 타박했다.

–야! 저 여잔 스타즈 상회의 총수야. 네가 속내를 읽을 수 있는 사람이 아니라고!

'그렇긴 해.'

제리코가 당황해서 아무 말도 하지 못하는 것을 플라티나는 친아버지의 연애담이 나와서 당황한 것이라고 생각한 모양이었다. 플라티나는 상쾌하게 웃었다.

"그런 오해를 살 만한 일이 있긴 했지만 진짜로 오해하지는 마세요? 우리 둘 다 짝 없던 자유로운 시절의 얘기니까."

아리보 공작가의 귀족들이 쿨하더니 플라티나도 쿨했다. 제리코는 여전히 당황한 마음을 수습하지 못하고 드래곤 슬레이어 소드에게 물었다.

'우리 동네야 시골이라 자유연애였다 치고, 귀족들도 원래 이래?'

-친자 감별 마법이 발명되고 난 다음부터 자유연애가 늘었대.

친자 감별 마법이 필요 없는 여성의 몸이겠다, 자식들 모두 건사할 황금도 있겠다, 손가락질당하지 않을 지위까지 올랐겠다. 7번 이혼하고 8번 결혼한 플라티나의 모습은 당당했다.

제리코는 조금 당황했지만 생각을 바꿨다. 제리코의 어머니 요나만 해도 미혼 시절 자유연애로 에라프 님과 밤을 보냈고, 시골이라 밤이 길다 보니 눈 맞은 남녀가 근처 풍차로 손잡고 들어가는 건 예사였다.

"만약 로즈가 소공작님께 그런 무례한 말을 하거든 용서해 주셨으면 해요. 에라프 님을 워낙 존경해서 농담이 진담이길 원하나 봐요."

-저것 봐. 못 박잖아. 속지 마, 이건 플라티나의 책략이다.

본인의 자유분방한 과거와 로젠이 자신을 에라프의 사생아일지도 모른다고 생각하는 충격적 진실까지.

범인은 감히 입에 담지 못하는 이야기들을 플라티나는 태평하게 꺼내고 농담거리로 삼았다. 이것은 블러프인가, 아니면 스스로에게 당당한 여자가 밝히는 진실인가.

제리코의 두뇌를 담당하는 드래곤 슬레이어 소드도 마땅한 대비책을 찾지 못한 채 제리코와 함께 얼어붙어서 어버버거렸다.

수상하니까 믿을 수 없다. 모두 믿으면 바보다. 이것이 드래곤 슬레이어 소드가 내놓은 방책이었고, 제리코는 그냥 믿음이 가는데 어쩌냐고 속으로 반박했다가 또 한차례 잔소리를 들었다. 잔소리하는 드래곤 슬레이어 소드야말로 당황한 감정이 고스란히 전해져서 전혀 믿음이 가지 않았다.

진짜 플라티나의 계략이었는지, 아니면 할 얘기를 마쳤다고 생각한 것인지. 플라티나가 대화의 종료를 고했다.

"너무 오래 잡아뒀네요. 그 금괴는 기념으로 가질래요?"

"아, 아, 아, 아니요. 괜찮습니다."

"혹시 아리보 공작가의 마차가 기다리지 않고 먼저 갔다면 스타즈의 마차를 이용해 주세요."

"아마 기다리고 있을 거예요."

제리코의 믿음은 배신당했다. 정확하겐 시간이 엇갈렸다. 아리보 부인은 플라티나와 제리코가 오랜 시간 대화를 나누리라 예상했다. 그래서 상심했을 에밀리를 위해 백화점 근처의 부티크를 찾아 에밀리의 옷을 사러 갔다.

직원이 그러한 사실을 전달했다.

"바로 오시겠답니다. 아니면 저희가 그쪽으로 모실까요?"

"아뇨! 아뇨, 아뇨!"

제리코는 열심히 고개를 좌우로 흔들었다. 여기서 또 초를 쳤다간 과자로도 풀지 못하는 깊은 원한이 생길 것이다.

다행히 제리코가 타고 온 마차와 마부는 백화점에서 대기하고 있었다. 제리코는 그걸 타고 혼자 돌아가기로 했다.

"부디 편하게! 저는 신경 쓰지 말고 예쁜 옷 고르기를 바란다고 전해 주세요! 꼭!"

제리코는 아름다운 에밀리 양이 마음에 쏙 드는 옷을 찾을 수 있기를 진심으로 소망했다.

플라티나는 제리코가 혼자 돌아가야 한다는 이야기를 듣고 스타즈의 직원을 한 명 붙여주겠다고 제안했다. 제리코는 직원의 안전을 이유로 거절했다.

"이게, 스치면 사망이라서요."

무슨 일이 있어도 놀랄 것 같지 않던 플라티나가 깜짝 놀랐다. 내내 제리코가 차고 있는 단검이 드래곤 슬레이어 소드를 본뜬 단검인 줄 알았던 것이다.

제리코는 드래곤 슬레이어 소드가 무게는 바꿀 수 없지만 크기는 바꿀 수 있다는 사실을 알렸다. 드래곤 슬레이어 소드를 보는 플라티나의 눈이 반짝였다.

"이렇게 믿음직스러운 검이 있나."

길이를 바꿀 수 있고 마법을 쓸 수 있으며 용을 벨 수 있는데 주인 아닌 사람은 죽을 때까지 태워 버린다. 적어도 대인전에서만큼은 최강이었다.

본래는 집어 들려는 사람들에게만 작용하던 것인데 인간의 욕망이 끝없는 화를 부르게 된 대표적 예시로도 들 수 있을 것이다.

"그래도 소공작을 혼자 보내자니……."

못마땅해하는 플라티나의 눈이 제리코의 뒤편을 보고 반짝였다. 그녀가 경쾌하게 웃었다.

"저기 적임자가 왔네. 로즈, 이리 오렴!"

"어머니! 그렇게 부르지 말라고 몇 번이나……! 안녕하십니까, 미베어 소공작."

지나치게 사랑스러운 이름에 불만을 품어 어머니에게 항의하는 아들의 목소리에서 달콤한, 지나치게 달콤한 낮은 저음으로 바뀌는 건 한순간이었다.

제리코는 뒤에서 들려온 달달한 미성에 적응하지 못하고 심장을 부여잡았다.

'와, 어쩜 저렇게 성대까지 내 취향.'

-정신 차려! 유력 후보야!

'아, 맞다.'

제리코는 크게 심호흡하고 몸을 뒤로 돌렸다. 마냥 막연했던 소녀의 이상 속 왕자님이 현실에 구현되어 웃고 있었다.

건강미 넘치는 볕에 그은 피부, 짙은 눈썹과 강렬한 머리카락에 묻히지 않는 반짝이는 초록색 눈동자. 다부진 턱 근육에 자신만만하게 짓고 있는 남성미 가득한 미소까지. 옷 위로 드러나는 훌륭한 근육들을 보라. 노동으로 다진 근육만 보던 제리코에게 찾아온 낯설고 멋진 검사의 근육. 탄탄한 근육.

-정신 차려!

'나도 알아. 다시 봐도 내 취향으로 잘생긴 걸 어떡해.'

현혹되지 말지어다. 제리코는 혀를 꽉 깨물었다. 그러자 정신을 조금 차릴 수 있었다. 현재, 에라프의 아들로 가장 가능성 높은 인물이 로젠 스타즈였다. 오빠가 멋있다고 웃는 건 여동생에게도 허락되지만 오빠가 멋있다고 두근거리는 건 여동생이 할 일이 아니다. 여동생 친구가 할 일이지.

"안녕하세요."

-너 왜 이렇게 조신한 척해!

'쓰읍. 시끄러.'

제리코는 수줍은 미소를 지으며 로젠에게 인사했다. 플라티나는 그 모습을 흐뭇하게 웃으며 지켜보다가 로젠에게 말했다.

"마침 잘되었네. 로즈, 소공작을 공작저까지 수행해 드려."

로젠이 깜짝 놀랐다. 제리코도 깜짝 놀랐다. 제리코가 놀라서 거절하려는 걸 드래곤 슬레이어 소드가 막았다.

-잠깐, 제리! 로젠과 대화할 수 있는 기회야!

'그, 그러네.'

플라티나가 대놓고 로젠과 대화할 수 있는 기회를 주는 것이 이상하고 플라티나의 책략 같긴 하지만 지금은 받아들일 수밖에 없었다. 그것이 최선이었으니까.

로젠은 어머니의 명령이 뜬금없다 여겼는지 플라티나에게 항의했다.

"그게 무슨 말씀이세요."

"함께 온 수행원들과 갈라져서 마부만 데리고 돌아가셔야 한대. 네가 모셔다드려. 백날 휘둘러 봤자 밥도 안 나오는 검을 찼으면 그 정도는 해야지."

"마땅히 공작저까지 모셔다드리겠지만 갑자기 이러시면."

"왜, 너 항상 소공작과 대화해 보고 싶다고 하지 않았니. 이번 기회에 친분을 쌓으면 좋잖아."

플라티나는 제리코에게 그랬듯 아들인 로젠에게도 무차별 폭격을 가했다. 제리코는 플라티나의 언변이 두려워 벌벌 떨었다.

-세다. 엄청 세.

로젠이 머리 하나가 작은 플라티나에게 쩔쩔매는 건 제리코의 마음에 긍정적으로 작용했다. 아무리 멋있는 사람이라도 엄마 앞에서 쩔쩔매는 모습을 보고 있으면 동경이 옅어지고 친근감이 샘솟는 법이다. 제리코는 저 잘생긴 남자도 한 사람의 아들임을 알게 되었다.

플라티나가 티오를 안고 사라졌다. 결국 로젠은 어머니에게 항의하는 데 실패했다. 제리코는 내심 알 것 같았다. 그가 플라티나를 이길 수 있는 남자였다면 이름은 옛날에 로즈에서 로젠으로 개명됐겠지.

'나 저 사람이 좀 친근하게 느껴지는데 혹시 피의 이끌림 이런 건가?'

-아서라. 그냥 엄마한테 쩔쩔매는 걸 보니까 측은한 거지.

"하아."

어머니 말에 한마디도 못 이긴 로젠이 깊은 한숨을 쉬며 도리질 쳤다. 나라의 미래를 걱정하는 것처럼 멋있었다.

로젠은 곧 근심을 지우고 자신만만한 미소를 띠며 제리코에게 손을 내밀었다.

"부족한 몸이지만 공작저까지 소공작님을 모셔다드리겠습니다."

"저야말로 부족한 몸이지만 부탁드려요."

제리코는 로젠의 손 위에 자신의 손을 얹었다. 예의 바르지만 냉정하고 사무적인 태도였던 마그노 황자 때와 다르게 손이 닿은 부분이 따뜻했다. 에라프의 아들 후보가 아니었으면 참 따뜻한 손이구나, 어머, 내 가슴이 두근거려, 이랬을지도 모르겠다.

그러나 로젠이 에라프의 아들 후보군에서 진짜 아들로 가장 유력한 이상 제리코가 품은 생각은 이러했다.

'역시 운동하는 사람이라 근육이 발달해서 손이 따뜻하네.'

제리코는 로젠의 손을 잡고 마차까지 이동했다. 로젠은 제리코와 마차에 함께 탈 시종이나 시녀가 없는 걸 알고 말을 가져오게 했다. 마차에 타서 이것저것 대화할 작정이었던 제리코는 당황했다.

"아마 위험하지 않을 거예요! 마차에 그냥 타셔도 되는데!"

"아닙니다. 돌아가는 길도 그렇고, 소문이 날 수 있으니 피해야 합니다."

"저기, 전 로젠 도련님과 대화를 나누고 싶은데요!"

"풋."

제리코의 입에서 나온 호칭에 로젠이 상큼한 얼굴로 웃었다.

제리코는 그제야 깨달았다. 로젠의 빨간 머리에 집중하고 막연히 잘생겼다고만 생각하고 있었는데 로젠의 이목구비는 모친인 플라티나와 많이 유사했다. 내내 플라티나가 무섭지만 멋있다고 생각했던 제리코이기에 그녀의 두 볼은 다시 붉어졌다.

'아, 잘생겼어.'

유혹을 이겨야 해. 난 뭣이 중한지 아는 사람이야!

제리코가 내내 속으로 다짐해도 로젠이 잘생겼다는 사실은 변하지 않는다. 다행히 제리코는 에라프 님의 아들을 연발해서 위기를 벗어났다. 사악한 마귀가 그녀의 몸에 잠시 머물렀으나 현혹되지 않았다. 무엇이 중한지 아는 제리코의 뚝심으로 인해 떠나간 것이다.

-······.

드래곤 슬레이어 소드의 자아는 용의 심장에 본체가 꽂혔던 것이 시작이다. 그렇기에 드래곤 슬레이어 소드는 가진 지식에 비해 실제 경험이 부족했다. 주인인 에라프가 용의 독으로 운신이 불편해지면서 내내 침대 생활을 했기 때문이다. 그래서 드래곤 슬레이어 소드의 지식과 지혜는 전적으로 주인인 에라프의 말에 의존되어 있었다.

드래곤 슬레이어 소드는 내내 '멋있는 사람을 보는 여자의 눈'이 어떤 것인지 몰랐다. 그런데 지금 알았다. 제리코가 이성을 유지하고 있다가 가끔 로젠의 목 근육에 현혹되어 짓는 칠렐레팔렐레한 표정이 바로 그 것이었다.

-너 정신 차려라. 내가 계속 잔소리해야겠어.

'이해해 줘. 우리 고향에는 저렇게 잘생기고 체격 좋은 남자 없었 단 말이야.'

근육이 다부진 남자야 많았지만 이렇게 키까지 큰 남자는 별로 없었 다. 그런 데다 잘생기기까지 했으니 금상첨화.

제리코는 새삼 제 신세가 억울했다. 차라리 몰랐으면! 저렇게 잘생기고 멋있는 사람이 같은 세상에 존재한다는 사실을 몰랐으면 더 편했을 텐데!

"편하게 로젠이라고 불러주십시오, 소공작님."

"그럼 저도 편하게 제리코라고 불러주세요."

다행히 제리코의 칠렐레팔렐레한 표정은 로젠이 자신 쪽을 보자 자 취를 감췄다. 이상형이니 취향이니 해도 로젠이 유력한 아들 후보임을 잊지 않는, 큰 그림을 잊지 않는 바람직한 자세였다.

-벌써 이름 터?

'에라프 님의 아들일지도 모르고 연상이니까.'

로젠은 세 명의 후보 중에서 가장 연장자였다. 시기상으로 따지면 에 라프가 소드 마스터가 되기 전에 벌어진 일이다. 드래곤 슬레이어 소드 는 이 부분에 대해서 냉정하게 판단했다.

-만약 주인이 그때 소드 마스터였으면 플라타나랑 결혼했을지도 몰라.

후에 이혼하게 될지라도 소드 마스터의 전 부인이라는 타이틀과 인 연을 얻을 수 있으니 이득. 뭐 이런 식으로 생각하고도 남을 여자라는 게 드래곤 슬레이어 소드의 판단이었다.

제리코는 자신이 멋있다고 생각한 상인을 너무 냉혈한으로 평가하는 것 같아서 마음에 들지 않았다. 사실 드래곤 슬레이어 소드의 이러한 판단은 전적으로 에라프 측면에서 얘기한 용병으로 일할 적의 고생담이 일정 부분 반영된 결과였다.

"저도 제리코 님과 대화를 나누고 싶었습니다. 시간을 내주신다면 어디 카페라도 갈까요?"

"네!"

듣던 중 반가운 소리였다. 제리코는 흔쾌히 고개를 끄덕였다.

로젠이 제리코를 안내한 곳은 분위기 있으면서도 둘의 모습이 바깥에 보이지 않는, 연인이 주위 시선을 신경 쓰지 않고 대화하기 좋은 카페였다. 종업원이 가져오는 케이크의 맛도 일품이었고 차도 맛있었다.

-좋은 카페를 알고 있네. 다 여자들이랑 온 거겠지.

'너무 냉정한 반응이네.'

-네가 현혹되지 않도록 내가 먼저 잔소리하는 거야.

제리코는 차를 한 모금 마신 뒤 로젠에게 차가 맛있다는 사교성 멘트를 던졌다. 로젠은 지인이 알려준 곳인데 이후 가끔 온다고 말했다. 제리코의 뇌 내에서 지인은 헤어진 여자 친구고 이후에 가끔 오는 건 데이트라고 자동 변환되는 기적이 일어났다.

'이 적절한 바람기까지. 에라프 님의 아들이 틀림없어.'

"일전엔 정말 실례를 저질렀습니다. 제리코 님을 꼭 다시 뵙고 이야기를 나눠보고 싶다는 마음이 앞섰습니다."

"아뇨, 아뇨. 저야말로 그때 구매한 물건을 모두 무료로 해주셔서. 그…… 피해가 되진 않았을지."

"괜찮습니다, 그 정도는."

로젠이 신경 쓸 만한 금액이 아니었다고 딱 잘라 말했다. 제리코의 심장이 콩콩 뛰었다. 이성적인 매력을 느껴서가 아니라 그만한 액수를 소소하게 여기는 재력에 놀라서다. 동시에 강렬히 후회했다.

'아까 그 금괴, 받을걸.'

-아서라. 괜히 빚을 만드는 거야.

"저어, 그때 저를 찾아오신 이유가 무언가요?"

제리코는 아쉬운 마음을 달래기 위해 정보라도 얻고자 노력했다. 그녀가 먼저 핵심 주제를 언급한 건 그 노력의 일환이다. 로젠은 쉽게 대답하지 못하고 시선을 돌렸다.

"실은 제리코 님과 에라프 님께 굉장히 실례가 되는 이야기지만."

"지만?"

플라티나가 그러더니 로젠도 바로 본론을 꺼내는 타입이었다. 제리코와 드래곤 슬레이어 소드가 동시에 쾌재를 질렀다.

"실은 전 제 친부가 에라프 님일지도 모른다고 생각했습니다. 정말 죄송합니다."

로젠이 다시 고개를 숙여 사죄했다. 제리코는 아니라고 열심히 받아쳤다. 죄송이라뇨, 황송하죠. 어서 이 검을 가져가 주시겠어요? 호호호. 본심이 튀어나오지 않은 게 다행이었다.

"저어, 사실 그 얘기는 플라티나 님에게 먼저 들었어요. 농담이셨다고……."

"에라프 님은 모든 이의 우상이요, 특히나 검을 잡고 무인의 길을 걷겠다고 다짐한 사람들에게 있어선 대자연처럼 위대한 분이시죠. 어린 마음에 어머니의 농담을 듣고 가슴이 설레 잠을 이루지 못했습니다. 에라프 님이 진짜 내 아버지면 얼마나 좋을까. 매일 밤 소원을 빌고 잠들었죠."

그 소원 진짜일 수도 있는데! 제리코는 입이 근질거리는 걸 참느라 혼났다. 로젠의 이야기는 계속 나오고 있으니까 얘기가 끝날 때까지 조용히 듣는 게 예의였다. 들으면서 정보를 얻을 수도 있고.

"후에 그것이 어머니의 농담이었다는 걸 알고 화가 나고 분하기도 하고 슬프기도 했지만 에라프 님을 향한 동경심은 나날이 커져갔습니다. 에라프 님처럼 훌륭한 사람이 되자. 친아버지가 아니면 영혼의 아버지로 삼아 그분을 본받자. 그런 마음으로 수련을 소홀히 하지 않고 어려운 사람을 돕기 위해 나섰죠."

–훌륭한 마음가짐이네. 친딸인 누구와 달라.

'잠깐 기다려 봐. 이 패턴은……'

로젠이 하는 이야기는 자신이 에라프의 아들이 아닌 것을 전제로 하고 있었다. 아직까지 농담을 진담으로 믿고 있다는 플라티나의 주장과 상반되었다.

과연 이것은 플라티나의 함정인가, 아니면 로젠의 함정인가. 누구의 말이 진실일지 모르기에 제리코는 눈을 반짝이며 로젠의 이야기를 경청했다.

"그래도 가슴 한편에 미련이 남아 에라프 님께서 제 친아버지일지도 모른다고, 그런 생각을 떨치지 못하고 있었습니다. 그런 와중 에라프 님께서 돌아가셨고 제리코 님이 등장하셨죠. 전 처음에 사기꾼이라고 생각했습니다. 이 또한 죄송합니다."

"아니에요. 저 말고도 먼저 찾아온 사람들이 있었다고 들었거든요."

"네. 제리코 님이 드래곤 슬레이어 소드를 들고서도 멀쩡하셨다는 이야기를 들었지만 믿지 못했습니다. 하지만 제리코 님이 드래곤 슬레이어 소드를 들고 계신 걸 직접 보고 바로 알 수 있었습니다. 소문이 모두 진실이었구나."

–흠. 아무래도 본인은 주인의 아들이 아니라고 마음 정리를 끝낸 모양이네.

'그러게. 난 철석같이 믿고 있나, 뭐 그렇게 생각했어.'

정리하자면, 로젠이 제리코를 만나고 싶었던 이유는 제리코가 우상의 딸이기 때문이다. 인생의 멘토로 삼은 영웅의 딸이라니 꼭 한번 만나서 얘기를 나누고 싶었던 것이다. 그 마음이야 충분히 이해할 수 있었다. 방식이 조금 성급하긴 했지만 그만큼 우상을 존경했다고 생각하면 될 일이다.

'그럼 나 이제 대놓고 두근거려도 되는 건가?'

로젠이 테이블 맞은편에 앉아 상냥한 미소를 뿌렸다. 제리코는 가슴 설렐 준비를 시작했다. 로젠 또한 제리코가 무서워하는 귀족이지만 어찌 된 이유인지 그렇게 무섭지 않았다. 호인 같은 이미지 때문이었다.

-너무 성급한 생각이야. 로젠이 플라티나에게 속는 걸 수도 있어.

드래곤 슬레이어 소드가 제리코의 성급함을 탓했다.

-잘 들어, 제리. 한 아이가 태어나기 위해선 두 사람이 필요해. 여자는 어떤 상황에서든 아이가 자신의 친자인 걸 확신할 수 있지. 경우에 따라선 아이의 친부가 누구인지도 분명하게 알 수 있어. 그런데 주인의 후계자 자리가 계속 공석이었는데 나서는 사람이 없었잖아. 이건 그럴 만한 이유가 있기 때문이야. 자식들이면 모를까, 모친들은 믿을 수 없어.

아들 후보는 셋. 그중 한 명은 진짜 아들이다. 친부의 감이라는 어설픈 주장이 근거였지만 광룡까지 잡아서 인류를 구원한 영웅이니 그 감을 믿어보기로 하자.

아버지인 에라프야 셋 중 누가 친아들인지 모른다지만 어머니는 알고 있을 터. 에라프가 죽는 날까지 아들의 정체를 밝히지 않았다면 분명히 그에 합당한 사연이 있을 것이다. 필요에 따라 아들에게 친부를 알려주지 않았을 수도 있다. 그런 의미에서 플라티나가 앞서 친아들 이야기를 꺼낸 것은 훌륭한 작전이었다. 플라티나의 선공으로 제리코와 드래곤 슬레이어 소드는 그녀의 속내를 짐작할 수 없게 되었으니까.

"그럼 이제 아니라고 확신하고 계신 거군요."

"여전히 미련이 남아 있긴 하죠. 제 인생의 스승이시고 최고의 영웅이시니까요."

일개 인간으로서 아무도 이루지 못할 거라 생각했던 위대한 업적. 심지어는 명령을 내린 황제마저도 죽어 돌아오리라 여겼던 과업.

"실은 아리보 공작가에 드래곤 슬레이어 소드를 잡아보러 가려고 했던 적이 있습니다. 어머니와 진로 문제로 다투고 난 뒤였죠."

오. 귀가 솔깃해지는 이야기였다. 제리코는 드래곤 슬레이어 소드를 테이블 위에 올렸다.

"도전해 보시겠어요?"

"진품이었습니까?"

로젠이 놀라 뒤집어졌다. 제리코는 드래곤 슬레이어 소드가 가진 놀라운 편의성을 설명했다. 세상에서 가장 아름답고 강한 검이라고 강조하고 또 강조했다.

용을 벨 수 있는 검.

제리코가 강조하지 않아도 드래곤 슬레이어 소드는 이미 세상에서 가장 위대한 검이었다. 용의 살을 베고 심장을 갈라 용의 피를 흡수한 마법 검이자 자아를 가진 에고 소드. 주인을 선택할 수 있으며 지혜와 지능 스탯을 찍지 않은 예비 주인을 위해 참모 역할까지 해주고 있었다. 이 시대의 만능검 드래곤 슬레이어 소드에게 힘찬 박수를!

드래곤 슬레이어 소드를 보는 로젠의 초록색 눈에 갈등이 번졌다. 로젠은 손을 내밀었다가 결국 쓴웃음을 지으며 고개를 저었다.

"아리보 공작가를 찾아가려 할 때 어머니가 말했죠. '나가. 네가 가서 그 마검을 잡겠다면 넌 내 자식이 아니야'라고. 어머니가 그렇게 말씀하신 건 그때가 처음이었습니다. 저와 상회를 잇는 문제로 다툴 때도 그러신 적은 없었거든요."

-애매하네. 죽을까 봐 말린 걸까, 아니면 친아들인 게 밝혀질까 봐 말린 걸까.

어느 쪽이든 확실하지 않은 상태에서 더는 드래곤 슬레이어 소드를 잡아보라 권할 수 없었다. 자칫 잘못하면 사형 엔딩이기 때문이다.

인류를 구한 영웅의 딸. 아버지에게 물려받은 마검으로 사람을 죽이고 다니다.

신문을 잘 보지 않은 제리코도 쉽사리 자극적인 기사 제목을 뽑을 수 있었다. 제리코는 실수로라도 로젠의 손이 닿지 않도록 드래곤 슬레이어 소드를 테이블 위에서 치웠다.

"사실은 아직 믿고 계신 거군요."

"반의반쯤은요. 어머니가 그런 태도라서 더 의심이 가기도 하고 진짜 아닌가 싶기도 하고. 힘드네요, 장사꾼 어머니를 둔 건. 어머니가 눈 한 번 깜빡이지 않고 유리한 거래를 진행하기 위해 정보를 은폐하는 걸 옆에서 지켜봤던 터라 더더욱 믿기 힘들어졌습니다."

"저런."

부모를 믿지 못하다니. 자식으로서 그렇게 슬픈 일이 또 있을까. 제리코는 진심으로 로젠이 안타까웠다. 로젠은 어깨를 으쓱였다.

"제리코 님이 더 힘거우실 텐데 너무 제 얘기만 했네요. 죄송합니다."

"아니요, 좋은 이야기였어요. 저, 그런데 실례가 되지 않으면 질문 좀……."

"네, 하십시오."

제리코가 알기로 로젠은 진로 문제로 플라티나와 다투고 있었다. 플라티나는 로젠이 스타즈 상회를 물려받길 원하고 로젠은 자유 기사가 되어 세계를 떠돌며 사람들을 돕는 게 꿈인 듯하다. 플라티나에겐 로젠 말고도 자식이 많으니까 꼭 맏아들을 고집할 필요는 없지 않을까. 그게 제리코의 생각이었다.

"플라티나 님은 아들딸이 더 있으신데 왜 후계자로 로젠 님을 고집하시나요?"

"아, 그건 제 체질 때문입니다."

"체질?"

상재가 있다거나, 미래를 보는 안목이 좋다거나, 아니면 로젠은 쉽게 타인의 호감을 불러올 수 있는 매력 넘치는 인물이라서 상인이 되기에 좋다느니. 뭐 이런 얘기를 예상했는데 전혀 다른 이야기가 튀어나왔다.

로젠은 잠시 뭔가를 생각하더니 카페의 종업원을 불러 잔심부름을 하는 아이를 소환했다.

"즉석 복권 두 장만 사다 줄래? 사는 김에 네 것도 사고. 남는 돈은 가져도 좋아."

심부름꾼 아이가 반색하여 복권 두 장을 사서 돌아왔다. 로젠은 아이의 머리를 쓰다듬어 준 뒤 아이가 떠날 때까지 미소를 잃지 않았다. 제리코는 로젠의 자상함이 마음에 들었다.

'거리에서 잔심부름하는 아이한테도 자상하네.'

-그러게. 위선은 아닌 것 같다.

테이블에 즉석 복권 두 장이 놓였다. 누구나 쉽게 살 수 있는 복권으로, 액수 자체는 귀족들이 보기에 대단하지 않기 때문에 주 구매층은 평민이다.

제리코는 복권을 처음 봐서 신기한 마음에 이리저리 돌려 보며 관찰했다. 그리고 복권 앞면에 적힌 광고문을 보고 숨을 삼켰다. 1등 당첨금이면 소를 열 마리는 살 수 있었다. 서대륙에 있는 송아지를 모두 살 수 있는 부자가 된 제리코지만 그렇게 와닿지 않는 금액보단 복권 당첨금 쪽이 좀 더 현실성 있었다.

"우, 우와. 당첨되면 어떡하죠."

"수령처는 뒷면에 적혀 있습니다."

"저 복권은 처음이에요!"

"제리코 님은 굳이 구매하실 필요가 없겠죠."

"아, 아뇨! 저 복권도 안 파는 시골 출신이거든요. 우와, 이게 복권이구나. 우리 동네 상점에서 파는 책들보다 인쇄가 더 선명하네요."

로젠이 호들갑 떠는 제리코를 귀엽다는 듯이 응시했다. 제리코는 얼굴을 붉혀도 되는지 안 되는 건지로 고민했고 그러는 사이 볼의 열기가 가라앉았다. 결국 제리코가 에라프의 아들을 찾기 전까진 수줍게 두 볼을 붉히는 일조차 자유로울 수 없다는 신체의 압박이었다.

제리코와 로젠은 사이좋게 복권을 뜯었다. 복권은 종이 여러 장이 겹쳐서 인쇄되어 바깥 종이를 뜯어 안의 내용물을 확인하는 형식이었다.

제리코는 드래곤 슬레이어 소드를 붙잡고 기운을 나눠달라는 등의 난리를 쳤으나 결국 꽝이었다.

"꽝이네……."

"당첨입니다."

"네?"

로젠은 제리코가 보기 쉽도록 복권을 건넸다. 복권은 정말 당첨이었다. 1등은 아니지만 2등이었고 당첨금은 새끼를 낳은 적 없는 암소 한 마리를 살 수 있는 금액이었다. 제리코의 눈이 휘둥그레졌는데 로젠은 대수롭지 않은 태도를 보였다.

"옛날, 스타즈 가문의 선조는 황금의 요정을 구해준 적이 있습니다. 황금의 요정은 스타즈 가문에 황금의 축복을 내렸고 가끔씩 저처럼 무엇을 어떻게 해도 재산이 늘어나는 축복을 가진 아이가 태어났습니다."

"우와."

사람 태워 죽이는 검보다 백 배, 아니지, 천 배는 나아 보이는 조상님의 유산이었다. 드래곤 슬레이어 소드가 시끄럽게 떽떽거렸지만 제리코는 모두 무시했다.

"그럼 플라티나 님도."

"어머니는 아닙니다. 자주 등장하지는 않습니다. 몇 대에 걸쳐 한 번 정도죠. 어쨌든 이것 때문에 어머니는 제가 스타즈 상회를 물려받길 원하십니다. 그래서 제 친아버지가 에라프 님인 걸 숨기려 한다고 생각했었습니다."

제리코는 로젠에 대한 플라티나의 집착이 이해되었다. 스타즈 가문은 대대로 스타즈 상회를 이끌면서 막대한 부를 축적했다. 하지만 위기가 있었던 것도 사실이고 독보적인 자산가로서 여러 방향에서 위협당하는 것도 사실이다. 몇 대에 한 번씩 태어나는 축복받은 아이는 위기를 극복하는 데 중요한 역할을 했을 것이다. 무엇보다 상인 가문에서 황금의 축복을 받은 후계자는 포기하기 힘들겠지.

본래 자유 기사가 되려는 로젠이다 보니 친부가 에라프라는 사실이 밝혀지면 플라티나로선 더 이상 로젠을 막을 수 없게 된다. 로젠은 미베어 공작이 되어서 공작의 일은 다른 사람들에게 미루고 더 높아진 지위와 얻게 된 권력으로 사람들을 도우려 할 것이다. 그리고 그렇게 되면 플라티나는 손가락만 빨아야 하겠지.

이건 요리사 집안에서 신의 손을 가진 아이가 나오고 가수 집안에서 축복받은 성대를 타고난 아이가 나오고 검사 집안에서 소드 마스터가 될 자질이 충분한 천재가 나왔는데 아이가 가업을 잇지 않겠다고 우기는 것이니.

보통의 부모라면 네가 집을 나가서 잘 먹고 잘살겠냐고 협박할 수 있는데 로젠에겐 그게 불가능했다. 무슨 일을 해도 결과적으로 돈을 버는, 인간과 아인종이 황금을 통화로 지정한 이상 절대 굶어 죽을 리 없는 사람이 로젠 스타즈였다.

기분 탓일까. 로젠의 뒤에서 황금의 요정이 미소 짓고 있는 듯했다. 번쩍번쩍. 로젠의 뒤에서 뿜어져 나오는 황금빛 후광에 제리코는 눈부셔 눈을 뜰 수 없었다.

'나 좀 두근거리는데 빨리 잔소리 좀 해봐.'

―아냐. 두근거려도 돼. 나도 조금 두근거렸어.

돈 쓸 데도 없는 무생물이!

제리코는 반성하라는 의미에서 드래곤 슬레이어 소드의 검집을 콩콩 두드렸다. 드래곤 슬레이어 소드는 자기도 돈이 있으면 하고 싶은 일이 많다고 큰소리쳤다.

'뭐가 하고 싶은데?'

-최고급 숫돌을 사서 내 몸을 갈고 싶어.

'넌 녹이 안 슬고 날은 항상 예리하잖아.'

-넌 때 안 생기면 안 씻을 거야?

할 말이 없네. 제리코는 그냥 입을 다물었다. 생물과 무생물이라는 현저한 차이가 있음에도 불구하고 제리코는 동갑인 드래곤 슬레이어 소드와의 말싸움에서 항상 패배했다.

"음…… 로젠 님의 이야기를 들으니 플라티나 님이 거짓말을 하셨을 수도 있다는 생각이 들어요."

"네. 어느 쪽이 진실이든 전 가업을 이을 생각이 없습니다. 진실이라면 어머니의 방해가 사라진다는 장점이 있긴 하지만요."

"그러시구나…… 응원할게요."

"감사합니다. 제리코 님께서 응원해 주시니 더욱 힘이 납니다."

로젠이 진심으로 기쁜지 활짝 웃었다. 방금 전 황금의 축복 얘기를 듣고 난 후의 밝은 미소라 제리코는 도저히 버틸 수 없었다. 제리코의 심장이 변칙적으로 두근거렸다. 제리코는 절로 풀어지는 얼굴근육을 다잡기 위해 필사적으로 허벅지를 꼬집었다.

"루나 아카데미에 입학하실 예정이라는 이야기를 들었습니다. 저는 이미 재학 중이니 아카데미에서 만나 뵐 수 있게 되면 좋겠네요. 혹시 전공은 무엇을 선택하셨는지 여쭤봐도 될까요?"

-검이라고 해줘.

드래곤 슬레이어 소드가 팬 서비스를 해주라고 부추겼다. 제리코는 그에 대해 전혀 생각해 둔 바가 없기에 당황했다.

"사실은 아직 고민을."

"입학 원서 접수 기간이 아직 남았나요?"

상식인 로젠이 의아해했다. 입학 원서를 넣을 때 전공을 선택하는 것이 보통인데 제리코가 고민 중이라고 말하니 이상했던 것이다. 제리코는 변명하기 위해 전전긍긍했다.

"저는 특례 입학이니까요."

"그럼 검술학부 쪽일 확률이 높겠군요. 아버님을 닮으셨으니 분명 재능이 있으실 겁니다."

-괜히 바람 잡기는. 힘만 센 거면 어쩌려고.

드래곤 슬레이어 소드가 눈을 반짝이며 열변을 토하는 로젠을 보고 없는 혀를 끌끌 찼다.

제리코는 자기 일인데 너무 무관심했다는 생각이 들어 부끄럽고 또 로젠의 반짝이는 눈동자가 부담되어 고개를 슬그머니 돌렸다.

'화병에 꽃이 예쁘네.'

초겨울이라 귀족의 정원이 아니면 꽃을 보기도 힘든데 어디서 구해 왔는지.

"적응이 힘드시다면 제가 도와드리겠습니다. 자랑은 아니지만 발이 넓거든요. 제리코 님이 제가 존경하는 분의 따님이셔서가 아니라 어쩐지 제리코 님이 친근하고 남 같지 않게 느껴져서요."

제리코는 어깨를 움츠리고 로젠을 응시했다. 왜 이 남자는 성대와 손가락, 얼굴과 성격까지 모두 제리코의 취향인 걸까? 이 잘생긴 남자는 제리코의 취향이라는 점을 감안해도 묘하게 친근감이 들었다. 사람을 편하게 해주는 분위기가 있었던 것이다. 제리코는 그것이 로젠에게 호감이 있어선지 아니면 혈연의 이끌림인지 아리송했다. 어쨌든 로젠의 말대로 그와 친하게 지내고 싶었다.

"저도 친하게 지내고 싶어요. 그런데 저 같은 사람이 로젠 님과 친하게 지내도 될지……."

"저 같은 사람이라니요?"

"저는 평민 출신 사생아잖아요. 에라프 님의 자손이 저밖에 없어 이렇게 분수에 맞지 않는 호사를 누리고 있지만."

"제리코 님, 그런 말은 하지 마세요."

로젠이 정색하며 내내 의자 등받이에 기대고 있던 등을 떼고 제리코와 가깝도록 상체를 기울였다. 가까워지는 둘의 거리에 제리코의 숨이 멎었다. 콧바람이 닿으면 기분 나쁠까 봐 자동적으로 숨을 멈춘 것이다.

"저도 어머니가 혼인하지 않고 얻은 자식이지만 다들 당당한 스타즈 가문의 장남으로 보고 있습니다."

"플라티나 님은 여성분이시니까 어머니가 확실해서……."

"제리코 님도 확실하시죠. 누구도 부정하지 못할 증거가 있는데요."

로젠의 시선이 드래곤 슬레이어 소드로 향했다.

제리코는 이놈의 검을 들지 않았을 경우의 인생에 대해 생각해 봤다. 최근 들어 부쩍 하는 생각이었다. 검만 안 들었으면 장례식 상주를 할 필요 없이 그냥 에라프의 임종만 지키고 두둑한 지갑을 들고 고향으로 금의환향하지 않았을지.

-네가 속은 게 잘못이지.

제도에선 모두가 아는 이야기다. 아이 몇 명이 불타고 아이들을 부추기거나 사기를 치려고 했던 사람들이 붙잡혀 처벌당하면서 끝난 이야기.

제리코는 제도와 먼 하프 산맥 근처 출신이라 그런 이야기를 알지 못했고 듣지도 못했다. 신문을 봤으면 알았을 수도 있지만 제리코의 마을 엔 신문이 없었고, 가끔 들어오는 외부 소식은 도시에 농산물을 팔러 간 마을 사람이 가져오는 철 지난 신문과 잡지뿐이었다.

가벼운 마음으로 돈이나 받을 생각에 들떠 친부를 찾은 것부터가 잘못이었다. 친아버지의 대응에 따라 인생이 바뀔 수도 있으리란 것을 염두에 뒀어야 했다. 물벼락을 맞거나 몽둥이찜질당할 각오는 했지만 이렇게 바뀔 것이란 각오는 하지 못했다.

침울해하는 제리코의 기분을 나아지게 만든 건 자기 일처럼 화내는 로젠의 진지한 태도였다.

"제리코 님을 그런 일로 모욕하는 건 제가 모욕을 받은 것이나 마찬가지입니다. 혹시라도 그런 무례한 자들이 나타나면 저를 불러주십시오. 제가 언제 어디서든 제리코 님을 위해 달려가겠습니다."

정신 차려야 하는데 잘생긴 남자에게 면역이 없는 제리코의 심장이 콩콩 뛰었다. 제리코의 얼굴이 머리카락 색을 질투하듯 붉게 달아올랐다. 제리코가 눈에 띄게 부끄러워하자 로젠이 안심하라는 듯 웃었다.

"머리 색이 비슷해서일까요. 제 동생처럼 느껴집니다."

로젠이 자신은 결코 제리코에게 흑심이 없다는 듯 순수하게 웃었다. 다 큰 남자가 저렇게 순수하게 웃을 수 있다니. 17세 소녀지만 순수하게 웃기보단 헤프게 웃을 줄 아는 제리코는 사기당한 기분이 들었다.

―나 얘가 왜 연애 경력이 화려하다는 건지 알겠어. 쟤는 꼬실 생각 없는데 꼬셔지는 기분이야.

그러게나 말이다. 제리코도 드래곤 슬레이어 소드의 말에 백번 공감했다. 로젠이 정말 제리코의 오빠 후보가 아니었다면 제리코도 방금 그 대사에 반해 심장을 홀랑 내줄 뻔했다.

로젠이 정말 제리코를 동생처럼 여기는지, 아니면 제리코에게 흑심이 있어서 연기하는 건지 모르겠지만 제리코도 로젠이 오빠처럼 여겨졌다.

"저도 로젠 님이 남 같지 않아요."

제리코는 거짓말하지 않았다. 정말로 로젠은 제리코와 같은 피가 이어졌을지도 모르는 후보였으니까. 후보가 총 세 명인데 그중에서 가장 강력한 오빠 후보다. 3분의 1이 무어냐. 2분의 1 같은 느낌이었다.

―나머지 하나는 누군데?

'마탑주 아들. 마탑주가 장례식 때 하고 간 말이 수상해.'

"오빠처럼 여겨주세요. 편하게."

"저야말로 편하게 말 놓으셔도 돼요. 저는 존댓말이 편해서 그냥 계속 이렇게 부르는 대신 성함으로 불러도 될까요?"

"물론이야, 제리코."

'허윽, 내 심장.'

—제리코, 정신 차려! 오빠야, 오빠! 앞으로 로젠을 볼 땐 뒤에 오빠를 붙이도록 해!

오빠. 마법의 단어를 생각하니 불끈 달아오르려던 제리코의 피가 싸늘하게 식었다.

그동안은 너무 낯설고 먼 단어라 '에라프 님의 아들'이라는 이상한 표현을 사용했지만 로젠에 한해선 비극을 막기 위해 오빠를 적극 활용하기로 마음먹었다.

로젠은 이야기 속 기사님처럼 제리코가 마차에서 내려오는 것을 도왔다. 제리코는 여기까지 자신을 호위해 준 로젠에게 인사했다.

고향 집이었으면 '누추하지만 들어오셔서 차 한잔이라도'라고 말했겠지만 현재 제리코가 선 곳은 아리보 공작가의 현관. 제리코의 집이 아니라 그러기는 힘들었다.

"너무 늦은 게 아닌지 모르겠네."

"저녁 식사 시간 전이에요. 안 늦었어요."

"그럼 들어가렴."

여동생처럼 느껴진다는 여성과 헤어지는데 왜 아쉽다는 듯 미소 짓는 걸까. 저것이 여자에게 인기를 끈 또 다른 비결일까?

제리코는 들어가는 걸 보고 가겠다, 가는 걸 보고 들어가겠다로 소소하게 다툰 후 승리했다. 말 위에 올라탄 로젠은 너무 멋져서 타고 있는 말 궁둥이까지 그림 같았다.

'어떻게 생각해?'

—뭐가?

'로젠 오빠 옆구리에 네가 있으면 꽤 어울릴 것 같지 않아?'

—현재로선 그러네.

공작저로 들어간 제리코는 무슨 일이 있었는지 궁금해하는 공작가 사람들의 질문 세례를 받았다. 이번엔 전처럼 피곤하다는 말로 벗어나기 힘들었다. 제리코는 대충 사과를 받았고, 앞으로 친하게 지내기로 했다는 이야기를 했다. 제리코 또래의 소녀들은 부럽다며 볼을 붉혔고 조금 나이가 찬 사람은 남녀를 불문하고 이런 반응을 보였다.

"로젠 스타즈는 바람둥이인데."

"조심하세요, 고모님."

그렇게 말하지 않아도 속으로 오빠라고 부르며 조심하고 있다. 제리코는 힘차게 고개를 끄덕였다.

그날 밤. 제리코는 드래곤 슬레이어 소드를 침대 위에 올려놓고 로젠과 대화하면서 얻은 정보에 대해 이야기했다. 결국 결론이 난 건 없었다.

로젠은 여전히 유력한 후보였고 플라티나가 수상하다는 정보가 추가되었다.

"부럽다. 잘생기고 집안도 부잔데 요정의 축복도 받고. 네 말대로라면 검에도 재능이 있는 거잖아."

제리코는 침대에 벌렁 드러누워 사지를 퍼덕였다.

"누구는~ 같은 사람 딸인데도 힘센 거 빼곤 특출한 게 없는데 누구는~ 다 가졌네~ 아이고, 배야~"

-좋게 생각해. 너도 주인과 닮은 점이 많아.

"어디가?"

평소 생김새를 빼고 닮은 게 없다고 구박하던 드래곤 슬레이어 소드였다. 인류를 구한 영웅과 닮은 점이 있다는 얘기에 제리코가 반색했다. 드래곤 슬레이어 소드가 심드렁하게 말했다.

-주인도 성질이 좀 급해서.

"으아앙! 나쁜 거잖아!"

-어쨌든 로젠 스타즈가 황금의 요정에게 축복을 받았을 줄은 몰랐어. 대단한데.

'요정의 축복이라.'

제리코의 머릿속에 숲요정 혼혈이라는 마탑주가 떠올랐다. 이어서 모친인 마탑주를 마녀라고 부르던 연두색 머리의 미모가 안타까운 남자도 연상해 냈다. 제리코는 베개에 얼굴을 비볐다.

"이 사람들은 어디서 만난담."

-아카데미 재학 중인 건 확실하니까 입학까지 기다려 봐야지.

둘 다 요정의 피가 흐르고 마법을 쓸 줄 아는 신비로운 사람들이었다. 제리코는 요정은 참 대단하다고 생각했다. 황금의 축복 같은 것도 내릴 수 있다니.

'다음에 만나면 나도 축복 같은 거 내려달라고 해볼까.'

상상만 해도 즐거웠다. 제리코가 히죽히죽 웃는데 드래곤 슬레이어 소드가 그게 아니라고 말했다.

-제리, 너 요정에 대해 잘못 알고 있어.

"응?"

-넌 요정 하면 뭐가 떠올라?

제리코는 요정 하면 떠오르는 것들이 뭔지 생각했다. 일단 꽃. 요정은 어쩐지 꽃과 같은 자연과 어울린다. 다음은 날개. 작은 요정의 등에는 예쁘게 반짝이는 날개가 달려 있다. 동화책 속 요정들은 다 비슷한 모습으로 묘사되었다. 작은 몸집, 예쁜 날개, 장난기 많은 성격.

드래곤 슬레이어 소드는 다시 물었다.

-숲요정 하면?

제리코는 숲요정 하면 떠오르는 이미지를 나열했다. 아름다운 얼굴, 숲속에서 사는 조용한 아인종, 뾰족한 귀, 초록색과 연두색의 신기한 머리 색. 숲요정 혼혈인 마탑주는 조용한 것과 거리가 멀었지만 어쨌든 혼한 이미지가 저러했다.

-땅요정은?

"땅요정은 땅딸막하고 난쟁이지만 근육이 든든하고 멋진…… 어? 다 같은 요정인데 다르네?"

-혹시 실수할지 모르니까 미리 알려줄게. 요정은 실체가 없어. 좀 다른 식으로 말하자면 요정은 위대한 대자연의 일부야. 그리고 혼이지. 육신이 없는 혼은 물건을 만질 수 없지? 요정은 자연 그 자체라 힘이 강하지만 대신 인간이나 아인종에게 영향을 주기가 어려워. 요정의 축복은 진짜 기적이나 마찬가지인 거야.

"그럼 숲요정이나 땅요정들은 뭐야?"

-요정 중에서 실체를 갖고 싶었던 이들이 육신을 갖는 대신 힘을 포기했는데, 그들이 숲요정과 땅요정의 조상이라고 해. 그러니까 숲요정과 땅요정은 축복을 내릴 힘이 없어.

그렇구나. 제리코는 새로 알게 된 지식에 고개를 끄덕였다. 공부는 싫지만 이런 이야기는 동화를 듣는 것 같아서 재밌었다.

침대에 누워서 듣는 요정 이야기가 주제라서일까. 제리코는 졸음이 몰려와 크게 하품했다. 그대로 잠을 청하려던 제리코는 몽롱해지는 정신 속에서 중요한 질문을 찾았다.

"아, 맞다."

-자려던 거 아니었어?

"로젠도 나처럼 형제가 많잖아. 그래서 갑자기 떠오른 건데."

-뭔데?

"내가 에라프 님의 아들을 찾아서 너를 넘겨줘도 내 자식들은 여전히 네 주인 후보가 되는 거 아니야? 그럼 난 못 벗어나잖아!"

드래곤 슬레이어 소드는 침묵했다. 제리코는 얘가 너무 당황한 나머지 변명도 못 하는구나 여겼는데 전해지는 감정이 어째 이상했다.

드래곤 슬레이어 소드가 제리코를 대견하게 여기고 있었던 것이다. 동시에 미약한 한심함까지. 제리코는 괜히 찔려서 먼저 말을 꺼냈다.

"뭐, 뭔데."

-언제 그 얘길 꺼내나 기다리고 있었지. 이제야 꺼내다니. 너도 참 알 만하다.

"뭐, 뭐가!"

방귀 뀐 놈이 성낸다고, 제리코는 냅다 소리 질렀다. 드래곤 슬레이어 소드는 몸을 웅웅 울려 항의했다.

-이 몸이 다 생각이 있다.

"내 말이 틀린 게 아니잖아! 어떻게 할 건데!"

-나는 주인의 후손에게만 내 주인이 될 수 있는 후보 자격을 부여한다고 했지.

"응. 그랬지."

-주인의 아들을 찾아서 그가 내 새 주인이 되었을 경우, 그걸 살살 꼬아서 새 주인의 후손만 자격을 얻는다고 거짓말하면 되잖아.

드래곤 슬레이어 소드의 목소리를 들을 수 있는 건 주인과 주인 후보에 한정된다. 그러니까 제리코, 드래곤 슬레이어 소드, 새 주인 세 명만 입을 다물면 완전범죄가 되는 것이다. 입증하려 하면 죽은 목숨이니 그 말이 진짜인지 강요하는 사람도 없을 것이다.

-그 말이 진짜일 경우 나와 닿으면 사망이니 쓸데없이 시험해 보려는 작자도 없겠지.

"어쩜."

제리코는 늘 그랬지만 오늘따라 드래곤 슬레이어 소드가 유능하고 멋있어 보여서 손으로 입가를 가렸다. 세상에서 제일 유능하고 멋있는 검 같으니라고! 과연 제리코보다 귀한 검님다우신 멋진 생각이 아닌가!

"반할 것 같아."

-난 무생물이라 연애는 못 해.

"말이 그렇다는 거지. 정말 멋있다."

-좀 더 찬양해. 좀 더 띄워줘.

"최고! 멋있어! 아름다워! 강해! 튼튼해! 날도 바짝 서 있어!"

-으하하하하!

드래곤 슬레이어 소드가 한껏 으스대며 웃었다. 진심으로 기뻐하는 감정이 전해져서 제리코도 기뻤다.

5장
가족

다과회란 무엇인가.

촌구석인 제리코의 고향에서도 차는 대중적인 음료고 기호품이었다. 한가한 날엔 누군가의 집에 모여 다 같이 차를 마셨다. 가끔 과자를 곁들이는 운 좋은 날도 있었다.

차와 과자와 3명 이상의 인원이 있으니 그 또한 다과회다. 다만 보통 사람들이 다과회 하면 떠올리는 이미지완 거리가 멀었다.

다과회란 무엇인가.

무릇 다과회란 것은 부잣집 아가씨나 귀족가의 아가씨, 부인들, 혹은 신사들이 햇살 잘 들어오는 정원 또는 응접실에서 보기만 해도 화려한 과자를 늘어놓고 제리코의 전 재산보다 비싼 다기를 이용해 같은 무게의 금보다 비싼 차를 우려 마시는 것. 그런 게 다과회다.

아리보 공작가에 머물면서 다과회 비슷한 일을 몇 번 경험해 보았는데 두리뭉실하게 갖고 있던 머릿속 이미지와 별 차이가 없었다.

하지만 황후가 주최하는 다과회는 가족들끼리 정원에 모여 하는 다과회와는 다를 터. 다행히 한시가 촉박했던 저번 만찬 때와 다르게 이번엔 시간적 여유가 있었다. 제리코는 실비아와 프레이에게 다과회 강습을 받았다. 겸사겸사 제리코의 동생인 캐리도 합류했다. 두 명의 아리보 부인은 제리코가 이대로 성인이 되어 무사히 미베어 공작위를 승계할 경우, 캐리가 귀족이 되니까 미리 경험해 보는 게 좋다고 말했다. 놀랄 노자였다.

"귀족이 되는 게 가능해요? 캐리는 그, 제 동생이지만 에라프 님이랑은……."

캐리는 요나와 존 사이에서 태어난 아이다. 에라프와는 피 한 방울 섞이지 않은 남이었다.

프레이가 차분히 설명했다.

"물론 캐리 양은 선대 미베어 공작님과 혈연관계가 아니죠. 하지만 현 미베어 공작의 동생인 건 분명한 사실. 가주의 권리로 미베어 공작가의 가계도에 추가하시면 훌륭한 귀족 영애가 되는 거예요."

"우와."

"약간의 반발은 있겠지만 그걸 억누르고 자신의 의지대로 진행하는 것이 가주가 누리는 권한이죠."

몰랐던 사실이다. 공작저 생활에 슬슬 적응해 가던 캐리는 귀족이 될 수 있다는 소리를 듣자마자 얼굴이 새파랗게 질려서 손발을 벌벌 떨었다.

캐리가 애달픈 눈으로 제리코를 응시했다.

"언니, 나 공부는 하고 싶지만 귀, 귀족은……."

얼마나 무서우면 손을 떨고 말도 더듬겠는가. 제리코도 동생의 의견에 동감했다.

"네가 원하지 않으면 그런 무서운 일은 생기지 않을 거야."

"언니……."

제리코가 동생을 안심시키자 그제야 캐리의 손 떨림이 멎었다. 아리보 부인은 자매의 귀족 공포증을 이해하기 힘들어 가벼운 한숨을 쉬었다.

충격적인 정보를 입수한 걸 제외하면 다과회 연습은 소소하게 진행되었다.

"이번 다과회의 목적은 초대한 영애들에게 제리코를 소개하는 것일 테니 큰 걱정은 하지 않아도 돼요."

"예절 같은 건?"

"다과회를 주최할 때 신경 쓸 게 많지만 초대받을 땐 그렇게 신경 쓸 게 없어요. 차를 마시고 어울리는 과자를 먹는 일에 신경 쓸 게 얼마나 있을까요. 중요한 건 자리죠."

대부분의 설명을 며느리에게 맡겨두었던 실비아가 눈을 번뜩이며 현재 넷이 앉은 의자의 배치를 가리켰다. 이어 실비아는 자신이 앉은 의자를 가리켰다.

"저는 최연장자이자 주최자이고 아리보 소공작 부인이라는 신분으로 상석에 앉았습니다. 그럼 다음 상석은 어디일까요?"

'자신 없는데…… 여보세요, 검님. 혹시 아시나요.'

─쉽잖아. 네가 풀 수 있어.

커닝 시도가 막혔다. 제리코는 찬찬히 네 명의 여인이 앉은 자리 배치를 살폈다.

가장 상석인 아리보 소공작 부인 실비아의 오른편에 자신이 앉았다. 왼편엔 실비아의 며느리인 프레이가 앉았고 제리코의 오른쪽엔 캐리가 있다. 고작 네 명이 앉을 뿐인데도 상석이 있다니. 하여간 예의범절의 세계는 알면 알수록 복잡했다.

아리보 소공작 부인은 주최자이자 최연장자에 소공작 부인이라는 신분이 있고 제리코는 일단 미베어 소공작이다. 그러니까 소공작 부인의 며느리인 프레이보다 신분이 높았다.

"음…… 제가 앉은 곳이요?"

"정답입니다."

실비아가 정답을 맞춘 걸 축하하며 제리코의 찻잔에 각설탕을 하나 넣었다.

퐁당.

곱게 색을 입히고 꽃 모양 틀에 찍어서 만든 예쁜 꽃 모양 각설탕이 찻잔 바닥에 가라앉았다가 조금씩 녹아 사라졌다.

자매가 살던 촌구석에선 구경할 수도 없는 귀한 물건이었다. 제리코와 캐리는 그게 신기하고 예뻐서 차가 달아지는 건 생각하지 않고 찻잔에 퐁당퐁당 설탕을 집어넣었다.

비싼 설탕이 물에 녹아 사라지는 걸 실비아와 프레이는 흐뭇한 미소를 머금고 지켜보았다. 제리코가 진득한 설탕물이 되어버린 차를 마시고 후회하자 실비아가 말했다.

"이런 게 예법에 어긋나는 건 말하지 않아도 알겠죠?"

"네……."

"단것을 좋아해서 설탕을 많이 넣는 건 괜찮아요. 하지만 모양이 예쁘다고 먹지 못할 만큼 넣으면 안 돼요. 다 먹지도 못할 음식을 낭비하는 건 어디서나 나쁘다고 생각하잖아요?"

"네, 알겠습니다."

먹는 걸로 장난치면 안 되는데 각설탕이 하도 예뻐 정신을 놓았던 자매가 반성했다. 자매는 반성하는 의미에서 걸쭉해진 설탕물을 모두 마셨다.

'맛있다.'

ㅡ반성 안 했구먼.

설탕이 녹다가 바닥에 남았는데 단맛이 입에 착 붙었다. 입맛엔 맞았지만 설탕을 낭비한 건 사실이기 때문에 제리코는 앞으로 그러지 않겠다고 다짐했다.

소소한 대화가 이어졌다. 프레이가 캐리에게 저택에서 지내는 게 어떤지 물어보고 캐리가 대답했다.

"우리 에밀리와 좋은 우애를 나누고 있다고 들었어. 앞으로도 친하게 지내주렴."

"네."

캐리가 아주 황송해하면서도 볼을 붉히며 기뻐했다.

이런 식의 소소한 이야기를 나누다 보니 찻잔은 금방 비었다. 두 아리보 부인은 자매처럼 시간이 남아돌지 않기 때문에 슬슬 파장 분위기가 되었다.

다과회의 끝을 앞두고 마지막으로 실비아가 엄숙하게 말했다.

"현재 제국에서 가장 신분이 고귀한 미혼 여성은 미베어 소공작, 제리코 당신이에요. 이 사실을 절대, 무슨 일이 있어도 잊으면 안 됩니다. 아시겠죠?"

–말해 뭐 해. 본인이 자각이 없는데.

드래곤 슬레이어 소드가 웅웅 검날을 울리며 각오를 밝혔다.

–나라도 노력해서 위엄을 살려야지.

확실히 드래곤 슬레이어 소드가 제리코의 허리춤에 매달려 검날을 웅웅 떨고 있으면 모두가 제리코를, 정확하게는 제리코의 옆구리에 달린 드래곤 슬레이어 소드를 우러러볼 것이다.

다과회가 끝났다. 약식이지만 기분을 내자는 의미에서 제리코와 캐리는 오랜 시간 공들여 치장했다. 다과회가 생각보다 이르게 끝나자 조금 섭섭했다. 기왕 자매가 예쁘게 차려입은 것, 제리코는 캐리와 팔짱을 끼고 공작저를 배회했다. 아버지인 존에게 둘의 예쁜 모습을 보여주고 싶었던 것이다. 에릭과 오리온, 메이는 공작저에서 잘 놀고 있었는데 존 한슨의 모습은 찾기가 힘들었다.

"아빠는?"

"아침 일찍 나가셨어."

제리코는 존을 찾으러 나갈까 말까 망설였다. 처음 공작저에 도착했을 때는 존이 공작저를 잘 나가지 않아서 오가며 마주치고 만나기 쉬웠는데 최근 들어서 아버지의 외출이 잦아졌다.

제리코는 그것이 공작저가 불편해서는 아닌지 걱정되었다. 제도의 공방 거리를 드나들며 나름 즐기는 것 같지만 겉으로 보이는 게 다가 아니지 않은가.

–불편하긴 하겠지. 네 동생들이야 너랑 혈연이지만 존은 아니잖아.

'남의 아빠 이름 함부로 부르지 말아줄래?'

–친아버지도 아니잖아.

'내 아빠는 한 분뿐이거든!'

제리코와 드래곤 슬레이어 소드 둘 다에게 상처가 되는 대화가 오갔다. 드래곤 슬레이어 소드는 말을 하지 않았지만 감정은 전해지고, 제리코도 말은 하지 않지만 머릿속에서 엉켜가는 복잡한 생각은 모두 전달될 것이다.

제리코는 정원을 걸으며 씩씩거리다가 먼저 사과했다. 자신이 잘못했다.

"미안."

–아냐. 네가 나쁜 건 아니니까. 너는 나를 포함해 주인의 모든 걸 부담스러워하고 있지만 그게 주인이 싫어서가 아닌 걸 알아. 넌 한슨 씨를 정말 사랑하는데 지금 돌아가는 일들이 아버지에게 부담이 가는 것 같아서 괴로운 거잖아. 네가 주인의 딸로서 입지가 공고해질수록 한슨 씨가 설 자리가 없어지니까.

"응."

존은 제리코를 볼 때마다 웃는 얼굴로 반겨주며 '예쁜 딸 덕분에 호강하네'라고 말한다. 하지만 그 속내를 어떻게 알겠는가. 세상에 이런 음식은 처음 먹어본다며 호들갑 떠는 어린 자식들 때문에 가장으로서 자격지심이 느껴지진 않을까? 예쁜 원피스를 입고서 수줍게 볼을 붉히는 둘째 딸을 보며 슬프지는 않을까? 소공작의 '가족'이란 이유로 불려 왔지만 '아버지'의 자리를 뺏긴 현실이 화가 나지는 않을까?

동생들이야 괜찮다. 아직 어린아이들과 소년, 소녀에게 험한 말을 하는 사람은 없을 테니까. 하지만 아버지 존 한슨은, 한슨 일가의 가장이지만 가장 위태로운 발돋움 위에 선 그는.

존의 심경을 짐작하자니 그냥 눈물이 터졌다. 제리코는 화급히 얼굴을 감췄다.

"우리 아빠 그렇게 무능하지 않아. 실력 좋은 목수란 말이야. 우리 집이 가난한 건 엄마가 좀 몸이 약하고 애들이 많고 수입이 불규칙해서 그래."

-그래. 성실한 사람 같더라.

"나한테도 얼마나 잘해주는데."

-제리. 나한테 변명할 필요는 없어. 네가 아빠를 사랑하는 걸 타인에게 허락받을 이유가 없잖아. 좋은 아버지를 딸이 사랑하는 건 당연한 일이야.

제리코는 정원수 중에서 기둥이 크고 굵은 나무를 찾아 그 뒤에 숨었다. 제도에 와서 툭하면 울었지만 다른 사람에게 엉엉 우는 모습을 보이긴 싫었다.

제리코가 말없이 손수건으로 눈물만 훔치자 드래곤 슬레이어 소드가 계속 말했다.

-널 보면 알아. 한슨 씨는 좋은 사람이야. 네가 친자식이 아니지만 차별하지 않고 사랑으로 키워줬을 거야. 작명 솜씨는 부족하지만.

"우리 이름은 모두 엄마가 지었는데."

-저런.

드래곤 슬레이어 소드는 진심으로 안타까워했다. 그 감정이 고스란히 전해져서 제리코는 눈물을 그치고 웃었다. 눈물은 그쳤지만 콧물은 멎질 않아서 콧물을 좀 훌쩍였다. 드래곤 슬레이어 소드는 나라에서 가장 고귀한 미혼 여성이 보일 짓이냐며 거듭 한탄했다.

-일단 한슨 씨랑 얘기해 봐. 얘기를 안 하면 아무것도 몰라.

"응. 알았어."

-그리고 한슨 씨를 위해서라도 힘내자고!

에라프의 아들 후보를 찾아서 작위, 재산, 드래곤 슬레이어 소드를 넘기면 제리코는 다시 자유의 몸이 된다. 그럼 존도 예전처럼 당당하게 사람들 앞에서 제리코의 아버지라고 자신을 소개할 수 있게 될 것이다. 제리코는 힘차게 주먹을 쥐고 결심을 다졌다.

제리코는 존과 대화하려고 했지만 존은 제도에서 새로 사귄 지인들과 술을 마시느라 늦게 귀가한다는 전언만 보냈다.

제리코는 시무룩한 상태로 아리보 일가의 저녁 식사에 참가했다. 보통은 제리코 혼자 방에서 식사를 하거나 동생들과 함께 식사를 하지만 황제의 만찬 초대 이후 종종 공작가의 식사에 낄 때가 있었고 오늘도 그런 날이었다.

뭘 어떻게 하라고 직접 말로 가르치지는 않지만 보고 배우는 것으로도 충분히 도움이 된다. 제리코는 사람들의 손놀림에 유의하면서 대화도 귀 기울여 들었다. 제리코가 식당에 나오면 화제는 제리코가 쉽게 이해할 수 있거나 제리코도 아는 이야기 위주로 정해졌다. 오늘은 존이 화제의 중심이었다.

"한슨 씨라면 좀 늦는다고 들었다. 새로 취직한 일터의 직원들과 회식이 있다던데."

"취직이요?"

"한슨 씨가 말하지 않더냐? 어느 가구 공방의 수습으로 취직할 거란 이야기를 들었다. 네게 얘기할 줄 알았는데 아직이었구나."

"처음 들어요. 저…… 아버지가…… 일을 하신다고요?"

'그래. 이게 싫어.'

아버지를 아버지라고 부르는데 주위 사람의 눈치를 봐야 하는 이 상황. 제리코는 이게 싫었다.

제리코에게 눈치를 주는 사람은 없었지만 에라프의 딸로서 누리는 것들이 제리코의 자유를 앗아 가는 기분이 들었다.

몸에 걸치기 부담스러운 고급 옷감의 의복, 발을 넣고 걷는 용도라는 게 믿기지 않을 정도로 예쁜 신발, 감히 만져도 되는지 의심이 되는 보석들, 제리코에게 깍듯이 인사하며 그녀가 손 하나 까딱하지 않도록 시중을 드는 사람들까지. 모두 제리코가 에라프의 딸이라서 주어진 것이다. 분수에 맞지 않는 과분한 것들을 빼앗기는 게 무섭지는 않았다. 다만 죄책감이 들었다.

제리코는 식탁에 앉은 사람들의 눈치를 보았다. 제리코의 발언을 불편해하는 기색은 없었다. 다들 표정 관리의 일인자이신지라 제리코 같은 하수는 속내가 어떻지 짐작도 할 수 없다는 것뿐.

"그래. 내게 허락을 구하러 와서 허락했다."

제리코는 표정 관리에 실패했다. 존이 일을 구했다는 이야기를 슬레이에게 전해 듣는 것도 기분이 이상한데 존이 슬레이에게 허락을 받았다는 이야기를 들으니까 아예 위장이 쓰렸다.

–아마 지금 공작가의 손님으로 체류 중이라 허락을 받으려고.

'그런 건 나도 알아. 내가 묻고 싶은 건 왜 내가 이걸 아빠한테 직접 못 들었냐는 거야.'

존이 제도에서 새 일터를 찾고 취직을 하는 건 존의 자유다. 제리코의 위장이 뒤틀리는 건 존이 그 얘길 자신이 아닌 아리보 소공작에게 하고 허락을 맡았다는 데 있다.

아마 존은 제리코에게 방해가 되지 않기 위해서 허락을 받은 것일 테지.

공작가의 손님이고 차기 미베어 공작의 양아버지라는 애매한 신분으로 목수의 일을 구했을 때 그게 제리코의 이름에 해가 될까 봐 일부러 아리보 소공작을 찾아가 일해도 되는지 물어본 게 틀림없었다.

입맛이 달아났지만 먼저 자리에서 일어날 용기가 없었다. 귀족 공포증으로 새하얗게 질려 벌벌 떨기는 해도 우울해한 적 없던 제리코의 낯선 태도에 식탁 분위기가 어색해졌다. 아리보 일가는 제리코의 기분을 염려해 평소보다 빠르게 저녁 식사를 마쳤다.

제리코의 우울한 마음은 금방 아리보 노공작의 귀에 들어갔다. 거동이 불편해 제리코처럼 방에서 식사하는 노공작이 제리코를 소환했다.

제리코는 노공작의 방에 들어가기에 앞서, 벽에 이마를 박고 뭉갰다.

"으아아아아. 들어가면 뭐라고 할지."

─너무 걱정하지 마.

"저녁 먹은 건 하나도 소화 안 돼서 더부룩하고 죽겠다……."

차라리 이대로 세상이 멸망해 버렸으면. 제리코는 해선 안 되는 생각을 했다가 곧바로 반성했다.

모든 추태를 지켜보면서도 조용한 노집사의 온화한 미소가 무서웠다. 제리코가 벽에서 이마를 떼고 마음의 준비가 끝났음을 알리자 노집사가 온화한 미소를 잃지 않은 채 문을 두드렸다.

제리코는 노집사가 열어주는 문안으로 들어갔다. 아리보 노공작만 있을 줄 알았는데 아리보 소공작도 같이 있었다. 촌수로는 삼촌과 사촌 오빠요, 실제 나이로는 증조할아버지와 할아버지뻘인 어른들이 있는 방에 들어가려니 발바닥이 바닥에 들러붙은 듯 영 떨어지지 않았다. 제리코는 미적미적 걸어서 노공작이 권하는 의자에 앉았다.

"건강은 좀 어떠세요?"

이제는 노공작에게 먼저 안부를 물을 수도 있다. 장족의 발전이었다.

노공작은 말없이 찻잔에 차를 따라 제리코에게 건넸다. 마음이 편안해지고 잠이 잘 오는 허브티라는 설명을 덧붙였다.

"저녁 식사 때 이야기는 들었다. 아버지에게 서운했다지?"

"그, 그건."

모든 사실을 일러바친 슬레이는 태연한 자세로 차를 마셨다. 제리코는 슬레이와 노공작의 눈치를 살피다가 고개를 끄덕였다. 노공작은 천천히 말했다.

"에라프와 난 어머니가 다르지. 아버지와 새어머니는 법적으로 혼인한 사이였으니 내겐 어머니가 두 분 계신 것이지. 제리코, 너처럼 말이다."

제리코와 같지는 않았다. 노공작의 모친은 일찍 사망했고 이후의 혼인도 정당한 절차를 밟아 이루어진 정식 결혼이었으니까. 거기다 신랑과 신부 모두 귀족이었다.

제리코는 노공작이 무슨 말을 하려나 잠자코 들었다.

"부모님의 배우자가 반드시 내게도 부모가 되는 건 아니지. 그럼에도 난 나보다 한참이나 어린 어머니에게 한 번도 어머니라 부르길 주저한 적이 없다. 이게 무슨 말인지 알겠느냐, 제리코?"

"……아니요."

"제리코, 네 어머니와 아버지가 사실혼 관계였든?"

"아니에요! 두 분은 정식으로 결혼했어요!"

"그런데 왜 네 아버지를 당당히 아버지라고 부르지 못하는 게냐."

상상하지 못한 노공작의 반응에 제리코는 꿀 먹은 벙어리가 되었다. 당연히 그러면 안 된다고 생각하며 아리보 공작가의 눈치를 보았는데 가장 어르신이 이런 말을 하니 말문이 꽉 막혔다. 노공작은 제리코를 혼낼 생각이 없었는지 나긋하게 말했다.

"네가 죽은 에라프와 우리를 신경 써주는 건 알고 있다. 하지만 제리코, 네가 당당하지 않으면 다른 사람들도 당당하게 생각하지 않게 되느니라. 우리가 네 환심이나 사려고 가족들을 불렀다고 생각하느냐?"

실은 이제까지 그렇다고 생각했다. 제리코가 계속 집에 가고 싶다고 하니까 제리코를 제도에 붙잡아두려고 그런다고. 제리코의 가족들을 붙잡아두면 제리코도 쉽게 도망갈 수 없게 되니까.

실제로 가족들은 공작가의 배려로 행복하게 살고 있었고 제리코는 그게 다행이다 싶으면서 서운했다.

제리코가 여전히 아무 말도 하지 못하고 눈에 눈물만 글썽이자 노공작이 마지막으로 말했다.

"너는 에라프의 딸이지만 존 한슨의 딸이기도 하다. 당당해져라. 아버지를 아버지라고 부르는 당연한 사실을 눈치 볼 것 없다."

내내 침묵을 지키며 차를 마시던 슬레이가 거들었다.

"네가 뭔가 착각하고 있는 것 같아서 설명하자면."

슬레이는 서류 뭉치를 꺼냈다. 옛날에 제리코가 에라프의 유산을 물려받게 되면서 스치듯 보았던 서류였다.

슬레이는 그중 어느 부분을 가리켰다. 직접 읽어보라는 듯 서류를 넘겨주기에 제리코는 서류를 읽었다. 귀족 문자를 간신히 읽는 제리코는 읽어도 이해되지 않는 어려운 문장을 연거푸 반복해서 읽었다. 그리고 적힌 의미를 알았다.

거기엔 '요나 한슨과 존 한슨의 장녀 제리코 한슨이 에라프 미베어의 친자로 확인되는 바, 제국법에 따라 모든 재산을 상속한다. 단, 미베어 공작위의 승계를 위해 성을 바꾼다'라고 적혀 있었다. 결국 제리코 한슨에서 제리코 미베어가 되는 것은 변함없었다. 중요한 것은 이 부분이다. 요나 한슨과 존 한슨의 장녀.

"히잉."

제리코는 결국 강아지 앓는 것과 비슷한 소리를 내며 훌쩍였다. 슬레이가 손수건을 건네주었다. 평소라면 사양하고 자신의 손수건을 꺼낼 제리코였으나 이번엔 고마운 나머지 손수건을 받아 들었다.

제리코는 자기 손수건으론 콧물을 풀고 아리보 소공작의 손수건으론 눈물을 닦았다.

"아빠를 아빠라고 불러도 돼요?"

"당연하지."

"성은 바꿀 수가 없지만."

"괜찮아요! 정말 괜찮아요!"

'에라프 님의 아들만 찾으면 다 해결되니까!'

제리코는 앓는 소리를 내었던 게 언제냐는 듯 활짝 웃었다. 눈물은 여전히 방울져 떨어졌다. 내내 조용하던 드래곤 슬레이어 소드는 숨통이 트였는지 한마디 했다.

–울다 웃으면 엉덩이에 뭐 난다는데.

제리코는 눈물방울을 아리보 소공작이 준 손수건에 모두 받아냈다. 노공작도 그렇고, 아리보 소공작도 그렇고, 모두 제리코에게 친절한 데다 자신에게만 유리한 이야기라 죄책감이 들었다. 제리코는 기왕 이렇게 된 거 진실을 밝히기로 결심했다.

"저……."

막상 사실을 밝히려니 입이 잘 떨어지지 않았다. 제리코가 한참을 망설여도 삼촌과 사촌 오빠는 재촉하지 않고 안내했다. 이 얼마나 고마운 일인지.

제리코는 간신히 있는 용기 없는 용기를 끌어모아 고백했다.

"저 사실은 돈을 노리고 찾아왔는데."

"안다."

무슨 얘기를 하려나 했더니. 슬레이가 피식 웃었다. 제리코와 한슨 일가의 과거에 대해선 한슨 일가를 데리고 오며 한차례 조사를 마쳤다. 대박 나면 한턱 쏘겠다고 큰소리 땅땅 쳤다는 것이 웃겨 근방 주민들에게 포상금을 내리지 않았나.

사실 제리코가 드래곤 슬레이어 소드를 잡은 이상 그녀가 욕심을 품고 에라프를 찾아온 경위는 중요하지 않았다.

중요한 것은.

"덕분에 에라프의 임종을 지킬 수 있었지."

제리코가 늦지 않게 와준 덕분에 에라프가 자식을 옆에 두고 떠나갈 수 있었다는 사실이다.

"허잉."

관대하고 자비로운 반응에 웃던 제리코가 다시 앓는 소리를 냈다.

노공작은 울지 말라며 제리코를 달랬다. 슬레이는 이만하면 되었다는 생각에 자리에서 일어났다. 노공작이야 거동이 불편하다 한마디로 모든 일을 해결할 수 있지만 대신 슬레이가 일을 도맡아야 했다.

떠나기 전 슬레이는 뼈 있는 말을 했다.

"우리 그렇게 나쁜 사람 아니다."

"히끅, 죄, 히끅, 송해요."

울다가 웃는 걸 반복하다 보니 딸꾹질이 도진 제리코가 사과했다. 슬레이는 고개를 까딱여서 사과를 받아들였다. 슬레이는 진짜 하고 싶은 말을 꺼냈다.

"그리고 한슨 씨가 취직에 대해 너와 이야기하지 않은 건 너무 서운해하지 마라. 아마 정확하게 정해진 게 아니라 확실해지면 이야기하려고 했던 것이겠지. 일부러 속이고 그런 건 아니지 않느냐."

"네, 저도 알, 히끅, 아요."

하고 싶은 말을 모두 마친 슬레이가 문을 열고 나갔다. 제리코는 딸꾹질을 진정시키기 위해 찻잔을 비웠다. 노공작은 많이 마셔도 괜찮은 차라며 찻잔에 다시 차를 따랐다. 노공작은 찻잔이 비면 차를 따라줄 뿐 더는 얘기하지 않았고 제리코는 딸꾹질이 멈출 때까지 차를 마셔서 찻주전자의 절반 이상을 비워내는 데 성공했다.

기왕 밤늦게까지 노공작의 처소에 머무른 것, 제리코는 노공작이 침대에 눕는 걸 도운 뒤 방으로 돌아갔다. 할아버지, 할머니가 없었기 때문에 노인을 대하는 건 처음이었다. 노인의 몸은 아이들보다 컸지만 손에 남은 감각은 아이들처럼 연약했다. 어떤 의미에선 애들을 침대에 눕히는 것보다 더 어려웠다.

제리코는 침실로 이동하면서 생각한 바를 드래곤 슬레이어 소드에게 얘기했다.

"에라프 님의 가족들은 다 좋은 분들인 것 같아. 그래서 에라프 님도 그런 영웅이 되실 수 있었던 걸까?"

-내 입장에선 네 가족들이 더 사람 좋은 것 같던데.

"우리 식구들이 좀 착하지. 후후."

-아리보 일가를 너무 믿지는 마. 그 좋은 분들이 날 이용해서 널 죽이려고 했던 건 사실이니까.

"아, 맞다. 자꾸 까먹네."

-흔히 말하는 나쁜 귀족은 아니지. 이젠 덜 무서워?

"까먹었던 걸 네가 상기시켜 줘서 여전히 무서워."

제리코는 잘 준비를 마친 다음 침대에 눕지 않고 잠옷 대신 간편한 옷으로 갈아입었다. 그러곤 가벼운 담요를 하나 찾아 두르고 1층 현관 쪽으로 이동했다. 공작저로 돌아오는 아버지 존을 기다릴 생각이었다.

현관 앞에 앉은 아가씨를 발견한 공작저의 사용인들이 각자의 입장에서 제리코를 위해 할 수 있는 일을 찾았다.

주방 소속 하녀는 존이 술을 마시고 오면 드리라고 꿀물을 갖다주었다. 하인은 제리코가 춥지 않도록 이동형 난로를 갖다 놓았다. 제리코의 시중을 맡은 하녀는 아예 제리코가 심심하지 않도록 곁에 앉아 말동무를 자처했다.

꿀물과 난로는 고맙게 받을 수 있으나 내일도 일해야 하는 하녀가 수면 시간을 할애하는 건 받기 과분했다. 제리코가 열심히 말린 끝에 하녀는 침실로 돌아갔다.

다들 친절했다. 제리코를 위해 뭐라도 해주고 싶어 했다. 그래서 제리코는 하나도 춥지 않았다. 사방이 포근하고 따뜻해서 무서웠다.

-왜 무서운데?

"다들 너무 잘해줘서. 나는 그럴 자격이 없는데……."

-몇 번을 말해. 날 이렇게 들고 돌아다니는 거면 이런 대접받을 자격 충분하다니까?

"헤헤."

-편하게 생각해. 넌 나한테 임시 주인으로 고용된 몸이고 지금 받는 대접은 정당한 임금이라고. 퇴직금이 계약직 임금보다 적다는 치명적 단점이 있지만 꽤 괜찮은 직장이지?

"일하는 것보다 더 많이 받아서 무섭다고 해야 할까……."

-그럼 또 다르게 생각해 보자. 제리코 네 어머니는 얼마 전에 돌아가셨잖아.

"응."

돌아가신 어머니를 생각하니 그리워져 제리코의 목이 잠겼다. 친아버지를 찾아가 보라는 요나의 유언이 없었더라면 제리코는 좀 더 오래, 좀 더 자주 어머니를 떠올리며 침울해졌을 것이다. 에라프를 찾아온 이후 정신이 하도 없어서 요나를 그리워할 겨를이 없었다.

-네 어머니는 어떻게 돌아가셨어?

"아프셔서, 가족들이 보는 앞에서 돌아가셨어."

-만약에 가족이 모두 집을 비웠는데 다른 사람이 어머니의 임종을 지켜주었다면 어땠을까?

있을 수 없는 일이지만 제리코는 상상해 보았다. 요나가 숨을 거둘 때 집에 아무도 없었다면, 마침 지나가는 누군가가 요나의 임종을 지켜봤다면. 그리 생각하니 정말 고마웠다. 집에 있는 돈 없는 돈 닥닥 긁어모아 한 상 거하게 대접하고 만날 때마다 감사 인사를 전했을 것이다.

"엄청 고맙네."

-그런 거야.

"그런 거야?"

-응. 그런 거야.

"그러네. 헤헤."

제리코의 변화무쌍했던 심정을 고려해 드래곤 슬레이어 소드는 헤벌쭉 웃지 말라고 타박하지 않았다.

고용인들의 도움으로 만반의 준비를 갖춰 존을 기다리던 제리코는 무료한 나머지 꿀물을 홀짝였다. 다과회를 대비하느라 마신 차와 노공작이 따라준 차도 맛있었지만 제리코 입맛엔 이런 꿀물이 제일 잘 맞았다.

-아버지 드릴 걸 막 마시네?

"괜찮아. 아빠는 술을 좋아하지만 숙취가 올 만큼 마시진 않거든."

-아버지가 오늘 안 들어오시면?

"괜찮아. 들어오실 거야. 일이 아니면 외박은 절대 안 하기로 엄마랑 약속했거든."

피가 섞이지 않은 아버지를 향한 완벽한 신뢰와 애정이 느껴졌다. 검인 드래곤 슬레이어 소드가 느낄 수 있을 정도로 돈독한 애정이었다. 드래곤 슬레이어 소드는 문득 이상한 기분에 사로잡혔다. 비참하게 생을 마감한 주인은 이 붉은 머리 소녀가 자신을 집어 들었을 때 얼마나 행복해했던가. 그 행복이 죽을 때까지 유지되어 주인은 17년의 고통을 잊고 편안히 눈을 감았다.

사람의 감정이 완벽하게 일치할 수는 없다. 내가 저쪽에 쏟는 감정과 저쪽이 내게 보내는 감정의 총량이 같을 수는 없는 노릇이다.

하지만 이럴 때.

에라프에게 제리코는 생의 마지막 기쁨이었는데 제리코에겐 부담이 되는 친부일 때, 드래곤 슬레이어 소드는 차라리 제리코가 구박데기로 자라 에라프가 자신의 친부인 것을 알게 되고 마음껏 기뻐하는 신데렐라였으면 어떤 기분이 들었을지 상상해 보고 만다.

드래곤 슬레이어 소드의 그런 속내는 제리코에게 전해지지 않았지만 그가 이상한 기분이라 칭하는 감정은 제리코 안에 흘러들어 갔다.

고독.

제리코는 외로워하는 검을 슬며시 끌어안았다.

제리코의 호언장담대로 존은 외박을 하지 않았다. 문지기 외의 사람이 깨지 않도록 조심스럽게 쪽문으로 들어오던 존은 의자에 난로, 담요, 주전부리까지 갖춰서 자길 기다리는 딸을 보고 깜짝 놀랐다.

"제리! 춥고 졸린데 기다리고 있었니?"

"아빠!"

제리코는 존을 크게 불렀다가 목소리를 낮추며 꿀물을 건넸다.

"이거 드세요."

"역시 우리 딸밖에 없어."

존이 적당히 달아오른 취기에 히죽히죽 웃으며 제리코가 건넨 꿀물을 단숨에 비웠다.

제리코는 의자에서 조금 옆으로 앉은 뒤 빈자리를 탕탕 쳤다. 의자가 넓어서 두 사람이 앉아도 끄떡없었다.

"추운데 왜 현관 앞에서 그래."

"안 추워요. 아빠도 담요 걸치세요."

제리코가 무릎 위를 덮고 있던 담요를 존의 어깨 위에 둘렀다. 존은 머쓱해하며 제리코의 옆에 앉았다. 제리코는 담담하게 물었다.

"일 구하신 건 어떻게 됐어요?"

"응. 내일부터 나가기로 했다. 일단은 가구 공방에서 수습으로 일하다가 내년이 되면 경력직으로 인정해 준대."

"아빤 이미 숙련공인데."

"제도에 와서 보니까 말이다. 시골에서 주먹구구식으로 하던 건 숙련의 시옷도 못 갖다 붙이겠더구나. 허허허."

"일 안 해도 되는데."

막말로 제리코가 에라프의 아들 찾기에 실패한다면 제리코는 미베어 공작이 된다. 키워주신 아버지가 호강할 수 있도록 하는 건 어려운 일이 아니었다. 지금 아리보 공작가의 손님 대접도 후했고 말이다. 존이 제리코를 기른 양육비를 청구할 수도 있었다.

제리코의 아버지 존 한슨은 그게 아니라는 듯 고개를 설레설레 저었다.

"제리 네가 제일 고생이지. 이 아빠는 안다."

존이 제리의 귀에 대고 작게 말했다.

"사실은 귀족 되는 거 싫지?"

"어떻게 알았어요?"

제리코의 눈이 왕밤만 해졌다. 존은 웃으면서 제리코의 머리를 쓰다듬었다.

"내가 누구 아빤데. 다 알지."

"아빠랑 동생들을 위해서라면 그냥 참을 수도 있어요. 다들 잘해 주시니까⋯⋯."

"그래도 마음은 그게 아니잖아. 그렇지?"

존은 제도에 오자마자 아리보 소공작인 슬레이와 술을 마시는 등, 제리코를 서운하게 했다. 그런데 사실은 제리코의 속내를 알고 있었다니. 역시 아빠가 최고였다. 제리코는 콧등이 찡해져서 콧물을 훌쩍였다. 그리고 어리광 부리듯 존에게 안겼다. 존은 징그럽다 하지 않고 다 받아줬다.

"제리, 지금의 안락과 호사가 싫다거나 쓸데없다는 게 아니다. 하지만 언제까지 네게 맡기기만 할 수는 없잖니. 네 동생들은 네 동생이기도 하지만 내 자식들이기도 하다. 당연히 내가 그 아이들을 책임져야 해. 그리고 제리코 너도 내 자식이야. 내 딸이다. 네가 힘들어서 도망치고 싶어지면 그때 내가 너 머물 곳을 장만할 힘이 있어야 하지 않겠니?"

존이 천천히 설명했다.

제도의 목수들은 다들 대단한 기술자고 전문가들이라는 것. 존은 좀 나이가 들어서 새로운 걸 배우기 힘들지만 그래도 배워두면 분명히 쓸모가 있을 것이라는 것. 공작저에 신세를 지면 오리온과 메이를 봐줄 사람이 생기니 캐리와 에릭이 학교에 갈 수 있다는 것. 존도 아이들 걱정을 하지 않고 열심히 일을 할 수 있다는 것.

"모두 네 덕이란다. 하지만 제리야. 네가 너무 힘들 땐 우리를 위한다는 이유로 버티지 않아도 돼. 아이들은 금방 자라 제 밥값은 할 수 있게 될 거다. 너희 독립 자금은 내가 모을 수 있고, 모두 네 책임이 아니야. 우린 한 가족이잖니. 누구 한 명만 희생해선 가족이 될 수 없어. 제리 너는 집에서 동생들 돌보는 게 억울했니?"

"아뇨. 한 번도 그런 적 없어요."

요나는 몸이 좀 약하긴 하지만 원해서 그런 건 아니었고 침대에 누워서도 할 수 있는 일은 가능한 스스로 하려고 애썼다. 제리코는 철들 무렵부터 동생들을 돌보느라 바빴지만 손아래 동생인 캐리가 좀 자라고 난 다음엔 부업을 찾아 마을을 쏘다녔다. 그렇게 번 돈으로 한 푼 두 푼 저금을 하고 동생들에게 가끔 과자를 사줄 수 있는 게 기뻤다. 존은 자신 또한 그렇다고 말하며 제리코의 어깨를 토닥였다.

"우리 예쁜 딸."

"착하다고도 해줘."

"우리 착한 딸. 자랑스러운 우리 딸. 사랑하는 우리 딸."

제리코는 콧물을 훌쩍이며 존의 온기에 몸을 기댔다. 존은 자장가를 불러주듯 조곤조곤 이야기했다.

"이 아빠는 한 번도 네가 내 친딸이면 좋겠다거나 에라프 님이 밉다고 생각한 적이 없다. 오히려 붉은 머리 기사님이 에라프 님이었다는 걸 알고 깜짝 놀랐지. 마을에 갑자기 오셔서 괴물들을 퇴치해 주신 고마운 분이 광룡도 무찔러서 우리 모두를 구해주셨다니. 언제나 감사하다고 생각한단다. 감사합니다, 에라프 님. 우리를 구해주셔서. 감사합니다, 에라프 님. 제게 이렇게 예쁜 딸을 주셔서."

존이 몰려오는 잠기운에 크게 하품했다.

"우리 예쁜 딸."

그 예쁜 딸은 지금은 별로 예쁘지 않았다. 진정한 미인은 울고 있을 때 빛을 발한다는데 제리코는 그런 유의 미인과 거리가 멀었다.

제리코는 빨개진 코끝을 훔쳤다. 울기 싫은데 계속 콧물이랑 눈물이 줄줄 흘렀다.

"아빠가 최고."

"알았으면 방으로 가서 자라. 감기 들겠다."

"아빠도 잘 자요."

제리코는 콧물을 훌쩍이며 드래곤 슬레이어 소드를 챙겼다. 방으로 가는 길에 감동적인 부녀 간의 대화를 듣고 깊은 감명을 받은 드래곤 슬레이어 소드가 말했다.

-너 시집가기 힘들겠다.

"왜?"

-친부는 인류의 영웅에, 계부는 저렇게 좋은 사람이잖아. 남자 보는 눈이 하늘에 붙은 거 아니야?

"거기에 사람보다 멋진 에고 소드도 옆에 붙어 있고 말이지?"

-그렇지! 뭘 아네!

푸흐흐. 제리코는 드래곤 슬레이어 소드가 던진 농담이 웃겨서 소리를 내 웃었다.

드래곤 슬레이어 소드는 방금 그게 농담으로 들렸냐며 역정을 냈다. 제리코는 잔소리가 많은 검을 침대에 던진 뒤 옆에 누웠다. 외로움을 아는 검이니 몸이나마 따뜻하도록 이불을 끌어 올려 덮어준 뒤 몸체를 토닥였다.

"잘 자."

검은 잠을 자지 않는다. 잘 필요도 없다. 모두가 잠든 때는 그날 있었던 일을 되새기고 놓쳤던 일들을 재해석하고 의미를 부여하는 시간에 불과하다.

제리코가 드래곤 슬레이어 소드를 대하는 태도는 어린아이가 마음에 드는 곰 인형에게 보이는 행동과 다를 게 없었다. 세상에서 유일하게 용을 벨 수 있는 검을 대하는 태도로 보기엔 아주 괘씸하고 무례했다.

드래곤 슬레이어 소드는 인류의 국보급 유산인 자신을 대하는 무례한 태도를 꾸짖고 호통치기 위해 말을 고르고 고르다가 제리코가 잠든 걸 알고 나서야 말했다.

-잘 자, 제리.

좋은 꿈 꾸길.

제리코가 제발 오지 않기를 바라던 날의 아침이 밝았다.

해가 서쪽에서 뜨길 빌었지만 해는 오늘도 동쪽에서 떴다. 갑작스러운 기상 악화로 취소되길 바랐지만 원래 온실에서 진행되는 다과회라 태풍이 불지 않는 이상 취소될 일이 없었다.

생각하는 것만으로도 죄를 짓는 기분이었기 때문에 황후의 급환 같은 건 빌지 않았다. 드래곤 슬레이어 소드는 뼛속까지 소심한 평민 근성이라고 높은 평가를 내렸다. 이것은 검이 높이 평가!

제리코가 그나마 다행으로 여긴 것은 만찬 때처럼 마그노 황자가 에스코트를 하러 공작가를 방문하지 않은 부분이다.

제리코는 심호흡했다. 만나는 사람은 황후 폐하 및 미지의 귀족 아가씨들이다. 그중에서 제리코는 두 번째로 높은 신분이었다. 부담되지만 그걸 잊지 말라고 했으니 꼭 기억해야 했다. 제리코가 나중에 미베어 공작가를 떠넘기고 도망가더라도 왜 일을 이따위로 했냐는 소리는 듣지 않아야 하니까. 귀족 가문의 위신은 중요했다.

'절대 먼저 굽히지 말 것. 정신 차리자, 제리코 한슨. 오늘의 넌 제리코 한슨이 아니라 제리코 미베어다! 미베어 소공작이다!'

-바로 그 정신이야, 제리! 훌륭하다! 할 수 있어!

오후에 열리는 다과회에 참석하기 위해 제리코는 꼭두새벽에 일어나 단장을 했더랬다.

제리코는 대형 거울 앞에 서서 자신의 모습을 확인했다. 정말 어느 나라 공주님이라도 되는 듯한 미소녀가 거울 속에서 자신을 보고 있었다.

제리코는 이 모든 공을 시골의 촌뜨기 티를 벗겨내기 위해 노력한 하녀와 아리보 부인들에게 돌렸다.

"내가 좀 꾸미고 살았으면 소녀 장사가 아니라 마을의 미소녀로 더 유명했을 텐데."

-넌 확실히 주인을 닮았어. 주인도 건강할 땐 너처럼 신수가 훤하고 생기가 넘쳤거든.

"그렇게 닮은 걸까."

제리코는 일부러 거울을 의식해서 고개를 살짝 기울였다. 각도를 바꿔 이리저리 살펴도 확 와닿는 느낌이 부족했다.

정말 그렇게 닮은 것일까. 다들 제리코가 에라프를 닮았다고 하지만 건강한 시절의 에라프를 본 적 없는 제리코는 진짜 그런지 의구심이 들었다.

에라프를 그린 초상화를 보긴 했지만 평면이라 그런지 느낌이 다르다. 무엇보다 그 초상화는 지나치게 에라프의 영웅적인 면모를 강조해 근엄하고 비장미가 흘러넘쳤다. 얼굴 근육이 헐렁한 제리코와는 분위기가 천지 차이였다.

-닮았어. 네가 아들이었으면 신분패가 없어도 주인 아들이라 외치고

잡아 왔을걸.

"그 정도로 닮았다니. 무섭잖아."

－원래 맏딸은 아빠를 닮는다는 이야기가 있긴 하지.

드래곤 슬레이어 소드와의 대화는 긴장을 푸는 데 도움이 되었다.

이번엔 황궁에서 보낸 마차가 아닌 미베어 공작가의 문장이 그려진 마차를 타고 간다. 제리코를 도와줄 하녀도 미베어 공작가 소속이었다. 제리코는 낯선 하녀에게 정중히 인사한 후 하인의 도움을 받아 마차에 올랐다. 마차 안은 발열석을 설치해서 후끈후끈했다.

－그거 알아? 미베어 공작가의 마차는 황궁 소속 공방에서 제작한 거라 황족의 마차와 동일한 사양이야.

'히익. 무섭게 왜 그런 얘길 하는 거야?'

－네가 황족에 준하는 대접을 받는 인물이라는 걸 잊지 말라고.

제리코의 숨을 가쁘게 만드는 미지의 영애들과 황후 폐하라는 무시무시한 존재. 제리코는 후끈한 마차 안의 공기를 버티지 못하고 창문을 열어 바깥 공기를 쐬었다. 제리코의 귀족 공포증에 대해 미리 언질받은 하녀는 제리코의 반응을 상냥하게 지켜봤다.

황후 궁에 도착한 제리코는 황궁 시종의 안내를 따라 온실로 이동했다. 동행한 하녀는 사용인용 공간에서 대기했다.

황궁 시종은 황실 소유의 여러 온실에 대해 자랑했다. 귀한 온실이 여러 개 있다는 것. 여러 개 있다고 해서 결코 규모가 작지 않다는 것. 겨울철 온실에서 하는 다과회에 초대받는 일이 영광이라는 것.

영광이 뭐냐. 제리코 입장에선 혀 빼물고 죽고 싶을 정도로 무서운 일이었다. 제리코는 시종의 말을 건성으로 듣고 흘려 넘겼다.

시종은 안이 투명하게 비치는 유리 건물 앞에서 멈췄다. 온실 밖 초목이 겨울에 맞추어 앙상한데 온실 안쪽은 푸릇푸릇하고 화사해서 상대적인 대비가 인상적이었다.

"제 안내는 여기까지입니다. 안에 들어가시면 다과가 준비되어 있습니다."

"안내 고마워요."

'왜 안까지 안내해 주지 않지?'

-여성들만 모인 다과회라 그런 거 아닐까?

'아, 그렇구나.'

열려 있는 온실 문 안으로 들어갔더니 문이 자동으로 닫혔다. 내부의 온기가 빠져나가지 않도록 무언가 장치가 된 모양이다.

온실은 규모가 꽤 컸지만 외길이었기 때문에 제리코는 계절을 잊고 핀 꽃들을 구경하며 천천히 걸었다.

총천연색의 화려한 꽃들 사이로 까만 것이 비쳤을 때, 제리코는 티 테이블이나 귀족 영애가 입은 드레스일 것이라고 지레짐작했다. 그리고 무성한 꽃 덤불을 지나 티 테이블 앞에 앉은 까만 것의 정체가 드러났다. 제리코가 속으로 외쳤다.

'아뿔싸! 황후 폐하의 함정이다!'

제리코를 덜덜 떨게 만든 미지의 귀족 영애들은 코빼기도 보이지 않았다. 주최자인 황후 또한 자리에 없었다. 있는 것이라곤 다과가 차려진 티 테이블과 의자 두 개, 그중 하나에 앉아서 책을 읽고 있는 선객 한 명뿐.

제리코가 발견한 까만 것의 정체는 선객의 의자에 고정된 양산이었다. 양산 아래의 선객은 까만 양산과 대비되는 하얀 머리카락의 소유자였다.

제리코라면 펼치고서 십 분이 지나지 않아 잠들 만한 책에 집중하던 붉은 눈이 인기척을 감지하고 제리코에게 향했다. 제리코는 배운 대로 인사했다.

"제국에 광영을. 미베어 소공작이 3황자 저하를 뵙습니다."

다시 보아도 눈처럼 새하얀 눈동자와 피부, 제리코의 붉은 머리와는 명도가 다른 붉은 눈동자에 인간 같지 않은 미모까지. 마그노 황자는 여전히 현실에서 유리된 미모를 자랑했다. 제리코는 긴장하면서도 그에게서 눈을 떼지 못했다.

마그노 황자는 책갈피를 끼워서 읽던 페이지를 표시해 두고 책을 덮었다. 그러고는 안경을 벗었다. 그가 천천히 일어나 제리코에게 인사했다. 황자답게 기품과 절도가 넘쳐흘렀다.

"오랜만입니다, 미베어 소공작."

"저기…… 저는 황후 폐하의 초대를 받아 다과회에 참석하러 왔는데요."

제리코는 미련을 버리지 못하고 멍청한 질문을 했다. 황후의 함정에 빠진 게 확실하지만 그래도 혹시나 싶었다. 온실이 여러 개라니까 혹시 시종이 잘못 안내해 준 게 아닐까. 물론 마그노 황자는 제리코의 미련을 박살 냈다.

"폐하께서 이리로 차를 마시러 오는 아가씨가 있으면 친절히 대하라 하셨습니다. 소공작을 모실 수 있게 되어 영광입니다."

마그노 황자가 기품 있는 태도로 제리코가 앉기 쉽도록 의자를 빼주었다. 황자가 이렇게 나오는 이상 제리코의 퇴로는 차단되었다. 제리코는 개구멍이라도 팔 생각에 최대한의 용기를 쥐어짰다.

"제가 아니지 않을까요."

-그냥 앉아서 얘기해. 좋은 기회잖아.

'선 자린데?'

다른 영애들이 함께하는 다과회라고 미혼 여성을 초대해 놓고서 도착해 보니 주최자의 미혼 아들만 있는 상황. 누가 봐도 선 자리였다. 대놓고 선 자리라고 말하는 사람은 없을 테고 우연찮게 만난 사이라고 둘러댈 수 있겠지만 이건 선 자리였다. 귀족들의 사회에 대해 잘 모르는 제리코도 알았다. 이건 선이다! 제리코와 마그노 황자를 엮어보려는 황후의 계략이다! 다만 안타까운 점은 저 마그노 황자 또한 에라프의 아들 후보 중 하나라는 사실이니.

제리코는 고개를 푹 숙이고 잰걸음으로 의자에 다가가 앉았다. 제리코에게 의자를 빼주기 위해 일어났던 마그노 황자가 제자리로 돌아갔다.

온실은 볕이 잘 들어오게 설계한다. 그런 온실에서 쏟아지는 빛을 피하기 위해 검은 양산을 쓰고 그림자에 몸을 숨긴 마그노 황자는 금방이라도 바닥으로 꺼질 듯 위태로워 보였고, 그렇기에 더욱 아름다웠다.

마그노 황자도 똑같이 온기를 가진 피가 흐르는 사람임에도 불구하고 제리코는 그가 자신과 같은 사람처럼 느껴지지 않았다. 오히려 요정의 피가 섞였다는 샌시가 더 동족처럼 느껴졌다.

마그노 황자는 꼭 눈 같았다. 밤새 내려 누구의 손도 타지 않은 새하얀 눈은 그리 춥지 않은 날엔 녹은 흔적도 없이 조금씩 사라진다. 기초학교에선 그걸 승화라고 가르쳤다. 제리코가 보기엔 마그노 황자가 그랬다. 꼭 공기 중에 흩어져 사라질 사람처럼 보였다. 단지 눈을 닮은 생김새 때문만이 아니라 그에게서 풍기는 분위기가 삶에 초연한 사람처럼—

—제리코! 눈 돌려! 너 너무 빤히 보고 있잖아!

드래곤 슬레이어 소드가 지적했지만 이미 늦었다. 마그노 황자는 자신을 무서울 정도로 대놓고 관찰하는 소녀를 마주 봤으니까.

제리코는 눈이 마주치자 당황해서 고개를 숙였다. 눈이 녹고 다시 얼어 만들어진 얼음장처럼 차갑고 투명한 눈동자였다.

"제 외모가 신기합니까."

"아름답다고 생각해요……."

어쩜 사람이 저리도 아름다울까. 시골에서 눈 내리는 계절에 보았으면 눈이나 겨울, 얼음의 요정님이라고 믿어버렸을 것이다. 제리코는 사실대로 말해놓고 아차 싶었다. 남자에게 아름답다는 말은 칭찬으로 잘 쓰지 않았다.

"아주 멋있으세요!"

다른 말을 해서 앞선 실수를 만회하려고 했다. 잘되지는 않았다. 다만 시도는 좋았다.

마그노 황자는 별다른 반응을 보이지 않았다. 마음에 들지 않는다면 그런 내색이라도 해주면 좋을 텐데. 호오가 드러나지 않는 아름다운 얼굴은 얼음으로 만든 가면이라도 뒤집어쓴 것 같았다. 마그노 황자가 아무 말도 하지 않자 제리코는 안절부절못했다.

'어, 어떡하지?'

-침착해, 제리. 일단 날씨 얘기를 해. 시작은 그거야. 기왕 함정에 빠진 거니까 우린 최대한 정보를 빼내야 한다고. 안 그럼 너무 손해잖아.

날씨 얘기. 드래곤 슬레이어 소드가 좋은 소재를 제시했다. 날이 어중간하게 좋으면 날씨에 대한 얘기는 안 꺼내느니만 못하다. 다행히 오늘은 날이 아주 좋았다. 겨울 하늘의 청명함이 잘 드러났고 바람이 강하긴 하지만 온실 안엔 바람이 불지 않았다.

오늘은 날이 좋네요. 너로 정했다!

"오늘은 날이 좋, 좋아요!"

"네."

제리코의 용기는 가상했고 효과는 평범했다. 마그노 황자는 단답으로 대답하여 대화의 맥을 끊었다. 단칼에 베어내는 게 한두 번 해본 솜씨는 아니었다. 제리코는 그걸 위안 삼았다.

'어쩌지? 날씨 얘기가 끝났어. 또 뭐라고 말해?'

-볕이 강한데 피부 괜찮냐고 물어봐.

'그게 왜?'

제리코는 알비노에 대한 지식이 부족했다. 동물 중에도 하얀 짐승이 있으니 사람 중에도 하얀 놈이 있겠지, 정도가 가진 지식의 전부였다.

'피부가 약해?'

제리코가 궁금한 것을 묻자 드래곤 슬레이어 소드가 아는 대로 대답했다.

-알비노는 대부분 햇빛에 약해.

'왜?'

-난 의사가 아니라 모르겠는데.

'에이.'

모르는 게 있으면 무조건 드래곤 슬레이어 소드에게 물어봤고, 그때마다 검은 대부분 자세히 설명해 줬기 때문에 이런 식으로 모른다는 대답이 돌아오니 제리코는 적잖이 실망했다.

어쨌든 제리코는 난색을 표했다. 살면서 두 번째로 만난 사람이 자기의 약한 신체 얘길 꺼내면 제리코 입장에선 싫었기 때문이다.

'너무 예민한 질문 아닐까? 안경은 어때?'

-시력이 안 좋은 것도 대표적인 알비노의 특징이야.

'이럴 수가.'

-너 어차피 저 황자에 대해 아는 것 없잖아. 보이는 거라도 질문해야지.

'넌 아는 거 없어?'

-주인도 저 황자에 대한 얘기는 잘 안 했어. 사교계 출입도 꺼리고 조용히 살거든.

황족에 대한 기사는 좋은 일이더라도 신문이나 잡지에서 잘 다루지 않는다. 어느 부분에서 황족 모독이 적용되어 골로 갈지 모르기 때문이다.

그래서 드래곤 슬레이어 소드가 외부 정보의 대부분을 취득하는 신문 잡지에선 마그노 황자에 대한 기사를 찾기 힘들었다.

'어쩔 수 없네.'

검의 말대로 아는 게 없으니 보이는 것이라도 대화 주제로 삼아야 했다. 이대로 계속 말을 안 걸면 황자가 보기만 해도 잠이 오는 두꺼운 책을 다시 펼칠지도 몰랐다.

다음 대화 주제는 이걸로 정해졌다. 볕이 강한데 괜찮으세요?

"저어…… 볕이 강한데 괜, 괜찮으신지요?"

"양산이 있어서 괜찮습니다."

다행히 이번엔 단답형 대답이 아닌 문장형 대답이 돌아왔다. 저 새까

맞고 커다란 양산에 대해선 제리코도 말할 거리가 얼마든지 있었다.

"양산이 참 멋있어요. 온실 저쪽에서 걸어올 땐 어느 영애의 드레스인가 생각했어요."

"장례식도 아닌데 이런 검은 드레스를 입을 영애가 있겠습니까."

"아하하하."

어쩔 수 없다. 이럴 땐 필사적으로 웃는 수밖에. 제리코는 혼신의 힘을 다해 웃었다. 이 대화가 재밌어 미치겠다는 듯이 얼굴근육을 있는 힘껏 끌어당겼다.

참 이상했다. 황후는 마그노 황자에게 친절히 대하라고 했는데 마그노 황자의 태도는 친절하지 않았다.

제리코는 곧 깨달았다. 마그노 황자는 황제가 친절히 대하라고 했던 첫 만남에서도 지금과 비슷한 태도를 취했었다. 그러니까 마그노 황자가 양부모님의 명령을 무시하는 것이 아니라면 저 태도가 마그노 황자의 친절이었다.

-대놓고 구박하네. 인성만 봐선 주인 아들 아니야.

드래곤 슬레이어 소드는 마그노 황자의 에라프 친아들설을 부정했다. 근거는 성격이었다. 부모 자식 성격이 같으리란 법은 없는데 드래곤 슬레이어 소드는 마그노 황자가 마음에 들지 않았던 모양이다.

'생긴 건 어때?'

-릴리에 공주를 닮았잖아. 어째 아들 후보 셋이 생긴 건 다 어머니를 닮았네. 너처럼 아버지 판박이였으면 찾기 쉬웠을 텐데.

'로젠 오빠는 닮았잖아.'

-머리카락 색이랑 성격은 좀 비슷하지. 로젠도 외모는 모친을 닮았어.

콧대 높은 드래곤 슬레이어 소드는 마그노 황자가 주인의 아들이라면 별로 기쁘지 않을 것이란 평가를 내렸다.

-마그노 황자가 새 주인이 되느니 제리 네가 낫다. 저 황자 새침해서

날 들고 휘둘러 줄 것 같지 않아.

'힘은 좋던데.'

제리코에 드래곤 슬레이어 소드가 합쳐진 무게를 번쩍 들어 올렸으니 겉으로 보이는 인상과 다르게 힘이 좋은 남자다. 제리코는 인상적이었던 두 번의 번쩍을 회상하다가 깜짝 놀랐다.

"아앗!"

엄청난 걸 떠올린 건 좋은데 너무 놀란 나머지 입 밖에 내는 실수를 범했다. 제리코는 의아해하는 마그노 황자에게 변명할 거리를 찾다가 대충 둘러댔다.

"꽃이 너무 예뻐서!"

'아, 망했어. 다 망했어. 난 죽을 거야.'

제리코는 차마 황자의 얼굴을 볼 자신이 없어서 바닥만 내려다봤다. 오만상을 찡그리고 눈물을 참으려고 노력하던 그녀는 찻잔에 찻물이 떨어지는 소리에 고개를 들었다.

마그노 황자가 여전히 호오가 불분명한 표정으로 제리코의 찻잔에 차를 채워주고 있었다. 제리코는 그제야 두 사람의 찻잔이 텅 비어 있었음을 깨달았다.

"제, 제가 따라 드릴게요!"

"괜찮습니다."

마그노 황자는 자신의 찻잔에도 차를 마저 따랐다. 찻주전자에 담겨서 꽤 방치되었을 텐데도 차에선 김이 모락모락 올라왔다.

제리코는 황자가 따라준 차를 컵 받침째 들어서 후후 불어 마셨다. 아껴 마시지 않으면 황자가 또 차를 따라줄 것 같았다. 그렇게 무서운 경험을 또 겪기는 싫었다.

"차가 아주 맛이…… 떫네요."

제리코가 상상하던 다과회에 등장하던 같은 무게의 금보다 비싼 차지만 향이나 맛을 음미할 마음의 여유가 부족했다. 지금 제리코에게 필요한 건 혀에 바로 와 닿는 강렬한 맛의 향연이었다. 제리코는 준비된 설탕을 퐁당퐁당 찻잔에 집어넣었다. 향료나 허브 따위로 물들여 예쁜 판에 찍어낸 각설탕이 사르르 녹아내리는 모습은 제리코에게 마음의 안정을 선사했다.

제리코는 차를 조금 마셔서 간을 봤다. 혀끝이 달달한 것이 딱 좋았다. 제리코가 원한 건 바로 이런 맛이었다. 당분이 들어가자 제리코의 머리는 당분을 양분 삼아 열심히 움직였다. 제리코는 머리를 쥐어 짜낸 보람이 있도록 열심히 말을 붙였다.

"저하께선 쓴 차도 잘 드시네요."

"좋아합니다."

"저는 단 차가 좋아요. 아직 이런 차는 익숙해지지 않아서⋯⋯."

"티 푸드도 함께 드십시오. 차가 쓴 대신 모두 답니다."

'좋아, 제리코. 잘하고 있어.'

마그노 황자의 기준에서 대화엔 무조건 대답하는 게 친절의 기준인지도 모른다.

어쨌든 대화가 이어지고 있었다. 제리코가 계속 말을 하면 황자는 의무상 한마디는 한다. 대화 내용에 따라 황자의 정보를 얻을 수 있으니 손해는 아니었다. 제리코의 위장이 걸레처럼 쥐어짜이고 있지만 않다면 딱 좋겠는데 그것까지 바라는 건 너무 과한 요구였다.

제리코는 로젠이 너무 쉬운 상대였음을 인정했다. 함정이든 아니든 친절했던 로젠과 비하면 이 황자는 너무 무서웠다.

"근력이 좋으시던데 하시는 운동이 있으신가요?"

─좋은 질문이었어. 주인의 아들이라면 당연히 운동 실력이 좋겠지.

"특별히 하는 운동은 없습니다."

─이런 게으른!

제리코는 갑자기 시끄러워진 드래곤 슬레이어 소드의 검집을 콩콩 두드렸다. 얘깃거리를 구상하는 데 방해가 되었다.

"저도 근력이 좋답니다. 고향에선 다 큰 돼지도 번쩍번쩍 들어서 소녀장사라고 불렸어요."

"다 큰 돼지를?"

마그노 황자가 처음으로 제리코의 말에 관심을 보였다. 거짓말이 아니기 때문에 제리코는 자신 있게 고개를 끄덕였다.

"네! 다 큰 돼지요!"

"소공작이 한 손으로 장검을 휘두를 수 있을 정도로 근력이 좋은 건 알고 있습니다. 다만 성체 돼지를 드시는 건 무리가 있지 않을까 싶습니다만."

마그노 황자의 눈에 처음으로 감정이 담겼는데 그게 못마땅함이었다. 아무래도 제리코가 거짓말한다고 생각하는 듯했다.

"성체 돼지의 무게는 200kg에 육박합니다. 그걸 드신다고요?"

"네? 돼지가 그렇게 무거워요? 그럴 리가, 우리 동네에서 제일 큰 돼지가 80kg인데……."

그 수돼지는 인근에서 기르는 돼지 중에 제일 덩치가 좋아서 주인의 자랑거리였다. 접붙이려고 비싼 돈을 주고 암돼지를 끌고 오는 사람도 많았다.

제리코가 그 돼지를 번쩍 들자 돼지는 죽어라 꿰엑거렸고 주인은 좋은 구경 했다고 베이컨을 나눠 줬다. 그래서 제리코는 돼지의 무게를 똑똑히 기억하고 있었다.

"80kg이었는데…… 제도 돼지는 그렇게 큰가요? 우리 동네에서 키우는 돼지는 새끼 수준이네……."

"소공작의 고향에서 사육하던 돼지가 소형종인 것 같습니다. 제국에서 사육용으로 기르는 돼지의 평균 체중은 160kg에서 200kg 사이입니다."

마그노 황자의 눈에 깃들었던 의혹이 가셨다. 일반 돼지라면 불가능하지만 소형종 돼지는 가능할지도 모른다고 생각한 것이다.

제리코는 열심히 마을에서 키우던 돼지들의 생김새를 설명했다. 마그노 황자가 그게 바로 소형종 돼지라고 쐐기를 박았다.

"주둥이가 길고 꼬리가 일자에 털이 부숭부숭하다면 소형종이 맞습니다. 사육용으로 인기 있는 것은 개량을 거듭해 털이 짧고 빳빳합니다."

"전혀 몰랐어요. 전 모든 돼지가 다 그렇게 생겼다고 생각했거든요."

제도에 오지 않았다면 제리코는 평생 모든 돼지가 다 그만하다고 믿었을 것이다. 그리고 마을에 들른 외지인들은 하프 산맥 어딘가에 사는 여자가 다 큰 돼지를 번쩍번쩍 든다는 소문을 퍼뜨려 제리코를 무명의 괴력인으로 만들었겠지.

－80kg도 대단한 거야.

제리코는 자신의 상식이 세간의 상식이 아닐 수도 있다는 두려움에 사로잡혔다. 가축의 수가 사람 수보다 많았던 시골에서 자란 소녀는 동네에서 키우던 가축들에 대해 전부 질문했다.

닭, 소, 양, 염소, 개, 오리, 거위, 노새, 말, 당나귀, 기타 등등.

마그노 황자는 화내는 기색 없이 그런 가축들의 평균적인 크기와 생김새, 무게에 대해 막힘없이 술술 대답했다. 제리코는 수십 년간 가축을 기른 주인 못지않은 황자의 지식에 감탄했다.

"대단하세요. 어떻게 그런 걸 다 알고 계세요?"

"책에서 보았습니다."

제리코의 시선이 절로 마그노 황자가 책갈피를 끼워둔 책으로 향했다. 아주 두껍고 제목도 길었다. 어느 지역의 도마뱀 어쩌고 고찰 저쩌고라는 제목인데 그림이 절반 이상을 차지하지 않으면 읽기 싫은 책이었다.

"전 귀족 문자도 최근에 배웠거든요."

"루나 아카데미에 입학하실 거라는 소식은 들었습니다. 좋은 일이라고 생각합니다. 루나 아카데미의 도서관은 장서가 훌륭하고 소공작이 관심 있는 가축에 관한 자료도 풍부합니다."

'가축에 관심 없는데.'

군이 따지자면 제리코가 관심 있는 분야는 상업 계열이다.

일단 대화의 물꼬가 트이자 마그노 황자는 초반보다 성의껏 대화에 임했다. 제리코는 쾌재를 질렀다. 노력한 보람이 있었다. 제리코는 스스로에게 상을 주는 의미에서 스콘에 살구 잼을 듬뿍 발라서 먹었다.

"황자 저하께서도 루나 아카데미에 재학 중이시라고 들었어요."

"네, 재무를 전공하고 있습니다."

―릴리에 공주랑 전공이 같네. 일부러 그랬나.

3황자이지만 1황자와 2황자가 건재하고 황녀가 친부를 밝히지 않고 낳은 혼외자이니 마그노 황자는 제위와 거리가 멀었다. 드래곤 슬레이어 소드는 마그노 황자가 릴리에 공주처럼 재무부 일을 맡으려는 걸지도 모른다고 추측했다.

어머니와 같은 학교, 같은 전공을 택한 아들. 좋은 대화 주제지만 여기서 그 얘길 꺼내면 사형 엔딩이었다.

절대 황자의 출신에 대한 이야기를 꺼내면 안 돼!

실비아의 신신당부가 제리코의 귓가에 생생히 울려 퍼졌다. 제리코는 머릿속에서 릴리에 공주에 대한 생각을 없애려고 해봤다. 하지만 앞에 자식을 두고 어머니를 떠올리지 않는 건 무리였다. 오히려 아름다웠던 릴리에 공주의 얼굴이 자동적으로 떠올랐다.

'아, 황자님은 진짜 공주님을 닮았는데 분위기가 더 아련해.'

마그노 황자의 이목구비는 릴리에 공주와 비슷한데 조금 강직한 분위기가 느껴지는 릴리에 공주에 비해 황자에겐 좀 더 처연한 아름다움이 있었다.

'색이 옅어서 그럴까?'

―일부러 존재감을 감추는 것일 수도 있지.

'왜?'

자기가 말해놓고 드래곤 슬레이어 소드는 묵묵부답이었다. 제리코는 그냥 황자와의 대화에 집중했다.

"저는, 그러니까, 특례? 특례 입학이에요. 전공은 자율 전공이고요."

앞서 로젠과의 대화에서 제리코는 자신의 무지에 충격을 받았다. 이대로 무식하게 있을 수 없다는 생각에 그녀는 자신의 전공을 찾아보았다. 자율 전공이란 이름하에 듣고 싶은 수업을 계열에 상관없이 모두 수강할 수 있었다. 대신 전공이 확실한 학생보다 취득해야 하는 학점이 많았다. 제리코는 괜찮았다. 졸업 못 해도 상관없었다.

"관심사를 정하지 못했다면 좋은 선택입니다. 다만 검술학부에서 아쉬워할 것 같습니다."

"에이, 아닐 거예요. 저 힘만 셌지 검을 들어본 건 드래곤 슬레이어 소드가 처음이거든요."

"그러고 보니 오늘은 들고 오지 않으셨군요."

"아니에요! 같이 왔어요!"

제리코는 드래곤 슬레이어 소드를 옆구리에서 풀어 티 테이블 위에 올렸다. 티 푸드와 그릇의 무게를 견디는 티 테이블은 장검 무게도 거뜬히 버텼다.

드래곤 슬레이어 소드를 가져왔다면서 보여주는 건 비슷하게 생긴 단검이라 마그노 황자가 의아해했다. 제리코가 바로 검을 가리키고 설명했다.

"무게는 그대로지만 길이와 크기는 바뀌어요."

황자가 반신반의하는 눈치라 제리코는 드래곤 슬레이어 소드를 콕콕 건드렸다. 검은 귀찮아했지만 착실하게 몸을 울려 자신의 진면모를 드러냈다. 마그노 황자의 무심하던 붉은 눈동자에 이채가 깃들었다.

"과연…… 용을 벨 수 있는 명검답습니다."

"네. 정말 대단하죠?"

제리코는 자기가 칭찬을 듣는 것처럼 의기양양했다.

"하지만 소공작, 이런 정보는 아무에게나 알려주지 않는 게 좋겠습니다. 악용될 수 있으니까요."

-오, 충고도 해주네. 친절하다 친절해.

드래곤 슬레이어 소드는 마그노 황자의 친절을 비꼬았다. 이러다가 마그노 황자가 에라프의 아들이면 큰일 날 텐데. 제리코는 속으로 혀를 찼다. 어쨌든 마그노 황자의 조언은 적절했다. 드래곤 슬레이어 소드가 크기를 바꿀 수 있다는 기밀을 여기저기 쉽게 퍼뜨린 것 같아서 제리코는 반성했다.

"별생각 없이 얘기하고 다녔어요. 앞으론 안 그럴게요."

"네. 그러는 것이 좋습니다. 불순하게도 소공작에게 적의를 드러내는 자들도 있으니까 말입니다."

-그래. 좀 이상한 귀족은 널 죽이고 싶어 할 거야. 좀 이상한 평민도 널 죽이고 싶어 할 거고.

사람을 죽이고 싶어 하는 점에서 좀이 아니라 많이 이상했다. 마그노 황자는 제리코가 예상하지 못한 대표적인 예시를 들었다.

"가장 주의할 건 용입니다."

"용…… 이요?"

인류 중에서도 귀족이나 평민, 이상한 사람, 나쁜 사람, 치졸한 사람만 생각하고 대화하던 제리코의 세상에 경종이 울렸다. 용이라니. 상상도 해본 적 없었다. 이름만 익숙하지 잘 모르는 생물, 제리코의 일상과 연관되지 않을 것 같았던 하프 산맥의 주인.

세상에서 가장 강한 생물이 제리코를 노린다? 그럼 당연히 죽은 목숨이었다. 농담이면 좋겠는데 마그노 황자의 얼굴을 보건대 농담이 아니었다. 제리코의 얼굴이 하얗게 질렸다.

"용님이 왜 저를 노려요?"

제리코는 자연스럽게 님을 붙였다. 죽기 싫었다.

"소공작을 살해하면 용을 벨 수 있는 검의 주인 또한 사라지니까요."

말을 많이 해 목이 마른지 마그노 황자가 차를 마셨다. 그가 목을 축이는 동안 제리코의 목이 타들어갔다.

제리코는 드래곤 슬레이어 소드의 검집을 격렬하게 두드렸다.

'야, 저거 무슨 말이야? 어떻게 생각해? 진짜야? 가능성 있어?'

드래곤 슬레이어 소드도 아차 싶었다. 자신이 용을 벨 수 있는 검이라고 우쭐댈 줄만 알았지 용이 그 사실을 불쾌해하리란 생각을 미처 못했던 것이다. 제리코에게 식견이 부족하네 마네 비웃어봐야 그도 마찬가지였다. 그는 검이었다. 아픈 주인을 둬서 방에 갇혔던 검.

에라프는 드래곤 슬레이어 소드의 세계기에 에라프가 모르는 건 검도 몰랐고, 에라프가 생각하지 않은 건 검도 생각하지 않았고, 에라프가 숨긴 건 검으로서도 알 도리가 없었다.

당황. 슬픔. 자책. 복잡하게 밀려오는 감정들로 인해 제리코는 대충 드래곤 슬레이어 소드도 미처 생각하지 못했던 일임을 알았다. 이렇게 되면 얘기를 꺼낸 마그노 황자가 유일한 희망이다.

"용들이 정말 저를 노릴까요?"

"알 수 없습니다. 하지만 용은 자존심이 강한 생물. 최강의 종족이라는 점에 큰 자긍심을 품었다는 게 학자들의 공통적인 의견입니다. 하등한 인간에게 동족이 살해당하고, 심지어 그로 인해 자신들을 벨 수 있는 무기가 등장했으니 위기의식을 갖게 되었을지도 모르는 일입니다. 적어도 내가 용이라면 내버려 두지 않을 것 같습니다."

"저는 내버려 둘 건데요!"

세상에 그렇게 마음이 황폐한 사람만 사는 게 아니다. 세상엔 제리코처럼 마음이 따뜻한 사람, 마음이 약한 사람도 살았다. 마그노 황자가 동의했다.

"네. 내버려 두는 용도 있을 겁니다. 그러기 싫은 용도 있을 것이고요."

용의 수가 몇이나 되는지 아무도 모른다. 무한의 생명을 가졌고 가장 강력한 생물이지만 그 수가 적다는 것만 알려졌을 뿐이다. 그런 용들이 모두 제리코처럼 마음이 약하고 따뜻하면 다행이지만 만약 그렇지 않다면? 사악하거나 아주아주 자존심 강한 용이 하나 있다면?

드래곤 슬레이어 소드는 여전히 자책 중이었다. 제리코는 눈물을 글썽였다. 어떻게 생겼는지도 모르는 괴물에게 죽을지도 모른다니. 심지어 아무도 지켜주지 못한다니. 정말 서러웠다.

"저는 어떻게 해야 할까요? 먼저 용님을 찾아가서 빌어야 할까요?"

제리코는 사실 용들이 거주하는 하프 산맥 인근 마을 출신이다. 어른들이 산에는 절대 가지 말라고 했기 때문에 가지 않는 말 잘 듣는 아이이기도 했다. 주민들은 어지간한 일이 아니면 산 쪽으로 발을 들이지 않았다. 위험하기 때문이다. 일단 산에 올라 엎드려 빌면 되지 않을까? 제리코는 죽기 싫었다.

"다행히 용들은 영생을 살아 인간과 시간에 대한 관념이 다릅니다. 광룡 처단에 대한 회의를 십 년 넘게 한 것만 보아도 알 수 있죠."

"그, 그럼."

"네. 행동에 나서기 전에 소공작이 천수를 누리고 가실 가능성도 있습니다."

그거 참 반가운 소리였다. 제리코는 활짝 웃으려다 말았다. 제리코가 천수를 누리면 다행인데 용이 행동에 나서면 그때 사는 후손들은 다 죽어버릴지도 모른다는 얘기 아닌가.

"그, 그럼 용이 행동에 나설 때 제 아이들은."

"죽겠죠."

"시, 싫어요! 불쌍해! 가여워! 원해서 제 아이들로 태어난 것도 아닌데!"

제리코는 아직 태어나지 않은 후손들에게 감정이입했다.

제리코만 해도 그렇다. 원해서 에라프의 딸로 태어나지 않았다. 하지만 에라프의 딸이라는 이유로 이 고생을 하고 산다. 그런데 제리코의 자식들까지 그렇게 된다고?

에라프는 목숨을 걸고 광룡과 싸워 세계를 지켰는데 후손들은 그 대가로 용의 분노를 두려워해야 한다. 영웅의 후손이랍시고 젠체할 생각은 없고 엄청난 대접을 바란 적도 없다. 그냥 평범하게 살거나 약간의 이익을 누리고 싶을 뿐인데 죽을지도 모른다니. 부당했다.

"당장은 아닐 겁니다. 백 년 뒤, 느긋하게 천 년 뒤일 수도 있습니다."

"그래도 불쌍해요!"

마그노 황자가 어깨를 작게 으쓱였다. 그가 제리코를 응시했다. 붉은 눈동자에 거울처럼 제리코의 모습이 비쳤다. 제리코는 홀린 듯 황자를 바라보았다.

"방법이 있긴 합니다."

"그, 그게 뭔가요?"

"용들은 귀찮은 걸 싫어합니다. 지금 소공작을 해치우면 한 번의 수고로 끝나지만 소공작이 자손을 많이 낳게 되면 해치워야 할 수가 늘어나겠죠. 그러니 서둘러 결혼하셔서 용들이 찾아서 죽이기 귀찮아질 정도로 많은 아이를 낳으시면 됩니다."

"많은 자손?"

"네. 용이 죽이길 포기할 정도로 많은 자손을."

마그노 황자가 의자에서 일어나 한 손으로 티 테이블을 짚었다. 그가 허리를 숙이니 제리코와 황자의 거리가 가까워졌다. 제리코의 손으로 두 뼘 떨어진 거리에 마그노 황자의 얼굴이 있었고 제리코는 그렇기에 더욱 그에게서 눈을 떼지 못했다.

검은색 양산이 드리워 주던 그림자 밖으로 나온 황자는 밝은 빛 아래에 서자 희뿌연 빛에 둘러싸여 그대로 사라질 것 같았다. 하지만 뚜렷

하게 색을 지닌 붉은 눈동자만큼은 존재감을 내보이며 제리코를 응시했다. 오직 제리코만을 담은 그윽한 눈동자에 빨려들 것 같았다.

티 테이블을 짚지 않은 나머지 손이 제리코의 얼굴로 다가왔다. 제리코는 차마 피하지 못했다. 장갑을 끼지 않은 하얀 손은 닿으면 차가울 것 같았지만 실제론 따뜻했다. 마그노 황자는 엄지손가락으로 제리코의 눈가에 맺힌 눈물을 훔쳤다. 엄지손가락의 열기가 제리코의 얼굴에 고스란히 남았다.

그가 나직하게 말했다.

"저와."

"제, 제가요? 황자님이랑? 많은 자…… 많은 자손?"

마그노 황자의 말뜻을 이해한 제리코는 도망가고 싶었는데 도망칠 수 없었다. 눈앞의 이 황자는 지나치게 아름다워서 이 미모를 외면하는 건 죄를 짓는 기분이 들었기 때문이다.

"두 분 폐하께서 소공작께 친절히 대하라 하시니."

"저는, 저는, 저는 그러니까아아."

제리코의 심장이 위험할 정도로 빠르게 뛰었다. 전력 질주를 할 때보다 빠르고 거칠게 뛰는 심장은 무엇으로도 말리지 못했다.

'이 사람은 내 오빠 후보다. 이 사람은 내 오빠 후보다!'

드래곤 슬레이어 소드는 아직 충격을 벗어나지 못해 아무 말도 하지 않는 상태. 제리코는 세 명의 후보 중에서 가장 아름다운 사람을 홀로 견뎌야 했다. 광룡을 앞둔 에라프의 마음이 이러했을까. 막막하고 두려우면서 동시에 이대로 굴복하고 싶어진다.

"원하시는 배우자상을 알려주십시오. 그에 맞추겠습니다. 타고난 성정이 이 모양이라 다정하거나 살갑게 대해 드리진 못해도 바라시는 게 있다면 모쪼록."

두 뼘의 거리가 한 뼘으로 줄어들고 서로의 호흡이 둘 사이의 작은 거리에서 섞였다. 눈물을 훔쳐주던 손의 온기가 조금씩 뒤로 이동하더니 제리코의 목뒤를 받쳤다.

벗어나고 싶은데 벗어날 수 없다. 그냥 이대로 받아들이면 기분이 좋지 않을까…….

벌벌 떨던 제리코는 한 뼘이 반 뼘의 거리가 되고 입술이 맞부딪치려 할 때 간신히 이 상황을 타개할 대처법을 떠올렸다.

"하지 마세요! 싫어요!"

싫다면 즉각 멈추는 게 진정한 신사. 허락받지 않고 입맞춤부터 하려 한 것이 잘못되었으나 미모에 홀려 일찍 말하지 못한 게 사실이다.

마그노 황자는 제리코가 외친 그 순간 그녀에게서 떨어졌다. 그가 숙였던 허리를 펴고 바르게 섰다. 제리코는 눈물을 글썽이며 황자를 올려다보았다. 방금 키스하려고 했던 주제에 여전히 호오가 분명하지 않은 무표정한 얼굴이었다.

"허락받지 않고 무례를 범했습니다. 죄송합니다."

"아뇨, 그러니까 괜찮, 괜찮은 건 아니고, 아뇨, 그러니까. 저는 저하와 친해지고 싶지만 이런 느낌의 친분은 싫은!"

친해지면 정보를 얻기 쉬우니까 친해지고 싶다. 하지만 이성 관계의 친분은 쌓을 수 없다. 왜냐하면 우리 둘이 남매일 수 있기 때문에!

속 시원하게 말할 수 있다면 얼마나 좋을까. 제리코는 아직도 쿵쾅거리는 심장을 진정하라는 의미에서 몇 번 두들겼다. 귀까지 열이 올라 숨쉬기 힘들었다.

'이게 다 너 때문이야. 왜 이렇게 조용한 건데. 날 말려달란 말이야.'

하마터면 오빠일지도 모르는 남자와 키스할 뻔했다. 제리코는 떨어지는 눈물을 참지 못했다.

'무뇌 검! 빨리 아무 말이나 해달란 말이야, 이 바보야.'

─……주인 아들 맞는 것 같은데? 친절히 대한다더니 유혹하고 자빠

졌다. 여자 꼬시는 데 천부적인 재능이 있어.

드래곤 슬레이어 소드의 말이 어찌나 반가운지. 제리코의 방방 뛰던 심장이 그제야 조금씩 안정을 되찾았다.

마그노 황자는 재차 사과하며 손수건을 건넸다. 직접 얼굴을 닦아주려는 것을 제리코는 손수건만 받아 코를 풀었다.

-장하다! 이제 황자 손수건으로 코도 풀 수 있게 됐구나!

'나 진짜, 진짜.'

진짜 이후엔 무슨 표현을 갖다 붙여야 할지 모르겠네. 제리코는 진짜만 열 번쯤 중얼거렸다. 제리코는 미약한 원망을 담아 마그노 황자를 노려봤다. 마그노 황자는 여전히 태평했다.

"아직 어린 소공작께 너무 과했나 봅니다."

-참고로 쟤 너보다 두 살 많아.

19세 황자가 치명적 매력을 무기로 어린 소녀를 희롱하다니. 말세로다. 진정 말세였다.

'나중에 커서 뭐가 되려고.'

-이미 다 컸어.

'입 맞추지 못해서 아쉽다는 생각이 드는 게 더 무서워!'

제리코는 양산 그늘 속으로 숨은 마그노 황자의 입술을 재차 노려본 뒤 눈물을 그쳤다.

"갑자기 그러시다니 너무하세요."

"책임지겠습니다."

"저는 연애결혼을 하고 싶어요."

"말씀드렸지만 소공작의 취향으로 맞추겠습니다."

-근육 좀 키우라고 해봐. 너 근육 좋다며.

'마그노 황자님은 지금 이 상태로 완벽하게 아름다우시거든! 저 미모의 균형을 깨는 건 범죄야!'

갑자기 입 맞추려 한 황자에겐 대단히 유감을 품고 있지만 황자의 미모는 무죄였다. 제리코는 숨을 몇 번 크게 몰아쉬었다.

"절 정말 좋아하시는 게 아니잖아요."

"좋아하는 척은 할 수 있습니다. 평생."

"좋아한다는 거짓말도 안 하시면서."

"거짓말은 싫어합니다."

"용 얘기로 거짓말하셨잖아요!"

"제 사견이라고 말씀드렸습니다."

"황제 폐하와 황후 폐하께서 절 유혹하라고 하셨나요?"

"친절히 대하라고 말씀하셨고 유혹은 제 독자적인 해석입니다. 두 분이 우리의 결혼을 바라기는 하십니다."

"그건 좀……."

제리코는 마그노 황자의 태도가 이상하다고 생각했다. 마그노 황자가 하는 행동엔 모두 자기 자신이 빠져 있었다. 황제와 황후가 원한다는 이유로 제리코를 유혹하질 않나, 유혹하는 발언은 제리코에게 무조건 맞춰주겠다는 내용이질 않나.

"저하는요? 저하는 어떻게 생각하시는데요?"

"두 분이 원하시면 그대로 따를 겁니다."

"두 분은 저하가 사랑하지 않는 여자와 결혼하는 게 좋으시대요?"

"사랑하는 척할 겁니다."

"그럼 저하가 행복하지 않으시잖아요."

"제 행복은 두 분이 기뻐하시는 겁니다."

"모순이에요! 보통 부모의 행복은 자식이 행복하게 사는 걸 보는 거라고 생각해요. 저하께서 사랑하지 않는 결혼을 하는데 어떻게 두 분 폐하께서 행복하시겠어요?"

마그노 황자의 눈빛이 변했다. 제리코는 넘지 말아야 할 선을 넘어버렸음을 자각했다.

절대 황자의 출신 얘기를 꺼내선 안 돼.

'하지만.'

이젠 제리코도 자신의 가치를 안다. 제리코는 현재 대체 불가능한 세계 유일의 상품이었다. 그러니까 죽지는 않을 것이다.

'안 죽겠지?'

"이미 알고 계시겠지만 전 키워주신 아버지가 따로 계세요. 전 아버지가 하라는 건 가능한 해요. 그렇지만 제가 싫은 건 하지 않아요. 아버지는 그 이유를 물으시고 이유가 합당하면 그러마 하세요. 제가 인형처럼 아버지가 하라는 대로만 모두 하면 아버지는 오히려 슬퍼하실 거예요."

마그노 황자는 황제 부처의 양아들이다. 어머니가 릴리에 공주니 생판 남은 아니지만 일반적인 부모 자식 관계는 아니었다.

남의 가정사에 지나치게 참견했던 것일까. 하지만 아무리 생각해도 마그노 황자의 태도는 이상했다.

제리코가 본 황가는 그렇게 비정한 가족이 아니었다. 고작 식사 한 번 했다고 뭐 얼마나 아냐 싶겠지만 그래도 사람이 느끼는 분위기가 있다.

애정과 신뢰, 믿음이 바닥에 깔려 있는 화목한 가정. 그 가정에서 유리된 마그노 황자와 릴리에 공주. 출신을 생각하면 어쩔 수 없다 말하기엔 제리코를 에스코트하는 마그노 황자를 보던 황제와 황후의 눈은 아주 따뜻했다.

꼭 피가 섞여야만 가족이 되는 게 아니다. 황제 부처가 마그노 황자를 보던 시선은 존이 제리코를 보는 눈과 비슷했다. 그런 황제가 마그노 황자의 이런 생각을 알게 되면 아주 실망할 것이다. 서운하고 믿음을 주지 못한 게 미안해서 울지도 모른다. 마그노 황자 딴에야 황제가 원하는 대로 행동하는 게 효도라고 생각할지 몰라도 제리코가 봤을 때 그의 행동은 불효에 가까웠다.

"황자 저하가 하시는 행동엔 모두 저하의 의견이 빠져 있죠. 저랑 결혼한다고 황제 폐하께서 좋아하실까요? 아니다에 제 두 손을 걸 수 있어요. 저하께서 스스로를 돌보지 않으시는 건 불효라고요."

'이놈의 오지랖.'

제리코는 할 말 다 하고 입을 틀어막았다. 며칠 전 존과 가족의 사랑을 재확인하는 바람에 참을 수 없었다.

네가 어디까지 말하는지 지켜보자. 딱 그런 분위기를 풍기며 제리코의 뚫린 입을 지켜보던 마그노 황자의 냉기는 빙점을 향해 낙하하다가 어느 순간 멈췄다. 확실히 그는 감정을 숨기는 데 능숙했다. 마그노 황자는 평소의 호오가 불분명한 무표정으로 돌아갔다.

"소공작의 말대로 나와 소공작의 출신은 소소한 공통점이 있습니다. 그래서 소공작과 친분을 쌓고 싶었던 것도 사실입니다. 소공작에게 호감을 품기도 했습니다."

마그노 황자의 손이 책을 집어 들었다. 그는 의자에서 일어나 양산과 안경을 챙겼다. 검은색 양산을 쓴 검은색 옷차림의 새하얀 황자님은 티타임의 종결을 선언했다.

"모두 착각이었습니다. 안녕히 가십시오, 소공작."

제리코는 멀어져 가는 검은 그림자가 시야에서 사라질 때까지 눈을 떼지 못했다. 마그노 황자가 온실을 완벽히 떠나자 제리코는 티 테이블 위에 엎어졌다.

"으앙. 화를 안 내서 더 무서워."

–어지간해선 접하기 어려운 유형이지.

"응. 로젠은 대하기 편했는데."

–특이한 사람 많은 귀족 사회에서도 흔한 타입은 아니야.

"응응."

제리코는 드래곤 슬레이어 소드의 말을 기다렸다. 검은 더 말하지 않

있다. 제리코가 슬쩍 드래곤 슬레이어 소드를 건드렸다.

"왜 더 말 안 해?"

-모른다는 사실을 알았기 때문이지.

"무슨 소리야, 그게."

-내가 너보다 더 멍청했다는 걸 방금 알았다는 뜻이야.

"말도 안 돼! 넌 나보다 백배는 똑똑하잖아. 그러지 말고, 빨리 뭔가 말해줘. 응?"

참모가 일을 하지 않는다니! 장수는 깜짝 놀라 참모를 추켜세웠다. 드래곤 슬레이어 소드는 예전처럼 금방 으스대지 않았다. 제리코에게만 들리는 검의 목소리는 실의에 젖어 있었다.

-아냐…… 난 반성할 필요가 있어. 나한테만 맡기지 말고 황자에 대한 네 생각은 어떤지 말해봐.

"음……."

제리코는 한참을 고심한 끝에 이렇게 말했다.

"뭔지 모르지만 아픈 상처가 있고 내가 그걸 치료해야 할 것 같다는 위기감이 들어."

-무슨 말인지 모르겠지만 그게 정답 같다.

마그노 황자. 그는 차가운 도시 남자이나 내 부모님에겐 따뜻한 그런 남자, 제리코에겐 차가운 그런 남자다.

제리코는 입을 불퉁하게 내밀고 중얼거렸다.

"나쁜 사람은 아닌 것 같은데……."

-응. 양자라는 걸 지나치게 의식하는 것 같지?

"아! 그리고!"

제리코는 아까 느닷없이 소리 질렀던 이유를 떠올렸다.

"내가 마차를 탈 때 황자님이 너를 든 나를 들었는데 불타지 않았잖아. 황자님이 진짜인 거 아닐까?"

─……그땐 네가 날 들고 있었잖아.

"아니, 왜. 네가 있는 테이블을 들어도 탄다며."

─네가 테이블이냐!

"으아아! 모르겠다!"

제리코는 머리를 헤집으려다 멈칫했다. 대신 마른세수를 하려던 그녀는 다시금 흠칫했다. 그렇다. 완벽 무장한 귀족 아가씨에게 마음대로 만질 신체 부위는 없었던 것이다. 제리코는 꿩 대신 닭으로 드래곤 슬레이어 소드의 손잡이를 비볐다.

"아, 모르겠어! 중요한 건 내가 앞으로 보름은 잠을 못 잘 거란 거야! 자려고 누우면 황자님 생각날 거 같아! 어떡해! 미쳤나 봐! 사람이 뭘 믿고 저렇게 잘생겼지? 폐하? 폐하를 믿으시나?"

온실에 시종이 들어올 때까지 제리코는 사지를 휘저으며 마그노 황자의 미모를 찬양했다.

제리코는 심신이 지친 상태로 아리보 공작가에 귀가했다. 다들 제리코의 귀가를 반겨주며 다과회가 즐거웠냐 질문했다. 제리코는 가장 가까이에 있는 프레이의 손을 꼭 잡았다.

"온실에 들어가니 마그노 황자님만 계셨어요. 저 너무 힘들고 무서웠…… 크흡."

"저런저런."

프레이는 금방 상황을 이해했다. 그녀가 제리코의 어깨를 도닥이며 위로했다.

제리코는 피곤하고 지친 몸을 이끌고 침실로 돌아갔다. 뭣 모르는 메이가 제리코의 뒤를 졸졸 따라왔다.

"언니야. 왕자님이 계시는데 왜 무서워? 왕자님 무서워?"

"너도 언니처럼 크면 알게 된단다."

"몇 밤 자야 돼?"

"백 밤."

메이에게 세상에서 제일 큰 수는 백이었다. 메이가 충격을 받아 떨어졌다.

제리코는 씻을 기운도 없어서 의자에 걸터앉았다. 하녀들이 알아서 벗기고 씻겼다. 일을 마친 하녀들이 푹 쉬라는 말을 남기고 문을 닫았다.

혼자가 된 제리코는 침대에 누워 드래곤 슬레이어 소드를 두드렸다.

"왜 이렇게 조용해?"

-기다려. 나 당분간 반성 모드야.

"그러지 말고 그냥 평소처럼 굴어. 일단 난 마그노 황자님은 에라프 님의 아들이 아닐 것 같아."

제리코가 생각하기에 마그노 황자는 세 명 중에서 가장 가능성이 낮았다. 일단 릴리에 공주의 태도가 이상하다. 마그노 황자가 릴리에 공주와 에라프 사이에서 얻은 자식이라면 릴리에 공주는 굳이 아이의 친부를 숨길 필요가 없었다. 둘의 신분 차이가 극심한 것이 아니요, 오히려에라프는 인류의 영웅이기도 하니까 공주의 배필로 적당했다.

그런데 공주의 신분으로 혼외자를 낳았다는 불명예를 감수하면서까지 아버지를 밝히지 않은 이유가 무엇일까.

-릴리에 공주는 어릴 때부터 아름다운 미모로 이름이 드높았어. 그런데 독신주의였거든. 결혼해서 황실을 떠나는 게 싫었다고 해. 연애에도 관심이 없어서 그녀가 임신한 사실이 밝혀지자 다들 깜짝 놀랐었다지, 라고 말해도 난 잘 몰라. 그때 주인은 광룡 토벌에 나간 상태라 제도 소문에 무지했거든. 주인이 지난 가십을 파헤치는 성격도 아니고.

"응응. 그렇구나. 그럼 시간 관계가 이렇게 되는 건가?"

제리코는 펜을 들고 수첩에 끄적였다. 일단 셋 중 가장 나이가 많은 로젠의 이름을 맨 앞에 적었다.

"용병 일을 하면서 플라티나 스타즈랑 자서 로젠이 생겼다. 헤어지고 난 다음에 소드 마스터의 경지에 오르신 거지?"

–응. 그렇대.

주인의 얘기지만 자아를 갖기 전의 일은 드래곤 슬레이어 소드도 모두 들은 이야기였다. 제리코는 열심히 관계자를 시간대순으로 늘어놓았다.

"그런 다음에. 샌시? 마그노 황자님?"

–샌시야. 소드 마스터가 되면서 황제의 부름을 받고 제도로 돌아가서 마탑주와 자고, 광룡을 토벌하러 가기 전, 릴리에 공주와 잔 거지.

"아, 그런 거구나."

로젠의 이름 뒤에 샌시와 마탑주가, 그 뒤에 릴리에 공주와 마그노 황자의 이름이 적혔다.

제리코와 마그노 황자의 사이엔 2년에서 1년 정도의 기간이 있었다. 선황제가 에라프에게 광룡 토벌을 명령하고서 붕 뜨는 시간의 정체는 무엇일까?

"이 빈 시간은 뭐야?"

–주인은 죽기 직전 마음을 정리하기 위한 마지막 여행을 했다고 했어.

"……이길 자신이 없으셨구나."

–죽음을 각오했었대.

인간의 몸으로 불가능한 광룡 토벌을 명받고 청년은 무슨 생각을 했을까. 용사는 황제의 명에 불복하지 않았다고 했다. 불가능하다는 걸 알면서도 고통받는 사람들을 위해, 희망을 주기 위해 거절하지 않았다. 그는 인간이 이루기 힘든 기적과 같은 업적을 이룩했으나 그 대가로 비참한 말년을 보냈다.

훌쩍.

제리코는 콧물을 훌쩍였다. 에라프에게 아버지의 정을 둔 건 아니지만 용사의 마지막을 생각하면 언제나 슬펐다.

용사는 마음 정리를 위한 마지막 여행에서조차 벽지를 돌아다니며 고통받는 사람들을 위해 마물을 물리쳤다. 그런 와중 요나가 에라프를 만났고 제리코가 생겼다.

제리코는 맨 뒤에 자신과 어머니 요나의 이름을 적었다. 앞선 세 사람은 일부러 귀족 문자로 적었고 맨 뒤는 기초 학교에서 배운 그냥 글자로 적었다. 제리코 자신의 이름은 귀족 문자를 배우면서 여러 번 연습해 익숙했지만 요나를 귀족 문자로 적자니 기분이 이상했기 때문이다.

다시 릴리에 공주 얘기로 돌아가자. 제리코는 릴리에 공주가 아들의 아버지를 밝히지 않는 이유에 대해 자신의 견해를 밝혔다.

"에라프 님의 아들이면 마그노 황자님이 유력한 황위 계승자가 되어서 분란을 막으려고 그런 게 아닐까?"

―글쎄다. 요즘 시대가 용을 잡았다고 영웅이 왕이 되는 시대가 아니니까.

용을 잡았다고 영웅의 후손이 목숨을 위협당하지만 왕이 되지는 않는 시대. 제리코는 불합리한 시대상에 봉기를 들까 하다가 그만뒀다. 만약, 만약에 에라프가 왕이 되었다면 제리코가 겪는 시련은 지금보다 더 고되었을 테니까.

"공주님과 황자 저하에 대해선 아는 거 없어?"

―공주와 마그노 황자에 대해선 요즘 일도 잘 몰라. 둘 다 조용하게 살고 있고 황족은 신문에서도 잘 다루지 않잖아.

플라티나 스타즈와 로젠은 신문이나 잡지에서 얼굴 보기 쉬운 유형인 데 반해 릴리에 공주와 마그노 황자는 이름자 찾기도 힘들었다. 그래서 둘의 정보가 빈약했다.

제리코는 어울리지 않게 머리 쓰는 일을 관뒀다. 대신 드래곤 슬레이어 소드가 확실히 아는 정보를 물었다.

"그럼 두 분이 어쩌다 거사를 치르게 되었는지 얘기해 줘."

―윽.

"빨리 말해줘. 빨리빨리."

플라티나의 얘기를 들을 때 다 듣고 싶은 걸 아껴 듣느라고 참고 있었다. 제리코의 눈이 전에 없이 반짝였다.

드래곤 슬레이어 소드는 없는 입으로 한숨을 쉬고 주인에게 들었던 이야기를 시작했다.

타고난 재능과 아낌없는 노력의 대가로 사내는 젊은 나이에 믿기 어려운 성취를 얻었다. 그는 소드 마스터가 되어 만천하에 이름을 떨쳤다. 사내는 스스로의 성취를 기뻐했다. 이 힘으로 보다 많은 사람을 도와줄 수 있다고 믿었다.

사내의 성취를 들은 황제가 사내를 소환했다. 황제가 사내에게 어렵게 말했다.

"대륙의 마물이 본능마저 잊고 살육을 위해 날뛰게 한 원흉, 광룡을 처단해 주지 않겠나."

"이 한 몸 바쳐 사람들이 행복할 수 있다면."

사내는 스스로의 목숨을 바쳐 광룡을 처단할 것을 결의했다. 사내가 광룡 처단의 명을 받은 날 밤. 누군가가 사내의 방문을 두드렸다. 문을 두드린 건 얇은 가운만 걸친 공주였다. 평소 사내에게 호감을 보이지 않던 여성이 늦은 밤 홀로 찾아와 사내는 깜짝 놀랐다.

"공주님, 무슨 일이십니까?"

"목숨을 바치고 인류를 구하려는 영웅에게 제가 해드릴 수 있는 것이라곤……."

"공주님, 이러시면 안 됩니다. 부디 사랑하시는 분과."

"사모하고 있었습니다! 마지막이 될지도 모르니 제게 추억을 남겨주세요!"

드래곤 슬레이어 소드가 신이 나서 음성을 변조해 가며 그날 밤의 이야기를 읊는데 듣는 제리코는 어째 기분이 좀 이상했다.

'공주님이 저랬다고?'

심각한 캐릭터 설정 붕괴였다. 제리코가 직접 본 릴리에 공주와 하나도 어울리지 않았다. 이상한 건 그뿐만이 아니다. 제리코는 드래곤 슬레이어 소드가 뒤에 할 말을 알 것 같았다.

제리코는 기시감을 느꼈다. 이상하다. 에라프 님의 이야긴데 왜 이렇게 익숙할까. 제리코는 한참의 고민 끝에 드래곤 슬레이어 소드가 할 말의 뒤를 이었다.

"공주가 가운을 벗자 눈부시게 하얀 나신이 드러났다. 공주의 몸을 가린 건 그녀의 기다란 머리채가 유일했다. 공주는 부끄러운 듯 가슴을 가리고 사내의 가슴에 이마를 기댔다. 사내는 공주의 머리를 쓰다듬다가 조금씩……."

─뭐, 뭐야! 어떻게 알았어?

우리 애한테 예지력이? 자기가 할 말이 제리코의 입에서 술술 튀어나오니 드래곤 슬레이어 소드는 적잖이 놀랐다. 제리코는 이걸 뭐라 해야 할지 망설이다가 힘겹게 말했다.

"공전절후의 베스트셀러 〈기사와 공주의 비밀의 밤〉이란 소설이 있어. 촌구석인 우리 동네에도 들어올 정도로 인기가 많은 소설이야. 내용은 이래. 왕의 명으로 사지로 가게 된 기사를 오래전부터 흠모해 온 공주가 찾아가 하룻밤을 보내고 기사는 결국 큰 공을 쌓고 돌아와 공주와 결혼한다는……."

─그래? 구성이 비슷하다 보니…… 좀 비슷한가?

"조금 비슷이 아니라 공주의 대사까지 똑같았어."

─그럴 리가!

드래곤 슬레이어 소드가 즉각 부정했다. 주인이 자신에게 해준 이야기가 소설의 내용이었다니 그럴 리 없었다.

제리코는 고개를 저어서 자신의 기억이 확실하다고 말했다. 왜냐하면 〈기사와 공주의 비밀의 밤〉은 도색 서적이라서 마을 아이들끼리 어른들 몰래 조금씩 훔쳐봤기 때문이다. 소설의 내용보다 어른들 몰래 훔쳐보는 상황 자체가 더 짜릿하고 재밌었기 때문에 제리코는 매일매일 한 장씩 읽던 소설의 내용을 상세히 기억하고 있었다.

특하나 딱 한 번 나오는 기사와 공주의 하룻밤은 남자아이들이 계속 또 보자고 요청하는 터에 그 부분만 수십 번을 읽었다. 아주 확실히 기억했다.

-그럼 주인이 나에게 거짓말을 했다는 거야?

"그건 아니지. 네 말대로 얘기를 해주려다 보니 소설과 구성이 비슷한데, 그쪽이 더 얘기하기 편해서 참고했을 수도 있어. 하나만 들어선 모르니까 마탑주 얘기를 해줘 봐."

드래곤 슬레이어 소드가 황급히 마탑주와 에라프 사이의 이야기를 했다.

황제는 용사에게 광룡을 무찌를 무기를 주기 위해서 최고의 전문가들을 포섭했고 그중에 마탑주가 있었다. 마탑주는 마법의 최강자인 자신과 정반대 위치에 선 소드 마스터인 에라프에게 관심을 갖게 되고 그에게 성적으로 접근하는데…….

"음. 좀 뻔한 이야기긴 하지만 실화인 것 같기도 하고?"

-그렇지? 주인이 거짓말을 할 리가 없잖아.

"거짓말은 안 하지만 허세는 부렸을 수도 있지."

제리코는 냉정하게 분석했다. 드래곤 슬레이어 소드와의 친분을 떠나 아주 냉정하게.

이 검은 뇌가 없다. 손도 없고 발도 없다. 혼자서는 돌아다닐 수 없고 대화가 가능한 것도 주인과 주인 후보에 한정된다. 글은 읽을 수 있는 것 같지만 펼쳐진 면만 읽을 수 있고 지난 17년간 방 밖을 나간 적이 없으며 대화 상대는 에라프가 유일했다.

둘은 심심해서 많은 대화를 나눴을 것이다. 에라프는 어떤 얘기든 모두 재밌게 들어주는 드래곤 슬레이어 소드가 좋았고 그를 기쁘게 해주기 위해 자신의 이야기에 조금 양념을 쳤을 수도 있다. 제리코가 들어본 에라프의 성격이라면 충분히 그럴 만했다.

제리코만 해도 그랬다. 동생들이 재밌어 하면 좀 더 과장되게 이야기를 부풀렸다. 듣는 이들의 반응이 좋아서 평범한 얘기에 양념을 치거나 적당히 과장하는 건 다들 흔히 하는 일이다. 다만 저 검은 그걸 몰랐지.

에라프 딴엔 농담이어도 드래곤 슬레이어 소드는 주인의 말을 의심하지 않았다. 제리코는 혹시나 하는 마음에 말했다.

"설마 아들 후보 셋도 허세였나?"

-아니야! 그렇지 않아! 주인은 분명히 셋 중 하나가 아들일지도 모른다고 말했어!

"그거 감으로 찍은 거잖아. 일단 마그노 황자님은 아닌 걸로 확정이네. 릴리에 공주님이 밤에 몰래 찾아온다니, 아주 식상했어. 제 점수는요, 10점 만점에 3점입니다. 남녀 주인공이 미인이라 3점 드려요."

이걸로 후보는 둘인가. 제리코는 이마에 번데기 같은 주름을 잡고 중얼거렸다. 확률이 반반이 되었는데 로젠이 친오빠면 참 안타까우면서도 좋을 거란 생각이 들었다. 동시에 마그노 황자의 입술에 대한 미련을 남겼다.

"아…… 이럴 줄 알았으면 입술은 비벼볼걸. 내가 살면서 그렇게 아름다운 사람과 입 맞춰볼 일이 또 생길까? 어떻게 생각해? 가능성 있어?"

-주인이 거짓말을 했다고? 주인이? 나에게? 아냐! 그렇지 않아! 마그노 황자도 후보에 끼워줘!

드래곤 슬레이어 소드가 부들부들 떨었다. 검날만이 아니라 손잡이와 검집까지 부들부들 떨면서 동요했다. 제리코는 그런 검이 안쓰러워서 위로했다.

"음, 거짓말이 아니라 허세였을 거야. 아들 셋은 아마 진짜였겠지. 다만 연애담 쪽은 좀 걸러 들을 필요가 있네."

충격에 빠진 드래곤 슬레이어 소드는 제리코의 말을 귀담아듣지 않았다.

'아, 얘는 귀가 없지.'

귀도 없고 눈도 없고 손도 발도 없고. 제리코는 드래곤 슬레이어 소드를 놀려먹을 생각에 치명타를 날렸다.

"이 무능한 검!"

-으아아아아아악!

제리코의 귀에만 들리는 드래곤 슬레이어 소드의 처절한 비명이 울려 퍼졌다.

6장
마녀와 아들

    드래곤 슬레이어 소드는 자의식이 강했다. 첫 기억은 용의 심장에 꽂힌 몸과 쏟아지던 용의 피. 막 자아가 깨어난 에고 소드는 갓난아기나 마찬가지였다. 주인에게 제대로 의사를 전하는 법이나 갑자기 쏟아지는 주변의 정보를 처리할 줄 몰라 헤맸다. 남는 게 시간인 몸이 된 에라프는 그런 드래곤 슬레이어 소드에게 모든 걸 가르쳐 주었다.

    하늘에서 떠오르는 저 찬란한 둥근 것이 무엇인지, 검이 무엇이며 피는 무엇이고 심장은 무엇인지.

    드래곤 슬레이어 소드는 용의 피를 흡수하면서 자아를 자각했기 때문에 피에 남아 있던 지식은 알고 있었다. 하지만 그게 어디에 어떻게 적용되어야 하는 지식인지 몰랐기 때문에 에라프의 가르침이 고마웠다.

    에라프는 드래곤 슬레이어 소드의 전부였다. 비록 썩어가는 몸이나 그는 세계에서 제일 강한 인간이었다.

    드래곤 슬레이어 소드는 세계에서 가장 뛰어난 검인 자신의 주인이 세계에서 제일 강한 사람이라는 사실이 좋았다. 그래서 방 밖으로 나가지 못하는 17년도 즐거웠다. 사랑하는 주인과 함께였기 때문이다.

에라프가 정자만 제공하고 자라나는 데 어떠한 영향도 주지 않은 세 명의 후보나 제리코와 다르게 드래곤 슬레이어 소드는 그의 보살핌을 받아 성장했다. 정신적인 의미에서 드래곤 슬레이어 소드야말로 에라프의 유일한 자식이었다.

그리고 그 주인이 자신에게 구라를 쳤다는 사실에 드래곤 슬레이어 소드는 큰 충격을 받았다. 부모님이 성관계하는 걸 목격한 아이에 필적했다.

그는 자아를 가진 검이라 충격을 받은 후유증도 심각했다. 무려 무생물 주제에 시름시름 앓기 시작한 것이다.

"이제 슬슬 기운 내. 모두 거짓말은 아니었잖아."

검이 받은 충격이 워낙 컸기에 둘은 연애담을 모두 파헤쳐 진위 여부를 가렸다. 어떤 건 실화였고 어떤 건 약간의 후추와 소금이, 어떤 건 조미료가 포대 단위로 들어갔지만 어쨌든 기반이 되는 이야기는 진짜였던 것으로 합의가 끝났다. 제리코는 에라프의 넓은 수비 범위에 혀를 내둘렀고 드래곤 슬레이어 소드는 혹시라도 내용이 겹치는 책이 있을까 봐 벌벌 떠는 시간이었다.

-난 무능한 검이야. 모질이야…… 잘난 것도 없으면서 잘난 척 굴었어.

제리코는 드래곤 슬레이어 소드의 기분을 달래주기 위해 애썼다.

"무슨 소릴 하는 거야. 넌 용을 벨 수 있고 사람도 태워 죽일 수 있는 위대한 검이잖아! 나랑 이렇게 대화도 하고 내 참모도 해주잖아. 나보다 똑똑한걸."

-헛똑똑이였어. 17년 동안 방 밖으로 나간 적 없는 우물 안 개구리에 불과했어.

"그렇지 않아! 넌 정말 똑똑하고 유용한 검이야! 힘내!"

살다 살다 검의 자존심 증강 응원을 하는 날도 오고. 참 오래 살고 볼 일이라고 17살의 제리코는 생각했다. 물론 이런 생각은 깊게 하지 않았다. 가능한 건성으로 생각해서 후다닥 날려 버렸다. 드래곤 슬레이어 소드가 그녀의 생각을 읽어 더 침울해하기 때문이다.

"넌 최고의 검이야! 이야, 세계 최강!"

-난 쓰레기야. 용을 벨 수 있다고 우쭐거리기만 하고 널 위험에 빠뜨렸어.

"아니야, 그건 마그노 황자님이 그냥 위협하신 거란 말이야."

-그런 가능성을 생각해야 했어. 그냥 무조건 날 노리는 사람들을 괘씸하다고만 생각했어. 끽해야 인간이고, 그럼 내가 처리할 수 있다고…… 오만해. 이건 오만의 대가야! 난 오만한 쓰레기였어!

"아 쫌!"

다과회에 다녀온 후 시작된 자학은 몇 날 며칠이 지나도 끝나지 않았다. 처음엔 금방 풀리고 자존심을 되찾을 것이라 생각했는데 풀릴 기미가 보이지 않았다.

드래곤 슬레이어 소드의 나이도 올해로 17살. 그인지 그녀인지 모르는 무생물도 실은 사춘기가 와버린 것이다. 한창 감수성 예민하고 자아 정체성으로 고민할 시기에 마그노 황자와 제리코가 던진 화두는 드래곤 슬레이어 소드의 마음 깊은 곳에 날아와 박혔다.

늘 옆에서 잔소리를 퍼붓던 검이 기운 없으니 보는 제리코는 마음이 안 좋았다. 비록 무생물이어도 제리코가 제도에 와서 유일하게 속내를 털어놓으며 의지하던 사이가 아니었나.

제리코는 드래곤 슬레이어 소드의 기분을 풀어주기 위해 온갖 수단을 동원했다.

"이걸로 갈아줄게!"

최고급 숫돌을 사서 직접 날을 갈아보기도 했다. 드래곤 슬레이어 소드는 여전히 무기력했다. 심지어 제리코에게 이렇게 말했다.

-혼자 다녀. 오늘은 나 방에 있을래.

"그게 무슨 소리야. 내가 어떻게 널 두고 나가."

-난 그냥…… 방에 있을래…….

본의 아니게 17년 동안 방에만 갇혀 살아서 그런지 드래곤 슬레이어 소드는 외출을 좋아했다. 제리코가 동생들과 놀아주려고 방을 나갈 때도 '날 데리고 가라, 빼애액!' 외치곤 했다. 그런 녀석이 외출을 거부하다니. 제리코는 생각보다 쉽게 기분이 풀리지 않는 검 때문에 자기 기운도 쪽쪽 빨리는 것 같다고 생각했다.

"왜…… 왜 내가 무생물의 마음의 상처까지 치유해 줘야 하는 거지."

제리코는 드래곤 슬레이어 소드가 상처받지 않도록 방 밖으로 나와 홀쩍였다. 귀족들 눈치 보는 것도 힘들어죽겠는데 이젠 검까지 말썽이다.

'운세가 괜찮더라니.'

로젠을 쉽게 만나고 황후의 도움(?)으로 마그노 황자를 만났다. 운수가 좋으니 이 여세를 몰아 밖으로 나가 샌시를 찾으면 될 것 같다. 한데 유일한 아군이 저래서야 공작저 밖으로 나갈 수 없었다. 혼자 다니기엔 드래곤 슬레이어 소드에게 미안했다.

'검이 없으면 못 돌아다닌다니.'

이건 마치 무장을 하지 않으면 마을 밖으로 내보내 주지 않는 엄격한 경비에게 걸린 기분이다. 농담이 아니라 정말로. 제리코가 태어나기 전엔 광룡 때문에 마물들이 기승을 부려 마을 부근도 위험했기에 무기로 쓸 만한 게 없는 사람은 내보내지 않았다고 들었다. 아이들은 아예 마을 밖에 놀러 나가지 못하게 막았다고 하니 말 다했지.

무엇을 하면 검이 좋아할까. 단 한 번도 무생물인 적이 없기에 모르겠다. 제리코는 머리를 싸매고 끙끙 앓다가 드래곤 슬레이어 소드가 처음 했던 말을 떠올렸다.

"그래! 그거야!"

드래곤 슬레이어 소드는 검이다. 제리코가 검술 실력이 없어서 화끈하게 마물과 싸워주진 못하지만 연무장에서 휘둘러 줄 수는 있었다. 남는 건 힘밖에 없는 소녀 장사는 신이 나서 아리보 소공작을 찾았다. 그리고 공작저에 검을 휘두를 만한 장소가 있는지 물었다.

"음…… 우리 집 안엔 연무장이 없구나."

"네?"

제리코는 의아해서 되물었다. 소드 마스터가 나온 집안에 개인 연무장이 없다니? 소설이나 인형극을 보면 어지간한 귀족가는 다 갖고 있던데?

제리코의 의아한 얼굴에 아리보 소공작이 빠른 속도로 해명했다.

"원래 삼촌을 위해 만든 개인 연무장이 있었는데 할아버지, 선대 공작님과 싸우며 가출하실 때 허물고 별관을 지었다."

"원래 연무장은요?"

"뭔가 착각하고 있나 본데."

아리보 소공작이 책상에 가득 쌓인 서류와 벽을 메운 책을 보여주며 당당히 말했다.

"우리 아리보 공작가는 대대로 학자 집안이다."

'생각해 보니까 소공작님이 외출하는 걸 본 적이 없어!'

제리코는 새로운 사실을 알았다. 아리보 소공작을 비롯한 아리보 공작가의 사람들은 외출 횟수가 적었다. 제일 활발하게 외출하는 사람이 에밀리인데 그런 에밀리도 어쩌다 한번 외출해 용무를 몰아서 해치웠다.

이제까지는 제리코 자신 때문이라고 생각했는데 어쩌면 원래 성향이 외출을 기피하는 것일 수도 있다는 새로운 가능성이 열렸다.

"에라프 삼촌이 별종이었지. 삼촌이 검술에 재능을 보이자 다른 가문에서 할아버지가 드신 정력제가 뭐냐고 좋은 건 같이 먹자고 그렇게 편지를 보내는…… 크흠."

가문의 내력을 이야기하다 보니 튀어나오지 않아도 되는 게 튀어나왔다. 아리보 소공작이 헛기침을 해서 말을 삼켰다.

제리코는 고개를 끄덕였다. 일혼 가까운 할아버지가 어떻게 늦둥이를 봤나 했더니 현대 의학의 힘을 빌린 것이다. 그렇게 얻은 아들이 건강해서 팔팔 날아다니니 다들 비법 공유를 부탁했겠지.

"검을 배우고 싶다면 연무장을 만들어주마. 아니면 미베어 공작가로 옮겨도 좋지. 거기엔 연무장이 있거든."

"아니요, 그렇게까지 필요한 건 아니에요. 그냥 드래곤 슬레이어 소드가 답답해하는 것 같아서……."

아리보 소공작은 정원에서 사람을 물리고 검을 휘두르라는 조언을 했다. 사실 연무장이 별거냐. 그냥 바닥을 고르게 해서 운동하기 편하게 만든 넓은 공간이기 때문에 제리코는 조언에 따랐다.

제리코는 드래곤 슬레이어 소드를 검집에서 뽑아 허공에 몇 번 휘둘렀다.

"어때? 시원해? 없는 가슴이 뺑 뚫리는 거 같아?"

-그냥 방에 가자…….

"심각하네."

검은 제리코가 공작저에 갇혔던 때보다 더 심하게 우울해했다. 제리코의 우울은 검이 없애줬는데 검의 우울은 그러지 못하니 참으로 답답한 노릇이었다. 제리코는 어떻게든 친한 무생물을 돕고 싶었다. 그런데 방법을 몰랐다.

-나는 무능해. 나는 멍청해. 나는 손도 발도 없는 무능한 검이야.

검에 손발이 달려 있다고 유능한 검이 되는 건 아닌데 말이다.

드래곤 슬레이어 소드의 증상은 날이 갈수록 심해졌다. 집에서 키우는 똥개가 밖에서 맞고 들어와 집 안에서 낑낑거리면 안쓰러운 게 사람의 마음. 우울의 바다에서 헤어나지 못하고 끙끙거리는 검으로 인해 제리코도 덩달아 우울의 바다를 헤엄쳤다.

제리코는 어떻게 하면 검이 기뻐할까 고민하느라 밖에 나가 샌시를 찾거나 로젠을 만날 엄두를 못 냈다. 제리코와 드래곤 슬레이어 소드는 한 배를 탄 동료였다. 그런 동료가 저렇게 침울해하는데 자신 혼자 돌아다니는 건 의리가 아니었다.

진정 현명한 자는 아이들에게도 아낌없이 답을 구한다고 했다. 제리코는 동생들을 찾았다. 오리온은 낮잠을 자고 메이와 에릭은 기초 학교 공부를, 캐리는 기초 학교 공부를 복습하는 중이었다. 에릭이 제리코를 보고 반겼다.

"누나, 마침 잘 왔다. 이것 좀 알려줘."

"내가 알려줄게."

"작은누나는 누나 공부 해. 큰누나도 알 거야."

제리코는 서슴없이 에릭이 내미는 문제지를 받았다. 어차피 에릭의 성적은 자신과 비슷했다. 그러니까 푸는 문제도 그와 비슷할 거란 예상이었다. 또한 제리코 자신은 기초 학교를 졸업한 몸. 어지간한 문제는 기억하지 않을까.

"……."

그런 착각을 했더랬다.

"……왜 이렇게 어려워?"

"그치? 그치? 제도는 기초 학교도 교과서가 이래. 유급하게 생겼어."

"이, 이런 거 몰라도 먹고살 수 있어! 사람은 몸만 건강하면 돼!"

"졸업을 못 하잖아!"

"못 해도 돼!"

"여기 애들은 다 기초 학교 졸업한대. 안 하면 창피한 거래."

"윽."

이래서 대도시란. 제리코는 아이들 교육에 있어선 한없이 관대했던 고향이 그리웠다. 결국 에릭은 캐리에게 질문해서 문제의 답을 알았다. 캐리는 눈을 반짝였다.

"에밀리 아가씨가 그러시는데, 중학교에서 성적 좋으면 아카데미도 갈 수 있대. 언니가 이번에 입학하는 학교, 거기에 나도 갈 수 있대."

고향에 있었다면 존재조차 알지 못했을 고등교육기관에 갈 수 있다니. 캐리가 황홀경에 빠졌다. 제리코는 아들 찾기가 빠르게 진행되어 금방 아리보 소공작을 그만두더라도, 캐리 학자금은 꿍쳐놔야겠다고 다짐했다.

다짐은 다짐이고, 신기한 건 신기한 거다. 제리코는 학구열이 강한 동생이 신기했다. 드래곤 슬레이어 소드가 있었다면 캐리를 본받으라며 크게 잔소리했겠지. 검 한 자루가 사라지니 이렇게 조용할 수가 없었다.

제리코는 한숨을 쉬었다.

"얘들아, 검은 뭘 좋아할 거라고 생각해?"

"피!"

"좋은 주인?"

"예쁜 검집!"

나오는 대답이 평이했다. 특히나 어린 메이가 피를 외치는 바람에 제리코는 기겁했다. 결국 별다른 힌트를 얻지 못하고 시간만 지나갔다.

제리코는 존이 퇴근하는 시간을 기다렸다가 존에게 같은 질문을 했다. 존은 머리를 긁었다.

"글쎄다. 검의 마음 같은 건 생각해 본 적 없는데."

"하긴."

"그런 건 대장장이들이 더 잘 알지 않을까?"

"아."

제리코는 반색했다. 흔히 소설이나 연극에서 쓰이는 소재로 명장은 철을 두드리면서 마음을 읽어낸다, 뭐 그런 게 있지 않은가. 물어볼 가치가 있었다. 문제는 어디서 대장장이를 만나느냐였다. 제리코가 고심하자 존이 말했다.

"공방 거리에 무기점도 몇 있고, 새 직장 구경할 겸 내일 같이 나갈래?"

"진짜요? 가족들 데려가도 돼요?"

"너야 이것저것 건들면서 사고 칠 나이도 아니니까 괜찮아."

제리코가 사고를 치는 게 아니라 제리코를 알아본 다른 사람들이 칠 사고가 문제였다. 유괴, 감금에 암살까지. 게다가 아버지가 새로 잡은 직장에 공작가 마차를 타고 가서 구경하는 것도 모양새가 안 좋다.

제리코는 궁리 끝에 간단한 해결책을 떠올렸다. 위험한 건 미베어 소공작이지 시골 촌뜨기 소녀가 아니다. 제리코는 유명하지만 그녀를 한눈에 알아보기 위해선 몇 가지 전제 조건이 필요하다.

첫째로 불타는 듯한 붉은 머리이고 둘째로 허리에 찬 용사의 검이며 셋째로 귀족 아가씨다운 옷차림과 수행인이다. 제리코가 평범한 옷을 입고 드래곤 슬레이어 소드를 감추면 사람들은 그녀를 미베어 소공작으로 생각하지 못할 것이다.

남은 건 아리보 소공작의 허락을 받는 일이었다. 소공작이 제리코의 자유 외출을 허락했지만 수행인 없는 외출을 허락할지 미지수였다. 다행히 아리보 소공작은 외출을 흔쾌히 허락했다.

"드래곤 슬레이어 소드만 챙겨 가면 괜찮겠지."

"전 검을 못 쓰는데요?"

"드래곤 슬레이어 소드에 부여된 마법은 나도 정확히 모른다만 개중에 보호 마법도 있다. 그리고 용을 벨 수 있는 검이 된 후엔 황실 마법사가 위치 추적 마법도 걸어놨지. 네가 어디에 있든 드래곤 슬레이어 소드만 들고 있으면 찾을 수 있을 거다."

"전 주인이 아닌데 마법을 쓸 수 있을까요?"

"글쎄다. 하지만 상식적으로 생각해 봤을 때 검의 형태를 바꾸는 것보단 이미 내장된 마법을 쓰는 쪽이 마력이 적게 들 것 같구나."

예리한 지적이었다. 제리코는 즉시 외출 준비에 나섰다. 평범한 여자

아이가 입을 만한 옷을 하녀에게 부탁했다. 친절한 하녀는 사용 흔적이 있는 게 좋겠다며 자신의 옷을 빌려줬다. 대도시의 아가씨답게 하녀의 옷도 제리코가 시골에서 입던 옷보다 질이 좋았다.

제리코는 완벽한 위장을 위해 혼자서 옷을 갈아입고 머리 손질도 혼자서 했다. 이러고 있으니 꼭 고향 집으로 돌아간 기분이 들었다.

"에헤헤."

제리코의 얼굴 근육이 풀렸다. 드래곤 슬레이어 소드가 헤픈 웃음이라면서 싫어하는 표정이었다. 제리코가 헤프게 웃었는데도 불구하고 드래곤 슬레이어 소드는 아무 말이 없었다. 제리코는 안쓰러운 마음에 드래곤 슬레이어 소드를 물끄러미 내려다봤다.

"외출하자."

-혼자 나가. 아, 아니다. 위험하니까 같이 가야겠네. 어? 그렇게 입고 어디 가?

'이것 봐라. 나 옷 갈아입고 머리 빗는 거 다 봤으면서 이제 알아채? 진짜 너무하네.'

드래곤 슬레이어 소드는 눈이 없지만 자신이 있는 자리를 중심으로 어느 정도의 공간을 인지할 수 있다. 그래서 제리코가 꿈지럭거리는 걸 모두 알았을 텐데 저런 말을 하는 걸 보면 정신을 빼놓고 있는 게 틀림없었다. 은근슬쩍 부아가 난 제리코는 가타부타 말없이 드래곤 슬레이어 소드를 가방에 집어넣었다. 드래곤 슬레이어 소드가 웅웅 진동을 울리며 항의했지만 무시했다.

오랜만에 편하게 입으니 기분이 좋아서 날아갈 것 같았다. 제리코는 콧노래를 흥얼거리며 빠른 속도로 쪽문으로 이동했다. 먼저 기다리고 있던 아버지 존의 볼에 뽀뽀를 해 아침 인사를 대신했다.

"하하하, 우리 딸이 신났네."

"아빠랑 단둘이 외출~"

제리코는 좀 과하다 싶게 애교를 부렸다. 존은 제도에 와서 응석이 늘었다고 작게 꾸짖었다. 그래도 싫지는 않은지 하늘을 올려다보고 허허 웃었다.

존의 직장이 있는 공방 거리는 귀족가가 즐비한 고급 주택 지구에서 한 시간 정도 걸리는 장소에 위치했다. 마차를 타면 가까웠지만 존은 운동할 겸 걸어 다녔다. 제리코도 체력 하나는 알아주기 때문에 불평하지 않고 걸었다.

"아침 공기가 엄청 상쾌해요. 저 제도에서 이렇게 걷는 거 처음이에요."

"이제는 귀한 몸이 되었으니 어쩔 수 없지."

"아빠 직장엔 뭐라고 설명했어요?"

"친척 중 하나가 벼락부자가 되어서 덕 좀 보려고 제도에 올라왔다고 말했는데."

"하하하."

제리코는 배를 잡고 웃었다. 딱히 틀린 말은 아니었다. 그렇게 한 시간을 걸어 도착한 존의 새 직장은 가구 공방이었다. 겨울 동안은 여기에서 가구 설계 및 공법을 배우고 봄이 되어 날이 풀리면 건물 공사장에도 기웃거린다는 게 존의 계획이었다.

제리코는 존의 직장 동료에게 예쁘고 참하다는 뻔한 칭찬을 들은 뒤 존의 안내를 받아 무기 공방 쪽으로 이동했다.

"이 거리는 전부 무기점이랑 공방이라고 들었다. 나는 6시에 퇴근하니까 그 전까지 돌아와라."

"네!"

존이 직장으로 들어간 후 제리코는 기합을 넣었다. 이제 무기점과 공방을 돌아다니며 질문에 대답해 줄 만한 대장장이를 찾으면 된다.

제리코는 대장장이를 찾기에 앞서 드래곤 슬레이어 소드에게 삐졌다.

내가 너를 위해 이렇게 고생한다는 의미였다. 드래곤 슬레이어 소드는 전혀 다르게 받아들였다.

-뭐야, 무기점? 서, 설마 내가 필요 없어서 다른 검으로 갈아타는 거야? 네가 어떻게 그럴 수가 있어?

"왜 얘기가 그렇게 돼?"

-그렇잖아! 내가 있는데 어떻게 다른 무기를 고르러 올 수가 있어? 나는 단검, 장검, 중검 모두 소화할 수 있고 마법도 쓸 수 있어. 너랑 대화도 할 수 있고 네가 모르는 상식에 대답도 해줄 수 있다고! 그런데 어떻게 나 말고 다른 검을 골라? 네가 그러고도 인간이냐!

"그러니까."

드래곤 슬레이어 소드의 항의는 말만으로 끝나지 않았다. 드래곤 슬레이어 소드가 들어 있는 가방이 떨릴 정도로 진동이 거세졌다. 이러다가 빛도 뿜을 기세기에 제리코는 가방을 여미느라 혼났다. 행인들이 가방 안에 얼굴을 박고 대화하는 소녀를 이상한 눈으로 보고 지나갔다.

"왜, 왜 이래. 좀 진정해 봐."

-내가 진정하게 생겼어? 솔직히 내가 뭐가 부족해. 나는 제국 최고의 대장장이가 심혈을 기울여 만든 몸이야. 내 몸에 마법을 부여한 게 마탑주라고. 내 전 주인은 용을 잡은 용살자고 난 세상에서 유일하게 용을 벨 수 있는 검이야. 그런데 이런 나를 버려두고 다른 검을 사려고 해? 어떻게 그럴 수가…… 헉!

드래곤 슬레이어 소드가 사람이었다면 숨이 넘어갔을 것이다. 아니면 진즉 제리코에게 한 대 맞았거나.

-서, 설마. 나 때문에 죽기 싫어서 날 버리려는 거야? 그러지 마. 제리, 날 버리지 마. 잘할게. 나 무능한 검이지만 잘할 테니까.

우울해 있던 며칠의 삽질이 드래곤 슬레이어 소드의 판단력과 지능에 영향을 준 게 틀림없다. 제리코는 그렇게 믿었다. 그게 아니면 이 멍청한 소리를 참아줄 이유가 없으니까.

이 거리를 벗어나지 않으면 드래곤 슬레이어 소드의 폭주도 끝나지 않을 것이다. 제리코는 그런 판단을 내리고 주위를 두리번거리다 카페를 발견했다. 공방 거리에 무슨 카페냐 싶지만 바깥에 세워둔 간판에 '배달 전문'이라고 쓰여 있었다.

제리코는 카페 쪽으로 걸어가 내부를 살폈다. 배달 전문이라고 적혀 있어서 자리가 없을까 걱정했는데 다행히 내부에 몇 좌석 있었다. 이른 시간에 출근하는 사람들을 위해 카페도 일찍부터 개점한 상태다. 제리코는 카페로 들어가 자리에 앉았다.

"어서 오세요."

점원이 메뉴판을 내려놓고 갔다. 제리코는 달달한 것을 시키고 가방을 내려놓았다. 드래곤 슬레이어 소드는 그때까지 떠들고 있었다.

"진짜…… 버리는 거 아니고 새 검 사는 거 아니라니까."

제리코는 점원의 눈치를 본 후 생각으로 대화 방식을 바꿨다.

'네가 요즘 계속 우울해하는 것 같아서 기분 전환시켜 주려고 나온 거잖아.'

—기분 전환? 기분 전환을 어떻게 무기점에서 해? 나 놀리는 거지?

'왜, 네 친구들도 있고.'

—그게 어떻게 친구야! 라이벌이지!

제리코의 말문이 막혔다. 솔직히 드래곤 슬레이어 소드가 다른 무기들을 하급 무기 취급할 줄 알았지 라이벌 취급할 줄은 몰랐다. 제리코는 결국 대장장이에게 물어보길 포기했다. 검들이 이런 생각을 하고 있다고 아무도 생각하지 못할 것이다. 다른 검들도 자아를 가지면 이런지, 아니면 드래곤 슬레이어 소드가 유난한지 모르겠지만.

'알겠어. 아무것도 안 살게. 숫돌만 살게. 아니면 네가 원하는 부속품만. 알겠지?'

—점원이 권해도 다른 무기 만지면 안 돼.

'알겠어.'

그제야 드래곤 슬레이어 소드가 흥분을 가라앉혔다. 때마침 주문한 차와 도넛이 나왔다. 제리코는 도넛을 야무지게 씹어 먹었다. 아침부터 검의 기분을 달래줬더니 배가 고프고 당분이 부족했다. 점원은 심심한지 첫 손님에게 말을 걸었다.

"무기 보러 오셨어요?"

"아니요!"

괜찮은 가게를 추천할 생각이었는데 손님의 대답이 참 앙칼졌다. 점원이 얼떨떨해하자 제리코는 열심히 변명 비슷하게 말했다.

"제 검이 질투가 심해서…… 그, 숫돌이나 검에 다는 장식용 술 같은 거 파는 가게도 있나요?"

"네…… 있습니다."

"그럼 추천 좀 해주실래요? 제가 여기가 처음이거든요."

"하하하. 검이 질투한다니 표현이 재밌네요. 굉장히 아끼는 검인가 봐요."

"네. 아버지에게 물려받은 검이에요."

뒤늦게 부끄러운지 드래곤 슬레이어 소드가 조용해졌다. 제리코는 가방 위에서 드래곤 슬레이어 소드를 통통 두들겼다.

'계세요~'

—…….

'시끄럽게 떠들 땐 언제고.'

제리코는 머리를 긁었다. 머리를 긁고 싶을 때 긁을 수 있다니. 소소한 사치에 절로 마음이 풍족해졌다.

'난 징검다리에 불과한데 나한테 이러면 진짜 주인에겐 어쩌려고?'

—…….

드래곤 슬레이어 소드의 마음을 이해하지 못하는 것은 아니다. 드래곤 슬레이어 소드는 눈도 없고 코도 없고 귀도 없고 입도 없고 다리도 없고 손도 없었다. 사실 용들이 행동에 나서면 가장 불안한 게 드래곤 슬레이어 소드일 것이다. 사람이야 죽으면 끝이지만 드래곤 슬레이어 소드는 완벽하게 파괴되지 않는 이상 계속 살아갈 테니까. 그러니까 마그노 황자의 얘기에 그렇게 충격을 받았지. 혼자서는 움직일 수 없는데 유일하게 자신을 들고 휘둘러 줄 사람들마저 명맥이 끊겨 버린다면? 상상만으로도 너무 비참했다.

'오늘 널 위해 나온 거야. 하고 싶은 게 있으면 말해봐.'

―……모험.

'응?'

―모험이 하고 싶어. 자유롭게 돌아다니면서 내 마음 내키는 대로 하고 싶어. 사실은 그게 진짜 꿈이야.

검은 모험을 꿈꾼다.

드래곤 슬레이어 소드는 용사 에라프의 검이었다. 하지만 그가 자아를 자각했을 때 용사는 마지막 모험을 막 끝낸 상태였다. 심지어 인생이란 여정 또한 침대 위에서 보내야 할 처지였다. 혼자서 움직일 수 없는 검이 할 수 있는 일은 주인이 겪었던 모험담을 들으며 상상하는 것이 전부였다.

서대륙은 넓었다. 에라프가 가지 못한 장소가 무궁무진했다. 하프 산맥은 광룡을 처단할 때를 빼면 오르지도 못했고 동대륙은 아예 미지의 세계다.

도움을 바라는 사람들은 어떠한가. 사람들을 괴롭히는 마물, 또는 마물을 괴롭히는 사람. 그들을 돕고 도움을 받으며 하는 여행, 목적지는 달라도 여정에서 함께하는 동료와의 우정, 사랑. 본신이 검이니 감정의 교류를 원하지는 않는다. 하지만 그 또한 모험의 즐거움이라 생각했다.

혼자서는 돌아다닐 수 없다는 한계 때문에 드래곤 슬레이어 소드는 어쩔 수 없이 꿈을 접고 다른 꿈을 꿔야 했다. 직접 모험을 할 수 없으면 주인과 함께하면 된다! 내 주인은 방랑벽이 있었으니 자식 중에도 모험가를 꿈꾸는 사람이 있을 거야! 실력이 좀 구려도 내가 있으면 무적이다!

드래곤 슬레이어 소드는 에라프의 모험담과 연애담을 들었기 때문에 개중에 몇 명은 피임이 실패했으리라 생각했다. 그래서 당당하게 주인에 대한 맹세도 할 수 있었다.

안타까운 사실은 그렇게 지나간 기사님의 일을 좋은 추억과 추억의 유산으로 두고 그냥 키우는 게 평민들의 대세였음을 몰랐다는 것. 아이가 생기면 당연히 친부를 찾아올 것이라 생각하는 건 순진한 귀족들뿐이었다. 대부분은 그냥 키웠다.

드래곤 슬레이어 소드는 꿈을 포기했다. 이대로 주인의 방에서 먼지에 쌓인 채 고독을 삼키다가 각성한 보람도 없이 자아가 흩어지길 기다리게 되겠지.

하나 갑자기 나타난 붉은 머리 소녀가 그를 잡으면서 드래곤 슬레이어 소드는 다시 꿈을 꾸기 시작했다.

-사실은 모험이 하고 싶었어. 하지만 난 혼자선 못 움직이니까 날 잘 써줄 주인을 원한 건데⋯⋯.

문제는 그 꿈이 또 꺾일락 말락 하고 있다는 점이다. 제리코는 드래곤 슬레이어 소드의 꿈을 경청하고서 고개를 끄덕였다.

꽤 낭만적인 꿈이 아닌가. 검도 이렇게 꿈을 꾸는데 자신은 금가락지를 깨물고 싶어서 상인 되겠다고 설쳤다니 조금 멋쩍었다.

"역시 로젠이 진짜인 쪽이 제일 좋겠네. 둘 다 꿈이 이뤄지는 거잖아."

-나는 글렀어. 멍청한 검이야.

"자책은 이제 그만해! 우린 동지잖아! 너는 새 주인 찾고 나는 널 물려주고 자유를 찾고! 네가 이러면 우리가 어떻게 대업을 이루겠어!"

제리코는 점원 눈치를 보지 않고 큰 소리로 외쳤다. 아예 드래곤 슬레이어 소드를 가방에서 꺼내 두 손에 들고 짤짤 흔들었다.

"네 말대로 난 머리에 든 게 없단 말이야! 네가 필요해! 네가 없으면 안 돼! 네가 최고야!"

모순적이게도 제리코는 드래곤 슬레이어 소드를 무기가 아닌 참모로서 필요로 했다.

다행히 점원은 제리코를 외면했다. 고백 연습이라도 하고 있나 생각하는 듯했다. 드래곤 슬레이어 소드는 체면을 팔아넘긴 제리코의 고백에 내내 우울했던 속이 시원하게 날아가는 걸 느꼈다.

-제리…… 내가 그동안 너무 찌질거렸지? 미안해.

"아니야, 아니야. 네가 기력을 찾아서 기뻐."

소녀는 단검을 끌어안고 눈물을 흘렸다. 결국 점원은 첫 손님에게 다가가 상냥하게 말했다.

"손님, 죄송하지만 나가주시겠습니까. 다른 손님들께 폐가 되어서요."

"에헤헤."

민폐라는 자각은 있었다. 제리코는 드래곤 슬레이어 소드를 가방에 챙겨 넣고 카페를 나왔다. 차랑 도넛을 남겨서 조금 아쉬웠다.

드래곤 슬레이어 소드는 제리코가 돈을 갖고 있는 걸 보고 깜짝 놀랐다.

-돈은 언제 챙겼어?

"소공작님이랑 아빠가 줬어. 너 진짜 정신 빼놓고 있었구나."

드래곤 슬레이어 소드는 자신이 정말 정신을 빼놓고 있었음을 반성하고 가방 안을 확인했다. 제리코의 가방 안엔 잡다한 물건이 즐비했다. 지갑, 손수건, 손거울, 빗, 리본, 머리 끈, 휴지, 간식거리 사탕, 가방 안에 든 또 다른 가방, 심지어는 에라프의 신분패까지. 없는 게 없었다.

-뭐가 이렇게 많아?

"첫 외출이라 긴장해서."

-주인 신분패는 왜 챙겼어?

"그거 계속 들고 다니던 게 습관이 되어서."

고향 집을 나설 때부터 소중히 품에 품고 다녔던 터라 안 들고 다니는 게 허전했다. 그리고 신분패의 재질이 금이다 보니 혹시 모를 사태가 발생하면 급전용으로 쓰기에 좋았다.

얘기를 들은 검이 한심해했다.

－차라리 주인 기념관에 기증해.

"엄밀히 따지면 이건 내 게 아니라 우리 엄마 거라고."

엄마가 준 거라 기증은 못 하지만 유사시 팔아서 목돈 마련에 쓰겠다는 이중성은 제리코의 특징이었다.

누군가 지적할 법한 생각이지만 제리코는 당당했다. 에라프의 유산은 어쩔 수 없이 제리코가 독식한다고 치자. 현재까지 알려진 자손이 제리코 한 명뿐이니까. 하지만 요나는 아이가 제리코를 포함해 다섯이나 있었다. 이 금덩이는 다섯 명이 공평하게 지분을 갖고 있다는 게 제리코의 견해였다.

제리코의 생각을 읽은 드래곤 슬레이어 소드가 수긍했다. 확실히 증표로 준 물건이긴 해도 금이라서 환금성이 있으니 유산으로 생각해 나눠 주자면 제리코의 생각이 맞았다. 대신 드래곤 슬레이어 소드는 도난 위험을 걱정했다.

－이렇게 허술한 가방에 넣어놓고 누가 훔쳐 가면 어쩌려고 그래.

"네가 있잖아."

제리코는 어깨를 으쓱였다. 제리코의 금을 탐하는 자 그 자리에서 불에 타 죽으리라.

"으흐흐흐."

남의 재물을 탐하는 나쁜 사람은 불에 타 죽어도 마땅하다. 제리코가 음산하게 웃었다.

드래곤 슬레이어 소드는 자신을 위장해서 몸에 차지 않고 가방에 넣어둔 의도를 그제야 알았다. 만약 소매치기가 제리코의 짐을 탐하면 그 날이 소매치기의 마지막 날이 되리라.

드래곤 슬레이어 소드도 마음의 안정을 찾았겠다, 제리코는 다시 무기점을 찾았다. 드래곤 슬레이어 소드는 떨떠름한 반응을 내보였다.

-뭐야, 왜 또 들어가.

"단검 좀 사려고."

-내가 있잖아! 내가!

"넌 용 잡는 검으로 나물 캐니?"

-캐! 캐도 돼! 날 안 상해!

검이 괜찮다고 외쳐도 검의 말을 못 알아듣는 주위 사람들이 잔소리를 해댈 것이다. 어머나, 세상에! 용 잡는 검을 막검으로 쓰다니! 이러면서. 제리코는 그런 불상사를 막아볼 겸 단검을 하나 구할 생각이었는데 드래곤 슬레이어 소드의 반대가 막강했다. 제리코는 결국 단검을 포기했다.

"알겠어. 그럼 에릭이랑 캐리 걸 살게. 됐지?"

도시는 어떨지 몰라도 시골에선 애들 대가리에 피가 좀 말라붙었다 싶으면 날붙이와 부싯돌을 하나씩 준다. 제리코는 맏이에 존과 요나의 신뢰를 사서 단검을 꽤 일찍 받은 편에 속했다. 대신이라고 해야 하나, 에릭은 아직까지 단검이 없었고 캐리는 제리코가 쓰던 걸 물려받았다. 그래서 제리코는 새 걸 두 개 사서 둘에게 선물로 줄 생각이었다.

"어디가 좋을까."

제리코는 일단 근처의 무기점 중에서 가장 크고 깔끔해 보이는 곳으로 들어갔다. 소설 속 주인공들은 숨겨진 명장의 무기를 찾기 위해 골목 깊숙한 곳으로 들어가 기연을 만난다지만 제리코는 주인공이 아니니까 이런 평범한 가게가 좋았다. 동생들에게 선물로 줄 단검을 구하는데 대단한 게 필요하지도 않고 말이다.

그리고 제리코는 무기점에 들어간 즉시 새빨간 머리의 잘생긴 검사가 점원과 대화를 나누고 있는 것을 보았다. 멀리서도 눈에 확 띄는 붉은 머리에 훤칠한 키, 잘생긴 얼굴에 제리코의 가슴에 불을 지르는 근육까지. 대충 봐도 누군지 알 수 있었다. 로젠이었다.

'이 만나기 쉬운 남자!'

어쩜 나오자마자 딱 마주쳤지? 후보 셋 중에서 가장 활동적인 사람이라 그런지 만나기가 참 쉬웠다.

-잘됐네. 가서 말 걸자.

'안 돼. 난 오늘 제리코 한슨으로서 놀러 나온 거잖아. 로젠 오빠 혼자 있어도 눈에 띄는데 나까지 끼면 사람들이 다 쳐다볼 거야. 그중에 누가 나 알아보면 어떡해.'

-하긴. 빨간 머리가 흔하긴 해도 너희처럼 진한 애들이 둘이서 돌아다니면 눈에 띄긴 하겠다.

제리코가 로젠을 한눈에 알아봤으니 반대도 가능했다. 제리코는 로젠의 시야에 들지 않도록 조심스럽게 무기점을 나왔다. 무기점 점원이 로젠에게 신경이 쏠려 있어서 다행이었다.

다시 보니 무기점엔 스타즈 상회 문양이 그려져 있었다. 제리코는 스타즈 상회와 관련되지 않은 무기점을 찾았다. 로젠이 지나가면서 발견하지 못하도록 큰 거리에서 조금 안쪽 골목으로 빠졌다.

"이러니까 내가 꼭 소설 주인공이 된 것 같아. 어쩌다 들어간 무기점에서 전설의 무기를 만나는 거야!"

-나 있잖아!

"농담이야, 농담."

제리코는 그렇게 들른 가게에서 동생들에게 줄 단검을 두 자루 구입했다. 직원은 들고 가기 힘들면 배달비를 받고 배달해 주겠다고 말했다. 제리코는 고개를 젓고서 검집에 끼운 단검 두 자루를 가방에 넣었다. 드래곤 슬레이어 소드는 상당히 불쾌해했다.

"가방에 든 게 많아 보이는데 그러다 찢어지는 거 아니에요? 우리 가죽 재질 가방도 같이 파는데."

"집에 갈 때까지는 버틸 것 같아요. 휘두르지만 않으면 되죠."

"우리 가게에서 안 사도 되니까 위험하다 싶으면 가는 길에 하나 구매해요. 이 근방은 가격 정찰제라서 흥정이 없는 대신 다들 정직한 가격을 받고 있어요."

"고맙습니다."

제리코는 좋은 단검을 싸게 산 기쁨에 어깨춤을 췄다. 단검 가격은 고향과 비슷했는데 질이 달랐다. 철의 질도 다르고 손잡이 이음새와 손에 잡히는 느낌도 다르고 검집도 서비스로 끼워주니 진짜 남는 쇼핑이었다.

"이제 네가 쓸 물건이나 살까? 뭐 갖고 싶은 거 있어? 숫돌은 아직 남았고."

-장식 술 갖고 싶어.

"장식 술 좋지."

세계에서 가장 센 검은 화려해도 괜찮아! 제리코와 드래곤 슬레이어 소드는 합심하여 무기 관련 장신구를 파는 가게를 찾았다. 그런데 콧노래를 흥얼거리며 신나게 길을 걷던 제리코를 드래곤 슬레이어 소드가 다급하게 불렀다.

-제리! 왼쪽, 왼쪽 가게!

"응? 뭔데?"

제리코는 걸음을 멈춰 서고 드래곤 슬레이어 소드가 지시하는 방향대로 움직였다. 뒤로 다섯 걸음, 남쪽을 바라보며 오른쪽으로 세 걸음.

그러자 마법 무기 상점이 나왔다. 마법이 부여된 무기를 판매하거나 무기에 마법을 부여한다고 적혀 있었다. 간판 아래엔 조그맣게 마탑 인증이라고 적혀 있었다.

"마탑 인증이 없는 제품은 불량품이어도 교환, 환불이 안 된대."

제리코는 눈을 크게 뜨고 드래곤 슬레이어 소드의 몸을 살폈다. 드래곤 슬레이어 소드는 그게 아니라고 짜증 냈다.

-그게 아니고 가게 안을 봐! 샌시야!

"정말?"

제리코는 가게 안을 신중하게 살폈다. 유리창 안쪽에서 식물이 아닌 연두색 머리통이 왔다 갔다 했다. 예쁘고 신기한 연두색 머리카락에 약간 구부정한 자세, 피곤해 보이는 얼굴까지. 샌시가 맞았다.

'역시 우리 검이 최고야.'

-나오나 봐.

샌시는 가게에서의 용무가 끝났는지 로브에 붙은 후드를 뒤집어썼다. 그리고 피죽도 못 얻어먹은 사람처럼 비실비실 걸어 나왔다. 제리코는 문 앞에 서 있다가 샌시에게 아는 척했다.

"안녕하세요."

"히익!"

누가 보면 제리코가 전염병 환자라도 되는 줄 알 것이다. 샌시는 기겁을 하더니 제리코를 피해서 게걸음으로 문 앞을 벗어났다. 한달음에 도망치려는 그의 로브를 제리코가 붙잡았다.

"잠시만요! 대화 좀!"

"안 사요, 안 믿어요, 안 해요!"

"네?"

"안면 없는 미소녀가 내게 갑자기 말을 걸었다면 가능성은 세 가지! 하나! 그 마녀의 사주를 받았다! 둘! 내 장기를 노린다! 셋! 다단계나 사이비 권유다!"

백주에 당당하게 외칠 말은 아니었다. 제리코는 로브를 잡은 손에 힘을 줬다. 샌시는 애를 쓰며 로브를 빼내려고 했지만 결국 제리코에게 힘으로 밀렸다. 피죽도 못 얻어먹은 허옇게 뜬 얼굴이 더욱 창백해졌다.

"역시 마녀의 사주를 받았나!"

"정신 차리세요. 지금 대낮이고 저랑은 예전에 만난 적 있잖아요!"

제리코는 다른 사람 눈에 들키지 않도록 조심스럽게 가방 속을 샌시에게 보여줬다. 샌시는 가방 안에 든 드래곤 슬레이어 소드를 보더니 이성을 되찾았다.

"아…… 그때 그 미소녀……."

샌시는 제리코를 볼 땐 언제나 미소녀 소리를 빼먹지 않았다. 제리코는 내심 기분이 좋아져 흐흥 하고 웃었다.

제리코의 정체를 알았음에도 샌시는 주위를 경계했다. 그가 계속 불안한 듯 주위를 돌아보며 후드를 눌러쓰는 탓에 제리코는 인상을 찌푸렸다.

'정신적으로 문제가 있나?'

처음 만났을 땐 일주일 동안 한 시간밖에 자지 못했다고 하니 이상행동을 보이는 걸 이해할 수 있었다. 두 번째 만남에선 자고 있는 사람을 갑자기 깨웠으니 몽롱해서 이상하게 굴 수도 있다. 그런데 상점에서 일처리 다 하고 난 지금도 이러니까 이상했다.

"어디 안 좋으세요?"

"여자랑 같이 있는 걸 마녀에게 들키면 안 돼. 안녕, 잘 가!"

샌시는 다시 제리코를 뿌리치고 도망가려 했다. 제리코는 로브를 놓지 않았다. 샌시는 이번에도 제리코에게서 벗어나는 데 실패했다. 제리코는 생각보다 약한 저항에 눈살을 찌푸렸다.

'약골?'

샌시가 제리코의 힘에 이리저리 흔들리면서 중얼거렸다.

"배고파서 힘이 없어……."

제리코는 손에 잡힌 로브의 감촉을 확인했다. 매끈매끈, 반질반질, 보들보들, 포근포근. 엄청 비싸 보이는 원단에 화려하게 수놓인 자수는 또 어떻고? 이렇게 비싼 옷을 입고서 굶고 다니다니 이 또한 이상했다.

샌시는 도망가려 하고 제리코는 그와 이야기가 하고 싶다. 결국 제리코가 강하게 샌시를 잡아당겼다.

"어디 카페라도 갈래요? 간식거리는 제가 살게요."

제리코가 대화를 청하는 입장이니 정보료의 의미로 차와 과자는 살 의사가 충분하다. 샌시는 바로 거절했다.

"난 모르는 여자랑 밥 안 먹어!"

"물어볼 게 있어서 그래요. 정보료라고 치자고요."

"그래?"

샌시가 한참을 망설인 끝에 조심스럽게 말했다.

"그럼 인적이 드문 곳으로……."

조건이 참 까다로웠다. 제리코는 로브로 몸을 꽁꽁 감싼 샌시를 이끌고 물어물어 개인실이 있는 카페를 찾아갔다. 다행히 공방 거리에는 카페가 많았다. 배달 전문도 많고, 개인실이 있는 카페도 있었다. 공방은 시끄럽기 때문에 계약 같은 걸 하는 용도로 쓰인단다. 용돈이 넉넉했기 때문에 제리코는 별 고민 없이 샌시에게 메뉴판을 넘겼다.

"드시고 싶은 거 주문하세요."

샌시는 여전히 미심쩍은 듯 제리코와 거리를 벌렸다.

"……나한테 반한 건 아니지?"

"아니거든요!"

이 남자가 날 뭐로 보고! 제리코가 발끈해서 노려보자 샌시가 어깨를 움츠렸다.

샌시는 카페의 식사 메뉴를 처음부터 끝까지 모조리 주문했다. 돈 나가는 건 괜찮지만 음식을 남기는 건 용서할 수 없는 제리코의 눈매가 더러워졌다.

"다 못 먹는 거 무슨 욕심이 이렇게 많아요!"

"남으면 싸 갈 거야!"

"음. 그럼 괜찮아요."

호구 취급당하는 기분이 들지만 샌시는 중요한 인물이니 이 정도 식사 대접은 할 수 있었다. 아리보 소공작과 존이 준 용돈도 넉넉했고. 만에 하나 샌시가 에라프의 친아들이라면 제리코의 이복 오빠가 되는 건데 남매 사이에 밥 한 끼 못 사주겠는가.

점원이 메뉴가 너무 많아서 식탁 위 공간이 부족하다고 난색을 표했다. 제리코는 2인분을 빼고 모두 포장해 달라고 말했다. 포장한 음식은 나가면서 가져가기로 했다. 곧 주문한 차와 음식이 나왔다. 샌시는 점원이 더는 찾아올 기미가 없자 그제야 로브와 후드를 벗었다. 그러면서 다시 물었다.

"진짜 반한 거 아니지?"

"사람 진짜 끈질기네! 아니라고요!"

어두운 색의 로브 안에서 드러난 신비로운 연두색 머리카락과 약간 이질적인 이목구비는 눈이 탁 트일 만큼 아름다웠지만 사람이 이렇게 끈질겨서야 좋은 평가를 주기 힘들었다. 다만 그의 안색이 상당히 파리해서 제리코는 화를 내려다 삼켰다.

'진짜 어디 아프거나 배가 많이 고픈가 보네.'

사람은 배가 고프면 생각이 짧아진다. 일단 제리코 자신이 그랬다. 제리코는 샌시의 이상행동을 밥 먹기 전까지만 봐주기로 마음먹었다.

'나 진짜 착한 듯.'

-그래. 역시 주인의 딸이다.

'근데 저 사람은 피죽도 못 얻어먹고 다니나? 우리 고향에서도 현금이 없다 뿐이지 배곯는 사람은 없는데.

-마탑주 아들이 굶고 다니겠냐. 자기가 안 먹은 거 아니야?

'어떻게 밥을 안 먹어?'

제리코는 경악했다. 몸 쓰는 일이 많은 시골에선 식사를 하지 않는 건 씻지 않는 것보다 중죄였다.

드래곤 슬레이어 소드는 그런 사람들이 있다고 말했다. 무언가에 열중해서 깜빡하거나 귀찮아서 식사하지 않는 사람이 있다고. 제리코로 선 절대 이해할 수 없는 유형의 사람들이었다. 제리코는 진짜 그런 사람이 존재하나 의심했다.

"식사는 왜 안 했어요?"

"귀찮아서."

그런데 눈앞에 바로 그런 사람이 있었다. 제리코는 슬며시 가방을 벌려 드래곤 슬레이어 소드에게 속삭였다.

"이 사람은 에라프 님 아들이 아닐 거야. 나랑 피가 섞였는데 저럴리가 없어."

-네 기준으로 모든 사람을 판단하지 말아줄래.

제리코는 어깨를 으쓱였다. 어쨌든 샌시는 허겁지겁 음식을 씹어 삼켰다. 누가 보면 일주일은 굶은 사람 같았다.

제리코가 농담 삼아 그렇게 말하자 샌시는 고개를 끄덕였다. 실제로 그는 일주일 동안 빵 한 덩이로 버텼다. 식재료를 사러 나가기 귀찮았기 때문이다. 일주일 뒤에 일 때문에 외출해야 하니 그때까지만 버티기로 하면서 빵과 물로 배를 채웠다. 아마 물의 지분이 더 많을 것이다. 설탕도.

음식 앞에서 사르르 풀렸던 샌시의 경계가 다시 높은 철조망을 쳤다.

"내가 일주일 굶은 걸 어떻게 알았지? 역시 날 감시한 거구나!"

"아니라니까! 도대체 내가 뭐가 아쉬워서!"

"마녀의 사주를 받은 게 아니야?"

"도대체 그 마녀의 사주란 게 뭔데 그래요. 마녀가 마탑주 아니에요? 당신 어머니잖아요."

"그래. 마녀가 내 자식에 현상금을 걸었지. 아이 한 명당 마법 특허 하나."

"네?"

제리코는 샌시의 말을 이해하지 못해서 되물었다. 샌시는 접시 하나를 뚝딱 비우고 다른 접시를 자기 쪽으로 끌어당겼다. 음식을 급히 씹어 삼키면서 음식이 입안에 있을 땐 말하지 않으려고 하다 보니 대답해 주는 데 시간이 걸렸다.

"마녀는 남는 게 특허니까 아이 백 명쯤은 만들어도 괜찮다고 그랬어. 하지만 난 안 만들 거야. 난 내가 사랑하는 사람과 연애하고 결혼해서 둘이서만 오순도순 살 거라고."

"제가 아는 게 없어서 그러는데 처음부터 설명해 주면 안 될까요?"

제리코는 본인의 무지를 인지하고 인정한 지식의 구도자였다. 정확하겐 스스로 찾기보단 질문할 대상을 찾아다니는 구도자.

제리코는 앞서 드래곤 슬레이어 소드에게도 같은 질문을 했는데 검은 대답해 주지 못했다. 신문이나 잡지에 나온 얘기가 아니라는 의미였다. 샌시는 의아해하다가 이내 제리코의 처지를 떠올렸는지 혼자 고개를 끄덕이며 납득했다. 샌시는 자신의 연두색 머리카락을 가리켰다.

"보면 알겠지만 난 숲요정 혼혈이야. 마녀는 어릴 때부터 실험이란 명목하에 내 피를 갈취했지."

"히익."

차 마시면서 들을 얘기는 아니었다. 제리코는 손톱이 손바닥을 파고들 정도로 세게 주먹을 쥐었다. 엄청난 아동 학대 얘기를 들었는데 당사자가 너무 덤덤했다. 제리코가 질색하든 말든 샌시는 비위 상하는 얘기를 계속했다.

"언제부턴가 내 피에 질렸는지 내 자식의 피를 궁금해하더라고. 그러면서 여자들에게 포상금을 건 거야. 내 자식을 낳아 오면 마법 특허권을 주겠다고."

"제국은 인신매매가 불법……."

"일단은 내 모친이니까 손자를 할머니가 키우게 되는 거고 양육비 조로 특허권을 넘긴다고 하니까 법적으로 문제 될 게 없다나 봐. 덕분에 엄청 시달렸지. 그래서 내 또래 미혼 여성은 좀 부담스러워."

샌시가 하고 다니는 모양새만 보면 어지간히 시달린 듯싶었다. 마법에 대해서 아는 게 거의 없는 제리코는 마법 특허권이 뭔데 사람들이 양심과 윤리관을 팔고 달려드는지 알 수 없었다.

"마법 특허가 뭔데요? 좋은 건가요?"

"마법사가 어떤 마법을 새로 개발하는 데 시간과 노력, 연구비가 들잖아."

"잘 모르지만 그렇겠죠?"

"그래서 타인이 개발한 마법을 사용하면 거기에서 특허권료로 수수료를 떼어 가. 기간은 특허권자가 살아 있는 동안과 유족을 위해서 사후 20년까지."

돈 얘기가 나오니 제리코의 눈이 반짝였다. 제리코는 어지간해선 굴리지 않는 머리의 짱돌을 굴렸다. 안 굴려 버릇해서 그렇지 심하게 성능 나쁜 짱돌은 아니었다. 제리코는 샌시가 하고자 하는 말을 금방 알아챘다.

"쌓인 특허와 수수료가 어마어마하다?"

"응. 특히 마녀가 동대륙에서 이쪽으로 건너오면서 만든 친자 감별 마법 수수료가 엄청나. 초창기엔 그걸로 돈방석에 앉았다지."

"앗!"

익숙한 단어가 나왔다. 제리코는 삿대질을 하면서 발을 동동 굴렸다. 제리코가 유일하게 알고 있는 마법이었다. 내친김에 제리코는 친자 감별 마법에 대해서 질문했다.

"그 친자 감별 마법 말인데요, 남매 감별은 못 해요?"

"못 해."

"왜죠!"

부모 자식은 구분하면서 남매는 구분할 수 없다니! 제리코는 부당하다고 생각했다. 물론 남매도 감별할 수 있으면 마법의 이름이 친자 감별이 아니라 가족 감별 마법이나 혈연 감별 마법이었을 것이다.

하지만 제리코는 은근슬쩍 기대하고 있었다. 에라프의 피야 다 썩어서 혈관이 바싹 말라 얻기 힘들었다지만 제리코의 혈관은 튼튼했다. 피를 뽑아서 마법으로 찾아내면 얼마나 편하고 좋을까 은근 기대하고 있었는데 안 된다니.

제리코가 과하게 실망하자 샌시는 자기 탓도 아닌데 사과했다. 그리고 뒤에 쓸데없는 말을 더했다.

"내가 친절하다고 해서 나한테 반하지는 말고."

"안 반한다니까!"

이 근거 없는 자신감만 아니면 대하기 편한 사람인데 말이다. 제리코가 투덜거리고 샌시는 설명을 이었다.

"친자 감별 마법의 골자는 피가 아니라 피에 녹은 혼을 분석하는 거야. 그때 마법 설정 조건이 부모 자식이라 남매나 형제를 감별하려면 마법을 새로 만들어야 해."

"그렇구나…… 그런 마법은 만들기 어려울까요?"

"이미 비슷한 게 있으니까 만들기는 쉬울 거야."

"그, 그럼!"

"대신 마녀가 변호사를 고용해서 표절로 고소하겠지. 요즘은 들어오는 돈이 줄었지만 마녀가 그걸로 얼마를 벌었는지 알아? 무서워서 아무도 못 건드려."

샌시가 식사를 마쳤다. 그는 텅 빈 접시 두 개를 식탁 중앙 쪽으로 밀어서 자신의 앞을 치운 다음 차를 마셨다.

"그리고 보통 형제끼리는 감별할 필요 없잖아. 잃어버린 형제라도 있어? 그럼 부모님 피로 검사해."

"그으…… 잃어버린 형제 비슷한 게 있는데……."

제리코는 샌시의 눈치를 살폈다. 그에게 이런 말을 했다가 제리코가 에라프의 아들을 찾고 있다는 사실이 알려지면 곤란했다.

일단 샌시 본인은 자신이 에라프의 아들인지 모르는 낌새였다. 마탑주가 일부러 알려주지 않은 건지 그냥 알려주지 않았는지는 미지수지만.

차를 모두 마신 샌시가 포만감에 젖어 웃었다. 자다 일어난 고양이 같은 미소였다.

'이 사람은 웃을 때 엄청 매력적이야.'

다행히 두근거리는 일은 없었다. 샌시는 의자 옆에 걸어둔 로브를 챙겼다.

"질문은 끝? 그럼 난 이만."

"잠시만요! 그러니까…… 밥까지 사줬는데 제가 차 다 마실 때까지 기다려 줘야 하는 거 아니에요?"

"그러게. 미안."

급하게 잡은 것치곤 괜찮은 핑계였다. 샌시는 수긍하고는 의자에 다시 앉았다.

제리코는 가능한 느긋하게 차의 향과 맛, 물의 질, 물을 끓인 온도, 찻잔의 소재 등을 음미하며 속으론 빨리 뭐라도 말하라고 드래곤 슬레이어 소드를 닦달했다.

샌시는 심심한지 차를 마시는 제리코를 빤히 응시했다. 빗지 않아서 헝클어졌지만 그럼에도 결이 좋은 연두색 머리카락 사이로 노란색 눈동자가 드러났다. 꼭 고양이 눈 같았다. 샌시는 아름다웠고 제리코가 알고 있는 어떤 사람도 닮지 않았다. 아마 로브를 뒤집어쓰고 있어서 얼굴을 보지 못한 마탑주를 닮지 않았을까.

샌시는 제리코를 물끄러미 바라보다가 입을 열었다.

"형제 하니까 생각난 건데 나랑 아가씨는 아버지가 같을 수도 있어."

플라티나 스타즈에 버금가는 충격 발언이었다. 미처 대비하지 못한 제리코와 드래곤 슬레이어 소드는 정신을 차리지 못했다.

'끼아아악!'

-뭐야, 뭐야, 얘도 왜 막 던져!

차를 가능한 느리게 마셔서 다행이지 아니었으면 사레들릴 뻔했다. 제리코는 가능한 동요하지 않은 척 여상히 대꾸했다.

"왜 그렇게 생각해요?"

"마녀가 취미로 정액을 모으는데."

"풉!"

제리코가 입에 머금은 차를 그대로 뿜었다. 찻물은 작은 무지개를 그리며 식탁 위와 샌시의 얼굴을 덮쳤다. 침 섞인 찻물 세례를 받은 샌시는 로브 자락으로 얼굴을 닦았다.

"뭐, 뭐라고요?"

제리코는 사과보다 확인을 먼저 했다. 방금 들은 얘기를 믿을 수 없었기 때문이다. 샌시는 대답은 하지 않고 로브로 얼굴을 닦기만 했다. 하지만 그 로브는 방수 처리가 되어 있는지 물기를 흡수하지 못하고 주위로 번지게 만들었다. 결국 제리코는 가방에서 손수건을 꺼내 샌시에게 줬다. 샌시는 미심쩍다는 듯 중얼거렸다.

"진짜 반한 거 아니지?"

"아니에요."

"마녀의 사주도 안 받았고?"

"아니에요."

"하긴, 마녀도 소공작을 고용하진 못하겠지."

샌시는 멋대로 납득하곤 손수건으로 얼굴을 닦았다. 제리코는 그 손수건 가지라고 했다. 샌시는 고개를 저으며 억지로 제리코에게 손수건을 밀었다.

"난 내 이상형이 주는 손수건 빼곤 안 받을 거야."

"더러워서 안 받겠다는 거예요."

"내가 여자가 준 손수건을 갖고 있는 걸 알면 마녀와 수하들이 널 가만두지 않을 거야. 가져가."

"가만두지 않으면요?"

"애를 많이 낳으라고 보약을 먹이겠지."

"네?"

제리코는 샌시의 말을 이해하지 못했다. 하는 말마다 종잡을 수가 없었다. 제리코는 드래곤 슬레이어 소드에게 물었다.

'넌 무슨 말인지 알겠어?'

–하나도 모르겠어.

한 명의 사람과 한 자루의 검을 혼란에 빠뜨린 주제에 샌시는 이를 빠득빠득 갈았다.

"그 마녀는 내 아이에게만 포상금을 건 게 아니야. 나에게 호감을 갖거나 관심 있는 여자들에게도 마수를 뻗쳤어. 세상 모든 여성이 그런 말도 안 되는 이유로 내게 접근한 건 아니었어. 좋은 사람도 있었지."

어린 시절의 샌시는 피를 수시로 뽑혔지만 지금보다 안색이 좋았다. 생기 넘치는 숲요정 혼혈은 여자아이들에게 인기가 좋았다. 그리고 마녀는 그런 아이들을 불러다 물었다.

"결혼은 언제 할 거니, 아이는 몇 명이나 낳을 거니. 이런 질문을 내 주위 여자애들한테 다 했어. 자살도 생각했어."

샌시로선 진짜 죽고 싶은 기억이었다. 본래는 학교를 월반할 생각이 없었던 천재 소년은 동급생 여자들을 볼 면목이 없어서 일 년 만에 기초 학교를 졸업했다.

제리코는 잠시 동안 아무 말도 하지 못했다. 최근 들은 것 중에서 에라프의 사연 다음으로 슬픈 얘기였다. 제리코는 샌시가 마탑주를 부르는 호칭을 납득했다. 친어머니를 부르기에 많이 괘씸하지만 저렇게까지 당하고 살았으니 마녀도 관대한 호칭이었다.

"난 현실의 여성을 멀리하기로 했어. 나와 그녀들을 위해서야."

자살을 결심했던 사춘기 소년은 현실이 아닌 다른 차원의 여성을 이상형으로 모셔서 자살의 유혹을 극복했다. 조금 위험한 발언이 나와 버렸지만 제리코는 자기 일이 아니기 때문에 신경 쓰지 않았다. 제리코의 코가 석 자였다.

"네네, 힘내세요. 그보다 저랑 아버지가 같을 수 있다는 얘기를 계속 듣고 싶은데요."

"마녀의 수집품 중에 에라프 님 정액도 있었거든."

돌아가신 친아버지의 정액이 정체 모를 여성의 수집품에 속해 있단 이야기를 들었을 때 친딸의 반응을 구하시오.

1. 화낸다.

2. 운다.

3. 무서워한다.

제리코의 반응은 3번이었다. 제리코의 전신에 소름이 돋았다. 제리코는 헤아릴 수 없이 복잡한 감정을 느끼며 팔을 쓸었다. 옷 안으로 오소소 돋아난 닭살이 느껴졌다.

'진짜 기분 나쁜 이야기다.'

─미안.

드래곤 슬레이어 소드는 괜히 찔려서 사과했다. 제리코는 그의 잘못이 아니라며 고개 저었다.

제리코는 힘겹게 입을 열었다. 무슨 말을 해야 할지 생각해 봐도 도저히 떠오르지 않았다.

"대단…… 하네요."

"문화 차이야. 서대륙엔 인간 한 종밖에 없지만 동대륙은 아인종과 혼혈이 다양하대. 그래서 피가 어떻게 섞였냐에 따라 약과 마법의 효과가 달라서 수집하던 게 이쪽에선 악취미 취급받아서 기분 나쁘다던데."

"아하…… 실용적인 목적도 있군요."

그럼 이해가 될 것도 같다. 제리코가 남의 모친을 기분 나빠 하고 싶지 않아서 가능한 이해하려고 해보자 샌시가 정색했다.

"무슨 소리야. 동대륙에서나 그렇지 서대륙엔 인간밖에 없잖아. 악취미 맞아. 좀 재능이 있다거나 생긴 게 특이하다거나 싶으면 무조건 붙잡아서 피랑 정액 달라고 한단 말이야. 아들 친구도 붙잡는다고."

이것이 샌시가 사춘기 시절 자살을 꿈꿨던 또 다른 이유였다. 샌시의 과거사는 들으면 들을수록 눈물이 나서 듣기가 힘들었다.

"본론만 말해주시면 안 될까요. 세 줄로 요약 부탁드려요."

샌시는 주먹 쥔 오른손을 들어 올렸다. 그리고 손가락 하나를 펼쳤다.

"어릴 때 내 생물학적 아버지가 누구냐고 물었더니."

그가 또 하나를 펼쳤다.

"마녀가 수집품을 보여주며 말하기를."

그가 마지막 손가락을 펼쳤다.

"저 안에 네 아빠 있다."

훌륭한 세 줄 요약이었다. 세 줄 요약인데 구구절절 하소연하는 것보다 더 슬펐다. 눈물 없인 들을 수 없는 가정사에 제리코는 입을 틀어막았다.

아빠 어딨냐 물었더니 냉동 보관소에 꽉꽉 들어찬 정액 병을 보여주는 어머니. 그걸 보고 절망하는 아이. 제리코의 눈에서 눈물이 왈칵 쏟아졌다. 제리코는 손수건을 찾았다. 손수건은 이미 찻물에 젖어 식탁 위에 방치되어 있었다. 제리코는 소매로 눈물을 닦았다. 때리고 구박하고 굶기진 않았지만 다른 의미에서 어마어마한 아동 학대였다.

"고생이 많았네요. 참 잘 자랐어."

저 학대를 견디며 허우대 멀쩡하게 자랐으니 연하인 제리코가 생각해도 대견했다. 샌시는 단호하게 대꾸했다.

"사랑의 힘이지. 내 이상형을 생각하며 버텼다."

"네네, 사랑은 위대해요. 근데 이야기를 들어보면 보관 중인 정액이 꽤 많은 것 같은데 에라프 님이라고 생각하게 된 이유가 뭐예요? 동경?"

샌시의 이야기는 슬펐지만 그가 에라프의 아들이라는 가능성을 점치기엔 근거가 조금 부족했다. 일단 마탑주의 수집품 양이 어마어마했다.

"에라프 님이 친아버지이길 바라셨다거나."

로젠처럼 에라프를 존경했다면 충분히 가능한 얘기였다. 냉동 보관된 정액 병을 보며 아이는 인류의 영웅이 자신의 친아버지라고 상상하는 것이다. 불쌍한 아이에 약한 제리코의 눈가에 다시 눈물이 차올랐다. 샌시는 여상한 얼굴로 말했다.

"에라프 님 장례식에 강제로 끌려가서 참석했는데 마녀가 그랬어. 에라프 님이 아니었으면 난 태어나지 못했으니까 감사히 여겨야 한다고."

"그 얘길 먼저 했어야죠!"

그랬다. 장례식 다 끝나가는데 막판에 찾아온 모자가 했던 말이 제리코의 가물가물한 기억 속에서 떠올랐다.

갑자기 문을 박차고 들어와 시끄럽게 떠들더니 둘 다 어느 남자의 손에 이끌려 퇴장했었다. 꽤 인상적인 일이고 당시 모자가 나눈 얘기도 의미심장했는데 그사이에 하도 일이 많아서 까먹었다.

마탑주는 몰라도 샌시는 장례식에 참석해야 했던 이유! 그것이 궁금했다! 제리코는 드래곤 슬레이어 소드를 구박했다.

'내가 까먹고 있어도 네가 알려줘야지. 넌 내 외장 두뇌잖아.'

-아주 생각을 포기하고 살지 그래.

드래곤 슬레이어 소드도 까먹고 있던 게 미안했는지 더는 구박하지 않았다.

제리코는 두근거리는 가슴을 진정시키고 샌시를 보았다. 그녀는 자신이 참 이기적이다 싶었다. 샌시의 슬픈 과거에 눈물을 글썽일 땐 언제고, 원하는 얘기가 나오니까 눈물이 쏙 들어갔다.

샌시는 겉으로 봐선 에라프를 닮은 데가 하나도 없었다. 남자 셋이 모두 아버지를 닮지 않았으니(로젠의 머리카락은 제외) 참으로 통탄할 노릇이었다. 제리코 자신처럼 누가 봐도 에라프 자식이구나 싶을 정도로 닮으면 찾기 편하고 얼마나 좋단 말이냐.

"그렇구나. 그 말이 무슨 뜻인지 알아요?"

"안 물어봤어."

"에라프 님이 아버지일지도 모르는데 궁금하지 않아요?"

샌시가 그게 무슨 개소리냐는 표정을 지었다. 거친 가정사를 가져서일까. 그도 정상은 아니었다.

"별로 관심 없는데."

"그래도 아버진데."

"부모는 적을수록 좋은 것 같아."

샌시의 인생은 어머니 하나로도 벅찼던 것이다. 제리코는 다시 나오려는 눈물을 집어넣고 애써 물었다.

"왜요, 에라프 님의 자식이면 돈도 많이 받고."

"나 돈 많아."

"작위도 물려받고."

"마탑에게 인증받은 마법사는 남작위를 인정받아."

"공작이랑 남작이랑 다르잖아요."

"모르는구나. 마녀가 공작이라 나도 소공작이야. 물론 마녀보다 내가 먼저 죽을 테니까 작위는 못 물려받겠지."

설득할 거리가 떨어졌다. 설득을 하려는 사람이 그 자리가 싫어서 떠넘기려는 것이었기 때문에 말에 설득력이 부족했는지도 모르겠다.

제리코는 드래곤 슬레이어 소드의 검집을 두드렸다. 여보세요, 거기 계세요. 뭐 좀 말해보세요.

―너 진짜 너무한다.

'빨리, 빨리 생각해.'

-명예는 어때?

"에라프 님의 아들이라는 명예도 생기고."

와. 샌시가 과장되게 좋아하는 표정을 지었다. 그는 정말 신나서 어쩔 줄 모르겠다는 듯 주먹을 쥐었다.

"생물학적 모친이 마탑주인데 부친이 소드 마스터면 마탑의 마법사들이 내 손톱, 발톱까지 뜯어 가겠네."

어릴 때부터 마법과 연금술의 발전을 위한다는 핑계로 피와 머리카락을 갈취당한 사람에겐 별 효과가 없었다.

이쯤 되니 제리코는 만에 하나 샌시가 친아들이어도 샌시의 안전을 위해 그냥 자기가 미베어 공작이 되어야 하는 게 아니냐는 착각에 빠졌다.

-정신 차려!

로젠을 만날 때와는 다른 의미에서 드래곤 슬레이어 소드가 외쳤다.

제리코는 퍼뜩 정신을 차렸다. 그래, 제리코는 자신만이 아니라 드래곤 슬레이어 소드의 꿈을 이뤄주기 위해서라도 적절한 주인을 찾을 의무가 있었다. 샌시는 공략이 어렵다고 생각한 제리코는 마탑주로 공략 대상을 바꿨다.

"저어, 모친분이 아버지를 알려주지 않은 이유는 뭐라고 생각해요?"

"문화 차이."

"네?"

예상하지 못한 답변이었다. 샌시는 숲요정은 모계 중심의 사회로 공동육아가 기본이라고 설명했다.

"숲요정들은 어머니의 성을 따르고 아버지란 개념이 약해. 법적으로 정해진 결혼 제도도 없고 자유연애주의가 강해. 아이에게 친부의 정체를 알려주는 건 근친끼리 연애하는 걸 막기 위해서 언질해 주는 정도지. 난 아직까지 그에 대해선 들은 게 없는데, 어차피 내가 만든 이상형이랑 결혼할 거니까 들을 필요도 없지."

"허어."

샌시와 제리코는 사는 세계가 달랐다. 제리코는 인간의 관점에서만 살았는데 샌시는 약간 이질적인 이목구비만큼 이종족의 관점이 덧대어져 있었다.

"그래서 결국 뭘 묻고 싶었던 건데?"

"음…… 그냥 우연찮게 만났다 싶어서 정체가 궁금했어요……."

제리코는 대충 둘러댔다. 두 번째 만남이 워낙 특이했기 때문에 경계가 심한 샌시도 쉽게 납득했다. 그는 에라프 얘기가 나온 김에 다시 사과했다.

"장례식 땐 정말 미안했어. 기억은 안 나지만 내가 아가씨에게 막말도 했다고 들었는데."

"피차 부모 때문에 고생이 많다는 엄청난 말을 했죠. 저는 몰라도 댁은 고생하는 거 맞으니까 괜찮아요."

─슬슬 파장 분위긴데.

'그러게. 소득도 없는데 밥값만 왕창 깨졌잖아. 이대로 보낼 순 없어.'

혼신의 힘을 다해 느리게 마시던 차는 샌시의 얼굴에 많은 양을 분사한 덕분에 금방 바닥을 보였다. 제리코는 주섬주섬 로브를 챙겨 입는 샌시를 이대로 보낼 수 없단 생각에 다시 질문했다.

"장례식 때 마탑주님이 한 말에 대해선 뭐 아는 거 없어요?"

"직접 물어보지?"

"네?"

"마녀는 마탑에 거주해. 마탑에 가면 만날 수 있을걸. 아가씬 소드 마스터의 딸이니까 피 조금 뽑아주겠다고 하면 흔쾌히 만나줄 거야."

제리코는 고민에 빠졌다. 마탑주. 샌시에게 들은 얘기와 장례식 때의 기억을 종합해 보면 그다지 만나고 싶은 유형의 사람은 아니다. 하지만 마탑주에게 고급 정보를 얻을 수 있다면 그까짓 피 몇 방울이야.

-방울이 아닐 것 같은데.

드래곤 슬레이어 소드가 의미심장하게 말했다.

"마탑에 갈 거면 안내해 줄게."

"여기서 가까운가요?"

"근처에 마탑 직속 마법 도구 공방이 있거든. 거기서 마탑까지 저렴하게 이동 마법진을 쓸 수 있어."

"으음…… 아버지 퇴근 시간 전까지 여기로 와야 하는데."

"밥 사줬으니까 데려다줄게."

"정말요?"

제리코는 반색했다. 그러다가 긴장했다. 나에게 반하지 말라는 소리를 들을 것 같았기 때문이다. 그런데 샌시는 여상한 얼굴로 말했다.

"동생일지도 모르는 미소녀를 그런 위험한 곳에 혼자 보낼 순 없지."

"오오."

좀 이상하긴 해도 나쁜 사람은 아니었다. 제리코는 후보 셋이 모두 좋은 사람이라는 게 기분이 좋아서 생긋 웃었다.

제리코는 나가면서 포장된 음식을 받아 계산했다. 샌시가 먹을 음식이기 때문에 포장된 음식 꾸러미는 샌시가 들었다. 샌시는 과한 욕심이었다고 밥 먹기 전의 자신을 반성했다.

"가방 들어줄게. 아가씨가 좋아서 드는 건 아니니까 착각은 하지 마."

"아뇨…… 이 가방은 제가 들지 않으면 재앙이 벌어져서요. 지금도 힘들어 보이는데 좀 도와줘요?"

도움이 필요한 건 제리코가 아니고 샌시였다. 샌시는 영 체력과 근력이 부족한지 음식을 든 손을 계속 바꿨다. 샌시는 자존심 때문인지 변명했다.

"손목 때문에 그래. 마법사에게 손목 건강은 중요하단 말이야."

"전 여유로우니까 무거우면 말해요. 아니면 공간 이동 마법? 그걸로 집에 먼저 가서 음식을 두고 오면 되잖아요."

"안 돼."

"왜요?"

"난 그거 정기권 끊어서 쓰는데 지금 쓰면 다음 달까지 못 써……"

샌시가 사용하는 마법은 최근에 개량된 공간 이동 마법이라 특허권을 낸 사람이 살아 있어서 수수료를 지불해야 한단다.

공간 이동 마법처럼 자주 쓰이는 마법은 아예 한번에 100번어치를 구입하면 절반으로 깎는 행사 등이 빈번했다.

"몰래 쓰면?"

"마법을 설계할 때 내부에 알람 마법도 같이 심어놓거든. 그걸 해제할 수 있는 수준이면 직접 만들어서 마법을 사용하겠지. 마탑에 등록한 마법사들은 계좌가 모두 마탑에 묶여 있어. 자동으로 빠져나가."

"와…… 마법 하나 잘 만들면 떼돈 벌겠네요?"

"그게 그렇지도 않은 게 마법을 쓰는 마법사의 수가 적으니까…… 그 바닥이 그 바닥이란 말이야. 그리고 수수료로 들어오는 돈의 일부는 마탑에서 가져가거든."

-마법사들 세계도 험난하네.

'그러게.'

마법사들의 사회에서 마탑이 갖는 권위는 제리코의 상상을 초월하는 듯했다. 사람의 돈줄을 틀어쥐고 있다니. 제리코의 입에서 절로 한숨이 나왔다.

"돈 없으면 마법사도 못 하겠네요."

"그게 또…… 그런 사람들을 지원한다는 명목으로 마탑에서 돈을 거둬 가는 거라…… 지원은 괜찮다고 들었어."

황금의 위대함을 새삼 깨달으며 두런두런 얘기를 하는데 드래곤 슬레이어 소드가 제리코에게 경고했다.

-전방에 로젠 출현. 로젠 출현.

"으윽. 다른 길로 돌아가죠."

"여기가 지름길인데."

"다른 길로 돌아가요."

"……설마 나와 걷는 시간을 늘리고 싶어서 그런 건."

"아니니까 좀 돌아가자고요!"

"왜 그러는…… 윽, 로젠이잖아."

놀랍게도 로젠과 마주치길 꺼리는 사람은 제리코만이 아니었다. 샌시는 방향을 틀었다. 제리코는 서둘러 그 뒤를 따라갔다.

"왜 그래요? 로젠이랑 사이가 안 좋아요?"

"너무 친한 척해서 부담돼."

그 말을 하면서 샌시가 제리코를 훑어보았다.

"아가씨도 좀 그렇긴 한데 동생일지도 모른다고 생각했더니 괜찮아졌어."

"그, 그렇군요."

친화력이 좋아서 부담된다니. 제리코는 죽었다 깨나도 하지 못할 생각이었다. 어쨌든 샌시가 먼저 로젠을 피하니 제리코야 좋았다.

하지만 두 사람에겐 안타깝게도 샌시와 제리코 조합은 눈에 띄었다. 일단 샌시가 마탑의 로브를 입은 채 묵직한 음식물 꾸러미를 들고 낑낑 거리고 있었다. 그 옆을 새빨간 머리의 소녀가 따라서 걷고 있으니 절로 둘의 관계가 궁금해지는 신기한 조합이었던 것이다.

로젠은 밖에서 보기 힘든 친구(로젠의 일방적인 견해다)를 발견하고 인사를 하기 위해 달려왔다. 샌시가 가까워지는 로젠을 보고 질색했다. 샌시는 로젠의 친화력을 부담스러워하지만 로젠은 죽었다 깨어나도 샌시가 자신을 거북해한다는 걸 알지 못할 것이다. 세상엔 그렇게 극과 극의 사람들이 공존해 다양성을 유지하고 있으니까.

"샌시, 밖에서 보는 건 오랜만이네."

"어어……."

"무슨 짐이 그렇게 많아? 마법사는 손 아끼느라 무거운 거 잘 안 들잖아. 들어줄까?"

제리코는 샌시가 이대로 로젠을 무시하길 바랐지만 샌시는 자기의 짐을 덜 수 있다면 거북한 사람도 이용할 줄 아는 사람이었다.

"사양하지 않겠어."

샌시가 들고 있던 꾸러미 전부를 로젠에게 넘겼다. 그러곤 묵직한 짐에서 해방된 손목을 빙글빙글 돌려서 풀었다. 로젠은 샌시가 무겁게 들었던 음식물을 가볍게 받아 들고 냄새를 맡았다.

"냄새가 좋네. 음식 포장해서 어디 가? 소풍?"

"이 겨울에 소풍이라……."

"옆의 동행분은…… 제리코?"

"하하, 안녕하세요."

결국 로젠이 제리코를 알아봤다. 제리코는 옷을 바꾸고 화장도 안 했는데 한눈에 자신을 알아본 로젠의 눈썰미가 야속했다. 드래곤 슬레이어 소드가 거기에 한마디 거들었다.

─원래 바람둥이는 눈썰미가 좋아. 세세한 것까지 눈치채고 칭찬해 주는 게 그들의 기본 소양이지.

로젠은 둘의 접점을 연상하기 어려운지 잠시 머뭇거렸지만 이내 좋은 게 좋은 거란 표정을 지었다. 오히려 샌시가 제리코와 함께 있는 걸 반가워했다.

"네가 여성분과 함께 걷는 걸 보게 되는 날이 올 줄이야. 이제 이상형 계획은 포기한 거야?"

"내 평생의 숙원을 포기한다니. 차라리 죽겠어."

짐이 사라져 홀가분해진 샌시가 둘을 앞질러 빠르게 걸었다. 로젠과 말하기 싫다는 의사 표현이었다.

로젠은 제리코에게도 가방을 들어주겠다고 말했다. 제리코는 한사코 거절했다.

"안에 사람을 불태우는 무시무시한 게 들어 있어요."

로젠은 일전 제리코가 보여줬던 단검 크기의 드래곤 슬레이어 소드를 떠올리고 가방에 무엇이 들었는지 알았다. 그는 더는 권하지 않았다.

만남을 피했으나 결국 마주쳤으니 이 또한 인연이라면 인연이었다. 제리코는 어색하지만 반가움을 표했다. 로젠도 제리코와 마주친 것이 반가웠는지 살갑게 말을 붙였다.

"둘이 아는 사이일 줄 몰랐는데."

"음. 장례식 때 와주셨거든요. 오늘 길을 걷다 마주쳐서 조금 대화를 하게 되었어요. 제가 어디에 볼일이 있다고 하니 데려다주겠대요."

"장례식 때? 나도 갔는데 왜 못 봤지?"

"끝나기 직전에 마탑주님과 함께 왔었어요."

마탑주의 얘기가 나오자 로젠의 미소가 살짝 굳었다. 로젠은 혹시나 싶었는지 제리코에게 질문했다.

"혹시 간다는 곳이…… 마탑이야?"

"네."

제리코가 하프 산맥을 간다고 해도 따라가 줄 것 같던 남자의 얼굴에 갈등이 비친 건 그때부터였다. 초롱초롱하던 로젠의 눈동자가 흐려졌다. 로젠은 눈에 띄게 생기를 잃었다. 워낙 활기찬 사람이 갑자기 기운을 잃으니 무슨 일이 있나 싶었다.

"갑자기 안색이 안 좋아졌는데 괜찮아요?"

"아니야, 괜찮아. 마탑은 좀 안 좋은 추억이 있어서."

로젠은 상큼한 미소를 되찾았지만 이전보단 어째 생기가 부족했다. 제리코가 다시 한번 괜찮냐고 물으려는 찰나, 드래곤 슬레이어 소드가 그녀를 말렸다.

-제리, 그러지 마.

'왜 저러는지 알겠어?'

─로젠은 소드 마스터가 될지도 모른다고 점쳐지는 천재적인 검사에 황금의 요정에게 축복을 받은 남자야. 샌시의 얘기대로라면 마탑주가 그에게 무슨 짓을 했을지는…… 말하지 않아도 알겠지?

'히익.'

여기 또 한 명의 피해자가 있었다. 이미 당했는지 아직 미수에 그쳤는지 알 수 없지만 제리코는 로젠이 너무너무 불쌍했다. 제리코는 잰걸음으로 앞서가는 샌시를 따라잡아 작은 목소리로 물었다.

"로젠이 마탑에 가기 싫어하는 거 마탑주 때문이에요?"

"당연하지. 그 마녀가 어떻게든 피를 뽑고 정액을 얻겠다고 벼르고 있는데."

"그럼 로젠이랑 헤어지는 게 좋지 않겠어요?"

"왜? 쟤랑 같이 가면 쟤가 마법진 사용료도 대신 내줄 거야."

로젠은 샌시와 마주친 것이 기뻐서 짐도 들어주고 마법진 사용료도 흔쾌히 내줄 것인데 세상엔 이렇게 그를 이용해 먹으려는 나쁜 사람도 있었다. 제리코는 로젠의 행복을 위해 기꺼이 지갑을 열었다.

"사용료 내가 댁 것까지 낼 테니까 로젠을 놔줘요."

"짐꾼을 놔주라니……."

"짐도 내가 들게요."

연하의 입에서 이런 말이 나왔는데 더 버티기도 뭣했다. 샌시가 걸음을 멈췄다.

"로젠, 이 아가씨의 목적이 마년데 돌아가지 그래?"

"으윽."

"음식은 내 연구실 문 앞에 두고 가면 고맙겠어."

"……아니야. 언제까지 피해 다니기만 할 수는 없지. 난 그분이 주시는 공포를 이겨내겠어!"

로젠은 샌시가 딱하게 여길 정도로 심하게 시달린 인물 중 하나였다. 그걸 굳이 극복하겠다는 얘기에 샌시는 쟤도 정상이 아니라고 생각했다. 이야기 속에 등장하는 진짜 마녀라면 로젠이 처치할 수 있을지도 모른다. 하지만 이 마녀는 그 마녀가 아니었다.

샌시는 로젠에게 다가가 작게 말했다.

"아가씨도 있는데 험한 거 보여줄 필요 없잖아."

"그렇긴 하네."

로젠은 샌시의 의견에 동의했다. 소녀가 있는 자리에서 정액을 달라느니 싫다느니 실랑이 벌이기 싫었다. 그 소녀가 동경하는 영웅의 딸이자 동생일지도 모르는 사람이라면 더더욱 그랬다.

둘은 제리코가 듣지 못하도록 소곤소곤 얘기했지만 제리코에겐 주변의 일정 공간을 인지할 수 있는 만능 검이 있었다. 드래곤 슬레이어 소드는 제리코에게 둘이 하는 얘기를 모두 전달했다.

로젠이 다정하게 웃으면서 제리코에게 다가왔다. 제리코는 아무것도 모르는 척 시치미를 뗐다.

"미안해서 어떡하지? 갑자기 일이 생겨서 같이 못 갈 것 같아."

미안하다고 말하지만 처음부터 동행인도 아니었다. 하지만 로젠이 이렇게 말하니 제리코 내면의 소녀가 속삭였다.

빚을 지워! 만날 약속을 잡는 거야!

드래곤 슬레이어 소드가 제리코 내면의 소녀 머리채를 잡고 외쳤다.

네 오빠다, 이년아!

─아, 약속은 잡아.

"우연찮게 만났는데 이렇게 헤어지기 정말 아쉬워요. 한가하신 때를 제게 알려주시면 그때 꼭 다시 시간을 낼게요."

로젠은 자신이 공작가에 연락을 하겠다며 굳게 다짐하고 떠나갔다. 제리코는 마을의 괴물을 무찌르고 떠나가는 기사님을 배웅하는 소녀에

빙의해 로젠의 뒷모습에서 눈을 떼지 못했다.

'어쩜 뒤태가 저렇게 멋질까.'

-진짜 마음에 드나 보네.

'낭만이 사람이 되면 저렇지 않겠어?'

사람에게 점수를 매기는 괘씸하고 건방진 짓은 하고 싶지 않다. 하지만 굳이 점수를 내려야 한다면 로젠에게 제리코가 드리는 점수는요, 100점 만점에 99점이었다. 1점이 깎인 것은 그놈의 오빠일지도 모르는 가능성 때문이다.

"로젠만 보면 다들 비슷한 표정을 짓더라."

"잘생겼잖아요."

"응, 인정. 사실은 내 이상형에 쟤 붙임성이랑 외모도 조금 참고했어."

그놈의 이상형, 뭘 어쩌겠다는 건지 알고 싶지 않아서 제리코는 그냥 상냥하게 웃었다.

샌시는 이동 마법진을 저렴하게 사용할 수 있다고 말했다. 제리코는 텅 빈 지갑을 들고 울었다.

"비싸잖아요."

"마법사 할인이 적용된 가격이야."

"그래도 비싸요!"

어흑흑. 사촌 오빠와 아빠에게 받은 용돈이 하루가 뭐냐, 반나절이 지나면서 거덜 났다. 드래곤 슬레이어 소드가 제리코에게 심심한 위로의 말을 건넸다.

-너 돈 많다니까!

서류상으로만 존재를 인지한 화려한 재화들은 지갑 안의 용돈보다 존재감이 떨어졌다. 결국 샌시가 자신의 이용료를 직접 지불했다. 제리코는 약간의 돈을 돌려받고 헤벌쭉 웃었다. 드래곤 슬레이어 소드가 싫어하는 헤픈 웃음이었다.

마법진의 규모는 제리코가 고향 영주관에서 보았던 것보다 작았다. 이동 거리가 짧고 인원도 소수여서 영주관에서처럼 마력이 충전될 시간을 기다리지 않아도 되었다. 제리코는 그때보다 많이 안정된 상태에서 마법진을 구경했다.

'그땐 진짜 도살장 끌려가는 돼지의 마음이었는데.'

이제는 자신이 정한 목적지를 이용료를 지불해 이동한다. 장족의 발전이었다.

샌시가 마법진을 작동시켰다. 제리코의 기억과 일치하는 기묘한 부유감이 몸을 지배했다. 붕 떠오른 몸이 느닷없이 추락하는 것처럼 아찔한 감각이 제리코를 덮쳤다.

한번 경험했기에 대처는 빨랐다. 제리코는 전처럼 손을 허우적거리지 않고 바닥에 닿은 자신의 발바닥과 중력을 확인했다.

"다른 사람도 써야 하니까 빨리 비켜줘야 해."

"그렇구나."

제리코는 조심스럽게 마법진에서 내려왔다. 그리고 주위를 살폈다. 마탑은 마법사들이 모여 만든 일종의 길드다. 모든 마법사는 마탑의 인증을 거쳐 등록해야 했다. 이는 제국만이 아니라 다른 나라에서도 동일한 법이었다. 마탑의 권위는 범국가적이었다.

샌시와 제리코가 사용한 이동 마법진은 마탑 내부에 있는 게 아니었다. 영주관에 있던 마법진이 제도 밖에 위치한 관공서로 연결되듯 악용을 막기 위해 마탑 근처의 전용 건물에 위치해 있었다.

제리코는 건물 밖으로 나와 마탑을 찾았다. 하늘 높은 줄 모르고 치솟은 구조물을 찾기 위해 고개를 뒤로 젖혔지만 아무것도 보이지 않았다. 보이는 건 겨울의 파란 하늘과 매서운 겨울바람에 움직이는 하얀 구름뿐이었다.

"어라?"

제리코는 고개를 조금 앞으로 당겨 주위를 둘러보았다. 여전히 눈에 들어오는 건물이 없었다. 멀찍이, 스타즈 백화점이 보였다. 백화점보다 높은 건물은 없고 약간 낮은 건물도 여럿 보였다. 하지만 모두 제리코가 있는 곳에서 멀었다.

"마탑은?"

"저기."

샌시가 정면에 위치한 건물을 가리켰다. 사람들이 북적이고 로브를 입은 사람들이 드나들긴 하지만 제리코는 그 건물이 마탑일 것이라고 생각하지 않았다. 왜냐하면 그 건물은 단층이니까.

"단층인데요?"

자고로 탑이라면 위로 쭉 뻗은 건축물을 말하지 않는가. 제리코가 저건 단층 건물임을 지적하자 샌시가 설명했다.

"지하로 뻗어 있어."

'아하.'

지하로 뻗었어도 길게 뻗었으면 그 또한 탑 아니겠는가. 제리코는 학구열은 부족하지만 호기심은 강했다. 이른바 현장 타입이었다.

"왜 지하로 만들었어요?"

"나도 몰라."

샌시는 현장파보다 이론파였고 관심이 없는 분야엔 호기심이 없었다. 제리코는 자신의 전용 백과사전 드래곤 슬레이어 소드가 든 가방을 흔들었다. 제리코의 외장 두뇌는 자신도 모른다고 말했다.

'둘 다 나보다 똑똑한 줄 알았는데 실망이야.'

ㅡ네가 알아보면 되잖아. 마탑의 역사 뭐 이런 책 뒤져보면 금방 나오겠네.

'윽, 제목만으로도 머리가 아파.'

이렇게 또 한발 책과 멀어지는 제리코였다. 사람 둘과 김 한 자루는 마탑에 들어갔다. 마탑 1층은 관공서와 분위기가 비슷했다. 샌시는 제리코를 어딘가로 안내했다. 스타즈 백화점에서 들어갔던 방과 비슷한 방이었다.

"음, 좀 높으신 분인데 미리 연락하지 않고 가도 돼요?"

"내가 아들인데?"

"그렇구나."

부모님 직장에 말도 없이 불쑥 찾아가면 부모님이 민망하지 않을까 걱정했는데 생각해 보니 그건 고용인일 때의 얘기였다. 마탑주는 즉 마탑의 주인. 주인의 아들이 엄마를 방문하는데 주인이 민망할 게 없었다.

문이 열렸다. 샌시가 먼저 나가고 제리코가 뒤따랐다. 제리코는 내부 광경을 보고 할 말을 잃었다. 굉장히 어두컴컴하거나 굉장히 밝을 것이라고 생각했지 이런 광경은 예상하지 못했다.

살랑살랑 바람이 불었다. 바깥의 매서운 겨울바람이 아닌 따스한 봄바람의 온도였다. 그와 함께 바람이 싣고 온 초목의 냄새가 제리코의 코를 자극했다. 제리코는 조심스럽게 고개를 숙였다. 단단한 돌바닥이 아닌 푹신한 풀이 바닥에서 자라고 있었고 더 조심스럽게 올려다본 천장엔 말 그대로 하늘이 있었다. 제리코가 밖에서 탑을 찾느라 올려다보았을 때 본 하늘이 계절만 바뀌어서 여기에 있었다.

"내가 지금 꿈을 꾸나……."

문을 여니 그곳은 숲이었습니다. 숲이 신기하지 않은 시골 소녀지만 건물 안에 숲이라니, 신기해서 눈이 빠질 지경이었다.

제리코가 신기한 나머지 풀을 뜯고 허공을 손으로 갈랐다. 샌시가 그녀에게 소리쳤다.

"마녀가 뭔가 해놨을지도 모르니까 건들지 마!"

"넷!"

제리코는 샌시의 뒤에 바짝 따라붙었다. 건들지는 말라고 했지만 보지 말란 소리는 안 했기 때문에 열심히 눈을 굴려가며 ￢성했다.

제리코는 짹짹거리는 새소리를 듣고 놀랐다.

"새도 키워요? 어? 저기 나비도 있네?"

"여기 있는 생물은 모두 골렘이나 호문쿨루스야."

"골렘? 호문쿨루스?"

처음 듣는 생소한 단어에 제리코가 설명을 요구했다. 마법사가 아닌 일반인은 모를 만한 용어이기 때문에 샌시가 간단하게 대답했다.

"골렘은 돌, 바위, 나무 같은 자연물을 이용해 빚어낸 인형. 호문쿨루스는 마법사나 연금술사가 만들어낸 인공 영혼이라고 생각하면 돼."

"마법사는 생명도 만들 수 있는 거예요?"

"아직까지는 불가능해."

그렇게 말하는 샌시의 표정은 어딘지 비통해 보였다. 샌시는 쪼롱쪼롱 우는 새를 붙잡아 제리코에게 보여줬다.

제리코는 깜짝 놀랐다. 멀리서 볼 땐 진짜 새와 별 차이가 없다고 생각했는데 가까이에서 보니 나무로 만들어진 정교한 인형이었다.

"이건 골렘. 날아다니고 소리를 내라는 명령을 받은 거지."

샌시가 꽃 위를 날아다니는 나비를 가리켰다.

"저건 호문쿨루스. 연구실 밖으로 나왔으니 아마 일주일 정도 저렇게 날아다니다가 소멸할 거야."

현재 마법사들이 만들어낼 수 있는 호문쿨루스는 벌레나 마찬가지라고 샌시가 말했다. 설명하는 내내 아주 괴로워 보였다.

-뭔가 사연이 있나 본데?

'그러게.'

숲속에 난 작은 오솔길을 따라 걸으니 신기한 모양새의 집 한 채가 등장했다. 거대한 나무속을 파서 집을 만든 것 같은 구조에 제리코가 감탄했다.

"진짜 숲요정의 집 같아!"

"저 나무 키우는 데 200년 들였대."

무서운 마녀가 살기엔 너무 예쁜 집이었다. 샌시는 안내는 여기까지라는 듯 문 옆에 섰다.

"나오고 싶거나 마녀가 무슨 짓을 하려고 하면 비명을 질러. 아가씨는 내 여동생일지도 모르는 미소녀니까 구해줄게. 대신 반하면 안 된다."

"안 반할 거거든요."

제리코는 자신 있게 말했다. 다만 샌시의 얼굴을 다시 보고 자신감을 살짝 상실했다. 샌시의 미모가 숲요정에게서 왔기 때문일까. 숲을 배경으로 한 그의 미모는 안에 불을 붙인 등처럼 빛이 났다.

제리코는 새로운 사실을 깨달았다. 사람의 외모는 주변 환경의 영향도 받는다는 사실을!

'샌시는 나무가 근처에 있을 때 더 잘생겼어!'

─아주 대단한 사실을 알았구나.

'그리고 아까 비통한 표정을 지은 게 진지해 보여서 가슴이 두근거렸어!'

─네네, 알겠고 빨리 들어가자.

제리코는 조심스럽게 문을 콩콩 두드렸다. 문 안쪽은 조용했다. 제리코는 좀 더 세게 문을 두드렸다. 여전히 안쪽은 조용했다. 샌시가 그냥 들어가라는 듯 눈짓을 보냈다. 제리코는 조금 망설이다 손잡이를 돌렸다. 주인 아들이 괜찮다고 했으니 무단 침입은 아니었다.

예쁜 나무 집의 실내는 외관처럼 아기자기하고 예뻤다. 처음 보는 목공예품이 곳곳에 장식되어 있고 자라나는 식물의 싱싱한 냄새가 상쾌하게 퍼졌다.

책상 쪽을 보고 제리코는 참고 있던 감탄사를 뱉었다. 제리코가 읽던 동화에서 걸어 나온 숲요정이 책상에 앉아 책을 읽고 있었다. 연한 초록색 머리카락은 창을 통해 들어오는 볕을 받아 새순처럼 반짝였다. 아래에 위치한 얼굴은 이목구비가 분명 아름다운데도 불구하고 기묘한 위화감을 주어 종이 다름을 주지하는 듯했다. 샌시도 숲요정 같다고 생각했지만 확실히 흐르는 피의 양이 달라서 그런지 이쪽이 좀 더 진짜 숲요정에 가까웠다.

"안녕하세요. 전에 에라프 님의 장례식에서 뵈었죠. 전 제리코 미베어입니다."

"응, 안녕."

마탑주는 생각보다 쉽게 대화에 응했다. 그녀는 읽고 있던 책을 덮고 제리코 방향으로 앉았다. 마탑주의 시선이 문 쪽을 향했다.

"샌시와 같이 왔구나. 샌시! 과자 먹을래?"

"안 속아!"

마탑주가 어깨를 으쓱였다. 그녀는 과자 단지를 꺼내서 제리코에게 건넸다. 제리코는 얼떨결에 손을 넣어 과자를 집었다. 드래곤 슬레이어 소드가 경고했다.

−샌시가 하는 말을 토대로 짐작해 보건대…… 그 안에 뭔가 들었을 것 같아.

'나도 그렇게 생각은 하는데…….'

제리코는 조심스럽게 과자를 앞니로 갈아 먹었다. 맛은 훌륭했다. 겉은 바삭하지만 안은 촉촉하고 견과류와 꿀의 맛이 어우러지면서 난생처음 먹어보는 맛의 조화를 이뤘다. 제리코는 참지 못하고 하나를 다 먹어치웠다.

"진짜 맛있네요."

"숲요정들의 꿀 과자야. 엄마에게 전수받은 비법대로 만들었지. 하나 더 먹을래?"

마탑주는 제리코가 잘 먹는 걸 보고 과자를 잔뜩 꺼내 접시에 담았다. 제리코는 유혹을 이겨내지 못하고 과자를 야금야금 먹었다. 입에 착착 붙는 게 멈출 수 없었다.

-난 몰라…….

'먹고 죽은 귀신이 때깔이 곱댔어.'

사망 당시 에라프의 때깔이 영 좋지 않았으니 자식인 제리코라도 때깔 좋게 죽어야 한다. 제리코는 쓸데없는 사명을 불태우며 과자를 집어먹었다. 마탑주는 제리코가 잘 먹어서 기분이 좋은지 생긋 웃었다.

'어째 장례식 때와 다른 사람 같은데.'

-그러게. 그땐 진짜 미친 사람 같았는데.

"저어, 제가 찾아온 건 다름이 아니고."

"영양 섭취는 이 정도면 충분하니까 피 좀 줄래?"

-과연. 오자마자 과자를 권하더니 이럴 속셈이었구나.

입맛이 뚝 떨어진 제리코가 먹던 과자를 접시 위에 올려뒀다. 과자 때문에 유괴범에게 속은 아이가 되어버린 기분이 들었다. 제리코는 고개를 흔들어 정신을 차리곤 거래를 제안했다.

"제가 여쭤보고 싶은 게 있는데 대답해 주시면 피를 드릴게요."

-야야, 제리.

드래곤 슬레이어 소드가 걱정하는 마음이 고스란히 전해졌다. 제리코는 드래곤 슬레이어 소드를 달랬다.

'설마 죽을 정도로 뽑겠어? 그리고 피는 어차피 한 달에 일주일 동안 흘리고 있으니까 그 정도 양을 뽑는 거라면 괜찮아.'

아버지의 아들을 찾기 위해서라면 지갑이 텅 비는 것도, 몸에 상처를 내어 피를 보는 것도 두렵지 않다. 그야말로 대출혈 서비스였다.

드래곤 슬레이어 소드가 감동하고 제리코는 대의를 위해 출혈도 감당하는 자신에 취해 기고만장했다.

"어쩌다 보니 샌시와 대화하게 되었는데 샌시가 제게 말했습니다. 저와 샌시가 남매일지도 모른다고요. 그 일에 대해 자세히 듣고 싶어요."

마탑주는 제리코의 말이 끝나기가 무섭게 말했다.

"나도 몰라."

"네?"

제리코는 귀를 의심했다. 마탑주는 다시 말했다.

"사실 샌시의 친아버지는 나도 몰라. 왜냐하면 샌시가 생겼을 거라고 추정되는 시기에 꽤 여러 명이랑 즐겼거든."

제리코는 돌이 되었다. 드래곤 슬레이어 소드도 마찬가지였다. 밖에서 얘기를 듣고 있던 샌시가 어떻게 되었는지는 모르겠다. 어쨌든 유일하게 돌이 되지 않은 마탑주가 당당하게 설명했다.

"샌시를 가지기 전에 내가 황제의 명을 받고 검을 하나 만들었어. 그 검을 만드느라 서대륙 최고의 대장장이들이 몰려왔는데. 너도 알잖니, 일하는 남자 근육이 많이 섹시하잖아. 검을 만드는 동안은 집중하고 싶다고 유혹을 멀리하더니 검 만들고 난 다음에 한 명씩 찾아오더라고. 그래서 잤지."

이 모든 것은 문화의 차이다. 이해해야 한다. 상대방의 피 절반을 차지하는 낯선 문화를 이해해야 한다. 하지만 제리코가 살아온 17년의 세월은 정신적 괴로움을 호소했다. 저쪽은 저게 문제가 되지 않는 걸 머리로는 이해하는데 마음으론 이해하고 싶지 않았다. 내심 자신이 발랑까진 계집애 축에 속한다고 믿었던 제리코는 문화 충돌을 견디지 못하고 괴로워했다.

특히나 제리코를 괴롭히는 건 에라프가 마탑주를 찾아간 인물 중 하나였으리란 가정이었다. 그래도 드래곤 슬레이어 소드가 해준 얘기를 믿고 싶었는데 이 마탑주가 에라프에게 반했다며 찾아오는 것보단 찾아가는 행렬에 에라프가 낀 쪽이 더 상상이 잘되었다.

-주인을 모욕하지 마!

주인바라기인 드래곤 슬레이어 소드가 기칠게 항의했다. 제리코도 친아버지에 대한 상상이 지나쳤음을 인지하고 머릿속에서 나쁜 상상을 지웠다.

'나 그냥 집에 갈래. 가서 동생들이랑 놀래.'

-더 버텨, 제리! 아직 물어볼 게 남았다고!

드래곤 슬레이어 소드의 말대로다. 제리코에겐 아직 질문이 하나 남아 있었다. 제리코는 이를 악물고 손을 꽉 쥐었다. 이 질문의 대답에 따라 제리코의 인생이 바뀌었다.

"에라프 님이 없었으면 샌시가 태어날 수 없었다는 말, 무슨 뜻인가요?"

"인간 중에도 저렇게 강자가 태어날 수 있으면 인간 피가 섞인 아이도 괜찮지 않나 생각해서 피임을 안 했어."

"아, 네."

전혀 예상하지 못한 답변이었다. 제리코의 영혼이 문화 충돌을 이겨 내지 못하고 가출을 감행하려는 걸 드래곤 슬레이어 소드가 붙잡느라 애를 먹었다. 마탑주가 고개를 갸웃거렸다.

"어쩔 수 없잖니. 난 앞으로 천 년은 더 살 거야. 나보다 일찍 죽는 아이는 낳기 싫잖아. 대신 태어나는 아이가 에라프처럼 강하다면 먼저 죽어도 다른 사람들과 함께 회상할 수 있겠다고 생각했지."

말하자면 일찍 죽는 아이는 꺼려지지만 역사에 길이 남아 후대의 사람들과 이야기를 공유할 수 있는 아이는 괜찮지 않나 생각했다는 것이다. 이것 또한 종의 차이가 여실히 드러나는 이야기였다.

제리코가 멍하니 있자 마탑주가 일어나서 주사기를 가져와 제리코 팔뚝의 혈관을 찾았다. 제리코는 피를 뽑든 말든 가만히 있었다. 약간 돌아온 정신으로 물어보긴 했다.

"아픈가요?"

"따끔."

마탑주는 그렇게 많은 양을 뽑진 않았다. 하지만 육신은 피를 뽑히고 정신은 탈탈 털려 제리코의 내부를 공허가 잠식했다.

제리코는 허전한 마음을 채우기 위해 양손에 과자를 들고 먹었다. 마탑주는 좋아했다.

"역시 어린것들은 많이 먹어야지."

마탑주가 문 쪽을 향해 큰 소리로 외쳤다.

"샌시! 정말 과자 안 먹니?"

"난 다 자랐다니까! 왜 안 믿어!"

샌시가 문을 거칠게 열고 들어왔다. 그와 마탑주가 나란히 서니 모자라는 사실을 아는 제리코의 눈에도 남매처럼 보였다. 피로와 영양부족에 시달리는 샌시가 더 늙어 보이기까지 했다.

마탑주는 과자 단지를 들어서 샌시의 입에 과자를 욱여넣었다.

"넌 고작 20살이야. 아직 성장기야! 앞으로 50년은 더 자라야지!"

"앞으로 50년이면 난 죽어!"

"수명도 짧은 주제에 하라는 결혼은 안 하고 호문쿨루스처럼 쓸데없는 거나 연구하고! 넌 뭘 어쩌려고 그러니?"

-여긴 또 여기대로 모자 사이가 안 좋구먼.

"쓸데없지 않아! 두고 봐! 반드시 내 이상형을 만들어서 결혼할 거니까!"

"골렘은 진전이 있으니 그렇다 처! 호문쿨루스는 천 년을 연구해도 벌레를 벗어나지 못할걸! 골렘과 호문쿨루스를 조합해 이상형을 만들어? 말이 되는 소리를 해!"

내내 제리코의 궁금증을 유발했지만 내 일이 아니라서 관심을 두지 않았던 이상형 제작의 비밀이 밝혀지는 순간이었다. 제리코는 방금 샌시에게 들었던 말을 떠올렸다.

'벌레 수준이 다르고 하지 않았었나?'

-갈 길이 머네. 평생 결혼 못 하겠다.

안타깝게도 현실의 여성이 두려워진 샌시는 가상의 여성을 찾아 도피한 것이다. 그는 일찍이 천재 마법사로 명성이 높았고 골렘과 호문쿨루스 연구에서도 두각을 드러냈다. 골렘과 호문쿨루스 연구에 관심이 있는 마법사들이 동참하고자 찾아왔으나 연구용이나 공사용, 전투용을 목적으로 하는 그들과 다르게 샌시의 목표는.

"두고 봐! 완벽한 이상형을 만들어서 내 사랑과 순결을 바칠 거야!"

"그렇게 멍청한 짓을!"

평생을 걸어 이룩하고자 하는 일을 면전에서 멍청하다는 소리를 듣자 샌시는 입을 꾹 다물었다. 그렇게 외친 자는 샌시의 마법 스승이자 어머니인 여성으로 그가 이길 수 있는 상대가 아니었다. 샌시는 더 소리치지 않고 문 밖으로 나갔다. 명백히 대화를 회피하는 모습이었고 당장 쫓아가지 않으면 부모 자식 관계가 단절될 분위기였으나 마탑주는 태평하게 중얼거렸다.

"반항긴가?"

"저는 이만 가보겠습니다아."

마탑주와 샌시의 언쟁에 얼어붙었던 제리코는 해동이 완료됨과 동시에 슬쩍 일어났다. 샌시에 대한 생각으로 마탑주가 정신이 팔린 사이 나갈 생각이었다. 그런데 가방에서 불길한 소리가 들리나 싶더니 가방 끈이 끊어졌다.

명을 달리한 가방 속 내용물이 바닥에 쏟아졌다. 제리코는 제일 먼저 드래곤 슬레이어 소드를 집었다.

"어, 드래곤 슬레이어 소드네. 그거 만지면서 뭐 이상한 건 없어? 마력이 빠져나간다거나 생기가 부족해진다거나."

드래곤 슬레이어 소드를 발견한 마탑주의 눈빛이 돌변했다. 장례식 때와 비슷하게 말을 쏟아내려는 기세에 제리코는 열심히 고개를 가로저었다.

"없어요, 그런 거! 우리 검은 착한 검이라고요!"

"그런 것 같네. 주인을 위해 크기를 바꾼 걸 보면 소통도 되는 것 같고."

마탑주가 먹이를 노리는 매의 눈으로 드래곤 슬레이어 소드를 노려보았다. 제리코는 그럴 리 없지만 혹시 뺏길까 싶어서 드래곤 슬레이어 소드를 두 손으로 잡았다.

"에고 소드가 되었다는 얘길 듣고 연구해 보고 싶었는데 불가능했거든. 진짜 잡으면 불타?"

"워어, 워어. 진짜니까 진정하세요."

명성을 누누이 들었을 텐데도 마탑주는 서슴없이 손을 대려고 했다. 제리코는 깜짝 놀라서 드래곤 슬레이어 소드를 등 뒤에 숨겼다. 마탑의 주인이라는 마법사를 자기가 만드는 데 일조한 검으로 불태우고 싶지 않았다. 물론 불태우고 싶지 않은 건 마탑의 주인이 아니어도 마찬가지였다.

"꺄악!"

순간 등 뒤에 둔 드래곤 슬레이어 소드가 제리코의 손아귀를 빠져나왔다. 제리코가 깜짝 놀라서 뒤를 돌아보자 검이 매 모양 골렘의 발에 붙잡혀 있었다.

골렘은 목제였고 검을 붙잡은 발가락부터 거센 화염에 휩싸여 타올랐다. 발가락이 타면서 드래곤 슬레이어 소드가 떨어졌다. 제리코는 잽싸게 떨어지는 검을 잡았다.

"으아, 깜짝 놀…… 으악! 불이야!"

새 모양이지만 생명이 없는 골렘이라 그리 놀라지 않았던 찰나, 마탑주의 몸도 화염에 휩싸였다. 제리코는 비명을 질렀다.

"꺄아악, 불이야!"

제리코는 불을 끄기 위해 동분서주했다. 물을 찾다가 마땅한 게 없으니 외투로 마탑주의 몸을 후려쳤다.

"불이야, 불이야! 야! 빨리 꺼! 나 사형당하기 싫어!"

-내 마음대로 끌 수 있는 불이면 아무도 안 죽였어!

제리코의 비명을 들은 샌시가 문을 열고 들어왔다.

"무슨 불 타령을…… 불이네?"

"뭐 해요! 어떻게든 해봐요!"

친어머니 몸에 불이 붙었는데 샌시는 침착했다. 제리코는 너무 놀라서 망연자실한 것이라고 좋게 해석했다. 불길은 진정될 기미를 보이지 않고 외투로 후려쳐도 그때뿐인데 샌시는 움직이지 않았다. 답답한 마음에 제리코가 외쳤다.

"뭐 하냐고요!"

"어린애 놀리면 좋아?"

"놀리지 않았어. 잠시 분석한 거야. 그리고 불 때문에 아파서 수인을 못 맺겠어."

놀랍게도 마탑주는 불길 속에서 멀쩡했다. 제리코는 팔이 빠져라 흔들던 것을 멈췄다.

외투는 불이 옮겨붙어서 군데군데 탔는데 마탑주는 멀쩡했다. 마탑주는 작은 수인을 맺어 뭐라고 중얼거렸다. 그러자 몸에 붙은 불길이 사그라들었다.

제리코의 입이 떡 벌어졌다. 드래곤 슬레이어 소드도 깜짝 놀랐다.

-이럴 수가! 어떻게 끈 거지?

"대충 불이 붙는 방식은 알겠어. 용들의 맹약과 비슷하네."

그 불길은 드래곤 슬레이어 소드의 의지로 조절할 수 있는 게 아니었다. 의지로 조절이 가능했다면 어린아이를 그리 잔혹하게 태워 죽이지는 않았을 것이다. 끄고 싶어도 못 끄던 불을 끄다니. 괜히 마탑의 주인이 아니었다.

마탑주의 시선이 드래곤 슬레이어 소드에 닿았다. 제리코가 괜히 움찔했다.

"어떻게 보면 내가 부모 중 하난데. 은혜도 모르는 검."

-어떻게 끈 거냐고 물어봐 줘!

드래곤 슬레이어 소드가 흥분한 나머지 몸을 떨었다. 제리코가 검을 집자 제리코의 몸까지 웅웅 떨릴 정도였다.

"어떻게 끈 거냐고 묻네요."

"나는 경지에 도달한 숲요정이라 잠깐 동안 육신을 버리고 요정이 될 수 있거든."

-그렇구나! 요정은 자연 그 자체니까 불이 꺼진 거야!

요정이 힘을 포기하고 육신을 얻어 숲요정이나 땅요정이 된 것처럼 일정 수준의 경지에 도달한 숲요정이나 땅요정은 요정을 흉내 낼 수 있다. 요정은 자연의 영혼. 불은 태울 상대를 잃고 스스로 꺼진 것이다.

"그럼 그 전 불길 속에서도 안 타던 건요?"

"내가 이 검보다 강하기 때문이지. 마력으로 생성된 불이니까 내 마력으로 몸을 보호하고 있었던 거야. 골렘으로 들면 골렘에게 명령을 내린 상대까지 불붙이다니. 아주 성격이 나쁘네."

-날 성격 나쁜 검으로 만든 건 인간의 탐욕이라고.

제리코는 마탑주가 말한 어느 부분에 반응했다. 드래곤 슬레이어 소드보다 강한 사람이 검의 불꽃을 이길 수 있다면 에라프의 후손이 아니어도 강하다면 주인이 될 수 있다는 것 아닐까?

"드래곤 슬레이어 소드보다 강한 사람이면 그냥 들 수 있는 건가요?"

"그건 아니야. 나도 짧은 시간이라 가능했으니까. 그리고 지금 이 검은 제 힘을 발휘하지 못하고 있어."

"네?"

"검이잖아. 지성체가 만든 무기이고 도구지. 주인이 없으면 소용없지. 일단은 널 주인 후보로 두고 있는 모양이지만 장기적으로 보면 너에게도 안 좋아. 소모하는 마력을 채우면서 네 마력도 흡수하고 있을 거야."

-그럴 수가…….

모든 사람은 총량이 다르지만 미약하게 마력을 지니고 태어난다. 후에 그것을 개발하여 활성화시키고 마력의 총량을 늘리는 건 사람의 선택이었다. 그리고 마력을 개발하지 않은 사람이 마력을 흡수당하는 건 건강에 안 좋다는 게 세간의 인식이었다.

드래곤 슬레이어 소드가 실의에 젖었다. 혼자 돌아다니지 못해 제리코의 손발을 빌리는 주제에 제리코의 마력까지 흡수하고 있었단 사실에 충격받은 것이다.

제리코는 드래곤 슬레이어 소드가 재차 우울증에 빠지기 전에 말했다.

"마력 정도는 괜찮아요."

"정말?"

"네!"

"하긴, 아버지를 닮아서 그런지 너도 타고난 마력이 꽤 있으니 건강상 문제는 없을 것 같네."

'들었지?'

제리코는 드래곤 슬레이어 소드에게 말을 걸어 검을 안심시켰다. 하여간 손이 많이 가는 검이었다.

마탑주는 마력이 짙은 제리코의 피가 마음에 드는지 활짝 웃었다. 웃는 얼굴은 사슴처럼 청순했다.

'남매 감별 마법 만들 수 있냐고 물어볼까?'

–그러지 마.

제리코는 마탑주의 기분이 좋아 보이는 김에 이것저것 부탁하고 물어보고 싶은데 드래곤 슬레이어 소드가 한사코 말렸다. 평소라면 먼저 부추길 검이 참 이상하게 굴었다. 검의 지능이 자신보다 높다고 믿는 제리코는 검에게도 생각이 있겠거니 여기고 검의 조언을 따랐다.

마탑주는 마탑주답게 아는 게 많았다. 에라프의 아들은 못 찾아도 이것저것 얻어들을 게 많았지만 안타깝게도 이 만남엔 시간 제한이 있었다. 샌시가 시계를 가리켰다.

"아버지 퇴근 시간 전까지 가야 한다고 하지 않았어?"

"아직 밝은데요?"

"저건 진짜 해가 아니야. 밖은 슬슬 어두워지고 있을 거야."

"네, 그랬죠……. 저, 다음에 또 와도 될까요? 여쭤보고 싶은 게 많은데."

"검을 들고 오면 환영이야."

"감사합니다."

제리코는 끈이 찢어진 가방에 주섬주섬 물건을 주워 담고 드래곤 슬레이어 소드도 집어넣었다. 안타깝게도 소설 속 주인공처럼 마법사가 무한의 가방 같은 걸 선물로 주는 일은 없었다.

'내 팔자가 그렇지 뭐. 그래도 오늘은 운수가 좋은데.'

-결국 확실한 건 없잖아.

'그래도 이것저것 많이 들었잖아.'

결국 샌시가 에라프의 친아들인지 밝혀내진 못했으나 들은 얘기가 많았다. 샌시가 에라프에게 감사해야 하는 이유나 드래곤 슬레이어 소드는 골렘을 시켜 들어도 불이 붙는다는 것 등등.

'엄청 맛있는 과자도 먹고.'

샌시는 약속대로 제리코를 공방 거리까지 바래다줬다. 그는 제리코에게 고개 숙여 인사했다.

"덕분에 친부 후보를 엄청 좁히게 되었어. 딱히 고맙지는 않지만 고맙다."

"네에, 저도 덕분에 여러 가지 많이 들었어요."

"그래서 말인데, 아가씨는 에라프 님의 다른 자식을 찾고 있는 거야?"

"그, 그렇게 티 났나요?"

제리코는 반성했다. 샌시에게 유독 정보가 많이 풀리긴 했다. 친자 감별 마법에 대해 궁금한 걸 물어보면서 형제를 찾는다고 말했고 마탑주를 만나서 한 얘기도 온통 에라프와 샌시의 친부에 대한 것뿐이었다. 이쯤 되면 못 알아채는 쪽이 이상했다.

"음…… 저 때문은 아니고요. 드래곤 슬레이어 소드가 좀 더 멋진 주인을 갖고 싶대서 찾아주는 거예요."

-와, 동료를 배신하기냐?

제리코는 잽싸게 남의 탓을 했다. 입이 없는 드래곤 슬레이어 소드는 책임을 떠넘기기에 아주 적절했다. 또한 제리코보다 귀하신 몸이라 검을 탓할 사람도 없으니 더욱 좋았다.

"아가씨가 뭐 어때서? 예쁘지, 힘 좋지, 붙임성 좋지. 남녀 차별하는 검이야?"

"그건 아니고요, 좀 더 피를 좋아하는 주인이 좋대요."

"검이구나."

샌시가 새삼 감탄해서 말했다. 제리코도 따라서 말했다.

"검이죠. 그래서 후보가 몇 있다는 얘길 듣고 찾아주려고 하는데…… 쉽지 않네요."

"나설 거면 진즉에 나섰겠지."

"네, 그거죠. 아무래도 당사자들은 모르고 어머니들만 알고 계신 게 아닌가 싶은데……."

"그 마녀는 몰라."

"네, 그런 것 같아요."

드래곤 슬레이어 소드가 모친은 아이의 아버지를 알고 있을 것이라 주장한 근거가 무엇인가. 짧은 기간에 다양한 사람들과 잠자리를 하지 않았을 것이란 사회의 보편적 인식 때문이 아닌가.

하지만 마탑주는 다른 문화권에서 살다 온 반인간이기 때문에 그 인식을 산산조각 냈다. 심지어 아버지란 개념조차 희박한 숲요정 혼혈이었다. 내 아들이 확실한데 친부가 누구일까 고민해 보진 않았을 것이다. 다시 생각해도 민망해서 제리코의 얼굴이 붉어졌다. 샌시는 그런 제리코를 빤히 쳐다봤다.

"후보가 몇인데?"

"셋이요."

"꽤 적네……."

샌시는 무언가 생각하더니 갑자기 로브를 벗었다. 그는 제리코의 어깨에 로브를 걸쳐주었다.

"외투 다 타서 보기 그렇다."

"아, 맞아. 이거 다른 사람 옷인데……."

제리코에게 옷을 빌려준 하녀는 외투가 군데군데 탄 것보다 꾸역꾸역 그걸 걸치고 집에 들어온 아가씨를 보고 기절하겠지만 없이 산 제리코는 헌 옷에 익숙했고 이 정도 탄 자국은 괜찮았다.

로브를 벗은 샌시는 로브를 입고 있을 때보다 더 주목받았다. 머리색도 신기하고 외모도 외모였기 때문이다. 샌시는 그들의 시선은 아랑곳하지 않고 계속 뭔가를 골똘히 생각하더니 제리코에게 말했다.

"드래곤 슬레이어 소드의 제작에 참가한 사람은 명단이 있어. 에라프 님의 피는 없지만 마녀가 대부분 피를 보관하고 있으니까 친자 감별 마법을 쓰기도 쉬울 거야. 내가 친아버지를 밝히면 후보가 둘로 줄지? 도와줄게."

"정말요?"

낯선 사람의 호의를 함부로 받아선 안 되지만 샌시는 괜찮지 않을까? 왜냐하면 그는 무려 오빠 후보니까! 드래곤 슬레이어 소드가 제리코의 안일한 생각을 구박했다. 아니나 다를까, 샌시가 말을 이었다.

"대신……."

"대신?"

샌시의 얼굴이 붉어졌다. 겨울이라 해가 일찍 졌기 때문에 노을 때문은 아니었다. 샌시가 부끄러워하자 괜히 제리코의 가슴도 콩닥거렸다. 제리코는 잊지 않았다. 샌시가 제리코를 꼬박꼬박 미소녀라고 불러줬다는 사실을.

'어, 어떡하지? 남매가 아닌 거 알면 사귀자고 하는 거 아니야? 나한테 반한 건 아니겠지?'

말로는 실컷 반하지 말라고 해놓고서 샌시가 자신에게 반한 거면 그런 아이러니가 없다. 후보 셋에겐 두근거리지 않을 것이란 맹세가 무색하게 제리코의 심장은 주인의 의지를 배반했다.

제리코는 가능한 예쁜 표정을 짓고 샌시의 말을 기다렸다. 샌시가 수줍게 웃었다. 제리코가 알아챈 대로 그는 웃는 얼굴이 특히 매력적이었다.

"내 이상형에 아가씨 외형을 참고해도 될까? 완전히 똑같지는 않고 참고만 할게. 아가씨는 정말 내 이상의 미소녀야."

이건 화를 내야 하는 걸까 내면 안 되는 걸까. 제리코는 한참의 고민 끝에 말했다.

"싫어요."

샌시는 크게 낙심했지만 제리코를 돕겠다고 말했다.

"오빠 찾는 건 도와줄게."

"정말요?"

"함께 찾아준다는 건 아니야. 마법사가 필요할 땐 날 불러. 남매일지도 모르니까 할인 가격으로 도와줄게."

샌시가 예상 금액을 알려줬다. 제리코는 너무 비싸다고 고개를 저었다. 샌시는 수수료 떼고 나면 남는 것도 없다고 엄살을 떨었다. 샌시는 제리코가 존과 만나는 것까지 지켜본 다음 로브를 돌려받고 떠나갔다. 존이 제리코에게 물었다.

"저 요정처럼 잘생긴 총각은 누구냐?"

"에라프 님 장례식 때 와줬던 분인데 우연찮게 만났어요. 머리 색이 특이해서 기억하고 있었거든요."

제리코는 존에게 거짓말하는 게 마음 아프지만 거사를 위해선 아군도 속여야 할 때가 있음을 명심했다.

제리코는 출근 때와 마찬가지로 존과 팔짱을 꼈다. 존은 하하 웃다가 코를 벌름거렸다.

"어디서 탄내 안 나?"

"안 나는데~"

제리코는 시치미를 뚝 떼고 공작저로 돌아가 옷을 빌려준 하녀에게 할 변명을 고심했다.

예상대로 하녀는 깜짝 놀랐다. 외투가 군데군데 타서가 아니라 그걸 입고 돌아온 제리코 때문이었다.

"이런 건 버리시고 새로 외투를 사셨어야죠!"

"빌린 거니까."

제리코는 길을 걷다가 불이 옮겨붙는 걸 발견해 조기 진화에 나서느라 옷을 태워먹었다고 변명했다. 하녀는 귀하신 소공작께서 그런 일 하실 필요 없다고 말하면서도 감사를 표했다.

"분명히 주변 사람들이 공녀님께 감사하다고 생각할 거예요."

"하하하. 자나 깨나 불조심이잖아."

하지도 않은 일로 공치사를 들으려니 참으로 겸연쩍었다. 제리코는 얼굴 근육이 한계에 도달하기 전 하녀를 내보냈다. 팔이 빠져라 외투를 휘둘러서 피곤하다는 변명이 효과를 발휘했다.

씻었겠다, 옷도 잠옷으로 편하게 갈아입었겠다, 방에서 사람도 내보냈겠다. 제리코는 늘 그러했듯 드래곤 슬레이어 소드를 침대 위에 던지고 자신도 그 옆에 드러누웠다. 제리코는 콧노래를 흥얼거리며 수첩을 꺼냈다. 오늘은 기념비적인 날이었다. 마침내 세 명의 후보와 세 명의 여성을 모두 만난 것이다. 릴리에 공주와 만나 대화하지 못한 것이 마음에 걸려도 한 해가 끝나기 전에 이룬 성과치고 나쁘지 않았다.

"자! 정리하자!"

하루를 정리하는 시간, 드래곤 슬레이어 소드와 후보와 어머니를 만나서 생긴 각종 의혹과 이야기의 진위를 파헤치는 건 늘 하던 일이었다.

제리코는 일단 자신의 생각을 밝혔다.

"일단 가능성은 여전히 3분의 1이야. 마그노 황자님이 제일 가능성이 떨어지긴 하는데 확실하게 아니란 근거도 없으니까. 심증은 로젠이 확실하지만…… 너는 어떻게 생각해? 마탑주님이 거짓말을 하는 것 같진 않지?"

-아니. 마탑주는 거짓말을 했어.

"정말?"

제리코는 오늘 만난 숲요정 혼혈에 대해 생각했다. 많이 괴팍하고 피를 뽑긴 했지만 맛있는 과자도 주고 묻는 질문에도 제대로 대답해 줬다. 드래곤 슬레이어 소드를 건드리면서 불을 지르긴 했어도 다치지 않아서 다행이었다.

아무리 생각해도 거짓말을 한 곳은 없었다. 제리코는 드래곤 슬레이어 소드를 삐딱한 눈으로 쳐다봤다. 이 검은 17살밖에 안 먹은 주제에 인간은 모두 거짓말을 한다는 성격 나쁜 의사 같은 소리를 했다.

-마탑주가 그렇게 강할 거라고 생각 못 했어.

"응. 엄청 강하더라."

-근래에 이룩한 경지 같지도 않았어.

"응. 그래 보였어. 엄청 오래된 고목? 그런 느낌이 났지."

-난…… 난 그동안 용을 상대할 사람이 주인밖에 없어서 주인이 나섰다고 생각했어. 마탑주는 약해서 날 만드는 거나 도와줬다고 생각했단 말이야!

"응?"

드래곤 슬레이어 소드가 화를 내는 부분이 이상했다. 제리코가 몸을 부르르 떠는 드래곤 슬레이어 소드를 진정시키기 위해 손을 뻗었다.

드래곤 슬레이어 소드는 제리코의 손을 팅겨낼 정도로 강하게 떨며 외쳤다.

-그렇게 강하면 왜 주인을 도와주지 않은 건데!

에라프가 광룡과 사투를 벌일 때 드래곤 슬레이어 소드는 자아가 없었다. 에라프가 고된 사투를 끝내고 용의 심장을 가르면서 드래곤 슬레이어 소드의 자아가 태어났다. 용의 뜨거운 피는 검과 주인에게 공평하게 쏟아졌지만 중독당한 건 인간인 에라프 혼자였다.

용을 죽인 자가 없기에 용의 피에 독이 있는 것도 몰랐다. 용을 죽인 자가 없기에 용을 죽이면 저주를 받는 것도 몰랐다.

에라프는 자기 혼자 싸워서 혼자 당한 게 얼마나 다행이냐고 웃었다. 드래곤 슬레이어 소드는 동의할 수 없었다. 동료가 있었다면 뭔가 다르지 않았을까. 동료가 있었다면 에라프 혼자 독과 저주를 독식하지 않고 나눠 받지는 않았을까.

마탑의 주인인 숲요정이 그렇게 현명하고 잘났다면 이러한 사실들을 알고 있지는 않았을까.

드래곤 슬레이어 소드는 배신감에 치를 떨었다.

―난 용을 벨 수 있는 검이야! 나의 불꽃은 미약하게나마 용도 태울 수 있다고! 그런데 그 마녀는 타지 않았잖아! 소드 마스터처럼 경지를 이뤘으면서 광룡 토벌에 참가하지 않았어! 주인을 도와주지 않았어! 그 마녀는 믿을 수 없어! 분명히 거짓말을 했을 거야!

드래곤 슬레이어 소드가 기어이 거무튀튀한 빛을 뿜었다. 색 때문에 아주 사악해 보였다. 제리코는 베개로 드래곤 슬레이어 소드를 짓눌렀다. 드래곤 슬레이어 소드는 아랑곳하지 않고 빛과 진동으로 자신의 감정을 표현했다. 창밖이나 문틈으로 빛이 새어 나가면 곤란하기 때문에 제리코는 이불로 드래곤 슬레이어 소드를 둘둘 말았다.

"에휴."

마음은 이해한다만 이래서야 의견 교환은 불가능하다. 제리코는 드래곤 슬레이어 소드가 진정하길 기다리며 혼자서 생각을 정리했다.

'일단 샌시는 숨기는 게 없지. 숨겨서 이득을 볼 것도 없…… 지 않구나.'

샌시는 호문쿨루스와 골렘을 연구해서 자신의 이상형을 만들고 싶어

했다. 완벽한 이상형을 만들어 결혼하는 것이 인생의 목표라는데 에라프의 친아들이라는 사실이 밝혀지면 다들 샌시가 빨리 결혼해서 많은 자손을 얻길 바랄 것이다.

제리코는 샌시가 연구하는 것을 잘 모르지만 벌레에서 사람이 되려면 꽤 많은 시간과 노력이 필요하다는 건 알았다. 지하 사람들이 샌시가 에라프의 친아들로 밝혀지면 사람들은 그가 이상형을 완성할 때까지 기다리지 못하리라. 이런 점을 고려해 보면 샌시가 자신의 친부를 알게 되더라도 사실대로 말하지 않을 가능성이 생겼다.

"어휴, 얘 때문에 나도 의심 암귀가 씌었네."

친아버지가 밝혀져 인생이 복잡해지는 것과 별개로 샌시는 은근히 제리코가 동생이길 바라는 눈치였다. 자꾸 동생일지도 모른다고 말하면서 친절을 베푼 것만 해도 그러했다.

'샌시야 사실을 알면 그대로 말해줄 거라고 믿어보고. 마탑주는……'

마탑주의 속내야 당연히 이해 불능이었다. 제리코는 마탑주의 이름도 물어보지 않은 걸 후회했다. 마탑주, 마스터, 마녀. 호칭이 전부 마로 시작하는데 이름도 마로 시작하지 않을까 같은 시답잖은 농담이나 생각했다.

─큭.

제리코의 생각을 읽은 드래곤 슬레이어 소드가 피식 웃었다. 제리코는 저질 농담에 반응한 드래곤 슬레이어 소드가 한심하다고 생각하면서 까무룩 잠들었다.

드래곤 슬레이어 소드는 신경질을 내면서 본체를 감싼 이불을 풀었다. 제리코는 이불도 덮지 않고 세상 편하게 자고 있었다.

공작저의 난방이 훌륭하다지만 인간의 몸은 약하다. 감기 같은 잡병에 걸렸다가 병이 악화되어 죽어버리면 드래곤 슬레이어 소드는 또 혼자가 된다. 드래곤 슬레이어 소드는 제리코의 몸 위로 이불을 덮어준 후 자신이 만든 인간 형체를 살폈다.

"이 짓도 못 하겠네……."

그의 마력은 시간이 지나면 자동적으로 충전된다. 완충된 다음엔 마력이 차지 않기 때문에 가끔 인간의 몸으로 현신해 책이나 신문을 읽었다.

하지만 각종 위험이 제리코를 노리고 있다는 사실을 알았고 마력이 부족하면 제리코에게서 가져온다는 사실도 알게 되었으니 앞으로는 가능한 마력을 아껴야 할 것이다. 제리코가 잠들었을 때 누리던 소소한 장난도 오늘로 끝이었다. 꽤 아쉬웠지만 괜찮았다. 드래곤 슬레이어 소드는 잠든 제리코를 응시하다 검으로 돌아갔다.

7장
바람둥이의 진상

로젠은 약속을 잊지 않았다. 그는 제리코에게 언제 시간이 괜찮냐는 편지를 보냈다. 편지엔 자신이 시간이 비는 날짜가 적혀 있었다.

하녀는 로젠의 편지를 읽는 제리코를 영 마음에 안 든단 표정으로 응시했다. 제리코가 편지를 덮자마자 하녀가 말했다.

"스타즈가의 첫째 도련님은 여자 소문이 영 안 좋아요."

유력한 친오빠 후보로서, 그리고 친오빠가 아니면 들이대고 싶은 애인 후보로서 제리코는 자세한 사정을 파악할 의무가 있었다. 로젠 스타즈는 외모에 성격까지 제리코의 이상형에 부합했기 때문이다.

제리코가 진지하게 물었다.

"구체적으로 어떤데요? 막 여러 다리 걸쳐요?"

"아니요, 그렇지는 않아요. 한 번에 한 사람만 사귀죠."

"그럼 괜찮지 않아요?"

"짧으면 일주일, 길면 두 달만 사귀니까요. 헤어지고서 또 금방 새 여자 친구가 생기니 소문이 좋게 나겠어요?"

'흠, 그건 좀 그러네.'

양다리보단 낫지만 애인이 바뀌는 주기가 빠르면 역시나 사람이 다르게 느껴지게 마련이다. 사람 그렇게 안 봤는데 생각보다 더 가벼웠다.

제리코는 진지하게 고민했다. 이때쯤 다른 사람은 듣지 못하는 잔소리가 들어올 법했는데 없어서 이상했다.

'잔소리 안 해?'

—뭐를?

'너무 헤프다거나, 진심이 아닐 거라거나, 바람둥이라거나.'

—주인도 가는 곳마다 여자를 만들어서…….

'아, 맞다.'

국보급 검이 사랑해 마지않는 죽은 주인은 무척이나 헤픈 인간이었다. 범죄 행위는 없고 서로 좋아서 한 행위가 전부이나 아랫도리 가벼운 걸로 욕하자면 에라프 욕을 빼먹을 수 없었다. 로젠에 대해 한 소리 늘어놓자니 똥 묻은 개가 겨 묻은 개 나무라는 격이라 아예 입을 다물고 있었나 보다.

아리보 소공작은 연말이라 바빴기 때문에 제리코는 아리보 부인에게 외출 허락을 구했다.

실비아는 로젠을 만나러 나가겠다는 제리코의 외출을 반대하지 않고 허락했다. 제리코 혼자 나가서 돌아다니는 것보단 로젠과 함께 다니는 게 낫다는 판단이었다.

"스타즈 영식은 에라프 숙부님을 존경하니까 소공작께도 딴마음은 품지 않겠죠."

'신경 쓰이긴 하나 보네.'

—넌 아직 미성년자지만 혼기가 찼으니까.

"하녀는 누굴 데려가겠어요?"

"음, 그게요."

제리코는 우물쭈물 망설이다가 솔직하게 말했다.

"저번처럼 자유롭게 돌아다니고 싶은데…… 안 될까요?"

하녀나 다른 수행인이 따라오면 로젠에게 이것저것 물어볼 수 없게 된다. 딱히 로젠과 둘만 있고 싶다는 이유는 아니었다. 하지만 실비아는 제리코의 의도를 오해했는지 표정이 딱딱해졌다.

"저번처럼 하고 다니면 공작가에 안 좋은 소문도 없을 거고, 다들 제가 누군지 모를 거예요. 아! 머리 색이 비슷하니까 남매라고 생각하지 않을까요?"

이러니까 제리코가 아카데미에 입학하기로 마음먹은 것이다. 이놈의 귀족 사회는 미혼 남녀가 단둘이 만나 비밀 대화를 나누기에 좋은 환경이 아니었다.

실비아는 바로 입을 열지 않았다. 기다리는 제리코의 애간장이 탔다. 아리보 부인은 심사숙고 끝에 고개를 끄덕였다.

"대신 해가 지기 전에 귀가해야 해요."

"네!"

"어쩜, 그런 취향이었군요."

"네?"

아리보 부인이 이해한다는 듯 웃었다.

"어쩐지 우리 애들에게 관심이 없더라니. 아리보 공작가 남자들이 다 샌님 같긴 해요. 지적이고 까칠한 맛도 있지만 소공작 취향이랑은 정반대였겠네요."

그 까칠하고 샌님 같은 남자에는 실비아의 손자와 조카, 아들, 남편이 해당되는데 말이다.

실비아의 말대로 지적이고 까칠한 남자는 제리코의 취향이 아니다. 또한 로젠이 제리코의 취향에 딱 부합하는 것도 사실이다. 하지만 제리코의 의도는 그게 아니었다.

전부 사실인데 묘하게 억울하다는 기묘한 감정을 느끼며 제리코는 아리보 부인에게 감사 인사를 했다. 어쩐지 로젠이 친오빠면 엄청 억울할 것 같다는 생각이 들었다.

제리코는 로젠에게 편지를 보내 만날 장소와 약속 시간을 전달했다. 접선지는 공작저 근처에 있는 공원 입구로 정했다.

로젠은 공작저까지 마중 나오겠다고 했지만 제리코가 거절했다. 공작가 정문으로 드나드는 게 다른 사람 눈에 띄면 곤란했다.

제리코의 고향에선 붉은색 머리카락이 희귀해서 눈에 띄었으나 제도에선 꽤 흔히 볼 수 있는 색이다.

그러니까 평범한 옷을 입은 제리코를 미베어 소공작으로 생각할 수 있는 단서는 드래곤 슬레이어 소드가 유일했다.

그 드래곤 슬레이어 소드도 인류 최강의 검이란 유명세에 걸맞게 복제품이 많았다. 에라프와 용을 벤 검에 대한 예우로 완벽하게 복제하진 않지만 비슷하게 생긴 검과 단검이 시중에 많이 풀렸다. 마침 드래곤 슬레이어 소드는 단검으로 형태를 바꾸었으니 다들 그러한 복제품 중 하나로 생각할 것이다.

그래도 혹시 몰라서 제리코는 풍성한 머리카락을 하나로 땋은 다음에 올려서 묶었다. 그런 다음에 털모자를 꾹 눌러썼다. 눈에 띄는 진한 빨간 머리를 어느 정도 감출 수 있고 따뜻하기도 했으니 일석이조였다.

제리코는 하인에게 공원까지 가는 지도를 받아 천천히 걸었다. 약속 시간보다 일찍 출발했기에 주위 구경을 하면서 천천히 걷기 딱 좋았다.

아리보 공작저가 위치한 고급 주택 지구는 집과 집 사이의 거리가 멀고 제리코의 키보다 높은 담벼락이 죽 이어졌다.

도둑을 방지하기 위해 담벼락과 정원수, 가로수 사이의 거리가 있어서 벽에 붙은 길엔 그늘이 없었다.

"여름엔 덥겠다."

귀하신 귀족들답게 담벼락도 색이 다른 돌을 써서 담을 쌓아 다채로웠지만 계속 보고 있자니 지루했다. 간간이 지나가는 마차와 말은 길을 걷는 제리코를 무시하고 속도를 줄이지 않아서 흙먼지를 선물했다.

"나빴네, 사람이 이렇게 걷는데 속도도 안 줄이고."

ㅡ여기서 이렇게 걷는 귀족은 없으니까.

제리코는 입술을 삐죽이며 손가방을 흔들었다. 가방끈이 끊어졌던 지난날을 경험 삼아 이번엔 드래곤 슬레이어 소드를 옆구리에 차고 가방의 내용물은 줄였다.

그렇게 한가로이 걸어서 제리코는 무려 1시간이나 일찍 약속 장소에 도착했다. 초행이라 무턱대고 일찍 나온 결과였다. 겨울의 공원 앞은 보행자 없이 조용했다. 고급 주택가의 공원이라 꾸며놓긴 잘 꾸며놓았으나 사람들이 추워서 나오지 않았기 때문이다.

또한 귀족들은 마차를 타고 중앙 공원에 가지 주택가 근처의 공원엔 잘 가지 않았다. 제리코는 괜히 나오지도 않은 콧물을 훌쩍였다.

"나 1시간 동안 뭐 하지?"

ㅡ추우니까 근처 카페나 음식점에라도 들어가. 감기 걸리지 말고.

"괜찮아. 나 한 번도 감기 걸린 적 없어."

ㅡ너 주인 죽은 다음에 앓아누웠잖아.

"그건 스트레스 받아서 그래."

제리코는 춥다기보단 1시간 동안 혼자 멀뚱히 서 있으면 바람맞은 걸로 보인단 이유로 근처 카페에 들어갔다. 공원 산책을 해보는 것도 나쁘지 않은 선택이지만 열심히 걸어서 그런지 단것이 당겼다.

제리코는 약속 장소가 보이는 창가에 앉아 따뜻한 차와 과자를 주문했다. 밖이 훤히 보일 정도로 깨끗한 유리가 있는 카페에 앉아 차에 과자까지 주문하다니. 격세지감이 들어 제리코는 과거를 회상했다. 어머니가 앓아누우면서 조금 더 빈곤해지긴 했지만 살기 힘들다는 생각은 하지 않았는데 이렇게 살다가 다시 그렇게 살면 조금 힘들다는 생각이 들지도 모르겠다.

"추운 데 있다가 따뜻해지니까 졸려."

─졸지 말고 로젠이 오면 무슨 얘기를 할까 생각이나 해봐.

"그건 네가 해야지."

드래곤 슬레이어 소드가 항의의 의미로 몸을 떨었다. 제리코는 옆구리에서 시작해 몸 전체로 퍼지는 진동에 혀를 찼다. 잠깐은 괜찮지만 오래 버티니까 멀미가 났기 때문이다.

"생각하면 되잖아."

제리코는 손가방에 넣어 가져온 수첩을 꺼냈다. 거기엔 그녀가 후보들에 대해 알아내고 생각한 정보가 적혀 있었다. 이렇게 적어두지 않으면 까먹을 수 있으니까 수첩 정리는 성실히 했던 것이다.

"로젠이 오빠일 확률은 절반이겠지. 나머지 25퍼센트는 황자님이랑 샌시한테 주자."

제리코는 로젠의 이름 위에 여러 번 동그라미를 그린 다음 별을 열 개 정도 붙여줬다. 로젠 자신도 의심하고 있는 것 같으니 플라티나가 진실을 알려주면 좋을 텐데 그게 참 힘들었다.

"플라티나 님이 사실을 알려주면 끝나는데 힘들겠지."

─그렇지. 나라도 포기 못 하겠다.

"그지."

상인 가문에서 황금의 축복을 받은 아이가 태어났으니 상인으로서 포기하기 힘들 것이다. 제리코만 해도 그런 아이가 태어나면 '너는 당연히 상인을 해야 해!'라고 외칠 것이라 플라티나의 심정을 이해할 수 있었다.

"로젠 님이 오빠면 딱인데. 네 희망과도 부합하고."

로젠은 에라프를 동경해 그와 같은 삶을 사길 희망했다. 어머니의 맹반대로 제도에 발길이 묶이긴 했지만 그게 아니었다면 옛날에 제도를 떠나 자유 기사의 삶을 살았을 것이다.

그리고 로젠이 동경하는 에라프의 모험은 곧 드래곤 슬레이어 소드가 바라는 삶이기도 했다. 로젠이 주인이 되는 게 드래곤 슬레이어 소드가 가장 행복해지는 길이었다.

-로젠은 소드 마스터가 될지도 모르는 천재 검사니까, 용이 찾아와도 안심이지.

"그러게, 그것도 있구나. 진짜 로젠 오빠가 에라프 님의 아들이어야 하는데…… 어떻게 안 되나?"

-네가 원한다고 부모가 바뀌진 않아.

왜 사는 건 마음대로 되지 않을까. 제리코가 진지하게 한숨을 쉬는데 카페 점원이 다가왔다.

"손님, 이건 저쪽 손님께서 보내셨습니다."

점원이 가져온 건 향이 좋은 차였다. 제리코는 반색해서 점원이 가리키는 방향을 보았다. 제리코 또래의 훈훈하게 생긴 소년이 활짝 웃고 있었다.

"혼자시면 합석 괜찮으신지 여쭤보라시네요. 자주 오시는 단골손님이고 집 주소와 이름은 제가 알고 있습니다."

"이걸 어쩌나. 제가 사람을 기다리고 있거든요. 이건 잘 마시겠다고 전해주세요."

제리코의 말소리가 들리진 않지만 제리코의 표정으로 상황을 파악했는지 소년이 실망해서 고개를 숙였다. 제리코는 그에게 미안한 마음을 담아 손 인사를 보냈다. 소년은 고개를 꾸벅 끄덕여 인사를 받았다.

제리코는 남자에게 받은 꽃향기 나는 차의 향을 음미했다.

"하, 역시 나는 잘나가."

-그러게. 넌 미소녀였지.

"그럼, 난 미소녀. 동네에서도 인기 좋았어."

제리코의 어머니 요나는 인근에서 꽤 유명한 미녀였고 아버지인 에라프는 모두가 인정하는 미남이었다. 아버지를 쏙 빼닮았다 소리를 듣는 제리코는 당연지사 미인이었다. 집안일과 동생들 돌보느라 치장과 담 쌓았던 고향에서도 미소녀 소리를 들었는데 꾸미기 시작한 제도에서 미소녀 대우를 받는 건 당연했다.

미베어 소공작으로 있을 땐 지나치게 고귀한 신분으로 인해 남자들이 접근하기 어려워서 그렇지 이렇게 평범하게 있을 땐 어떻게 말 붙여 보고 싶은 남자가 접근하는 일도 생기는 것이다.

제리코는 제도에서 처음 누리는 인기에 어깨를 으쓱였다.

"소설이나 잡지에서만 봤는데 기분이 나쁘진 않네."

-하긴. 너 꼬시라고 명령받았을 남자들도 표정이 딱히 나쁘진 않았지. 너 진짜 괜찮은 신붓감이구나.

드래곤 슬레이어 소드가 아리보 공작저에 포진하고 있던 남자들을 얘기했다. 제리코와 마찬가지로 그들에게도 정략결혼이었지만 다들 표정이 나쁘진 않았다. 제리코의 출신을 보완할 만큼 에라프의 명성이 드높은데다 제리코 본인의 인상이 좋았기 때문일 것이다.

"당연하지. 미녀에 건강하고 힘세고 성격도 좋잖아."

-그럼, 80kg 돼지를 번쩍번쩍 드는 여자가 흔하진 않지.

"사실은 번쩍 못 들어…… 돼지도 도와줘야 해. 돼지가 나에게 편안히 몸을 맡겨야 번쩍 들지, 반항하면 조금밖에 못 들어."

-조금 드는 것도 신기해.

그렇게 하라는 작전 회의는 까맣게 잊고 돼지가 사람에게 몸을 얌전히 맡기는 게 가능한가 불가능한가로 토론하던 소녀와 검은 약속 시간 30분 전 공원 앞에 도착한 빨간 머리 청년을 발견했다.

"로젠 오빠다. 추운데 일찍 도착했네."

-너만 하겠냐. 얼른 나가자.

"응."

제리코가 나가려고 채비를 하는데 창밖의 로젠에게 누군가 접근했다. 제리코는 창으로 상황을 살폈다. 로젠에게 접근한 건 묘령의 여인이었다.

"뭔가 재밌을 것 같은데 좀 지켜볼까?"

-그러지 말고 나가. 몰래 접근하면 내가 대화 전달해 줄게.

'우리 예쁜 검.'

제리코는 손도 발도 없지만 만능인 검을 칭찬하고 계산했다. 나갈 때 좋은 향이 나는 차를 보내준 소년에게 다시 인사하는 걸 잊지 않았다.

"차 잘 마셨어요. 향이 정말 좋았어요. 고마워요."

"별말씀을요."

소년은 이름이라도 알려달라 청했다. 제리코는 답지 않게 신비주의를 위장해야 했다.

로젠과 여인의 대화가 끊기기 전에 허둥지둥 카페 밖으로 나가 나무 뒤에 몸을 숨겼다. 드래곤 슬레이어 소드는 이 정도 거리면 대충 알 수 있다고 말했다.

-얼마 전에 저 여성이 곤경에 처했는데 로젠이 도와줬나 봐. 다시 만나서 반갑고 고마웠다고 인사하네.

"아하."

-괜찮으면 차 한잔 어떠냐고 말하는데. 이쪽 가리킨다. 숨어.

제리코는 엿보려던 걸 포기하고 나무에 몸을 숨겼다. 머리를 올려 묶어서 모자를 눌러쓰길 잘했단 생각이 들었다. 무채색이 즐비한 겨울 공원에서 빨간 머리는 들키기 쉬웠을 것이다.

'이거 완전 재밌다.'

-헉!

'뭔데, 뭔데, 같이 들어.'

제리코의 심장이 팔딱팔딱 뛰는데 드래곤 슬레이어 소드가 허파도 없는 주제에 숨넘어가는 소리를 냈다. 제리코는 열심히 검집을 두드렸다.

-로젠이 애인이 질투해서 안 된다고 말했어!

'애인이 있어?'

제리코는 깜짝 놀라 숨을 집어 삼켰다. 금시초문이었다.

-있겠지. 너도 얘기 들었잖아. 애인 없었던 적이 없다고. 우와, 여자가 두 번째여도 좋으니까 만나달래.

'진짜? 자존심이랑 양심도 없나. 별로다 정말.'

애인이 있는 걸 알면서 만나달라니 자존심은 둘째 치고 양심이 없었다. 제리코는 양심 없는 여자의 얼굴을 자세히 보려고 나무 뒤에서 고개만 내밀었다. 옆모습과 뒷모습만 보이는데 겉으로 보기엔 멀쩡했다. 역시 생김새만으론 사람의 본성을 알 수 없다.

로젠은 난처한 표정으로 여자에게 거부 의사를 밝히고 있었다. 양다리를 걸치지 않는다던 세간의 소문이 확실해지는 순간이었다.

-고생이 많네.

"그러게."

-주인이었으면 마을을 떠나면서 관계도 자동 소멸이었을 텐데.

"픕."

에라프를 본받아 여자에게도 인기 많은 건 좋은데 에라프처럼 방랑하지 못하고 제도에 묶여 있으니 연애 관련 평판이 더 나빠지는 건 아닌지. 드래곤 슬레이어 소드의 예리한 지적에 제리코는 터지는 웃음을 참지 못했다. 입을 틀어막고 끅끅거리던 제리코와 로젠의 눈이 마주쳤다. 제리코는 어색하게 웃었다.

'나 들킴.'

-괜찮아. 카페에서 나올 때 이미 들켰어.

"약속 상대가 왔네요. 이만 가보겠습니다."

"잠시만요! 제게 기회를 주세요!"

"제게 바람을 종용하는 분껜 기회를 드리고 싶지 않습니다. 안녕히 가십시오."

로젠으로선 꽤 냉정하게 말하고 돌아섰다. 여성이 따라오며 뭐라 말했지만 로젠은 무시했다.

"제리코, 카페에서 나오는 걸 봤어. 오래 기다렸니?"

"아하하, 안녕하세요."

"지금 사귀는 분이 저 사람인가요?"

여자는 로젠이 무시하니 제리코에게 말을 걸었다. 제리코는 무슨 말을 할지 몰라서 가만히 있었다.

"얼마나 사귀셨죠? 한 달? 두 달? 그 정도면 오래 사귀었으니까 제게도 기회를 주세요! 독점은 치사해요! 어차피 로젠 님이 진심이 아닌 건 아시잖아요!"

여자는 절박하게 외쳤다. 멋대로 타인의 감정을 재단하는 태도는 아주 무례했으나 로젠의 평균적인 연애 기간을 알고 있으니 딱히 반박할 말이 떠오르지 않았다. 무엇보다 제리코는 로젠의 애인이 아니었다.

자신의 감정이 가볍게 여겨져서일까. 로젠은 여성과 제리코 사이를 갈라놓고 화냈다.

"실례입니다! 전 사귀는 분을 항상 진지하게 생각했습니다! 그리고 이분은 저와 사귀는 사이가 아닌 여동생 같은 사람입니다! 저와 당신의 일에 제삼자를 끌어들여 화풀이하시다니 너무하십니다."

"동생 같다 말하고 사귀게 될 거 모를 줄 아세요!"

여성은 울먹이다가 저 말을 외치고 뛰어갔다. 차가운 겨울바람이 불어 떠나가는 여성의 뒷모습을 더욱 쓸쓸하게 만들었다. 로젠이 재차 사과했다.

"정말 미안해."

"음…… 아니에요. 어지간해선 겪기 힘든 진귀한 경험이었어요."

"정말 미안해. 틴더도 종종 오해받았는데 너까지 그러다니."

"틴더?"

"내 여동생 이름이야. 너랑 동갑이지."

제리코의 고향처럼 빨간 머리가 흔하지 않은 곳이면 머리 색이 같으니 남매구나, 하고 생각할 텐데 제도는 붉은 머리가 흔해서 사귀는 사이로 오해하는 일이 종종 발생한다는 것이다. 로젠이 머쓱해했다.

"그래서 틴더는 나랑 같이 외출 안 해."

"동생분이랑 별로 안 닮았나 봐요."

"틴더는 좀 더 주황색에 가까운 붉은 머리거든. 아버지를 닮아서 별로 닮지도 않았고. 아, 잠시만."

로젠은 말을 하다 말고 카페 쪽으로 달려갔다. 뭐 하려나 지켜보니 카페 문을 열려는 임산부를 위해 문을 잡아주고 있었다. 임산부의 일행인 여성이 고맙다며 얼굴을 붉히자 거기에 대고 로젠은 특유의 호감 가는 미소를 뿌렸다. 그렇게 두 여성이 카페 안으로 완벽히 들어갈 때까지 문을 잡아준 로젠이 다시 제리코에게 달려왔다. 달려오면서 숨 한번 헐떡이지 않았다.

로젠은 상냥한 미소를 잃지 않고 제리코에게 가고 싶은 곳이 있는지 물었다.

"음…… 사실은 시장에 가보고 싶은데 사람이 북적이는 곳은 얘 때문에 안 되니까."

제리코가 옆구리에 찬 드래곤 슬레이어 소드를 내보였다. 로젠은 이해한다는 듯 고개를 끄덕이고 나머지 말을 기다렸다.

"사람이 적으면서 이야기할 수 있는 곳이 좋아요. 중요한 대화를 할 수 있는 곳!"

"그렇구나. 제도 구경을 못 했다고 들어서 구경시켜 주려고 했는데 바람이 세니까 오늘은 어디 들어가 있는 게 낫겠네."

이렇게 로젠과의 약속을 또 잡았다. 다른 사람들 만나기가 로젠처럼 쉬웠다면 아카데미에 입학하겠다는 얘기도 안 꺼냈을 것이다.

로젠은 근처에 아는 식당 겸 카페가 있다며 제리코를 그곳으로 안내했다. 제도에 아는 곳이 없는 제리코는 불만 없이 로젠을 따라가다가 퍼뜩 떠올렸다.

'애인 있댔지?'

제리코와 로젠이야 서로가 남매일 가능성이 0이 아니니 알아서 조심한다 치자. 하지만 로젠의 애인은 어떻게 생각할까? 제리코가 원하는 장소는 좋은 데이트 장소와 동일했다. 사정을 모르는 사람이 알면 기분 나빠 할 게 뻔했다.

"애인분에게 저 만나는 건 알려줬어요?"

"사실은 어제 헤어졌어."

"네?"

황당한 얘기였다. 로젠의 표정이 마냥 씁쓸한 걸 보아하니 원해서 헤어진 것 같진 않았다. 길에서 이야기하기도 좀 그런 주제였기 때문에 제리코는 걸음을 재촉했다. 로젠의 정보를 캐내긴 캐내는데 연애사 들을 마음만 가득했다. 로젠이 제리코를 안내한 식당은 제리코가 요구한 조건에 딱 맞았다. 귀족들의 주택가 근처에 있는 고급 식당 겸 카페로 회원이 아닌 사람은 회원의 소개가 없으면 입장할 수 없었다.

제리코는 너무 자유분방한 차림새로 온 게 아닌지 걱정했으나 제리코의 동행인이 누군가. 황금의 축복을 받은 로젠이 아닌가. 제리코는 조금 어긋나는 복장에도 불구하고 손쉽게 입장했다.

로젠은 식당의 추천 메뉴를 말했지만 그런 건 중요하지 않았다. 중요한 건 바로 어제 애인과 헤어진 로젠의 애정사니까. 제리코는 직원이 떠나자마자 작은 소리로 캐물었다.

"오래 사귀었어요?"

"오래 사귀었지."

"얼마나……."

오래 사귄 애인에게 차였다니 얼마나 가슴이 아플까. 제리코가 손수건을 준비하려는데 로젠이 애수에 잠겼다.

"두 달……."

제리코는 손가방에서 꺼내던 손수건을 다시 집어넣었다. 로젠의 연애 얘기를 듣는 데 손수건은 필요 없으리란 예감이 강하게 들었다.

"우린 두 달 전에 만났어. 그녀는 구두 굽이 부러져서 앞으로 넘어질 뻔했지. 내가 받아주면서 인사를 하고 다음 날 그녀가 고백해서 정식으로 교제했어."

그런 건 중요하지 않았다. 제리코가 듣고 싶은 건 어쩌다 둘이 헤어지게 되었냐는 부분이었다.

세 줄 요약은 샌시에게나 가능한 부탁이었다. 제리코는 참을성을 기르는 차원에서 로젠의 두 달 연애를 경청했다. 다행히 로젠은 떠나간 연인에 대해 시시콜콜한 것까지 이야기하는 타입이 아니었다. 굳이 좋게 말하자면 예의를 지킬 줄 안다고 말해야 할 것이다. 내가 얼마나 잘해줬네, 사랑했네, 우리는 어디서 무엇을 했네를 말하지 않고 그녀는 참 좋은 사람이었으며 자신이 부족해 차였다로 끝을 맺었다.

제리코는 그 부분이 궁금했다. 로젠이야, 잠깐만 만나도 다정하고 상냥하게 잘해주는 것을 알 수 있다. 그런데 왜 여자가 먼저 찼을까.

"스토커에게 습격당한 여성분을 내가 구해 드렸는데 그분이 내게 반했다고 고백했거든. 그런데 그걸 그녀에게 들켰어."

로젠은 이야기를 하기 전보다 더욱 깊은 애수에 잠겼다. 그는 작게 한숨을 뱉었다.

"이제까지…… 대부분 비슷한 이유로 헤어졌지. 다 내 잘못이야."

"사람을 구해준 게 잘못은 아니잖아요. 구해준 사람에게 반한 것도 어쩔 수 없고."

"그런 식으로 치면 경비대와 소방대는 애인이 줄 서야 한다는 명언이 있지."

"오호라."

설득력 넘치는 명언이었다. 하기야, 구해준다고 무조건 반하면 경비대와 소방대원은 반해서 따라다니는 사람들이 넘쳐흘러야 했다. 로젠도 그 사실을 알기 때문에 자신의 탓이라고 말하고 있었다.

"나는 사귀는 사람과 아닌 사람을 구분해서 다르게 행동하는데 다른 사람들 눈엔 똑같이 비치나 봐. 좀 사무적으로 대하려고 해도 그게 잘 안 돼."

–주인이랑 똑같은 말 한다. 주인도 정신을 차리고 보니 여자들이 다 자기에게 고백하고 있었다고 그랬어.

만약 로젠이 에라프의 친아들이라면 이건 피에서 피로 이어지는 바람둥이의 숙명이었다. 제리코는 여자 친구 없는 기간이 거의 없다던 로젠의 연애 편력을 떠올렸다.

"음…… 제가 듣기로 여자 친구 없으셨던 기간이 거의…… 없다고……."

"응. 우리 가문 가훈이 오는 사람 막지 말고 가는 사람 잡지 말자거든. 그래야 사람이 흐르고 돈도 흐른다고."

오는 사람 막지 않고 가는 사람 안 잡는 건 좋은데 왜 그걸 연애에 접목하느냐 이 말이다. 로젠의 말대로라면 그는 고백을 거절하지 않고 헤어지자는 말에 애인을 붙잡지 않았다는 뜻이었다.

전자야 사귀는 사람이 있을 땐 거절하는 걸 보았으니 그렇다 치지만 후자가 문제였다.

제리코는 여자가 헤어지자고 하는 말은 붙잡아달라는 뜻이다, 라는 말을 싫어했다. 하나 싫은 것이야 제리코의 개인적인 감상이고 로젠의 경우는 조금 특수했다. 온 제도에 그의 화려한 연애 경험이 알려져 있는데 헤어지자는 말에 로젠이 깔끔하게 그러마 해버리면 상대방이 어떻게 생각하겠는가. 역시 그는 나에게 진심이 아니었어. 이 사람은 가벼운 연애만 하는 사람이야. 뭐 이런 생각을 하지 않을까?

나무 뒤에서 드래곤 슬레이어 소드가 지적한 부분이 정답이었다. 에라프처럼 자유 기사로 떠돌아다녔으면 마을을 떠나면서 관계가 자동 소멸되고 로젠의 연애사에 대한 이야기가 나오지 않을 텐데 그는 현재 제도에 발이 묶여 있었다. 다른 쪽 평판은 훌륭한데 연애 관련만 평판이 바닥을 치는 것도 어쩔 수 없었다. 저렇게 헤어졌으니 대부분 로젠에게 좋은 감정이 남아 있지 않을 것이다.

"으음. 진심이긴…… 하셨고요?"

사귀는 기간이 너무 짧다 보니 실례인 걸 알지만 하게 되는 질문이었다. 로젠은 천천히 고개를 끄덕였다.

"나는…… 사람이 좋아."

"네."

로젠이 사람들 대하는 걸 보면 누구나 알 수 있는 사실이었다. 로젠이 자신에게 진심이 아니었다고 화냈던 사람들도 이 말은 믿어줄 것이다.

"모든 사람에겐 장점과 단점이 있잖아?"

"있죠."

"그게 그 사람을 구성하는 개성이고."

"그렇죠."

"정식으로 교제하면서 상대의 그런 부분을 알아가면 점점 사랑에 빠지게 되지 않아?"

"……"

제리코는 잠시 시간을 들여 로젠이 한 말을 정리한 끝에 말했다.

"반할 자신이 있으니까 고백은 거절하지 않는다?"

"응."

로젠이 자신만만하게 긍정했다. 처음으로 제리코의 가슴이 로젠의 미소에 떨리지 않고 부동심을 지켰다.

"너무 많이 사귀어서 다들 진심이 아니라고 생각하지 않을까요? 왜, 만물상처럼 취급하는 품목이 다양하면 전문점이 아니라는 인식도 있고……."

모든 사람에겐 장점과 단점이 있고 그걸 알아가면서 그 사람이 더 좋아진다는 것. 참 좋은 말인데 교제 기간이 길어야 두 달인 사람이 할 말은 아니었다. 교제 기간이 좀 더 길거나 사귄 사람의 수가 적었으면 만나는 사람마다 제리코에게 로젠의 연애 편력을 얘기하지는 않았을 것이다.

제리코의 말을 들은 로젠이 처음으로 정색했다. 그는 장남인 자신 아래에 있는 6명의 동생과 제리코가 사랑하는 4명의 동생을 언급했다.

"동생이 많다고 동생이 하나 있는 집 애보다 동생들을 사랑하는 마음이 작아?"

로젠은 자신의 동생들을 모두 사랑한다고 말했다. 그게 또 엄청나게 설득력 있었다.

제리코는 추임새까지 덧붙여 가며 고개를 끄덕였다. 동생이 하나 있으면 10만큼 사랑하고 둘 있으면 둘에게 5씩 사랑을 주는 건 말이 안 된다. 사랑이라는 무형의 감정을 이해하지 못하는 무생물이나 할 법한 계산이었다.

-왜 갑자기 내 욕을 해.

'어머, 난 그냥 무생물 욕을 한 건데 왜 네가 발끈해. 넌 무생물 대표가 아니잖아.'

제리코는 드래곤 슬레이어 소드를 살살 약 올렸다.

'딱히 로젠 잘못은 아닌…… 가?'

로젠의 진심을 듣고 나니 딱히 로젠을 탓하고 싶진 않아졌다. 로젠과 교제했던 사람의 이야기를 들으면 로젠을 욕하고 싶어질지도. 어쨌든 로젠이 항상 진심이었고 진지했다고 하니 제리코는 로젠을 위로했다.

"힘드시겠어요."

"고마워. 익숙해질 만도 한데 영 익숙해지질 않네."

"교제 상대가 바뀌는 기간이 너무 짧아서 더 믿음을 못 주는 것 같은데, 연애를 잠시 쉬시는 건?"

"응. 한동안 고백받아도 거절할 생각이야."

정말 좋은 결심이었다. 제리코는 앞으로 최소 1년은 연애할 생각 말라고 덧붙이려다 꾹 참았다. 몇 번 보지 못한 사이에 이런 얘기를 캐물은 것도 실례인데 저런 얘기까지 하는 건 진짜 무례한 짓이었다.

애인 없이 보낼 날이 막막해서일까. 로젠이 쓸쓸하다는 표정을 지었다. 그러나 그는 곧 고개를 갸웃거리며 살갑게 웃었다.

"앞으로 쓸쓸할 것 같아. 가끔 이렇게 어울려 줄래?"

—연애 안 할 거라면서 꼬시는 거 보게.

제리코를 응시하는 따뜻한 눈빛에서부터 물컵을 쥐는 길고 마디가 굵은 손가락 놀림까지, 로젠의 일거수일투족이 제리코를 유혹하고 있었다.

제리코는 잠시 먼 산을 응시해서 마음을 진정시켰다. 그러곤 막냇동생 오리온을 생각하며 가능한 순진하게 웃었다.

"네! 저야말로 부탁드리고 싶어요! 정말 로젠은 남 같지 않거든요."

"나도 네가 남 같지 않아. 말 편히 해. 위아래로 열 살까진 다 친구지. 틴더만 해도 날 오빠라고 안 부르고 이름 부르거든."

"그래도 나이 차가……."

"둘이 있을 땐 편히 해. 내 동생들도 다 나에게 반말 쓰니까."

형제가 일곱이나 되니 오빠, 형 호칭을 잘 쓰지 않는다고 로젠이 설명했다. 그렇게 말하면서 웃는데 접히는 눈꼬리가 예사 눈꼬리가 아니었다. 제리코는 심신의 안정을 위해 말을 났다.

"응!"

'오, 좋은데?'

생각보다 효과가 괜찮았다. 말을 놓았더니 부쩍 거리감이 줄면서 이

성적으로 느껴지진 않는 것이 마음속으로 백번 외친 오빠보다 나았다.

로젠이 헤어진 이야기를 하느라 식사 시간이 훅 지나갔다. 제리코는 차를 마시면서 본론을 떠올렸다. 무슨 얘기를 꺼내야 의심받지 않고 정보를 캐낼 수 있을까. 눈치를 살피던 제리코와 다르게 로젠은 쉽게 새로운 대화 주제를 꺼냈다.

"저번에 마탑에서 볼일은 잘 봤어?"

"응. 별일은 없었어."

'혹시 왜 갔냐고 물어보면 검 핑계 대야지.'

마탑주는 드래곤 슬레이어 소드의 제작자 중 한 명이니 충분히 납득시킬 수 있는 변명이었다. 그러나 제리코가 열심히 머리를 굴린 보람이 없게도 로젠은 다른 걸 물었다.

"어디 다치진 않았고? 피를 뽑혔다거나……."

"헤헤, 뽑혔는데 괜찮아. 조금만 뽑았거든. 과자도 주셨고. 많이…… 시달렸나 봐?"

"하하하."

로젠으로선 드물게 대답하지 않고 웃음으로 얼버무렸다. 제리코는 속으로 혀를 찼다. 성희롱이나 성추행으로 신고가 불가능하냐고 질문하려는 제리코를 드래곤 슬레이어 소드가 말렸다.

–로젠이 얘기 안 했는데 네가 말하는 것도 성희롱이야.

'진짜?'

–그래. 로젠이 언급한 건 피 정도인데 거기서 더 나가봐. 성희롱이지.

'그렇구나.'

하기야. 주제가 민감하긴 했다. 제리코는 크게 벗어나지 않는 선에서 말을 돌렸다.

"샌시랑은 많이 친해?"

"졸업하지 않는 도망자 동지지."

"도망자?"

제리코는 무슨 뜻인지 몰라서 전용 해설자를 툭툭 쳤다. 제리코 전용 해설자는 로젠이 알아서 설명할 것이라고 신경질 냈다. 실제로 로젠은 친절하게 설명할 준비를 하고 있었다.

"사실 나나 샌시나 졸업에 필요한 학점은 모두 이수했어. 졸업하면 닥쳐올 일들이 싫어서 졸업을 미루고 있지."

'그러고 보니……'

로젠은 신문에도 이름이 오르내리는 천재 검사고 샌시는 본인 입으로 천재라고 말했다. 그런 천재들이 고등교육기관이긴 하지만 아카데미에 아직까지 학생으로 재학 중인 게 이상하긴 했다.

"샌시는 졸업하지 않고 일부러 휴학과 1학점 듣기를 반복하면서 개인적인 연구를 하고 있고 나는 뭐…… 어머니가 포기하길 기다리고 있어. 말이 학생이지 백수나 다름없지. 부끄럽네, 하하하."

플라티나가 로젠을 포기할 날이 요원하니 로젠의 졸업은 앞으로도 먼 미래의 얘기가 될지도 모른다.

제리코는 자학하는 로젠이 안타까웠다. 밖에 나가서 복권만 사도 떼돈을 벌 양반이 이러고 있으니 조금 화가 나기도 했다.

"그냥 확 도망가 버리면 안 돼?"

"우리 스타즈 상회의 모토가 뭔지 알아?"

제리코는 딱 두 번 들었지만 단번에 외워 버린 문장을 말했다.

"언제 어디서나 여러분의 생활 속 편의를 책임지는 스타즈!"

"그래. 언제 어디서나 장사를 하기 위해서 적자가 확실한 산골 작은 마을에도 지점을 냈어. 어딜 가든 사람이 사는 곳엔 스타즈 상회의 사람이 있지. 바로 붙잡힐걸."

제리코의 고향에 있는 유일한 상점이 스타즈 상회 분점이었다. 어지간히 급한 물건이 아니면 도시에 나가서 사고 먹을거리는 주로 물물교환이 대세인 작은 마을의 상점이니 언제나 파리를 날렸다.

어쩌다 오는 손님은 동네 사람이 아닌 외지인이다. 적자가 확실한 가게를 폐점하지 않고 유지하는 건 스타즈 상회의 모토 때문이었다.

"장사가 안 되는데 돈은 어떡하고?"

"스타즈 상회는 최저 임금에 인센티브제야. 그런 분점은 인센티브를 기대할 수 없으니 특수 분점으로 지정해서 기본급을 좀 더 높게 책정하지."

"아하. 그래서 가게 아줌마가 먹고사는 게 힘들지 않아 보였구나."

"말 그대로 기본급이라 그리 풍족하진 않을 거야."

"그러네. 가게 아줌마도 다른 아줌마들이랑 같이 부업 하고 그랬으니까."

제리코는 슬며시 상인이 되고 싶다는 꿈에 스타즈 상회 직원이 되고 싶다는 부분을 추가했다. 그런 한가한 시골 마을의 상점 주인으로 있으면 꽤 행복하고 보람찬 인생을 살 수 있지 않을까? 가게를 보면서 적은 돈이나마 받아 저금하고 손님이 없어서 남는 시간엔 부업을 하면 먹고사는 데 지장은 없을 것이다.

-와. 미베어 소공작님, 아주 거창한 꿈이십니다.

그 거창한 꿈을 이루기 위해서라도 전용 사전 겸 해설자 겸 책사 겸 친구인 드래곤 슬레이어 소드를 맡길 정당한 주인을 찾아야 했다.

"나 원래는 상인이 꿈이었는데 스타즈 상회에 취직하려면 어떤 게 필요해?"

기왕 아카데미에 들어가는 것 배워둬야 할 게 있다면 배우는 게 좋을 것 같았다. 로젠이 딱 잘라 말했다.

"응? 제리코 너는 상업에 손댈 수 없어."

"왜? 어째서?"

"넌 곧 미베어 공작이 될 몸이잖아. 백작 이상의 귀족은 상회를 만들 수 없어. 그래서 우리 스타즈 가문도 남작에 머무르고 있고."

"마, 만약 공작위를 다른 사람에게 넘겨도?"

"그래도 마찬가지지. 네가 미베어 공작가의 일원인 건 변하지 않으니까."

"상회같이 거창한 걸 만들고 싶은 게 아니고 그냥 취직하고 싶은 건데? 아니면 작은 개인 상점이라거나!"

"음…… 아마 일정 규모 이하의 작은 상점은 가능할 거야. 취미로 서점이나 마법 도구 상점 같은 걸 운영하는 귀족도 몇 있으니까. 대부분은 탈세용이지만."

로젠은 그런 경우엔 세무 감사가 엄하다고 웃으며 말했다. 제리코는 절망해서 주먹을 쥐었다. 드래곤 슬레이어 소드를 넘기면 공작위와 유산도 같이 떠넘길 수 있으니 자신은 자유의 몸이라고 생각했는데 끈질긴 혈연이란 것이 남아 있었다.

공작위 자체에 놀라서 그렇지 생각해 보니 공작의 일가친척들도 모두 공작가 일가로서 공작가에 얽매이는 삶을 살지 않던가. 어른들의 명을 받잡아 제리코를 꼬시려 노력하던 미남들만 해도 모두 아리보 공작가 사람이었는데!

"취직도 안 되는 거야?"

"일반 귀족 가문이면 괜찮겠지만 미베어 공작가 정도면 서류에서 거를 가능성이 높지."

"으아아."

"저런, 전혀 몰랐구나."

"아는 게 없어서 행복했던 기간이 끝나 버렸어."

제리코가 상심한 기운을 채 감추지 못하자 로젠이 쓴웃음을 지었다. 그는 다정한 손길로 제리코의 머리를 토닥였다.

"너무 상심하지 마. 아카데미에서 사람을 만나며 지식과 교류를 쌓고 부족한 걸 채워 나가다 보면 네가 하고 싶은 일과 할 수 있는 일의 길이 열릴 거야."

로젠은 손이 컸다. 아버지 아닌 다른 남자가 머리를 쓰다듬어 주는 건 처음이었기 때문에 제리코는 고개를 숙인 채 얼굴을 붉혔다.

로젠은 동생들이 많아서 그런지 쓰다듬어 주는 손길이 익숙했고 덩달아 제리코도 당황하지 않고 가만히 손길을 즐겼다.

"갑자기 귀족이 되어서 놀랐겠지만 대귀족은 의외로 하는 일이 없어."

"아리보 소공작님은 맨날 일하던데……."

"그건 그분이 사서 고생을 한다고 해야 하나……. 미베어 공작은 신생 귀족이잖아. 딱히 맡고 있는 의무나 직무도 없으니 그냥 즐기면 돼."

로젠이 부드럽게 제리코를 다독였다. 제리코는 로젠의 손바닥이 따뜻하다고 생각했고 로젠은 제리코의 작은 머리통이 따뜻하다고 생각했다. 동생들이라면 머리에 손 기름 묻는다고 질색하며 옛날에 쳐냈을 손을 제리코는 계속 받아주고 있으니 덩달아 로젠의 마음이 따뜻해졌다.

제리코는 퍼뜩 떠오르는 게 있어서 드래곤 슬레이어 소드에게 알렸다.

'만약에 로젠이 에라프 님 친아들이면 스타즈 가문은 어떻게 되는 거야? 상회 때려치워야 하는 거야?'

-헉, 그러게?

역사와 전통을 자랑하는 스타즈 상회가 고작 그런 이유로 폐업하게 되면 분명 많은 문제가 생길 것이다.

'플라티나 님이 친부를 알리지 않는 건 그것 때문일지도!'

-로젠이 너무 정론을 말해서 그렇지 우회 방법은 얼마든지 있어. 이미 하고 있던 가업을 포기하라고 할 순 없으니 예외 조항이나 그런 것으로 무마할 수 있겠지. 그래도 꽤…… 그럴듯한데?

제리코가 비밀 친구와 마음속 대화를 즐기는 동안 로젠은 여전히 진지했다.

"정 안 되면 나나 샌시처럼 졸업하지 않고 버티는 방법도 있지."

마음이 따뜻해진 것과 별개로 현실을 말하려니 부끄럽지 않은가.

로젠의 쓸쓸한 얼굴을 봐선 추천하는 루트는 아닌 듯했다. 그는 우상의 딸에게 부족한 모습을 보이는 게 부끄러웠는지 몇 번이고 쓴웃음을 지었다.

"졸업하지 않은 학생에게 가업과 결혼을 강요하는 사람은 드무니까. 그것도 한계가 있지만."

로젠의 나이가 내년이면 스물셋이다. 졸업하지 않고 버티는 것도 슬슬 한계에 도달했다. 남들보다 일찍 아카데미에 입학해서 일찌감치 졸업 자격을 획득하고 졸업 유예로 버틴 기간이 5년이었다.

루나 아카데미가 어머니와 반목하는 로젠의 사정을 이해해 줘서 그렇지 갑자기 졸업으로 학교에서 쫓겨나도 할 말이 없었다.

"내 또래들은 다 각자의 일을 하고 있는데 나는……."

로젠의 고독이 딴생각을 하고 있던 제리코를 자극했다. 제리코는 검 대신 눈앞의 사람에게 집중했다. 다행히 대화는 모두 듣고 있었다.

"샌시가 있잖아."

"샌시는 나와 사정이 달라. 그는 자기 연구를 위해서 아카데미에 남았거든. 그런데 나는……."

로젠은 사교성이 좋고 발이 넓다. 또래 친구들이 결혼을 하고 아이를 낳고 가정을 꾸리고 각자가 목표로 했던 일에 도전하거나 가업을 이어받는 등의 활약을 보일 때마다 소드 마스터의 경지를 눈앞에 둔 로젠은 초라해졌다.

"그래서 더 연애를 계속했는지도 모르겠어. 사랑하는 사람이 있을 땐 상대에게 집중할 수 있어서 외롭지 않거든."

소드 마스터의 경지를 코앞에 둔 천재 검사가 스스로의 초라함과 상대적 고독을 호소해 봐야 듣는 이는 빈정이 상할 뿐이다.

다행히 제리코는 남들이 모두 대박이라 부르는 행운을 손에 넣고 과분해서 죽고 싶어 하던 서민이었다. 또한 로젠은 제리코의 이상형에 가까운, 은근슬쩍 오빠로 여기고 있던 상대였다. 제리코는 로젠의 고통에 눈물을 보였다.

"어쩌면. 정말 힘들겠다."

'빨리 로젠에게 말하는 검 한 자루 양도해야겠어.'

마음속까지 모두 읽고서 툭하면 잔소리하는 검이 있으면 로젠도 더는 외롭지 않을 것이다.

로젠이 손을 거뒀다. 큼직하고 따뜻했던 손이 떠나니 식당에 들어와 모자를 벗었을 때보다 더 허전했다. 제리코는 괜히 머리를 정돈하는 척하면서 식어가는 온기를 되새겼다. 로젠은 평소의 다정하고 자신만만한 미소를 되찾았다.

"이상하지. 너한텐 남에게 하기 힘든 말까지 하게 되네. 네가 에라프 님의 딸이어서 그런 걸까."

"사실은 동생이라서 그런 걸지도. 후훗."

"집에 있는 동생들에게도 이런 얘긴 해본 적 없는데."

로젠이 정말이라는 듯 쑥스러워했다. 제리코는 공연히 뿌듯해져서 얼굴근육 힘을 풀었다. 드래곤 슬레이어 소드가 진동으로 제리코의 옆구리를 자극했다.

-너넨 왜 만날 때마다 서로가 특별하다고 주장하고 있냐. 안 지겨워?

'쯧쯧, 피의 끌림을 모르는 피도 눈물도 없는 자식.'

드래곤 슬레이어 소드는 바로 대꾸하지 못했다. 욕이 아니고 사실인데 이상하게 욕처럼 들렸다. 검은 잠깐의 혼란을 수습하고 제리코의 말을 해석했다.

저 말대로라면 제리코는 로젠이 친오빠라고 생각한다는 것이 아닌가.

-넌 로젠이라고 확신하는 거야?

'그건 아니고.'

-에라이.

진짜 피의 이끌림인지 뭔지 모르겠지만 자주 보고 오빠가 아닐까 하고 생각하다 보니 저도 모르게 친숙해지는 감이 없잖아 있었다. 로젠의 경우는 특히 두근거리는 심장을 막으려고 속으로 오빠라 부르다 보니 진짜 친오빠처럼 느껴지기 시작했다. 방금 전 로젠이 머리를 토닥여 줄 때에도 이성에 대한 호감보단 동생들을 끌어안을 때 느낀 뿌듯함과 비슷한 감정이 더 강렬했다.

'물론 친오빠 아니면 들이댈 거지만!'

제리코는 의지를 불태웠다. 드래곤 슬레이어 소드는 자신이 혀를 찰 수 있도록 장식용 혀라도 달아달라고 비꼬았다.

둘은 식사를 깔끔하게 마치고 찻잔도 모두 비웠다. 로젠과 만나기 전에 차 두 잔에 과자를 먹은 제리코는 배불러서 숨을 헐떡였다.

오빠 아니면 꼬실 거라는 남자를 앞에 두고 부른 위장을 부여잡고 있자니 이게 뭔 짓인가 싶었지만 음식이 맛있는 걸 어쩌겠는가.

'배가 부르면 움직여서 소화시키면 되지.'

시골 일이란 것이 몸을 많이 움직이는 일이 대부분이라 자연스럽게 식사량도 늘어난다. 제리코의 활동량은 제도에 와서 절반 이하로 줄어들었다. 그런데 머리와 입은 여전히 지난 식사량을 잊지 못했다. 로젠은 제리코의 상황을 짐작한 듯 근처를 걷자고 제안했다.

"좀 과식한 것 같은데 같이 걸을래?"

제리코 입장에서야 반가운 제안이었다. 제리코는 힘차게 고개를 끄덕였다. 어쩌다 보니 둘은 약속 장소였던 공원으로 돌아갔다. 제리코는 해가 지기 전에 귀가해야 하고 로젠은 말을 공원 근처에 맡겨뒀기 때문이다. 멀리 이동하기엔 남은 시간이 어정쩡했다.

바람이 매서워 공원은 한가했다. 노신사가 빵을 부스러뜨려 새에게 뿌리고 있어서 몰려든 새가 사람 수의 열 배가 넘었다. 동물의 수가 사람보다 많은 상황. 제리코에겐 꽤 익숙한 모습이지만 제도에 와서 늘 사람이 북적이는 걸 보았기 때문일까. 제리코는 겨울에 어울리는 쓸쓸한 광경이라고 절로 생각했다.

"공작저에서 지내는 건 어때?"

"처음 제도에 왔을 때보단 많이 좋아졌어!"

"하하하, 힘든 일이 있으면 언제든 주위 사람들에게 알려줘. 널 도와줄 수 있다면 다들 기뻐할 거야."

"다들 너무 잘해줘서 부담되는데……."

공원의 중앙엔 동상이 있었다. 드래곤 슬레이어 소드와 꼭 닮은 검을 하늘 높이 쳐든 잘생긴 미남의 동상은 방금 주물에서 나온 것처럼 광이 났다. 설마 공원에 이런 게 세워져 있을 줄 몰랐던 제리코는 괜히 부끄러워졌다.

"윽, 에라프 님."

"에라프 님을 아버지로 부르지 않는 거야?"

"하하하…… 한 이틀 뵈었나……."

로젠에겐 미안한 일이나 제리코는 여전히 에라프를 아버지로 부를 수가 없었다. 아버지가 단 한 분뿐이라는 고집 때문이 아니다. 그런 고집은 존과 얘기하면서 풀었다.

에라프를 아버지라 부르지 못하는 건 입에 붙지 않아서다.

제리코는 누구도 부정하지 못할 에라프의 친딸이나 제리코에게 에라프는 아버지에 앞서 인류의 영웅이었다. 광룡을 쓰러뜨린 용사의 얘기를 듣고 자랐는데 갑자기 아버지였다고 해봐야 낯설긴 마찬가지였다. 에라프가 좀 더 오래 생존해 함께한 시간이 많았으면 모를까. 제대로 대화를 나눈 건 이틀 정도가 고작이고 그나마도 썩은 시체를 돌보는 묘지기나 죽어가는 환자를 간병하는 의사가 된 기분이었다.

로젠은 에라프의 동상 앞에 서서 잠시 기도했다. 죽은 영웅을 위한 기도는 누구를 위한 것일까. 에라프의 최후를 생각하면 제리코는 언제나 코끝이 찡했다. 날도 추운데 콧물을 홀쩍이고 싶지 않아서 제리코는 다른 곳으로 생각을 돌렸다.

'저기 봐. 너 엄청 멋있게 만들었다. 실물보다 나은데?'

–어떻게 그런 모욕을.

'그리고 로젠은 에라프 님 엄청 안 닮았어.'

제리코가 로젠을 보고 에라프를 떠올린 건 머리카락 색과 행동거지 때문이다. 그런데 동상 앞에 선 로젠을 보니 에라프와 로젠은 닮은 곳이 없었다. 동상은 머리 색이 없기 때문에 얼굴 생김새만을 비교하다 보니 더욱 그렇게 느껴지는 듯했다.

–로젠은 플라티나를 닮았으니까. 하지만 여자를 꼬시는 저 인성은 주인을 닮았지.

'그건 인정.'

공원을 걸을 때도 모자와 장갑, 목도리로 완전 무장한 제리코에게 감기 걸리면 안 된다면서 외투를 벗어 주려는데 행동거지 하나하나에 친절과 다정이 넘쳐흘렀다. 말로는 꼬실 생각이 없다는데 여자를 대하는 태도에서는 유혹이 뿜어져 나왔다. 제리코는 로젠과 식사를 하면서 나눴던 대화에서 그 원인을 찾았다.

'외로우니까 자꾸 자기도 모르게 홀리는 거지.'

–엄청 연애에 해박한 사람같이 말하는데 너 누구 사귄 경험은 있어?

'날 뭐로 보는 거야? 인기 좋았다니까?'

마을의 미소녀보다 소녀 장사로 더 유명했으나 미소녀라는 사실이 발달려서 도망가진 않는다.

제리코는 항상 인기가 좋았고 소년들의 직접적인 고백은 아니지만 그들의 어머니나 아버지가 해주는 간접적인 고백을 많이 받았다.

우리 아들이 너 좋다는데 어때? 이런 고백을 심심찮게 받았다 이 말이다. 후에 제리코가 그 집 소년을 발견하면 쫓아가서 피식 웃어주는 것도 관례였다.

-잔인하네.

'이상하게 재밌어서 나도 모르게 그만……'

로젠이 에라프와 닮았든 말았든 간에 잘생긴 미남이 잘생긴 미남 동상 앞에서 기도하고 있으니 보기에 좋았다. 제리코는 흐뭇한 마음을 고스란히 담아 저세상에 간 에라프에게 기도했다.

'광룡을 무찔러 주셔서 고맙습니다.'

간단하고 짧은 기도였다. 제리코는 기도는 짧으면 짧을수록 좋다는 주의였기 때문에 기도가 끝나자마자 눈을 뜨고 고개를 들었다.

제리코보다 앞서 기도하던 로젠이 그제야 눈을 떴다. 그가 공손하게 쥐고 있던 두 손을 풀었다. 제리코는 손가락이 예쁜 남자는 기도하는 손도 아름답다는 새로운 사실을 배웠다.

"뭐라고 기도했어?"

"내가 좀 더 에라프 님을 닮을 수 있게 해달라고 빌었어."

-주인 연애 편력은 안 배워도 된다고 말해줘.

'사생활인데 지나친 참견이야.'

제리코는 드래곤 슬레이어 소드의 검집을 콩콩 두드려 주의를 줬다. 둘은 산책을 재개했다.

"그런데 광룡도 죽었으니 이제 위험한 마물은 없지 않아?"

"그렇지 않아."

"정말?"

제리코는 하프 산맥 근처의 마을에서 살았지만 한 번도 마물을 보지 못했다. 그런데 마물이 그렇게 많고 위험하단 말인가? 로젠은 그렇게 쉽지 않다고 얘기했다.

"광룡은 쓰러졌지만 마물들은 이미 한 번 광폭화되고 피 맛을 봤어. 이성과 지성을 되찾았으니 자기들의 터전으로 물러났지만 여전히 인간을 노리고 있지. 인간들 또한 예전이라면 그냥 보고 넘겼을 마물들을 핍박하고 공격하면서 균형이 깨진 지역도 있어. 그런 곳들을 직접 다니면서 어려움에 처한 사람들과 마물을 돕고 싶어."

"마물을?"

"모든 마물이 나쁜 건 아니야. 마물 또한 세계의 구성원으로서 생태계에 중요한 역할을 하고 있지. 아인종으로 인정받기엔 부족하지만 나름의 문화가 있는 마물도 있는데 마구 죽일 순 없잖아. 하나의 종이 사라지면 다음엔 또 다른 종이 사라져."

-멋있다. 나 얘가 제일 좋아.

'응, 나도 로젠이 제일 좋아.'

로젠이 하는 말마다 제리코의 심금을 울렸다. 로젠은 멋진 미소를 지었다가 갑자기 허리를 숙였다. 그가 바닥에서 뭔가를 주워 흙을 털었다. 겉에 묻었던 흙먼지가 사라지자 1골드가 반짝반짝 빛났다.

제리코는 가슴을 부여잡았다.

'역시 로젠이 제일 좋아.'

-정신 차려!

귀족들이 돌아다니는 고급 주택가 근처의 공원이라 떨어진 동전도 가치가 달랐다. 무려 1골드를 줍다니, 만약 제리코였다면 10년은 두고두고 자랑했을 일이다. 로젠은 멋쩍은 듯 웃으며 1골드를 주머니에 넣었다.

"똑같이 걸었는데 왜 나는 못 봤지."

"축복의 차이려나?"

"로젠 정도면 1골드는 푼돈인데 줍는구나."

"황금의 축복을 받은 사람으로서 나름의 규칙을 세웠지. 돈은 돌고 돌아야 하니까 내가 아니면 발견할 수 없는 재화는 무조건 취득하기로 했어. 대신 복권은 사지 않아. 나 때문에 꼭 필요한 사람이 당첨될 확률이 낮아지면 안 되잖아."

-로젠은 기부도 많이 해. 신문에 여러 번 나왔어.

뭘 어떻게 해도 돈이 생기니 남는 돈을 기부해 상도 몇 번 받았단다.

제리코는 만약에 어려움에 처한 요정을 발견하거든 꼭 구해주겠다고 다짐했다. 아버지는 용을 잡은 용사에 옆구리엔 말하는 전설의 검도 있으니 언젠가 요정과 마주칠지도 모르는 일이다. 시골에서 추운 겨울엔 땔감으로 쓰려고 나무를 베어 숯을 만들던 소녀가 제도에 와서 멋진 미청년과 공원을 산책하고 있지 않은가? 제리코는 앞으로의 인생을 멋대로 예측하지 않기로 했다.

그날, 로젠은 산책을 하면서 총 13골드를 주웠다. 제리코는 그가 허리를 숙일 때마다 가슴 설렜고 드래곤 슬레이어 소드는 그때마다 쉬지 않고 정신 차려라 외쳤다.

집으로 돌아갈 때 제리코는 로젠의 말을 탔다. 오빠 후보 셋 중에서도 최연장자인 로젠에게 말 시종 따위를 시킬 수 없었지만 로젠이 자처하니 제리코는 그의 고집을 꺾지 못했다. 모전자전이라더니 플라티나의 고집만큼 로젠도 한 고집했다.

은근슬쩍 말 하나에 같이 타는 걸 고대했으나 전설의 검은 제리코 옆구리에 달려 있으니. 스치면 사망이라는 멋진 능력 덕분에 제리코는 혼자 말을 탔다.

"힘들진 않지?"

"얘는 몇 kg일까⋯⋯."

로젠의 말은 혈통이 좋아서 제리코가 시골에서 오가며 본 말보다 말머리 하나가 더 높았다. 못해도 50kg은 더 나갈 것이라며 제리코는 혼자 납득하고 만족했다.

둘은 공작저 근처에서 헤어졌다. 이전처럼 먼저 들어가라, 가는 걸 보고 들어가겠다는 실랑이 끝에 또 제리코가 졌다. 제리코는 들어가는 척하면서 뒤돌아서 손을 흔들어 인사했다.

잠들기 전 제리코는 오늘 얻은 정보를 까먹지 않도록 수첩에 있는 로젠 항목에 정리했다.

부족할 것 없어 보이는데 사실은 남들에게 뒤떨어진다고 생각해서 위기감을 느끼고 외로워하고 있음.
연애 중독이 의심됨.
사귄 다음에 정 붙이는 듯.
여자를 찬 적보다 차인 적이 많다.
연인과 다른 사람들에 대한 태도가 분명하게 구분되지 않는 듯함.

뭔가 적은 건 많은데 그중에 에라프 항목은 추가된 게 딱 하나였다.

로젠이 에라프의 친자인 게 확인되면 스타즈 상회가 좀 시끄러울 듯.

이거 하나. 그 시끄럽다는 부분도 집에 와서 드래곤 슬레이어 소드가 책을 찾아보니 어찌어찌 신고하고 서류를 접수하는 등의 복잡한 과정을 거치면 해결할 수 있다는 듯했다. 플라티나가 로젠의 친부가 에라프일지도 모른다는 사실을 숨기는 이유는 결국 로젠을 후계자 삼고 싶어서로 귀결되었다.

"로젠 내면의 고독은 알았는데 다른 건 모르겠네."

-그러게, 쓸모 있는 정보가 없네.

"그래도 꽤 친해졌잖아? 만난 횟수치곤 금방 친해진 기분이야. 꼭 10년은 알고 지낸 느낌이 든다니까."

-그래, 너희 둘 만날 때마다 서로 넌 특별해, 특별해, 하는데 보고 있으면 재밌어.

제리코는 넓은 침대 위를 한 바퀴 굴렀다. 수첩을 들여다봐도 더 적을 건 없었다.

"로젠은 더 아는 게 없는 것 같지……."

-만약 아는 게 있어도 연관되지 않은 일이라고 생각할 수도 있고.

"친아버지에 대한 힌트가 좀 더 있으면 좋겠는데……."

제리코는 베개에 얼굴을 묻고 발을 흔들었다. 어쩌면 접근할 대상을 잘못 선정했는지도 모른다. 아들 쪽이 아니라 어머니 쪽에 접근해야 하지 않았을까.

-그건 아니야.

"왜?"

-운 좋게도 아들 셋은 루나 아카데미에 재학 중이라 접근할 수 있지만 어머니 쪽 셋은 만나기 힘들어.

로젠의 어머니 플라티나 스타즈. 개인이 가진 금의 양이 용이 가진 금에 필적한다는 소문이 있는 대륙 최고의 거상이다.

마그노 황자의 친어머니 릴리에 공주. 선황의 금지옥엽이자 현황제의 여동생으로 자처해서 제국 재무부에서 근무하고 있다. 참고로 제국 재무부는 야근이 기본, 주말 근무가 선택이라고 악명 높은 부서다.

샌시의 어머니인 마탑주. 이름을 물어보지 못해서 아직 이름을 모르는 그녀는 마탑의 주인답게 마탑에 거주하고 있었다.

제리코는 셋을 모두 만났다. 플라티나는 바쁘다고 하니까 자주 찾아가기 미안하지만 마탑주는 찾아가면 바로 만날 수 있을 것이라고 여겼다. 드래곤 슬레이어 소드가 제리코의 착각을 꼬집었다.

-네가 그때 플라티나 스타즈를 만날 수 있었던 건 로젠이 네게 큰 실수를 범했고 플라티나가 너와 안면을 트고 싶어 했기 때문이야. 네가 뭔가 착각하고 있나 본데 네가 심심하면 찾아가서 이거 해달라 저거 해달라 부탁하는 아리보 소공작은 황제도 원하는 시간에 만나기 힘든 인물

이라고. 공주나 마탑주도 마찬가지고.

"하긴⋯⋯."

제리코는 다시 베개에 얼굴을 묻었다. 아들 셋은 아카데미라는 훌륭한 장소가 있어서 만나기 쉬우나 모친 쪽은 정보를 캐낼 만큼 자주 만나기 어려운 게 현실이다.

플라티나와 마탑주는 어찌어찌 만난다 쳐도 릴리에 공주는 만나기가 불가능했다. 일단 제리코는 황궁에 들어가기 싫고 릴리에 공주는 황궁을 나오지 않으니까.

에라프가 드래곤 슬레이어 소드에게 많이 각색된 이야기를 들려주긴 했지만 어쨌든 릴리에 공주와 에라프 사이에 아이가 생길 만한 어떤 일이 발생했으니 에라프가 마그노 황자를 아들 후보로 꼽지 않았을까? 그런 의미에서 마그노 황자에 대한 미련도 버릴 수 없었다.

-좀 다르게 생각해 보면 마그노 황자는 아닐 수도 있어.

"왜?"

-황제와 황후가 네 신랑감으로 마그노 황자를 추천하잖아.

"윽, 다시 생각해도 소름 돋으면서 꿈에 나올 것 같아."

제리코는 얌전했던 황자의 습격(?) 이후 한동안 밤에 잠을 못 잤다. 눈을 감으면 마그노 황자의 얼굴이 떠올라서 잘 수가 있나.

까짓 3분의 1 확률인데 입술 좀 한번 비벼봐도 손해 볼 건 없지 않았냐는 후회도 잠을 설치게 하는 원인이었다.

-마그노 황자가 주인의 아들이면 추천하지 않았겠지.

드래곤 슬레이어 소드의 말에는 일리가 있다. 딱 한 가지 사실을 제외한다는 가정하에 말이다.

"두 분 폐하께서도 마그노 황자의 친아버지를 모를 수 있지."

-혼담이잖아. 릴리에 공주한테도 먼저 물어보지 않았을까?

"홋. 넌 무생물이라 생물의 마음을 모르는구나."

제리코는 드래곤 슬레이어 소드에게 허를 차고 손가락을 까딱이며 생물의 복잡한 생각을 알렸다.

"나와 마그노 황자가 본 건 정식 선이 아니야. 그냥 둘이 이어주면 좋지 않을까, 뭐 그런 가벼운 생각에서 시작된 우연을 가장한 만남이야. 이 정도 가벼운 만남에 친모 허락은 안 받을걸?"

-그래, 제리. 그래서 하는 말인데.

"응? 왜?"

드래곤 슬레이어 소드가 쉽게 말을 꺼내지 않았다. 제리코는 호기심이 생겨서 열심히 왜를 연발했다. 드래곤 슬레이어 소드는 과거 제리코에게 중요한 거래를 제안했을 때처럼 진지했다.

-세 여성과 접촉할 방법이 있어.

"진짜? 역시 우리 만능 검! 뇌도 없는 주제에 똘똘하기도 하지!"

-제리, 넌 이성에게 꽤 매력을 발산하는 미소녀잖아.

"그럼. 나 인기 좋아. 오늘도 봤잖아."

-마그노 황자에겐 말을 잘못하는 바람에 조금 미움을 샀지만 그도 네게 꽤 호감이 있는 것 같았고.

"그렇지? 내 착각 아니지?"

-로젠이야 처음부터 네가 좋다고 했고.

"나도 로젠이 처음부터 좋았어."

-샌시는 널더러 꼬박꼬박 미소녀라고 부르지. 이상형에 가까운 외모라고도 말했고.

"내 미모는 제도에 와서 더 물이 올랐다고 해야 할까. 어머니와 아버지를 잃으면서 한층 성숙한 어른의 세계에 발을 들였다고 해야 하나?"

제리코는 자신을 자꾸 띄워주는 게 이상해서 드래곤 슬레이어 소드를 때렸다. 지잉 하고 뼛속까지 울렸지만 본론을 꺼내라는 의미를 전달했으니 값진 고통이었다.

"뜸 들이지 말고 빨리 말해."

-세 명을 꼬시면 엄마가 등장할 거야.

"어머나. 나더러 그 셋을 꼬시라고?"

-제리 넌 주인의 딸이야! 바람기도 물려받았을 거야! 할 수 있어!

제리코는 활짝 웃었다. 광룡을 무찌르고 인류를 구한 대륙의 영웅을 닮았다는 소리야 제도에 와서 질리도록 들었다. 그런데 이제는 바람기까지 닮았을 거라니. 제리코는 두 손으로 조심스럽게 드래곤 슬레이어 소드를 들어 올렸다. 귀 없는 검에게 똑똑히 전할 말이 생겼다.

"그렇게 사랑하는 주인 기념관에 확 기증해 버린다."

-제리?

"아니면 바다 한가운데가 좋아? 나 촌년이라 바다 못 본 거 알지? 바다 가보고 싶다고 말해서 배 띄운 다음 거기에 실수인 척 떨어뜨려 버린다?"

농담이 아니었다. 드래곤 슬레이어 소드는 뚫린 입도 없는 주제에 한 망발을 사죄했다. 손과 발이 없기 때문에 손이 발이 되도록 빌지는 못하고 대신 거센 진동으로 자신의 진심을 알렸다.

-다시는 건방진 소리를 하지 않겠습니다, 제리코 님.

"나 소름 돋은 거 봐. 어떻게 책임질 거야. 너무 소름 돋아서 잠이 확 깼어."

-제가 무생물이라 귀하신 생물의 마음을 미처 헤아리지 못하고 문제 해결에만 집중했습니다. 다시는 그러지 않겠습니다, 제리코 님.

드래곤 슬레이어 소드는 진심을 다해 사과했다. 제리코의 화가 풀리지 않는다면 인간 형태라도 만들어서 무릎 꿇을 생각이었다. 다행히 제리코는 관대하게 무생물의 실수와 사과를 받아들였다.

"무생물이라 생물을 잘 몰라 벌어진 일이라 생각하고 이번엔 용서해주겠어."

-감사합니다, 제리코 님.

"다음은 없다?"

-여부가 있겠습니까.

"바다까지 가지 않아도 똥통은 사람 사는 동네 어디에나 있는 거 알지?"

-물론이지요. 생물은 먹고 배변을 하는 것. 제가 어찌 모르겠습니까.

"난 축사 청소하고 똥 퍼서 밭에 뿌리던 여자야. 똥통에 검 빠뜨렸다가 씻어서 차고 다녀도 괜찮다고."

-다시는 없는 주둥이를 함부로 놀리지 않겠습니다.

단단히 주의를 주었으니 다시는 이런 일이 반복되지 않을 것이다.

제리코는 드래곤 슬레이어 소드를 내려놓았다. 드래곤 슬레이어 소드의 의견은 윤리적인 부분과 생리적 거부감을 빼면 나름 타당한 면이 있었다.

"마탑주가 아닌 다른 두 명은 친부를 알고 있을 테니까 나와 둘이 가까워지는 걸 알면 경계하거나 관계의 진전을 말리겠지. 그런 뜻에서 말한 거지?"

-네, 그렇습니다. 역시 주인님의 따님. 영민하십니다.

"에이, 이제 됐어. 용서했으니까 말 편히 해."

제리코는 드래곤 슬레이어 소드를 안심시켜 주려고 그를 베개 위로 옮겼다. 푹신한 베개 위에서 안정을 찾으라는 의도였다. 드래곤 슬레이어 소드는 한사코 거절했다.

-어찌 무생물 주제에 제리코 님과 같은 침대를 쓰겠습니까. 제 자리는 저기 저 방석 위면 됩니다.

주인의 기념관에 장식되는 건 차라리 낫다. 언젠가 주인의 후손이 찾아와 자신을 들어 새로운 전설을 새길 것이란 희망이라도 품을 수 있으니까.

하지만 깊은 바다 아래에 가라앉는 건 정말이지 답이 없었다. 제리코가 바다에 가본 적 없다는 게 또 드래곤 슬레이어 소드의 마음에 걸렸다.

-제발 약속해 줘! 똥통이 낫지 바다는 안 돼!

"바다에 가라앉으면 내가 잠수를 배워서라도 건지러 가줄게."

-약속하는 거다?

"당연하지."

-아니, 아니야! 바다에 놀러 갈 땐 날 데리고 가지 마! 그게 좋겠어!

혼자선 움직이지 못하는 친구에게 말이 과했다. 의도한 대로 드래곤 슬레이어 소드가 가장 무서워하는 약점을 찌르긴 했는데 너무 깊숙이 찔린 모양이었다. 제리코는 이 상처를 치유해 주려면 또 얼마나 시간이 걸릴까 싶어서 한숨을 쉬었다.

그날 밤 제리코는 세 명의 미남에게 구애받는 꿈을 꿨다. 17년의 짧은 인생으로 단언하건대 금세기 최고의 악몽이었다.

잠에서 깬 제리코는 드래곤 슬레이어 소드를 노려봤다가 무생물이 뭘 아나 싶어 검을 용서했다. 제리코는 기분 풀라는 의미에서 드래곤 슬레이어 소드 앞에 신문을 펼쳐놓고 한 장씩 페이지를 넘겨줬다. 드래곤 슬레이어 소드는 없는 눈에서 없는 눈물을 펑펑 흘렸다.

-검한테 읽게 하지 말고 네가 읽으란 말이야!

8장
시작

새해 아침이 밝아오고 제리코는 제도에서 연말과 새해를 맞이했다. 계속 제도에만 머무르진 않았다. 모두가 바쁜 연말, 제리코라고 예외는 아니었다. 한 해가 저문다고 하면 괜히 친척들에게 인사를 하고 만나지 못했던 사람들과 약속을 잡아야 할 것 같지 않은가? 이러한 일련의 흐름 중엔 고인이 된 친인척의 성묘도 포함되어 있었다.

제리코는 에라프의 묘를 찾은 후 아리보 노공작의 배려로 고향 마을에 갔다. 어머니 요나의 묘비가 고향 마을에 있기 때문이다. 살아생전 다시는 밟지 못하리라 멋대로 재단했던 고향 땅을 밟고 그리운 집에 들러 먼지를 털어 연말 청소를 했다.

대박 중에서 왕대박이 난 제리코의 방문에 이웃 마을에서도 사람들이 몰려왔다. 앞서 만났던 마을 주민들은 아리보 소공작이 준 포상금에 대한 감사 인사를 빼먹지 않았다.

그리고 의리 있는 소녀 장사 제리코는 한턱 쏘겠다던 약속을 잊지 않고 지켰다. 슬레이가 내준 포상금은 아리보 공작가의 포상이지 제리코가 낸 한턱이 아니었기 때문이다.

동시에 요나의 유해를 미베어 공작가의 석묘로 이장하게 되었다.

제리코는 후에 존이 사망하면 요나를 옆에 묻어주고 싶었기 때문에 반대했지만 어른들이 그녀를 설득했다. 마을 사람들은 그러지 않겠지만 나쁜 마음을 먹은 사람이 관리가 허술한 요나의 무덤을 파헤쳐 유해를 갖고 제리코를 협박하거나 금전을 요구할 수 있다는 이야기다.

존은 그 얘기를 듣더니 펄쩍 뛰면서 꼭 이장해야 한다고 주장했다. 제리코는 자신 때문에 어머니의 묘가 파헤쳐지는 게 싫었지만 결국 요나의 시신을 제도로 옮기는 데 동의했다. 대신이라고 해야 하나, 존이 죽으면 미베어 공작가의 석묘에 그를 안치해도 좋다는 대답을 들었다. 평민인 존이 귀족가의 일원으로서 당당히 안치될 수 있으니 나쁜 얘긴 아니었다.

이런 연유로 제리코의 연말연시는 어지간한 사람 못지않게 바빴다. 몸이 두 개라도 모자랐다. 특히나 이장 관련 일 처리는 친척 어른이라도 아리보 공작가에서 간섭하기 어려운 문서와 서류가 많기 때문에 제리코가 그들의 설명을 받아가며 일일이 서류를 작성하고 도장을 찍고 서명을 해야 했다.

정신을 차리니 연말이 무어냐. 새해도 물 찬 제비처럼 날아가 입학식이 코앞이었다.

"으으, 한 해 한 해 지날수록 이제는 부모님 건강과 사후를 걱정해야 하는 나이여."

-누가 들으면 너 한 마흔은 먹은 줄 알겠다.

"시골에선 내 나이면 독립하거든. 설마 학교에 가게 될 줄은 몰랐네."

제리코는 루나 아카데미 정문을 노려보았다. 입학식 전에 신입생들에게 학교 내 지리나 편의 시설 등을 안내하기 위한 예비 소집이 열렸다. 그래서인지 아카데미 정문 앞은 학생과 학부모, 그 외의 관계자로 북적였다. 제리코는 루나 아카데미의 주변을 둘러보았다. 나무밖에 없었다.

사람들이 루나 아카데미와 솔라 아카데미가 제도의 훌륭한 교육기관이라고 말해서 제리코는 여태껏 두 학교가 제도 내에 있다고 생각했다. 그런데 두 학교는 제도에서 좀 떨어진 교외에 위치했다.

"학교가 이렇게 통행이 불편한 곳에 있어도 돼?"

–공부에 집중하라는 거지.

"집에 가기 힘들잖아."

–그래서 기숙사제야.

"나가서 놀 데도 없고."

–여긴 기초 학교가 아니거든.

어쩜 주위에 상점 하나 없이 보이는 건 나무, 하늘, 풀, 다람쥐, 새가 전부였다. 인간이 세운 구조물은 아카데미 건물뿐이었다. 제리코는 소름이 돋아서 팔을 비볐다.

"가둬놓고 공부를 시키다니, 감옥보다 심하네."

–제리코. 넌 공부할 생각 없지만 다른 사람들은 학구열을 불태우고 있거든?

입학식이 아닌 예비 소집일에 미베어 소공작으로 참가할 필요는 없었다.

언제나 자유롭고 싶은 제리코는 아리보 소공작에게 편히 가보고 싶다고 부탁했다. 아리보 소공작이 어째 흔쾌히 승낙했나 싶더니 일부러 전세 낸 역마차에서 내리고 그 이유를 알았다.

관리가 잘된 숲속에 건물이라곤 아카데미 건물이 전부에 사람도 관계자가 전부다. 사고 칠 것이 없으니 소공작도 걱정을 덜었겠지.

오늘은 드래곤 슬레이어 소드도 위장했다. 본체에 딸린 화려한 검집이 아닌 평범한 가죽 검집을 쓰고 천으로 손잡이를 둘둘 말았다. 덕분에 제리코의 정체를 의심하는 사람은 없었다. 제리코는 속 편하게 루나 아카데미를 거닐었다. 생각했던 것보다 귀족의 수가 많았다.

"귀족이 꽤 많아."

-릴리에 공주가 졸업한 후 귀족의 수도 늘었어. 그 전엔 압도적으로 평민이 많았대.

"릴리에 공주님은 왜 여길 선택한 거야? 원래 황족들은 아카데미 같은 곳 안 다닌다며?"

-선황의 정책이지.

"하이고, 자식 교육에도 정책이 들어간다니. 황족은 힘들구나."

제리코는 자기 일도 아닌데 진절머리가 나서 고개를 저었다. 드래곤 슬레이어 소드는 에라프에게 들은 당시의 상황을 설명했다.

-너야 태어나기 전 일이라 잘 모르겠지만 마물이 광룡의 영향을 받아 광기에 물들면서 많은 사람이 죽고 삶의 터전을 잃었어.

"응, 그러니까 에라프 님이 광룡을 처단한 거잖아."

-가장 많이 죽은 게 어느 계층일까?

"평민이지."

-그럼 귀족과 평민 중에 어느 쪽이 수가 더 많지?

"평민이지."

-그래. 먹고살기 편할 땐 지배 계층에 별 불만이 없지만 생존을 위협받으면 불만이 생기게 마련이야. 릴리에 공주의 루나 아카데미 입학은 평민의 불만을 잠재우기 위한 선황의 전략이었던 거지.

"그렇구나."

광룡의 등장으로 평민의 영향력이 강해졌다. 제리코가 걱정하는 무뿝듯 평민의 목을 수확하는 귀족은 존재할 수 없게 된 것이다.

제리코는 광룡 얘기를 들을 때마다 내내 품고 있었던 의문을 밝혔다.

"광룡은 그렇다 치고 마물이 그렇게 문제였어? 우리 마을은 하프 산맥 근처지만 에라프 님이 오셔서 한번 쓸어주고 간 후로 조용했다고 들었는데."

-제리, 마물에 의한 피해는 하프 산맥 근처가 제일 적었어.

"어? 왜? 광룡은 하프 산맥에서 사니까 그쪽이 피해가 제일 커야 하는 거 아니야?"

―하프 산맥엔 다른 용도 살잖아.

"아~ 그렇구나!"

다행히 제리코는 드래곤 슬레이어 소드의 상냥하고 자세한 설명 없이 바로 이해했다.

하프 산맥엔 다양한 용이 산다. 이전 마그노 황자와 대화했던 내용대로 제리코처럼 태평한 용이 사는가 하면 마그노 황자처럼 속 좁은 용도 살고, 광룡처럼 미친 용도 살 것이다.

미치지 않은 용은 자신이 사는 구역 근처의 마물들을 진정시켰다. 덕분에 하프 산맥 근처의 마물들은 광룡의 영향을 크게 받지 않았고 산맥 근처 마을은 대륙의 다른 지역보다 상대적으로 안전했던 것이다.

―주인의 마지막 여행은 신변 정리 겸 광룡의 거주지를 파악하는 게 목적이었어. 그렇게 들른 마을에서 제리 네 어머니를 만난 걸 거야.

제리코는 어깨를 으쓱였다. 어머니와 친아버지에 대한 이야기지만 요나는 에라프에 대해 죽기 전까지 입을 열지 않았다. 그 결과 제리코가 아는 건 없었다.

어느 기사님이 마을에 와 마물을 퇴치해 주셨다. 머무르는 동안 요나가 시중을 들었는데 관계가 꽤 깊었다.

이 정도가 제리코가 들은 전부였다. 이웃 마을 주민의 얘기를 종합해 보면 에라프는 접근하는 다른 여성들을 멀리하고 요나에게 집중했던 것 같지만.

제리코는 침대에 누워 잘나가던 시절의 연애담을 검게 미주알고주알 조미료 팍팍 섞어 얘기한 친부를 떠올렸다.

"에라프 님이 우리 엄마 얘긴 안 했어?"

굳이 평민과의 짧았던 로맨스라 이야기하지 않았다기엔 에라프가 드래곤 슬레이어 소드에게 해준 연애담이 엄청 많았다. 오히려 광룡을 잡으러 가기 직전의 연애라 더욱 조미료를 팍팍 넣어서 눈물 없인 듣지 못할 비장한 얘기로 만들어 해줬을 법도 하다. 하지만 드래곤 슬레이어 소드는 요나란 사람에 대해 들은 게 없다고 말했다.

　-나도 이상하다고 생각해. 주인은 정말 한 번도 그 얘길 한 적이 없거든.

　"광룡이랑 싸우기 전이라 긴장해서 기억이 안 나셨나……."

　시험을 앞두고 그러면 긴장해서 전에 뭘 했는지 기억이 안 날 때가 있다. 제리코가 기초 학교 졸업 시험을 볼 때 그랬다. 낙제해서 유급하면 그런 망신이 없었기에 학교를 다니며 처음으로 공부했던 기억이 있다. 물론 시험 전이라 긴장해서 외운 게 떠오르지 않았고 선생님에게 빌어서 간신히 졸업했다.

　제리코의 생각을 읽은 무뇌지만 똑똑한 검이 한탄했다.

　-하! 아리보 공작가는 대대로 학자 집안인데!

　"에라프 님이 별종이었다잖아. 난 에라프 님 딸인걸."

　-주인은 문무를 겸비했어!

　제리코는 입술을 삐죽이며 검과의 수다를 끝내고 아카데미 지도를 배부하는 곳에 줄 섰다. 전원 기숙사 생활이 의무다 보니 아카데미 부지가 넓고 건물이 많아서 지도가 필수였다.

　제리코는 지도를 챙긴 후 앞서 공작저에 우편으로 도착했던 신입생 안내문을 확인했다. 안내문엔 예비 소집일에 배부하는 물품들이 적혀 있었다.

　사실 입학식 때도 나눠 주고 이후에도 계속 지급하기 때문에 꼭 예비 소집일에 아카데미를 방문할 필요는 없었다. 그럼에도 아카데미에 사람이 북적이는 이유는 제리코와 다른 학생들의 마음가짐이 다르기 때문이다.

　어렵게 시험을 쳐서 입학한 학생들은 자신이 다닐 학교를 미리 방문하고 싶어 했다. 제리코도 앞으로 몇 년, 심하면 꽤 오래 도피하게 될 도피처가 궁금했기에 이렇게 방문한 것이고.

"다 공부 잘할 것 같아……."

―너도 양심이 있으면 주인의 명예를 위해서라도 공부해.

"내 양심 고향 집에 두고 왔는데 몰랐어?"

제리코는 공부를 하기 위해 루나 아카데미에 입학한 것이 아니다. 어디까지나 세 명과 당당하게 접촉할 구실을 만들고 몰려오는 정략혼 제의를 피하기 위해서다. 덤으로 졸업하기 전까지 작위 승계도 유예할 수 있으니 아카데미는 정말 좋은 도피처였다.

드래곤 슬레이어 소드는 자신이 제안하긴 했지만 정말 도피처로 써먹진 말라고 쫑알거렸다.

―마냥 도망 다니지 말고 뭔가 새로운 활로를 찾아봐.

"네네, 알겠습니다. 하여간 잔소리는."

―네가 하는 생각 중 인상적인 게 전달되는데 아무 생각이 없으니 갑갑해서 그래.

훌륭한 대화 상대가 있으니 혼자서 넓은 아카데미 부지를 걸어도 외롭지 않았다. 루나 아카데미의 대략적인 지리를 파악한 제리코는 마지막으로 기숙사 배정을 확인했다.

입학 전에 짐을 옮겨야 하기 때문에 우편물이 발송된다는데 그보다 예비 소집일에 와서 직접 확인하는 편이 빨랐다.

제리코가 한가롭게 학교 부지를 돌아다녔기 때문에 북적거리던 사람들은 어느 정도 줄어든 상태였다. 제리코는 학생 생활과 사무실을 찾았다. 학생이 갑자기 몰리는 것을 직원이 모두 응대해 주기 어렵기 때문에 생활과 사무실 옆 게시판엔 신입생들의 기숙사 배정표가 대문짝만 하게 붙어 있었다.

제리코는 자신의 이름을 찾았다. 남들은 수험 번호로 쉽게 찾는데 자신의 수험 번호를 모르는 제리코는 그게 불가능했다. 제리코는 시력이 좋은 편이기 때문에 조금 떨어진 곳에서 배정표를 훑었다. 사람이 많고 멀리서 훑어봐서 그런지 쉽게 이름을 찾을 수 없었다. 제리코는 결국 학생들 사이에 껴서 자신의 이름을 찾았다. 제리코는 혼자 찾지 않고 일행을 닦달했다.

'너도 찾아봐.'

–그러고 있어.

'왜 없지?'

제리코보다 더 많은 걸 감지할 수 있는 드래곤 슬레이어 소드와 함께 찾았지만 게시판에 붙은 배정표엔 제리코의 이름이 없었다. 혹시 입학이 취소되었는지 의심했으나 정말 취소되었다면 예비 소집 관련 우편물이 공작저로 배달되지 않았을 것이다. 제리코는 당황해서 사람들을 밀치고 손가락으로 이름을 짚어가며 배정표를 확인했다.

"뭐야, 배정표 혼자 봐?"

몇 명이 다 같이 보자고 불만을 토했다. 제리코는 입으로만 사과하고 손가락을 치우진 않았다.

그렇게 욕먹어가며 실시간으로 수명을 연장했으나 처음부터 끝까지 샅샅이 뒤져도 제리코의 이름은 없었다.

제리코 미베어로 찾다가 다시 제리코 한슨을 찾았지만 둘 다 없었다. 아예 목록에 제리코란 이름 자체가 존재하지 않았다.

"왜 없지?"

제리코가 망연자실한 표정을 짓자 그녀의 기행을 지켜보던 사람들이 말했다.

"합격장 받은 거 맞아?"

"받았는데요……."

"혹시 다른 사람에게 가야 할 게 잘못 발송된 게 아닐까요?"

"그럴 리가……."

제리코가 직접 나서서 일했으면 실수했을 가능성이 있지만 루나 아카데미 입학 관련 전반의 일은 아리보 공작가의 사람들이 제리코 대신 수고해 줬다. 그들이 실수했을 리 없었다. 사람들은 제리코에게 여기서 이러고 있지 말고 직원이 퇴근하기 전 사무실을 찾아가 알아보라고 조언했다. 제리코도 그럴 생각이었다.

"입학처 찾아가야 하나?"

"배정표에서만 누락되었을 수 있으니 일단 가까운 여기부터 가봐요."

사람이 하는 일이다 보니 실수가 있을 수 있다. 제리코는 일단 가까운 학생 생활과 사무실의 문을 두드렸다. 좀 크게 두드렸는데도 들어오란 소리가 없었다. 문이 열려 있었기 때문에 제리코는 큰 소리로 인사하고 안으로 들어갔다.

"실례합니다!"

"무슨 일이시죠?"

"기숙사가."

"기숙사 배정표는 사무실 밖 게시판을 확인해 주세요."

오늘 하루 종일 예비 학생들과 학부모에게 시달린 아카데미 직원이 제리코의 말을 중간에서 끊었다. 제리코는 직원들을 이해했다. 그렇게 많은 수는 아니지만 갑자기 사람이 몰려 하루 종일 같은 질문을 받았을 그들의 고충, 남이지만 충분히 이해할 수 있었다.

"그게 아니라 제 이름이 배정표에 없어서요."

"제대로 확인한 것 맞나요?"

"손가락으로 짚어가면서 확인했는데요."

"그럼 없을 리가……."

직원의 얼굴에서 사무적으로 존재하던 상냥한 미소가 사라졌다. 그래도 제리코에게 다시 확인해 보라는 말은 하지 않았다. 직원이 배정표와 내용물이 같은 서류를 가져와 제리코에게 질문했다.

"학생 성함이 어떻게 되세요?"

"제리코 미베어요."

"다시 한번?"

"제리코 미베어요?"

직원이 한숨을 쉬고 서류를 덮었다. 그리고 쏘아붙였다.

"농담은 그만하고요. 성함이 어떻게 돼요?"

"제리코 미베어요. 아, 혹시 제리코 한슨으로 되어 있어요? 그럴 리가 없는데."

에라프의 딸이라는 이유로 시험을 보지 않고 합격했기 때문에 제리코 한슨으로 등록했을 리는 없었다.

제리코가 자신의 신분을 증명하기 위해 인류 최강의 검을 뽑으려다 망설였다. 마그노 황자가 했던 조언이 떠오른 탓이다.

─그래. 나 말고 다른 걸로 신분을 증명해. 지금 난 단검 형태잖아. 내 위엄은 형태가 바뀌어도 다들 알아보겠지만 형태를 바꿀 수 있다는 건 가급적 숨기는 게 좋아.

'으음. 뭐가 있지.'

제리코는 아직 미성년. 그래서 신분패가 나오지 않았다. 제리코는 꿩 대신 닭으로 친부인 에라프의 신분패를 꺼냈다. 급전이 필요할 때 쓰려고 늘 들고 다녔더니 이렇게 본래 목적으로 쓰일 때가 다 있었다.

신분패를 확인한 직원의 얼굴에서 핏기가 가셨다.

"지, 진짜 미베어 소공작이십니까?"

"네."

"어째서 수행인도 없이 혼자서……."

"개인사라 말씀드릴 수 없네요. 그래서 제가 합격한 건 맞나요?"

"네, 맞습니다. 소공작님의 성함은 보안상의 이유로 배정표에 일부러 기재하지 않았습니다."

직원이 자리에서 벌떡 일어나 사무실에 있는 탁자 쪽으로 제리코를 안내했다. 제리코는 보안상의 이유라는 게 마음에 걸려서 잠자코 안내해 주는 의자에 앉았다. 사무실 직원이 모두 일어나 인사하려는 걸 극구 말리고, 다과도 필요 없다고 설득하느라 직원들의 퇴근 시간이 지났다.

"저 때문에 퇴근 시간이 늦어진 거 아니에요?"

"괜찮습니다, 괜찮습니다. 그럼 소공작님의 기숙사를 알려 드리겠습니다. 소공작님의 기숙사는 백합관입니다. 옛날 릴리에 공주님께서 재학하실 때 사용하셨던 기숙사 건물입니다."

아는 이름이 나오니까 괜히 반가웠다. 제리코는 아카데미 지도를 펼쳐서 백합관의 위치를 확인했다. 다른 기숙사 건물들과 조금 동떨어진 곳에 위치한 것이 늦잠 자면 전력 질주를 해도 지각할 것 같았다.

'수업 있는 건물 앞이 좋은데.'

그래 봐야 아직 어떤 수업을 수강할지 정하지 않아서 어느 건물에서 어떤 수업이 이뤄지는지 모른다. 그러다 제리코는 아름다운 황자님을 떠올렸다. 아름다운 황자는 어머니가 다녔던 루나 아카데미에 재학 중이다. 그러니 생판 남인 제리코보다 황자가 백합관을 사용하는 게 더 맞지 않을까?

의문을 풀려고 질문하려는 제리코를 드래곤 슬레이어 소드가 말렸다. 드래곤 슬레이어 소드는 지도를 보라고 말했다.

-지도를 봐. 백합관 근처는 모두 여자 기숙사야. 마그노 황자는 다른 건물을 사용하겠지.

'아, 그렇구나.'

드래곤 슬레이어 소드의 말대로 백합관 주변은 모두 여자 기숙사였다. 의문이 바로 해소되었다. 제리코는 똑똑한 검을 칭찬하고 잠자코 직원의 설명을 들었다.

"릴리에 공주님이 입학하시기 전 개보수를 거쳤지만 이번에 소공작님의 입학으로 다시 개보수를 마쳤습니다. 지내시기에 불편하지 않도록 앞으로도 최대한 노력하겠습니다."

그냥 입학해서 다니면 되는 줄 알았는데 어째 제리코가 생각한 것보다 일의 규모가 컸다. 고작 한 명을 위해서 건물 하나를 개보수하다니, 제리코는 저도 모르게 아카데미의 재정을 걱정했다. 드래곤 슬레이어 소드는 그 재정, 공작가에서 후원금을 냈으니 괜찮을 것이라 말해 제리코를 안심시켰다.

—너 오지랖이 좀 심해.

'내가 좀 그래. 이해해 줘.'

제리코에게 자세한 설명을 해주기 위해서인지 직원이 백합관의 평면도를 가져와 펼쳤다. 백합관은 총 3층의 건물이었다. 기숙사치곤 꽤 작은 규모였다.

—너 같은 귀인 전용이겠지.

'기숙사라, 두근두근하네. 같은 기숙사 학생은 누가 있을까?'

제리코는 기대했지만 직원의 말이 기대를 날려 버렸다.

"백합관의 거주인은 소공작님과 경비원, 하녀로 구성됩니다. 특히 보안은 황실과 공작가의 요청에 따라 경비원이 상주하도록 배치했습니다."

"다른 기숙사생은요?"

귀족이 무서운 한편 같은 기숙사를 사용하면서 새로 만나게 되는 인연들을 기대했던 터다. 제리코는 이런 특혜가 아카데미의 학칙에 어긋나지 않냐고 물었다. 직원이 어쩔 수 없다고 말했다.

"저희도 입학 관련 외의 특혜는 자제하고 싶습니다. 하지만 소공작님의 안전을 위해 어쩔 수 없는 조치입니다."

"학교인데 그렇게 해야 해요?"

"학교이기에 더욱 그렇게 해야 합니다. 소공작님의 안위에 문제가 생기면 저희 아카데미 직원은 모두 일평생 고개를 들어 하늘을 보지 못할 겁니다."

제리코의 신분을 알고서 내내 저자세였던 직원이 이 부분에 있어선 물러날 수 없다는 듯 단호하게 반응했다.

제리코는 결국 자신의 특수한 상황과 직원이 걱정하는 부분을 받아들였다.

입학식 전까지 짐을 기숙사에 가져다 둘 수 있고 상주하는 하녀와 하인은 공작저 사람을 데려와도 되는 것, 경비는 아카데미의 직원이 선다는 것 등의 이야기를 들은 후 서류를 받고서 제리코는 사무실을 나왔다. 퇴근 시간이 지났기 때문에 학생이나 직원들도 더는 아카데미에 남아 있지 않았다.

제리코는 텅 빈 복도를 보다가 창밖을 내다보았다. 정문 앞에 즐비하던 역마차들이 거의 다 사라지고 제리코가 전세 낸 역마차만 남아 제리코를 기다리고 있었다.

"룸메이트에 대한 낭만이 있었는데."

-아카데미에서 공부할 생각은 없고 다른 거 할 생각은 많았구나.

"당연하지. 좀 알아봤단 말이야. 축제도 좋고 친구랑 기숙사 생활하는 것도 좋고. 처음엔 성격이 안 맞아서 사이가 안 좋지만 시간이 지나면서 갈등의 골이 좁아진다거나. 다들 그런 꿈을 꾸잖아?"

제리코는 책을 별로 좋아하지 않지만 동생들의 잠자리에서 책을 읽어주느라 그림책이나 소설은 몇 권 읽었다. 그래 봐야 기초 학교에 배치된 문고를 돌려 읽는 수준에 그쳤지만. 어쨌든 학교에 배치된 소설들은 학생들의 흥미를 끌기 위해서인지 학생이 주인공이고 학교가 배경인 게 많았다. 학교의 기숙사는 단골 소재였다. 기숙사 생활을 하고 싶어서 중학교 시험을 보겠다는 아이도 있었으니까 말이다.

드래곤 슬레이어 소드가 제리코의 낭만에 현실이란 조미료를 추가했다.

-그 반대는 생각 못 해봤어? 처음엔 좋은 사람이라고 생각했는데 점

점 안 맞아서 원수가 되어 나가는 거.

현실답게 지독하게 쓰고 시고 매웠다. 제리코는 혀를 내둘렀다.

"안 해봤어."

소녀의 낭만에 그런 원수는 필요 없었다. 제리코는 낙관적인 생각을 위해 드래곤 슬레이어 소드의 의견을 채택했다. 검의 말대로 원수를 하나 만드느니 룸메이트가 아예 없는 편이 나을지도 모른다.

"이제 어쩔까. 백합관에 가볼까?"

-해가 지려고 하잖아. 너무 늦기 전에 돌아가자. 마차를 타도 꽤 걸릴 거야.

"그런가. 어영부영 시간이 엄청 지나 버렸네."

하루 종일 한 것이라곤 마차를 타고 숲을 가로 질러 아카데미를 구경하고 설명을 들은 것밖에 없었다.

제리코는 천천히 정문 쪽을 향해 걸었다. 제리코가 하루 전세 낸 마차의 마부가 누군가와 대화하고 있었다.

"누구랑 대화하는 거지?"

-마차를 놓쳐서 태워달라고 부탁하는 거 아니야?

조금 더 가까이 가니 드래곤 슬레이어 소드의 예상대로였다. 나무 그림자에 가려진 둘의 얼굴보다 둘의 대화가 먼저 제리코의 귀에 들어왔다.

"일단 기다려 보세요, 전세 낸 아가씨가 올 테니까. 그 아가씨가 안 된다고 하면 나도 못 태워줍니다."

"네, 알겠습니다. 직접 얘기해 보죠."

마부와 대화하는 사람은 젊은 청년이었다. 그림자 안으로 들어가 청년의 외모를 확인한 제리코는 저도 모르게 입을 벌렸다.

마그노 황자, 로젠, 샌시까지. 잘생긴 남자는 실컷 보았다고 생각했던 그녀인데 여기 또 그녀가 마주친 새로운 세상이 있었다.

마부가 제리코에게 알은체하자 청년이 제리코 쪽을 돌아봤다. 옆모습에서 정면으로 바뀌며 미의 지평이 그만큼 넓어졌다.

'가슴이……!'

바람이 제리코를 스치고 지나갔다. 차가운 늦겨울의 바람이 아닌 다가오는 봄의 바람이었다. 신기했다. 바람이 스치고 지나간 뒤 가슴이 이상할 정도로 울렁였다. 제리코는 거칠게 뛰는 심장과 빨라지는 호흡에 정신을 차리지 못했다. 더욱 신기하게도 드래곤 슬레이어 소드도 제리코와 동일한 반응을 보였다.

-뭐, 뭐냐, 저 미남은?

"천사다. 위대한 대자연께서 날 위해 내려준 천사야."

노을 진 석양으로 붉게 빛나는 금발과 폭우가 쏟아진 다음 날 정오의 하늘처럼 푸른 눈동자. 근육질은 아니었지만 얼굴로 충분했다. 제리코는 바로 자신의 이상형을 갈아치웠다.

'최고! 잘생긴 게 최고! 오빠 후보도 아니야! 최고! 최고! 마음껏 설렐 수 있어!'

로젠, 마그노 모두 집어치워라. 여기 진짜가 있었다. 제리코가 오늘 루나 아카데미에 온 건 예비 소집 때문이 아니라 이 만남을 위해서였다.

마차 쪽을 향해 걸어오던 소녀가 갑자기 걸음을 멈추고 손으로 입을 가리고 있으니 마부가 머리를 긁었다.

마부 또한 처음 이 청년의 외양을 보고 심히 놀랐기 때문에 소녀의 저런 반응을 이해할 수 있었다.

"저 아가씨니까 가서 얘기해 보세요."

"네, 알겠습니다."

청년이 다가왔다. 제리코는 하루 종일 돌아다니면서 먼지가 묻고 구겨진 의복을 정리했다. 헝클어진 머리를 열심히 손가락으로 빗었는데 완벽히 가라앉히기엔 시간이 부족했다. 청년이 가까워질수록 제리코의 심장박동이 빨라졌다.

'꺄아, 기절할 것 같아.'

-너 진짜 좋아한다?

'마음 놓고 두근거릴 수 있는 거 너무 오랜만이야.'

새로이 등장한 미청년은 내내 억압받던 제리코의 심장에 불을 질렀다. 화력이 강해 제리코의 얼굴이 머리카락만큼이나 붉게 달아올랐다. 제리코는 뜨끈뜨끈한 볼을 식히기 위해 손부채질을 했다.

"실례합니다, 저 마차를 전세 내셨다고 들었는데요."

"네! 제가 전세 냈어요!"

"초면에 죄송하지만 시내까지 같이 타고 갈 수 없겠습니까? 남자와 둘이 타는 게 부담되신다면 짐받이라도……."

"역마찬데요! 둘이 탄다고 누가 뭐라고 그러겠어요?"

제리코가 마차를 전세 낸 것은 혹시 모를 사고 발생 시 동승객의 안전을 위해서였다.

제리코는 가방 안에 드래곤 슬레이어 소드를 넣고 가방을 마차 바깥 짐받이에 고정했다.

-야야, 너 뭐 하냐?

'조금만 참아. 다 네 업보란다.'

-너 지금 남자랑 단둘이 어딜, 야, 잠깐, 잠깐만. 나도 데리고 타.

'이 정도 떨어진 거리여도 내 생각 알 수 있잖아. 그리고 마차 내부도 대충 감지할 수 있지 않아?'

-문 안 열려 있으면 감지 못하거든? 나 투시는 못 하거든? 야, 야, 야! 제리! 내가 널 그렇게 키웠어? 야야!

드래곤 슬레이어 소드가 제도에 와서 주저하는 제리코만 봐서 그렇지 본래 제리코는 행동력이 남다른 소녀였다. 그녀는 그렇게 청년과의 대화를 방해할 장애물을 치워 버리고 마차에 올라탔다.

청년이 감사 인사를 건넸다.

"정말 고맙습니다."

"뭘요, 서로 돕고 살아야죠. 전 제리코예요. 올해 입학할 예정이에요."

"제 이름은 마자리스입니다. 올해부터 루나 아카데미에서 근무하게 되었습니다."

"설마 교수님?"

마자리스가 깜짝 놀라 그렇지 않다고 말했다.

"그렇다면 얼마나 좋을까요. 교수가 되기 위해 공부하면서 일도 하는 그런 어정쩡한 위치라고 생각하시면 됩니다. 원래는 교직원용 기숙사에서 생활해야 하는데 아직 개방이 안 되어서요. 이렇게 신세를 지게 되었습니다."

"뭘요, 이런 것도 인연이죠."

제리코는 다소곳하게 웃을까 하다가 그냥 편하게 생각했다. 자신이 생각해도 얌전한 소녀는 미베어 소공작처럼 어울리는 옷이 아니었다. 괜히 안 어울리는 얌전한 소녀를 연기하느니 본래의 활기찬 모습으로 호감을 사는 게 나았다.

배신당한 드래곤 슬레이어 소드의 잔소리와 감정이 고였던 물에 물꼬를 튼 것처럼 흘러들어 왔지만 제리코는 눈앞의 마자리스에게 집중해서 모두 튕겨냈다.

'사랑의 힘은 위대하여라.'

-야! 제리! 만난 지 얼마나 지났다고 사랑 타령이야!

제리코는 자타가 공인하는 미소녀였으며 샌시에게 인정받았듯 붙임성이 좋았다. 귀족들에게 벌벌 떨어서 그렇지 꽤 사교적인 성격이었다. 제리코가 마자리스에게 먼저 친절을 베풀기도 했기에 마차 안은 금방 화기애애한 분위기가 조성되었다. 제리코는 기회를 틈타 이것저것 캐물었다. 덕분에 알아낸 게 많았다.

마자리스는 제국이 아닌 남쪽의 왕국 출신이었다. 왕국에서 왕립 아카데미를 졸업했지만 더 공부하고 싶은 욕심에 루나 아카데미로 유학을 오게 되었다. 아카데미의 일을 돕는 조건으로 생활비와 학자금을 지원받는 고학생이라고 자신을 소개했다.

"직원들은 방학에도 일하니까 직원용 기숙사가 열려 있을 줄 알았는데 내 방으로 배정된 곳을 아직 다른 사람이 쓰고 있었어요. 마차도 모두 사라져서 걱정하고 있었는데 제리코 덕분에 편히 돌아갈 수 있게 되었네요."

"서로서로 돕고 사는 거죠. 근데 뭘 공부해요?"

"박물학이요."

"박…… 물?"

제리코에겐 너무 낯선 단어였다. 제리코는 자신이 아는 게 없다는 사실을 깨달은 지식의 구도자였다. 제리코는 서슴없이 박물이 뭐냐고 질문했다. 마자리스는 역으로 제리코에게 질문했다.

"박물관에 가본 적 있나요?"

"없는데요. 가면 뭐가 있어요?"

"모든 것이 있죠."

"말만 들어선 잘 모르겠어요."

"제도에도 훌륭한 박물관이 많아요. 가보지 않았다니 아쉽네요."

"사실 제가 제도에 온 지 얼마 되지 않아서……."

그렇게 변명하기엔 제도에 와서 박물관이나 도서관 쪽엔 관심을 갖지 않았다.

스타즈 백화점 외의 백화점에 여럿 방문했고 산책과 체력 단련을 겸해 공작저 근처의 공원도 드나들었다. 관심을 가졌으면 언제든 방문할 수 있는 환경이었다. 제리코는 거짓말이 지레 찔려서 어색하게 웃었다.

"공부 잘하시나 보다."

"좋아해요."

마자리스가 즉답했다. 그의 빠른 즉답에 제리코의 심장이 흐물흐물 녹아내렸다. 공부를 좋아한다는 말인데 꼭 고백받은 것처럼 설렜다. 마자리스는 자신의 답이 너무 짧았다고 생각했는지 이어 말했다.

"곤충처럼 작은 동물들이 자기들 나름의 방식으로 살아가는 모습을 지켜보는 것, 아주 좋아해요."

제리코는 이해할 수 없는 감각이었지만 이런 가치관도 나쁘지 않았다. 책상물림 샌님은 제리코의 취향 밖이나 미모는 언제나 취향을 파괴했다. 더군다나 에라프의 아들 후보가 아니니 이보다 더 좋을 수 없었다.

"결혼은 하셨어요?"

초면에 하기 상당히 무례한 질문이었지만 제리코의 인생을 위해서 반드시 던져야 하는 질문이기도 했다. 마자리스가 고개를 살짝 가로저었다.

"공부하느라 바빠서 그럴 시간이 없었어요."

"그래도 주변에서 가만 안 뒀을 것 같은데요."

ㅡ너 술집에서 추근거리는 중년 아저씨 같아…… 제발 그만하자, 제리야.

잠시 잡음이 꼈다. 제리코는 마자리스의 감미로운 목소리에 집중하기 위해 마음의 문을 닫았다.

나는 들리지 않는다, 나는 들리지 않는다. 그렇게 생각했더니 정말로 잡음이 들리지 않는 기분이 들었다.

'뭐, 삐져서 말 안 하는 거겠지만.'

삐진 검을 달래주려면 많은 시간과 노력이 필요할 것이다. 하지만 제리코의 미래와 비교하면 얼마든 지불할 수 있는 가벼운 대가였다.

마자리스는 제리코의 이런 생각을 아는지 모르는지 고개를 살짝 숙였다.

"아직 한 가정을 지탱할 만한 능력이 없어서요. 가능한 피하고 있어요."

"가정이야 사정 되는 사람이 지탱하는 거죠. 제도엔 돈 많은 여성분도 많은데 그런 분들이 접근하면 혹시?"

미소를 머금은 마자리스의 눈이 제리코를 응시했다. 빨려들 것만 같은 느낌에 제리코는 의자를 꽉 붙잡았다.

"제가 제도에 온 건 해야 하는 일이 있기 때문입니다. 그 일을 끝내기 전에 연애나 결혼은 사치 같아요."

"사람 마음이 그렇게 쉽게 포기할 수 있는 게 아니니까 어찌어찌하다가 호감 가는 분이 생기면요?"

"안타깝지만 참아야겠죠. 일단 전 혼자 힘으로 제도에 온 게 아닙니다. 후원해 준 분이 계세요."

"아."

제리코는 마자리스가 단호하게 말하는 이유를 알아채고 고개를 끄덕였다.

혼자서 제도에 찾아왔다면 연애를 하다가 학업을 소홀히 하는 것이 개인의 자유 선에서 그친다. 하지만 누군가의 후원으로 제도에 왔다면 후원자를 위해서 더욱 학업에만 열중해야 했다. 연애가 배은망덕한 행위는 아니지만 어른들은 학생이 얌전히 공부만 하길 원했다.

그런 인식 때문에 제리코가 루나 아카데미에 재학하는 동안 결혼을 미룰 수 있는 것이기도 했으니까.

"몇 년 정도 예상하세요?"

"글쎄요."

마자리스가 고소했다. 자신감이 많이 부족해 보이는 미소였다. 제리코는 초면인 남성의 빈틈을 본 것 같아서 다시금 가슴이 설레었다.

"워낙 다양한 분야를 다루는 학문이다 보니 얼마나 걸릴진 저도 모르겠습니다."

"그러시구나."

꿈을 위해 노력하는 미남이라니. 정말 멋있었다. 제리코는 다시금 얼굴을 붉혔다.

-미남이라 멋있는 거잖아.

'내가 본 남자 중에 제일 잘생겼어.'

-로젠은? 마그노 황자는? 샌시는?

'오빠 후보는 남자가 아니에요.'

-그러지 말고 순수하게 외모만 따져서! 주인! 주인이 제일 잘생기지 않았어?

'골격은 잘생겼더라.'

초상화와 동상만 백날 보아 뭐 하나. 실물이 제일 중요한 법이다. 제리코는 헤실헤실 웃으며 마자리스와의 대화를 이어갔다.

초면에 너무 사적인 질문을 많이 한 것 같아 제리코가 입을 다물자 마자리스가 초면에 어울리는 질문을 던졌다.

"아카데미 입학생이라고 했나요? 무엇을 전공하세요?"

"맞춰보실래요?"

"이런 건 잘 못 하는데……."

마자리스가 난처한 듯 웃으며 제리코를 살짝 위아래로 훑어보았다. 제리코는 저도 모르게 아랫배에 힘을 주고 허리를 꼿꼿이 폈다.

그 순간.

"으악!"

말의 비명이 들리고 마부의 비명이 이어졌다. 마차가 크게 흔들리면서 멈췄다. 허리를 꼿꼿이 폈던 제리코는 반동을 버티지 못하고 앞으로 고꾸라졌다. 처박히는 제리코를 구원한 건 반대편에 앉아 있던 마자리스였다.

"으윽!"

"아이고! 괜찮아요?"

머리는 시큰거리지, 드래곤 슬레이어 소드는 불났을 때 치는 종처럼 시끄럽지, 제리코는 정신이 하나도 없었다.

제리코보다 심각한 건 제리코의 머리를 배로 받아낸 마자리스였다. 마자리스가 배를 붙잡고 신음 소리를 냈다. 통증이 심한지 찌푸린 얼굴이 펴질 기미를 보이지 않았다.

"괜찮아요? 많이 다쳤어요?"

"배, 배가……."

"으아아."

제리코는 자리에서 벌떡 일어나 마차 문을 열었다. 갑자기 멈추면서 틀이 어긋난 마차의 문이 뻑뻑했다. 제리코는 결국 발로 마차 손잡이를 부숴 강제로 나갔다. 마차 밖에 나온 제리코는 할 말을 잃었다.

히이이잉!

앞다리가 잘린 말이 바닥에 앉아 피를 줄줄 흘리고 있었다. 말이 다리를 잘리면서 튕겨 나간 마부가 엉금엉금 기어 오다가 제리코를 보고 말했다.

"아가씨! 말 줄 좀 풀어줘요!"

"네!"

"아니다, 위험해. 내가 할 테니까 부축 좀!"

피는 나지 않지만 갑자기 튕겨져 나간 마부는 뼈 어딘가가 부상을 입은 듯했다. 제리코가 그를 부축하기 위해 움직이자 내내 시끄럽던 드래곤 슬레이어 소드가 더욱 시끄럽게 울었다.

–날 챙겨, 이 바보야!

"아, 알겠어."

마부를 먼저 부축하고 싶었지만 머릿속에서 시끄럽게 짱알거리는 소음을 줄이기 위해서라도 드래곤 슬레이어 소드가 먼저였다. 제리코는 마차 뒤쪽에 있는 짐받이 쪽으로 움직였다. 마부가 외쳤다.

"아가씨! 발밑을 조심해!"

그 말에 제리코는 발아래 쪽을 살폈다. 어두워지기 시작한 초저녁의

숲에서 마차에 달린 랜턴 빛을 받은 가느다란 물체가 잠깐 빛났다가 다시 어둠 속으로 사라졌다. 제리코는 쭈그려 앉아 자세히 선의 정체를 살폈다. 알 수 없는 재질로 만든 실이었다. 슬쩍 손가락을 갖다 대자 칼날처럼 제리코의 살갗을 베었다.

"이게 말을 베었구나."

그냥 지나갔더라면 제리코도 말처럼 큰 상처를 입었을 것이다. 제리코는 마부에게 감사하단 말을 전하고 드래곤 슬레이어 소드를 챙겼다.

드래곤 슬레이어 소드는 제리코의 손이 닿는 순간까지 잔소리를 그치지 않았다.

-멍청아, 일이 생기면 나부터 챙겨! 너 혼자 뭘 어떻게 할 건데! 네가 할 수 있는 게 뭐가 있어!

"나 지금 정신 하나도 없으니까 좀 닥쳐줄래."

제리코는 일단 은밀하게 장치된 금속 줄을 끊었다. 괜히 어두운데 경계하면서 지나다니느니 아예 끊어서 더는 피해가 생기지 않게 하는 게 급선무 같았다.

제리코가 줄을 끊는 동안 마부는 엉금엉금 기어 말 쪽으로 이동했다. 상처 입은 말이 거칠게 움직일 때마다 마차가 들썩였다. 제리코는 마차에 남은 마자리스를 걱정했다.

"아가씨! 단검을 내게 줘요! 이 줄을 끊어야 해!"

"제가 할게요!"

"말이 다쳐서 못 움직인다고 우습게 보지 마! 다쳐서 더 위험해!"

그 흔한 단검 하나가 아쉬웠다. 제리코가 드래곤 슬레이어 소드를 들고 말의 몸통 쪽으로 움직이자 마부는 아픈 몸을 일으켜 난동 부리려는 말의 머리를 붙잡았다.

"빨리!"

"네!"

드래곤 슬레이어 소드는 인류가 만든 최강의 검이라, 말과 마차를 잇는 굵은 가죽끈도 종잇장 자르듯 쉽게 자를 수 있었다. 마차에서 떨어진 말은 상체를 고정하던 무게가 사라지자 바닥으로 완전히 쓰러졌다. 앞다리가 잘린 채 피가 섞인 거품을 뿜는 동물이 불쌍해서 제리코는 할 말을 잃었다.

"도대체 누가 이런 짓을……. 마부 아저씨, 괜찮아요? 어디 다쳤어요?"

"나무에 박혔는데 괜찮아요. 다른 손님은? 그 잘생긴 청년은 괜찮아요?"

"제가 처박히는 걸 받아줘서 좀 다쳤어요."

제리코의 머리가 시큰한 건 마자리스의 갈비뼈에 머리를 박았기 때문이다. 단단한 두개골이 시큰거릴 정도니 마자리스의 갈비뼈가 받은 충격이 상당할 것이다.

마부는 제리코의 부축을 받아 마부석 아래를 뒤져 신호탄을 꺼냈다.

"이걸 쓰면 구조대가 올 겁니다."

마부가 신호탄을 조작했다. 이렇게 하면 신호가 바뀌어 부상자의 수를 알릴 수 있었다.

제리코가 마차 안에 들어가 마자리스를 꺼내려고 하는데 마부가 말렸다.

"괜히 건드렸다가 부서진 뼈가 내장을 찌르면 골치 아파져요. 손님도 많이 놀랐을 텐데 가만히 있어요."

"그래도 괜찮을까요?"

"도대체 누가 이런 몹쓸 짓을……!"

마부가 제리코가 끊은 줄에 침을 뱉었다. 그는 죽어가는 말이 안타까운지 아예 그쪽에 시선을 두지 않았다. 제리코가 천천히 고통 속에 죽어가는 말이 불쌍해서 시선을 떼지 못하는 것과 반대였다.

"정말 미안합니다, 손님. 치료비랑 피해 보상은 길드 쪽에서 모두 지불할 거예요."

"아니에요."

"내가 좀만 더 주의해서 봤어도……."

"어두워지는 숲속인데 저렇게 가느다란 물건을 어떻게 봤겠어요."

제리코는 가엾은 마부 아저씨 대신 눈이 없는 무생물을 탓했다.

'왜 못 본 거야?'

-내가 무슨 만능 탐지기야? 집중하지 않으면 모른다고!

"끄응."

타당한 말에 제리코는 앓는 소리를 냈다. 마부는 제리코의 부상을 걱정했는지 괜찮냐고 물었다. 그 말을 듣자 놀라서 잊고 있던 통증이 몰려왔다. 제리코는 뻐근한 목과 어깨를 두드렸다. 그리고 자신 대신 다친 마자리스의 부상을 확인했다.

"괜찮아요?"

"……."

마자리스는 대답이 없었다. 설마 죽었나 싶어 코끝에 손을 대보니 숨은 쉬고 있었다.

숲은 도시보다 빠른 속도로 황혼이 어둠에 밀려났기 때문에 제리코는 마차에 붙은 랜턴을 떼서 마자리스의 상태를 확인했다. 다행히 혈색이 그리 나쁘진 않았다.

"그냥 기절한 것 같아요."

제리코가 마자리스의 상태를 전달하자 마부가 크게 한숨을 쉬었다. 마차 안에서 소리 없는 손님이 죽거나 크게 다쳤으면 어쩌나 전전긍긍하던 차 반가운 소식이었다.

"아가씨라도 크게 안 다쳐서 천만다행입니다."

"이분이 받아주지 않았다면 저도 머리를 다쳤을 거예요."

제리코는 그 말을 하면서 다시 바닥에 널브러진 금속 재질의 줄을 살폈다. 동물의 살과 뼈를 마구 베어내는 게 보통 물건은 아니었다.

"이런 건 보통 강도들 수작인데."

"강도요?"

제리코는 깜짝 놀라 주변을 경계했다. 강도 얘길 꺼낸 마부가 손을 저었다.

"여긴 루나 아카데미로 가는 유일한 길목이라 강도 따위가 일을 벌일 곳이 아닙니다. 도대체 누가 이런 나쁜 짓을……."

-제리, 날 떼어놓지 마.

'그렇게 말해도…… 아까 잘못했으면 마자리스 씨가 너 때문에 활활 탔을걸?'

-모르는 사람보다 네 목숨이 더 소중하다는 걸 잊지 마. 넌 지금 그냥 제리코가 아니잖아. 제리코 미베어, 미베어 소공작이란 말이야.

바로 그렇기 때문에 이 몹쓸 짓이 제리코를 노린 함정일 가능성이 열렸다. 제리코는 착잡한 마음을 숨기지 못했다. 자신 때문에 애꿎은 말이 죽고 마부와 승객이 부상을 입었을지도 몰랐다.

'날 노린 걸까?'

-아직은 몰라. 넌 꽤 조심스럽게 공작저를 빠져나왔고 네가 미베어 소공작인 걸 아는 사람은 극소수야. 그리고 네가 지금 이 길을 지나갈 거라고 예상한 사람이 몇이나 되겠어? 아카데미에서 계속 널 감시하다가 네가 마차에 타는 걸 보고 앞질러 이런 장치를 설치할 수 있는 사람이 얼마나 있겠어? 불특정 다수를 겨냥한 테러일 수도 있어. 너무 자책하지 마, 제리.

말은 그럴듯한데 전해지는 감정인 불안이어서야 믿음이 가지 않았다. 제리코는 슬쩍 흐르려고 간을 보는 눈물을 집어넣기 위해 숨을 크게 들이마셨다.

한적한 숲길엔 금방 어둠이 내려앉았다. 제리코는 마차에 붙은 랜턴을 광원으로 활용하고 마부석과 짐칸을 뒤져 담요를 찾았다.

늦겨울과 초봄의 사이라 숲의 밤은 꽤 쌀쌀했다. 부상자를 방치하기에 아주 나쁜 환경이었다. 제리코는 외투를 벗어 마부 위에 덮어주고 담요는 마자리스 위에 살짝 걸쳤다. 뼈가 부러졌을지 모르는 환자라 대충 덮어주는 게 할 수 있는 전부였다.

"불은 안 피워도 되겠지?"

"구조대가 금방 올 겁니다. 아가씨도 쉬어요."

마부는 자신이 해야 할 일을 대신 하고 있는 제리코가 고마운지 계속 휴식을 권했다. 제리코는 알 수 없는 죄책감을 느꼈다.

'아저씨…… 아저씨 말은 저 때문에 죽었을지도 몰라요.'

제리코의 정체를 모르는 마부는 알아서 척척 스스로 해내는 제리코가 대견한지 연신 칭찬을 아끼지 않았다.

"역시 명문 루나 아카데미 학생이라 뭔가 다르네요."

"아하하하."

시험을 보지 않고 특례 입학한 제리코는 부끄러워서 멋쩍은 미소만 흘렸다. 제리코를 짓누르고 있던 죄책감이 조금 더 무거워진 건 두말할 것도 없었다.

마부가 장담한 대로 구조대는 금방 도착했다. 그들은 피를 흘려 죽은 말과 부서진 마차를 살피더니 혀를 찼다.

"어디의 악질이야?"

"이거 경비대에 신고해야 하는 거 아니야?"

"신고해야지. 이건 살인 미수야."

"경비대랑 동행할 걸 잘못했네."

구조대가 자신들만 먼저 온 것을 자책하며 부상자를 돌봤다. 마차에서 나오지 않던 마자리스가 들것에 실려 마차를 빠져나왔다. 제리코는 가장 먼저 그에게 달려갔다.

"괜찮을까요?"

"갈비뼈가 조금 부러진 것 같은데 그 외의 부상은 없네요. 자세한 건 병원에 가봐야 알겠지만 일단 지금 상태로 생명이 위험하진 않습니다. 아가씨는 어디 다친 데 없어요? 괜찮아요?"

"제가 상태가 제일 괜찮거든요."

"지금은 놀라서 그렇지 내일이 되면 아픈 곳이 생길 거예요. 아가씨도 구조대 마차에 타세요."

"저기 저는……."

제리코는 완벽하게 어두워진 하늘을 올려다보았다. 여기서 병원으로 직행하면 공작저엔 몇 시쯤 귀가할 수 있을까? 늦은 귀가는 그렇다 치고 아리보 공작과 소공작이 이 사건을 알게 되면 어떤 반응을 보일까?

-외출 금지.

'크윽.'

그것만은 참아달라고 외치고 싶었다. 제리코는 자신의 건강함을 과시했으나 이렇게 과시하고 다음 날 골로 간 사람 여럿 본 구조대는 제리코의 허세를 믿어주지 않았다. 결국 제리코는 마부가 소속된 길드와 연계된 병원으로 이송되었다.

제도는 병원도 다른 건물들 못지않게 거대했다. 이 밤에 병원을 불쑥 찾아가면 의사가 짜증 내지 않나 걱정했는데 병원 하나에 의사도 여럿이었다. 환자를 맞이하는 의료인을 보고 제리코는 고향에도 이런 병원이 있으면 좋겠단 생각을 했다.

'그럼 엄마 병도 일찍 발견했을지도 몰라.'

의료 사각지대인 고향 생각을 했더니 제리코는 입안이 썼다.

의사가 제일 먼저 살핀 환자는 기절한 마자리스였다. 의사의 검진이 끝난 후 제리코가 의사에게 마자리스의 병태를 질문했다.

"굉장히 단단한 것에 배가 부딪친 것 같아요. 갈비뼈에 금이 갔는데 큰 부상은 없습니다."

"아하하."

물어보지 말 걸 그랬다. 제리코는 붓기나 멍도 없는 자신의 머리를 슬슬 쓰다듬었다. 의사가 마부의 상태를 살피는 동안 제리코는 보험 회사 직원과 대면했다.

"일단 성함과 주소를…… 미성년자시군요? 부모님께 연락드리겠습니다. 주소 알려주실래요?"

"아하하…… 제가 얼마 전 부모님을 차례로 잃어서……."

"저런……."

보험사 직원의 눈빛이 흔들렸다. 제리코는 눈시울을 적시며 직원을 따돌리려고 했지만 직원은 쉽게 떨어지지 않았다.

"그럼 보호자분의 주소를 알려주세요. 일단 오늘은 날이 너무 늦었으니 입원을……."

"아픈 데도 없는데 왜 입원을 해요! 저 집에 갈 거예요!"

보험사 직원과 실랑이하는 사이 제리코가 상대해야 하는 사람이 추가되었다. 연락받고 달려온 경비대원이었다.

보험사 직원이야 어떻게 속여 넘긴다 쳐도 경비대원에겐 통하지 않을 것이다.

제리코는 화장실 가겠단 핑계를 대고 화장실 창문을 통해 병원을 탈출했다. 도망친 게 들킬까 봐 전력으로 질주해 병원과 거리를 벌렸다.

"아이고, 숨차."

허억허억, 병원과 꽤 거리를 벌린 후에야 제리코는 벽에 기대서 숨을 고를 수 있게 되었다.

병원으로 이송될 때 마차에 있는 가방을 챙겼던 것이 천만다행이었다. 제리코는 숨을 고른 후 공작저를 향해 걸었다.

-너 정말 다친 데 없어? 마차를 잡자.

"마차를 탈 순 없어. 역마차 마부들끼리는 소문이 빠르단 말이야."

드래곤 슬레이어 소드의 걱정이 끊이질 않았다. 제리코는 몸 여기저기를 살폈다. 근육이 좀 땅기는 것 빼곤 괜찮았다. 제리코는 긴 한숨을 쉬었다.

"이게 다 마자리스 씨 덕분이야. 마자리스 씨가 아니었다면 내 예쁜 얼굴에 흉이 생겼을지도 몰라."

-그 사람 덕분에 네가 안 다친 게 맞긴 해.

"도대체 어떤 나쁜 새끼가 그런 데 함정을 설치한 거야? 날 노리면 나만 상대하라고!"

-너무 그러지 마. 널 노렸다고 확정할 증거가 없잖아.

지금쯤 경비대원은 화장실 간다더니 도망친 승객 때문에 황당해하고 있을 것이다.

제리코는 외박을 면하기 위해 부지런히 걸었다. 드래곤 슬레이어 소드가 그녀를 응원했다.

-서둘러, 제리! 아리보 소공작의 인내가 한계에 달해서 마법사를 부르면 공작저 사람은 물론이고 제도의 모든 사람이 널 찾아다닐 거야!

"그건 싫어!"

크기만 단검이지 무게는 장검인 검에 가방까지 들고 제리코는 힘차게 걸었다. 다행히 한시도 쉬지 않고 발을 놀린 끝에 아리보 소공작이 마법사를 소환하기 전 공작저 쪽문을 두드릴 수 있었다.

아리보 공작저는 저택의 모든 불을 켜놓고 제리코의 귀가를 기다리고 있었다. 제리코가 쪽문을 연 하인에게 숨이 턱 끝까지 차서 인사하자 하인이 비명을 질렀다.

"아이고, 우리 귀하신 아가씨가!"

공작저의 사람이 모두 몰려왔다. 이번엔 황궁에 다녀왔을 때처럼 피곤하다는 말로 도망칠 수 없었다. 제리코는 곧장 아리보 소공작의 서재로 이동했다. 아리보 노공작의 귀에 이야기가 들어가지 않은 게 천만다행이었다.

"으아악."

제리코는 서재에 들어가자마자 거울부터 보았다. 하인이 제리코를 보자마자 울면서 소리친 이유가 있었다. 제리코의 꼴은 고향에서 싸돌아다닐 때보다 더 엉망이었다. 옷자락 끝은 언제 묻었는지 모르는 말의 피로 검게 변색했고, 머리는 헝클어졌으며, 늦겨울이라 추운데도 공작저까지 걸어오느라 땀이 나서 꾀죄죄했다.

아리보 소공작의 부인 실비아가 손수 빗을 가져와 제리코의 헝클어진 머리를 빗었다.

"도대체 무슨 일이 있었니. 왜 이렇게 늦었고."

존이 걱정을 한가득 담아 물었다. 제리코는 긴장으로 목이 바싹 타서 혀로 입술을 핥았다. 작은 아리보 부인인 프레이가 제리코에게 미지근한 물을 갖다 주었다.

목수의 경력을 손의 굳은살이 증명하듯 세상엔 외관만으로도 판단할 수 있는 일이 있다. 지금 제리코의 외견은 누가 봐도 무슨 일이 있었던 몰골이었다. 결국 제리코는 적당히 둘러대기를 포기했다.

제리코는 커다란 잔에 가득 들어 있던 물을 단숨에 비운 후 설명을 시작했다. 제리코의 얘기를 모두 들은 사람들의 표정이 심각하게 변했다. 제리코는 일이 커지는 것이 싫어 병원에서 도망쳤다는 이야기까지 말했다. 제일 먼저 반응한 사람은 존이었다. 존은 제리코의 몸 여기저기를 살폈다.

"괜찮아? 어디 아픈 덴 없고?"

"저 말고 다른 사람이 좀 다쳤어요. 병원에 입원해 있을 거예요."

"네가 도망쳐서 경비대도 당황했겠구나. 그쪽은 내가 알아서 하마."

아리보 소공작의 말에 제리코는 조금 안심했다. 화장실 간다고 말하고서 사라진 증인 때문에 경비대와 보험사 직원이 고생하길 바라진 않았다.

실비아가 공작가의 주치의를 불렀다. 제리코는 병원에서도 진찰받았다고 말했지만 소용없었다. 주치의가 제리코에게 큰 부상이 없음을 알리고 나서야 모두가 안도했다.

이젠 진지한 대화를 나눌 시간이었다. 제리코는 진지한 어른들의 대화에 끼고 싶었다. 제리코를 노리고 벌어진 계획범죄든, 불특정 다수를 노린 테러든 어쨌든 범죄의 피해자였으니까. 하지만 프레이가 살며시 어깨를 감싸 쥐며 제리코를 서재 밖으로 몰았다.

"얼마나 고되었을까. 얼른 가서 쉬세요."

"저도 여러분이 무슨 말을 할지 듣고 싶은데요!"

"내일 다 말씀드릴게요. 오늘은 얼른 쉬세요."

"절 빼고 무슨 얘길 해요?"

"그 말이 맞다."

아리보 소공작이 제리코의 편을 들었다. 제리코는 반색했다. 시아버지의 말에 프레이가 제리코의 어깨 위에 올려둔 손을 내렸다. 제리코는 곧장 어른들이 모인 틈바구니에 끼어들었다.

"제리코 네 말대로 일을 키울 필요는 없겠지. 문제는 이것이 널 노린 일이냐 아니냐인데……."

"자세한 건 모르니 섣불리 단정 지을 순 없습니다, 아버지."

"제리코를 노린 게 아니더라도 꽤 중범죄인 건 확실해. 말의 다리가 잘리다니, 얼마나 대단한 물건인지 궁금하구나."

아리보 소공작 슬레이가 장남인 필로와 진지하게 의견을 나눴다. 제리코는 둘의 질문에 답하고 보고 느낀 걸 밝히면서 대화에 참가했다.

그렇게 해서 알게 된 사실은 루나 아카데미와 재학생들을 노린 테러가 과거 꽤 있었다는 것이다.

'아니, 멀쩡한 교육기관이랑 학생을 왜 공격해?'

─본래 고등교육기관은 귀족들만 다닐 수 있었는데 루나 아카데미는

평민들의 입학을 전면 허용했으니까.

'그렇다고 지나가는 학생을 잡아서 때려?'

-괘씸죄지 뭐.

'역시 귀족은 무서워!'

꺼져가던 제리코의 귀족 공포증에 다시 불이 붙었다. 그것도 모르고 두 귀족은 루나 아카데미가 겪었던 과거의 테러 사건들을 끄집어내어 이번 사건과 비교했다.

과거엔 평민이 고등교육을 받는 게 괘씸해서 벌인 범죄가 많았다면 최근엔 입학시험에서 떨어진 사람들이 합격자를 질투해서 벌이는 범죄가 늘어났다. 질투에서 기인한 범죄는 말 그대로 소소한 장난에서 생명을 위협하는 악질적인 함정까지 다양했다.

그렇다 보니 제리코가 오늘 겪은 일을 무조건 아리보 소공작을 향한 위해라고 단정할 수 없었다.

내일 아침 일찍 출근해야 하지만 딸의 일이다 보니 잠들 수 없는 존, 내일 날이 밝자마자 경비대를 찾아가 정보를 모아야겠다는 필로, 황실에 이 이야기를 보고해야 할지 말아야 할지 갈등하는 슬레이, 제리코의 손을 하나씩 가져가 보듬어주는 실비아에 프레이까지.

제리코의 놀란 가슴이 조금씩 진정되었다. 놀랐던 게 가라앉으니 잊고 있던 피로와 졸음이 몰려왔다. 슬레이와 필로가 복잡하고 특히 어려운 얘기를 해서 더욱 그랬다.

제리코가 잠든 걸 확인한 실비아가 제리코를 장의자에 눕히고 위에 담요를 덮었다.

다음 날 아침. 제리코는 허리와 어깨, 목에 극심한 근육통을 호소했다. 장의자는 침대 못지않게 푹신했으니 잠자리 때문이 아니라 전날 사고의 여파였다.

제리코는 낯선 천장과 주위 가구를 둘러보고 자신이 아리보 소공작의 서재에서 잠들어 그대로 깨어났음을 확인했다. 서재엔 제리코 외에 다른 사람이 없었다.

제리코는 기지개를 켜고 일어났다. 놀라서 경직된 근육이 짜릿짜릿한 통증을 선사했다.

"아야야."

–깼어?

"응."

–깼으면 책상 위에 신문 페이지 좀 넘겨줄래?

아침에 일어나 매일 배달되는 일간지를 읽는 건 뇌 없는 검의 취미 중 하나였다. 그리고 그 옆에서 검이 신문을 볼 수 있도록 페이지를 넘겨주는 건 뇌가 있으면서 신문을 읽지 않는 주인 후보의 노동이다.

제리코는 어깨를 두드리며 신문을 한 장 넘겼다. 일간지라 장수는 몇 장되지 않았다.

–여기 어제 그 사고 기사가 있다.

"정말?"

드래곤 슬레이어 소드의 말대로였다. 신문엔 어제 제리코가 겪은 사건이 사건 사고 면에 실려 있었다.

기사는 악인의 소행이거나 루나 아카데미 재학생을 질투한 자의 범행으로 추측하고 있었다. 범인이 잡히지 않았지만 경비대가 열심히 수색 중이고 단서를 아는 사람이 있다면 경비대에 신고 바란다는 내용도 함께였다. 아리보 소공작이 손을 썼는지 갑자기 사라진 승객과 미베어 소공작에 관한 내용은 없었다. 말의 다리를 자른 강력한 금속 줄에 대한 얘기도 빠져 있었다.

제리코는 자신의 존재가 수사에 혼선을 주지 않기만을 바랐다. 하여간 귀족 신분이란 여러 면에서 버거웠다.

"어제 어떻게 결론 났어?"

-별 얘기 없었어. 일단은 두고 보자는 쪽이야.

"그래?"

생각보다 미적지근한 반응이었다. 드래곤 슬레이어 소드가 그 이유를 설명했다.

-네가 외출할 때 신분을 숨기는 데 적극적이고 혼자 돌아다니니까 네가 미베어 소공작인 걸 아는 사람은 적어. 널 노린 범행이라 치기엔 변수가 너무 많아. 그래도 혹시 모르니 아카데미에서 네 경호를 강화하겠지.

"나나 다른 사람이 싫다고 그런 짓을 벌이다니, 정말 너무하잖아!"

마을의 소녀 장사는 생계를 위한 범죄가 아닌 단순한 증오 범죄를 이해할 수 없었다. 제리코가 분통을 터뜨렸다. 용사의 검은 현실을 일러주었다.

-제리, 넌 주인의 딸이야. 네가 나쁜 범죄라도 저지르지 않는 이상 넌 주인 대신 인류의 영웅 행세를 할 수 있고 그런 대접을 받아 마땅해. 그런 너를 죽이려는 자가 말려들 사람 걱정을 하겠어?

"······병원엔 못 가겠지?"

제리코가 마부와 마자리스를 걱정했다. 드래곤 슬레이어 소드가 웅웅 몸을 떨었다.

-당분간 외출도 못 할 거야.

검의 진동이 점점 강해졌다. 드래곤 슬레이어 소드가 할 말이 있는 눈치였기에 제리코는 검집을 손가락으로 톡톡 건드렸다.

"빨리 말해."

-제리, 어제 일은 단순한 경고일 수도 있어. 나에게 해를 끼칠 수 있는 게 없다 보니 네 안전도 소홀히 했나 봐. 아카데미는 가지 않는 게 좋지 않을까?

아카데미 입학을 권한 검이 말을 바꿨다. 제리코는 마음대로 말을 바꾸는 입 없는 무생물을 어찌해야 할까 고민했다. 하지만 오래 생각하진 않았다. 드래곤 슬레이어 소드가 이러는 것은 제리코의 안전을 우선시하기 때문이다. 제리코는 약간의 위험이 따르더라도 아카데미에 입학하기로 결정했다.

–제리코!

"난 입학할 거야. 솔직히 입학하지 않으면 죽도 밥도 안 돼. 내가 더 뭘 하겠어. 쇼핑이나 하고 놀러 다니며 허송세월하다가 황제 폐하나 소공작님이 정해주는 상대와 결혼하겠지."

그런 인생은 사양이었다. 제리코는 열심히 팔과 목을 돌렸다. 이런 근육통은 아프더라도 움직여서 근육을 풀어줘야 빨리 나았다.

"꼭 네 새 주인을 찾으려고 그러는 건 아니야. 로젠 말대로 아카데미에서 시간을 보내면 나도 뭔가 얻을지도 모르잖아?"

스트레칭을 끝낸 제리코가 주먹을 불끈 쥐었다.

"그리고 범인! 앞으로 5년은 더 일하고 평화롭게 은퇴할 수 있는 말을 죽이고 마부 아저씨를 부상 입힌 나아쁜 범인도 잡아야지! 잡으면 용서하지 않을 거야!"

그리 말하며 붕붕 휘두르는 주먹의 기세가 꽤 무서웠다. 전혀 믿음직스럽지 못한 모습에도 불구하고 드래곤 슬레이어 소드는 걱정과 불안을 날려 버리고 웃었다. 신기하게도 주인을 볼 때 느꼈던 믿음직함이 눈앞의 소녀에게서도 동일하게 느껴졌다.

9장
입학

　결국 사건의 범인은 잡히지 않았다. 제리코가 피해자 중 한 명이라는 사실도 황가엔 알리지 않았다. 괜히 일이 커지면 잡을 수 있는 범인도 놓칠지 모른다는 의견이 앞섰다.

　제리코야 본인 때문에 피해 보는 사람이 없으면 다행이란 입장이었기 때문에 마부와 마자리스가 손해를 보지 않는 쪽에 초점을 맞췄다.

　다행히 마부는 성실하게 길드비와 보험금을 납부하고 있어서 죽은 말 값과 마차 수리비, 병원 치료비를 보상받았다. 길드의 영향이 미치지 않는 작은 시골에서 살아 길드가 돈만 떼어먹는 나쁜 곳이 아니냐 오해하고 있던 제리코는 그제야 길드의 필요성을 인식했다. 길드나 보험사가 아니었다면 마부가 입은 피해가 막심했을 것이다.

　결국 가장 큰 피해자는 말이었다. 제리코는 안타깝게 죽은 말이 좋은 곳에 가길 기도했다.

　제리코의 아카데미 입학에 맞추어 한슨 일가는 아리보 공작저에서 미베어 공작저로 이사했다. 제리코가 없는 상황에서 아리보 공작저를 어색해할 한슨 일가에 대한 배려였다. 아리보 공작저에서 한슨 일가는 주인님의 손님의 가족이나 미베어 공작가에선 공식적으로 주인님의 가족이다. 하인들이 똑같이 정중하게 대해도 한슨 일가 입장에선 미베어 공작가가 지내기 편했다.

그렇게 대망의 입학식 날이 밝았다. 제리코의 짐은 먼저 하인들에 의해 기숙사로 옮겨졌다.

아카데미 기숙사에서 제리코를 모시는 건 아리보 공작저에서 에라프의 수발을 들다가 제리코의 시중을 들던 하녀들이 계속 이어 하기로 정해졌다. 낯선 미베어 공작가의 하녀들보단 몇 달 동안 친해진 하녀들 쪽이 좋기 때문에 제리코도 반대하지 않았다.

아카데미 사정상 무장한 외부인은 출입이 불가능하기 때문에 경비는 학생 생활과 직원이 말했던 대로 아카데미 측에서 책임지기로 했다. 제리코는 여전히 할 게 없었다. 그냥 몸만 가면 됐다.

제리코는 아리보 공작가가 아닌 미베어 공작가의 문장이 박힌 마차를 가족들과 함께 탔다.

다행히 루나 아카데미엔 교복이 있었다. 복장의 자유가 있어서 교복을 입는 사람은 몇 없지만 제리코는 착실하게 교복을 챙겨 입는 착한 학생이 될 예정이다.

교복을 입은 제리코 대신 광나게 빼입은 한슨 일가가 입학식 후 이어질 이별을 아쉬워했다. 제리코는 먼저 동생들에게 사과했다. 입학이 끝나면 바로 기숙사 생활이 시작되기 때문에 캐리와 에릭, 메이의 기초 학교 입학식에 참석할 수 없기 때문이다.

"입학식 못 가게 되어서 정말 미안해, 얘들아."

"괜찮아, 언니. 기초 학교 다시 다니는 건데."

"맞아, 큰누나. 입학이 아니라 전학이잖아."

"너희는 괜찮은데 우리 메이한테 언니가 미안해서 어쩌지?"

메이는 두 명의 언니 중에서 제리코를 더 사랑했다. 언니바라기인 메이의 기초 학교 입학식에 참석하지 못하는 건 제리코에게도 슬픈 일이었다. 주말이면 외출 허가를 받아서 나갈 수 있지만 주말에 입학식을 하는 학교는 없었으니까 말이다.

제도에 와서 독점하던 큰언니와 떨어져 있는 시간이 길었던 메이는 어느 정도 독립심을 키웠다. 그래도 엄마를 잃은 지 얼마 안 되어 언니와 장시간 떨어져 있어야 한다는 사실이 싫은지 메이가 울먹였다.

"언니 학교 왜 가?"

"공부하려고. 메이도 학교 가서 열심히 공부해서 훌륭한 어른이 되어야지!"

"언니가 공부는 힘 약해서 쟁기질도 못 하는 애들이 먹고살 길 없어서 하는 거랬잖아. 언니 이제 힘없어? 약해?"

"……."

제리코는 꿀 먹은 벙어리가 되었다. 맏딸의 성격을 잘 알고 있는 존이 피식 웃었다. 제리코를 존 다음으로 잘 아는 캐리도 고개를 돌리고 쿡쿡 웃었다. 에릭이 힘만 세고 멍청한 누나라고 놀렸다. 아직 어려서 돌아가는 상황을 이해하기 어려운 막내 오리온은 마차 창에 달라붙어 움직이는 나무를 구경했다.

메이는 언니와 헤어지는 건 괜찮지만 언니가 약해지는 건 싫다며 눈물을 글썽였다. 아주 귀여웠다. 제리코는 자신의 힘이 건재함을 알리기 위해 메이를 있는 힘껏 끌어안았다. 80kg에 육박하는 소형종 돼지를 번쩍 드는 소녀 장사가 끌어안자 메이는 숨 막힌다고 비명을 질렀다. 그리고 끌어안은 힘이 약해지자 언제 울었냐는 듯 까르륵 웃었다. 제리코가 가장 사랑하는 소리였다.

-얼마나 공부를 싫어한 거야.

드래곤 슬레이어 소드가 기가 막혀 잔소리했다. 제리코는 천진한 동생이 말한 내용에 꽤 충격받았다. 사랑하는 동생을 위해서 큰언니인 자신이 모범이 되었어야 하는데 언제 저렇게 흉한 말을 애 보는 앞에서 했단 말인가!

"봤지? 언니 힘세지?"

"웅!"

"근데 사실은 힘이 센 사람도 공부를 해야 해."

"정말?"

"그럼. 그땐 언니가 잘못 말한 거야. 그래서 이렇게 공부하러 가잖아."

"그럼 언니 똑똑해져서 오는 거야?"

"그럼~"

―양심을 버렸구나.

제리코가 루나 아카데미에서 하지 않을 유일한 일을 대라면 그게 바로 공부였다. 드래곤 슬레이어 소드가 진심으로 감탄했다. 제리코는 가볍게 검을 두드렸다.

'내 양심은 고향에 두고 왔다니까.'

―한번 다녀와서 그때 회수한 줄 알았지.

대화 상대가 제리코밖에 없는 검을 상대해 주고 한동안 보기 어려울 가족들과 이야기해 주다 보니 루나 아카데미에 금방 도달했다.

내심 또 무슨 사건이 벌어지지 않을까 걱정했던 제리코는 안도의 의미에서 가슴을 쓸어내렸다.

루나 아카데미는 예비 소집일보다 더 많은 인파와 마차, 말로 북적거렸다. 마차나 말을 타지 않으면 숲길을 제법 오래 걸어야 하는 아카데미의 위치 때문에 역마차도 북새통을 이뤘다. 설레는 마음으로 아카데미에 도착한 신입생들이 가장 처음 맡는 냄새는 말똥 냄새가 될 것이다.

"저건 어느 가문의 마차지? 엄청난데."

미베어 가문의 문장을 알아보지 못한 사람이 말했다. 주위에서 바로 설명이 들어왔다.

"미베어 공작가야. 이번에 꼭 기억해 두라고."

미베어 공작가의 문장은 참으로 단순했다. 심장을 기호화한 하트에 칼이 박힌 것으로 끝이다. 본래는 검에 찔린 용을 문장으로 사용하려 했으나 용들의 심기를 거스를 수 있다는 이유로 심장을 찌르는 검이 되었다. 문장에 있는 단순화된 검이 드래곤 슬레이어 소드인 것은 당연지사다.

"아리보 공작가는 오지 않은 건가?"

"그러게, 같이 오지 않다니…… 사이가 안 좋은가?"

"일부러 오지 않은 거겠지."

구경꾼들의 말대로다. 아리보 공작가는 일부러 제리코의 입학식에 참석하지 않았다. 평민이면 모를까, 귀족이 아카데미 입학식에 일가친척을 대동하는 건 제리코의 평판에 좋지 않은 영향을 끼친다는 이유였다. 성이 같으면 그나마 참작의 여지가 있으나 성도 다른 데다 제리코는 소공작으로서 장차 미베어 공작가의 주인이 될 입장이었다. 때문에 아리보의 성을 가진 사람이 참석하면 미베어 공작가가 아리보 공작가에서 완전히 독립하지 못했다는 인상을 줄 수 있었다.

또한 제리코가 아직 미성년자이고 아리보 공작가가 미베어 소공작의 후견인을 자처하고 있는 현 상황에서 앞날을 고려하면 제리코가 독립적인 태도를 취하는 쪽이 현명했다.

마차 밖에 앉아 있던 하인이 마차 문을 열었다. 가장 먼저 제리코가 마차에서 내렸다.

각자의 감상을 떠들며 자신들의 일에 심취해 있던 사람들의 시선이 일시에 한 소녀에게 몰렸다. 제리코는 비명을 지르고 싶은 걸 꾹 참았다. 그리고 입학식 전, 실비아가 단단히 당부한 말을 떠올렸다. 실비아는 제리코가 미베어 소공작다운 태도를 보이길 원했다. 언제나 당당하고 자신이 잘못한 일이 아니면 먼저 굽히지 말 것. 제리코가 미베어 소공작이란 어마어마한 지위를 다른 사람에게 넘길 생각이라면 더더욱 그 이름에 먹칠을 하는 일이 없도록 해야 할 것이다.

다른 사람이 맡긴 귀중한 보석을 모시는 기분이 들었다. 잡생각을 하니 긴장감이 조금 사라졌다.

미베어 공작가의 문장이 박힌 마차에서 내린 빨간 머리 소녀. 제리코의 신분 증명은 이 정도로 충분했다.

용사가 용을 벤 검, 드래곤 슬레이어 소드를 기대하고 있던 사람들은 소녀의 허리가 비어 있자 실망했다.

"드래곤 슬레이어 소드는 없네?"

"입학식에 검을 차고 올 수는 없으니까 일부러 안 가져온 거 아니야?"

"기숙사 생활을 해야 하니 자택에 두고 왔겠지."

"검술학부에 입학한 게 아니었어?"

에라프의 딸이라는 이유로 다들 검술학부에 입학했으리라고 여겼다. 제리코는 그들의 착각을 정정하지 않았다. 본격적인 학사 일정이 시작되면 다들 제리코가 자율 전공임을 알게 될 테니까.

입학식에선 검술학부 학생이라도 날붙이는 소지할 수 없다고 안내받았다.

제리코는 단검 형태의 드래곤 슬레이어 소드를 등에 매달고 망토를 뒤집어썼다. 망토에 있는 후드에 굴곡이 가려져서 딱 좋았다. 원래는 저택에 두고 입학식이 끝난 다음 가져올까 생각했지만 가족이 모두 입학식을 보러 오는데 드래곤 슬레이어 소드만 빼놓는 건 조금 서운했다.

"뒤따라 내리는 아이들은 소문의 동생들인가 보네."

"친자식이 아닌 게 한눈에 보이는데, 사이는 좋았나 봐?"

제리코 다음으로 내리는 한슨 일가는 에라프와 귀족가 얘기에 관심 있는 사람이라면 누구나 정체를 알 수 있었다.

"엄청 크다! 이게 학교야?"

"다들 공부 잘할 것 같은데 누나 괜찮겠어?"

메이와 에릭이 시끄럽게 떠들고 오리온은 존의 품에 안겨 눈이 휘둥그레져서 사람을 구경했다. 캐리는 꽤 기대에 부푼 얼굴로 주위를 돌아보았다. 공부를 열심히 해서 시험에 합격하면 캐리도 루나 아카데미에 다닐 수 있다고 여러 차례 들었기 때문이다. 존도 꽤 감격한 눈치였다.

"우리 집안에서 이렇게 가방끈 긴 아이가 나오다니."

"헤헤."

공부할 생각이 전혀 없는 제리코는 이번에도 멋쩍은 웃음만 날렸다. 그러다 바로 얼굴에서 미소를 지웠다. 제리코 자신이 생각해도 엄청 위엄이 떨어지는 표정이었기 때문이다.

입학식의 주역은 신입생이다. 그래서 입학식이 진행되는 대강당엔 신입생의 좌석만 마련되어 있었다. 학부모처럼 신입생을 따라온 일행은 아카데미에서 따로 초대한 귀빈이 아니면 좌석을 마련해 두지 않았다. 제리코는 가족들과 강당 입구에서 헤어지고 입학식이 끝난 후 만날 장소를 정했다.

"언니 잘하고 와."

"제리 누나 잘해!"

"응, 잘할게!"

앉아 있기만 하면 되는데 뭘 잘해야 하는지 알 수 없지만 동생들이 잘하라니 최대한 잘 앉아 있기로 했다.

제리코는 사람들의 시선을 한 몸에 받으며 대강당으로 들어갔다. 의자마다 번호표가 부착되어 있고 신입생이 사전에 좌석표를 안내받아 자기 자리를 찾아가 앉는 형식이었다.

제리코의 자리는 어째서인지 맨 앞줄이었다.

'……진짜 싫다.'

가뜩이나 머리카락이 유난히도 붉어서 멀리서도 눈에 잘 들어오는데 맨 앞에 앉으면 신입생들에게 나 여기 있소 광고하는 꼴이었다. 제리코의 등에 달라붙은 드래곤 슬레이어 소드가 주인 후보를 달랬다.

-나름 특혜겠지.

'졸지도 못하겠네. 입학식 끝날 때까지 허리랑 허벅지에 쥐 나게 생겼다.'

-미베어 소공작을 뒷자리에 앉힐 순 없잖아.

'그건 그래.'

-루나 아카데미 입장에선 대귀족인 네가 자기네를 선택해 준 게 자랑스러울걸.

실제로 자랑스럽게 여기는지 어쩐지 모르겠지만 어쨌든 모두가 제리코를 쉽게 볼 수 있는 환경이었다. 제리코는 의자에 바른 자세로 앉았다. 의자 등받이에 기대자니 드래곤 슬레이어 소드가 걸리적거렸다. 결국 등받이에 기대지 않은 너무나 바람직하고 예의 바른 자세를 취할 수밖에 없었다.

학교 선생님과 인사하고 반을 배정받았던 기초 학교 입학식과는 분위기가 많이 달랐다. 지금의 드래곤 슬레이어 소드는 옷 안에 있어서 소리는 감지하지만 시각적 감지는 제리코의 설명에 의존해야 했다. 입학식이란 것이 볼거리가 있는 행사가 아니라 그나마 다행이었다.

'무슨 말이 저렇게 많아. 지루해 죽겠네.'

-그래도 넌 나랑 수다라도 떨 수 있잖아.

'너 없었으면 나 분명히 졸았어.'

높으신 분은 왜 이리 하나같이 말이 많은지. 지루하다 못해 졸렸다. 하품을 하지 않은 건 전적으로 드래곤 슬레이어 소드의 공이었다. 제리코는 자기만 지루한지 궁금해졌다.

'다른 사람들은 다 열심히 들어?'

-네 뒤쪽에 앉은 학생들은 작게 소곤거려.

'엉엉, 왜 나는 앞자리야.'

루나 아카데미에 들어온 첫날이니 후보들을 만날 수 있지 않을까 기대했는데 입학식이라 대강당에 있는 재학생은 재학생 대표 및 기타 관계자가 전부였다.

　제리코는 입학시험에서 1등을 했다는 학생이 단 위에 올라가는 걸 보고 얼굴을 익혔다. 입학시험에서 1등을 했다고 하니 왠지 머리 뒤에서 후광이 비치는 것 같았다.

　'와, 지금 여기 있는 신입생 중에서 제일 공부를 잘한다는 거잖아. 신기하다.'

　-넌 몇 등쯤 할 것 같아?

　'꼴등.'

　-제리…… 주인의 명예를 위해서라도 꼴등은 안 돼.

　드래곤 슬레이어 소드의 말에 긴장이 서렸다고 느껴진 건 착각이었을까.

　신입생과 재학생의 차례가 끝나고 아카데미에서 초대한 귀빈들의 축사가 시작되었다. 가장 먼저 축사를 하는 사람을 위해 의자에 앉아 있던 전원이 기립했다. 반짝이는 결 좋은 금발의 남성, 1황자 네롤 누페이가 루나 아카데미에 친히 납신 것이다. 황태자 즉위를 하진 못했으나 큰 이변이 없는 한 다음 황제가 될 것이라 유력시되는 황자 저하셨다. 귀빈 중에서도 귀빈이고 황족에 대한 예우로 모두가 일어나야 마땅했다.

　'원래 아카데미 입학식엔 황족도 오는 거야?'

　-주인 땐 아니었는데 지금 마그노 황자가 재학 중이니까 일부러 1황자가 온 거겠지. 불만을 잠재우기 위해 솔라 아카데미에도 다른 황자가 참석할걸?

　'황족들 바쁘구나.'

　-마그노 황자가 이상할 정도로 사교 활동을 하지 않는 거야.

　'황자님은 아프잖아.'

　-알비노라고 해도 실내에선 괜찮잖아.

　겉으론 진지하지만 속으론 드래곤 슬레이어 소드와 잡담을 나누던 제리코와 1황자의 눈이 마주쳤다.

제리코는 그냥 멍하니 앞을 응시하고 있었는데 1황자 쪽에서 일방적으로 제리코를 바라보았다. 제리코는 저 귀하신 분이 왜 저러나 싶어 짝다리를 고쳤다.

'불안한데.'

기우가 아니었다. 1황자가 축사의 끝에 제리코를 언급한 것이다.

"또한 미베어 소공작이 아버지의 뒤를 이어 루나 아카데미에 입학했으니 다른 신입생들의 귀감이 되리라 믿는다."

'으아아아악!'

얼굴 한 번 보고 밥 한 번 먹은 사이인데 똥을 뿌려도 아주 거한 똥을 뿌려주는 게 아닌가.

그렇지 않아도 제리코에게 집중되었다가 입학식이 시작하면서 분산되었던 시선이 다시 쏠렸다. 1황자의 축사가 끝나고 모두가 착석했지만 시선은 쉽게 흩어지지 않았다. 제리코는 속으로 피눈물을 흘렸다. 감히 황자를 원망할 수 없으니 속으로 우는 게 전부였다.

'왜 나를?'

-어쩔 수 없지. 내가 황자여도 언급하고 싶었을 거야.

아리보 공작과 같은 대귀족들이 루나 아카데미를 솔라 아카데미와 비교하는 현시점에서 마그노 황자에 이은 미베어 소공작의 입학은 아카데미의 인식을 바꾸는 데 큰 도움이 되었다.

'에라프 님도 여기 다녔잖아!'

-주인은…… 사고를 치고…… 그만…….

사고를 치고 그만 졸업을 하지 않았단다. 또한 에라프가 루나 아카데미에 입학했을 당시의 신분은 평범한 귀족 영식이었다. 영웅이 된 건 그 이후이니 이름값을 하기엔 좀 부족했다. 제리코는 지금이 가장 이름값이 비싼 시기였고.

-황가는 귀족의 세를 누르고 평민을 중용하려고 하니까.

'대단하다. 그런 건 다 어디서 들었어?'

—……제리, 네가 매일 날 위해 넘겨주는 신문에 다 나와 있어.

'아하, 그걸 몰랐네.'

—미베어 소공작님, 앞으로의 교우 관계를 위해서라도 신문을 함께 읽읍시다.

'네가 설명해 주면 되잖아. 날 버릴 건가, 참모?'

드래곤 슬레이어 소드는 불평하려다가 말았다. 이대로 계속 대화가 이어지면 수업도 대신 듣게 하고 시험 볼 때도 대놓고 커닝을 시킬 것 같은 예감이 강하게 들었기 때문이다. 비록 손발이 없는 무생물에 불과하나 드래곤 슬레이어 소드는 명명백백 전설의 검. 드래곤 슬레이어 소드는 자신의 감을 믿기로 했다.

길고 지루한 입학식 내내 제리코는 자신을 흘끔거리는 사람들의 시선을 느꼈다. 덕분에 아주 조신한 자세를 유지하는 데 성공했다.

"이상으로 입학식을 마칩니다."

박수 소리가 대강당을 가득 메웠다. 혹자는 행복에, 혹자는 감동에, 혹자는 신입생들이 대견스러워서, 혹자는 지루한 입학식이 끝났음을 진심으로 기뻐하며 있는 힘껏 손뼉을 쳤다.

신입생들이 자리에서 일어나느라 대강당이 의자 소음으로 꽉 찼다. 옷이 부스럭거리는 소리, 가족을 찾는 소리, 친해진 사람과 대화하고 아는 사람을 찾는 소리 등등.

제리코는 이 활기찬 소음이 마음에 들었다. 시끄러워서 살짝 졸린 기운이 싹 날아가는 기분도 들었다.

'자, 이제 아빠랑 애들을 만나야지.'

그런 제리코의 주위로 근처에 앉아 있던 신입생들이 모였다. 다들 영웅의 딸과 안면을 트고 싶어서 흥분한 얼굴이었다. 그러면서도 누구 하나 먼저 입을 열어 말을 걸지 못하고 망설이고 있었다.

귀족들 앞에만 서면 굳어서 그렇지 제리코는 본래 사교적인 성격이다. 몰려든 사람이 말을 걸지 않으면 제리코가 먼저 말하면 그만이었다.

　"안녕하세요, 제게 볼일이 있나요?"

　먼저 자기소개를 하는 것이 가문의 명예에 위해를 가하진 않을 것이다. 드래곤 슬레이어 소드가 가만히 있는 것을 보면 크게 예의에 어긋난 행위는 아니었다.

　"난 제리코 미베어예요. 여러분 모두 루나 아카데미 신입생이죠? 앞으로 잘 부탁드린다는 의미에서 소개를 부탁드려요."

　'나는 소공작이다, 나는 높으신 분이다, 나는 귀하신 몸이다, 나는 최고다.'

　자신만만한 여성이라면 가장 먼저 떠오르는 인물이 플라티나 스타즈였다. 제리코는 플라티나를 의식하면서 웃었다. 본래 잘 웃는 성격이라 얼굴근육은 의지대로 수월히 움직였다. 덕분에 어색하지 않고 자연스럽게 웃는 데 성공했다.

　제리코가 먼저 대화의 물꼬를 트자 신입생들이 앞다퉈 자신을 소개했다. 제리코는 모두 외울 자신이 없었기 때문에 드래곤 슬레이어 소드에게 모든 걸 맡겼다.

　-안 보여!

　'목소리로 분간해! 넌 할 수 있어!'

　제리코에게 접근한 신입생은 모두 귀족 가문 출신이었다. 루나 아카데미엔 평민이 더 많다는 이야기를 들었던 제리코는 어째서 평민이 없는가 의아해했다.

　살짝 고개를 돌리니 의문이 풀렸다. 평민 신입생들은 주위의 눈치를 보며 선뜻 제리코에게 접근하지 못하고 있었다. 접근하기 싫어하는 것이면 상관없는데, 다들 제리코에게서 눈을 떼지 않았다. 입학식이 끝났으니 부모님이나 다른 친구를 찾아가게 마련이건만, 역으로 신입생을 따라온 사람들까지 대강당으로 들어와 제리코를 보았다.

'나 한계.'

앞으로 같은 학교를 다니고 계속 보게 될 처지이니 이참에 안면을 트는 것도 좋지만 제리코에겐 기다리고 있는 가족들이 있었다.

-강하게 나가. 네가 1학년 짱이야.

제리코는 마을의 아이들을 주름잡던 소녀 장사답게 원하는 바를 밝혔다.

"다들 만나서 반가워요. 가족들이 기다리고 있으니 이만 가볼게요."

어른 귀족은 무섭지만 아이 귀족은 무섭지 않다. 아이와 어른의 중간에 위치한 소년 소녀 귀족들은 때로는 무섭고 때로는 친근감이 들었다. 제리코의 귀족 공포증이 심각하다 한들 자신을 보고 얼굴을 붉히며 쭈뼛거리는 소년 소녀 무리를 무섭다고 여기긴 힘들었다.

과연 1학년 중에선 제리코가 대장이었다. 제리코가 대강당을 나갈 의사를 비치자 그녀를 감싸고 있던 사람들이 갈라져서 길을 텄다.

제리코의 자리가 맨 앞이었기 때문에 대강당을 나가려면 뒤쪽에 있던 평민들도 지나쳐야 했다.

제리코는 그들에게도 웃는 얼굴로 인사했다.

"다들 만나서 반가워요. 앞으로 친하게 지내요."

귀족들에게 했던 말보다 이쪽이 더 진심에 가까웠다. 제리코에게 다가오지 못하던 학생들의 얼굴이 밝아졌다.

-인기 좋네.

'에라프 님 인기지.'

에라프가 광룡을 잡고 외부에 모습을 드러내지 않은 지 17년이 지났다. 17년은 인류의 영웅이 과거의 우상이 되기 충분한 기간이었다. 인간은 망각의 동물이니까. 하지만 황가에서 잊을 만하면 에라프의 과업을 찬양했고 작년에 에라프의 장례식이 있었기 때문인지 에라프는 우상계의 현역으로 활동했다.

제리코는 서둘러 약속 장소로 이동했다. 막내인 오리온은 기다리다 지쳤는지 에릭의 등에 업혀 잠들어 있었다.

제리코는 가족들과 함께 그녀가 앞으로 살 장소인 백합관으로 이동했다. 본래 기숙사는 학생의 가족이라도 출입이 금지되지만 입학식 날은 예외였다.

존이 백합관을 보고 감탄했다.

"여길 너 혼자 쓴다고? 대단하구나. 다른 학생들 방이 부족하지 않을까?"

"그 생각을 안 해봤네요……. 괜찮으니까 저 주지 않았을까요?"

"그래. 얼마 전 일도 있었고 하니……."

존은 예비 소집일에 벌어진 사건을 떠올리고 납득했다. 그의 딸은 삼엄한 경비를 받아야 했다. 용사의 딸을 공격하려는 자가 다른 학생들의 안전을 염려할까? 제리코에게 독채가 주어진 건 경비를 위해서이기도 하지만 다른 학생들의 안전을 위해서이기도 했다.

백합관엔 부엌과 식당이 있었다. 제리코는 백합관에서 가족들과 점심 식사를 함께했다.

존은 앞으로 제리코가 머무르게 될 공간을 찬찬히 돌아보며 걱정스러운 마음을 다독였다.

"어째 너 혼자 도시로 보낼 때보다 더 걱정된다."

"에이, 너무 걱정하지 말아요. 에라프 님의 검이 절 지켜줄 거예요."

그 검, 마차 사고가 났을 땐 한 일이 없지만 말이다. 제리코가 등에 매달려 있는 드래곤 슬레이어 소드를 보여주자 존은 납득했다.

"주말엔 집에 갈 수 있잖아요. 매주 나갈게요."

"아니, 그러지 말고 이참에 진득이 공부를 하는 건 어떠니?"

"아하하!"

말도 안 되는 소리에 제리코가 배를 잡고 웃었다. 드래곤 슬레이어 소드가 쉬고 싶어 하는 한숨을 존이 대신 쉬었다.

점심 식사를 마친 한슨 일가는 마차를 타고 아카데미를 나갔다. 제리 코는 떠나가는 가족들을 보며 쓸쓸하게 중얼거렸다.

"가둬놓고 공부만 시킨다니…… 지옥이 이럴까……."

지옥에 홀로 남은 기분이 들어 소녀 장사는 한없이 괴로워했다.

10장
학교는 공부만 하는 곳이 아닙니다

　제리코가 졸업, 혹은 성공적인 자퇴를 하기 전까지 머무르게 될 백합관은 제리코 혼자 쓰기엔 너무 컸다. 경비와 하녀들이 상주해도 남는 방이 있었다. 하녀들은 남는 방을 응접실이나 서재 등으로 쓰자고 제안했다.

　기본적인 가구인 책상, 책장, 의자, 침대, 옷장 정도는 이미 구비되어 있다. 그것만 있으면 백합관이 너무 썰렁해지기 때문에 앞서 백합관을 탐방한 하녀들은 어울리는 가구를 잔뜩 실어 와 배치를 마쳤다. 짐 정리도 끝난 뒤였기 때문에 제리코가 원하면 당장 침대에 누워 쉴 수 있었다.

　물론 바로 침대에 눕는 일은 불가능했다. 기숙사 생활에 대한 기본적인 안내를 받아야 하기 때문이다.

　신입생을 환영하는 의미에서 학생 식당에 만찬이 준비되었다. 식사를 함께하면서 서로 얼굴을 익히고 사감에게 기숙사 생활의 규칙을 전달받는 것이다. 제리코라고 예외는 아니니 저녁 만찬에 참석해야 했다.

　"이거 귀찮네."

백합관은 다른 기숙사들과 약간 동떨어진 곳에 있어서 경비 서기엔 좋은데 학생 편의 시설과는 거리가 멀었다. 앞으로 이런 일이 종종 발생할 텐데 걸어가는 게 참 귀찮았다.

"마구간이 있던데 말을 가져올까요?"

"아니요, 괜찮아요."

하녀는 힘들게 걷지 마시고 편히 다니시라 재차 권했다. 제리코는 극구 사양했다.

─뭐 어때. 강의 중에 승마 교육도 있을 텐데.

"그래도 개인 말은 아니지."

학교 부지에서 말을 타고 다니면 기숙사 생활을 하는 의미가 없는 게 아닐까.

제리코는 자신의 위치를 어느 정도 파악하고 있었다. 시험을 보지 않고 특례 입학한 것이야 얼굴에 철판을 깔고 뻔뻔하게 나갈 수 있다. 시험을 봤으면 입학하지 못했을 테니 이건 어쩔 수 없는 일이니까. 하지만 그 외의 일들은 가능한 다른 학생들과 비슷한 대우를 받고 싶었다. 애당초 제리코는 지금 누리고 있는 무수한 특혜를 떠넘길 상대를 찾기 위해 아카데미에 입학했다. 특혜에 익숙해지다 보면 특혜가 사라졌을 때 아쉬울 것이다.

─아쉽다고 생각하면 그냥 네가 가져.

"그럼 입학할 필요가 없잖아."

제리코는 똘똘한 말동무와 목소리를 낮춰 대화하며 백합관을 나섰다. 경비가 따라오겠다고 했지만 이 역시 거절했다. 거리가 조금 있다고 해도 사람이 있는 힘껏 비명을 지르면 양 기숙사에서 모두 들을 수 있는 정도였다. 설마 그 짧은 사이에 무슨 일이 생기겠는가. 생기는 게 소설의 법칙이긴 한데 안 생길 것이다. 근거 없는 자신감에 찬 제리코의 안전 불감증을 드래곤 슬레이어 소드가 지적했다.

-그러다 무슨 일 생기면?

"내가 무거운 널 업고 다니는 이유가 뭔데?"

제리코는 등에 매단 드래곤 슬레이어 소드를 뽑아 붕붕 휘둘렀다. 형태를 바꿀 수 있다는 사실을 숨기기 위해서 원래의 모습인 장검으로 돌아간 드래곤 슬레이어 소드는 꽤 위협적으로 허공을 갈랐다. 휘두르는 사람이 초짜이나 힘이 세고 검이 명검이라 벌어진 결과였다.

"내가 너 장비하고 다니는 거 허락받느라 얼마나 힘들었는데!"

아카데미엔 검술학부가 있고 학생의 무기 소지를 교칙으로 허가한다. 단, 무기로 타인에게 상해를 입혔을 경우 정당방위나 자력구제를 위한 행위 등의 적당한 변명거리가 없으면 무조건 퇴학이었다.

무기를 장비한 학생은 대부분 귀족 가문의 사람이거나 기사를 지망하는 검술학부 학생이기 때문에 무기로 인한 사고는 잘 발생하지 않았다. 하지만 드래곤 슬레이어 소드가 보통 검인가. 사람 여럿 태워먹은 전설의 에고 소드가 아닌가.

소문이 무성한 검을 만지겠다고 달려들 어리석은 사람은 루나 아카데미의 입학시험을 통과하지 못했겠지만 세상엔 만약이란 것이 있었다. 본래대로라면 다른 학생들과 교수, 직원들의 안전을 위해 아카데미에 들여오지 못했을 것이다. 예비 소집일에 벌어진 사고와 아리보 공작가의 압박, 황실의 압박에 에라프의 이름이 더해진 합작품이었다.

사실 드래곤 슬레이어 소드를 제리코가 장비하고 있을 때 다른 사람과 닿으면 어떻게 되는지 아무도 모른다. 닿은 사람이 드래곤 슬레이어 소드를 집으려는 생각을 하고 있으면 타오르고, 아니면 불이 붙지 않으리라 추측할 뿐이다.

드래곤 슬레이어 소드의 말과 마탑주의 말을 종합해 보면 검이 한 맹세는 용의 맹약과 비슷한 면이 있었다. 상대를 가리지 못하는 대신 자연적으로 상대의 의도와 핏줄이 판별되었다. 다들 드래곤 슬레이어 소드가 닿기만 하면 불을 지르는 연쇄 방화 살인 검으로 오해하는 모양이나, 실은 제리코가 무장하고 있을 때 몸에 닿으면 불이 나지 않는 게 아닌가 하는 것이 드래곤 슬레이어 소드의 주장이었다.

물론 실험이 불가능하기 때문에 진짜 그런지 확인은 해보지 못했다. 사람 목숨이 걸린 일인데 단순히 추측만으로 실험할 수는 없지 않은가. 그러니 최고의 정답은 제리코가 드래곤 슬레이어 소드를 몸에 딱 붙이고 다른 사람이 닿지 않도록 노력하는 것이다.

학생 식당이 있는 건물 근처에 다다르니 점점 인기척이 늘어났다. 제리코가 타의 모범이 되어야 할 때가 왔다는 뜻이다. 제리코는 풀려 있던 얼굴근육에 힘을 주고 눈은 가능한 눈빛이 또렷해 보이도록 부릅떴다.

"어때?"

-예뻐.

"까르륵."

검이나 주인 후보나 아부에 약했다. 드래곤 슬레이어 소드가 멋있다, 예쁘다를 연발했다. 기껏 힘주었던 얼굴근육이 다시 헐렁해졌다.

초행길은 무조건 일찍 출발하는 제리코의 성격 때문에 학생 식당은 아직 한산했다. 돌아다니는 사람들은 직원이거나 행사를 돕는 재학생이었다. 재학생들이 다가오는 제리코를 보고 흠칫 놀랐다. 미베어 소공작의 입학 소식으로 빨간 머리 여자를 볼 때마다 학생들은 깜짝깜짝 놀라고 있었는데 진짜 본인이 엄청 일찍 도착해 버렸다.

입구에서 유인물을 배부하던 학생은 앞으로 놀랄 일이 없어져 좋아해야 할지 마음의 준비가 안 끝났는데 벌써 귀인이 와서 놀라야 할지 감을 못 잡고 갈팡질팡했다. 그런 와중 입은 착실하게 제리코를 발견한 소감을 외쳤다.

"드래곤 슬레이어 소드!"

핏줄 빼면 볼 것 없는 빨간 머리 소녀보다야 용을 벨 수 있는 검이 경

외의 대상인 건 당연한 일이다. 전설의 검을 눈으로 보게 된 학생이 말을 잇지 못하고 벌벌 떨다가 가능한 활짝 웃었다. 애쓰는데 입이 크게 벌어져 있어서 보기 딱했다.

제리코에게 유인물을 배부하는 손이 벌벌 떨렸다. 앞서 온 신입생들에겐 한 손으로 슥슥 넘기며 배부하더니 제리코에겐 공손하게 두 손이었다. 제리코는 황공한 마음에 마찬가지로 두 손을 내밀었다.

"고맙습니다!"

"자리는……."

재학생은 회복이 빨랐다. 따지고 보면 무려 황자 저하께서 재학 중인 아카데미였다. 도우미 학생은 금방 하던 대로 제리코를 안내했다.

"정해진 자리는 없으니 마음대로 앉으시면 됩니다."

"네, 알겠어요."

선배는 회복 중이고 동기는 굳어가는 중이다. 제리코는 열 발자국 떨어진 뒤에서 더는 움직이지 못하는 동기를 위해 뭉그적거리는 대신 빨리 안으로 들어갔다.

식당 안은 만찬 준비가 막바지에 이른 상태였다. 전교생이 모두 동시에 식사를 하기는 무리지만 신입생과 교사, 재학생 몇은 수용할 수 있는 크기였다.

교칙에 의거해 복장은 자율이나 공식적인 학교 행사 그런지 재학생의 대다수가 교복을 입은 상태였다.

제리코는 빈자리 어디에 앉을까 고민하며 일하는 사람들에게 방해되지 않도록 느릿느릿 걸었다.

'어디 앉을까. 저기 저 앞쪽은 보나 마나 교수님들 자리니까 가능한 저기서 멀리……. 하지만 문 가까이에 앉으면 다들 들어오자마자 나부터 보겠지? 적당히 구석진…… 그렇지만 너무 외곽도 아닌…….'

─그냥 가운데 앉아. 눈에 잘 띄고 좋네.

제리코처럼 일찍 도착한 신입생들은 넓은 식당의 곳곳에 한 명씩 앉아 있었다.

그런데 유독 한 곳, 학생들이 몰려 있는 자리가 있었다. 식탁 위에 식사 준비가 되어 있지 않고 서류와 유인물, 필기도구 따위가 널려 있는 걸 보면 도우미 학생들의 준비 공간으로 여겨졌다. 그리고 제리코는 거기에 있어선 안 되는 사람을 발견했다.

"허억."

-뭐야, 제리. 무슨 일이야. 어디 숨넘어가는 미남이라도 있어?

드래곤 슬레이어 소드가 얼마나 잘생겼냐, 주인보다 미남이냐 캐물었다. 미남을 발견한 건 맞는데 질문 내용이 좀 그랬다. 제리코는 은근슬쩍 기분이 상했다.

"너 내가 무슨 미남 볼 때만 놀라는 줄 알아?"

-내가 지켜본 바론 그것 말곤 놀라는 일이 없었는데.

"어휴, 진짜. 미남 보고 놀란 건 맞아."

-그것 봐.

"그냥 놀란 게 아니야. 저길 봐. 마그노 황자님이 계시잖아."

-진짜네?

보라. 제리코가 놀란 것처럼 드래곤 슬레이어 소드도 놀랐다. 멀뚱히 서서 사람을 지켜보기가 좀 그래서 제리코는 대충 가까운 의자를 빼서 앉았다. 마그노 황자가 잘 보이는 자리였다. 다른 학생들과 마찬가지로 아카데미 교복을 입은 마그노 황자는 변함없이 빼어난 미모를 자랑하며 주위 학생들과 대화했다.

'마그노 황자님이 왜 여기 있지?'

-재학생 도우미 아니야?

'그렇긴 한데.'

현재 식당에 나온 재학생은 모두 행사 도우미거나 아카데미에 근로를 신청한 근로 학생이거나 기숙사장이다. 근로 학생이란 개념을 모르는 제리코이기에 그녀가 생각한 가능성은 두 가지였다. 도우미거나 기숙사 장이거나.

-일단은 기숙사장이 유력하네.

'그러네. 황자 저하가 기숙사장이면 다들 말 잘 들을 거야.'

-황족이 있는데 다른 사람을 기숙사장 시키기도 그러니까.

제리코는 기숙사장이 정확히 뭘 하는지 몰랐다. 대충 자신이 고향에서 해먹던 동네 대장 비슷한 게 아닌가 추측했다. 그렇다면 당연히 황족에게 대장 자리가 가야 하겠지. 제리코가 놀란 건 마그노 황자가 누가 시킨다고 대장 일을 할 사람 같진 않았기 때문이다.

'그런 성격은 아니지…… 않았어?'

고작 두 번 본 사이에 뭘 얼마나 알겠냐만, 대화에 꼬박꼬박 응해주는 것을 상냥함이라 정의하던 사람이 기숙사장 같은 사람 상대할 일 많은 직책을 맡고 있으니까 보기에 이상했다. 마그노 황자의 새하얀 피부와 머리카락처럼 기묘한 위화감이 느껴졌다.

마그노 황자는 쉬지 않고 움직였다. 뭐라 대화를 하기도 하는데 제리코가 앉은 자리에선 들리지 않았다. 제리코는 손과 발이 없고 눈, 코, 입도 없지만 소리를 감지하실 수 있는 만능 검 드래곤 슬레이어 소드 선생을 모셔 대화 내용을 전달받기로 했다.

'드 선생님, 나와주세요.'

-에휴, 내가 말을 말아야지…….

'아잉, 잡음이 많아서 안 들린단 말이야.'

-별 얘기 안 해. 그냥 일 얘기야.

마그노 황자는 기숙사장으로서 다른 기숙사장과 신입생 주의 사항에 대해 이야기하는 짬짬이 다른 도우미 학생들을 도왔다. 얼굴은 제리코를 상대할 때와 마찬가지로 표정 변화가 없었다.

드래곤 슬레이어 소드가 그에 대해 이렇게 평했다.

−상냥하네.

'저게?'

−너 대할 때랑 비슷한데 황자 기준에서 보자면 엄청 상냥한 거 아니야?

그 말이 그럴듯하여 제리코는 마그노 황자의 상냥함을 인정했다. 다른 사람들이 보기엔 냉기가 풀풀 날리는 모습이지만 어쨌든 마그노 황자 딴엔 꽤 상냥한 태도였다.

'사무적인 상냥함이네. 그래도 상냥한 건 좋지. 난 상냥한 사람이 좋더라. 나도 그런 사람이 되고 싶은데 어째 내가 하면 다 주책 같고 오지랖 같아서……'

신나게 되고 싶은 어른상을 주절거리는 제리코에게 누군가 다가왔다. 제리코는 속으로 떨던 수다를 멈췄다.

"실례합니다, 여기 앉아도 될까요?"

말을 건 건 키가 큰 남학생이었다. 제리코와 마찬가지로 신입생인지 교복이 새 거라 옷감에 윤이 나고 반질반질했다. 키가 큰 학생이 앉아도 되냐 물어본 자리는 제리코의 양옆과 맞은편이 아닌 식탁 구석이었다.

'왜 저런 자리를?'

의아한 한편 한창 상냥한 사람이 되고 싶다고 떠들었던 터라 제리코는 살포시 웃고 고개를 끄덕였다.

"네, 편히 앉으세요. 그런데 그런 구석 자리는 불편하지 않나요? 아직 사람이 적으니 좀 더 편한 자리를……."

"저, 저도 여기 앉아도 되겠습니까?"

"저도!"

"미베어 소공작님! 뒤쪽에 앉아도 될까요?"

한 명이 용기를 내 물꼬를 트자 눈치만 보던 신입생들이 우르르 몰려왔다.

제리코가 앉아 있던 식탁 주변은 순식간에 자리가 찼다. 제일 놀라운 사실은 그렇게 주인을 찾아가는 자리 중에 제리코 맞은편과 양 옆자리는 여전히 비어 있다는 점이다.

'이 무슨!'

놀라운 사실은 하나에서 그치지 않았다. 그렇게 제리코 주변을 채운 신입생은 모두 남자였다. 의도치 않은 남탕에 제리코는 당황했다.

아카데미 학생들의 성비는 비슷하고 이번 신입생도 큰 차이가 없다고 들었건만 어째서 내 주위엔 남자만 모여드는지? 제리코는 순간 자신과의 결혼을 노리는 야망에 가득 찬 남자들이 아닌가 생각했는데 일단 제리코를 보는 눈은 선망으로 빛났다. 결혼은 뒤로 미루고 용사 에라프의 딸과 친하게 지내고 싶었나 보다.

'왜 남자만 득시글거리는 거야.'

-넌 주인의 딸이잖아. 용사의 딸이라…… 광룡을 무찌른 용사는 남자 아이들의 우상이지.

'여자아이들은?'

-대부분 검술학부생인 듯하니, 여자 검술학부생이 남은 세 자리 채우면 되겠네.

'아.'

모여든 신입생이 모두 검술학부생 아니냐는 드래곤 슬레이어 소드의 말에 제리코는 묘하게 갑갑했던 느낌이 어디서 왔는지 알았다.

다들 입학식이라고 씻고 새 옷인 교복을 입고 왔고 식당이 좁은 것도 아닌데 왜 이렇게 갑갑한가, 그게 내심 이상했는데 주위의 학생이 모두 몸매가 좋았다.

'어머낫.'

몸 좋은 남자를 좋아하는 제리코로선 사실 꽤 기분이 좋았다. 교복 안에 숨겨진 근육과 농기구 대신 병장기를 드는 남자의 튼실한 팔뚝. 상대적으로 발달한 어깨나 무술을 배우는 사람답게 반듯한 자세라든가.

마그노 황자, 로젠, 샌시 정도의 미모가 아니라면 이성을 볼 때 미모보다 근육에 더 가산점을 부여하는 제리코는 갑갑하다던 조금 전 생각을 뒤집었다. 취향의 이성이 자신에게 몰려들고 집중한다. 절로 웃음이 터지는 상황이었다.

-가벼워 보인다니까!

'알았어.'

에라프를 경애하여 제리코를 찾아왔는데 팬들을 실망시키면 안 되겠지.

제리코가 표정 관리에 힘쓰는 동안 대충 자리를 차지하고 앉는 데 성공한 신입생들은 앉기는 앉았는데 할 말이 없어 누가 먼저 입 열기만 기다리고 있었다. 용기 있고 능력 있는 자가 광룡을 잡는다. 세상에서 가장 용기 있고 능력자였던 남자를 아버지로 둔 제리코 앞에서 다들 꿀 먹은 벙어리가 되어 눈치만 살폈다. 제리코는 에라프의 명예를 위해 대화 주제를 던졌다.

"다들 검술학부예요?"

"네, 그렇습니다."

"어째 다들 제가 누군지 아는 눈치인데 저는 여러분을 모르니 불공평하네요. 소개 부탁드려요."

사람 수가 있으니 자기소개를 하는 것으로도 시간이 꽤 지나가는 법이다. 그러는 사이 만찬 시간이 가까워졌다. 식당에 들어온 신입생들은 검술학부 학생들에게 둘러싸인 제리코를 보고 깜짝 놀랐다.

"미베어 소공작님이잖아. 부럽다, 나도 빨리 올걸."

"저기 자리 좀 빈 것 같은데?"

"저 사이에 어떻게 끼려고. 한가락 하지 않으면 힘들 듯."

"게다가 대부분……."

"귀족이지."

루나 아카데미는 본래 귀족만을 위한 교육기관이었다. 다만 평민의 입학을 허용하면서 교육기관의 질이 떨어졌다고 판단한 귀족가에서 솔라 아카데미를 선택하기 시작했다. 결과적으로 루나 아카데미엔 평민이 압도적으로 많았다.

그랬던 것이 아리보 공자였던 에라프와 릴리에 공주의 입학으로 귀족들의 입학이 조금씩 늘어났다. 그래도 여전히 평민이 더 많다.

그런데 그 비율을 깨는 유일한 학부가 있었으니, 바로 에라프가 몸 담았던 검술학부이다. 아리보 공작가가 대대로 학자 집안이었기에 에라프의 검술 기초는 과외 선생과 아카데미의 교육으로 쌓았다고 해도 과언이 아니다.

에라프 같은 인류 최강의 인물을 배출한 루나 아카데미 검술학부에 지원자가 몰리는 건 당연한 결과였다. 또한 에라프를 동경하는 자들이 검술학부를 지원하면서 검술학부의 문턱은 턱없이 높아졌다.

그런 사람들 사이에 끼어들 자신이 없는 신입생들이 이리저리 흩어져 자리를 채웠다. 남아 있던 제리코의 양 옆자리와 앞자리도 검술학부 여학생들이 호쾌하게 차지했다.

만찬 시작이 코앞으로 다가오고 모든 신입생이 착석을 끝내자 기숙사장들이 식당 입구에서 받은 출석표를 확인했다.

기숙사장들끼리 모여 있는 걸 보니 마그노 황자는 기숙사장이 확실했다. 제리코는 가능하면 같은 식탁에 앉은 동기들과의 대화에 집중하고 싶었지만 아카데미에 입학한 목적이 눈앞에서 움직이고 있다 보니 집중이 힘들었다. 제리코는 무조건 웃는 얼굴로 때우면서 드래곤 슬레이어 소드가 전해주는 황자의 동태를 들었다.

-마그노 황자가 이쪽을 보는데?

'왜?'

-나야 모르지.

이쪽은 일부러 그쪽을 보지 않는데 저쪽이 보고 있다니 궁금하지 않은가. 제리코는 호기심을 못 이기고 마그노 황자가 있는 방향을 보았다.

마그노 황자는 싸늘하고 감정을 드러내지 않은 눈으로 제리코를 직시했다. 일 때문인지 안경을 착용하고 있었다. 유리알 너머의 눈동자가 정말 유리알이라도 되는 것처럼 차가웠다.

마그노 황자가 제리코에게서 눈을 떼지 않고 똑바로 걸어왔다. 제리코는 당황했다. 일전에 마그노 황자의 심기를 거슬렀던 일도 있고 해서 황자가 무시할 줄 알았기 때문이다.

'왜 오는 거야? 무시할 줄 알았는데.'

―혹시 모르지. 이번엔 폐하 말고 다른 사람이 상냥하게 대해주라고 말했는지.

마그노 황자와의 거리가 가까워지자 시끄럽던 식탁이 쥐 죽은 듯 조용해졌다. 누가 먼저랄 것도 없이 의자에서 벌떡 일어났다. 하얀 황자님은 검을 등에 맨 소녀처럼 알아보기 쉬웠다.

마그노 황자가 눈으로 대충 주변을 훑었다. 감정이 실리지 않은 눈초리인데도 어쩐지 제리코를 책망하는 것 같아서 제리코는 지레 찔끔했다.

―제리! 인사!

'다들 안 하는데 왜 나한테 그래?'

―지금 이 자리에서 네가 제일 신분이 높아! 아카데미라 그런 거 안 지켜도 되지만 네가 대표로 인사해야 해!

제리코는 침을 꿀꺽 삼켰다. 긴장으로 침이 잘 넘어가지 않았다.

"제국에 광영을! 안녕하세요, 마그노 황자님!"

실수하거나 긴장해서 삑사리 날까 걱정했는데 다행히 그런 일은 없었다.

제리코는 마그노 황자가 인사를 무시하는 최악의 상황을 가정했다. 마그노 황자는 고개를 살짝 옆으로 기울였다. 그의 미모는 어느 각도에서나 빛났다.

"이곳은 아카데미이니 그렇게 인사할 필요는 없습니다, 미베어 소공작."

"아하하, 제가 그걸 몰랐네요."

"신입생 여러분도, 아카데미 안에선 평범한 선배로 대해주면 됩니다. 일단 기숙사장을 맡고 있으니 그에 대한 예의만 지켜주십시오."

그런 말 한다고 바로 '네, 알겠습니다' 할 수 있으면 신분이란 것은 애초에 사라졌을 것이다. 마그노 황자는 신입생들의 반응엔 관심을 두지 않고 바로 목적을 밝혔다.

"제리코 씨는 나와 같은 식탁으로 옮겨주십시오."

"네?"

"자리 선택은 자유지만 이번엔 개입이 필요하다는 쪽에 기숙사장들이 만장일치했습니다. 다들 눈이 있다면 자신이 선 자리를 보십시오. 불편하지 않습니까?"

마그노 황자가 처음으로 얼굴에 감정을 드러냈다. 미약한 짜증이었다.

자리에서 일어선 제리코가 느끼기에도 비좁긴 비좁았다. 하인들이 음식과 식기를 나르기도 불편하고 드래곤 슬레이어 소드가 다른 사람과 스칠 위험도 높았다. 드래곤 슬레이어 소드야 닿은 사람이 집으려는 마음이 없으면 불타지 않을 것이라 추측하지만 확실하지 않으니 가능한 피해야 했다.

제리코가 아니었다면 검술학부가 이렇게 한곳에 몰리지 않았을 것이다. 그러니 원흉인 제리코를 제거해 분산을 노린다는 의도였다. 다른 기숙사장이 와도 되지만 굳이 마그노 황자가 온 것은 그가 아카데미에서 유일하게 제리코보다 신분이 높은 사람이기 때문이었고.

'아, 어떡하지. 가기 싫다.'

−마그노 황자가 있잖아.

'알지만 가기 싫다. 밥은 편하게 먹고 싶어. 입학해서 처음으로 먹는

학교 밥인데 점심에 먹은 것도 체할 듯.'

-잔소리 말고 움직여! 빨리! 입학한 이유가 알아서 접근해 줬잖아!

'히잉.'

속으론 울어도 겉으론 웃는 낯이어라. 제리코는 제도에 와서 꽤 늘어난 표정 관리 실력으로 살짝 웃었다.

"확실히 식탁이 비좁긴 하네요. 드래곤 슬레이어 소드가 닿으면 큰일이니까 제가 자리를 바꾸는 게 맞겠죠."

드래곤 슬레이어 소드 얘기에 제리코의 뒷자리를 차지한 학생이 가장 크게 놀랐다. 드래곤 슬레이어 소드와 가장 거리가 가까웠기 때문이다.

마그노 황자의 개입과 제리코의 자리 변경으로 한곳에 모여 있던 검술학부 신입생들이 식당 이곳저곳으로 흩어졌다.

제리코는 마그노 황자를 따라 이동했다. 기숙사장과 몇 명의 도우미 학생이 있는 식탁이었다. 신입생은 제리코 혼자였다.

'동기가 없네.'

-격리 조치네.

뿐만 아니다. 끌려간 자리라 빈자리가 몇 없었는데 마그노 황자가 의자를 빼주는 바람에 거기 앉았더니 옆에 황자가 앉았다.

제리코의 정신이 다급하게 외출 신청을 넣었다. 제리코는 정신의 외출 신청을 반려했다. 황자가 옆에 앉았는데 정신을 빼놓으면 나중에 정신을 차렸을 때 단두대일지도 모른다.

'옆자리도 괜찮아, 얼굴이 안 보이니까…… 헉.'

-왜? 무슨 일이야?

'황자 저하한테서 좋은 냄새 나.'

-……너한테도 좋은 냄새 나.

'향수 뿌렸거든.'

-마그노 황자도 향수 뿌렸어.

'당연하지.'

사람이 꽃이 아닌데 어떻게 몸에서 좋은 향기가 나겠는가. 제리코가 놀란 건 향이 황자와 어우러지면서 어떤 기억을 떠올리게 했기 때문이다. 가까이에 앉은 마그노 황자의 체취는 닿으려다 멀어졌던 그날의 기억을 불러왔다. 바로 어제 일인 듯 생생하게 머릿속에서 재생되었다. 제리코는 다급하게 냉수를 마셨다. 갈증이 심했다.

일단 물을 마신 후 제리코는 같이 식사를 하게 된 기숙사장 및 도우미 학생들에게 인사했다. 선배들이지만 아카데미 입학 연령은 최고 연령만 정해놨지 최저 연령은 정해두지 않아 제리코보다 연하거나 동갑으로 보이는 사람도 있었다.

"안녕하세요, 제리코 미베어예요. 처음 뵙겠습니다."

제리코에게서 사교성을 빼면 남는 게 건강밖에 없다. 제리코가 살갑게 인사하자 식탁에 앉은 사람들이 모두 반갑다는 듯 화답했다. 제리코는 그들의 얼굴과 이름을 모두 외울 자신이 없기 때문에 드래곤 슬레이어 소드에게 잘 외워두라고 말했다.

-암기력 좀 기르자. 내가 남자를 외울게. 넌 여자를 외워.

'알겠어.'

사교의 기본은 그 사람의 이름과 얼굴을 외우는 것. 친구 하나 없는 외로운 아카데미 생활을 할 생각은 없었기 때문에 제리코는 열심히 사람들 얼굴을 익히기 위해 노력했다.

식탁에 앉은 사람은 모두 기숙사장이거나 근로 학생, 자율적으로 나선 도우미였고, 어떤 의미에선 당연하게도 다들 알아주는 모범생이었다.

"엄청난 인기네요, 제리코 양."

"제 인기가 아니라 검의 인기죠."

"졸업한 선배에게 들었는데 로젠 선배가 입학했을 때도 비슷한 일이 벌어졌대요."

'오, 로젠?'

얘기를 들어보면 로젠이 입학했을 때도 주위에 사람들이 몰려들어 북새통을 이뤘다는 모양이다.

'하긴. 천재 검사라고 했지.'

소문난 천재가 입학했다니 다들 궁금했을 것이다. 스타즈 상회의 장남이기도 하니 검술에 관심이 없는 사람도 접근했을 테고.

'그나저나 의외네.'

-뭐가?

'로젠 성격이면 이런 데 도우미로 참가할 것 같았거든.'

도우미를 자처해 신입생들을 도와주거나 기숙사장을 맡고 있어도 이상하지 않은 로젠 대신 절대 이런 자리에 끼지 않으리라 생각했던 마그노 황자가 있다. 사람 일이란 건 참 예상하지 못한 일이 벌어져서 재밌었다.

-졸업 못 하는 것 때문에 고민하는 것 같던데 그래서가 아닐까.

'그래서 그런가.'

샌시는 애초에 이런 데 올 사람이라고 생각하지 않았고 실제로도 오지 않았다.

'밥은 먹고 다니나.'

귀찮아서 식사를 하지 않는다는 자기 학대를 일삼는 놀라운 오빠 후보가 제리코는 은근히 걱정되었다.

신입생이 모두 식당에 들어오자 화기애애하게 대화하던 사람 중 기숙사장인 사람들이 일어나 신입생들에게 자기소개를 했다. 그리고 학교생활에 대한 전반적인 안내가 시작되었다. 앞서 배부한 유인물엔 각 기숙사의 위치, 이름, 기숙사장, 현황, 편의 시설 등이 적혀 있었다.

제리코가 거주하는 백합관은 유인물에 기재되어 있지 않았다. 제리코로선 아무래도 좋은 일이었다. 무허가 외박 금지, 타기숙사생 출입 금지 등등. 어찌 보면 당연하고 어찌 보면 조금 갑갑하다 싶은 기숙사 규칙들이 전달되었다.

기숙사장들이 말하는 규칙은 어차피 유인물에 다 적혀 있었기 때문에 제리코는 그들의 말을 주의를 기울여 듣지 않았다. 대신 식당 안을 관찰했다.

아카데미 학생이 되었다는 흥분과 새로 만난 학우들에 대한 호기심, 관심으로 떠들썩했던 식당 안은 물 뿌린 듯 조용해져 규칙을 읊는 기숙사장의 목소리만 들렸다. 구석에서 수군거리는 소리가 들릴 만한데 이렇게까지 조용한 건 모두 마그노 황자의 공이었다.

'황족이 무섭긴 한데 어째⋯⋯.'

마그노 황자를 의식하는 신입생들에게서 제리코는 어쩐지 위화감을 느꼈다. 정체를 알 수 없는 위화감이 왜 든 것인지 궁리하는데 모든 규칙을 읊은 기숙사장들이 착석하고 만찬이 시작되었다.

식당 안이 다시 와자지껄하고 소란스러운 분위기를 되찾았다. 제리코는 어깨를 으쓱였다.

하인들과 하녀, 이때를 위해 추가로 고용한 사람들이 음식을 날랐다. 반주로는 도수가 아주 낮아 주스와 별 차이가 없는 술이 제공되었다. 신입생 대다수가 미성년자라 그런 듯했다.

신입생들이 앉은 식탁은 이제 막 서로를 알아가기 시작하는 낯섦과 호감, 경계가 공존했고 제리코가 앉은 식탁은 서로 다 아는 사이기에 화기애애한 분위기가 유지되었다.

주로 대화를 이끄는 건 남자 기숙사인 패랭이관의 기숙사장 오딜론이었다. 누가 봐도 잘생긴 오딜론은 사교성까지 좋았다. 그는 주도적으로 대화를 이끄는 한편 마그노 황자에게도 때때로 말을 걸었다. 처음 그가 마그노 황자에게 말을 걸었을 때 제리코는 기함했다. 이후 마그노 황자가 오딜론은 무시하지 않아 더 놀랐다.

만찬 전에는 사무적인 대화 말곤 입을 열지 않더니 막상 만찬이 시작되자 마그노 황자는 조금씩 입을 열어 화기애애한 대화에 가끔씩 참가했다. 입 꼭 다물고 있다가 긴장이 풀려 열심히 나불거린 제리코만큼은 아니어도 그럭저럭 말수 적은 사람 소리 들을 정도로는 활약했다.

'엄청 사교적인데?

-저게?

'날 대하던 것과 다르잖아! 이건 차별이야!'

제리코는 알 수 없는 배신감에 몸을 떨었다. 알 수 없는 배신감에 더불어 알 수 없는 위화감까지 느꼈다. 마그노 황자가 학교 친구들과 저렇게 사이가 좋을 줄 누가 알았겠는가. 첫인상과 두 번째 만남만 생각하면 친구가 하나도 없다는 얘길 들어도 믿을 정도였다. 현실은 아니었다. 제리코에게만 유독 쌀쌀맞았던 것이다.

'응?'

신입생들이 마그노 황자를 의식할 때 느낀 위화감 비슷한 것이 계속 제리코를 답답하게 만들었다. 뭔가 걸리는 것 같은데 아닌 것도 같으면서 정체를 알 수 없는 그런 기분이었다. 제리코는 영문을 알 수 없어 자신이 느낀 감각을 확인하기 위해 마그노 황자에게 집중했다. 뭔가가 올락 말락 하는데 다른 사람이 갑자기 말을 걸어 초를 쳤다.

"미베어 소공작께선 황자 저하께서 눈을 떼지 못하시네요."

"우리 저하가 잘생기긴 하셨지."

"아, 아뇨! 그런 게 아니라!"

이제껏 제리코에게 눈길 한번 주지 않던 마그노 황자의 시선이 제리코에게 향했다. 빨간 눈동자가 자신을 보자 제리코는 견디지 못하고 시선을 피했다. 어째 온실에서 오지랖을 펼쳤던 이후보다 시선이 더 싸늘하게 느껴졌다.

무슨 말이라도 할 줄 알았더니 마그노 황자가 쌩하니 고개를 돌려 제리코를 무시했다. 이걸 다행이라고 생각해야 할까. 어쨌든 이 일로 제리코는 마그노 황자가 여전히 자신을 용서하지 않고 있다는 걸 알았다.

'사람이 쩨쩨하네.'

-네가 역린을 건드렸잖아.

'그게 대체 몇 개월 전이야?'

마그노 황자가 화가 났든 안 났든, 동기들을 포기하고 이 자리에 왔는데 말 한번 붙여보지 못하면 억울해서 밤에 잠이 안 올 것이다.

제리코는 애써 마그노 황자에게 할 만한 질문거리를 찾았다.

"아하하, 사실은 황자 저하가 쓰시는 향수가 뭔지 궁금해서요."

향수 이름만 단답으로 대답해 주기 딱 좋은 질문이었다. 그런 의도로 말한 건데 마그노 황자는 다른 사람과 대화하면서 제리코의 말을 무시했다. 제리코는 어색하게 웃고, 제리코를 지켜보던 사람들도 어색하게 웃었다. 제리코는 마그노 황자를 포기했다. 온실 때처럼 둘만 있으면 무리를 해서라도 말을 붙여보겠지만 사람들 눈이 많은 오늘은 무리였다.

'난 최선을 다했어!'

-인정.

'황자님이 치사한 거야!'

-네가 먼저 잘못했잖아.

식탁엔 마그노 황자보다 더 친절하고 대화하기 좋은 사람들이 널렸다. 심지어 기숙사장 중 한 명은 제리코와 묘한 인연이 있었다. 여자 기숙사장 중 한 명인 스텔라가 에밀리와 이종사촌이었기 때문이다.

'오, 에밀리.'

의도치 않게 여러 번 에밀리에게 불행을 안겨준 제리코 입장에선 에밀리의 이종사촌 언니인 스텔라는 신경 쓰이는 상대였다. 스텔라는 감청색의 머리카락을 깔끔하게 올려 묶었는데 제리코가 보기에 색이 아주 멋졌다.

'친해질 땐 일단 칭찬이지.'

"머리 색이 정말 예뻐요."

"어…… 고마워요."

"풀면 더 잘 보일 것 같은데."

"피부 톤과 안 어울려서요."

'아앗.'

제리코는 망했음을 직감했다. 스텔라의 예쁜 감청색 머리카락은 그녀의 피부 톤과 어울리지 않아 콤플렉스였던 것이다.

제리코는 진작 그 사실을 알아채지 못한 자신의 눈이 한탄스러웠다. 저렇게 예쁜 머리카락을 꽁꽁 묶어 올렸을 땐 뭔가 사연이 있겠거니 예상했어야 하는데 생각이 짧았다.

"소공작님 얘기는 에밀리에게 많이 들었어요."

"그, 그러시군요."

에밀리는 학자 집안인 아리보 공작가의 피를 물려받아 외출 횟수가 적었다. 캐리와 친해진 후론 캐리와 붙어 다니느라 같이 놀러 나가긴 했으나 캐리에게 스텔라 얘기를 들은 적이 없으니 같이 만나지는 않았을 터. 과연 어디서 이야기를 들은 것일까? 의문은 바로 풀렸다.

"저흰 편지 왕래가 잦거든요."

–욕이랑 하소연이 잔뜩 써 있다에 내 숫돌을 걸게.

'고의는 아니었는데 설마 그렇지는……'

제리코는 속으로 울었다. 에밀리에 이어 스텔라까지. 잘 보이고 싶은데 자꾸 일이 꼬였다. 다행히 스텔라는 제리코의 칭찬을 순수한 칭찬으로 받아들이고 에밀리에게 받은 편지 내용을 꺼냈다.

"요즘 소공작님의 동생분과 좋은 우정을 쌓고 있다고 들었어요. 그 아이가 평민과 친해진 건 처음이에요. 조금 고압적인 면이 있어서 걱정했는데 소공작님 덕분에 편견이 좀 사그라들어서 다행이라고 생각하고 있습니다."

"아뇨, 아뇨. 저야말로 에밀리 양이 캐리와 사이좋게 지내주어서 얼마나 고맙게 생각하는지."

"얼마 전만 해도 할아버지가 솔라가 아닌 루나 아카데미에 가길 권했다고 엉엉 우는 편지를 보냈는데……."

-너 때문이다.

'옹. 나 때문인 듯.'

제리코 혼자 루나 아카데미에 입학시켜 놓고 걱정되니 감시역 겸 보호자 겸 기타 등등 용으로 에밀리를 루나 아카데미에 입학시킬 생각이 었나 보다. 아리보 소공작은 손녀의 마음을 헤아려 주지 않는 나쁜 할아버지였다.

"이제는 캐리 양과 같이 루나 아카데미에 입학하고 싶다고 편지를 보내더라고요."

'캐리야, 고마워.'

제리코는 외출 허가를 받으면 바로 캐리에게 달려가 동생을 꼭 끌어안아 줄 것을 맹세했다. 동생 잘 둔 덕에 에밀리의 화가 풀려서 얼마나 다행인지 모른다.

"소공작님이 계신 백합관은 제가 같이 관리하니까 앞으로 기숙사생이 모일 경우엔 이쪽 물망초관으로 오면 돼요."

"그렇구나. 고마워요."

물망초관은 백합관과 가장 가까운 기숙사가 아니었다. 때문에 제리코는 이 배정엔 어른의 사정이 개입했다는 사실을 직감했다. 아마 어른들은 스텔라가 제리코의 당조카 손주와 이종사촌이라는 점에 주목했을 것이다. 제리코로서도 생판 남보단 조금이라도 연이 닿은 사람이 좋았기 때문에 불만을 품지 않았다.

스텔라는 마법학부 학생이었다. 제리코는 마법사 얘기가 나오는 김에 마탑과 아카데미 마법학부의 차이를 물었다. 스텔라는 도제와 직업학교의 차이라고 설명했다.

"도제는 장인 밑에 들어가 일일이 다 배우잖아요. 하지만 직업학교는 학교 선생들이 대중적인 기술을 가르치죠. 직업학교를 졸업해 더 공부하면 장인 밑으로 들어가는데 마법사도 동일해요."

어쩜. 모범생에 기숙사장이라 그런지 설명이 머리에 쏙쏙 들어왔다. 마법학부생인 다른 학생이 설명을 보충했다.

"대부분 아카데미 졸업 후에 마탑 인증 시험을 보기 위해 마탑에서 몇 년 더 수학합니다."

아카데미만 졸업해선 제대로 된 마법사로 인정받지 못한다는 소리다. 그럴 바엔 처음부터 마탑에서 배우는 게 낫지 않을까 싶은데 탑의 마법사는 수가 적고 자기 연구에 바빠서 제자를 잘 받지 않는단다.

제리코의 머릿속에서 혼선이 생겼다. 어차피 탑의 인증 시험을 보면 마법사가 되는데 마법사 수가 적다니? 제리코의 표정에서 의문을 알아챈 스텔라가 빠르게 설명했다.

"마탑의 인증을 받고 등록된 마법사와 탑의 마법사는 달라요. 보통 마탑의 마법사라고 하면 마법적 성취를 인정받아 마탑에 거주하는 걸 허락받은 마법사를 칭하거든요."

"아…… 그렇군요."

"네. 탑에 연구실이 있으면서 탑을 나와 아카데미에 입학한 이상한 마법사도 있지만요."

그 이상한 마법사, 제리코가 아는 사람 같았다. 제리코는 혹시나 하는 마음에 누구인지 물었다. 답은 알고 있었지만 확인차.

"누군데요?"

"있어요. 연애를 안 하고 꿈속에서 신부와 신랑을 찾는 자들이……."

−왜 복수형이지?

'샌시의 꿈에 감화된 사람들이 있나 봐.'

곤충을 사람 수준으로 끌어올리려면 오랜 시간과 노력이 필요할 텐데 샌시 말고 그 세계에 뛰어든 사람이 있다니. 세상은 넓고 사람은 다양했다.

'이렇게 연결되는구나.'

여기서 이렇게 샌시 얘기가 나올 줄이야. 제리코는 마음속으로 드래곤 슬레이어 소드와 같이 깔깔 웃었다.

'입학하길 잘했네.'

입학만 했을 뿐인데 보기 힘들던 사람들과 마구마구 접점이 생기지 않는가. 학교는 정말 사교를 위한 최고의 장소였다. 좋아서 같이 웃던 드래곤 슬레이어 소드가 딴지를 걸었다.

-학업이 아니고?

'어허. 난 공부하러 입학한 거 아니거든?'

같이 좋아해 놓고서 딴소리는. 이래서 쓸개가 없는 무생물은 못 쓴다.

루나 아카데미에서 샌시의 평판은 바닥을 쳤다. 샌시 얘기가 나오자 마법학부 학생이 모두 그에 대한 불만을 늘어놓았다. 딱히 사고를 치는 건 아니지만 교수를 해도 될 능력자가 학부생으로 남아 졸업을 안 하고 연구실을 하나 차지하고 있으니 학생들 입장에서 부담스럽다나.

"연구실이요?"

"학부생용 연구실이랑 동아리실 하나를 차지해서 동조하는 사람들과 함께 개인 연구를 하고 있죠. 저번에 거기서 만든 골렘이 동아리실이 모인 수국관 벽을 부쉈어요!"

"말도 마세요. 호문쿨루스 만든답시고 마력 끌어모으다가 몇 번을 터뜨렸는지!"

"하루 종일 연구실에 처박혀서 나오지도 않고! 열 번 부르면 간신히 나올까 말까!"

쌓인 게 많았는지 학생들은 하나같이 분통을 터뜨렸다. 제리코의 귀는 알아서 불만들을 걸러 필요한 정보만 들었다. 그러니까 저 말은.

'동아리실이나 연구실에 가면 샌시를 볼 수 있다는 거네?'

-그러게. 외출 안 해서 만나기 편하겠다.

'방학 중엔 로젠이 제일 만나기 쉬웠는데 아카데미 안에선 샌시가 제일 쉽겠다. 역시 문제는 마그노 황자님이구나.'

제리코는 스스로에게 용기를 불어넣었다. 그 보기 힘든 마그노 황자가 지금 옆자리에 앉아 있었다. 기회를 놓치면 바보였다. 방금 마그노 황자가 그녀를 무시하긴 했지만 또 말을 걸면 사람들 보는 눈이 있어서라도 단답형 대답은 해줄 것!

"황자 저하께선 재무를 전공하시죠?"

드래곤 슬레이어 소드에게 들었고 온실에서 마그노 황자가 직접 말한 적 있다. 하지만 제리코는 아무것도 모르는 척 해맑은 미소를 짓고 질문했다. 아는 척은 자신 없다. 대신 모르는 척은 자신 있었다! 마그노 황자에게 말을 거는 게 어색한 상황도 아니다. 다른 사람들과 대화하다가 옆자리 사람을 신경 쓰는 건 당연한 일이었으니까.

"네."

마그노 황자의 대답은 제리코의 예상을 빗나가지 않았다. 더 이상 대화를 이어갈 생각이 없는 단호한 단답형 대답. 웃으면서 질문한 제리코가 민망해할 정도의 칼 같은 단답이었는데 다른 사람들은 의아해하지 않았다. 마그노 황자가 이러는 게 일상인 듯했다.

"몇 학년이세요?"

"3학년입니다."

"그러시구나! 그럼 졸업은……."

아카데미 졸업은 학점을 채우면 언제든 할 수 있다. 1년이나 2년은 불가능하지만 능력자의 경우 3년 만에 졸업하는 경우도 있다고 한다. 마그노 황자가 지금 3학년이니 그가 평범하게 졸업한다면 제리코에게 남은 기간은 2년이었다.

"내년입니다."

마그노 황자는 언제나 제리코의 기대를 부줬다. 제리코의 웃는 얼굴이 조금 일그러졌다.

"4학년에 졸업하는 게 아닌가요?"

"일반적으론 그렇지만 마그노는 학점을 거의 다 채웠으니까. 원래 3년이 목표였지?"

"그래."

"졸업할 때 되면 할 일도 많아서 4학년부턴 기숙사장을 안 시키는데, 넌 남들보다 빠르게 졸업하느라 기숙사장을 계속해야 해서 고생이 많네."

"어쩔 수 없지."

마그노 황자 대신 대답했던 오딜론이 아예 마그노 황자를 독점해 버렸다. 제리코는 두 남자 사이에 끼고 싶었지만 꽤 친해 보여서 틈이 없었다.

'뭐야, 저 사람!'

―친구인가 봐.

'그거야 보면 알아! 그런데 왜 나를 막냐고!'

―마그노 황자가 널 꺼리는 걸 느꼈나 보지.

제리코는 눈물을 머금고 마그노 황자를 포기했다. 아, 이 사람을 어찌하면 좋단 말이냐. 혼자서도 접근하기 어려운 빙벽을 둘렀는데, 근처에 파수꾼까지 있어 보초를 서다니.

용사의 딸인 제리코도 어지간한 용기와 실력, 장비로 무장하지 않으면 침입할 수 없는 극악의 경계였다.

개성적인 옆자리 사람과 다르게 식사는 평범했다. 많은 인원에게 동시에 제공되는 식사이니 음식이 식고 조리법이 단순한 건 어쩔 수 없었다. 그래도 전채에 메인, 후식까지 따로 나오는 코스 구색을 맞췄고 식어서 그렇지 맛은 나쁘지 않았다. 제리코는 나오는 접시를 모두 깔끔하게 비웠다.

-체할 거라더니?

'어허. 먹는 게 남는 거라는 말 몰라?'

나중에 체해서 된통 고생하더라도 일단은 먹어두면 다 피와 살이 되는 법이다.

제리코가 마지막에 나온 후식까지 먹어치우니 만찬이 끝났다. 기숙사 규칙대로 폐문하기 전 기숙사에 들어가기 전까진 자유 시간인 것이다. 식당을 계속 개방해 두면 좋지만 식당은 식당대로 내일의 준비를 위해 청소를 해야 하니 비워줘야 했다.

학생들이 우르르 학생 식당을 빠져나갔다. 당연하지만 도우미 학생들과 기숙사장들은 움직이지 않았다. 그들과 같은 식탁에 앉은 제리코는 혼자 일어나기 뻘쭘해서 가만히 앉아 있었다.

'기다리면서 일을 돕다가 말을 더 붙여볼 수 있지 않을까?'

-좋은 생각이야.

'축제 준비 같은 건 나도 익숙하니까.'

기다리다가 뒤처리를 도와줄 생각이었는데 기숙사장과 도우미 학생 및 근로 학생들은 일하지 않고 모두 일어나 식당을 빠져나갔다. 제리코는 얼떨결에 그들을 따라 이동했다. 그들도 딱히 제리코를 따돌리진 않았다. 오히려 따라오면 좋을 거라고 말했다.

"이제부터 우리끼리 뒤풀이를 할 예정이거든요."

"그럼 제가 껴선 안 되겠네요."

"아니에요, 소공작님이 와주시면 우리가 영광이죠. 뒤풀이 음식 준비해 놓고 기다리는 사람도 좋아할 거예요."

"엄청 좋아하겠지."

"그러게. 무지 좋아하겠네."

"저를요?"

제리코의 방문을 그렇게 좋아할 사람이 아카데미에 있다니. 제리코는 흥미가 생겨 눈을 빛냈다. 학생 몇이 피식 웃었다.

"감격할지도 모르겠네요."

"우리 다 무시당하는 거 아니야?"

'우와, 누굴까?'

제리코의 가슴이 두근거렸다. 모르는 사람이지만 자신을 이렇게 좋아해 준다니. 참 고마운 일이었다. 한편 제리코의 가슴이 콩닥거리는 것과 달리 드래곤 슬레이어 소드는 미지의 인물이 누구인지 감을 잡은 상태였기에 심드렁한 태도를 보였다.

-응, 신기하네.

제리코와 드래곤 슬레이어 소드의 관계는 불공정하고 일방적이다. 드래곤 슬레이어 소드는 제리코가 강하게 하는 생각을 읽을 수 있지만 제리코는 검의 생각을 읽는 게 불가능했다.

드래곤 슬레이어 소드가 이 일에 별 관심이 없다는 것만 알아챈 제리코가 투덜거렸다.

'뭐야, 자기 일 아니라고 심드렁하긴.'

-그보다 어디로 가는 걸까?

'그러게. 교실이 있는 건물에서 뒤풀이를 하진 않을 텐데.'

예비 소집일에 아카데미 부지를 걷긴 했지만 아직 건물의 용도와 위치를 모두 외우진 못했다. 일행이 도착한 곳은 백합관과 비슷한 크기의 건물이었다. 건물엔 모란관이라 적힌 명패가 붙어 있었다.

"학부 사무실과 학생 휴게실, 매점이 있는 건물이에요. 자주 들르게 될 거예요."

학부 사무실, 휴게실은 모르겠지만 매점은 자주 들르게 될 것 같다. 제리코는 모란관의 위치를 되새겼다.

뒤풀이 장소는 지하에 있는 매점이었다. 매점이 아직 영업을 하지 않기 때문에 해마다 매점을 빌려 뒤풀이 장소로 사용하는 게 나름의 전통이었다. 뒤풀이 비용은 갹출한다.

"그럼 저도……."

'지갑 가져오길 잘했지.'

제리코가 지갑을 꺼내려 하자 사람들이 모두 만류했다. 몇 년 전부터 어마어마한 후원자가 붙어 갹출하는 돈의 양은 변하지 않았는데 음식과 음료의 질이 달라졌단다.

'그거 호구 아니야?'

기숙사장과 도우미 학생, 근로 학생들이 고생하는 건 맞지만 어째서 관계자도 아닌데 사비를 들여 음식과 음료를 후원하는가. 좋은 사람이긴 한데 꿍꿍이속을 알 수 없어서 제리코가 찜찜해하던 것도 잠깐이었다.

"이제 끝났어? 피곤하겠네?"

선량하고 멋진 미소로 학생들을 반기는 붉은 머리의 로젠을 보자 찜찜한 마음은 하늘로 날아갔다. 로젠이라면 고생하는 후배들을 위해 자신의 부를 기꺼이 공유할 사람이었다.

"로젠! 우리가 누굴 데려왔는지 알아요?"

"깜짝 놀랄걸요, 선배."

"짜잔~!"

학생 몇이 발랄하게 제리코를 가리켰다. 와중에 소공작에 대한 경의를 잊지 않고 두 손바닥을 펼쳤다. 생각지 않았던 인물의 등장에 로젠의 눈이 동그래졌다.

"제리코?"

"하하, 안녕."

"네가 같이 올 줄은 몰랐네. 어서 와. 입학식 날이라 피곤할 텐데 쉬지 않아도 괜찮겠어?"

"난 남는 게 체력이거든."

오랜만에 만났지만 여전히 로젠과의 대화는 흐르는 물처럼 막힘이 없었다. 제리코와 로젠의 사이가 친근하다 보니 제리코를 안내한 학생들의 얼굴이 굳었다.

"과연 로젠 선배. 동경하는 영웅의 딸이라도 가차 없이 마수를……"

"한동안 연애 안 할 거라더니 한 명에게 전력을 다하려고……"

로젠이 쓴웃음을 지었다. 여자 문제에 한해 바닥을 치는 자신의 평판이 한스럽다는 표정이었다.

"정말이지…… 나와 제리코는 그런 사이가 아니야. 내가 먼저 제리코에게 실례를 범한 게 있어서 사죄하느라 몇 번 만나다 보니 오누이처럼 지내기로 했어."

"예로부터 내려오는 명언이 있죠. 오빠가 여보 된다."

"정말이지……."

로젠이 한숨을 쉬었다. 제리코는 가까이 다가가서 그의 등을 두드렸다. 기숙사장 및 기타 학생들은 로젠이 깜짝 놀랄 걸 기대했는데 기대한 만큼의 반응이 없자 김이 새 각자 편한 자리를 찾아 앉았다.

매점엔 학생들이 갹출해 모은 돈과 로젠의 후원으로 장만한 음식과 음료가 가득했다. 방금 만찬을 먹어놓고 음식이 들어갈지 모르겠는데 참 푸짐하고 기름졌다. 제리코는 침을 꿀꺽 삼켰다. 인원이 소수에 들어간 돈이 달라서 그런지 뒤풀이 음식이 더 맛있어 보였다.

"진짜 저도 먹어도 돼요?"

"넉넉하게 주문했으니까 한 사람 더 낀다고 부족하진 않을 거야."

마그노 황자를 포기한 제리코는 로젠의 옆에 앉았다. 로젠은 주위에서 야유가 들려오자 연거푸 한숨을 쉬었지만 제리코에게 다른 자리를 권하진 않았다. 대신 그는 친절하게 도수가 낮은 술과 맛있는 음식들을 제리코에게 갖다 주었다.

"뒤풀이 후원은 왜 하는 거야?"

"원래 나도 기숙사장이었거든."

보통은 2, 3학년 때 기숙사장을 맡았다가 4학년 때 졸업을 앞두면서 그만두게 된다. 로젠은 졸업을 유예하면서 꽤 오랫동안 기숙사장을 맡았다.

"다들 고생하는 걸 아니까 남 일 같지 않아서 말이야. 내가 있는 동안 해줄 수 있는 건 해주는 김에 겸사겸사 나라는 도망자를 어여삐 봐달라는 뇌물이지."

졸업하는 시기는 개인의 자유. 그러나 너무 오랫동안 졸업을 미루다 보면 친한 사람들이 모두 졸업을 하고 아카데미를 떠난다.

로젠 성격에 새 친구를 못 사귀진 않겠지만 나이 차가 있다 보니 눈치가 보였다. 기숙사장과 도우미, 근로 학생들에게 베푸는 건 친해지면 편해서였다. 종종 밥 사주는 선배는 좋은 선배란 인식이 잡히니까. 결국 로젠의 자격지심과 후배를 아끼는 마음에서 비롯된 후원이었다.

제리코는 로젠이 안타까웠다. 로젠이 좀 오랫동안 학생 신분을 유지하고 있긴 하지만 언제라도 그만둘 능력이 있는데! 그놈의 축복과 가업이 뭐라고 발목을 잡혀서!

'이것 봐. 이 감옥 같은 공간에 사람이 몇 년 간혀 있으니까 저렇게 자격지심이 생기잖아.'

-비약이 심한데.

비약이든 아니든 제리코 안에선 그렇게 자리 잡았다. 제리코는 로젠이 안쓰러워서 그가 자신에게 끌어다 준 음식들을 도로 로젠 쪽으로 옮겼다. 주거니 받거니 하는 모습이 주위에서 보기엔 사이좋기 그지없었다.

"이만 가보겠습니다."

마그노 황자는 여기까지 같이 와놓고서 음료수를 딱 한 잔 비우고 일어났다. 다들 마그노 황자가 끝까지 어울릴 것이라 생각하지 않았던 모양이다. 마그노 황자의 옆에서 사람들과 어울리던 오딜론이 같이 일어났다.

"데려다줄게."

"넌 더 있을 거잖아."

"나야 혼자서 잘 다니지만 황자 저하가 그럴 순 없잖아."

황족이 밤에 혼자 다니는 게 보기 안 좋다는 다수의 의견에 따라 오딜론이 마그노 황자의 수행원을 자처했다.

"내 몫은 남겨놔요~!"

오딜론이 그리 외치고 마그노 황자의 뒤를 쫓았다. 마그노 황자는 사람들과 인사하느라 미적거리는 오딜론을 기다리지 않고 매점을 나간 뒤였다.

제리코는 흔들리는 매점 문을 지켜보다가 로젠에게 슬쩍 물어봤다.

"두 분 친한가 봐."

"단짝이야."

"와아."

참 많은 의미가 내포된 감탄사였다. 마그노 황자에게 단짝이라 불릴 만한 친구가 있었다니. 제리코는 사람을 두 번만 보고서 섣불리 단정한 자신을 반성했다. 마그노 황자가 제리코에게 유독 까칠하게 굴었을 수 있고, 모두에게 까칠하더라도 그게 마음에 들어서 친해진 사람이 있을 수도 있다.

'내가 너무 선입견을 품고 봤나.'

기숙사장을 멀쩡히 하고 있고 단짝도 있다. 다른 학생들과의 교우 관계는 원만하진 않아도 파탄까지는 가지 않은 상태.

제리코는 곧바로 선입견이 나빴음을 인정했다. 황족에 비현실적인 미모, 선 자리라는 여러 가지 상황이 맞물려 마그노 황자의 단점만 부각해 보았나 보다.

'앞으론 안 그래야지.'

제리코의 다짐에 드래곤 슬레이어 소드가 칭찬을 퍼부었다. 칭찬에 약한 제리코는 벌어지는 입을 다물지 못하고 실실 웃었다. 로젠은 제리코가 술에 약 탄 게 아니냐고 오해했다.

"취했으면 바래다줄까?"

"헤헤, 그런 거 아니야."

배가 부르면 불렀지 취하지는 않았다. 로젠은 흐뭇한 얼굴로 후배들을 응시했다. 아름다운 내리사랑이었다.

"그런데 로젠 동생들은 루나 아카데미에 입학하지 않았어?"

"졸업했지."

"아."

역린을 건드린 것 같아 제리코가 사과하려 하자 로젠은 고개를 저었다.

"다들 학비가 아깝다고 열심히 공부해서 졸업들을 빨리했어. 틴더는 지금 솔라 아카데미에 재학 중이고 나머지는 졸업했거나 집안일을 돕고 있지. 어린애들은 아직 입학하기 이르고."

"그렇구나. 마그노 황자 저하도 졸업 내년에 하신다고 들었는데."

대화 주제를 돌리면서 로젠이 알고 있는 황자의 정보를 얻을 수 있는 훌륭한 대화였다. 제리코는 자신의 의도가 들키지 않았는지 전전긍긍했다. 다행히 후배들 쪽을 보는 로젠은 알아채지 못하고 떡밥을 물었다.

"나도 들었어. 나보다 연하지만 언제나 감탄이 절로 나오는 훌륭한 분이야. 일부러 루나 아카데미에 입학해 거절해도 되는 기숙사장직을 수행하시고 교우 관계도 원활하고 학업에도 충실하시니까."

상대가 연하의 남성이라 할지라도 존경하고 본받을 부분이 있다면 로젠은 언제나 경의를 표했다.

"본받고 싶은 분이야."

"그렇구나."

제리코는 경악했다. 마그노 황자에 대한 로젠의 평가가 엄청 후했다. 연상의 남성이 연하의 남성에게 내릴 만한 평가의 수준을 뛰어넘었다. 황족이라는 신분으로 어느 정도 과장이 섞였음을 감안해도 마찬가지였다.

'다른 사람들도 그렇게 생각하려나?'

제리코는 다른 기숙사장들에게도 은근슬쩍 마그노 황자를 주제로 말을 걸어보기 위해 의자에서 엉덩이를 뗐다.

"응? 음식이 부족해?"

"아니, 다른 사람들이랑 좀 대화해 볼까 해서."

"그래, 혹시 대화하고 싶은 사람이 있으면 소개시켜 줄까?"

"만찬 때 서로 인사했으니까 괜찮아. 그때 자리가 먼 사람들이랑은 대화를 나누지 못했거든. 얼른 다녀올게! 로젠은 다른 사람들이랑 대화 안 해?"

"최고의 후원자는 돈만 대주고 나타나지 않는 사람이라는 말 들어봤어?"

까르륵. 제리코의 맑고 경쾌한 웃음소리가 매점 천장을 향해 날아갔다. 제리코는 경쾌한 웃음소리처럼 가볍게 다른 테이블로 이동했다.

로젠은 제리코의 미소가 눈이 부셔 고소했다. 신입생의 미소가 눈부시다고 생각하다니. 오래 재직한 노교수나 할 법한 생각이었다.

'웃는 게 참 밝네.'

미녀는 그 자체로 아름답고 미녀의 미소는 매력을 배가한다. 장점이 많은 제리코의 또 다른 장점이 작은 새가 되어 로젠의 가슴에 포르르 날아왔다.

새는 둥지를 틀 자리를 찾으려는 듯 로젠의 가슴 안을 이리저리 들쑤셨다. 작은 새를 쫓아내는 건 꽤 색조가 비슷한 머리카락을 응시하는 걸로 충분했다. 새든 마음이든 거칠게 쫓아낼 필요가 없다. 있을 곳이 아니라고 판단하면 훌쩍 떠나 버리기 때문이다. 로젠이 알기론 그랬고 여태껏 틀린 적이 없었다.

세상엔 쫓아내도 소용없고 그래선 안 된다고 생각해도 움트는 감정이 있다. 동시에 자신에겐 그런 마음이 생기지 않으리라 편히 생각하는 사람도 있다. 로젠은 다시 엄마 미소를 짓고 후배들에게 눈을 돌렸다.

마그노 황자가 사라진 뒤 분위기는 좀 더 밝아졌다. 이건 어쩔 수 없는 일이었다. 같은 학생이라고 해도 황족이 옆에 있으면 말투와 행동거지를 신중히 하게 마련이니까. 학생들은 보다 편하게 술을 마시고 음식을 즐기고 시답잖은 농담과 일하면서 있었던 고충을 나눴다.

황자는 떠났지만 미베어 소공작은 남아 있는데, 그래도 황자 쪽이 더 신경 쓰였나 보다. 제리코를 대하는 태도도 마그노 황자가 있을 때보다 조금 더 친근해졌다. 물론 여기엔 제리코의 친화력이 한몫했다.

'다들 신나 보이네. 황자님이 계신 게 그렇게 부담됐나.'

-너도 그러잖아. 남 얘기 할 처지는 아닌데?

'나는 저하에게 밉보였지만 이 사람들은 아니잖아.'

제리코를 대하는 마그노 황자야 겨울 여왕 저리 가라 수준이지만 다른 학생들에겐 마그노 황자 딴에 상당히 사교적이고 친절했었는데 말이다.

팔은 안으로 굽는다고, 오빠일지도 모르는 마그노 황자가 학생들에게 지나치게 경원시당하니 제리코의 마음이 좋지 않았다.

스멀스멀. 학생 식당에서 느꼈던 기묘한 위화감이 제리코의 발등을 타고 기어오르기 시작했다.

'이상하다. 좀 지나친 거 아닌가?'

혹시 자신이 모르는 뭔가가 있나 싶어서 제리코는 드래곤 슬레이어 소드를 톡톡 건드렸다. 설명을 요구하는 손길이었다.

아는 게 있으면 즉각 대답하고 모르면 모른다고 말하거나 제리코에게 스스로 알아보라는 잔소리가 떨어져야 하는데 검은 조용했다.

'얘, 얘.'

-……

'왜 그래? 피곤해?'

-아니야. 아무것도.

보통 이런 대사가 오가면 뭔가 있는 것이 확실하다. 제리코는 드래곤 슬레이어 소드를 좀 더 추궁해 볼까 고민했다. 지금 자신이 이런 고민을 하는 게 모두 전해질 텐데 드래곤 슬레이어 소드가 조용했다.

'뭔가 숨기고 있는데.'

–······.

'말하기 싫다 이거지.'

–······.

'나중에 들통났는데 나한테 막 불리한 정보고 그러면 재미없어.'

제리코는 한 번도 보지 못한 바다를 상상했다. 넓은 백사장과 소금기와 물비린내가 섞인 바다 내음, 바람에 떠밀리는 파도. 호수도 좋았다. 유명한 관광지 중에 바다라는 착각이 일 정도로 거대한 호수가 있다고 했다. 그 호수의 밑바닥을 본 사람이 아무도 없다지 아마?

드래곤 슬레이어 소드가 연이어 밀어닥치는 바다와 호수 찬양을 견디지 못하고 없는 입을 열었다.

–세상엔 모르는 게 행복한 얘기가 있고 그렇잖아?

'······믿어보겠어.'

드래곤 슬레이어 소드가 자신이 유리하기 위해서 정보를 속이긴 해도 막상 제리코에게 불리해지면 늦게나마 상도덕을 지키긴 한다. 제리코는 주인을 위해 맹세한 검의 의리와 양심을 믿었다. 에라프를 사랑한 만큼 검도 양심적인 검이 될 것이다.

매점 문이 예고도 없이 벌컥 열렸다. 마그노 황자를 수행하기 위해 나갔던 오딜론이 돌아왔다. 왔는데 혼자가 아니라 웬 사람 하나를 둘러업고 있었다. 귀환한 오딜론을 반기던 학생들이 깜짝 놀랐다.

"누구야?"

"누군데 업고 와, 오디?"

"길바닥에 쓰러져 있는데 두고 올 수 없잖아."

오딜론이 매점 구석 장의자에 업고 온 사람을 내려놓았다. 오딜론이 어떻게 다루든 업힌 사람은 기운 없이 오딜론이 움직이는 대로 흔들렸다.

축 늘어져 바닥을 향하는 손이 아주 고왔다. 손 크기와 손가락 마디를 보아 여자 손은 아니었다. 덩치를 봐도 여자는 아니었지만.

사실 매점 안의 사람은 모두 쓰러져 있던 사람이 걸치고 있는 로브만으로 남자의 정체를 알아챈 후였다. 심지어 제리코마저 저 사람이 누구일지 대충 예상이 됐다.

"아휴, 힘들었다."

"황자 저하는 잘 모셔다드리고 왔어?"

"방에 들어가시는 것까지 보고 왔지."

"근데 쟨 왜 주워 와?"

스텔라가 적극적으로 항의했다. 오딜론이 곤란하단 표정으로 머리를 긁었다.

"아무리 그래도 초봄인데, 길바닥에 방치할 순 없잖아."

"마탑의 로브는 방수, 방진, 방한, 방열 모두 되는 만능이니까 방치해도 입은 안 돌아갔을걸."

스텔라가 쓸데없는 걱정이었다고 말했다. 오딜론은 선행을 했는데 주위 반응이 썩 좋지 않자 불만을 토로했다. 칭찬받을 생각으로 선행을 하진 않는다. 그래도 아는 사람이 길바닥에 쓰러져 있는데 어떻게 그냥 두고 지나치겠는가?

"다들 너무하네. 어떻게 내버려 두라는 거야."

"쓰러진 이유가 뻔해서 그렇지."

"마법사잖아! 밤에 지나가던 사람이나 동물이 손이라도 밟으면 큰일 나니까 데려왔더니!"

"그래, 그래. 잘했어."

오딜론이 억울해하고 다른 학생들이 뒤늦게 그의 선량한 마음씨와 그보다 키 큰 남자를 업고 온 선행을 칭찬했다.

제리코는 로젠과 함께 움직였다. 제리코가 알코올이 없는 주스를 챙기고 로젠은 바로 들고 먹을 수 있는 샌드위치를 집었다. 둘은 장의자로 이동해 쓰러진 사람이 의식이 있는지 확인했다.

"쯧쯧, 샌시."

로젠이 혀를 차며 샌시를 불렀다. 한심하다는 의미는 아니고 안타깝단 의미였다. 제리코는 멀찍이서 샌시를 불렀다.

"샌시, 이봐요. 내 목소리 들려요?"

마탑의 로브를 입고 아카데미 어딘가에 쓰러져 있다가 오딜론의 호의로 여기까지 운반된 남자, 샌시는 대답이 없었다. 기절한 상태인 듯했다. 로젠이 혹시나 하는 마음에 샌시의 맥과 호흡을 확인했다.

"그냥 기절했어."

'이것 참.'

제리코는 기가 막혔다. 입학식 하루 만에 삼인방을 모두 만나 반갑긴 한데 마지막 인물이 기절해서 업혀 오다니.

"자주 이러나 봐?"

사람이 길바닥에 쓰러져 있었다는데 학생들 반응이 심심했다. 샌시가 마법학부생들에게 조금 원한을 산 것 같지만 기절한 사람을 야멸차게 외면할 정도의 원한 같진 않았다. 그냥 몇 번 벌어진 일이라 다들 반응이 무덤덤해진 쪽에 가까웠다.

"샌시는 볼일이 없으면 연구실 밖으로 나오지 않으니까."

'역시.'

샌시가 기절한 이유는 제리코가 생각한 그게 맞나 보다. 로젠이 샌드위치를 챙길 때부터 99퍼센트 확신하긴 했다. 로젠이 샌시의 몸을 살짝 흔들었다.

"샌시, 일어나 봐."

"……파."

"그래, 여기 먹을 거."

"배고파……."

샌시를 깨운 건 로젠이나 제리코의 목소리가 아니라 로젠이 들고 있는 샌드위치 냄새였다.

냄새를 맡은 샌시가 코를 벌렁거리더니 샌드위치를 향해 손을 뻗었다. 로젠이 샌시에게 샌드위치를 넘겼다. 샌시가 누운 자세로 샌드위치를 입에 욱여넣었다.

제리코는 걱정스러운 마음에 샌시에게서 눈을 떼지 못했다.

"오래 굶은 것 같은데 갑자기 샌드위치 같은 걸 줘도 될까? 자세도 영……. 저러다 얹힐 것 같은데."

"글쎄, 본인 주장에 따르면 괜찮으니까 그냥 달라는 대로 주긴 하는데…… 아직까지 체한 건 못 봤어."

샌드위치를 씹지 않고 삼키던 샌시의 움직임이 멎었다. 체하진 않는데 기도가 막혀 죽을 듯 위태로워 보였다. 제리코가 챙긴 주스가 활약할 차례였다. 제리코는 로젠의 도움을 받아 샌시를 억지로 앉힌 뒤 손에 컵을 들려줬다. 샌시는 자기 몸을 타인이 주무르니 간신히 눈을 떴다.

눈뜨자마자 보게 된 것이 강렬한 색조의 붉은 머리다. 그것도 두 사람. 건조한 안구는 사물의 윤곽을 구분하지 못하고 색채만 입력했다. 샌시는 혼란스러운 듯 노란색 눈동자를 굴리다가 뭉개진 붉은 덩어리 속 개인을 구별했다.

"어어…… 미소녀."

"그래요, 미소녀입니다."

이렇게 정신이 혼미한 와중에 착실하게 미소녀라 불러주니 고마울 따름이다. 제리코가 기분이 좋아져 밝게 웃었다. 샌시는 뒤이어 로젠을 알아보고 멍한 표정을 지었다.

"내가 왜 여기 있지?"

샌시가 두 팔로 자신의 상체를 가렸다. 그가 제리코에게 말했다.

"설마 아가씨가 로젠을 시켜 나를 납치한 거야? 내게 나쁜 마음을 품은 건 아니겠지?"

활짝 웃던 제리코의 얼굴에서 미소가 사라졌다. 제리코는 팔뚝에 돋아난 닭살을 보여줬다. 남매일지도 모르는 사이에 해도 될 말이 있고 해선 안 되는 말이 있다.

"……안 해요."

"농담. 다른 사람은 몰라도 아가씨는 그런 점에서 안심이야. 아주 좋아."

진짜 재미없는 농담이었다. 제리코의 표정은 풀릴 줄 몰랐다. 로젠은 꽤 허물 없는 둘의 사이를 신기하게 바라봤다.

"둘이 꽤 잘 맞나 보네? 샌시가 이렇게 편하게 대하는 건 처음 봐."

"사실은 이 아가씨가 읍읍!"

이 망할 인간이 사실대로 말하려고 했다! 제리코는 급히 샌시의 입을 틀어막았다. 샌시에겐 어쩔 수 없이 들켰지만 다른 사람들에겐 들키고 싶지 않았다.

"동생! 샌시도 내가 친동생처럼 느껴진대! 나도 샌시가 오빠처럼 느껴져서!"

"샌시의 경계를 뚫다니. 제리코 정말 대단하다."

제리코는 샌시의 입을 막은 손을 내리고 대신 샌드위치를 쑤셔 넣었다.

샌시는 군말하지 않고 묵묵히 입으로 들어온 샌드위치를 씹었다. 제리코가 그에게 슬쩍 고개를 저으며 눈짓을 보냈다. 샌시는 눈을 여러 번 깜빡이는 걸로 대답을 대신했다.

"어디 아파?"

"눈이 건조해서 그래."

샌시는 더 대답할 시간이 있으면 음식을 씹는 데 쓰겠다는 자세로 샌드위치를 씹어 먹었다. 로젠이 가져온 샌드위치가 순식간에 사라졌다. 로젠이 음식을 더 가져오겠다고 떠났다. 제리코는 샌시에게 작은 목소리로 말했다.

"그 건은 비밀로 해줘요."

"둘 중 하나가 로젠이구나."

"아휴."

'쓸데없이 눈치만 빨라선.'

머리가 좋아서 그런가, 아니면 제리코가 숨기는 데 재능이 없어서 그런가. 샌시가 바로 로젠을 에라프의 친아들 후보 중 하나로 지목했다. 가장 중요한 에라프의 아들 후보 건을 들켰는데 후보들의 정체를 숨겨 무엇하리. 제리코는 질문으로 긍정을 대신했다.

"어떻게 알았어요?"

"처음 눈을 떴을 때 빨간색만 보여서 한 사람인 줄 알았어."

"확실히 색조가 비슷하죠?"

"응. 그런데 외견은 안 닮았어."

그러더니 샌시가 골격과 근육 어쩌고저쩌고 복잡한 얘기를 했다. 제리코는 한 귀로 듣고 흘렸다. 얼굴까지 닮았으면 굳이 다른 후보들 들쑤실 것 없이 완벽했다.

셋 중 하나는 자신이고 다른 하나를 알았으니 이제 하나가 남았다. 샌시가 미지의 후보를 추리하는 듯해서 제리코가 알려주려고 하자 그가 입을 막았다.

"남이 알려주면 재미없어, 아가씨. 직접 생각하는 재미를 뺏어 가지 말아줘."

'난 남이 알려주는 게 좋은데.'

답이 있고 답을 아는 사람이 있는데 직접 알아가는 게 좋다니. 참 제리코와는 다른 생각, 다른 가치관이었다. 그래도 꽤 멋있어 보였다. 배에서 위장 운동하는 소리가 요란하지만 않아도 더 멋있을 뻔했다.

로젠은 20년 베테랑 웨이터처럼 양손, 양팔 가득 음식이 든 접시를 가져왔다. 샌시는 제리코가 밥을 사줬을 때처럼 묵묵히 먹기만 했다.

"도대체 얼마나 굶었어요?"

"몰라."

"보름 정도겠지."

굶은 사람이 모르는데 로젠이 답을 알았다. 제리코가 왜 보름이냐고 묻자 로젠이 웃으면서 아카데미의 학생 식당 운영 시간을 알려줬다.

샌시는 자체 제작한 골렘에게 명령을 내려 학생 식당에서 음식을 받아간다. 심부름만 하는 단순한 소형 골렘이라서 지정된 위치에 있는 쟁반을 가져가는 것밖에 할 줄 몰랐다.

샌시는 학생 식당 직원에게 추가 비용을 지불하고 식사를 지정된 위치, 지정한 시간에 놓아두도록 했는데 입학식을 앞둔 보름은 학생 식당의 휴일이다. 골렘이 그걸 알 리 만무하다. 골렘은 명령받은 대로 식당으로 가 지정된 장소에 쟁반이 없는 것만 확인하고 돌아가고 샌시는 음식이 없으니 없는 대로 굶고.

이런 일이 몇 년째 입학식을 앞두고 반복되고 있었다. 샌시는 그때마다 골렘을 고치거나 미리 음식을 준비해 두겠다고 말하는데 지켜진 적은 없었다.

"오늘이 입학식인 건 알아, 샌시?"

"그럼 내일부턴 골렘을 가동해도 되겠네."

며칠째 골렘이 허탕을 치자 골렘 가동에 드는 마력이 아까워서 골렘을 치워뒀던 샌시가 좋아했다.

"허어."

제리코는 기함을 토했다. 밥도 안 먹고 연구에 매진한다니. 이건 멋있지 않고 걱정스러운 부분이었다.

"그러다 죽으면 연구도 못 하는 거 몰라요?"

"방학 때만 그러니까 괜찮아."

학기 중엔 함께 연구하는 학생들이 있고 로젠처럼 오지랖 넓은 사람들이 가끔 들여다봐서 괜찮단다. 들여다봐 주는 사람에 제리코가 추가될 거라고 굳게 믿는 눈빛이었다.

로젠이 가져온 음식이 곧 바닥날 기세였다. 로젠만 시키기 미안해서 제리코가 움직였다.

'저래서야 위장이 성치 않을 거야.'

나쁜 주인을 만나 굶기와 폭식을 반복하는 샌시의 가엾은 위장을 위해 제리코는 가능한 몸에 좋고 소화가 잘되는 음식들을 찾았다. 뒤풀이용이라 그런지 기름진 음식이 대부분이라 조금 안타까웠다. 그렇게 음식을 챙기는 제리코에게 스텔라가 말을 붙였다.

"샌시를 아세요?"

"마탑주님과 함께 장례식에 와주었거든요. 후에 우연히 마주쳐서 차를 같이 마신 적이 있어요."

"세상에! 샌시랑요?"

여학생들이 천지가 뒤집혔다는 얘길 들은 것처럼 놀랐다.

"샌시가 혹시 이상한 소리 안 하던가요?"

"자기 사랑은 이상형에게 바칠 테니까 건드리지 말라는 거요?"

"네, 그거요!"

아닌 게 아니라 샌시를 아는 여학생들은 제리코에게서 도망가지 않는 샌시를 기이한 눈으로 관찰하고 있었다. 그러다 샌시가 자신들의 시선을 눈치 채면 음식을 버리고 도망갈 거란 생각에 대놓고 보진 못했다.

제리코도 샌시가 또래 이성들을 어떻게 대하는지는 알기 때문에 스텔라의 질문과 여학생들의 태도를 이해할 수 있었다.

"여자가 그렇게 가까이 접근했는데 도망 안 가는 샌시는 처음 봤어요."

기숙사장이 이런 말을 진지한 얼굴로 할 정도라니. 제리코는 샌시의 지난 몇 년이 참으로 궁금해졌다.

"비법이 뭔가요?"

다른 여학생이 비법을 물었다. 그 비법이란 것이 참…… 말해주기 어려운 극비였다. 샌시의 경계가 풀린 결정적 원인은 제리코와 그가 남매일지도 모른다는 것이었으니까.

제리코는 마그노 황자가 떠난 이후 계속 침묵하는 드래곤 슬레이어 소드를 건드렸다. 쓸 만한 변명거리가 있으면 내놓으란 의미였다. 드래곤 슬레이어 소드는 자기도 딱히 생각나는 게 없는지 몸을 미세하게 떨었다.

─나도 생각나는 거 없어. 대충 말해.

'으으, 무능한 검.'

참모면 적절한 계책을 내놓아야 할 것 아닌가! 때와 장소를 가리지 않고 파업을 해대니 무거운 검을 업고 다니는 장수로서 통탄의 눈물을 흘릴 일이었다. 제리코는 결국 거짓말했다.

"실은 차를 마실 때도 오늘처럼 길에 쓰러지기 일보 직전이었거든요. 그래서 식사를 권하는 김에 차를 마신 건데…… 그냥 댁한테 관심 없다고 백 번 정도 외쳐줬어요."

"우리도 백 번쯤 외쳤는데……."

누군가 의심했다. 제리코가 더는 할 말이 없어서 고개를 돌려 시선을 피하는데 다른 사람이 제리코의 말을 두둔했다.

"여러 날에 걸쳐 얘기해서 그런 거 아닐까? 한 번에 백 번 정도 얘기하면 저 샌시라도 알아듣겠지."

"아하!"

이 일이 계기가 되어 마주치는 여성마다 '너한테 관심 없다, 너는 남자로 느껴지지 않는다'를 백 번 들은 샌시의 여성 공포증이 악화되었지만 그건 조금 미래의 일이다. 미래를 모르고 현재를 바지런히 살아가는 제리코는 음식을 챙겨 서둘러 자리를 떴다.

샌시는 위장 신축성의 한계를 몸소 시험하고 있었다. 로젠은 뜻밖의 불청객 때문에 준비한 음식이 부족할 것 같다고 난색을 표했다.

"저렇게 잘 먹으니 그만 먹으라고 할 수도 없잖아."

"지금 먹은 걸로 충분해 보이는데."

"내일부터 학생 식당 운영이 재개되어도 끼니를 챙길지 확신이 서야 말이지. 연구실에 가져가서 먹을 음식 좀 구해 올게."

로젠은 챙겨주지 않으면 굶는 샌시를 위한 빵 10개를 배달해 달라는 퀘스트를 받은 사람처럼 굴었다. 아무도 부여하지 않는 퀘스트를 혼자서 찾아 실행하는 게 참 로젠다웠다. 제리코는 매점을 나가는 로젠과 가만히 앉아 있는 샌시를 번갈아 보며 생각했다.

'샌시는 로젠의 친화력과 붙임성이 부담된다고 말했지만 로젠이 없었으면 옛날에 시체로 발견되지 않았을까?'

─굉장히 논리적인 추론이야.

'칭찬 고마워.'

로젠 성격에 내버려 두면 굶는 학우를 방치할 리 없다. 분명히 열심히 챙겨줬을 것이다. 샌시는 속으론 꺼리면서도 다 받아먹었을 테고. 제리코는 열심히 먹는 샌시에게 쏘아붙였다.

"나쁜 사람. 로젠이 없었으면 굶어 죽었을 거면서 로젠을 꺼려 하다뇨."

"훌륭한 인품의 소유자지. 자선을 즐기겠다는데 덕 봐서 나쁠 건 없잖아."

"이상형 만들기는 잘돼가요?"

"아니."

"샌시의 연구가 성공할 때쯤엔 너무 나이 들어서 연애 못 하는 건 아니고요?"

"흠."

샌시는 잠시 생각하더니 이렇게 말했다.

"목적대로 연애를 못 하더라도 내가 꿈꾸는 이상형의 사람이 같은 세계에서 살아 숨 쉬게 되잖아. 내가 죽어도 그녀는 계속 살겠지. 난 그걸로 충분해."

'오, 뭔지 모르지만 멋있어.'

제리코가 새삼 감탄하는데 샌시가 슬쩍 눈꼬리를 내렸다.

"그래서 말인데, 아가씨의 미모를 조금 참고할 수 있게 해주면……."

"안 돼요."

아직 포기하지 않았다니, 의외였다. 볼 때마다 미소녀라 해주고 이상형에 외모 참고를 하려는 걸 보면 자신의 외모가 꽤 샌시의 취향인 듯했다. 아니면 자신의 미모가 취향을 불문하는 절대적 미의 기준이라든가.

-제리, 그건 아니야.

참다못한 드래곤 슬레이어 소드가 너무 나갔다고 지적했다. 너무 나갔으면 어때라. 본인 기분이 좋으면 장땡인 것을. 제리코는 불쑥 농담을 꺼냈다.

"설마 나한테 흑심 있는 거 아니에요?"

"우리 사이가 그런 마음이 오갈 사이는 아니잖아."

"잘 아네요. 제 외모가 그렇게 마음에 드나 싶어서 한 말이에요."

샌시가 머리를 긁었다. 제리코는 끼니도 챙기지 않는 인간이 혹시 씻는 것도 게을리하나 싶어서 경계했지만 샌시의 연두색 머리는 기름기 하나 없이 찰랑거렸다. 끼니는 챙기지 않아도 청결과 위생은 신경 쓰는 듯했다.

"아무래도 아가씨를 처음 봤을 때 반은 자고 있어서, 꿈인 줄 알았거든. 두 번째도 자다가 깨서 만났고. 아가씨는 꽤 미소녀니까 꿈에 나온 미소녀, 이런 식으로 각인이 된 것 같은데."

기왕 이상형의 외모에 참고할 거라면 꿈에서 본 미소녀가 좋다. 뭐 이런 식의 논리였다. 제리코는 동의해 주기 어려운 논리기도 했다. 샌시는 조금 실망하더니 금방 회복했다. 세상은 넓고 미녀는 많으니 이상형에 참조할 미인은 새로 만날 수 있을 것이다. 그 미인이 허락해 주지 않으면 새 미인을 찾아야 하겠지만 말이다.

샌시는 먹던 걸 멈추고 주섬주섬 음식을 챙기기 시작했다. 자리를 뜨려는 의도였다.

"어? 로젠이 곧 올 거예요."

"알아. 그래서 가려고."

"먹을 것도 가져올 텐데 그냥 가요?"

샌시가 뭘 모른다는 표정을 지었다.

"기다리면 내가 들어야 하잖아."

"혁."

아무리 샌시가 로젠을 호구 취급한다지만 식사를 대접하고 음식까지 제공한 사람에게 배달을 부탁할 염치는 없다. 그러니까 저쪽에서 선의로 배달할 수 있도록 미리 연구실로 돌아갈 생각이란다.

"먼저 가면 나중에 연구실까지 배달해 줄 거야."

"와, 나쁜 사람."

샌시는 제리코의 비난을 칭찬으로 받아들였다. 그가 장례식장에선 보이지 않던 정중한 인사로 제리코의 칭찬에 감사의 마음을 표했다. 제리코는 혀를 쯧쯧 찼다. 기왕 인사하는 것 다른 사람들에게도 인사하고 가면 좋을 텐데, 샌시는 말도 없이 음식 꾸러미를 들고 바로 문으로 직행했다.

'사람이 저렇게 비사교적이어서야.'

그런 주제에 이상형에겐 적당한 사교성을 바라는 모순이라니. 제리코가 재차 혀를 쯧쯧 차는데 드래곤 슬레이어 소드가 말했다.

─너도 슬슬 들어가. 너무 늦었잖아. 하녀들이 걱정하고 있을 거야.

'로젠이 곧 올 텐데.'

-언제 올지 알고 기다려. 얼른 들어가.

'내가 간다고 하면 누가 또 바래다준다고 하지 않을까?'

높으신 분은 절대 혼자 움직이지 않는다! 딱히 높으신 분이 아니더라도 밤길을 여자 혼자 걷게 만들 학생은 없었다.

기숙사장 및 기타 학생들은 신나게 뒤풀이를 즐기고 있었다. 남자 한 명이 제리코를 따라가면 소문이 나니까 여자가 껴야 할 텐데 잘 노는 판에서 사람을 빼내기 미안했다.

'넌 무생물이라 모르나 본데, 노는 것도 맥이 있어서 끊기면 흥이 식는단 말이야.'

-그러니까 지금 나가라는 거야. 샌시와 네가 가는 길목이 꽤 일치한단 말이야. 샌시랑 같이 간다고 말하면 되잖아. 얼른 가서 샌시를 따라잡으면 둘이서 편하게 대화할 시간을 벌 수 있어.

'이런 천재 검!'

마음 같아선 이 놀라운 지능의 천재 검을 두 팔로 번쩍 들고 싶지만 주위 사람들의 안전을 위해 마음만 전했다. 드래곤 슬레이어 소드도 마음으로 충분하다고 말했다.

제리코는 너무 늦었으니 이만 기숙사로 돌아가겠단 의사를 전했다. 몇 사람이 바래다주겠다고 하자 방금 나간 샌시 핑계를 대었다.

"남녀라 소문이 날 수 있…… 아, 샌시구나."

제리코가 그와 단둘이 밤길을 걸어도 오해하는 사람이 없다. 상대가 샌시라 생기는 뜻밖의 장점이었다. 제리코는 그래도 불안하니 자신들도 함께하겠다는 사람이 생기기 전에 도망치듯 매점을 빠져나왔다.

샌시는 저만치서 혼자 걸어가고 있었다. 음식 꾸러미가 뭐 그리 무겁겠냐만, 한 열다섯 발자국 정도 걷고서 손목을 주무르고 열 발자국 걷고서 손가락 스트레칭을 하고 있었다. 저래서야 날이 밝기 전에 연구실에 도착할지 의문이었다.

제리코는 금방 그를 따라잡는 데 성공했다.

"같이 가요!"

"왜 나왔어?"

"너무 늦었어요. 이제 기숙사로 돌아가려고요."

"그런데 혼자 나와?"

샌시가 양손에 든 음식 꾸러미와 제리코를 번갈아 보더니 하늘이 무너지고 땅이 꺼진 듯 한숨을 쉬었다. 그가 주먹을 꽉 쥐었다.

"어쩔 수 없네. 내가 같이 가줄게."

"고마워요."

샌시가 여성을 꺼리긴 해도 여자 혼자 밤길을 걷게 만들 정도로 박정하진 않았다. 제리코는 감사 인사를 전하며 샌시가 들고 있는 음식 꾸러미 중 일부를 대신 들었다. 이유는 모르지만 마법사는 손이 중요하단 얘기를 몇 번 들었기 때문이다.

"기숙사가 어느 관이야?"

"백합관이요."

"그렇구나."

샌시는 일치하는 길목은 물론이고 백합관이 보이는 장소까지 같이 가주겠다고 말했다. 그로선 길을 조금 돌아서 가게 되는 것이라 불평할 줄 알았는데 오히려 기분이 좋아 보였다. 제리코가 짐을 절반 덜어줘서 그런 건 아니다.

"기분 좋아 보이네요?"

"아가씨랑 같이 걸으니까 좋아서."

"미소녀랑 같이 걸어서 좋아요?"

"응. 게다가 마녀에게 시달리지 않아도 된다고 생각하니…… 행복하네."

생판 남인지 아버지가 같은 남매인지 아무도 모르는 현 상황에서 제리코는 샌시가 아무 걱정 하지 않고 편히 대할 수 있는 유일한 미혼 여성이었다. 샌시의 여성 공포증은 동생일지도 모르는 제리코에겐 발휘되지 않았다. 가끔 몹쓸 농담을 하긴 했지만.

"정말 좋아."

샌시는 꽤 감격한 눈치였다. 제리코는 샌시가 안타까워 코를 훌쩍였다. 하여간 이 남자 앞에선 눈물과 콧물이 헤퍼졌다.

'난 그렇게 눈물 콧물이 헤픈 사람이 아닌데.'

-헤프잖아.

'타인의 불행에 공감을 잘하는 건 좋은 거랬어.'

제리코가 콧물을 훌쩍이자 샌시는 그녀가 추워서 그런다고 오해했다. 샌시가 로브를 벗어 제리코의 어깨 위에 걸쳤다. 이전에는 외투가 불에 타 검댕이 묻고 겨울바람이 강했기 때문에 추워서 거절하지 않았지만 이번엔 춥지 않았다.

제리코는 로브를 사양하려다 자신이 원하는 적정 온도를 맞춰주는 기능에 놀라 그냥 잠자코 로브를 걸쳤다.

'마탑의 로브 굉장해!'

-방한, 방열, 방수를 갖춘 훌륭한 마법 물품이구나. 괜히 마탑의 마법사들만 걸칠 수 있는 의복이 아닌가 봐.

'결정했어!'

제리코는 무인도에 가져갈 물품 10가지 중에서 부싯돌을 포기하고 마탑의 로브를 추가했다.

-불은 어떻게 피우고?

'나뭇가지!'

불은 돌 말고 다른 걸로도 피울 수 있지만 온도 조절 기능에 방수 기능까지 겸비한 마법 로브는 이불 겸 의복으로 대활약할 것이다. 제리코는 자신의 결정을 포기하지 않았다.

'뭐, 남의 물건이지만.'

주인은 줄 생각이 없는데 제리코 혼자 상상의 날개를 펼쳤다. 제리코가 마탑의 로브를 얻으려면 마법사의 자질이 있는지 검사를 받아 마법 공부를 시작하는 게 최선이었다. 차선은 '내가 용사 에라프의 자식인데 이것도 하나 못 줍니까!' 하고 생떼를 쓰는 것이고 가장 상식을 벗어나지 않으면서 권장되는 방법은 돈 주고 사는 것이다.

"이 로브는 얼마예요?"

"비매품이야."

"치사하네요."

"그거 착용자의 마력을 소모하거든."

"어머!"

그럼 지금 제리코는 팔다리 없는 검에 이어 천 쪼가리에게마저 마력을 퍼 주고 있다는 소리다. 제리코는 샌시가 걸쳐준 로브를 벗을까 말까 고민했다. 드래곤 슬레이어 소드는 당장 그 빌어먹을 천 쪼가리를 벗으라고 잔소리를 퍼부었다.

"마력이 적은 사람한텐 위험한 거 아니에요?"

샌시는 괜찮다고 말했다.

"내가 항상 걸치고 있어서 충전된 마력이 있으니까."

-그렇대. 다행이다.

드래곤 슬레이어 소드는 안심했지만 제리코는 역으로 찝찝해졌다.

"마탑에서 주는 로브는 한 벌인 거죠?"

"응."

"마지막으로 빨래한 게 언제예요?"

"마법이 걸려 있어서 안 빨아도 돼."

"……샌시, 제가 마법에 대해선 잘 모르지만 혹시 씻는 것도 마법으로 해결해요?"

"연구실의 청결을 유지하기 위해 마법과 목욕을 병행해."

"좋은 자세예요. 빨래도 병행해 주면 더 좋을 것 같아요."

"빨래를 자주 하면 옷감이 해지니까……."

정말 시답잖은 대화인데 샌시는 뭐가 좋은지 살포시 웃더니 뜬금없는 얘길 꺼냈다.

"아가씨가 진짜 동생이면 좋겠어."

"와……."

둘이 나눈 대화의 어디에서 저런 결론이 나온 걸까. 너무 뜬금없어서 제리코는 감탄사만 내뱉고 바로 반응하지 못했다. 제리코의 머리는 아주 냉정하게 돌아갔다.

'로젠이면 모를까 이런 오빠는 갖고 싶지 않은데.'

-샌시가 들었으면 울었을 거야.

드래곤 슬레이어 소드의 말대로 샌시가 들었으면 울었을 만한 생각을 가장 먼저 품었다.

-좀 봐줘라. 마탑주 같은 어머니를 둬서 고생이 심했잖아.

'나도 알아.'

샌시의 파란만장한 유년기만 생각하면 제리코의 눈가엔 눈물이 핑 돌고 코끝은 찡해졌다. 그런 삶을 살아온 샌시이기에 갑자기 부모 아닌 가족이 한 명 늘어날지 모르는 사실에 꽤 행복해하고 있었다. 미안한 마음에 제리코도 마음에 없는 빈말을 했다.

"나도 샌시가 오빠면 좋겠어요."

"정말? 그럼 친오빠가 아니게 되더라도 내 동생 할래?"

"그건 좀……."

아주 진지하게 생각해 봐야 하는 문제가 아닐까. 솔직히 자기 이상형을 만들겠다고 나서는 여성 공포증 환자를 오빠 삼고 싶진 않았다.

제리코가 난색을 표하자 샌시는 마법사 가족을 뒀을 경우 생활이 편리해진다고 주장했다. 마법사가 가족이면 마법을 쓸 때 수수료가 붙지 않아서 가족 할인이 된단다. 제리코는 거듭 고개를 저었다.

제리코 또한 한슨 일가의 장녀로 태어나 오빠나 언니가 있었으면 좋겠다고 생각한 적이 많다. 외려 그렇기 때문에 이상형으로 꿈꾼 오빠나 언니가 있었다. 샌시는 이상형과 거리가 멀었다.

"나름대로 꿈꿔온 오빠나 언니상이 있는데 샌시는 좀…… 거리가……."

"이상형이 있다면 어쩔 수 없지."

"그리고 남매가 아닌 게 밝혀지면 마탑주께서 우리 사이를 오해하지 않을까요?"

"그건 괜찮아. 동생으로 각인되어 그런 마음이 안 든다고 말하면 마녀도 더는 강요하지 않을 거야."

"하긴."

꽤 적절한 변명거리였다. 오빠 동생에서 사랑으로 발전한다는 속설이 있는 모양이지만, 반대로 한번 의남매는 영원한 의남매로 말뚝 박히는 법도 있는 모양이다.

샌시는 제리코와 대화하며 걷는 현실이 새삼 신기한지 주위를 두리번거렸다. 아직 초봄이라 벌레들이 없어 밤길은 고요했다.

"여자랑 잡담한 거 처음이야."

"남자랑도 안 하잖아요."

직접 보진 않았지만 그럴 것 같아서 말해보았다. 그랬더니 샌시는 부정하지 않았다.

마그노 황자가 사교적인 활동을 거부하고 철벽을 친다면, 샌시는 사교 활동을 은근 바라면서 철벽을 쳤다. 로젠으로 말하자면 대로가 뻥 뚫려 있고 1년 365일 쌍방향 퍼레이드 진행 중이다.

다행히 샌시에게 사교 활동은 연구와 인생의 목적보다 순위가 낮았다. 샌시는 금방 기운을 차렸다. 제리코에게 친구 없단 얘길 들었을 땐 시무룩해하더니 기운을 차린 후엔 오히려 기분이 좋아 보였다.

"그래, 이런 대화도 해보고 싶었어."

그 밖에도 해보고 싶은 일이 많았다. 샌시는 여동생이 생기면 해보고 싶은 일에 대해 말했다. 샌시의 꿈과 희망을 들은 제리코는 고개를 끄덕였다. 멍석을 깔아주니 위에서 잘 노는 게 보기 좋았다.

'친구가 필요한 거네.'

-여동생이면 좋겠다고 하는 걸 보면 가족에게 환상을 갖고 있어.

'가족에 대한 환상에 마탑주님 때문에 어울리지 못한 이성에 대한 미련이 느껴지는데.'

-그냥 그거야.

'하긴.'

샌시는 피를 뽑혀가면서도 이렇게 무사히(!) 자라났다. 그 성장 과정이 어땠는지 제리코와 검으로선 알 도리가 없으나, 일단 키와 체격을 보건대 밥은 먹여가며 키웠을 것이다. 물론 밥만큼 중요한 가족의 사랑은 없었던 걸로 보인다.

이성에 대한 미련이야, 샌시의 인생 목표만 보아도 알 수 있었다. 샌시의 인생 목표는 이상형의 완벽한 여인을 만들어 영원한 사랑을 바치는 것이다. 이상형의 사람을 찾지 않고 만든다는 점에서 지적할 거리가 참많다. 하지만 지적할 거리들을 밀쳐놓고 샌시의 욕망 자체만 살펴봤을 때, 샌시는 사랑하는 사람을 찾아 사랑하고 싶다는 욕망에 충실했다. 다른 청년들처럼 이성에게 호기심과 관심을 갖고 있다는 뜻이다.

마탑주의 쓸데없는 방해와 그로 인해 누적된 피해 의식이 아니었다면 좋은 인연을 만나 예쁜 사랑을 했을지도 모른다.

일단 연애와 사랑에 환상이 있는 듯하니 바람은 안 피우겠지. 주위 여성들을 경계하는 건 그만큼 언젠가 만날 사람에게 성실한 사람이 될 수 있다는 좋은 증거 아닌가.

제리코가 보기에 지금의 샌시는 연애가 문제가 아니었다. 천성이 그런 건지, 마탑주의 영양만 충분한 양육 때문인지, 샌시는 평범한 교류까지 끊긴 상태다. 솔직히 지금의 샌시는 사람 자체가 고파 보였다. 정에 굶주린 아이 그 자체였다.

제리코의 의견에 드래곤 슬레이어 소드가 의문을 제기했다.

-그럼 왜 로젠은 꺼리는 거지?

'사람은 이기적이라 자기가 호감 가는 사람의 사랑과 관심을 받고 싶거든.'

로젠의 오지랖은 고마우나 그가 보여주는 박애는 샌시의 굶주림을 채워주지 못한다. 반대로 제리코는 샌시가 누차 말한 대로 호감 가는 외모에 더불어 오빠 후보를 찾는다는 이유로 샌시에게 상당한 관심을 보여주고 있다. 거기에 남매일지도 모르는 사정으로 인해 마탑주가 끼어들지도 못하는 관계가 아닌가. 샌시가 은근슬쩍 관계를 유지하고 싶어하는 건 당연한 결과였다.

'생각하니 슬퍼지네.'

어쩜 이렇게 불쌍하담. 제리코는 샌시와 좀 더 친근한 사이가 되기로 결심하는 의미에서 말을 놓았다.

"아는 오빠 정도는 시켜줄게."

"고마워."

샌시가 진심으로 고마워했다. 제리코는 앞으로 잘하면 아는 오빠에서 친척 오빠로 격상시켜 줄 수 있다는 농담을 던졌다. 사실 지금도 진짜 사촌 오빠인 아리보 소공작보단 샌시가 편했다.

"친척 오빠면 몇 촌부터 시작……."

제리코의 농담을 진담으로 이해하고 엉뚱한 질문을 던지던 샌시가 갑자기 말을 멈췄다. 덩달아 그의 발걸음도 멈췄다. 샌시가 주위를 두리번거렸다. 이번엔 명백히 무언가를 경계하는 눈초리였다.

"왜 그래?"

"피 냄새 안 나?"

샌시는 진짜 혈향을 느끼고 한 질문이었는데 시기가 안 좋았다. 제리 코는 이틀 전에 생리를 시작했다. 상당히 신경 쓰이는 시기에 그런 말을 하다니. 제리코는 찜찜해서 엉덩이로 손을 가져갔다. 새 교복의 빳빳한 질감이 낯설었다.

'피 샜어? 내가 느끼기론 아니거든?'

-안 샜어.

'근데 왜 피 냄새가 난다고 저러지? 남자가 생리혈 냄새에 예민하다더 니 그래선가?'

생리를 하는 건 자연스러운 일이라 부끄럽지 않지만 피 냄새를 풍기 고 돌아다니는 건 사양하고 싶다.

샌시가 갑자기 저런 반응을 보이니 당황스러웠다. 제리코가 당황하든 말든 샌시는 연신 주위를 살폈다.

-조금 있어봐. 가까이가 아니라 먼 곳을 보는데.

'뭐가 있다고 저러지?'

"샌시, 왜 그래?"

"뭔가 있어."

"그게 뭔데?"

"뭔가."

"그러니까 그 뭔가가 뭔데? 귀신?"

그 무언가가 무엇인지 정확히 말하지 못하는 것 때문에 제리코보다 샌시가 더 괴로워했다. 사방을 경계하던 샌시의 시선이 한곳으로 고정 되었다. 대체 무엇을 발견했기에 무덤덤한 샌시가 저런 반응을 보일까. 제리코는 샌시의 시선이 꽂힌 방향으로 고개를 돌렸다.

어두운 밤, 별빛과 달빛을 받으며 홀로 빛나는 사람이 있었다. 하늘에 서 밝게 빛나는 달빛과 별빛은 지상까지 온전히 내려오지 못해 가로등이 흩어진 빛을 대신했지만, 태양이 없어 밤은 여전히 어둡다. 가로등 바로 아래가 아니면 사물의 경계가 일그러지는 밤인데 그의 존재는 명확하게 주위와 구분되었다.

홀로 완벽한 자. 제리코는 그 사람이 누구인지 알고 있었다. 잊을 리가 없지. 제도에 오고 나서 그녀의 심장을 가장 거칠게 쥐어짠 이였으니까.

"마자리스!"

제리코는 이 우연한 만남이 기뻐 크게 남자의 이름을 외쳤다. 사고가 난 날 이후 그를 본 건 오늘이 처음이었다. 입원한 병원을 알고 있으니 언제든 찾아갈 수 있지만 도망쳤던 것이 마음에 걸려 찾아가지 못했다. 아카데미에서 다시 만날 수 있다고 생각했지만 혹시 마자리스가 변심하면 만나지 못하기 때문에 꽤 걱정했던 것이다.

마자리스는 건강해 보였다. 제리코의 목소리가 닿지 않은 듯해서 제리코는 다시 힘차게 그의 이름을 외쳤다.

"마자리스 씨!"

"아는 사람?"

"다른 나라에서 유학 온 직원 겸 학생이래요."

마자리스를 보는 샌시의 눈이 평소와 달랐다. 제리코는 마자리스의 외모 때문일 것이라고 추측했다. 샌시는 언제 어디서나 사람의 장점을 보면 그걸 자신의 이상형에게 접목하려는 습관이 있다. 마자리스의 외모는 제리코가 제도에 와서 본 중에 최상급이니 생각할 거리가 많을 것이다.

"마자리스 씨!"

제리코는 마자리스를 향해 달려갔다. 샌시나 드래곤 슬레이어 소드가 말릴 틈을 주지 않은 빠른 반응속도였다. 멀리서 이름이 불린 마자리스는 걸음을 멈추고 주변을 두리번거렸다. 제리코는 다시 힘차게 그를 불렀다.

"마자리스 씨! 여기예요!"

"네? 어…… 그러니까……."

제리코는 한시도 마자리스를 잊은 적이 없는데 마자리스는 고새 제리코를 잊은 모양이다. 제리코는 자신의 외모에서 가장 강렬한 인상을 남겨주는 붉은 머리를 가리켰다.

"예비 소집일 날 만났잖아요! 마차 사고가 난 날이요!"

"아아! 제리코!"

마자리스는 금방 제리코를 기억해 냈는지 선량하게 웃었다. 이름까지 기억해 줄 줄은 몰랐던 제리코가 따라 웃었다.

"아는 마법사가 없는데 마탑의 로브를 입은 분이 아는 척해서 당황했어요."

샌시가 어깨에 걸쳐준 마탑의 로브 때문에 마자리스는 제리코의 붉은색 머리보다 마법사라는 신분에 집중했다.

제도에서 만난 마법사가 없는데 무려 마탑의 로브를 걸친 사람이 아는 척하니 내심 긴장했다나 어쨌다나.

"마법사였나요?"

"아니에요! 이건 빌린 거예요!"

제리코는 멀찍이 있는 샌시를 가리켰다. 샌시는 다가오지 않고 밭 한가운데 세워둔 허수아비처럼 멀뚱히 서서 둘을 구경하고 있었다.

"아하, 그렇군요. 병원에서 갑자기 사라졌다는 얘길 들어서 놀랐는데 무사히 입학했나 보네요."

"하하하, 그땐 그럴 만한 사정이 있어서요. 마자리스 씨는 이제 다 나으셨나요? 저 때문에 크게 다치신 것 같았는데."

"다 나았습니다. 걱정해 줘서 고마워요."

"절 감싸주시느라……."

"당연히 그래야죠. 그보다 그땐 깜짝 놀라서 무슨 생각에 그랬는지도 기억이 안 나요."

"덕분에 저는 크게 안 다쳤는데 입원한 걸 알면서 한번 찾아뵙지도 못해서 정말 죄송해요. 제가 정말 어쩔 수 없는 사정이……."

정말 피치 못할 사정이었기 때문에 제리코는 반복해서 말했다. 사실 그거 말고 달리 할 만한 변명이 없기도 했고. 제리코가 고개를 숙이자 마자리스도 같이 고개를 숙였다. 제리코는 사과하고 마자리스는 괜찮다고 말하고 둘은 합쳐서 열 번쯤 고개를 조아렸다.

마자리스는 제리코의 기숙사 폐문 시간을 염려했다.

"너무 늦지 않았나요?"

"그…… 아마 괜찮을 거예요."

"다행이네요."

마자리스가 다시금 선량한 미소를 보여주는데 흥분으로 감각이 둔화되었던 제리코의 코가 비릿한 냄새를 잡아냈다. 제리코는 무심결에 비릿한 냄새의 정체를 말했다.

"피 냄새?"

"이런. 씻었는데 안 없어졌나 봐요. 오늘 학교 정비를 위해 고용한 인부 중 한 명이 크게 다쳤거든요. 제가 옆에 있어서 피를 지혈했는데 그 냄새가 배었나 봐요."

"어머나, 많이 다쳤나요?"

"날이 없는 검에 기름을 먹이고 있었는데 개중에 진검이 섞여 들어갔다나 봐요. 육안으로 구분이 가능하니까 평소라면 괜찮았을 텐데, 바쁘게 일을 하느라 손부터 갖다 대었으니……. 목숨엔 지장이 없지만 손바닥을 크게 베여서 걱정이 되긴 하네요."

"저런……."

제리코는 진심으로 인부의 불행을 안타까워했다. 아버지인 존이 목수라서 일터에서 다치는 사람이 종종 나오기 때문에 남 일 같지 않았다. 이래서 꺼진 불도 다시 보고 제 몸처럼 다루는 망치와 톱도 조심스럽게 만지라는 말이 있는 것이다.

마자리스는 야심한 밤, 친척이 아닌 여성과 같이 서 있는 게 부담되는지 샌시의 눈치를 봤다. 샌시는 여전히 멀뚱히 서 있었다. 저렇게 오래 서 있으면 음식을 내려놓을 만도 한데 내려놓지 않고서 고정된 자세를 유지했다.

"저 신사분이 기숙사까지 바래다주시는 거 아니었나요?"

"네네. 기숙사 가는 길이었어요."

"더 늦기 전에 가보시는 게 좋을 것 같아요. 앞으로 종종 뵙겠네요. 인연이 유지되어 기쁩니다."

그 인연 좀 더 끈끈하게 연결하실 의향은 없으신지. 마자리스를 보는 제리코의 눈에서 꿀이 떨어졌다.

제리코는 마자리스의 일터를 물었다. 마자리스는 자신이 일하는 곳과 공부하게 될 장소를 알려줬다. 어지간해선 찾아가면 만날 수 있다고 하니 제리코의 기쁨이 더욱 커졌다.

"좋은 밤 되세요, 제리코."

"마자리스 씨도요!"

마자리스는 상냥하게 인사하고 제 갈 길을 갔다. 제리코는 아쉬운 마음으로 마자리스를 전별했다. 콩닥거리던 심장은 마자리스가 멀어지고 나서야 느려졌고, 가만히 서 있던 샌시에게 돌아갈 때쯤엔 완벽하게 제 속도를 되찾았다.

"엄청 잘생겼지?"

자기가 잘생긴 것도 아닌데 제리코가 자랑하듯 뻐겼다. 샌시는 여전히 멍한 시선으로 마자리스가 떠난 방향을 보았다.

"나 첫눈에 반한 것 같아. 어떡하지?"

"……피 냄새가 사라졌어."

"응응. 오늘 아카데미 인부가 칼에 베였대. 그거 지혈해 주느라 몸에 피가

학교는 공부만 하는 곳이 아닙니다 | 489

많이 묻었었대. 나도 가까이 가고 나서 맡았는데 대단하다 샌시! 개코야!"

대단한 후각이었다. 제리코는 앞으로 숨겨둔 간식을 찾지 못할 땐 샌시에게 도움을 요청하기로 다짐했다.

-넌 사람이잖아. 먹을 건 숨겨두지 말자.

'안 돼. 동생들이 다 먹는단 말이야. 그냥 두면 다 먹어버리니까 숨겨놔야 해.'

동생들을 사랑하는 제리코이니 간식이 아깝다는 게 아니다. 동생들을 기쁘게 해주거나 칭찬해 줄 때 간식을 줘야 하는데 숨겨두지 않으면 에릭이 다 꺼내서 먹어버리고 남는 건 오리온과 메이에게 줘버렸다. 그러다 보니 숨겨두는 게 일상이 되었다. 이젠 언제나 간식을 먹을 수 있게 되어 숨기지 않아도 되지만 습관은 무섭고 제리코는 방에 간식을 숨긴다.

'헉. 나 공작저에 과자 숨겨두고 왔는데.'

-······벌레가 꼬이거나 썩기 전에 하녀들이 찾길 바라자.

'응······.'

샌시는 가만히 서 있었던 터라 발이 아픈지 발목을 돌렸다. 그리고 뒤늦게 제리코의 말에 반응했다.

"잘생겼더라."

"그치? 그치? 나 처음 봤을 때 심장 터지는 줄 알았어! 후보가 아니라 더 좋아!"

남자를 보고 가슴 설레는데 핏줄을 봐가며 따져야 한다니. 참 서글픈 일이지만 다행히 적응은 끝났다.

제리코는 마냥 기뻐하며 발을 동동 굴렀다. 마자리스의 미모를 찬양하고 샌시가 마자리스의 어떤 부분을 이상형에 적용하고 싶다는 얘기를 꺼낼까 기다리는데 샌시는 묵묵부답으로 미간을 좁혔다.

"이런 건 처음인데."

"뭐가?"

"고양이가 발에 잉크를 묻히고 종이 위를 뛰어다녔는데 결과물이 방정식 정리인 걸 목격한 기분?"

"무슨 소리야."

샌시가 어깨를 으쓱였다. 본인이 말했지만 본인도 무슨 소린지 설명하지 못하겠단 태도였다. 제리코는 어이가 없어서 고개를 저었다.

"눈이 침침해."

샌시는 음식물 꾸러미를 바닥에 내려놓고 눈을 비볐다. 코도 막힌 것 같기에 제리코가 손수건을 빌려주자 코를 힘차게 풀었다. 그리고 둘은 손수건에 묻은 결과물에 경악했다.

손수건에 선홍빛 피가 흥건했다. 피가 조금씩 흘러 뭉친 덩어리가 코를 막고 있었는데 흥, 하고 푸니 뚫렸다. 샌시의 콧구멍에서 코피가 줄줄 흘렀다. 제리코는 경악하여 다른 손수건으로 샌시의 코를 틀어막았다.

"코피잖아!"

"피……."

"코에서 코피가 나니까 피 냄새가 나지!"

샌시는 개코가 아니라 콧속에 핏덩어리를 달고 다니는 피로에 찌든 마법사였다. 결국 샌시가 제리코를 바래다준다던 관계가 역전되어, 제리코가 샌시 대신 음식 꾸러미를 들고 샌시를 연구실까지 바래다줬다.

손수건으로 코를 막은 샌시가 앞장서고 제리코가 뒤를 따라 걸었다. 그래 봐야 제리코와 샌시의 걷는 속도에 차이가 있어 제리코가 좀 더 앞서다 샌시를 기다리게 되었지만.

샌시가 연구실이랍시고 말한 건물은 동아리실이 모여 있는 수국관이었다.

"여기 지하는 모두 내가 쓰고 있어."

샌시가 〈이만보〉라고 적힌 명패를 가리켰다.

"이만보? 걷기 동호회 같은 이름이네."

"이상형을 만들어 보자의 준말이야."

"구려."

"혹시 동아리 들어갈 생각이라면 우리 동아리는."

"응, 싫어."

제리코는 이상형을 만들 필요가 없기 때문에 즉석에서 거절했다. 샌시는 약간 시무룩해하다가 얼른 들어가 쉬라는 제리코의 성화에 연구실 안으로 들어갔다. 제리코는 한숨을 쉬고 머리를 긁었다.

"여기 오면 언제든 샌시를 만날 수 있다는 건 확인했네."

-제리, 정말 혼자 돌아갈 거야?

"괜찮아. 난 혼자가 아니야. 네가 있잖아."

-난 손도 발도 없는 무능한 검이라고.

"손발은 나한테 있으니까 괜찮아!"

제리코는 보란 듯이 손과 발을 힘차게 흔들며 백합관으로 돌아갔다. 늦게까지 돌아오지 않는 주인을 걱정하던 하녀들이 혼자 씩씩하게 들어오는 제리코를 보고 경악했다. 제리코는 그녀들을 안심시켜 주기 위해 샌시가 길목까지 바래다줬다는 거짓말을 했다.

"소공작님, 저희가 이런 말 드릴 주제는 안 되지만 다른 기숙사들 통금 시간엔 맞춰주세요. 걱정되어서 혼났습니다."

"오늘은 어쩌다 보니 분위기에 이끌려서 그랬어요. 다음부턴 일찍 들어오고 늦게 들어오게 되면 미리 연락할게요."

"네, 부탁드려요."

제리코는 시간이 늦었지만 씻고 다 말리지 않은 머리로 침대에 누웠다. 공작가에서 가구를 바꿨기에 침대는 아리보 공작저에서 쓰던 것에 비길 정도로 푹신했다.

"엄청 보람찬 하루였어."

입학했을 뿐인데 후보 셋을 모두 만났고 덤으로 마자리스도 만났다. 제리코가 침대에 누워 허공에 발길질했다.

"꺄아아, 너무 좋아."

-그렇게 좋아?

"응. 정말 좋아."

연거푸 발차기 해서 흥분을 가라앉힌 뒤 제리코는 수첩을 꺼냈다. 마자리스를 만나 심장이 콩닥거리긴 하지만 루나 아카데미에 입학한 본래 목적을 잊진 않았다.

제리코는 수첩에 가장 먼저 1년이란 기한을 적었다. 마그노 황자가 졸업하기 전까지의 기간이었다.

"샌시랑 로젠은 졸업 안 하고 버티고 있어서 방심했지 뭐야. 고작 1년이라니."

마그노 황자가 아카데미를 졸업해 버리면 제리코가 무슨 방도로 그를 만나겠는가. 미베어 소공작이니 알현 요청을 하면 만날 수야 있다. 하지만 그런 공식적인 만남은 제리코가 원하는 방식이 아니었다. 게다가 정보를 캐내기 위해 계속 알현을 요청하다가 황가에 코 꿰이면 곤란했다.

결국 제리코에게 주어진 기한은 1년이었다. 마그노 황자가 졸업하기 전까지의 기간. 그 안에 마그노 황자에게서 정보를 빼내야 한다. 제리코는 펜을 입에 물고 투덜거렸다.

"시한부 인생도 아니고 1년이라니, 너무 짧다."

-어떻게 보면 긴 시간이지.

제리코는 드래곤 슬레이어 소드를 어루만지며 한숨을 푹푹 쉬었다.

"나 진짜 할 수 있을까?"

-……못 하면 어때.

"응?"

-내가 너에게 아카데미 입학을 권한 건 졸업하기 전까지 시간을 벌

수 있어서야. 로젠이나 샌시처럼 네가 하고 싶은 일을 위해서나 네가 원하는 일을 할 수 있을 때까지 시간을 벌라는 거지.

에라프가 죽을 때까지 친아들은 나오지 않았다. 쉽게 찾으리란 보장이 없었기 때문에 드래곤 슬레이어 소드는 시간을 벌 수 있는 아카데미 입학을 권한 것이다. 겉으론 아들 후보 셋이 아카데미에 재학 중이니 접점을 만들기 쉽다고 포장했으나 속내는 시간을 벌기 위해서였다.

"그래도 찾아야지. 그래야 난 미베어 소공작을 그만두고 넌 널 좀 더 잘 써줄 새 주인을 찾을 수 있잖아."

-로젠 말인데…….

로젠의 얘기가 나오니 결국 얘기를 해야 했다. 드래곤 슬레이어 소드가 망설이는 감정이 고스란히 제리코에게 전해졌다.

제리코는 잠자코 검이 말하기를 기다렸다. 비록 무생물이나 드래곤 슬레이어 소드에겐 의리가 있고 양심이 있었다. 공정거래가 뭔지 아는 도덕적인 에고 소드였고 그렇기에 용사의 검을 자처할 자격이 있었다. 한참을 갈등하던 검이 양심이 외치는 대로 행동했다.

-사실 너한테 일부러 말하지 않았는데, 로젠이 주인의 아들이면 로젠은 작위나 재산 같은 건 모두 너에게 떠넘기고 도망갈걸. 제리 네가 하려는 것처럼 말이야.

"그러게, 그게 있었네."

제리코도 그럴 경우를 생각해 보지 않은 건 아니다. 로젠의 꿈은 에라프처럼 방방곡곡을 돌아다니며 사람들을 돕고 모험을 하는 것이다. 공작의 작위를 계승하고 하나의 가문을 지탱하는 입장에선 절대 할 수 없는 일이었다. 결국 로젠이 에라프의 아들이라는 사실이 밝혀졌을 때 그가 자신의 삶을 위해 할 수 있는 최선의 선택은 제리코가 하려는 일과 동일했다.

"나한테 고맙다고 말하고선 너만 들고 도망칠 것 같다."

-응…….

제리코는 이미 알고 있었으면서 이제야 입을 여는 깜찍한 검을 빤히 보다가 슬며시 눈을 감았다. 기분이 상하진 않았다.

"그래도 괜찮아."

-제리?

제리코는 슬며시 입꼬리를 올렸다. 검의 속내를 들었으니 이젠 제리코가 속내를 고백할 차례였다.

매일매일 드래곤 슬레이어 소드에게 읽히는 속내에 무슨 비밀이 있겠냐 싶지만 팔다리 없는 검은 만능이 아니라 제리코가 강하게 오래 생각하지 않으면 생각을 읽지 못했다. 그러니까 꽁꽁 숨겨놓은 속내가 있다 이거다.

"실은 나 귀족이 전처럼 무섭지 않아."

-응, 알아.

"이대로 어영부영 공작님이 되는 것도 나쁘진 않겠구나, 뭐 이런 생각을 하기도 해. 상인이 되고 싶었던 건 금을 깨물어보고 싶어서였는데, 그건 이미 이루었지."

-앞으로도 평생 깨물어볼 수 있을걸.

"그래도 난 에라프 님의 아들을 찾고 싶어. 왠지 알아?"

-왜?

"바보 검아, 네 꿈을 위해서잖아."

제리코는 드래곤 슬레이어 소드를 검집에서 뽑았다. 무엇이든 벨 수 있는 검을 응시하자 검 면에 자신의 얼굴이 비쳤다. 제리코는 생긋 웃었다.

광룡을 쓰러뜨린 용사의 검. 주인을 따라 모험을 하고 싶어 하는 영혼을 가진 검. 하지만 팔다리가 없어 혼자선 아무것도 할 수 없는 검. 그렇기에 제리코는 기꺼이 무생물의 행복을 위해 노력하기로 결심했다.

"모험하고 싶다며. 하자. 넌 손발이 없어서 주인을 못 찾으니까 내가 찾아줄게."

-제리…… 왜…….

"우린 친구잖아."

제리코는 입이 없어 웃지 못하는 친구 대신 활짝 웃었다. 그러자 검면에 비친 제리코의 얼굴 또한 따라서 활짝 웃었다. 드래곤 슬레이어 소드는 말을 잇지 못했다. 제리코는 친구를 치켜들고 힘차게 외쳤다.

"첫 번째 목표는 오빠 찾기!"

-와아!

"두 번째 목표는 마자리스랑 깊은 사이 되기!"

-응?

"세 번째 목표는 마자리스랑 잘 안 되면 다른 사람 찾기!"

-제리?

"네 번째 목표는 친구 많이 사귀기!"

-제리야? 기왕 입학한 거 공부도 좀 하지 않을래?

제리코는 고개를 저었다. 앞서 밝힌 목표들을 이루기 벅차 공부할 시간이 부족했다. 드래곤 슬레이어 소드가 간절히 청했다.

-앞의 두 개는 그렇다 치고 나머지는 안 해도 되잖아.

"아카데미는 공부만 하는 곳이 아니잖아."

-아냐. 공부하라고 있는 곳이야. 고등교육기관이야. 제리. 제리야, 자지 마!

제리코는 드래곤 슬레이어 소드를 검집에 곱게 넣어 베개 아래에 두고 눈을 감았다. 부디 목표를 모두 이룰 수 있기를.

공부 빼고 다 하겠다는 그녀의 태도에 검은 부들부들 떨었다.

2권에서 계속…